Für Heike
Ohne dich wäre ich nichts!

Ralf J. Schwarz

Der Dämon

Bibliografische Information der Deutschen Nationalbibliothek:
Die Deutsche Nationalbibliothek verzeichnet diese Publikation in der Deutschen Nationalbibliografie; detaillierte bibliografische Daten sind im Internet über http://dnb.dnb.de abrufbar.

TWENTYSIX – Der Self-Publishing-Verlag
Eine Kooperation zwischen der Verlagsgruppe Random House und BoD – Books on Demand

© 2016 Schwarz, Ralf J.

Herstellung und Verlag:
BoD – Books on Demand, Norderstedt.

ISBN: 9783740726270

Prolog

Mit Entsetzen hörte Polina Stoch das Drehen des Schlüssels im Schloss. Ihr Herz begann, wie wild zu pochen. Urplötzlich fragte sie sich, warum es ihr immer so schlecht ging, wenn sie dieses Geräusch hörte. Sie wusste doch ganz genau, was gleich passierte. Denn es geschah immer das Gleiche. Zwar mit einigen Variationen, aber in den Grundzügen war es immer gleich.
Anfänglich wehrte sie sich immer noch, wenn er ihr zu nahe kam. Aber mit all seiner brutalen Kraft gelang es ihm schnell, sich zu nehmen, was er wollte. Anfangs? Wann war das? Sie hatte hier in dieser ständigen Dunkelheit jedwedes Zeitgefühl verloren. Vielleicht war sie hier Wochen, möglicherweise aber auch Monate, gefangen. Mittlerweile hatte sie sich an die alltäglichen Schmerzen, die Erniedrigungen, die tägliche Todesangst, gewöhnt. Wenn man sich überhaupt daran gewöhnen konnte.
»Los. Ausziehen. Dann wasch dich.« Grinsend knallte er einen Eimer mit eiskaltem Wasser vor sie hin. Langsam, ohne sie zu beachten, schlurfte er in die Raummitte und richtete die Petroleumlampe aus. Dann ließ er sich in seinen Holzstuhl fallen.
Polina begann ohne zu zögern, ihr Kleid über den Kopf zu streifen und sich zu waschen. Sie wusste, was sie nach dieser Prozedur erwartete. Er würde

ihr die Fußfessel abnehmen und sie dann stundenlang vergewaltigen. Immer wieder unterbrochen von einigen sadistischen Spielen, die sie immer wieder an die Schwelle zum Tod bringen würden. Aber was sollte sie tun? Sie war hier angebunden wie ein Kalb, wurde von ihm gefüttert und getränkt wie ein Stück Vieh. Es war schwer, aber nach und nach musste sie zugeben, dass sie ihm auf gedeih und Verderb ausgeliefert war. Und er hatte ihr Leben in der Hand.
Innerlich lachte Polina kurz auf, als sie die Hand in die eiskalte Brühe tauchte und den Lappen, der darin schwamm, herauszog. »Als gefangener Mensch gewöhnt man sich einfach an alles«, dachte sie und begann sich zu waschen. Irgendwie fühlte sie, dass es heute anders war, als an den anderen Tagen. Gestern hatte sie den Stall neben ihrem auskehren müssen. Und nach der täglichen quälerischen Prozedur, die sie danach auf sich nehmen musste, hatte er die drei obligatorischen Eimer darin verstaut.
Würde sie Besuch bekommen. Vielleicht wollte er sich eine neue Frau suchen. Dann wären ihre Qualen endlich zu Ende. Ob er sie dann gehen lassen würde. Sicherlich, anders konnte es doch nicht sein. Was sollte er mit zwei Frauen. Und sie hatte schließlich seine Perversionen mehr oder minder still ertragen. Also wäre das nur gerecht.
Ihre Gedanken flogen zurück zu dem Abend, an dem er sie einfing. An die laue Frühlingsluft, das

schöne Gefühl, als sie nach dem langen Winter erstmals wieder barfuß über das Feld rannte. Was wohl jetzt ihre Zwiebelchen taten?

Dabei hatte das neue Jahr so schön angefangen. 1904! Wie fortschrittlich sich das anhörte. Es sollte ein Jahr des Friedens und der Neuerungen werden. So hatte es der Kaiser versprochen. Und es sah wirklich alles danach aus. In den Kolonien herrschte endlich wieder Ruhe. Der Herero-Aufstand, der im Januar begonnen hatte, war zwar noch nicht überwunden, aber die Männer waren auf dem besten Weg, dieses Hindernis zu beseitigen. Mit den Franzosen und den Engländern kam das Deutsche Reich einigermaßen zurecht. Und mit dem Verbündeten Österreich an der Seite würde es wohl nie wieder einen Krieg geben.

Jetzt endlich wäre die Zeit gekommen, um zu heiraten. Ja, den Wunsch würde sie sich erfüllen, wenn er sie endlich gehen lassen würde. Vielleicht mochte er sie doch ein wenig. Möglicherweise war er überhaupt nicht so bösartig, wie sie die ganze Zeit dachte.

»Hier. Zieh das an. Wirf den alten Fetzen hier raus.« Polina staunte. Seitdem er sie hierher brachte, trug sie ihr verschlissenes, verdrecktes Kleid. In den ersten Tagen hatte sie noch versucht, es einigermaßen sauber zu halten. Aber mit dem feuchten Stoff auf der Haut fror sie schlimmer, als sie es je geahnt hätte.

Ungelenkt schlüpfte sie in das Kleidungsstück und blieb stehen. Langsam kam er auf sie zu. Er blieb vor ihr stehen und starrte sie einen Moment an. Sie erschrak nicht einmal mehr, als er seine Hand in ihren Schritt presste. »Du wirst mir fehlen«, hauchte er ihr ins Ohr. Polinas Herz begann zu rasen. Wollte er sie gehen lassen? Deshalb das neue Kleid. Endlich kam sie nach Hause. Zurück zu ihren Lieben. »Mein Gott«, betete sie leise, »Danke, dass du mich nicht verlassen hast!«
Er trat einen Schritt zurück und griff nach einem Becher, der auf dem Tisch stand. »Trink das.« Wie in Trance griff Polina den Becher. Sie zögerte. Sie kannte das grüne Gebräu, dessen Oberfläche das spärliche Licht der Lampe reflektierte. Also musste sie noch einmal durch die Hölle gehen. Wieder würde er sie bis zur Bewusstlosigkeit prügeln und ihr Gewalt antun.
»Trink das Zeug«, er hob die Hand. »Nicht schlagen«, hauchte Polina und setzte den Becher an den Mund. Wenn sie in kurzer Zeit endlich wieder unter Menschen lebte, durften die nichts von ihrem Martyrium ahnen. Ihre Lippen würden für immer versiegelt sein. Diesen Makel, den sie sich selbst auferlegt hatte, durfte niemals jemand erfahren. Denn dass sie an ihrem Schicksal selbst schuld war, musste sie nicht erwähnen.
Schluck für Schluck würgte sie die bittere Flüssigkeit herunter und reichte ihm den Becher. Er grinste und sie wusste warum. Innerlich betete

sie ihr Mantra herunter: Noch einmal, dann bist du frei.
Aber warum blieb das taube Gefühl, das sich normalerweise nach dem Trinken in ihrem Mund breitmachte, heute aus. Eine Welle Übelkeit drängte sich aus ihrem Magen durch die Speiseröhre nach oben und sie musste sich beinahe übergeben. Plötzlich schnürte ihr eine unsichtbare Hand die Kehle zu. Verzweifelt rang sie um Atem, aber ihr Brustkorb wollte sich nicht mehr heben. Es war, als säße der Sensenmann mit all seinem Gewicht auf ihr. Sie spürte, dass ihre Beine weich wie Butter wurden, aber schon der Schmerz, als ihre Knie auf den Boden krachten, fühlte sie nicht mehr.
Während Polina starb, schlief Kommissar Friedrich Halbach tief. Bis sein Wecker ihn aus dem Schlaf riss. Friedrichs Augen wollten sich nicht öffnen. Aber er wusste, dass er, würde er auch nur noch einen winzigen Moment liegen bleiben, schliefe er sofort wieder ein. Also zwang er sich, wenigstens ein Bein unter der warmen Decke hervorzuschieben. Minuten später schlurfte er in die winzige Küche, die zu seiner Mansardenwohnung gehörte. Sein Kopf schmerzte, als er sich auf den Stuhl am Tisch fallen ließ. Ihm war speiübel. Langsam fielen die ersten Erinnerungen des gestrigen Abends durch den Nebel, der sein Hirn umhüllte hatte. Er war in Sankt Johann im Amüsierviertel. Und er konnte sich noch an einige Spelunken mit übelstem Ruf erinnern. Dort kehrte er regelmäßig ein, aber

anscheinend war er gestern Abend doch tiefer versackt, als er sich entsinnen konnte.
Mit zitternden Fingern zog er sein Portemonnaie aus seinem Jackett. Es war leer. »Vierzig Mark versoffen«, fluchte er. So viel Miete zahlte er monatlich und nun hatte er in einer Nacht, von der er nicht einmal noch etwas wusste, diese Summe in Bier und Alkohol angelegt. Er kratzte sich am Kopf. Wie war er überhaupt nach Hause gekommen?
Friedrich stand auf und ging zum Küchenschrank. Aus der hintersten Tür zog er eine kleine Flasche und öffnete sie. Angewidert roch er am Flaschenhals und drehte den Kopf weg. Billiger Fusel roch eben nicht so gut wie ein ordentlicher Cognac. Gierig schüttete er sich etwas von dem Schnaps in den Mund und gurgelte. Der Schluck verschwand in seinem Bauch.
Halbach genoss den bitteren Geschmack des billigen Schnapses. Selbst dieses Gesöff wärmte wunderbar. Und diese Wärme brauchte er schließlich, wie jeder Mensch dieses wohlige Gefühl brauchte. Zittrig zog er seine goldene Uhr aus der Tasche seines Jacketts. Ein Abschiedsgeschenk nach seiner Militärzeit. Er hatte sie von einem Hauptmann geschenkt bekommen. Für besondere Dienste war auf der Plakette aufgraviert. Friedrich lächelte. Für besondere Dienste! Auf einen Druck sprang der Deckel auf und sein Blick traf die Zeiger.
Während Friedrich Halbach sich einer Katzenwäsche unterzog und in seine Kleider schlüpfte, lag

Helene von Frankenberg mit offenen Augen in ihrem Bett und träumte wie jeden Morgen den gleichen Tagtraum.
»Lenchen«, brüllte Adolf von Frankenberg, »Lenchen, komm mal bitte runter.« »Mensch Papa«, Helene sprang die Treppe hinunter und stieß beinahe mit ihren beiden Brüdern zusammen. »Oh«, lachte Julius, ihr ältester Bruder, »Wieder mal Unsinn angestellt?« »Ach halt den Mund«, fauchte Helene und hüpfte mit einem riesigen Satz vor ihren Vater.
»Guten Morgen Papa.« Sie drückte ihm einen Kuss auf die Wange. »Gestern Abend«, begann von Frankenberg, »war ein Bote von Amtsrat Gansert hier. Er hat meinem Vorschlag zugestimmt. Wenn auch widerwillig, aber er sagt ja.« Helene schloss die Augen und atmete tief durch. »Aber das Ganze ändert nichts an unserer Abmachung. Du kannst es probieren. Auch wenn ich es als kindlichen Unfug ansehe. Wenn es in die Hose geht, wirst du dich an unsere Verabredung halten und den Karl heiraten. Jetzt konnte ich Mama noch einmal beruhigen. Jedoch noch einmal wird sie nicht nachgeben.«
Sie hob die Finger wie zum Schwur: »Ich habe es versprochen.« »Gut. Auch wenn er nicht deine erste Wahl ist, du wärst für eine gute Zukunft abgesichert. Die Familie Preuß ist sehr reich und du könntest standesgemäß leben. Und der Rest ergibt sich auch noch. Bei Mama und mir hat es schließlich auch gepasst.« »Aber Papa. Es ist mein

Traum zur Polizei zu gehen. Wenn es diese Berlinerin geschafft hat, kann ich es auch. Ich werde mich anstrengen, wie ich mich noch nie angestrengt habe.«

Adolf von Frankenberg lachte: »Jaja. Das hast du gesagt, als du unbedingt ein Klavier haben musstest. Auch beim Pferd und dem Spanisch-Kurs waren deine Worte gleich. Und was wurde daraus?«

»Das war doch was ganz anderes. Das hier ist was viel Besseres!« Sie drückte ihm noch einmal einen Kuss auf die Wange. »Danke für deine Hilfe. Ich glaube, dein kleines Mädchen wird jetzt erwachsen«, lachte sie. »Du klingst wie deine Mutter.

Er schlüpfte in seinen knielangen Kamelhaar-Sommermantel. »Gansert lässt ausrichten, du sollst dich nicht zu bunt anziehen. Irgendetwas Gedecktes. Der Kommissar, mit dem du unterwegs sein wirst, ist da etwas konservativ.« Er griff nach seinem Hut und öffnete die Tür: »Ich hoffe, du schaffst es, Polizeiassistentin von Frankenberg.« Lächelnd küsste er sie auf die Wange und zog die Tür hinter sich zu.

1. Kapitel

Ein Geräusch ließ ihn herumfahren. Was war das? Ein Angstschauer jagte über seinen Rücken. Das Gefühl beobachtet zu werden, wurde plötzlich übermächtig. Konnte ihn die Finsternis töten? Oder doch die Kreaturen, die in der Nacht hervorgekrochen kamen und die sicherlich überall lauerten? Da! Wieder ein Knistern im Laub. Welche gemeinen Gefahren lauerten im Dunkeln auf ihn? Immer wieder beschäftigten ihn diese Fragen. Es war nicht so, dass er Angst vor ihr hätte. Aber er hatte schon so viel in der Nacht erlebt. Und davon blieb dieses ungute Gefühl, das ihn immer wieder begleitete. Vor allem bei seinen Wanderungen, die ihn zwangsläufig mit der Dunkelheit in Kontakt brachte.

Und nun war es wieder soweit. Mit großen Schritten näherte sich die Nacht. Aber dieser lichtlose Zustand störte ihn nicht so sehr. Er war sein mächtiger Verbündeter. Was ihn störte, war der Zustand zwischen Taghell und diesem angstverbreitenden Nachtdunkel, dieses Ungreifbare, nicht deutlich Erkennbare. Das Knistern und Rascheln, das hinter jedem Strauch und jedem Baum erklang, machte ihn fast verrückt. Es trieb ihn in regelmäßigen Abständen den Schweiß auf die Stirn.

Er war ein Mann der klaren Worte. Und natürlich der Taten. Der Grund, der ihn hierher geführte, war ebenso direkt wie einfach. Es ging um ein Leben. Und er war es, der das nächste Kapitel im Buch dieses Lebens schreiben wollte. Wie immer in solchen Momenten kamen Zweifel in ihn auf. Würde er es schaffen? Konnte er auch dieses Mal wieder

bestehen? Oder würde er Fehler machen. Er konnte dieses Gefühl der Unsicherheit genau.
In Gedanken ging er den Ablauf seines Planes noch einmal durch. Alles war vorbereitet. Leise und mit Bedacht hatte er den Weg gewählt, der ans Ziel seiner Wünsche führen sollte. Obwohl es nicht mehr weit war, war er nicht sicher, rechtzeitig anzukommen. Zusätzlich plagte ihn eine bleierne Müdigkeit, die nun versuchte, seine letzten Gedanken wie eine Fliege zu zerquetschen. Die heutige Arbeit auf dem Feld war mühsam gewesen, aber das vorrückende Jahr ließ ihn keine Wahl. Die Jahreszeit gab ihm die Erntezeit vor und drängte ihm so diese wiederkehrende, tägliche Qual der Feldarbeit auf. Dabei mochte er dieses frühe Aufstehen nicht und lag häufig noch in den Federn, wenn das Vieh schon längst hätte, versorgt sein müssen. Aber so sehr er seine Tiere liebte, so genoss er auch ihre gequälten Schreie, wenn Euter milchschwanger schmerzten. Diese kleinen Biester waren ihm auf Gedeih und Verderb ausgeliefert. Und dann waren sie auch noch so dumm, ihre verflixte Lage nicht zu erkennen. Regelmäßig musste er über sie lachen, wenn sie ihm in ihrer an Dummheit grenzenden Treue in die Augen sahen. Dabei ahnten sie nicht, dass über ihnen das Schwert des Damokles schwebte. Wenn er wollte, konnte er ihnen im nächsten Augenblick die Gurgel durchschneiden. Aber sie liebten ihn trotzdem, oder vielleicht

gerade deshalb. Er konnte sie töten, tat es aber nicht.
Kurz blieb er noch einmal am Teich stehen und betrachtete die Kulisse. Der aufgehende Mond spiegelte sich rosenrot und gigantisch im dunkelblauen Wasser. Ein zartes Lächeln huschte über seine Lippen. Blutmond nannte man den mächtigen Erdtrabanten, wenn er diese Färbung annahm. Blutmond! Mit etwas Glück war, das ein Fingerzeig des Himmels und sein Unternehmen unter einem guten Stern stand.
Vorsichtig ließ er sich auf die Knie sinken und tauchte seine Hände ins Wasser. Wellenkringel rollten über den Teich und zerstörten die makellose Perfektion des Augenblicks. Er spritzte sich das kühle Wasser ins Gesicht. Seine Hände rutschten hinunter zu den Knien und gaben seinem Körper genügend Halt, um nicht nach vorne zu kippen. Im sich beruhigenden Wasser tauchte sein Gesicht auf und er musste lächeln. Er wünschte sich einen Bart. Zum ersten Mal wurde ihm das so deutlich bewusst. Oder doch wenigstens so einen modischen Anzug mit langem Überrock. Das wäre herrlich und sicherlich nicht zu viel verlangt. Fast jeder Mann trug heute so einen Rock.
Er stand auf und sah an sich herunter. Die blauen Arbeitshosen und die Holzschuhe ließen ihn wie einen Bauern erscheinen. ‚Du siehst aus wie ein Bauer', brüllte sein Verstand. Niemals möchte er etwas sein. Ein Maler, der sich der Kunst

verschrieb, oder doch wenigstens ein Schreiber. Das war seine Bestimmung. Oder vielleicht einer der neumodigen Fotografen, ein Offizier oder irgendein Mann von Stand und Adel. Das passte zu ihm. Nicht aber das, was er jetzt war. Ein Kerl in verschlissener Arbeitskleidung und genagelten Holzschuhen. Ein unselbständiges Anhängsel seiner Vorfahren.

Langsam trottete er weiter. Wie wundersam die abendliche Landschaft vor ihm lag. Ja, Frankreich war das Land der Götter, sagten die Deutschen. Und sie hatten Recht. Wenn Gott auf dieser Erde irgendwo wohnte, dann hier in diesem Teil der Republik. Frankreich, wie lieblich das klang.

Plötzlich froren seine Bewegungen ein. Wie eine Salzsäule stand er da und fixierte den Platz im angrenzenden Wäldchen, an dem ein Schatten entlang gehuscht war. War dort im Halbdunkel etwas? Vorsichtig duckte er sich hinter das hohe Gras und starrte in die Richtung der Bäume. Sein Herz schien sich überschlagen zu wollen. Vielleicht wartete dort der Dämon, den er schon so lange fürchtete und der ihn nächtelang nicht schlafen ließ. Wieder flammten die Bilder, die ihn pausenlos quälten, in seinem Kopf auf. Schweiß trat ihm auf die Stirn. Er war doch noch so jung, viel zu jung für einen Ritt in die Hölle.

Handbreite um Handbreite schob er sich nach hinten. Seine Brust schliff dicht über den Boden. Der erdige Geruch stieg ihm in die Nase und

kitzelte seinen Gaumen. Ein unerträglicher Niesreiz breitete sich in seinem Kopf aus und schien seinen Schädel sprengen zu wollen. Aber er schaffte es und erreichte kurze Zeit später den Weg, der ihn zu seinem Ziel bringen sollte.
Zornig, aber auch erleichtert, klopfte er den Staub aus seinen Kleidern. Seine Fingerspitzen brannten wie Feuer. Aus den tausenden kleinen Schnitten, die ihm das messerscharfe Schilfgras zugefügt hatte, rann Blut. Er sah zum Himmel. Während die Dunkelheit am See und dem angrenzenden Wald sich schon ausgebreitet hatte, war es hier noch hell und er konnte noch gut sehen. Deutlich zeichneten sich die dunklen Büsche, die sein Tagesziel sein sollten, vor dem dunkelblauen Himmel ab. Nicht eine einzige Wolke war zu sehen. Im Westen schickte sich der riesige, brennende Sonnenball an, seine Tagesaufgabe zu vollenden. Er spürte die erleichternde Kühle unter sein Hemd kriechen. Lächelnd ging er weiter.
Noch einmal atmete er tief durch und schlüpfte dann in den Busch, der ihm für den heutigen Abend Unterschlupf bieten sollte. Wieder sah er nach oben. Der abendliche Himmel trug jetzt sein blaugraues Nachtgewand. Dunkel bildeten sich die unzähligen, winzigen Blätter vor den ersten Sternen ab, die ihren Platz am Firmament erkämpft hatten. Noch konnte er die Einzelheiten zwischen den Zweigen erkennen, aber spätestens in einer

Stunde würde es so dunkel sein, dass er seine Hand vor Augen nur noch erahnen konnte.
Sein Puls begann, sich zu beschleunigen. Nun fing die Stunde des Jägers an. Es konnte nicht mehr lange dauern, bis es losging. Ein freudiger Schauer rann ihm über den Rücken. Er spürte, wie sich seine Nackenhärchen aufstellten. Das war das unvergleichliche Gefühl, das ein Leopard bei seiner Lauerjagd empfinden musste. Und ebenso stark fühlte er sich jetzt. Wie eine Raubkatze, die auf ihre Beute lauert. Vergessen war jetzt die Angst vor Geistern oder Dämonen. Jetzt zählte nur noch sein eiserner Wille zum Ausharren und Abwarten.
Im nächsten Moment sah er es. Eine nie gekannte Erregung griff nach ihm. Er war regelrecht verrückt nach diesem aufregenden Gefühl, denn es war jedes Mal vollkommen anders. Er liebte es einfach, ein Jäger zu sein. Und, er spürte bei diesem Gedanken ein wenig Stolz in sich aufsteigen, er war ein besonderer, vielleicht sogar der beste Jäger. Wer, fragte er sich leise, konnte schon so früh, noch bevor sein Opfer sich sehen ließ, den Tod und das Verderben, das diese Kreatur umhüllte, riechen? Er konnte es! Und dieses hier duftete einfach verführerisch. Genau das war der Grund, weshalb er es für eine höhere, bessere Aufgabe erwählt worden. Und deshalb durfte heute Abend nichts schiefgehen. Ein einziger Fehler und die ganze Arbeit, die Vorbereitung und

die Mühe, die er sich gegeben hatte, wären umsonst. Es würde ihn in den Wahnsinn treiben, wenn das geschehen würde. Das alles hier war schließlich kein Spiel. Gerade aus diesem Grund hatte er seine Jagdmethode gründlich überdacht und die kleinen Schwachstellen, die sein bisheriges Vorgehen noch hatte, von Grund auf geändert.
Eine Bewegung seines Opfers riss ihn aus seiner Gedankenwelt zurück auf die Erde, zurück in seinen Busch. Jetzt stand es schon so nahe, dass er es fast berühren konnte. Er musste einfach nur seine Hand ausstrecken. Gierig sog er die Luft durch seine pferdeähnlichen Nüstern und genoss den Duft, dieses leichte, flüchtige Gemisch aus Maiglöckchen und dem salzigen Duft von Schweiß. Sein Rock schmiegte sich bei jeder Bewegung eng um seine schlanken, langen Beine. Erstaunt stellte er fest, dass es trotz der frühlingsfrischen Luft keine Strümpfe trug.
Seit Wochen, seitdem er sie zum ersten Mal zufällig auf dem Bahnhof stehen sah, trieb ihn das Verlangen nach ihrem sinnlichen Körper, fast zur Tollheit. Ohne sie fühlte er sich wie ein Verdurstender in der Wüste. Das Verlangen nach ihr, ihren Bewegungen, ihrem Duft, einfach alles, hatten ein Feuer in ihm entfacht, ein Verlangen, das er noch nie in seinem Leben fühlte. Aber er wusste, dass er warten musste. Die richtige Gelegenheit war der Schlüssel zum Jagderfolg. Die

Ungeduld, zu der er neigte, konnte alles zerstören.
Noch hatte der nächtliche Frost das Land fest im Griff. Aber die Arbeit auf den Feldern konnte nicht mehr warten. Und sie hatte das abgelegenste Zwiebelfeld übernommen. Ein Fingerzeig des Himmels, da war er sicher. Ach, er liebte das Frühjahr. Der Frühling war die Zeit des Jägers.
Von seinem rechten Pobacken schob sich Fingerbreite um Fingerbreite ein ziehender Schmerz durch seinen Rücken nach oben. Still fluchte er. Nur nicht jetzt, flehte er wortlos zum Himmel, nicht heute Abend! Aber die himmlische Macht, zu der er flehte, schien gerade beschäftigt zu sein. Er kannte das Gefühl nur zu gut. In letzter Zeit tauchte er immer öfter auf, breitete sich aus und lähmte nacheinander Bein, Wade und Fuß. Immer weiter stieg der Hexenschuss, für so etwas hielt er es, in ihm hoch. Wenn das so weiterging, wurde es schwer, seine Beute nach Hause zu schaffen.
Vorsichtig, damit es ihn nicht sah, ließ er sich auf seinen Hintern fallen. Er spürte die Feuchtigkeit, die von der im Frühjahr spärlichen Sonne unerreicht, ihren Platz unter der Hecke behaupten konnte. Noch bot das wenige frische Laub zusammen mit den schneeweißen Blüten keinen ausreichenden Schutz vor den Blicken seines Opfers.
Eigentlich mochte er Schmerzen. Sie waren so ehrlich und rein. Diese kleinen Unannehmlichkeiten

erschienen ihm ein reeller und fairer Preis für seinen Jagderfolg. Dass er erfolgreich sein würde, bezweifelte er keine Sekunde. In diesem Metier war er ein Könner und von der Sonne beschienen. Was er von seinem übrigen Leben nicht behaupten konnte. Er hatte noch nie etwas alleine gestemmt. Keinen Militärdienst, ja nicht einmal ein Krieg gab diese verdammte Zeit her. Dabei war er in seiner Fantasie so oft über verwüstete Schlachtfelder gestapft, seine Stiefel mit dem Blut der Leichen getränkt, hatte er den verdammten Deutschen den Rest gegeben. Aber der Deutsch-französische Krieg war schon so lange her. Da war er noch nicht einmal geboren. Und kein Weiterer in Sicht. Diese verdammte Jahrhundertwende, dieses verrückte Jahr 1904, diese beschissene Freundlichkeit mit den Erbfeinden war die reinste Heuchelei. Niemand wollte es den verhassten Deutschen heimzahlen, dass sie sich einfach ein Teil seiner Heimat unter den Nagel gerissen hatten. Diese Feiglinge nahmen ihm jede Möglichkeit, ein richtiger Mann zu sein.
Langsam verschwand die Sonne hinter den Weiden, die am Horizont die letzte Bastion vor der ehemaligen deutschen Grenze bildeten. Seit der Deutsche Kaiser sich dieses Kleinod der »Grande Nation« einverleibt hatte, war alles hier deutsch. Jede Straße, jeder Busch, jeder Ort, alles trug nun deutsche Namen. Nur er nicht. Er war Franzose, ganz gleich, welcher schnauzbärtige Krüppel kam und ihm erklären wollte, dass er nun Deutscher

sei. Da konnte er nur lächeln. Deutscher? Er? Nie und nimmer. Er war und blieb Franzose. Und wenn sich die Gelegenheit des Krieges nicht bot, dann musste er es auf diese Art und Weise tun. Er nahm sich die Töchter der Familien, die sich so bereitwillig zu diesem verhassten Volk zählten. Das war die Rache, die er diesen Verrätern zukommen lassen konnte. Seine Chance sich an der Bevölkerung zu rächen. Und er tat, obwohl er eine Menge Arbeit hatte, in seiner Freizeit, was er tun konnte. Während die Scheinheiligen in den Schankstuben saßen, erntete er die Früchte ihrer Lenden.

Er lachte leise und schmierte sich einen Klumpen feuchten Dreck ins Gesicht. Er wusste, dass es nicht mehr lange dauern konnte. Dann bekam er endlich seine Belohnung.

Ruhig bückte er sich etwas tiefer und spürte wieder seinen Rücken. Unter den kräftigen Zweigen sah er die Beine und den Unterleib der jungen Frau. Mit kräftigen Schlägen bearbeitete sie den Boden. Schlag um Schlag sprangen die angetrockneten Schollen auf. Mit ihren schlanken, feingliedrigen Fingern zupfte sie das Unkraut aus dem lockerer Boden. Stein für Stein, Halm und Wurzel, alles zog sie heraus und warf es auf einen kleinen Haufen. Mit einem klickenden Geräusch kullerte eines der Gesteinsbröckchen zurück, geradewegs vor ihre Zehen. Mit einem schnellen

Tritt beförderte sie das Steinchen im hohen Bogen dicht neben ihn in seinen Busch.
Mit ihren Blicken folgte zu ihm und für einen winzigen Moment trafen sich ihre Augen. Seine Brust verkrampfe sich und schnürte ihm den Atem ab. Sah sie ihn dort lauern? Dann war alles hin und umsonst gewesen. So weit durfte es nicht kommen. Einige Augenblicke, die sich für ihn wie eine Ewigkeit anfühlten, haftete ihr Blick auf dem Dickicht. Er spürte den nassen Film, der sich über seinen Körper legte. ‚Ihre Augen, mein Gott, was für Augen‘, betete er leise sein Mantra herunter. Noch nie im Leben hatte er solche Augen gesehen. Sie waren stechend blau und hatten sich wie ein Werkzeug tief in seinen Verstand gebohrt. Sein Puls jagte wie eine wilde Reiterhorde los, als er spürte, wie sich sein Glied mit Blut füllte. Er musste sie haben, und zwar gleich. Seine Lenden gaukelten ihm plötzlich Bilder vor, wie er starb, wenn er sich nicht sofort mit ihr körperlich vereinigte. Leise röchelte sein Atem vor Erregung, aber er zwang sich, zu warten. ‚Jedes Mal diese verdammte Ungeduld‘, beruhigte er sich. ‚Du wirst sie noch so oft nehmen können. In wenigen Stunden gehört sie dir. Und das für immer. Bleib nur ganz ruhig und versaue es nicht wieder‘, flüsterte er wortlos zu sich selbst. Es war wie eine Erlösung, als sie sich wieder bückte und weiterarbeitete.
Sie hatte die Ärmel ihrer Bluse bis zu den Ellbogen heraufgerollt. Kleine, im schwindenden

Abendlicht wie Diamanten schimmernde Schweißtropfen benetzen ihre Haut. Im Rhythmus der Harkenschläge bewegte sich ihr Busen auf und ab und er spürt die aufkommende Erregung.
Für einen Moment fragt er sich, ob sie bemerkt hatte, dass sie beobachtet wird. Ihm war es schon oft so gegangen. Wenn ihn jemand ansah, fühlte er dieses Kribbeln auf der Haut. Möglicherweise empfand sie es jetzt gerade auch und sie spielte nur mit ihm. Möglichweise erregte es sie genau so wie ihn. Alleine dieser Gedanke reichte aus, um ihn wieder innerlich glühen zu lassen. ‚Mein Gott', betete er wieder, ‚lass mich ruhig werden.' Dir muss es doch aus daran gelegen sein, dass alles glatt über die Bühne geht. Du hast sie zu mir geführt und das hast du sicher nicht aus getan um mich zu quälen. Es überraschte ihn nicht, dass das Wesen im Himmel nicht antwortete. Es reagierte eigentlich nie auf seine Bitten. Und er sprach oft zu diesem abstrakten Ding. Obwohl er nicht im geringsten daran glaubte und auch keinen Wert auf seine Meinung legte. Das hatte er von den Alten so gelernt. Insgeheim wusste er jedoch, dass auch die schon nicht an diesen Kerl geglaubt hatten.
Eigentlich waren sie durchweg verdorben, diese ungläubigen Kreaturen. Sie brabbelten ihre Bitten unbedacht vor sich hin, erwarteten ohnehin keine Antwort und nur zwei Minuten später sündigten sie wieder, als wäre nie etwas gewesen. Abscheulich! Wie würden erst die Eltern dieses Mädchens beten

und flehen, wenn sie heute Abend nicht nach Hause kommen würde? Vielleicht geschah es ihnen genau recht so. Ein Lächeln huschte über seine Lippen. Möglicherweise hatte dieser imaginäre Mann, den sie Gott nannten, gerade ihn als Rächer für die Niederträchtigkeiten geschickt.

Eigentlich war ihm das alles vollkommen gleich. Ob er der gesalbte und von Gott berufene Rächer war oder eben nicht, zählte nichts. Sie war hier, er war hier, und in ein paar Stunden gehörte sie ihm. Wenn sie ihm nicht doch noch entwischte. Er hatte beschlossen, dass sie noch heute ihn gehören musste, ebenso wie schon so viele vor ihr.

Es waren schon so viele Frauen bei ihm gewesen, dass er sie nicht so einfach zählen konnte. Und immer war es das Gleiche. Anfangs zierten sie sich, wie Jungfrauen sich zieren. Es war das ewig gleiche Spiel der Frauen. Aber mit jedem Tag, den sie bei ihm waren, wurden sie zutraulicher. Wie Kälbchen, die sich an die Hand ihres Herrn gewöhnen. Sie hatten es alle gelernt. Jede von ihnen lernte zu gehorchen und das zu tun, was er von ihnen verlangte. Es war ja noch so schwierig. Alles folgte diesem einfachen Prinzip, das schon seit Anbeginn der Menschheit galt. Der Stärkere kam zu seinem Recht.

Und er war nun mal der Stärkere. Deshalb mussten sie gehorchen. Schließlich sorgte er auch für sie. Alle hatten ein sorgenfreies Leben bei ihm gehabt. Und im Gegenzug verlangte er kleine

Gegenleistungen. Schließlich gab es nichts im Leben umsonst. Dafür hatte er ihnen einen schönen Platz vorbereitet. Nur für sie. Und manchmal auf für ihn. Dann, wenn er ihnen beiwohnen wollte.

Aber warum waren alle so dumm? So zerbrechlich? Oder lag es an ihm? Warum mussten die sich nur so wehren. Aus welchen Grund zerrten diese Furien nur wie besessen an ihren Fesseln? Glaubten die wirklich, dass er sie so dilettantisch anbinden würde. Die waren doch nicht bei Trost. Ein Mann, wie er wusste, wie er etwas anbinden musste, damit es auch später noch da war. In den Momenten, wenn er die Folgen ihrer unvernünftigen, selbstzerstörerischen Bemühungen betrachten musste, wurde ihm regelmäßig schlecht.

Waren die wirklich so dumm, wie die hohen Gesellschaften immer behaupteten? Manchmal drängte sich der Verdacht auf. Ahnten die denn nicht, dass die einschneidende Schnur die Makellosigkeit ihrer Haut zerstörte? Was dachten die hirnlosen Weiber, warum er gerade sie ausgesucht hatte? Sie wurden doch schlagartig wertlos. Und an wem blieb es wieder hängen, wenn er sie beseitigen musste? An ihm natürlich. Wie wenn er seine Zeit irgendwo gestohlen hätte.

Aber er kannte Mittel und Wege. Und damit zähmte er sie alle. Aber er schlug sie nicht gerne. Es widerstrebt ihm, sie zu züchtigen. Natürlich versuchte es jede von ihnen auf die gleiche Masche. Sie verschmähten ihr Essen, wollten ihren

Beruhigungstee nicht trinken. Und das ging ihm an die Nerven. Was dachten diese blöden Weiber, wer sie waren? Waren die vielleicht der Meinung, es wäre schön für ihn, eine Furie zu vergewaltigen? Aber letztendlich knackte er sie alle. Glücklicherweise schwächelten sie recht schnell nach seinen Spezialbehandlungen. Früher war ihm diese Methode zuwider gewesen. Aber mit der Zeit liebte er sie immer mehr.

Meist starben die blöden Viecher aber schneller weg, als er sich Neue besorgen konnte. Aber dieses Weib hier sah stabil und robust aus. Sie würde einige Zeit seine Freudenspenderin sein. Sie hatte das Zeug dazu und schien stark genug zu sein, ihre gottgegebene Aufgabe zu erfüllen. Und ihr sollte diese Ehre zuteilwerden. Eine echte Ehre für eine Bauernmagd.

Würde sie sich wehren? Natürlich. Alle hatten sich gewehrt. Die Frage war eher, wie stark ihre Gegenwehr sein würde. Und noch eine Frage drängte sich in den Vordergrund. Wie wird sie wohl sein? Wird sie sich auch wehren, wenn sie gefesselt auf der Pritsche lag und sie das Unvermeidliche kommen sah? Oder siegte ihre Intelligenz, auf die er wegen ihrer feinen Gesichtszüge schloss? Aber lange würde es ohnehin nicht mehr dauern. In weniger als einem Tag wusste er es.

Er schreckte aus seinen Gedanken auf. Was war das für ein Geräusch? Angestrengt lauschte er in die beginnende Finsternis. Leise, fast nicht

wahrnehmbar, klang das Rattern von Wagenrädern auf dem steinigen Feldweg und zerstörte die andächtige Ruhe. In der Ferne, fast nicht zu erkennen, tauchte largsam ein Räderkarren aus dem trüben Licht auf. Er stieß einen leisen Fluch in den schwarzblauen Himmel. Es war zum Verzweifeln. Warum strafte ihn Gott nur so?
Langsam, so als hätte er jede Zeit der Welt, kam der Eselswagen den Weg entlang geschlichen. Im Grau des hereinbrechenden Abends konnte er das Gesicht des Fahrers erst erkennen, als dieser auf der Höhe von Polina Stoch anhielt. Vom Sitz herab grinste das breite Lächeln von Karl Rapp. Er kannte ihn. Er arbeitete auf dem Hof, auf dem auch sie arbeitete. Karl Rapp war ein Idiot, wie er bisher keinen Zweiten getroffen hatte. Sicher hatte er nicht mehr im Kopf als der Graue, der müde vor dem Karren her trottete.
»He, Polina,«, hörte er Karl rufen: »Fährst du mit zum Hof?« Anne nickte lachend und rannte zum Wagen. Mit einigen schnellen Schritten erreicht sie die Karre. Er spürte sein Herz schneller schlagen. Er war sich sicher, dass er noch nie eine Frau eleganter und schöner hatte rennen sehen. Auch wenn diese Art sich fortzubewegen, vollkommen unweiblich war. Sie bewegt sich so schön und elegant wie kaum eine andere. »Guten Abend, Karl. Kannst du einen Moment warten? Ich hole nur noch meine Sachen.« Mit kraftvollen Schritten rannte sie durch die Furchen, die ihre

Harke hinterlassen hatte und griff nach ihren Sachen. Mit ihren Zehen schoss sie ihre Holzlatschen aus den Furchen und schlüpfte hinein. Schon war sie wieder auf dem Rückweg. Karls schadenfrohes Lachen drang dumpf in seinen Brombeerbusch als Anne ihren Holzschuh verlor und beinahe stolperte.
Für einen Augenblick blieb sie stehen und sah zurück. Mit zusammengekniffenen Augen starrte sie auf die Stelle, an der er sich auf den Boden gesetzt hatte. Sah sie ihn? Sein Herz begann so heftig zu schlagen, als wollte es aus seiner Brust fliehen. Unsicherheit griff nach ihm. Sollte er ausharren oder doch lieber verschwinden? Was würde passieren, wenn ihn dieser Schwachkopf sah. Oder noch schlimmer: Ihn erkannte?
Er konnte sie in der aufkommenden Finsternis kaum noch vom Wagen unterscheiden. Deutlich konnte er ihre weißen Fingerknöchel sehen, als sie die Harke packte und in einem Schwung auf den Wagen warf. Sie raffte ihren Rock zusammen und stieg mit einem großen Schritt auf den Kutschbock. Das leuchtende Weiß ihrer Schenkel wurde für einen Augenblick sichtbar und ließ ihn einen Moment vor Erregung zittern. Ihr Lachen drang durch die Nacht zu ihm in den Busch. Sehen konnte er sie nicht mehr. Die einbrechende Schwärze hatte die menschlichen Konturen verschluckt.
Leise fluchte er. So ein Mist, rutschte es aus ihm heraus. So lange hatte er geduldig auf den

richtigen Moment gewartet. Und nun das. Wie aus dem Nichts erschien dieser Schwachkopf und alles war hin. Noch einmal hörte er ihr glockenhelles Lachen, dann übertönte das Geräusch der rollenden Räder ihre Stimme. Langsam löste sich die letzte Kontur des Wagens im graublauen Nachtschwarz auf.

Eine Woge der Enttäuschung drohte ihn mit sich zu reißen. Den Reflex, aufzuspringen und sich seinen Ärger von der Seele zu schreien, konnte er gerade noch unterdrücken. Sie war schon so nahe, und doch war alles gescheitert. Dabei war sie ihm doch schon fast sicher gewesen.

»Mein Gott, warum nur?«, stieß er zwischen seinen zusammengepressten Zähnen hervor, »Warum tust du mir das an? Warum hast du mich verlassen? Oder verabscheust du mich, weil ich sie töte? Gerade du? Wischst du nicht jeden Tag unzählige Menschen mit einem Handstreich hinweg? Bist du etwa besser als ich? Oder ich schlechter?«

Barsch wurde er in seinem Geschimpfe unterbrochen. Leise drangen die Geräusche nackter Füße auf sandigen Ackerboden zu ihm. Er hielt die Luft an. Aus dem nächtlichen Grau tauchte eine Gestalt auf. Sie war ebenfalls grau. Eine fast nicht wahrnehmbare Duftwolke aus einem Gemisch von Maiglöckchen und salzigem Schweiß drang bis unter seinen Busch. Jetzt erkannte er sie. Sie war zurückgekommen.

Es war ihm, als suche sie etwas. Jedoch vergebens. Die Dunkelheit hat alles, jede Einzelheit, eingehüllt wie ein dunkles Leichentuch. Er glaubte, zu erkennen, dass sie mit den Füßen den Boden abtastete. Sein Herz begann zu rasen. Dann stand sie ruhig da. Deutlich konnte er sie atmen hören. Es war ein schönes, beruhigendes Geräusch.

2. Kapitel

Friedrich presste seine Stirn gegen das kalte, schwarzgestrichene Eisen der schmalen Brücke, welche die Saar überspannte. Die Kühle der Nacht war jetzt noch reichlich darin gespeichert und schaffte eine wenig Linderung für seinen vollkommen überhitzten Körper. »Dieser verdammte Sommer«, fluchte er leise. Vorsichtig wischte er sich mit dem Handrücken über sein verschwitztes Gesicht bis hinunter zum Nacken. Sein weißer Hemdkragen war durchtränkt vom Schweiß und gab ihm das Gefühl, sich seit Wochen nicht gewaschen zu haben.
Dieses Wetter war nichts für Friedrich Halbach. Seit Wochen hatte es nun schon nicht mehr geregnet und der Pegel der Saar war so niedrig, wie er es in den Jahren, in denen er nun hier wohnte und seinen Dienst versah, noch nicht gesehen hatte. Wenn das noch lange so weiterging, musste die Saarschifffahrt wohl eingestellt werden. Er traute sich überhaupt nicht vorzustellen, was das für das Kaiserreich bedeuten würde.

Hier im Saargebiet wurden die Bleche für die großartigste Flotte, die Deutschland jemals gesehen und besessen hatte, hergestellt und verschifft. Nicht auszudenken, wie die Auswirkungen auf den Fortgang der Bautätigkeiten sich auswirken würden. Dabei war es doch so wichtig, dass unsere Marine gestärkt wurde. Rundum war Deutschland umzingelt von Feinden, die sicher nichts Gutes im Sinn hatten. Allen voran zerrte England an den Nerven der friedlichen Nation. Gleich nebenan lauerte der Franzose. Wobei diesem Volk die Schmach des Deutsch-Französischen Kriegs noch in den Knochen steckte. Aber Friedrich wusste, wenn er heute Morgen die Zeitungen aufschlug, prangten schon die Hetzparolen der Briten auf der Titelseite. Deshalb durfte es nicht zu einem Niedrigwasser kommen.

Halbach beugte sich nach vorne und stützte sich mit den Ellbogen auf das Geländer der Brücke. Gleich neben der Saar führte ein schmaler Treidelpfad auf beiden Seiten entlang des Wassers. In der Ferne erschien langsam ein Kahn, der von einer alten, braunen Stute gezogen wurde. Immer wieder klatschte das lange Seil, mit dem Pferd und Schiff verbunden waren, auf das Wasser und zerschlug die perfekte spiegelglatte Fläche in einen tausende Sterne beinhaltenden Regenschauer. Traurig betrachtete er die alte Mähre, den sich nach Leibeskräften anstrengte. Dass das ein aussterbendes Gewerbe war, schien ihr bewusst zu sein. Die moderne, immer mehr aufkommende Dampfschifffahrt versetzte dieser Methode wohl den Todesstoß.

Er kannte dieses Gespann. Jeden Morgen, wenn er die Zeit fand, sich hier noch einige Minuten zu entspannen, kamen die beiden von der Kohlengrube aus dem Warndt mit ihrer Fracht nach Saarbrücken. Zumeist war der Kahn mit Kohlen belanden, heute, das konnte Friedrich schon von weitem erkennen, fiel die Ladung jedoch deutlich geringer aus als sonst.

Für den Schiffer rentierte es sich sicherlich. Nachts, schon lange vor Sonnenaufgang transportierte er die Bergleute, die den größten Teil des Tages in der Dunkelheit der Gruben verbrachten, zu ihren Arbeitsplätzen. Eine Symbiose, von denen beide Seiten gut leben konnten. Die Bergmänner sparten die Zeit, die ein langer Eisenbahnweg sie kostete und zugleich noch Geld, weil der Schiffer sicher kein Blutsauger war. Und der wiederum brauchte keine Leerfahrt zu machen.

Vormittags fuhren die Schiffer dann ihre zweite Tour stromabwärts. Dann waren ihre Ladeflächen voll von Gemüse, Obst und sonstigem Kram. Mit dabei war natürlich das obligatorische Pferd, denn irgendwie mussten sie ja am Abend, beladen mit Bergleuten und Kohle, entgegen der Strömung zurückkommen.

»Guten Morgen, Herr Kommissar.« Friedrich Halbach schnellte erschrocken herum und sah dem Mann, der mit hektischen Bewegungen einen Karren über die Brücke schob, in die Augen. »Morgen, Herr Schenk«, grüßte er, nachdem er ihn gegen das tiefstehende aufgehende Sonnenlicht, das nun seinen Weg zwischen den Häuserschluchten erzwang, erkannte hatte.
»Darf ich ihnen einen Apfel anbieten«, lächelte Schenk, »das kann nicht schaden!« Energisch schüttelte Halbach den Kopf: »Nein danke. Obst und ich, das ist keine gute Verbindung. Wie geht es ihrer Frau?« Albert Schenk schüttelte den Kopf: »Nicht wirklich gut. Der verdammte Husten. Sie ist schon so schwach, dass sie nicht mehr auf dem Hof helfen kann. Jetzt muss ich sogar selbst mein Gemüse verkaufen. Ich kann ihnen sagen, lange halte ich das nicht mehr durch.« Halbach nickte und sah versonnen in Richtung der Ludwigskirche. Albert Schenk folgte der imaginären Linie seines Blickes. Halbach sah ihn an: »Verdammte Schwindsucht. Warum bringen sie sie nicht ins Krankenhaus?« Schenk sah zu Boden und schwieg einen Augenblick. Dann hob er seinen Blick und sah Halbach an: »Sie wissen von meinem Problem.« »Kein Geld?« Scherk nickte: »Alles versoffen. Ich kann mich gerade noch über Wasser halten. Ich habe kaum genügend Geld zum Leben, geschweige denn, um für meine Frau die Behandlung zu zahlen. Aber am schlimmsten trifft es mich, dass ich einfach nicht

aufhören kann.« Halbach schwieg und fingerte in der kleinen Tasche in seinem Ausgehrock. Sein Blick erhellte sich, als er das Fünf-Mark-Stück, das er gesucht hatte, zwischen den Fingern fühlte. »Hier, für ihre Frau. Aber versprechen sie mir, dass sie es nicht versaufen werden.«
Ohne weiter auf Schenk und dessen Worte zu achten, ging er langsam weiter in Richtung des Kaiserdenkmals. Andächtig sah er zu Wilhelm I. hoch. Der große Kaiser, der 1870 die Deutschen endlich vereinte und aus dem zerrissenen Reich endlich eine Einheit geformt hatte. Damals, als gerade zwanzigjähriger mit dem frischen Abitur in der Tasche, träumte er wie viele Deutschen von der Zukunft des neuen Reiches. Größer und schöner sollte es werden, besser als alle anderen Nationen dieses Kontinents. Und er wollte dem neuen Reich dienen. Da kam der Feldzug gegen Napoleon III. gerade recht. Begeistert meldete er sich freiwillig zum Militär. Im Grunde ein unüberlegter Entschluss, denn noch war Zeit, bis er ohnehin seinen Dienst dort antreten musste. Aber viel zu sehr nagte die Angst, die Chance ein Held zu werden und den Krieg zu verpassen, einfach vorbeiziehen zu lassen. Er hätte es dort so weit bringen können.
Vor einem Schaufenster blieb er stehen. ‚Herrenausstatter Johann Geib' prangte in riesigen Buchstaben auf der Scheibe. Mit einem Lächeln betrachtete er sein Spiegelbild im Fenster. Er war

zufrieden mit seinem Aussehen. Genau so musste ein deutscher Kriminalbeamter aussehen. Schwarze Hosen mit goldenen Nadelstreifen, schwarze Schuhe, die auf Hochglanz poliert waren, ein schneeweißes Oberhemd und einen schwarzen Ausgehrock. Über allem trug er einen dunklen, leichten Mantel, der ein Geschenk eines Freundes war. Ein Anblick, der ihn stolz machte. Aber um so gut auszusehen, zahlte er bei dieser Hitze einen hohen Preis.

3. Kapitel

Mit seinen dünnen, knochigen Fingern, die an die Beine einer Spinne erinnerten, drückte Halbach die Tür auf. Er wusste, dass ihm gleich der alltägliche Spießrutenlauf bevorstand. Noch einmal hauchte er in seine Handfläche und roch daran. Nein, eine Fahne hatte er nicht. Eigentlich konnten sie nichts wissen. Und wenn er wollte, konnte er jederzeit mit dem Trinken aufhören. Das war ein unumstößlicher Fakt. Aber er fragte sich oft, warum er das tun sollte. Im Gegensatz zu Schenk konnte er es sich leisten und außerdem gab es bei ihm keinen Menschen, den er damit schädigte.
Leise, als wolle er die Horde der in ihre Arbeit vertieften Löwinnen nicht aufschrecken, schloss er den Eingang hinter sich. Aber seine Vorsicht war nutzlos. Nur einen Augenblick später kam die erste der Angestellten auf ihn zugeeilt.

»Guten Morgen Herr Halbach«, grüßte sie überfreundlich. Er war sich, wie jeden Morgen, nicht sicher, ob der Gruß ernst gemeint war. »Ich hoffe, sie hatten eine gute Nacht.« War da nicht zwischen den Zeilen ein ironischer Unterton zu vernehmen? Eine Anspielung? Ahnten sie etwas? Friedrich atmete aus und sog dann schnell die Luft durch die Nase wieder ein. Nein, er hatte keine Fahne.
Dabei war er sicher, dass sein Nachmittagszeitvertreib schon durch alle Münder der weiblichen Angestellten gegangen war. Wie jeden Morgen fühlte er sich ertappt. Aber warum sollte er sich überhaupt schämen? Trank nicht jeder Mann einmal einen über den Durst? Und wen ging das etwas an? Niemanden. Nur ihn selbst.
»Guten Morgen meine Damen«, beantwortete er den Gruß und versuchte gelassen zu erscheinen. Schon spürte er die Hände, die an seinem Mantel zerrten, seinen Hut vom Kopf auf den Kleiderständer bugsierten. Er hasste dieses allmorgendliche Ritual. Und vor allem war ihm zuwider, mit diesen Weibern den Raum teilen zu müssen. Das ganze Gehabe hier widerte ihn an, aber er ließ es über sich ergehen. Was würden sonst seine Kollegen sagen?
Wie ein Schütze, der nach seiner Beute zielt, peilte Halbach seinen Schreibtisch an und setzte sich in Bewegung. Er spürte die Blicke der Frauen wie Feuer auf seiner Haut. Er wusste, dass sie ihm

nachglotzten, als sei er eine Jahrmarktsattraktion. Was führten diese Hyänen nur im Schilde. Jeden Tag dachte er darüber nach, konnte sich aber nie einen Reim darauf machen.
Federleicht wie ein Tänzer durchtanzte er den Raum. Aus den Augenwinkeln nahm er die lächelnden Frauen wahr, deren Blicke ihm zu seinem Schreibtisch folgten. Genau wie jeden Morgen. Er wusste, dass er Aufsehen erregte. Aber er hatte sich daran gewöhnt. Möglicherweise auch nicht. Gewöhnte sich ein Tier im Zoo daran, tagtäglich angestarrt zu werden? Vielleicht, aber er war nun mal kein Tier. Auch wenn er sich manchmal so fühlte.
Aber er konnte sich ihre Gafferei erklären. Die Menschen waren sensationslüstern. Sie begafften alles Andersartige. Und dass er anders war, hatte er in seinen letzten fünfundfünfzig Lebensjahren lernen müssen. Schon seine Körpergröße machte ihn zu etwas Besonderem. Er war mit seiner Größe von nur einem Meter sechzig, kleiner als die meisten der weiblichen Angestellten. Der Schöpfer hatte ihn wahrlich nicht beschenkt. Manchmal drängte sich der Verdacht auf, Gott wollte sich bei seiner Erschaffung einen Spaß machen. Und er hatte sich dabei wirklich alle Mühe gegeben.
Schon sein birnenförmiger Körper war ein wahres komödiantisches Meisterwerk. Seine schmalen Schultern ließen seinen Kopf riesig erscheinen. Ein Eindruck, der durch die fehlende Haarpracht

noch verstärkt wurde und ihn wie einen alten Mann erscheinen ließ. Sein dicker, ausladender Hintern bildete den optischen Gegensatz dazu. Die besenstieldünnen Beine drohten jeden Moment unter seinem massigen Hinterteil zu zerbersten. Seine Arme waren viel zu kurz und deutlich zu weit hinten angewachsen. Sie wirkten wie Dreschflegel, die bei jedem Schritt um den Körper wirbelten.
Leises Kichern begleitete ihn, als er sein Hinterteil in den hölzernen Bürostuhl fallen ließ. Er hatte es geschafft! Friedrich saß an seinem Schreibtisch und mit etwas Glück blieb er hier sitzen, bis er wieder nach Hause gehen konnte. Er atmete tief durch und begann in seiner Schublade zu kramen. Vorsichtig griff er nach dem Schild mit der Aufschrift: »Friedrich Wilhelm Halbach, Kriminalkommissar« und platzierte es exakt auf dem Platz, den er schon vor Jahren dafür ausgesucht hatte. Penibel richtete er das Metallschild aus, legte seinen Füllfederhalter und einige Bleistifte an die Seite seiner Schreibunterlage. Einige Blätter Papier vervollständigten das Gesamtkunstwerk. Dann lagen alle Utensilien so, wie sie jeden Tag lagen.
Vorsichtig, gerade so, als lauere ein grausames Untier darin, öffnete er seinen Kalender und begann zu lesen. Kaum ein Eintrag hatte das Papier verunstaltet. Alles deutete auf einen ruhigen Tag hin. Er mochte diese Tage. Seit er hier in Saarbrücken bei der Kriminalpolizei arbeitete,

hatte er jede Menge dieser entspannenden Phasen. Die Ganoven machten in diesem Teil des Kaiserreichs nicht sonderlich viel Arbeit und dafür war er ihnen dankbar. Ab und zu ein Einbruch, gelegentlich ein Diebstahl, den er dann getrost an die Kollegen der Schutzpolizei abgeben konnte. An und für sich ein gutes Leben, wenn, ja wenn nicht die verdammten Weiber ihren Spaß mit ihm trieben. Und damit musste er immer und zu jedem Zeitpunkt rechnen.
Pock, Pock, Pock, tanzte sein rechter Zeigefinger auf der Tischplatte herum. Er spürte eine aufkommende Nervosität. Dafür hatte er ein gutes Gespür. Jede noch so geringe atmosphärische Veränderung nahm er wahr. Ein Andenken, das ihm sein Vater hinterlassen hatte. Damals, als Junge, musste er jede noch so geringe, schlechte Schwingung spüren, um zu überleben. Sein Vorfahr war ein Despot und Choleriker, von dem es sicher kein zweites Exemplar auf Gottes Erde gab. Er schlug und misshandelte seine Frau. Und auch er wurde wegen jeder Kleinigkeit sein Opfer. Eben noch lachten sie gemeinsam, nur einen Augenblick später ging es für sie beide um die bloße Existenz. So hatte er ein Gespür dafür entwickelt, bei der geringsten Stimmungsänderung zu verschwinden. Aber was sollte es. Er konnte nichts mehr daran ändern.
Ein Räuspern hinter ihm ließ ihn herumschnellen. Eine junge Frau stand hinter ihm und sah ihn

erwartungsvoll an. »Aha«, dachte Halbach, »sie haben eine Neue, die sie schicken, um ihren Spaß zu haben.« Er hatte die Falle erkannt, also konnte er gelassen und freundlich bleiben. »Ja, Fräulein?«, säuselte er übertrieben gelassen, »wie kann ich ihnen helfen?« Nervös lächelte sie ihn an: »Der Herr Amtsrat möchte sie sprechen. Sie möchten bitte in sein Büro kommen.« »Und sie sind?« »Oh, entschuldigen sie. Helene von Frankenberg.« Sie knickste, senkte ihren Blick und reichte ihm die Hand. Halbach nickte, erwiderte ihren Gruß aber nicht.

Er stand auf und ging zum Büro des Amtsrates. Innerlich fluchte er. Vorbei war es mit der verdienten Ruhe. Wenn er in Ganserts Amtszimmer musste, war immer eine Sonderaufgabe damit verbunden. Ausgerechnet heute, wo die Sonne mit unerbittlicher Härte vom Himmel strahlte, kam irgendein Mist auf ihn zu. Was gab es hier schon so Wichtiges, was sich nicht auf morgen, übermorgen oder gar nächste Woche verschieben ließ?

Mit dem Knöchel des Zeigefingers klopfte er leicht, fast zärtlich, gegen die schmale Butzenscheibe der Tür. Seine Hand glitt über seine Weste, überprüfte den korrekten, straffen Sitz. Nervös zupfte er seinen Gehrock glatt. Aus den Augenwinkeln sah er die junge Frau neben sich stehen. »Was wollen Sie noch?«, er drehte sich zu ihr um, »sie können wieder gehen.« »Herein«, brüllte Rudolf Gansert und erstickte die Antwort von Frankenbergs.

Vorsichtig öffnete Halbach die Tür, trat ein und verbeugte sich devot. »Guten Morgen Herr Amtsrat.« »Morgen Halbach«, antwortete der Amtsrat kurz. »Haben sie auch schon den Weg hierher gefunden. Es ist schon …«, er sah auf die Uhr, die an der seinem Schreibtisch gegenüberliegenden Wand hing, »… schon fünf nach acht Uhr. Aber egal. Halbach, ich habe Arbeit für sie.« Unterwürfig kippte Halbachs Kopf nach vorne. »Natürlich Herr Amtsrat. Was kann ich für den Herrn Amtsrat tun?«

»Zwei Dinge, Halbach. Zum einen haben wir eine Tote in Rossbrücken. Der Doktor sagt, natürlicher Tod. Untersuchen, Halbach. Wenn alles so in Ordnung ist, Stempel unter das Dokument und dann ist der Fall erledigt.« »Natürlich, Herr Amtsrat. Natürlich kenne ich das Prozedere. Und was kann ich noch für Herrn Amtsrat tun?«

»Die zweite Angelegenheit ist etwas diffiziler, Halbach. Die erfordert einiges an Fingerspitzengefühl. Das haben sie doch?« »Natürlich Herr Amtsrat. Fingerspitzengefühl.« »Gut Halbach. Das hier ist Fräulein …«, jetzt erst nahm Halbach die junge Frau wahr, die mit ihm eingetreten war. »Helene Sophia von Frankenberg, Herr Amtsrat«, lächelte die Gefragte Rudolf Gansert an. »Halbach, das ist Fräulein von Frankenberg. Sie ist ab heute unsere

Polizeiassistentin. Sie werden ihr alles nötig beibringen.«

Innerhalb eines Wimpernschlags war die gesamte Farbe aus Halbach Gesicht gewichen. Mit offenem Mund sah er Gansert an. Es musste sich um einen derben Spaß handeln. Das konnte, nein, das durfte nur ein Scherz sein. Er, der Kriminalkommissar Friedrich Wilhelm Halbach, hatte nicht diesen Posten inne, um einer Frau etwas beizubringen. Wenn das wahr sein sollte, was Gott verhindern möge, wäre das Schlimmste, was ihm passieren konnte, eingetreten. Gansert wollte ihm eine der Hyänen aufs Auge drücken. Das war ein Schritt in die Hölle. Das konnte Amtsrat Gansert nicht ernst meinen.

Energisch schüttelte Friedrich Halbach den Kopf. »Nein, Herr Amtsrat. Bei allem Respekt. Aber ...« »Was aber?«, unterbrach ihn der Amtsrat. »Herr Amtsrat haben sicher bemerkt, dass diese Person eine Frau ist. Frauen sind nicht für solch eine Arbeit geeignet.« »Ach Halbach, das ist doch Unsinn. In Berlin arbeitet eine Frau in der gleichen Anstellung. Und wie ich gehört habe, macht sie das nicht schlecht. Also in den Grenzen, die der Schöpfer dem weiblichen Geschlecht gesetzt hat. Sollen wir hier etwa hintern den Berlinern anstehen? Wenn die das können, dann machen wir das auch.« »Aber Herr Amtsrat, mit allem nötigen Respekt. Ich bin dagegen. Ich bin entschieden

dagegen, mit einer Frau zusammenzuarbeiten. Und außerdem ...«
Weiter kam Halbach nicht. »Halbach, was nehmen sie sich heraus?«, brüllte Gansert ihn an. Reflexartig schnellte Halbachs Brust nach vorne. Seine Hacken knallten zusammen. Instinktiv übernahm der militärische Drill, den er jahrelang erlebt hatte, die Oberhand über seine Handlungen. »Halbach«, brüllte der Amtsrat, »durch mich spricht der Kaiser. Es ist des Kaisers Willen, dass ich ihnen Befehle erteile. Wollen sie sich etwa herausnehmen, unserem Kaiser zu widersprechen?« »Nein, Herr Amtsrat. Natürlich nicht, Herr Amtsrat«, tönte die Stimme aus dem in stocksteifer Haltung stehenden Halbach. »Gut, Halbach«, die Lautstärke Ganserts sank wieder auf ein normales Maß, »jetzt nehmen sie Fräulein von Frankenberg mit zu dieser Untersuchung. Zeigen sie ihr alles. Sie wird sie bei den Untersuchungen unterstützen.«

Amtsrat Gansert senkte den Kopf und beschäftigte sich wieder mit den Unterlagen, die vor ihm auf dem einfachen Schreibtisch lagen. Als er wieder den Blick hob, stand Halbach noch immer da, die Hände an den Hosennähten, die Nase nach oben und die Brust hervorgedrückt. »Ist noch was, Halbach? Sie können wegtreten.« Da die Bewegung Halbachs nicht augenblicklich einsetzte, schob er noch ein unfreundliches »Na wird´s bald!« nach.

Als sich Friedrich Halbach zurück an seinen Schreibtisch setzte, überkam ihn eine nie gekannte Übelkeit. Langsam ließ er die abgestandene Büroluft durch seine Lungen fließen. Warum ausgerechnet er? Warum musste er mit diesem Weibsbild nach Rossbrücken fahren? Mit jeder Sekunde verwandelte sich die Übelkeit in Ärger. Was bildete sich dieses Fräulein von Frankenberg überhaupt ein? Polizeidienst. Wollte sie die Kriminalpolizei lächerlich machen? Als junge Frau sollte sie sich lieber Gedanken über eine Heirat und die damit verbundene Haushaltsführung machen. Polizeiassistentin. Was für ein Titel. Lächerlich.

Bis er die Zugangsberechtigung zur Polizei bekam, war er erst einmal durch hunderte Gräben gekrochen, hatte unzählige Stunden Wache gestanden und dem Kaiserreich gedient. Und dieses Dämchen kam einfach so daher und wurde Polizeiassistentin. Aber so leicht würde er es ihr nicht machen. Ein Plan musste her, irgendein Gedanke, wie er sie wieder loswerden würde. Aber erst einmal musste er sich mit ihr herumschlagen.
»Halbach«, die Stimme Ganserts riss ihn aus seinen Gedanken, »noch eine kleine Bitte. Oder soll ich es Warnung nennen? Fräulein von Frankenberg ist die Tochter des Theaterdirektors von Frankenberg. Sie sollten wissen, Adolf von Frankenberg ist ein sehr enger Freund von mir. Er hat mich gebeten, seiner Tochter ihren Wunsch zu erfüllen. Sie hat

sich in der Kopf gesetzt, so wie Henriette Arendt, die eben erwähnte Berliner Polizistin, eine Kriminalassistentin zu werden. Also legen sie ihr, und vor allem mir, keine Steine in den Weg. Ich würde es ihnen nachtragen, Halbach. Verstehen wir uns?« Halbach nickte.

»Mensch, Halbach. Sie machen ja ein Gesicht wie nach einem Unglück. Kopf hoch. Sie werden schon Mittel und Wege finden, um die Sache zu bereinigen. Sie verstehen mich? Falls nicht, sage ich es ihnen mit klaren Worten. Auch ich bin vollkommen dagegen, dass eine Frau, noch dazu eine solch junge Dame aus gutem Hause, ihr schönes Näschen in die Angelegenheiten der Polizei stecken muss. Aber sie hat es sich in den Kopf gesetzt und ich bin ihrem Vater sehr eng verbunden.

Also tun sie alles was sie können, um ihr diesen Floh aus dem Ohr zu nehmen. Wenn sie zurück sind, möchte ich, dass dieser Spuk vorbei ist. Verstehen sie mich?

Ziehen Sie alle Register und zeigen sie ihr, dass die Polizeiarbeit Männersache ist. Noch einmal: Wenn Sie zurück sind, will ich dieses Weibsbild hier nicht mehr sehen. Halbach, sie haben freie Hand.«

»Mensch Halbach, zeigen sie ihr die Leiche. Oder noch besser: Lassen Sie Fräulein von Frankenberg die Tote untersuchen. Das wird sie sicher heilen. Und vor allem wahren sie Haltung. Lassen Sie sich irgendeine Schweinerei einfallen. Sie waren doch

beim Militär. Da haben sie sicher ein riesiges Repertoire an Möglichkeiten jemanden so richtig zu schleifen. Lassen sie sich etwas einfallen. Aber denken sie immer an meine Freundschaft zu ihrem Vater. Machen sie sich und unseren Kaiser stolz!«
Noch im Satz war Gansert wieder verschwunden.
»Kaiser stolz machen, jawohl!«, murmelte er, während er die Stifte zurück in die Schublade räumte. Und wer machte ihn stolz? Niemand scherte sich um seine Gefühle. Eine Frau im Polizeidienst. So ein Unsinn. War dieser Kaiser überhaupt noch bei Sinnen? Unter seinem Großvater Wilhelm I. hätte es so etwas nicht gegeben. Was kam da noch auf ihn zu, wenn jetzt schon Frauen bei der Polizei waren? Das war der Untergang des Deutschen Kaiserreichs.
»Von Frankenberg«, brüllte Halbach durch den Raum und stand auf. Helene von Frankenberg kam auf ihn zugeeilt. Erst jetzt konnte er sie in richtig ansehen. Wenigstens hatte sie bei ihrer Kleiderwahl nicht solch ein Papageienkostüm gewählt. Er mochte diese bunten, farbenfrohen Kleider nicht. Aber dass schien ihm erspart zu bleiben. Sie trug einen dunkelblauen Rock, der ihr bis über die Schuhe fiel und dazu eine weiße Bluse mit einem Rüschenaufsatz über der Knopfleiste. Ihre wirren, lockigen Haare hatte sie zu einem Knoten gebunden. Lediglich eine einzelne Strähne lag quer über der Stirn und setzte ihrem züchtigen Äußeren einen rebellischen Kontrapunkt. Ihr

Gesicht hatte die Farbe von chinesischem Porzellan und auch ihre Haut war von makelloser Schönheit. Einen reizvollen Kontrast bildeten ihre fast schwarzen Augen. Augenbrauen und Haare in der gleichen Farbe verliehen ihr eine fremdländische anmutende Schönheit. Ihre edlen, zutiefst europäischen Gesichtszüge zeugten jedoch von ihrer deutschen Abstammung. Alles in allem sah sie in Halbachs Augen annehmbar aus.
»Ja, Herr Kommissar?« »Kommen sie, wir fahren nach Rossbrücken.« »Ja, Herr Kommissar.« Wie ein Hündchen folgte sie Halbach, der mit großen, energischen Schritten voraus schlurfte. Er riss im Vorübergehen seinen Hut und seinen Mantel vom Haken und öffnete die Tür. »Wir werden einen Wagen nehmen. Haben Sie schon mal eine Leiche gesehen?« Von Frankenberg nickte. »Ja, Herr Kommissar.« Friedrich sah sie aus den Augenwinkeln misstrauisch an, schwieg aber.

4. Kapitel

Schwer atmend ließ sich Halbach auf den Sitz des Wagens fallen. Helene von Frankenberg blieb vor der Wagentür stehen und begann ihren Rock zu raffen. Jetzt erst konnte Friedrich Halbach ihre Stiefel erkennen, die sie unter dem Rock trug. Braunes Leder von besonders guter Qualität. Sie waren gepflegt und staubfrei. Die kommt aus einem guten Haus, schoss ein freundlicher Gedanke durch

seinen Kopf. Aber sofort gelang es ihm, den Anflug von Sympathie wieder zu zügeln. Auch wenn sie saubere, wirklich gute Schuhe trug und ordentlich angezogen war, blieb sie eine Frau. Und da gaben ihm die Wissenschaftler recht: Frauen hatten eine viel zu beschränkte Intelligenz um einen so anspruchsvollen Beruf auszuüben. Sie waren durch ihre göttliche Bestimmung dumm geblieben und so lediglich für Haus und Kinder geschaffen.
»Was ist?«, fragte er mürrisch aus dem Wageninnern zu Helene, die noch immer vor dem Wagen stand, »Brauchen sie ein Einladungskärtchen?« Zeitgleich klopfte er dem Fahrer auf die Schulter. »Wie ist ihr Name?« »Johannes, Herr Kommissar.« Der Mann in der dunkelblauen Uniform, deren Bünde mit feinen, roten Streifen verziert waren, zog seine Mütze ab und verbeugte sich devot: »Mein Name ist Johannes Baron. Aber es genügt, wenn sie mich Johannes nennen.« »Gut Johannes. Helfen sie Fräulein Wichtig in den Wagen. Und wenn sie es heute noch schafft, fahren Sie uns nach Rossbrücken.« »Jawohl, Herr Kommissar«, antwortete Baron und schlug die Hacken zusammen. Er eilte um den Wagen und reichte Helene von Frankenberg die Hand. Vorsichtig, um nicht zu viel Einblick zu gewähren, hob sie den Rock und stieg auf die metallene Schwelle, die am Wagen angebracht war, und schob sich durch die schmale Tür nach innen.
Halbach sah Johannes Baron nach. Das mochte er. Zackig, gehorsam, männlich. Dieser Mann wäre

tausendmal mehr für den unteren Polizeidienst geeignet als dieses verzogene Püppchen. Er sah Helene von Frankenberg herausfordernd an und glaubte eine Mischung von Empörung und Ärger zu erkennen. Ein Gefühl von Überlegenheit stieg in ihm auf.
»So Fräulein von Frankenberg«, in Halbachs Stimme schwang eine Messerspitze Zynik mit, »Jetzt, da sie endlich sitzen, einige Regeln, die wir einhalten sollten. Zuerst sollten sie wissen, dass ich für Sie verantwortlich bin. Amtsrat Gansert hat mich gebeten, gut auf sie aufzupassen. Für sie ist also jedes Wort, das ich sage, Gesetz. Ich bin der Kommissar und sie sind lediglich eine Polizeiassistentin, was auch immer das sein mag. Und ich sage ihnen, ginge es nach mir, säßen sie jetzt sicher nicht auf diesem Sitz.«
Er schwieg, als Johannes Baron den Wagen anließ. Tuckernd gab der Motor die ersten Lebenszeichen von sich. Halbach sah Helene von Frankenberg an.
»Mein Kind«, Halbach lächelte sie großmütig an, »sie scheinen zu erkennen, dass sie einen Fehler gemacht haben. Das ist lobenswert. Wenn sie möchten, kann Johannes sie nach Hause fahren. Sicher wissen sie, dass sie als Frau nicht über die geistigen Fähigkeiten für eine solche Herausforderung verfügen.« Er lächelte sie gönnerhaft an und beugte sich zu Baron nach vorne: »Johannes, fahren sie Fräulein von Frankenberg in die ..., wo wohnen sie noch gleich?«

Sie saß mit gesenktem Blick und im Schoß gefalteten Händen da. Sie schwieg. Sie schien zu spüren, dass er eine Entscheidung wollte. »Natürlich Herr Kommissar. Natürlich weiß ich, dass eine Frau nicht wie ein Mann denken kann. Aber vielleicht kann ich durch meine Intuition, mein Gefühl zu einem Erfolg beitragen.« Halbach lächelte: »Ihre Adresse.« »Ich habe von Amtsrat Gansert die Zusage, dass ich es versuchen kann. Ich möchte nicht nach Hause.« Sie senkte wieder den Blick und starrte auf ihre Hände.
»Gut. Dann soll es so sein, Fräulein von Frankenberg. Und nun die Regeln unseres heutigen Einsatzes. Wir fahren nach Rossbrücken. Sie werden die Tote untersuchen. Aber ich möchte danach keine Beschwerden hören.«
Friedrich zog sein Taschentuch aus der Tasche und wischte sich den Schweiß von der Stirn. Mit einem Finger zog er den plötzlich viel zu engen Kragen etwas von seinem Hals. Luft, schrie sein Verstand, etwas mehr Atem, sonst ersticke ich. Für einen Moment zog sich seine Brust zusammen und ihm wurde schwarz vor den Augen. Friedrich, beruhig dich, redete er wortlos in seinem Innern auf sich ein, bleib ruhig. Musste das Schicksal so groben Unfug mit ihm treiben? Ein Weib bei der Polizei! Kein Wunder, dass er sich aufregte. Aber diesem Ding würde er schon zeigen, wie die Welt wirklich war. Und das in ganz kurzer Zeit. Und es würde ihn wundern, wenn sie das länger als einen Tag

aushalten würde. Der Anblick einer jungen, toten Frau würde ihr die Augen öffnen und ihr die Flausen aus dem Kopf treiben. Er wandte sich wieder zu Helene.
»Ich möchte sie mit meiner Entscheidung nicht überfordern. Wenn sie es nicht möchten, kann ich es verstehen. Aber es ist wegen der Pietät. Die Tote ist eine Frau und da gehört es sich nicht, wenn ich als Mann ...« Erneut wischte, er den Schweiß von seinem rotglühenden Gesicht. Eine dicke Perle der Flüssigkeit löste sich von seiner Augenbraue und landete auf seiner Weste.
»Und um einige Regeln für unsere weitere Zusammenarbeit festzulegen. Sie werden nicht unaufgefordert reden. Sie äußern sich nur, wenn Sie gefragt werden. Haben sie das verstanden?«
»Ja, Herr Kommissar.« »Noch etwas, von Frankenberg. Ich mag sie nicht. Und ich werde alles daran setzen, sie so schnell wie möglich wieder los zu werden. Und glauben sie mir, ich werde einen Grund finden. Seien sie sicher, ich werde sie jede Sekunde, jeden Augenblick beobachten. Eine falsche Bewegung, nur ein einziges, falsches Wort und sie sind auf dem Heimweg. Aber missverstehen sie mich nicht. Es hat nichts mit ihnen persönlich zu tun. Nur werde ich niemals eine Frau bei der Polizei dulden.«
Sie schwiegen wieder. Halbach öffnete die Seitenscheiben des Wagens. Schweißperlen standen auf seiner Stirn. Sein Kopf war vor Ärger und der

langsam höher steigenden Sonne gerötet. Er atmete schwer. »Oh diese Hitze. Mein Gott, Johannes. Geht das denn nicht schneller? Dieser Sommer bringt mich an den Rand der Verzweiflung.« Wieder trat Stille ein. Der schwere Duft von Blüten schwebte wie ein übergewichtiger Engel durch die geöffnete Fensterscheibe herein. Da von Helene keine Antwort kam, drehte er sich zu ihr. Ihre Blicke trafen sich. Die Frage war von seinen Augen abzulesen. Doch Helene von Frankenberg reagierte nicht.
»Was ist? Können Sie nicht sprechen. Kennen Sie nicht die einfachsten Regeln der Konversation?«
»Doch natürlich, Herr Kommissar. Aber ich darf doch nicht reden.« »Von Frankenberg, von Frankenberg. Sie sollen nicht reden, wenn sie nicht gefragt sind. Aber diese Anordnung betrifft doch die Arbeit. Unsere private Konversation ist davon nicht betroffen.« Er lächelte wie ein Schulmeister, der eine Schülerin zurechtgewiesen hatte. »Natürlich dürfen sie sprechen. Ich bin doch kein Unmensch!«

5. Kapitel

Quietschend versuchte die Federung, das Fahrzeug auf den unebenen Wegen in der Waage zu halten. Wie ein Finger Gottes schien die riesige Staubsäule, die sich hinter dem Fahrzeug aufgebaut hatte, den Wagen voranzuschieben. Partikel von Staub, Blumenduft und der sommerlichen Hitze wurden durch die geöffneten Fenster herein gewirbelt. Jeder Atemzug fühlte sich für Helene wie eine sportliche Höchstleistung an.

Helene sah aus dem Fenster. Es war ihr unangenehm, Halbach anzusehen. Noch wie im Leben hatte sie einen solchen Ignoranten getroffen. Was bildete sich dieser Mensch ein. Nur weil er im Kriminaldienst war, hielt er sich für etwas Besseres. Dabei hätte sie gerade von ihm eine andere Einstellung erwartet. Er verkehrte in vielen Schichten der Bevölkerung und sollte erkannt haben, dass sie nicht schlechter war, nur weil sie eine Frau war.

Aber diese Ablehnung schien nicht aus den Köpfen der Männer zu verdrängen sein. Dabei hatte sie solch große Hoffnungen auf das neue Jahrhundert gesetzt. Aber vermutlich war sie nicht die einzige Frau im Kaiserreich, die auf eine Änderung hoffte. Dass es auch anders ging, zeigten die Suffragetten in England. Sie hatten die Courage und kämpften für ihre Rechte. Aber dafür waren sich die deutschen Damen wohl zu fein. Sie alle hofften auf männliche Einsicht. Und in diesem Punkt konnte Helene ihnen die Hand reichen.

Noch immer fühlte sie den Ärger, der ihre Brust zusammenschnürte. Aber auch Zweifel legten ihre dunklen Schatten über ihren Geist. Bilder stiegen wie wabernder Nebel in ihrem Kopf auf. War es richtig gewesen, auf diese Stelle zu beharren. Lediglich dem guten Kontakt ihres Vaters hatte sie

es zu verdanken, dass sie heute in diesem Wagen saß. Die Zweifel waren berechtigt. Aber welche Alternative bot sich ihr?
Zuhause wartete die Ehe mit Karl Preuß. Er war schon einunddreißig Jahre alt. Immer wenn sie ihn ansah, erinnerte er sie mit seinen rotblonden, lichten Haaren an einen alten, verwirrten Greis. Als er vor einigen Wochen um ihre Hand anhielt, glaubte Helene noch einen Scherz, den sich ihre Brüder nachträglich zu ihrem Geburtstag einfallen ließen. Als ihre Eltern nach langer, gemeinsamer Diskussion einwilligten, brach ihre Welt schlagartig in sich zusammen. Was sollte nun werden? Was war nun mit den vielen Mädchenträumen, in denen sie kranke Tiere heilte, große Forscher auf ihren Reisen begleitete oder sich ganz der Forschung hingab. Sie wusste, dass es niemals dazu kommen würde, aber so zu enden, das war ein Albtraum. Sie war nicht geschaffen für das Leben an der Seite eines Mannes, den sie nicht liebte. Sie wollte nicht als schönes Vorzeigeweibchen und Mutter verkommen und alle ihre Träume über Bord werfen. Dazu war sie nicht geschaffen. In einem ihrer Romane, die sie gierig wie ein Verdurstender das Wasser in sich hineinschlag, hatte sie von Liebe gelesen, diesem unbändigen Gefühl, dass zwei Menschen auf Ewigkeiten miteinander verband. Und genau das wollte sie spüren, diese brennende, verzehrende Liebe. Und jetzt kam ihr diese Heirat dazwischen.

Karl Preuß war alles andere, als der Ehemann, den sie sich selbst aussuchen würde. Noch dazu würde sie ihn niemals lieben können. Er kam zwar aus gutem Hause und sie wäre finanziell abgesichert. Aber Karl Preuß war dumm. Schon beim ersten Gespräch war es ihr aufgefallen. Und dabei war der Begriff ‚Dumm' noch harmlos ausgedrückt. Er verstand nicht das Geringste, was sie ihm erzählt hatte. Ihre Späße nicht und selbst die belanglosesten Gespräche waren für ihn zu viel. Er war für sie nicht mehr als ein Affe. Ein reicher Primat, der sich in der besseren Gesellschaft, ein passendes Weibchen suchte.

Helene wollte aber nicht diese Auserwählte sein. Was sie aber neben der einsamen Entscheidung ihrer Eltern am meisten ärgerte, war die Tatsache, dass sie ihre Weigerung als Trotz abtaten. »Ach, ist die junge Dame wieder starrköpfig?«, spottete Mama. »Und Kind, ich habe mir deinen Vater auch nicht ausgesucht, aber ich habe mich mit der Situation abgefunden. Und du siehst, dass nach gewissen anfänglichen Schwierigkeiten, alles gut geworden ist. Dir wird es ebenso gehen.« Eine schlimmere Rechtfertigung für ihre Zwangshochzeit, und so musste sie es nennen, konnte es nicht geben. Da schimpften die Deutschen über die Wilden in den Kolonien, redeten darüber, dass ihre Bräuche heidnisch wären, und dann taten sie selbst das Gleiche. Das war unerhört. Hier war es nicht besser als im Dschungel von Deutsch-Südwest-Afrika bei den Schwarzen. Und das ärgerte sie maßlos. Aber es war ohnehin gleich, was sie darüber dachte. Es war beschlossene Sache. Aber damit konnte und wollte sie sich einfach nicht abfinden.

Nur der Liebe ihres Vaters hatte sie die letzte Chance zu verdanken. Ihre, vielleicht letzte Möglichkeit, dieser unglückseligen Verbindung zu entgehen. Seine Freundschaft zu Amtsrat Gansert konnte der rettende Strohhalm sein. Hatte Vater geahnt, dass sie dadurch der Ehe entfliehen wollte? Wenn sie sich beruflich gut stellen konnte, würde sie niemand zwingen, diesen Mann zu heiraten. Dann war sie in der Lage ihren Mann selbst zu suchen. Bisher war alles gut. Wenn nur diese verdammten Zweifel nicht wären.
Aber vielleicht hätte sie ihn doch heiraten sollen. So wie es alle von ihr erwartete. Die Aussicht, die sie mit diesem Schritt erwartet hätte, waren Kinder und Haushalt. Aber in ihrem Unterbewusstsein schrie eine Stimme vor Empörung. Ihr Geist und ihr Körper lechzten nach Abwechslung und einer neuen Herausforderung. Doch war dass das Richtige für eine junge Frau? Hatte Halbach möglicherweise doch Recht mit seiner ablehnenden Haltung? War sie überhaupt stark genug um einen Toten zu sehen. Noch schlimmer, sie sollte die Tote untersuchen. Der bohrende Gedanke und die Hitze trieben ihr die Schweißperlen auf die Stirn.

Ihr Blick streifte wieder über die kahle Landschaft. Warum sich Generationen von Deutschen und Franzosen wegen dieses hässlichen Stückchens Land, die Köpfe eingeschlagen hatten, konnte sie nicht verstehen. Bis zum Horizont nichts als Felder. Nur manchmal tauchte im gleichförmigen Grün ein einzelner Baum auf.

»Wie langweilig«, dachte Helene. Seit sie Saarbrücken verlassen hatten, bot sich immer wieder das gleiche Bild. Hübel, Felder, Wiesen. Jetzt, da sie sich dem Ziel näherten, wurden die ewig gleichen Getreidefelder aber immer wieder von Kartoffelfeldern unterbrochen. Auf den Kartoffeläckern waren Scharen von Kindern unterwegs. Die massenhaft auftretenden Kartoffelkäfer machten es den Bauern in diesem heißen Sommer schwer.

Helene dachte nach. Seit der gelbschwarze Käfer erstmals in England aufgetreten war, hatte er so manchen Menschen ruiniert. Aber die Kinder freute es. Für sie sprang so der ein oder andere schulfreier Tag heraus. Auch sie war an so manchem Tag zum Käfersammeln mit ihren Freundinnen auf die Felder geschickt worden. Der einzige Unterschied war, dass es damals auf Maikäfer ging. Noch immer hörte sie das aufgeregte Geschnatter der Gänse und Enten, wenn sie die Käferernte im Anschluss an die Sammelstunden als Futter bekamen. »Des einen Tod, des Andern Brot«, pflegte ihr Vater bei solchen Gelegenheiten zu sagen.

Helene sah an Johannes Baron vorbei durch die schmutzige Windschutzscheibe. In der Ferne stach, wie ein riesiger, weißer Stachel, der Kirchturm von Rossbrücken in den Himmel. Bleifarbene Wolkensäulen hingen wie gigantische, dunkle Wattebäusche am Horizont. Das Gewitter, das sie versprachen, würde sicher wie ein wütender Stier toben. Die alles verschlingende Schwüle, die mit diesem Unwetter Hand in Hand ging, war schon angekommen.
Durch den Staub konnte sie eine Menschengruppe erkennen, die sich langsam aber stetig vom Ort entfernt. Helene kniff die Augen zusammen, um besser sehen zu können. Alle waren in schmutzig weiße Hosen und dunkle Jacken gehüllt und trotteten entlang der staubigen Straße in die Richtung, aus der sie gerade kamen.
»Herr Baron«, sie beugte sich etwas nach vorne, »was sind das für Leute?« Halbach lachte schrill auf ohne die Antwort Barons abzuwarten: »Da sehen sie es. Sie wissen nichts. Das, Fräulein von Frankenberg, das ist die Wirklichkeit des Lebens. Das sind Bergmänner, die auf dem Weg zur Grube sind. Sie werden gleich ihr Leben riskieren, damit ihr Hintern im Winter warm ist.« Baron nickte: »Die Mittagschicht. Bevor ich Fahrer wurde, war ich auch einer von den Männern im Berg. Dann hatte ich einen ...« »Baron, zügeln sie sich. Habe ich sie um ihren Kommentar gebeten? Sicher nicht.« »Jawohl Herr Kommissar.«

Die Hitze im Wagen wurde immer drückender. Das Fenster war nur einen winzigen Spalt geöffnet und ließ wenig frische Luft ins Innere. Helene hatte ihre schweißnassen Finger in ihrem Schoß gefaltet. Sie fühlte sich unwohl. Alles an ihr klebte an etwas fest. Sie spürte den Schweiß, der sich in feinen Perlen zwischen ihren Brüsten sammelte und als Rinnsal zu ihrem Nabel rann. Seit sie weggefahren waren, lag eine Glocke des Unwohlseins und der Feindlichkeit über dem Wagen. Aus ihren Augenwinkeln sah sie verstohlen zu Halbach. Er sollte nicht bemerken, dass sie ihn beobachtete. Und was sie sah, beunruhigte sie. Sein Kopf war zu einer roten Kugel herangeschwollen. Noch immer hatte er seinen melonenförmigen Hut fest auf dem Kopf sitzen. Eine schmale, glänzende Linie aus Schweiß lief ihm über seine Schläfe zum Hals. Auch sein Gesicht war schweißnass. Selbst sein Kragen war durchgeweicht. Ganz offensichtlich litt er wie ein Hund. Aber sie fühlte kein Mitleid mit ihm.
»Ja, Herr Kommissar, ich habe keine Ahnung«, flüsterte Helene kaum hörbar, »Aber ich bin nicht dumm. Auch wenn sie das von mir denken. Ich war auf dem Lyzeum, der höheren Töchterschule und habe dort vieles gelernt. Auch etwas französisch und sogar englisch.« »Haha«, lachte Halbach spöttisch auf, »da hören sie es, Baron. Das gnädige Fräulein hat von nichts eine Ahnung. Pah, französisch und englisch. Und so etwas will bei der Polizei arbeiten. Was denken sie darüber, Baron?« Johannes

Barons Augen wanderten in den Rückspiegel und musterten Helenes Gesicht. Er schwieg.
»Gut, Baron. Sie waren also im Bergbau tätig? Dann erklären sie von Frankenberg, wo die Männer hingehen.« Baron nickte: »Fräulein von Frankenberg, die Männer gehen vermutlich zu der Grube Camphausen. Dort sind Schächte in den Boden gegraben. Sie müssen nämlich wissen, dass Steinkohle aus alten Wäldern entstanden ist. Und die liegt tief unter der Erde. Manchmal findet man sie schon in zweihundert, oft aber erst in tausend Metern Tiefe.« »Und dort hinunter, so tief unter die Erde müssen diese Männer?«
Baron nickte wieder: »Genau. Dort brechen sie unter Lebensgefahr die Kohle aus dem Berg. Im Stollen lauern jede Menge Gefahren, so können zum Beispiel die Schächte einstürzen oder es kann ein Schlagwetter geben. Das sind Gemische von Gas und Luft, die bei Entzündung fürchterliche Explosionen auslösen. Dann sterben die Kumpel, so nennt man die Bergleute, scharenweise oder noch schlimmer, sie werden verschüttet. Mir zum Beispiel ...«
»Mein Gott«, unterbrach ihn Halbach, »sie sollen dem Fräulein erklären, was die Männer im Bergwerk machen. Also fangen sie nicht bei Adam und Eva an.« Dann wandte er sich an Helene: »Haben sie verstanden, was diese deutschen, jungen Männer für sie tun?« »Mit Verlaub«, unterbrach ihn Baron, »das sind nur wenige Deutsche. Die meisten von denen sind Polen, Franzosen, Ungarn ...«

»Baron, schweigen sie! Es interessiert nicht, woher die Männer kommen. Sie dienen mit ihrer Arbeit dem Deutschen Kaiserreich. Das reicht!«
Ihre Gedanken flogen wieder zu ihrer kommenden Aufgabe. Noch immer lagen die Zweifel wie ein großer Grabstein auf ihrem Selbstbewusstsein. Wie konnte sie auch Amtsrat Gansert erzählen, dass sie schon Erfahrungen mit Verstorbenen gesammelt hätte. Aber das war schlichtweg gelogen. Sie hatte noch nie einen toten Menschen gesehen. Und nun wusste sie nicht, ob sie es mit ihren Emotionen zurechtkommen würde.
Schon in kurzer Zeit würde sie wissen, ob sie es konnte. In nur wenigen Stunden würde sie ihre erste Mädchenleiche sehen. Beim Gedanken daran lief ihr ein kalter Schauer den Rücken hinab. Was mochte diesem Menschen geschehen sein? Natürlicher Tod stand im Bericht des Arztes. Aber warum sollte ein junges Leben einfach so erlöschen?
Helene sah zu Halbach, als er sich an seiner Jackeninnentasche zu schaffen machte. Auch Johannes Baron betrachtete die Bewegung des Kommissars im Rückspiegel. Mit spitzen Fingern zog er einen silbernen Flachmann aus der Tasche und schraubte laut quietschend die Kappe herunter. Gerade als er sich einige Schlucke in den winzigen, becherförmigen Verschluss, nahm er die beiden Beobachter wahr. »Was?«, fragte er mürrisch. »Schnaps so früh am Morgen?« Von Frankenbergs Blick traf ihn wie der Schlag einer

Peitsche. »Unsinn«, verteidigte er sich sofort, »Schnaps? So ein Unsinn. Das ist Tee. Sonst nichts. Nur um die Kehle zu befeuchten. In dieser Hitze ist es ja kein Wunder, dass ich das brauche.« Beleidigt sah er mit einem kurzen Blick zu Helene, dann nach vorne zu Johannes Baron.
Helene lächelte. Tee war das sicher nicht. Der scharfe Geruch deutete auf einen üblen Fusel hin. Hatte der Herr Kommissar also doch eine Schwäche. Sie beschloss, es sich zu merken. Möglicherweise nützte das Wissen doch noch was.
Am Horizont tauchten schon die ersten Gebäude auf. Johannes Baron verlangsamte die Fahrt und rollte vorsichtig in den Ort. Ein kläffender Köter schoss wie ein schwarzer Pfeil aus der engen Toreinfahrt des ersten Hofes und rannte keifend neben dem Wagen her. Schaumflocken tropften aus dem bellenden Maul auf den staubtrockenen Boden. Elfenbeinweiße Zähne blinkten wie Widerhaken, die signalisierten: »Verschwinde. Hier bin ich der Chef.«
»Wohin soll ich Herrn Kommissar fahren?«, zerriss die Stimme des Fahrers Helenes Gedanken. Halbach atmete tief durch. »Le Cheval blanc. Ein Gasthof irgendwo an der Hauptstraße. Sie werden es schon finden, Johannes.« »Natürlich Herr Kommissar«, antwortete Baron devot und rückte seine blaurote Fahrermütze etwas höher in die Stirn.
Schon von weitem war der alte ehemalige Dreiseithof zu sehen. Vor dem Grundstück zur

staubigen Straße hin standen drei alte, mit Moos überzogene Buntsandsteintränken für das Vieh. Zwei mächtige, uralte Linden bildeten eine optische Grenze zu der offenen, der Straße zugewandten Seite. Auch die beiden Bäume litten scheinbar unter der Hitze. Welk und schlaff hingen ihre Blätter an den Ästen und spendeten nur noch wenig Schatten. Der ehemalige Innenhof zwischen den drei aneinanderstoßenden Bauwerken war zu einem Biergarten, der teilweise mit Stoffbahnen beschattet wurde, umgebaut worden.
Im hinteren Gebäude, früher wohl das Wohnhaus, war jetzt die Gaststätte. Die beiden Seitengebäude dienten als Gästehäuser. In ihnen waren die Zimmer der Besucher untergebracht. Ein hölzerner Zaun unter den Linden begrenzte den Hof zur Straße hin. In ordentlichen Reihen waren Biertische auf der mit Gras bepflanzten Fläche verteilt. Alles wirkte wie mit einem Maßband ausgerichtet. Zahlreiche Gäste in ihrer bäuerlichen Kleidung hatten sich an den schattigen Bänken niedergelassen.
Schon von weitem konnte Helene erkennen, dass einige Männer aufgestanden waren und nun dem Wagen entgegensahen. Ein Schmunzeln lag auf Helenes Lippen. »Egal!«, dachte sie, »Ganz gleich, wie es mir später ergehen wird, die Aufmerksamkeit ist uns dank des Automobils sicher.«
Noch bevor Johannes Baron den Wagen anhielt, verhüllte die dichte Staubwolke das knatternde Auto. Mit dem letzten Ton des ersterbenden Motors

wurde das Brüllen der Kühe in den Ställen vernehmbar. Schwitzend und mit tomatenrotem Kopf, schwang Friedrich Wilhelm Halbach sein rechtes Bein durch die offene Tür und kletterte ins Freie. Johannes Baron war um das Automobil gehastet und versuchte dem schwankenden Halbach zu sicherem Stand zu verhelfen. Die Federung des Wagens ächzte, als sie auf die fehlende Last reagierte und in ihre Ausgangsposition zurückfederte. Halbach atmete tief durch und sah zu Baron, der an seinem Gehrock zupfte und so versuchte, die Falten aus dem Rücken zu ziehen.
Noch immer saß Helene regungslos im Wagen. Sie war noch nie in einem Automobil gefahren, aber sie erwartete den Fahrer, der ihr den Verschlag öffnen sollte. So hatte sie es gelernt. So gehörte es sich für ein Fräulein aus gehobenem Kreis. Noch immer mühte sich Baron mit dem Kommissar ab. Also musste sie warten. Durch die Tür floss die frische Luft, zähflüssig wie warmer Honig, ins Wageninnere. Ihr Blick fiel auf Halbach. Mit hochrotem Kopf fingerte er nach seiner Weste, zupfte sich seinen Gehrock in die richtige Form. Er hatte mit einem großen, blütenweißen Taschentuch seine Stirn vom Schweiß befreit und setzte gerade seinen Hut wieder auf.
Wie ein Stromschlag ging ein Schreck durch ihren Körper, als ihre Tür aufgerissen wurde. Sie schnellte herum und sah in das Gesicht eines jungen Mannes. Lächelnd stand er da, die Tür in

der Hand. Die andere Hand steckte er ihr entgegen. Nur einen winzigen Augenblick genügte, dass es ein gütiges Lächeln war. Seine vollen Lippen entblößten eine Reihe blendend weißer Zähne. Selbst seine strahlend blauen Augen lächelten sie an. Seine blonden Haare waren sorgfältig gescheitelt und sauber gekämmt. Unter seinem weißen, gestärkten Hemd und dem dunkelgrauen Anzug zeichnete sich sein muskulöser Körper ab. Sein Auftreten ließ in Helene von Frankenberg die Vermutung keimen, dass er nicht zu der bäuerlichen Gesellschaft des Ortes gehörte.

Verlegen streckte sie ihm ihre Hand entgegen. Als sie sich berührten, zuckte Helene wie von einem Blitz getroffen zusammen. Eine Gänsehaut überlief ihren glühenden Körper. Sie war verwirrt. Es war kein unangenehmes Gefühl den jungen Mann zu berühren. Ihr Herz begann schneller zu schlagen und sie spürte, wie ihr die Hitze in den Kopf schoss. Vorsichtig, um nicht zu stolpern, raffte sie ihren Rock zusammen und stieg aus.

»Philippe Lafleur«, stammelte ihr unbekannter Helfer mit deutlich hörbarem, französischen Akzent, und verbeugte sich. Artig, so wie sie es gelernt hatte, machte sie einen Knicks. Ihre Knie zitterten. »Helene von Frankenberg. Es freut mich, sie kennenzulernen«, stotterte sie. Ihr Mund war plötzlich staubtrocken und ihre Zunge klebte am Gaumen. Verlegen lächelte Philippe. Seine Lippen formten sich zu einem spitzbübischen Lächeln.

Helene konnte ihre Augen nicht von seinem sonnengebräunten Gesicht nehmen. Eine Reihe winziger Falten um die Augen fesselte ihren Blick. Einige winzige Haare des gezwirbelten Schnauzers hatten sich aus der Ordnung gelöst und vibrierten bei jedem Atemzuge wie Halme auf einem Roggenfeld.

»Fräulein von Frankenberg, darf ich sie in den Schatten führen. Sie müssen doch in dieser Hitze glühen.« Ohne auf eine Antwort zu warten, zog er sie an ihrer Hand, die er immer noch hielt, hinter sich her in den Schatten der Bäume. »Darf ich sie und Ihren Vater einladen? Sie sind natürlich ...«
»Herr Lafleur, ich muss sie korrigieren. Er ist nicht mein Vater. Das ist Kommissar Halbach. Und ich bin seine Assistentin.«
Sie spürte eine Art Stolz in sich aufkommen, als sie das Wort »Assistentin« benutzt. »Oh, entschuldigen sie. Ich wusste nicht. Sind sie wegen der beiden Mädchen hier?« Erstaunt sah sie ihn an: »Sie sprechen von zwei Frauen? Bisher wusste ich nur von einer jungen Frau.« »Es sind aber zwei. Eine ist tot, eine verschwunden.«
Helene nickte. Noch wusste sie nicht, wie sie die Information bewerten sollte. Verlegen lächelte sie Philippe an. »Es muss eine aufregende Arbeit sein. Als Polizeiassistentin, meine ich. Hatten sie schon viele schwierige Fälle?« Ein peinliches Gefühl machte sich in ihr breit. Was sollte sie dazu sagen? Was würde Philippe denken, wenn sie

ihm gestand, dass es ihr erster Fall überhaupt war? Aber es half nichts. »Also, wenn ich ehrlich bin«, begann sie ihr Geständnis, »heute ist mein …«

Das Knirschen des steinigen Weges zerschnitt wie ein Messer ihren Drang, die Wahrheit zu sagen und sich selbst bloßzustellen. Friedrich Halbach kam mit tänzelnden Schritten den Weg entlang.

»He Wirt«, rief er ohne die Umstehenden auch nur eines Blickes zu würdigen in Richtung der Gaststube, »Wo ist die Tote?« Langsam, als hätte er alle Zeit der Welt, dreht sich der Wirt um und musterte den Kommissar von oben bis unten. »Wer sind sie?«, nuschelte er und schob die in Zeitungspapier gedrehte Zigarette aus dem rechten in seinen linken Mundwinkel. »Kommissar Halbach vom Kommissariat Saarbrücken«, antwortete Friedrich stolz und schob seine schmächtige Brust nach vorne.

Verächtlich musterte ihn der Wirt von oben bis unten. Seine unwettergrauen Augen waren plötzlich eiskalt und Helene lief ein Frösteln den Rücken hinab. Ohne eine weitere Silbe zu sprechen, deutete er mit seinem Daumen über seinen Rücken nach innen. Dann wandte er sich wieder seinen Gästen zu.

Halbach drängte sich an ihm vorbei. »Von Frankenberg, mitkommen!«, bellte er. Augenblicklich schwoll Helenes Kopf zu einer roten Kugel an. Verlegen sah sie zu Boden. Auf ihrer

Haut brannte Lafleurs stumme Frage: »Wie spricht denn dieser Mann mit ihnen?«

Kurz trafen sich ihre Augen noch einmal. Helene fiel es schwer, ihren Blick von Lafleur zu lösen. Lediglich ein flüchtiges Lächeln konnte sie ihm zum Abschied schenken. Dann huschte sie flink wie ein Wiesel hinter Halbach her. Die Blicke der Anwesenden folgten ihr verwundert. Sie konnte die Frage, die in der Luft lag, deutlich fühlen. »Was will dieses Weibsbild hier. Seit wann darf eine Frau bei der Polizei arbeiten? Wo soll das alles nur hinführen?«

Aus dem Kreis der Gäste löste sich der Schatten eines Mannes und folgte den beiden. Ratlos blieb Halbach im Flur stehen und sah sich um. »Rechts hinunter. Sie ist im Keller«, hörte er eine Stimme. Ihr Verfolger stand in der Tür. Seine riesige Gestalt nahm den letzten Rest Licht in dem ohnehin düsteren Raum.

»Wer sind sie? Verschwinden sie, das ist Sache der Polizei. Und wenn ich richtig informiert bin, gehören sie nicht dazu.« Halbachs Worte hatten den schneidenden Klang einer knallenden Peitsche. Der Mann grinste gelassen. »Entschuldigen sie. Mein Name ist Albert Morlat. Doktor Albert Morlat. Ich bin der Arzt hier. Ich habe den Totenschein ausgestellt. Und nein, ich gehöre nicht zur Polizei. Das haben sie richtig erkannt.«

Er reichte Helene die Hand. Als sie die Geste erwiderte, verbeugte sich Morlat und deutete einen

Handkuss an. Dann reichte er Halbach die Hand. Einen Moment starrte Friedrich Halbach die riesige Pranke an, griff dann aber zu.
»Ich habe die Tote begutachtet«, erklärte Morlat, »Aber machen sie sich selbst ein Bild. Folgen sie mir.« Ohne auf Halbach zu achten, zog er Helene an der Hand, die er erneut ergriffen hatte, die Treppe zum Keller hinab. Für einen Augenblick blieb Halbach wie angewurzelt stehen und sah den beiden nach.
»Ist der immer so?«, raunte Morlat Helene zu. Verlegen zuckte sie mit den Schultern. »Woher soll ich das wissen. Mich raunzt er auch schon den ganzen Morgen an«, dachte sie, antwortete aber fast unhörbar: »Vielleicht hat er schlecht geschlafen.«
Schon nach wenigen Schritten in das schummrige, lichtarme Treppenhaus, schlug ihnen ein modriger Geruch entgegen und ließ eine böse Vorahnung in Helene aufkeimen. Vorsichtig tastete Helene mit ihrer Fußspitze nach jeder Treppenstufe. Sehen konnte sie hier in diesem Halbdunkel kaum etwas. Jedes Mal, wenn sie ihr Gewicht auf den Fuß setzte, quittierte die Holzstufe die Gewichtsverlagerung mit einem andächtigen Knirschen.
Ein ungutes Gefühl stieg in ihr hoch. Die Zweifel griffen wieder wie eine riesige Hand nach ihr und pressten ihr den Brustkorb zusammen. Dazu kam eine

Panik, die ihr den letzten Rest Atem nehmen wollte.

Wie in einem Karussell drehten sich die Gedanken in ihrem Kopf. Was erwartete sie dort unten? Das Verlangen, einfach umzudrehen und nach Hause zu fahren, wurde plötzlich übermächtig. Jetzt oder nie brüllten ihre Gedanken, aber sie war wie gelähmt.

Das Geräusch ihrer ersten Schritte auf dem Steinboden des Kellers riss sie aus ihren Fluchtgedanken. Morlat hatte die hölzerne Tür aufgestoßen und Helene konnte in den Raum sehen. Durch ein kleines Fenster fiel ein Streifen Licht auf den steingepflasterten Boden. An den Wänden waren Kisten mit Flaschen zu einer gewagten Konstruktion aufeinandergestapelt. Einige hölzerne Fässer bildeten den optischen Gegenpol an der anderen Seite des Raumes. Ein Gefühl, als wäre eine ganze Ameisenarmee auf ihrem Rücken unterwegs, überkam sie, als sie den Tisch in der Mitte des Zimmers sah.

Ein hölzerner Biergartentisch war als Leichenbahre umfunktioniert worden. Darauf lag jetzt der tote Körper. Ein grobgewebtes Leinentuch war nachlässig über die Leiche geworfen worden. Am unteren Ende sah einer ihrer Füße unter dem Laken hervor. Helene wunderte sich, dass die Fußsohlen der Leiche so sauber waren. War das nicht äußerst ungewöhnlich für jemanden, der das ganze Jahr in Holzschuhen oder vielleicht sogar barfuß ging?

Deutlich konnte Helene die Konturen des weiblichen Körpers, den die Decke verhüllte, erkennen. Schlagartig waren sie wieder da. Der Zweifel und seine noch gemeinere Schwester, die Angst. Was würde sie erwarten, wenn sie das Leichentuch wegzog? Ihre Gedanken begannen Flügel zu bekommen und flatterten aufgeregt im Raum umher, suchten verzweifelt einen Ausweg. Übelkeit saß wie ein dicker, zu schnell gegessener, Kloß in ihrem Hals und drohte sie zu ersticken.
Die Stimme Morlats riss sie wieder zurück in die Wirklichkeit. »Das, Fräulein von Frankenberg, ist die Tote.« Mit einem Ruck zog Albert Morlat die dünne Decke von Körper. Helene wurde von einem kurzen Schreck geschüttelt. So schnell, wie die Panik über sie gekommen war, verschwand sie nach dem ersten Blick auf den Leichnam auch wieder. Plötzlich erschien ihr die gesamte Szenerie eigenartig faszinierend. Vielleicht war es makaber, aber sie war von einem auf den anderen Moment von diesem Keller und der jungen, fahlen Mädchenleiche wie gefesselt.
Ihre Augen strichen über das schöne, blasse Gesicht. Ihre Augen waren geschlossen, aber ihre geschwungenen Lippen leicht geöffnet. Deutlich hob sich die bläuliche Kontur ihrer Lippen von der porzellanfarbenen Haut ab. »So musste sie ausgesehen haben, wenn sie ihrem Liebsten etwas Sinnliches ins Ohr flüsterte«, dachte Helene und spürte augenblicklich, wie sich ihr Kopf in eine

dunkelrote Kugel verwandelte. Das blonde Haar des Mädchens war zerzaust und kurz geschnitten. Von ihrem fast kahlgeschorenen Kopf standen ihre Ohren wie kleine, durchsichtigblaue Segel ab. Es berührte Helene eigenartig, dass sie aussah, als würde sie schlafen. Ihr grauer, aus grobem Stoff gearbeiteter Rock war zerknittert, aber sauber. Ihre Füße waren nackt. Helene war sicher, dass sie diese junge Frau um ihre Schönheit beneidet hätte, wäre sie ihr heute Morgen auf der Straße begegnet.
»Ihr Name war Polina Stoch«, fing Morlat an zu erklären, »Vor vielen Jahren, ich glaube, es war kurz nach dem letzten Krieg, kamen ihre Eltern von irgendwo aus dem Osten hierher. Kurze Zeit später kam Polina zur Welt. Sie war bei ihrem Tod fünfundzwanzig Jahre alt. Vor zweieinhalb Monaten verschwand sie plötzlich eines Abends. Kurz zuvor hatte sie noch mit dem Knecht des Hofes, sein Name ist Karl Rapp, gesprochen. Sie wollte mit ihm zum Bauernhof zurückfahren, hatte aber noch etwas auf dem Acker vergessen. Sie lief zurück auf das Feld, auf dem sie kurz zuvor noch gearbeitet hatte und war von da an verschwunden. Der Knecht konnte sie wegen der Dunkelheit nicht mehr sehen.«
Halbach starrte auf den Boden: »Hat man den nicht nach ihr gesucht?« »Nein«, antwortete der Arzt, »Der Bauer, bei dem sie arbeitete, ging davon aus, dass sie einfach weggelaufen ist. Das passiert schließlich öfter. Wenn die Zigeuner in der Nähe sind, sogar sehr oft. Die Männer von denen können

mit ihren Worten Zuckerwatte spinnen. Aber meist tauchen die Mädchen dann nach ein paar Tagen wieder auf. Spätestens, wenn sie bemerken, dass die Kerle nur ihren Spaß mit ihnen treiben wollen.«

»Ist der Knecht befragt worden?« »Ich bin nicht sicher. Aber soweit ich weiß, hat Martin Bonnet, unser Polizeidiener, eine Befragung durchgeführt. Aber anscheinend ohne Erfolg.« »Von Frankenberg, Befragung nachholen! Ich denke, wir haben schnell den Schuldigen gefunden. Wenn es überhaupt einen Schuldigen gibt.« Dann wandte sich Halbach an den Doktor: »Todesursache?« »Bevor wir dazu kommen, möchte ich ihnen sagen, dass noch ein weiteres Mädchen verschwunden ist. Erst vor wenigen Tagen. Sie heißt Anne Pfaff und kam ebenfalls am Abend nicht von der Feldarbeit zurück.«

»Wenn das hier immer mal vorkommt«, äffte Halbach Doktor Morlat nach, »frage ich mich, warum niemand sich darum gekümmert hat?« Morlat zuckte mit den Schultern und hob abwehrend die Hände: »Mich dürfen sie nicht fragen. Ich bin der Arzt hier. Aber ja, es passiert immer mal wieder. Vielleicht liegt es doch daran, dass sie einfach ...«

»Lieber Doktor Morlat, verkneifen sie sich ihre Mutmaßungen. Das ist unser Gebiet. Also, Todesursache?«

Halbachs Art zu sprechen, begann Helene zu ärgern. Was nahm sich dieser Mensch heraus? Morlat jedoch schien es gleich zu sein. Gelassen antwortete er:

»Natürlicher Tod.« Unsicherheit schwang in den Worten mit, als er fortfuhr: »Vermute ich wenigstens. Ich habe sie nicht genau untersucht. Aber da sie ohne Verletzungen aufgefunden wurde, schließe ich darauf.«

Verblüfft sahen sich Helene und Halbach an. »Sie schließen darauf? Sie haben sie nicht untersucht? Mann, sind sie von allen guten Geistern verlassen? Wo kommen wir den hin, wenn jeder nur vermutet?«, schrie Halbach plötzlich los.

»Hier!«, er drückte Helene seine Aktenmappe in die Hand, »Von Frankenberg, sie schreiben. Dann untersuchen wir sie jetzt gemeinsam.« Ein rascher Schritt und er stand dicht bei der Leiche. Wie vom Blitz getroffen, blieb er stehen. Ein Gedanke schien sich in seinem Gehirn auszubreiten und verwandelte seinen eben noch so abweisenden Gesichtsausdruck zu einem Siegerlächeln.

»Von Frankenberg, es ist besser, wenn sie das machen. Sie sind schließlich eine Frau und das geziemt sich so. Los, herkommen!«, schnauzte er in seinem militärischen Befehlston.

Helenes Brust zog sich zusammen und machte das Atmen schwer. Ihre Knie zitterten. Wie ferngesteuert machte sie einen Schritt vorwärts und stand jetzt direkt vor der Leiche. Ein süßlicher Verwesungsgeruch stieg ihr in die Nase. Ein Schwall Übelkeit kletterte aus ihrem Magen in ihren Kopf. »Na, dann fangen Sie mal an«, hörte sie Halbachs höhnische Stimme wie durch dicke

Mauern. Gleichzeitig vernahm sie das Schreien ihres Geistes: »Los Helene, das ist deine einzige Chance. Mach es. Zeig diesem aufgeblasenen Gockel, dass du es kannst!«
Wie von einem höheren Standpunkt aus sah sie ihre Hand nach den Knöpfen der grauen Bluse tasten. Die Hand, die sie beobachtete, zitterte wie eine Espe im Wind. Vorsichtig, als könne sie das Mädchen vor sich verletzen, öffnete sie den ersten Knopf.
»Geschafft Helene, du schaffst auch den Rest«, hörte sie die imaginäre Stimme erneut.
Noch einmal atmete Helene tief ein. Ja, sie würde es schaffen. Entschlossen reichte sie Halbach die Aktenmappe und nahm nun ihre zweite Hand zu Hilfe. Schnell knöpfte sie die Bluse auf, dann löste sie die Schnüre des Unterrocks. Sie fühlte sich wie unter einer Glocke. Abgeschnitten von der Außenwelt gab es plötzlich nur noch Polina und sie.
Ein Schwall des dumpfen Vergänglichkeitsgeruchs drang unter der Bluse hervor. Helene schloss für einen Augenblick die Augen. Alles wird gut, beruhigte die imaginäre Stimme, mach einfach weiter. Ihr Blick fiel auf die tote Haut, die nun die fahlgraue Farbe von noch immer daliegenden Schnee im Frühling hatte. Tränen stiegen in ihre Augen. Warum musste dieser junge Mensch, der noch alles im Leben vor sich hatte, sterben?
Sie sah zu Morlat. Er hatte sich in eine Ecke zurückgezogen. Er presste seinen rechten

Zeigefinger dicht unter seine Nase und sah aus, als versuche er, damit dem unangenehmen Geruch zu entgehen. Innerlich lachte Helene leise auf. Dort Stand ein Arzt, von dem man erwartete, dass er alle Stadien eines toten Menschen kannte. Dabei war es doch etwas, was uns Menschen begleitet. So wie frischgeborene Kinder einen eigenen, unwiderstehlichen Duft hatten, so stank ein toter Körper eben. Helene versuchte, sich an die Worte von Schwester Katharina zu erinnern. »Cadaverin und ...«, krampfhaft suchte Helene nach dem zweiten Bestandteil des Verwesungsgeruchs, aber so sehr sie sich auch anstrengte, es blieb im Dunklen ihres Unterbewusstseins verborgen.

Aber innerlich musste sie lächeln. Schwester Katharina! Sie war ihre Lehrerin während des kläglich gescheiterten Versuchs, ihr die Grundsätze der Krankenpflege ins Gehirn zu pflanzen. Aber es gehörte eben dazu. Die höhere Töchterschule musste wenigsten versuchen, ihre Schülerinnen zu vollwertigen Damen der Gesellschaft zu erziehen. »Für den Fall, dass der nächste Krieg ...«, lautete, die Rechtfertigung. Der nächste Krieg! Dabei wusste doch jedes Kind, dass es nie wieder einen Krieg geben würde. Oder dachte wirklich jemand, dass der Franzose nach der letzten Niederlage sich noch einmal trauen würde? Oder der Engländer?

Noch einmal sah sie zu Morlat. Sein Blick war noch immer zu Boden gerichtet. Auch Friedrich Halbach hatte die Flucht nach hinten angetreten. »Schau dir die Feiglinge an«, spottete sie in ihren Gedanken und fühlte sich plötzlich überlegen. Sie hörte das Atmen der Männer. Kein weiter Laut war zu hören.

Als sie die kalte Haut zum ersten Mal berührte, überlief sie eine Welle des Ekels. Schneller als sie jemals vorher reagiert hatte, schoss ihre Hand wieder in die Höhe. »Das ist faszinierend«, dachte Helene nach dem ersten Schreck und setzte ihre Fingerspitzen wieder auf die Haut der Toten, »Sie ist ja eiskalt.« Die winzigen Haare auf Polinas Haut waren viel steifer als es ihre eigenen Härchen waren. Helene lächelte versonnen. Es war wirklich beeindruckend, wie sich ein Mensch veränderte, wenn seine Seele aus dem Körper gefahren war. Wenn nur dieser permanent auftauchende Ekel nicht immer wieder ihre Gedanken zu entern versuchte.

Helene atmete tief durch. »Jetzt ist der Geruch schon nicht mehr so störend«, dachte sie. »Man gewöhnt sich also tatsächlich an alles!« Je weiter der Ekel abnahm, desto mehr stieg das Verlangen, zu erfahren, warum Polina Stoch einfach so gestorben war. Sie konnte nicht glauben, dass ein Mensch dieses Alters umfiel und starb. Und das wollte sie nun wissen.

Beherzt fasste sie den Saum des Rock mit beiden Händen, griff gleichzeitig den Unterrock und zog mit all ihrer zur Verfügung stehenden Kraft den

Stoff in Richtung der Hüften. Sie schwitzte. Mit jedem Zentimeter schwand ihre Energie zusehends. Sie war erstaunt, wie schwer es war, einer vollkommen unbeweglichen und steifen Person ein Kleidungsstück auszuziehen. Schließlich gab sie auf und ließ den Rock an den Hüften.

Sie zitterte am ganzen Körper. Ob es Anstrengung oder Aufregung war, wusste sie nicht. Sie starrte auf die nackten Brüste der Toten. Auf der schneeweißen Haut wirkten die Brustwarzen wie zwei schwarze Augen, die sie ansahen. Polinas Körper schien auf den ersten Blick vollkommen unversehrt. Sie wirkte so jung und zerbrechlich. Und doch war sie ein Sinnbild für die Vergänglichkeit des Lebens. Dabei war sie noch vor kurzer Zeit ein blühendes, aufkeimendes Leben. Sie war erst 24 Jahre alt und hätte vermutlich in nächster Zeit geheiratet. Vielleicht hätte sie Kinder geboren und eine Zukunft gehabt. Und nun? Jetzt lag sie da, tot und kalt.

Helene ging um die Leiche herum und betrachtete sie genau. Nirgendwo sah sie etwas, was auf einen unnatürlichen Tod hinweisen würde. Sie war vollkommen unversehrt. Wenn man davon bei einem Bauernmädchen sprechen konnte. Sie wies natürlich die üblichen Beschädigungen der Haut auf, die bei der körperlich harten Feldarbeit immer einmal vorkommen konnten. An beiden Ellbogen war die Haut etwas abgeschürft, ebenso an den Knöcheln der

Finger. Aber das wollte Helene nicht beachten. Es war eben normal.

»Na, von Frankenberg. Was sagen sie? Hat der Doktor die richtige Diagnose gestellt?«, drangen Halbachs Worte aus dem Hintergrund des Raumes zu ihr. In jeder Silbe schwang seine Überlegenheit mit. Helene zuckte mit den Schultern. Sie konnte einfach nicht glauben, dass eine junge Frau mitten in ihrem Leben so einfach von ihrem Schöpfer abberufen wurde. Ein seltsames Gefühl erfasste sie. »Von Frankenberg, hören sie nicht zu? Ich habe sie gefragt, was ich schreiben soll? Natürlicher Tod?« Helene drehte sich um und sah ihn schweigend an.

Ohne weiter auf seine Frage zu reagieren, nahm Helene erneut den Rocksaum und zog mit aller Kraft. Und nun schaffte sie es über die Hüften der Leiche. Sie warf den Stoff auf den Boden. »Ach, von Frankenberg, was soll das denn?«, Halbach war neben sie getreten und lächelte väterlich. »Sie ist eines natürlichen Todes gestorben. Genau, wie es Doktor Morlat bestätigt hat. Das sieht ein erfahrener Ermittler wie ich auf den ersten Blick und aus zehn Metern Entfernung. Einem Dämchen wie ihnen fehlt einfach der Spürsinn für so etwas. Da sehen sie es. Sie taugen nicht für die Polizeiarbeit. Aber toben sie sich ruhig aus. Ich habe gesehen, was ich sehen musste. Doktor Morlat, gehen wir nach oben?«

Morlat nickte und verschwand durch die Tür. Nur einen Augenblick später hörte sie das Klicken des Türschlosses. Sie war allein. Dumpf drang das Lachen der beiden Männer, gemischt mit dem hölzernen Knirschen der Stufen, zu ihr in den Raum. Jeder einzelne Ton klatschte wie eine Ohrfeige in Helenes Gesicht. Sie fand es pietätlos, so nahe bei einem toten Menschen zu lachen. Noch schmerzlicher fand sie den Gedanken, dass sie sich über sie amüsieren könnten.
Wie eine Blase in einem Teich stieg eine unerklärliche Angst in ihr hoch. In diesem Raum waren jetzt nur noch die Tote und sie. »Bleib ganz ruhig«, versuchte sie ihr Verstand zu beruhigen, »es gibt hier nichts, wovor es sich zu fürchten lohnt. Noch vor wenigen Sekunden hast du die Tote berührt und es ist nichts geschehen. Was soll auch geschehen? Das ist nur eine tote, eiskalte Leiche.«
Sie konnte den Blick nicht von dem schönen Gesicht wenden. Für einen Moment dachte sie, die Tote würde ihre Lippen bewegen. »Mein Gott«, brüllten die Stimmen ihn ihrem Kopf plötzlich laut los, »Die lebt ja noch. Verschwinde, solange du noch kannst.« Schon tausend Mal hatte sie die Geschichten von den Wiedergängern, den lebenden Toten und die ganzen Schauermärchen ihrer Großmutter, gehört. Und nun erlebte sie es selbst. In Rumänien passierte es jeden Tag, dass eben erst Verstorbene wieder aus ihren Gräbern stiegen und

das Blut der Lebenden aussaugten. Und schließlich kam Polina Stoch doch aus dem Osten. Warum sollte sie also nicht ...?
Langsam tasteten sich ihre Füße rückwärts. Sie stieß an die Tür. Ihr Herz raste. Ohne ihre Augen von dem kalten Körper abzuwenden, drückte sie die Klinke nach unten. Als die Tür aufschwang, stürzte Helene nach draußen, knallte den Eingang zum Keller zu. Schwer atmend blieb sie stehen, den Rücken gegen das Türblatt gelehnt. Ihr Herz pumpte wie wild das Blut durch ihre Adern. Sie konnte den Herzschlag deutlich an ihrem Hals spüren. Ihr Verstand schrie. »Verschwinde hier, Helene. So schnell du kannst. Lass diesen aufgeplusterten Pfau das machen. Der soll selbst sein Leben riskieren.«
Sie schloss die Augen und versuchte sich wieder zu beruhigen. So etwas würde sie nie mehr tun. Wie konnte sie nur so dumm sein und denken, dass die Arbeit als Polizeiassistentin sie vor der anstehenden Hochzeit retten konnte. Sie wollte es sich und ihrer Familie beweisen, wie selbständig sie sein konnte. Sie lachte verzweifelt auf. Das war ja wohl gründlich in die Hose gegangen.
Vielleicht hatten alle doch Recht gehabt. Möglicherweise war es doch keine Arbeit für eine Frau. Ihr Platz war bei ihrem zukünftigen Mann, sie würde sich um Kinder und den Haushalt kümmern. Das konnte sie wenigstens. Tränen rannen ihr über die Wangen, als sie den ersten Fuß auf die Treppe

setzte. Mit jedem Schritt wurde ihr Schluchzen lauter. Wie Dampf aus einem Kessel löste sich der Überdruck ihrer Gefühle und ihre Enttäuschung suchte jetzt einen Weg nach außen. Sie heulte bittere Tränen. Laut, lang und ausgiebig.
Aber noch lauter schrie die empörte Stimme in ihrem Kopf. Eine Stimme, die ihren Namen rief. Sie kannte diese Stimme nicht. Aber sie hörte, wie sich ein Lachen unter das Jammern mischte. Die Stimmen in ihrem Innern lachten sie aus. Und sie wusste sofort, dass es jetzt so weit war. In diesem Moment verlor sie den Verstand. Das wusste sie sicher. Es gab nur einen Ausweg. Sie musste hier raus. Ihr Verstand schrie ihr zu: »Lauf Helene, bring dich in Sicherheit!«
Aber so sehr sie es auch wollte, es ging einfach nicht. Wie von einer unsichtbaren Schnur gehalten, blieb sie stehen. Sie war unfähig weiterzugehen. Erneut spürte sie die Panik in sich aufsteigen.
Wie eine Marionette von ihren Schnüren wurde auch sie von einer unsichtbaren Macht gelenkt. Willenlos drehte sie sich um und ging zur Kellertür zurück. Sie begann zu weinen. Eigentlich war es doch ihr Wunsch, so schnell wie möglich nach Hause zu kommen. Zu ihrer Mama. Sie wollte in den Arm genommen werden und all die bösen Eindrücke wieder vergessen. Weshalb zog es sie jetzt wieder zurück in diesen verfluchten Raum, zurück zu einer Toten? Das war doch verrückt. Es war, als sei sie in einem Albtraum gefangen. Ja,

antwortete sie sich selbst, du bist in einer bösen Illusion gefangen. Gleich wachst du auf und alles ist wieder gut. In diesen nächtlichen Hirngespinsten geschehen immer solche Dinge und kurz nach dem Aufwachen war die Welt wieder in Ordnung.
Da es sich ohnehin um einen Traum handelte, kämpfte sie nun auch nicht gegen den Impuls den Türgriff erneut zu drücken und den Raum zu betreten.
Vorsichtig, als wolle sie die junge Frau nicht in ihrem ewigen Schlaf stören, öffnete sie die Brettertür einen winzigen Spalt und sah hinein.
Noch immer lag Polina Stoch da. Nichts war verändert. Wie sollte es auch anders sein? Da lag sie und sah so kalkweiß, rein und unschuldig aus. Lediglich ihre Brustwarzen und die dunkle Schambehaarung bildeten einen dunklen Kontrast. Helene trat wieder näher heran. Langsam schloss sie ihre Augen. Dann riss sie die Lider hoch. Aber immer noch sah die Tote aus, als lächele sie. Ihr Blick flog schamerfüllt über den fast perfekten Mädchenkörper, über den sinnlichen Mund der zu flüstern schien. »Helene, hilf mir. Schau genau hin und du wirst es sehen. Deshalb hat dich Gott zu mir geschickt. Du wirst erkennen, was mir geschehen ist.«
»Ja, ja«, flüsterte Helene mit einem ärgerlichen Unterton, »ich soll dir helfen. Und wer fragt mich, ob ich das überhaupt will? Du verlangst

Sachen von mir, die ich überhaupt nicht kann. Ich habe doch gelogen.« Eine Träne rann ihr über die Wange und fiel platschend auf den Busen der Leiche: »Ich habe Halbach und Gansert angelogen. Ich habe bei meinem Vater so lange gebettelt, bis er mir den Wunsch erfüllen musste. Polina, ich kann das nicht. Ich bin nur eine Aufschneiderin, nichts als eine Lügnerin.« Sie begann zu weinen.

Was sollte sie jetzt tun? Sie hatte nicht die geringste Vorstellung, wie sie jetzt vorgehen sollte. Dieser plumpe Kommissar hatte den ganzen Fall schnell zur Seite geschoben und war nach oben verschwunden. Er saß jetzt in der Sonne und ließ es sich gut gehen. Und sie kleines, armes Geschöpf stand hier und war mit der Situation überfordert.

Vorsichtig nahm Helene den Arm der Toten und hob ihn hoch. Er ließ sich ohne Mühe bewegen. Krampfhaft versuchte sie sich die Einzelheiten, die Schwester Katharina Jacob von sich gegeben hatte. Helene lachte damals über den ganzen Kram. Aus ihrer Sicht war es einfach eine günstige Möglichkeit, ein paar Stunden in der Woche die geistige Freiheit zu genießen. Kein Lernen, einfach nur zuhören. Permanent kicherten die Mädchen über jedes und alles. Sie waren eben Kinder gewesen.

Das war aber auch wirklich verschwendete Zeit. Hatte jemals eine Frau aus den gehobenen Kreisen einen Verwundeten im Krieg gepflegt? Bestimmt nicht. Die ganzen hochgestellten Damen waren sich

doch zu fein für alles. Dafür gab es Bedienstete. Selbst ihr kleiner Haushalt leistete sich zwei nette Hausgeister, die sich um alles kümmerten. Und sie waren nicht gerade besonders reich. Also wozu das alles, hatte sie sich gefragt.
Es war ohnehin nur eine theoretische Ausbildung. Dabei hatte sie nie einen Kranken nur aus der Ferne sehen können. Und sie sagte sich, »Keine Kranken, keine Lust!« Dabei blieb es während der ganzen Ausbildung. Sie war lediglich mit einem Ohr bei der Sache und das schien sich jetzt bitterlich rächen zu wollen.
Aus dem Dunkel ihren Gedanken tauchten die Bilder wieder auf. Von ihren Freundinnen, von Schwester Katharina Jacob. Sie hörte sie immer noch sprechen und lachen. Ihre Gedanken gingen zurück in eine glückliche Zeit. Alles war so sorgenfrei und schön. Über alles konnten sie kichern. Das Leben war damals so aufregend. Und heute? Vor ihr lag das vielleicht größte Abenteuer ihres Lebens und sie hatte alles, einfach alles vergessen. Wenn sie es den jemals gewusst hatte.
Sie ließ sich mit dem Hintern auf eines der Fässer fallen und atmete tief durch. Fasziniert sah sie der aufgewirbelten Staubwolke nach, die im hereinfallenden Lichtstrahl golden wirkte. Ah, da war es wieder. Die Totenstarre ist nach ungefähr zwölf Stunden voll ausgeprägt, hatte Schwester Katharina berichtet. War ein Mensch am Vorabend gestorben, war er morgens steif wie ein Brett. Sie

konnte noch das Gegacker hören. Einfach über alles hatte sie damals gelacht. Aber sie konnte sich nicht mehr erinnern, wann sich die Starre wieder löste.
Der Arm von Polina Stoch ließ sich aber leicht bewegen. Da die ersten Verwesungsgerüche den Raum füllten, war sie sicher länger als zwölf Stunden tot. Ihr Blick fiel auf ihren seitlichen Rücken. Die gesamte Rückenhaut, soweit sie sehen konnte, war blau und sah aus als hätte sie sich gestoßen. Leichenflecken hatte Katharina Jacob dieses Phänomen genannt. Wenn das Blut nicht mehr gepumpt wird, sammelt es sich an der tiefsten Stelle des Körpers. Bedeutete das, dass sie auf dem Rücken liegend gestorben war?
Sie ließ den Arm durch ihre Hand gleiten. Mit einem patschenden Geräusch fiel er auf den Tisch zurück. Halt. Etwas Ungewöhnliches hatte den Anblick gestört. Vorsichtig nahm sie den Arm wieder hoch und betrachtete die Hand. Polinas Fingernägel waren ihr anfangs nicht aufgefallen. Sie waren blutunterlaufen, die Nägel rissig und abgewetzt. Aber noch mehr interessierte sie der dunkle Streifen Haut, der sich um das Handgelenk wand. Erinnerungen an ein viel zu enges Armband wurden wach.
Die zweite Hand wies die gleichen Zeichen auf. Eine Idee keimte in ihr auf. Konnte es möglich sein, dass Polina Stoch gefesselt war. Sie kannte diese schmalen, blutunterlaufenen Streifen aus

eigener Erfahrung. Sie war in der Familie die Jüngste und noch dazu das einzige Mädchen. Drei Söhne konnte der stolze Vater vorweisen, aber sie war das Nesthäkchen. Der Wunsch ihrer Mutter und heute trotzdem der Sonnenschein ihres Vaters. Wenn sie mit ihren älteren Brüdern in den Saarwiesen spielte, dann war es immer das Gleiche. Sie war die Indianersquaw und die Jungs waren die guten Cowboys, die den Spielplatz gegen die Roten verteidigen mussten. Natürlich verlor sie immer das Spiel und wurde gefesselt. Dabei blieben immer die gleichen, feinen Blutlinien als Andenken übrig. Mutter schimpfte dann immer erbärmlich, aber genützt hatte es nie etwas. Beim nächsten Mal erging es der Rothaut gleich.
Helene hob ein Bein der Toten leicht an. Auch hier war die Leichenstarre verschwunden. Seit Minuten zermarterte sie sich den Kopf und suchte nach den Worten, die ihre Lehrerin benutzt hatte. Dann, von einer Sekunde auf die andere, war alles wieder da. Nach vierundzwanzig bis achtundvierzig Stunden war die Starre vollkommen abgebaut.
Es berührte sie peinlich, als ihr Blick zwischen die Beine der Frau fiel. Ihre Schamhaare waren mit einem weißlichen Sekret verklebt. Sie spürte die Hitze in ihren Kopf steigen, als ihr klar wurde, was sie dort sah. Sie schämt sich wegen ihrer Gedanken. Sie selbst hatte so etwas noch nie getan. Sie war schließlich nicht verheiratet. So etwas gehörte sich nicht. Schon verdrängte eine

neue Frage ihre Schamgefühle. War Polina Stoch verheiratet gewesen? Wenn nicht, was tat das weißliche Zeug dann dort an dieser Stelle?
Sie erschrak. Ihre Großmutter hatte ihr schon einige Male von solchen Dingen erzählt. Diesen Erlebnissen, die Frauen entehren. Sollte ihr so etwas geschehen sein? Oder hatte sie sich einfach einem der Bauernlümmel hingegeben. Sie hatte auch schon gehört, dass sich die Mädchen den Bergleuten an den Hals warfen. Sie verdienten deutlich mehr Geld als irgendein Knecht auf einem Hof, also waren sie begehrte Beute. Und das die jungen Männer nicht wählerisch waren, war schon zum geflügelten Wort geworden. Aber wenn sie einen solchen Ruf mit sich herumtrug, hätte Morlat bestimmt etwas davon gesagt. Außerdem sah sie nicht aus wie so eine..., eine Dirne. Aber wie sah so ein freizügiges Ding überhaupt aus? Sie hatte schon einiges davon gehört, gesehen hatte sie noch keine der leichten Damen. Das war auch besser so.Sie wäre sonst sicher vor Scham im Erdboden versunken.
Helene atmete tief durch. Dann bog sie das angehobene Bein weiter auseinander. Überall in den Schenkelinnenseiten hatte Polina blaue Flecke. Sachte, als würde es die Tote noch spüren, legte Helene das Bein zurück.
Sie trat einen Schritt von der Leiche nach hinten und betrachtete sie. Das schöne Gesicht sah so friedlich aus, gerade so, als würde die Tote

schlafen. Helene hatte sich den Kampf ums Leben immer dramatisch vorgestellt. Aber dieses Gesicht, mit dem verspielten Lächeln auf den Lippen, deutete auf etwas anderes hin. Erst jetzt sah sie das glitzernde Etwas an Polinas Mund. Ein eingetrockneter Speichelfaden, der aus ihrem Mundwinkel gelaufen war, bildete diese schimmernde Linie. Vorsichtig zog Helene den Unterkiefer der Toten nach unten und erschrak. Der Mund war mit den Resten einer grünlichen, schaumigen Substanz gefüllt.
Jetzt wusste sie, Polina Stoch war ein Opfer. Sie war nicht einfach so gestorben. Sie war erschüttert.

6. Kapitel

Das übermächtige Dröhnen in ihrem Kopf war das alles beherrschende Gefühl in ihre Körper. Der Schmerz hatte sie fest in seinem Griff. Sie konnte sich nicht daran erinnern, jemals solche Kopfschmerzen gehabt zu haben. Allenfalls damals, als das Pferd des Bauern ausschlug und sie am Kinn traf.
Ihre Zunge lag wie ein dicker, rauer Stein in ihrem Mund und machte das Schlucken zu einer Unmöglichkeit. Die Spucke, die sich in ihrer Mundhöhle gesammelt hatte, schmeckte bitter wie Galle. Sie spürte ein dünnes Rinnsal aus Speichel, das an ihrem Kinn herablief. Den Impuls, die

Feuchtigkeit aus ihrem Gesicht zu wischen, verwarf sie schnell wieder. Ihr fehlte einfach die Kraft. Sie musste sich darauf konzentrieren, um ruhig und gleichmäßig zu atmen. Selbst dieses sachte Heben und Senken verwandelte ihre Rippen in eine Wand aus Flammen. Vielleicht ging es besser durch die Nase, dachte sie. Aber ihre Nasen waren zugeschwollen. Lange lag sie still da und beobachtete ihren pfeifenden Atem. Pff, Pff, rauschte die Luft durch ihren Mund.

Anne versuchte, die Augen zu öffnen. Mit aller Kraft presste sie die Lider nach oben. Warum wurde es nicht hell? Mit einer schier übermenschlichen Anstrengung hob sie den Arm in die Höhe. Ihre Hand strich genau in dem Moment über die Rundungen ihres Gesichts, als eine schmerzliche Erkenntnis ihre Brust füllte.

Ihre zweite Hand war nicht mehr da. Panisch versuchte sie den fehlenden Körperteil zu spüren und zuckt zusammen. Ein markerschütternder Schrei erschütterte den Raum. Schier ewig klang das Brüllen, befühlten ihre Finger ihr Gesicht, den weit geöffneten Mund und erst eine Ewigkeit später wurde ihr bewusst, dass der Schrei zwischen ihren Lippen hervordrang. Anne zwang sich, ihre Hand vom Gesicht zu reißen. Ein Pochen in ihren Ohren drohte nun den anhaltenden Schrei zu übertönen.

Anne musste den Urheber des Geräuschs finden und es beseitigen. Sonst würde sie hier und heute den Verstand verlieren. Sie tastete mit ihren Fingern ihren Körper ab. Ihre geschlossenen, verklebten Lider gaben ihr einen kurzen Moment der Sicherheit. Aus diesem Grund sah sie nichts als Dunkelheit. Noch einmal strengte sie sich an und riss die Augen auf, aber ohne Ergebnis. Ihre Finger glitten von ihrem Gesicht über ihre Brust und dann den gesamten Körper. Noch immer stand die drängendste Frage im Raum. Wo war ihre zweite Hand? Entschlossen, die Wahrheit zu akzeptieren, tastete sie nach ihrer Schulter und ließ ihre Finger zum Ende hinabgleiten. Jeden Augenblick würde sie an den Stumpf gelangen, das wusste sie. Dann würde sie schreien und langsam verbluten, da war sie sicher. Ein ungeahnter Schreck durchfuhr sie schon im nächsten Moment. Sie hatte ihren kleinen Finger unter ihrem Becken hervorgezogen. Er war immer noch an ihrer Hand angewachsen, aber vollkommen gefühllos. Aber wenigstens war er noch da.

Ihr Herz raste jetzt so wild, dass sie ihr Blut durch die Halsadern rauschen hörte. Alles an ihrem Körper schien noch an seinem gewohnten Ort zu sein. Und sie lebte noch. Aber was geschehen war und vor allem, wo sie war, blieb ihr verborgen. Erleichtert stellte sie fest, dass langsam das Leben in die eben noch blutlosen Finger zurückkam.

Sie zwang sich, einen klaren Gedanken zu fassen. Sie brauchte jetzt einen Plan um hier, wo immer dieses hier auch war, wieder rauszukommen. Und zwar schnell. Lange würde sie es in dieser Dunkelheit nicht aushalten, ohne verrückt zu werden. Nie vorher hatte sie sich so einsam und verlassen gefühlt wie in diesem Moment. Nun erst spürte sie, wie wichtig es war, etwas sehen zu können. Im Alltag nahm das niemand so richtig wahr. Genau wie einen gesunden Rücken oder gute Beine. Solange es noch da war, beachtete man diese Gnade nicht.

Die wenigen Luftmoleküle, die durch ihre geschwollene Nase gelangten, rochen nach feuchtem, moderigen Stein. Oder doch vielleicht nach einem Erdloch? Eine winzige Note von etwas Verbranntem mischte sich hinzu. Holzreste, die nur noch klimmen, dufteten so. Wenn es hier klimmendes Holz gab, musste es auch Menschen hier geben. Wenigstens würde irgendwann jemand vorbeikommen. Annes Herz polterte jetzt noch lauter. »Danke lieber Gott«, hauchte sie leise, »ich werde hier rauskommen. Danke, dass du mich nicht verlassen hast.«

Plötzlich machte sich eine unheimliche Ahnung in ihr breit. Sollte etwa ...? Nein, sie durfte keine von den Mädchen sein, die plötzlich verschwanden und dann ... Vorsichtig tastete sie ihren Körper ab und atmete einen Augenblick später erleichtert auf. Ihre Bluse war zwar hochgerutscht und bildete eine dicke wurstähnliche Rolle in Höhe ihrer Schulterblätter. Die drückte so stark, dass sie das Gefühl hatte, ihr Rücken würde taub werden.

Aber wenigstens war alles noch auf seinem Platz. Langsam glitten ihre Hände weiter nach unten. Ihr rauer, aus derbem Stoff bestehender Rock klebte an ihren feuchten Beinen fest. Noch tiefer glitten ihre Finger, hinab zu ihrem Schlüpfer. Sie schloss mit einem lauten Seufzer die Augen. Alles war so, wie es sich für ein unberührtes, anständiges Mädchen gehörte. Aber was war dann geschehen?
Mit tauben Fingerkuppen tastete sie Zentimeter um Zentimeter ihrer Umgebung ab. Sie lag auf einer harten Schicht aus Lehm, oder doch so etwas Ähnlichem. Einige Halme Stroh waren in den Ecken zusammengedrückt. Sonst befand sich nichts zwischen ihr und dem nackten Boden. Das war ein gutes Zeichen, redete sich Anne ein. Der Lehm war steinhart, vertrocknet und bildete so eine feste Kruste. Also kümmerte sich jemand um das Dach. Somit lag sie trocken und musste nur noch warten. Aber möglicherweise gab es ja einen Weg nach draußen.
Noch einmal sah sie sich angestrengt um und versuchte wenigstens einige Umrisse zu erkennen. Aber hier herrschte absolute Dunkelheit. Nicht der winzigste Lichtstrahl drang irgendwo durch die Mauern oder durch das Dach. Sie dachte einen Moment nach. Dann schlug sie sich leicht mit der flachen Hand gegen die schmerzende Stirn und fuhr sich dann erleichtert über ihre, zum Knoten zusammengebundenen, Haare. Es war Nacht. Deshalb sah sie nichts.

Jetzt kamen auch die ersten Bilder in ihrem Kopf zurück. Die letzten Erinnerungen, die sie hatte, tauchten auf. Sie war fast bis Sonnenuntergang auf dem Feld gewesen. Da jetzt in diesem verfluchten Sommer die Temperaturen tagsüber so barbarisch heiß waren, verlegten sie die Feldarbeit in die späten Nachmittagsstunden. So entgingen sie der größten Hitze und das Arbeiten war angenehmer. Im letzten Abendlicht stolperte sie mehr als sie ging in Richtung des Hofs. Es war ein schöner Abend mit einem strahlendblauen Nachthimmel, in dem sich die Sonne mit einem allerletzten Gruß gerade verabschiedete. Um schneller zurück zu sein, nahm sie die Abkürzung über eines der Felder.
Das musste die Lösung sein! Sie war in einen der alten Schächte gestürzt. Vielleicht in einen der Kohlenschächte, die in dieser Gegend seit jeher den Boden wie ein Käse durchlöcherten. »Um Himmels Willen«, stöhnte Anne leise, »in einem Stollen werden die mich vielleicht niemals finden.« Sie schlug mit der Faust auf den Boden und brüllte: »Warum musste ich auch unbedingt eine Abkürzung gehen. Und ausgerechnet ich falle in ein Loch. Verdammt!« In ihren Ohren rauschten die Töne, die sich an den Wänden widerhallten.
»Wände«, flüstere sie. Ein Stollen war langgezogen und glich einer Röhre. Dort würde es sicher nicht so ein Echo erzeugen. Also gab es doch noch Hoffnung. Außerdem durfte sie nicht aufgeben. Niemals. Das hier war nur eine kleine

Zwischenstation in ihrem Leben. Ein bedauerlicher Unfall. Aber niemals ihr Ende. Sie musste und wollte kämpfen.

Zögernd drückte sie die Hand in die Richtung, in der sie eine Wand erwartete. Leise betete sie und erschrak, als sie den nackten Stein spürte. Er war glatt wie aus Backsteinen gemauert. Eine Träne der Erleichterung lief ihr über die Wangen, als sie die rauen Fugen zwischen den Steinen spürte.

Die Grenze, die ihrem Fuß Einhalt gebot, stellte sich nach näherer Untersuchung als dickwandige Brettertür heraus. »Danke lieber Gott«, entfuhr es ihr und sie begann heftig an den Brettern zu rütteln. Sie bewegte sich keinen einzigen Zentimeter. Mit aller Kraft warf sie sich gegen das Holz. Außer einem Quietschen und einem dröhnenden Krachen waren der Holztür keine weiteren Regungen abzugewinnen. Sie war eingesperrt.

Ihre Gedanken fuhren in ihrem Schädel Achterbahn. In ihrer Erinnerung musste es doch einen Anhalt geben, wie sie hierhergekommen war. Die Anstrengung, ihre Gedanken in eine Bahn zu lenken, schmerzte. Wie lose Wäschestücke, die auf einer Leine im Wind flatterten, versuchte Anne ihre letzten Eindrücke zusammenzuraffen. Wenn sie wirklich in ein Loch gestürzt war, dann musste sie sich doch wenigstens an die Zeit vor dem Fall noch Bilder in ihren Erinnerungen geben. Aber da war nichts. Nicht das geringste Zeichen.

Sie drehte ihren schmerzenden Hals nach oben. Sie sah nichts. Keinen Himmel, nicht den Mond und auch keine Sterne. Nur Dunkelheit. Eine Schwärze, die sie noch niemals am Himmel gesehen hatte. Nicht das tiefdunkle Blau, das in der Nacht am Firmament zu sehen war. Einfach nur undurchdringliche und schwärzeste Dunkelheit.

Angestrengt dachte sie nach. Es war also kein Schacht, in den sie gestürzt war. Das war gut. Wenn es gemauerte Wände und eine Tür gab, dann war sie in einem Keller, einem unterirdischen Stall, wenn es denn so etwas hier gab. Bei den Franzosen musste man mit allem rechnen, selbst mit so einer Dummheit. Aber ganz gleich wie es war. Selbst diese verrückten Franzosen sahen manchmal nach ihren Ställen. Vielleicht würde es einige Tage dauern, bis man sie fand. Aber wenigstens fand man sie.

Anne schob sich vorsichtig nach hinten, so weit, bis sie mit dem Rücken gegen die Wand lehnte. Wenn es ihr nur nicht so schlecht wäre. Alles in ihrem Kopf schien durcheinandergeraten zu sein. Ihre Beine brüllten vor Schmerzen, als sie sich nach oben drückte. Bunte Farbkleckse tanzten vor ihren Augen. Anne musste sich mit dem Rücken gegen die Wand lehnen und nicht nach vorne zu kippen. Übelkeit griff mit den gierigen Fingern eines Riesen nach ihr. Sie fühlte sich so schwach, dass sie nicht einmal in der Lage war, ihre Arme nach oben zu heben. Das konnte ja noch lustig werden, dachte sie und schloss die Augen. Aber sie musste weitermachen. Auch wenn die Aussicht gefunden zu werden, gestiegen waren, musste sie alles versuchen, um hier rauszukommen. Aufgeben konnte sie, wenn sie tot war. Vorher nicht.

Vorsichtig tastete Anne mit ihrem Fuß von einer Ecke zur anderen, befühlte mit den Zehen den Boden. Heute bleibt mir nichts erspart, stellte sie erschüttert fest. Sie hatte beim Sturz ihre Schuhe verloren. Anne fluchte leise. Die Schuhe waren ganz neu gewesen. Sie hatte lange sparen müssen, um die alten, viel zu engen Latschen endlich loszuwerden. Und nun lagen sie irgendwo herum. Aber wenn sie hier heraus war, musste sie die Schuhe unverzüglich suchen.

»Plong.« Ein metallischer Ton riss sie aus ihren Gedanken. Ihr Fuß war gegen etwas Kaltes gestoßen. Vorsichtig beugte sie ihre Beine, ging sie in die Hocke und fingerte nach dem Ding, das sich als Blecheimer herausstellte. Tastend stellte sie fest, dass es einen Rand und einen Henkel hatte. Vielleicht ein Eimer, dachte sie und ließ ihre Hand an dem kalten Blech entlanggleiten. Sollte sie es wagen und ihre Hand dort hineinstecken? Was mochte sie erwarten? Anne atmete tief durch und griff entschlossen hinein.

Zuerst erschrak sie über die unerwartete Konsistenz des Inhaltes. Kaltfeucht und glitschig fühlte sich der Kram an. Zögerlich nahm sie ein Stück zwischen ihre Finger. Es ließ sich leicht

zerdrücken, wurde unter dem Druck zu einer breiigen, schleimigen Masse. Vorsichtig roch sie daran. Es roch nach ...? Sie kannte den Geruch, wusste aber nicht genau, wohin sie ihre Erinnerung führen wollte. Also gab es nur eine Möglichkeit. Sie musste es probieren. Vorsichtig schob sie ein wenig des butterweichen Zeugs in den Mund und lutschte daran. Angewidert spuckte sie den Rest in ihrem Mund auf den Boden. Das waren weich gekochte Kartoffelreste.
Eine Welle Ekel schwappte über sie hinweg. Vor ihr stand ein Eimer mit Futter für Schweine. Ihr Herz begann zu rasen.
»Anne, du dummes Ding«, schimpfe sie vor sich hin, »so etwas kann auch nur dir passieren. Niemand außer dir kann so blöd sein und in einen Schweinestall fallen. Kein Wunder, dass kein Mann dich ansieht.«
Mitten in ihrem Satz traf sie die Erkenntnis wie ein Hammer: Wo ein Schweinestall war, waren Schweine. Und irgendjemand versorgte diese Tiere mit Futter. Aber wo waren die Schweine jetzt? Vielleicht waren sie auf der Weide. »So ein Unsinn«, schimpfte sie im gleichen Augenblick, als der Gedanke durch ihren Kopf fuhr, »Es ist dunkelste Nacht. Da hütet niemand Schweine.« Aber irgendwo mussten die Tiere doch sein. »Ach, das ist doch ganz egal«, hörte sie die Stimme in ihrem Kopf, »Du musst jetzt nur noch ruhig bleiben. Du

wirst gerettet werden. Und das ist doch das Wichtigste. Und natürlich deine Schuhe!«
Sie brauchte also nur noch zu warten. Lächelnd lehnte sich Anne gegen die kalte Mauer. Die Angst, die sie bisher fest im Griff hatte, wandelte sich jetzt langsam in Neugier. Wie sah es hier aus? Vielleicht konnte sie sich ja die Zeit mit einem Spiel vertreiben. Wenn sie sich ein Bild von dem Raum machen konnte und später, wenn sie wieder frei war, ihr gedachtes Bild mit der Wirklichkeit verglich, konnte das ein Spaß sein. Und außerdem hatte sie, außer zu warten, nichts mehr zu tun.
Anne spürte, dass ein Lächeln über ihr Gesicht huschen wollte, aber ihr Mund noch vollkommen schief und taub war. Aber es war ihr gleich. Auch das würde wieder werden! Langsam, um keine Einzelheit zu verpassen, ließ sie ihre Hand über den Boden und die Wand gleiten. Sie ließ keinen einzigen Zentimeter aus. Alles war wichtig um ein möglichst genaues Bild zu erhalten.
Es dauerte nur wenige Augenblicke, bis sie einen zweiten Eimer fand. Er war ebenfalls aus Blech und leer. Noch ein weiterer, mit Wasser gefüllter, tauchte auf. Das war genau das, was sie jetzt brauchte. Vorsichtig schöpfte sie mit ihren beiden Hände, die sie zu einer Schale formte, etwas Wasser heraus und roch daran. Es war kühl und roch verführerisch frisch. Kein abgestandener Geruch, also alles in Ordnung.

Gierig nahm sie einen Schluck. Das war das beste Wasser, das sie jemals getrunken hatte. Da war sie sicher. Und vor allem konnte sie nun wieder frei und ohne Schmerzen schlucken. Matt rutschte sie mit dem Rücken an der Wand entlang nach unten. Eigentlich war es überhaupt nicht so schlimm, wie sie anfangs dachte. Jetzt hieß es warten. Und wenn sie gefunden wurde, konnte sie möglicherweise noch einige ruhige Tage herausschlagen. So schlecht war die Bäuerin sicher nicht. Damals als sie vom Pferd getreten wurde, gab es sogar reichlich Kuchen. Vielleicht ... Weiter kam sie nicht. Sie schlief einfach so ein.
Schlaftrunken schnellte sie von ihrem Platz hoch, als ein metallisches Geräusch die Stille zerriss. Unbewusst riss sie die Augen auf und erschrak, als sie nichts sehen konnte. Dieses Mal verschwand der Schreck jedoch, als ihr bewusst wurde, dass sich nichts geändert hatte.
Anne presste ihr Ohr gegen die Wand und versuchte die Quelle des Geräuschs auszumachen. Schlurfende, nur schwach wahrnehmbare Schritte konnte sie ausmachen. Sie kamen von vorne, aus der Richtung der Holztür. Erleichtert atmete sie auf. Sie würde gefunden werden. Endlich. Nun war alles gut.
»Hilfe«, hauchte sie zuerst leise. Aber es geschah nichts. Leise gingen die Schritte an der Tür vorbei. »Verdammt«, fluchte sie, »Hilfe, hören sie mich? Ich bin hier drin. Ich bin ..., Hilfe.« Sie spürte, wie ihre Stimme brach und aus ihrem Hals

nur noch ein leises Krächzen kam. Ausgerechnet jetzt. Das durfte doch nicht wahr sein.
Wieder presste sie ihr Ohr gegen das Holz und lauschte. Stille. Nichts als ohrenbetäubende Stille. Lediglich das Blut rauschte durch ihre Ohren. Das war beängstigend. So musste es sich anfühlen, in einem Grab eingeschlossen zu sein. Vergraben und niemand würde sie retten. Es gab hier nur noch sie. Niemand sonst. Hier in ihrem Grab.
Verzweifelt hämmerte sie mit ihren Fäusten gegen die Tür und schrie so laut, wie es ihre Stimme noch zuließ. Die Kraft, die sie brauchte, um aufzustehen, brachte sie bis an ihre körperlichen Grenzen. Aber sie schaffte es. Immer wieder krachte ihre Schulter gegen die Brettertür.
»Hilfe«, schrie sie immer wieder hysterisch. Es konnte doch nicht sein, dass die Rettung schon so nahe war und sie dennoch nicht gefunden wurde. Nein, das durfte nicht wahr sein. Noch vor wenigen Augenblicken war sie voller Hoffnung. Warum nur ließ es Gott zu, dass das Hoffen nun wie eine Seifenblase zerplatzte?
Ihre Kraft war erschöpft, das spürte sie. Es war vorbei. Vielleicht erfüllte sich jetzt ihr Schicksal und sie starb hier. Sie würde in diesem Loch verrotten und verfaulen. Und niemand würde an ihrem Sterbebett um sie weinen. Warum sollte sich auch jemand auf dieser Welt für eine kleine

Bauernmagd und ihr erbärmliches Ende interessieren?

Aber so leicht sollte sie der Tod nicht bekommen. So einfach ging das nicht. Sie war schließlich eine deutsche Frau und schon der Kaiser sagte, dass die Frauen die zweite Front hinter den Männern bildeten. Sie würde kämpfen bis zu ihrem letzten Atemzug.

Ein weiteres Mal nahm sie Anlauf. Anne presste ihren Rücken in die hinterste Ecke und atmete tief durch. Mit aller Kraft, die ihr zur Verfügung stand, drückte sie sich von der kühlen Wand ab und stürmte in Richtung der Tür. In Gedanken bereitete sie sich auf den Aufprall und die damit verbundenen Schmerzen vor. Sie schloss die Augen und nur einen Moment später spürte sie die Splitter des rauen Holzes in ihre Haut dringen.

Erschrocken riss sie trotz der nachtschwarzen Dunkelheit die Lider nach oben. Die Tür gab nach und öffnete sich wie von Geisterhand. Mit allem hätte Anne gerechnet, aber nicht, dass es so leicht ging. Erstaunt stolperte sie nach vorne und stürzte scheinbar ins Leere. Sie streckte im Fallen ihre Hände aus und schon einen Wimpernschlag später drangen die winzigen Steinchen des Bodens unter die Haut ihrer Handballen, lösten einen wahren Feuersturm aus.

Zeitgleich glühte ein gleisender Lichtball auf und blendete sie. Die plötzliche Helligkeit nahm ihr jede Sicht und nur einen winzigen Augenblick

später konnten ihre Arme die Wucht des Falles nicht mehr tragen. Mit einem Krachen, das ihren Kopf explodieren lassen wollte, schlug ihr Gesicht auf den harten Boden auf. Ihre Wange rutschte einige Zentimeter über den festgestampften Lehm und löste ein weiteres Feuer auf ihrer Haut aus. Den Schrei, den sie instinktiv ausstieß, erstickte, als die Luft aus ihrer Lunge und dann aus der Wange gedrückt wurde. Stöhnend lag sie auf dem Boden und versuchte ein wenig ihrer Orientierung zurückzubekommen.
Nur langsam kehrte ihre Sehfähigkeit zurück und vertrieb die dunklen Punkte und Flammen, die ihr die Sicht nahmen. Verschwommen konnte sie die Quelle des Lichts erkennen. Eine Petroleumlampe strahlt in all ihrer Pracht. Eine wahrhaft riesige Männergestalt stand vor ihr und sah auf sie herab. Wie eine Welle, die alles mitreißt, was sich ihr in den Weg stellt, schwappte Erleichterung über sie und wusch die eben noch dagewesene Verzweiflung einfach weg. Sie hörte ihre eigene Stimme ‚Darke' stammeln.
Ein Lächeln huschte über die Lippen des Fremden. Anne sah sofort, dass er ein netter, gutherziger Mensch war. Sie hatte sich in diesem Punkt noch wie getäuscht. Sie konnte nur den Schattenumriss erkennen, aber es genügte ihr, um sich ein Bild zu machen. Der Kerl war ein Riese mit breiten Schultern und einer sehnigen, sportlichen Figur. Er trug die Haare schulterlang, was in der

heutigen Zeit eher nicht alltäglich war. Er trug derbe, grobe Kleidung und wirkte wie ein Bauer oder ein Bergmann. Jedenfalls erschien es ihr so. Erneut lächelte er und machten einen Schritt über ihren Körper hinweg. Ein Schreck durchzuckte sie, als seine Hand ihren Knöchel fasste. Sie begann zu strampeln und versuchte sich zu wehren. Eine böse Ahnung kam in ihr auf. Aber unbeirrt von ihrer Gegenwehr, zog der Kerl weiter an ihrem Bein. ‚Mein Gott', betete Anne und begann wie besessen nach dem Riesen zu treten.
Er lachte nur laut auf und zog sie scheinbar mühelos in ihr Verlies zurück. Anne schrie aus Leibeskräften. Ihre Kehle brannte sofort wieder wie Feuer. Sie wehrte sich verzweifelt, brüllte so laut, dass ihr Geschrei sich langsam zu einem hysterischen Gejaule wandelte. Sie riss die Augen auf und starrte wie gelähmt zu ihm auf. Was wollte der Mann von ihr? Er sollte doch ihre Rettung sein.
Den nächsten Gedanken konnte sie schon nicht mehr fertig denken. Aus dem Augenwinkel sah sie den Schatten seiner riesigen Hand auf sich zusausen. Einen Moment später explodierte ihr Kopf in einem Feuerball. ‚Merkwürdig', dachte sie und wunderte sich über die banalen Gedanken, die sie in dem Moment ihrer größten NOt beschäftigten, ‚Er hat so gepflegte Hände!'
Der nächste Schlag, der sie mitten im Gesicht traf, schleuderte sie in ein Meer aus Schmerzen.

Sie schmeckte das Blut, das aus ihrer Lippe quoll. Langsam ergoss sich das blutige Rinnsal in ihren Mund und betäubte ihre Geschmacksnerven mit einem bleiernen Geschmack. Ihre Schreie waren verstummt, nur noch ein leises Schluchzen drang aus ihr hervor.
Sie musste sich geschlagen geben. Gegen diesen Berg aus Muskeln hatte sie nicht die geringste Chance. Sie musste hinnehmen, dass er sie mühelos über den Boden schleifen konnte. Sie hörte das Rasseln der Kette und fühlte im gleichen Moment das eiserne, kalte Band, das sich um ihren Knöchel schloss. Sein Griff, seine Finger, die sich fest in ihre Haare krallten, verwandelten ihre Kopfhaut in ein flammendes Meer aus Schmerzen. Anne erschrak über die Leichtigkeit, mit der er sie in ihre Kammer zurück schleuderte.
Einige Sekunden lang konnte sie den Raum erkennen, in den sie gesperrt war. Steinerne Wände, etwa zwei auf zwei Meter, mit einer schweren Holztür. Genau so, wie sie es ertastet hatte. Der Raum war nach oben mit einer ebenfalls steinernen Decke versehen. In diesem winzigen Augenblick ahnte sie, dass das hier ihr steinernes Grab werden würde. Sie wusste es und sehnte sich den Moment ihres Todes, der Erlösung, herbei.
Verzweifelt und von der schmerzenden Kopfhaut fast besinnungslos, suchte Anne Schutz in einer der hinteren Ecken und wartete auf das, was nun geschehen würde. Sie weinte leise. »Warum tun sie

das?«, überraschten sie ihre eigenen Worte, »Bitte lassen sie mich gehen.« Sie flehte, obwohl sie schon beim ersten Ton wusste, dass das niemals passieren würde. Er schwieg und lächelte.
Sie versuchte seine Gestalt durch das blendende Licht der Lampe, die er zwischen sich und sein Opfer gestellt hatte, hindurch zu erkennen. Aber die Helligkeit, die sie von vor einigen Minuten herbeigesehnt hatte, nahm ihr jede Sicht. »Bitte«, flehte sie wieder, »ich werde niemanden etwas sagen. Ich werde schweigen. Ich verspreche es beim Leben meiner Mutter.«
Er lachte heiser auf, antwortete aber nicht. Sie kniff ihre Augenlider zusammen und spähte durch die entstandenen Schlitze. Schemenhaft sah sie, wie er einen Gegenstand zur Mitte des Raums trug. Dann herrschte wieder Stille. Anne presste sich ängstlich in ihre Ecke, versuchte mit den steinernen Wänden zu verschmelzen, in ihnen aufzugehen. Wie oft hatte ihr früher ihre Großmutter die Geschichten des Nibelungenliedes erzählt, in denen sich der Zwerg Alberich mit seiner Tarnkappe unsichtbar machte. Sie betete leise vor sich hin, flehte Gott an, ihr jetzt einen solchen Umhang zu schicken. Aber nichts geschah. Wieder einmal hatte der Himmel kein Erbarmen mit ihr.
Bis tief ins Mark traf sie der erste Ton, den er sprach: »So meine Liebe, heute ist dein großer Tag gekommen. Heute wirst du deinem Schöpfer

begegnen.« Sein Lachen traf sie wie der Schlag einer Peitsche.

Sie spürte die kleinen Schweißtropfen, die sich auf ihrer Stirn bildeten, und wunderte sich einen Moment, warum sie am restlichen Körper fror. Im gleichen Augenblick ärgerte sie sich über sich und ihre Gedanken. Ihre letzte Stunde war gekommen und sie dachte über solche Belanglosigkeiten nach. »Mein Gott«, flehte sie wieder, »ich will nicht sterben. Noch nicht. Bitte errette mich aus dieser Lage.«

Schon so oft hatte sie von Wundern gehört, die immer wieder von den Kämpfern des deutsch-französischen Krieges erzählt wurden. Wie oft hatte sich Gott dort durch Wunder gezeigt, hatte so manches Mal Menschen aus aussichtslosen Situationen befreit. Warum zeigte er sich jetzt nicht. Mit einem Wisch könnte er diesen Menschen wegfegen. Sie war verzweifelt. Ihr Gehirn schrie. Aber aus ihrem Mund kam kein Ton. Wie gelähmt presste sie sich gegen die steinerne Balustrade und schwieg. Sie konnte sein gleichmäßiges Atmen hören. Ihre Gedanken rasten. Was konnte sie tun? Das Einzige, was ihr jetzt noch blieb, war die Möglichkeit, ihn in ein Gespräch zu verwickeln. Vielleicht konnte sie so etwas Zeit gewinnen und sie wurde doch noch gerettet. Sicher suchten doch die anderen nach ihr. Die Bauern und die Knechte waren sicher auf den Beinen und suchten nach ihr. Es musste einfach so sein.

Plötzlich fiel ihr ein, wie sie mit Francine Leroux darüber gesprochen hatte, dass sie am liebsten weglaufen würde. Weg, nach Paris oder Berlin oder in irgendeine andere große Stadt. Dass die dort als Kindermädchen, oder vielleicht in einer Anstellung als Hausmädchen arbeiten wollte. Aber das war doch alles nicht ernst gemeint. Jedenfalls nicht richtig ernst. Das waren doch alles nur Tagträume um die harte Feldarbeit erträglicher zu machen. Aber wenn Francine jetzt den Bauern erzählte, dass sie weglaufen wollte ...? Nicht auszudenken. Dann suchte niemand nach ihr.
»Bitte«, versuchte Anne ein Gespräch zu beginnen, »lassen sie mich gehen. Ich verspreche ihnen ...«
»Halt dein blödes Maul«, unterbrach er sie barsch. »Du bist eine kleine, dreckige Hure. Wie alle Weiber. Und hör endlich auf zu betteln. Ich werde einen Scheißdreck tun und dich laufen lassen. Du würdest doch schneller als ich meinen Namen sagen kann, zur Polizei rennen.«
»Was habe ich ihnen denn getan?« Er antwortete nicht. Er saß einfach nur da. »Warum wollen sie mich töten. Ich bin doch noch so jung. Ich habe doch noch mein ganzes Leben vor mir. Bitte lassen sie mich gehen. Ich werde nichts erzählen. Bitte. Noch ist ja auch nichts geschehen. Wenn sie mich jetzt gehen lassen, ich verspreche es bei allem, was heilig ist, werde ich aus dieser Gegend

verschwinden und sie werden mich nie wieder sehen. Bitte!«

»Halt dein Maul hab ich gesagt. Ich, ich, ich. Das ist alles, was ihr Weiber kennt. Warum denkst du nicht mal an andere. Du Dreckstück weißt doch überhaupt nichts von mir.« Schallend schlug er mit der flachen Hand auf den kleinen Tisch, auf dem die Lampe stand. »Bitte lassen sie mich leben ...«, äffte er sie nach. Wesentlich ruhiger raunte er dann: »Wenn es für mich aber eine Freude ist, dich heute umzubringen, dann habe ich nicht etwa das Recht dazu? Nur du hast ein Recht auf dein Leben? Du bist ein Nichts. Verstehst du? Einfach Dreck und ich kann mit dir machen, was ich will. Wenn ich dich jetzt sofort erschlage, kräht morgen kein Hahn mehr nach dir.«

Schweigen lag über dem Raum. Nur sein Atmen war jetzt lauter zu hören. »Bitte«, begann Anne wieder, »Ich habe sie doch nicht erkannt. Lassen sie mich gehen. Wollen sie Geld? Ich habe eine kleine Summe gespart. Die kann ich ihnen bringen. Dann haben sie noch ein gutes Geschäft gemacht.«

»Ach, ich scheiße auf dein Geld. Ich will meinen Spaß. Oder was denkst du, warum ich wochenlang ausgekundschaftet habe, wo ich dich ungesehen kassieren kann? Wenn ich dich gehen lassen würde, wäre meine ganze Arbeit umsonst gewesen. Du verstehst das doch? Außerdem habe ich sonst keine Frau da. Also bleibst du. Und jetzt hör auf zu jammern. Oder willst du, dass ich deine Leiche an

die Schweine verfüttere. Dann wird dich niemand auf dem Kirchhof betrauern. Und ich bin nicht mal sicher, dass du überhaupt in den Himmel kommen wirst. Wenn ihr verdammten Tiere überhaupt jemals in den Himmel kommt.«
Er ließ sich gegen die Lehne des Stuhls fallen: »Zieh dich aus.« Energisch schüttelte Anne den Kopf: »Nein. Das können sie nicht von mir verlangen. Töten sie mich, wenn sie wollen. Aber so eine bin ich nicht.« Im Gegenlicht sah sie, dass er den Kopf schüttelte. »Ich glaube nicht, dass du noch Widerworte geben solltest. Und jetzt zieh dich aus. Aber ein bisschen plötzlich«, brüllte er sie an.
Um seine Worte zu unterstützen, war er aufgestanden. Sein riesiger Schatten machte ihn zu einem wahren Untier. Trotzig schüttelte Anne den Kopf: »Mich hat noch nie ein Mann nackt gesehen. Und das wird auch so bleiben, bis ich verheiratet bin. Oder tot.« Verzweifelt sah sie sich um. Es musste doch einen Ausweg geben. Aber was dachte sie sich, ihn noch unnötig herauszufordern? Vielleicht sollte sie einfach tun, was er verlangte. Es würde vorübergehen. »Töten sie mich«, hörte sie sich sprechen und war überrascht, über den Blödsinn, den sie sprach, »dann können sie mich haben. Vorher nicht.«
Noch bevor der Satz in seiner Gänze in ihrem Kopf angelangt war, spürte sie seine riesige Pranke in ihrem Genick, seine übermenschliche Kraft, die sie

nach oben riss. Eine zweite Hand zerriss ihre Bluse, ihren Büstenhalter, für den sie so lange gespart hatte. Der reißende Stoff schnitt ihr tief ins Fleisch und verursachte brennende Schmerzen, die ihr fast den Verstand raubten. Fast zeitgleich zerrte er ihr ihren Rock über die Hüften, sprangen die Bänder ihrer Strümpfe und sie war nackt.
Krachend fiel sie auf den Boden, als er seinen Genickgriff lockerte. Wieder brandeten heftige Schmerzen in ihr auf. Er hatte sie in die Rippen getreten und zerrte nun die Fetzen ihrer Kleider unter ihr hervor. Anne versuchte, ihre Scham und ihren Busen zu verdecken.
Er war wieder hinter der Lampe verschwunden und ließ sich auf seinen Stuhl fallen. »Steh auf, du Schlampe«, befahl er, »Mit euch Weibern ist es doch immer das Gleiche.« Er stand noch einmal auf, kam einige Schritte auf sie zu und brüllte sie an: »Glaubst du, mir macht das Spaß? Ich will dich nicht prügeln müssen. Ich habe dich wegen deiner Schönheit, deiner Makellosigkeit ausgesucht. Und du zerstörst das. Einfach so. All meine Mühe ist nun umsonst. Schau dich an. Du bist nichts mehr wert. Überall hast du Kratzer. Dabei solltest du doch ...«
Er stoppte seine Worte und atmete tief durch. Langsam drehte er sich um und ging zu seinem Stuhl zurück: »Weißt du, ich will mich nicht aufregen. Wie willst du sterben? Damit du siehst, dass ich kein schlechter Mensch bin, gebe ich dir zwei

Möglichkeiten zur Auswahl: Soll ich dich mit der Garotte drosseln oder willst du durch das Messer sterben? Aber ich warne dich. Mit dem Messer bin ich nicht gut.«
Anne schloss die Augen und begann zu weinen.
»Vite, steh jetzt auf. Du hast noch etwas Zeit zum Überlegen.« Mühsam folgte sie dem Befehl. »Stell dich gerade hin. Und nimm die Hände vor deinen Brüsten weg.« Energisch schüttelte Anne den Kopf. Noch bevor das letzte Kopfschütteln verebbt war, klatschte seine Pranke gegen ihren Kopf und schleuderte sie gegen die Wand. Schlag auf Schlag traf sie, nahm ihr den Atem. Sie nahm den erstickenden Druck wahr, als er sich auf ihren Bauch setzte, die Knie auf ihre Oberarme gepresst. Noch immer versuchte sie ihn zu treffen, nach ihm zu schlagen, aber sie wusste, dass es eine vergebene Mühe war.
Sie war ihm ausgeliefert. Vielleicht würde er sie heute töten. Aber warum gerade sie? Wegen ihrer Schönheit hatte er gesagt. Sie war doch überhaupt nicht schön. Sie besaß keine schönen Kleider und den teuren Lippenstift, den die vornehmen Damen benutzten, konnte sich nicht mal die Bäuerin leisten.
Sie dachte an ihre Mutter, ihren Vater. Beide waren schon so lange ohne sie. Seit sie auf diesem Hof arbeitete, hatte sie die Eltern viel zu selten besucht. Sie fehlten ihr sehr. Aber jetzt? In diesem Moment gäbe sie alles dafür, sie noch

einmal zu sehen. Nur noch einmal in Mamas Armen liegen und ihren vertrauten Duft in die Nase bekommen. Warum hatte sie nicht auf ihren Vater gehört? Er hatte sie vor der harten Arbeit auf dem Hof gewarnt. Sie solle doch lieber ...
Ein blutroter Blitz ließ ihren Kopf explodieren. Sie wusste, nun war es also so weit. Sie atmete tief durch, dann verschwanden die Schmerzen. Doch schon einen Augenblick später war er wieder da. Sie hörte ihn wie einen wütenden Löwen brüllen. Durch den roten Schleier vor ihren Augen sah sie das Gesicht des Mannes, das sich zu einer grinsenden Höllenfratze verformt hatte. Eine Woge der Abscheu überflutete sie. Wie konnte ein menschliches Wesen so etwa tun?
Schon oft hatte sie den Knechten zugesehen, die nur aus Spaß die Schafe oder den Hofhund bis aufs Blut quälten. Aber sie war doch ein Mensch. Weshalb passierte ihr das? Oder träumte sie nur? Ja, so musste es sein. Alles war nur ein Traum, ein böser, aber er würde vorbeigehen. Aber wieso wachte sie nicht endlich auf.
Endlich versiegten die Schläge. Ihr Kopf dröhnte. Anne versuchte, ihre Augen zu öffnen. Aber sie brachte nur winzige Sehschlitze zustande. Immer noch saß er auf ihr und lächelte als hätten sie sich nur gebalgt. »Stehst du jetzt auf?«, fragte er so ruhig, als sein nicht geschehen. »Oder soll ich dir noch etwas helfen?« Seine Stimme drang durch das Rauschen in ihren Ohren. Es war seltsam,

aber seine Stimme beruhigte sie. Anne versuchte zu antworten, aber ihre Lippen waren so dick und blutig, dass sie kein Wort sprechen konnte. Sie nickte nur. Ein Luftschwall drang in ihre Lungen, als er sich von ihrem Brustkorb erhob.
Er streckte ihr seine Hand hin, aber Anne stand alleine auf. Von diesem Monster wollte sie keine Hilfe annehmen. Sie grub ihre Fingerspitzen in den fugigen Mauergrund und zog sich nach oben. Eine Welle der Übelkeit schwappte über sie und das Gefühl, sich übergeben zu müssen, presste ihre Brust zusammen. Die ganze Welt drehte sich wie ein Karussell, aber sie fand auf ihren Beinen halt. Schwankend stand sie da. Es war, als könne sie für einen winzigen Moment spüren, wie sich die Erde drehte. Sie versuchte sich mit der Hand an der nackten Mauer abzustützen und stand schließlich da. Nackt und ausgeliefert. Noch vor wenigen Minuten wollte sie ihre Blößen verdecken, jetzt war es ihr vollkommen egal, was er sah. Sie stand einfach nur da, den Blick gesenkt, ließ ihre Schultern, die Arme hängen, sah die Blutspuren, die über ihren Körper liefen und im hellen Licht der Lampe glitzern.
Er war wieder ins Dunkel getreten. Durch das Brummen ihrer Ohren hörte sie das hölzerne Schrabben, als er sich auf seinen Stuhl fallen ließ. Dann kehrte Ruhe ein. Angestrengt versuchte sie, ihn durch den hellen Schein der Lichtquelle zu erkennen. Ihre Augen waren so dick geschwollen,

dass sie ihre Lider nicht ganz heben konnte. Aber es war ihr gleich, wo er war, was er gerade tat. Wenn er wollte, sollte er sie umbringen. Es war ihr egal. Hauptsache, die verdammten Schmerzen hörten endlich wieder auf. Wichtig war nur, dass sie aufrecht starb. Und nicht jammerte. Ja, sie wollte in Würde aus diesem Leben scheiden.

Leise drangen seine Atemgeräusche wieder zu ihr. Immer schneller rauschte die Luft durch seine Kehle, ein Geräusch, dass von einem gleichmäßigen, fleischigen Klatschen begleitet wurde. Anne wusste genau, was er gerade tat. Schon oft hatte sie es bei den Knechten gehört.

Schier endlos, wie ein zäher Getreidebrei, der über die Kante eines Tisches tropft, verfloss die Zeit. Ihre Beine drohten einzuschlafen. Die Schmerzen stachen immer wieder wie spitze Messer zu und es dauerte schier ewig, bis ihr das kehlige Gurgeln das Ende seines Aktes ankündigte. Das grunzende Geräusch, das aus seiner Kehle drang, erinnerte sie an ein Schwein. Innerlich schaffte sie es, noch einmal zu lachen. Sie begann zu weinen. Wenn er jetzt fertig war ..., dann war jetzt ihr Ende gekommen.

Eiskalt lief es ihren Rücken hinunter. Ein Zittern ergriff ihren Körper und schüttelte sie minutenlang. Endlich erschien sein mächtiger Schatten hinter dem Licht. »Geh rein«, schnauzte er sie an. Anne wusste nicht genau, was sie tun sollte und blieb regungslos stehen. »Los! Geh da rein«, brüllte er plötzlich los. Anne trat erschrocken einen Schritt nach hinten, so weit, bis sie an die Wand stieß und das Gleichgewicht verlor. Polternd stürzte sie in die Ecke. Er lachte bellend los, zog immer wieder die Luft durch die Nase, so dass ein, an Schweinegrunzen erinnerndes Geschnaufe, entstand.

»So, mein Herzchen, heute lasse ich dich noch am Leben. Du bist jetzt so schwach, dass mir das zu schnell geht. Verstehst du? Ich will ja lange meinen Spaß haben. Hast du dich für eine Todesart entschieden? Messer oder Garotte?« Er sah sie grinsend an. Anne weinte jetzt hemmungslos. »Gut. Ich ahnte schon, dass du dich nicht entscheiden kannst. Alle Weiber konnten sich nicht entscheiden. Dann wähle ich für dich. Wir nehmen die Garotte. Und ich verspreche dir, dass es lange dauern wird. Das willst du doch, oder?«

Als Anne nicht antwortete, schlug er mit der flachen Hand gegen die Mauer: »Los. Antworte. Du willst das doch? Du willst doch langsam sterben? Weißt du, was eine Garotte ist?« Sie schüttelte den Kopf.

Lächelnd ließ er sich gegen die Tür fallen: »Du dummes Ding. Das ist eine dünne Schnur mit zwei Griffen links und rechts. Die schlinge ich um deinen Hals und drehe langsam zu. Dann wirst du langsam ersticken. Verstehst du?« Anne nickte und versuchte ein leises ‚Bitte nicht' mit den Lippen zu formen. »Bitte nicht, bitte nicht«, spottete

er. »Ich werde aber nicht so sein. Manchmal, kurz bevor du stirbst, werde ich wieder etwas locker lassen. Etwas Luft für dich, viel Spaß für mich. Jetzt erhole dich. Morgen machen wir Schluss mit dir.« Sein Lachen steigerte sich in ein verrücktes Kreischen. Mit einem Krachen schlug er die Tür zu und das Licht war verschwunden.
Anne atmete erleichtert auf, zuckte aber sofort in sich zusammen, als eine Schmerzensflut sie mitzureißen drohte.
Gott hatte ihr die zweifelhafte Gnade eines weiteren Tages geschenkt. Wollte er sie quälen? Oder wollte er sich an ihrer Qual ergötzen? Lange lag sie noch in ihrem kleinen Verlies und fror. Sie war nackt und hilflos. Jedes einzelne ihrer Glieder schmerzte, jeder einzelne Muskel flehte um Gnade, bis sie ein übermächtiger Sog ins Reich des Schlafes zog.

7. Kapitel

Atemlos flog Helene von Frankenberg über die steile Treppe nach oben. Bei jedem Sprung nahm sie gleich zwei Stufen auf einmal. Energisch stieß sie die Tür auf und stolperte ins Freie. Das grelle Sonnenlicht blendete sie und nahm ihr mit einem Mal die komplette Sicht. Für einen Moment torkelte sie wie ein blindes Huhn durch die Menge der Gäste und stürzte fast, als sie mit Luis Beauchamps zusammenstieß. Nur mit Mühe konnte er das

Geschirr, das er auf einem Tablett gestapelt hatte, vor einem Totalschaden retten.
»Sind Sie noch bei Sinnen?«, kreischte er schrill, »Ich hätte beinahe die Teller fallen lassen.« Beauchamps knallte den Stapel Geschirr auf einen der Tische und deutete mit dem Finger auf Helene: »Sie denken wohl, sie können sich aufführen, wie sie wollen? Nur weil sie eine ..., eine solche ..., bei der Polizei das Dienstmädchen machen. Wenn ich das Geschirr fallen gelassen hätte, wären sie daran schuld! Dann müssten sie das bezahlen.«
»Jaja. Entschuldigung«, hauchte Helene atemlos, »Ich suche den Kommissar. Wo ist er?« Mit einem Kopfnicken deutete Beauchamps in Richtung der Linden. »Alleine wird das wohl nichts bei ihnen?«, grummelte er in seinen Bart und verschwand in die Gaststätte.
Helene kniff die Lider zusammen und sah sich um. Im Schatten der Linde saß Halbach mit Doktor Morlat und dem jungen Lafleur und trank ein Glas Bier. Etwas abseits hatte auch Johannes Baron einen Platz gefunden. Alles wirkte friedlich. Bis Helene angestürmt kam.
»Ich habe etwas gefunden, Herr Kommissar«, rief sie schon von weitem. »Von Frankenberg, sind alle Teufel hinter ihnen her? Oder warum rennen sie bei dieser Hitze wie ein aufgescheuchtes Huhn herum?«, witzelte Friedrich Halbach. Er hatte sichtlich Mühe seine Zunge zu kontrollieren. Philippe Lafleur war aufgestanden. Helene atmete tief

durch: »Ich habe etwas gefunden, Herr Kommissar. Sie wurde umgebracht.« Gespenstische Stille trat ein. Keiner der Anwesenden wagte es zu atmen, ja selbst die Vögel schwiegen.
»Von Frankenberg, schweigen sie«, fuhr Halbach sie plötzlich an, »Sie reden Unsinn. Selbst Doktor Morlat ist der Meinung ...« »Ach, Unsinn rede ich?«, unterbrach sie ihn barsch, »Und wenn ich es beweisen kann?« Wie ein ungeduldiges Kind tappste sie von einem Bein aufs andere. »Von Frankenberg!«, Friedrich Halbachs Stimme klang jetzt noch zorniger, »Ich sagte gerade, sie sollen sich setzen. Es gibt hier kein Verbrechen, denn ich habe den amtlichen Totenschein schon abgezeichnet.«
Trotzig blieb Helene vor ihm stehen. »Herr Kommissar. Mit allem gebotenen Respekt. Heute Morgen, bevor sie das Büro des Amtsrats betraten, hat er mich beauftragt, die Leiche zu begutachten«, log sie, »Was glauben sie, würde der Herr Amtsrat dazu sagen, wenn er erfahren würde, dass sie meine Untersuchungen sabotieren?« Entschlossen sah sie ihm tief in die Augen. Sie spürte, wie ihre Beine zitterten. Ihr war bewusst, was sie gerade tat. Sie lehnte sich offen gegen das Wort des Kommissars, ihres Vorgesetzten auf. Und sie wusste, dass das ein gefährliches Spiel war. Aber so einfach durfte sie sich nicht geschlagen geben. Sie war auf dem besten Weg, ein

Verbrechen aufzudecken und das war es schließlich, wozu sie die Reise angetreten hatten.

Mit hochrotem Kopf starrte Halbach sie an. Aus seinen Augen blitzte ein überbordender Zorn, den er nur mit Mühe im Zaum halten konnte. Helene spürte, dass sie den Bogen mit dieser Lüge überspannt hatte. Ohne ein weiteres Wort zu sagen, stand Halbach auf und ging voran zur Kellertreppe. Bei jedem Schritt, den er hinabstieg, hatte er sichtlich Mühe, das Gleichgewicht zu halten. Ihre Gedanken rasten: »Wie konnte sich dieser kleine, übergewichtige Mensch erdreisten und sich in der Mittagshitze betrinken, anstatt seine Aufgabe als Kommissar nachzugehen?« Sie spürte die aufkommende Wut, als sie direkt hinter Halbach die Treppen hinabstieg. Doktor Morlats Atem brannte in ihrem Nacken. Deutlich roch sie seine Bierfahne und sie wünschte sich, er würde doch etwas Abstand halten.

Mit einem energischen Tritt öffnete Halbach die Tür. Aber schon im nächsten Moment blieb er wie angewurzelt stehen. Helene hatte Mühe, noch vor ihm zu stoppen. Innerlich fluchte sie. Nun war sie eingekeilt zwischen dem betrunkenen Kommissar, der schwankend dastand, und dem nach Bier stinkenden Doktor hinter ihr. Außerdem regte sie auf, dass sie nichts als das nackte Mauerwerk der Kellertreppe sehen konnte. Wie sollte sie dem Kommissar von hier ihre Beweise zeigen?

Halbach starrte wie versteinert in den Raum. Der Anblick der nackten, toten Frau ließ ihn um Fassung ringen. Helene hörte, wie er nach Atem rang. Sacht legte sie ihre Hand zwischen seine Schulterblätter und schob ihn nach vorne. Auch Morlat betrat den Raum und nahm seinen Platz in der Ecke ein. In den Gesichtern der beiden Männer konnte sie sehen, dass es ihnen die Situation unangenehm war. Hier mit ihr und der Leiche, hier in diesem stickigen Kellergewölbe. Sie wusste, dass sie nur wenige Augenblicke Zeit hatte, bevor sich die beiden wieder nach oben verziehen würden. Und diese Gelegenheit musste sie nutzen.
»Sehen Sie hier«, sie drängte sich an Halbach vorbei zu Anne Pfaffs Körper. »Diese feinen, blutunterlaufenen Linien an den Handgelenken. Das sind wahrscheinlich Spuren von Fesseln. Doktor Morlat konnte sie bei seiner Untersuchung nicht sehen. Sie waren von den Ärmeln der Bluse verdeckt.« Halbach trat einige Schnitte näher und besah sich die dunklen Male. Dabei achtete er penibel darauf, nicht zu nahe an den Körper zu treten.
»Und hier, die Fingernägel. Abgeschabt und rissig, blutunterlaufen. Also wenn Sie mich fragen, ...«
»Sie fragt aber keiner«, unterbrach sie Friedrich Halbach barsch, »Ist das alles. Das könnte auch Zeichen der harten Feldarbeit sein. Doktor Morlat, sagten sie nicht, dass die Frau als Magd

beschäftigt war?« Morlat nickte. »Also, von Frankenberg, da haben sie es. Was noch?«

»Herr Kommissar. Eine wichtige Feststellung ist hier unten.« Vorsichtig bog sie das Bein Annes zu Seite. Als die Sicht auf die intimste Stelle der toten Frau frei wurde, sahen beide Männer zeitgleich weg. »Hier unten, in den Haaren, ist ein weißlicher Belag sichtbar. Ich denke, sie hatte vor ihrem Tod noch etwas mit einem Mann. Und die vielen blauen Flecke hier, an den Oberschenkel. Alles deutet darauf hin, dass sie nicht damit einverstanden war. Ich meine, mit dem ..., sie wissen schon.«

»Von Frankenberg, Sie reden schon wieder Unsinn. Ich werde mit dem Amtsrat ...« »Friedrich, vielleicht hat sie recht«, unterbrach Morlat den Kommissar. »Oh, die Herren sind schon beim ‚Du'«, durchzuckte es Helene, aber noch mehr erstaunte sie, dass der Doktor ihr zur Seite sprang. Halbach sah Morlat erstaunt an: »Gut Albert. Wenn du meinst.« Dann wandte er sich mürrisch an Helene: »Wenn der Doktor ihr Gefasel nicht gleich als Unsinn abtut, sollen sie Gelegenheit haben und sich weiter lächerlich machen. Fahren sie fort.«

»Auf jeden Fall ist die Frau schon seit einem bis zwei Tagen tot«. Jetzt, da sie einen Zuhörer gefunden hatte, sprach sie deutlich langsamer. Sie genoss jedes ihrer Worte. »Die Glieder lassen sich schon wieder bewegen. Das bedeutet, dass die Totenstarre sich schon aufgelöst hat. Stimmen sie mir zu, Herr Doktor?« Auf Morlats Stirn bildeten sich zwei Reihen Denkerfalten. Er hatte sichtlich Schwierigkeiten, den Gedanken Helenes zu folgen. Es dauerte einen Moment, bis er ihr antwortete: »Richtig Fräulein von Frankenberg. Sie erstaunen mich!«

»Gestatten sie mir eine Frage, Herr Doktor Morlat. In welcher Position wurde die Tote gefunden?« »Der Polizeidiener hat sie hierher gebracht. Er erzählte, dass sie im Schatten eines Kirschbaumes saß. Mit dem Rücken an den Stamm gelehnt. Die Jungs, die sie zuerst sahen, dachten sie würde sich nur ausruhen. Sie wurde noch im Morgengrauen gefunden. Die drei Bengel schwänzten mal wieder die Schule.«

Helene nickte. »Dann, Herr Kommissar, kann ich beweisen, dass es sich hier nicht um einen normalen Tod handelt.« Sie rollte die Tote etwas auf die Seite und deutete auf den Rücken der Leiche. »Hier sehen sie die Leichenflecke. Sie bilden sich immer am tiefsten Punkt des Körpers, nachdem der Tod eingetreten ist. Also genauer, wenn das Herz aufgehört hat zu schlagen. Polina Stoch hat die Flecke im Rücken und Schulterbereich. Sie ist also liegend gestorben und lag dann einige Zeit so, bis ihr Blut sich dort sammelte. Da sie aber sitzend gefunden wurde, hat sie jemand unter dem Baum platziert. Herr Doktor, liege ich da richtig?«

Beide Männer standen mit offenen Mündern da. »Ich stimme ihnen voll und ganz zu!«, stotterte Morlat verlegen, fand aber nur einen Augenblick später seine Fassung wieder. Beherzt schlug er Halbach auf die Schulter und lachte: »Mann Friedrich. Mit Fräulein von Frankenberg hat man dir aber einen Edelstein zugeteilt.« Helenes Herz schlug schneller. Sie war auf der Siegerstraße angekommen.

»Herr Kommissar, darf ich ihnen nun meine Vermutung mitteilen?«, fuhr Helene voller Stolz fort. Einige Sekunden lang starrte Halbach ins Nichts. Sie sah im an, dass er verzweifelt nach einer Lösung suchte, um unbeschadet aus der Lage rauszukommen.

»Quatsch! Von wegen Edelstein. Glück hatte sie. Sonst nichts. Aber gut, von Frankenberg. Fahren sie fort. Teilen sie uns ihre abstrusen Gedanken mit!« Spott und Hochmut lagen in seinen Worten. Helene ärgerte sich. Warum konnte er nicht einfach sagen: ‚Gut gemacht, von Frankenberg!'

Statt dessen spottete er einfach weiter: »Aber ich entscheide, ob es sich um ein Verbrechen handelt. Nicht sie. Sie sind lediglich eine Assistentin. Meine Assistentin. Verstehen sie. Sie hatten nichts als Glück.«

Sie konnte Halbachs Blick nicht deuten. War es Zorn, Verachtung oder einfach Abneigung, der mitschwang? »Und glauben sie nicht«, fuhr er fort, »dass ich nicht längst die gleichen Anzeichen erkannt habe. Die Leichenflecke und all das. Ich wollte sie nur prüfen. Und ich stelle fest, es war keine sonderlich gute Leistung. Sie haben ja ewig gebraucht.«

Helene wusste nicht, was sie sagen sollte. Innerlich war ihr zum Weinen und zum Lachen zumute. So ein überheblicher Mensch. Halbachs Stimme riss sie aus dem Tal der Verzweiflung: »Na, dann fassen sie mal zusammen, von Frankenberg. Teilen sie ihr überschwängliches Wissen mit uns.« Eine Träne rollte Helene über die Wange, als sie fortfuhr.

»Ich glaube, Polina Stoch wurde irgendwo gefangen gehalten. Der Täter hat mir ihr all die unsittlichen Dinge gemacht. Und dann ist sie gestorben. Ich vermute, sie wurde vergiftet. Sie hat einen grünlichen Schaum im Mund. Vielleicht war es so.« Halbach lachte laut auf. »Das war ja nicht viel. Aber gut. Dann sagen sie mir, sie Genie, wie würden sie weiter vorgehen? Mit dem Wissen, das sie sich so mühsam erarbeitet haben.« Halbach sah sie herausfordernd an. Helenes Gedanken rasten. Was war jetzt zu tun? Sie zuckte enttäuscht mit den Schultern. »Ich weiß es nicht«, sagte sie mit gesenktem Kopf. »Huuiii! Sie sind ja eine Leuchte. Fräulein schlau weiß nicht weiter. Wie wäre es dann, wenn sie dem Amtsrat ein Telegramm schicken? Aber erst lassen sie uns aus diesem stinkenden Keller gehen.«

Er reichte von Frankenberg die Aktenmappe, die er während der gesamten Zeit unter seinem Arm trug. Sie spürte seinen feuchten Schweiß, der durch seinen Gehrock in das Leder des Einbands gedrungen war. Eine Woge des Ekels überlief sie.
Schwitzend und kraftlos ließ sich Halbach wieder auf seiner Bank fallen. Er atmete tief durch. »He Wirt«, brüllte er durch die Menge, »Beauchamps, kommen sie her.« Mit genervten Gesicht trottete der Mann herbei und sah Halbach ohne ein Wort zu sagen an. »Ein Bier. Nein, bringen sie zwei. Eins für mich und eins für meinen Freund Albert. Aber zackig.« Beauchamps zog die Brauen hoch und ging davon.
»Von Frankenberg, los schreiben sie«, er deutete auf die Mappe, »Sehr geehrter Herr Amtsrat. Habe nach gründlicher Untersuchung festgestellt, dass es sich um Mord handelt. Bleiben, um das Verbrechen zu untersuchen. Gezeichnet, Kommissar Halbach. Haben sie das?« Helene nickte. Ihre Gedanken rasten: »Er hat festgestellt! Ich habe festgestellt. Dieser Gockel schmückt sich mit fremden Federn.« Aber sie schwieg.
»Gut. Das ist gut«, Halbach nahm einen tiefen Zug seines Bieres, »Dann schicken sie noch ein Telegramm an ihre Eltern. Sie sollen ihnen einige Kleider packen. Wir bleiben hier.« Helene sah seinen massigen, von der Hitze geröteten Hals der sich drehte, um den Wirt zu suchen. »Wirt, herkommen«, lallte er dem Mann entgegen. »Wir

brauchen Zimmer. Drei Zimmer. Sie haben doch Zimmer für uns?« Der Wirt nickte und verbeugte sich übertrieben unterwürfig. Sein schelmischer Blick ruhte auf dem betrunkenen Kommissar: »Natürlich habe ich für Herrn Kommissar ein Zimmer. Und auch für die beiden da«, er deutete mit der Hand auf Helene und Johannes Baron, »habe ich noch zwei Dienstbotenkammern.« »Gut Wirt. Die nehmen wir. Beauchamps, das soll ihr Schaden nicht sein. Der Kaiser wird es ihnen danken.«
Helene von Frankenberg schmunzelte, als Beauchamps in die Gaststätte zurückging. »Ich scheiße auf deinen Kaiser«, verstand sie noch, den Rest verschluckte das Haus. Halbach war jetzt in seinem Element. Er plante und verteilte Aufgaben. Und dann schmückte er sich mit den Erfolgen anderer. Aber er war der Kommissar und sie seine Assistentin. Damit musste sie zurechtkommen. Aber sie freute sich auf die kommende Arbeit. Ihr erster Fall. Und sie war Assistentin. Eine Woge Stolz überrollte sie.
»Albert, gibt es hier eine Poststation?«, wendete sich Halbach an den Doktor. »Ich kann Fräulein von Frankenberg hinfahren«, Philippe Lafleur, der seit dem erneuten Erscheinen des Trios, am Tisch saß, war aufgesprungen und einen Schritt nach vorne getreten, »ich habe ein Peugeot-Automobil.« Stolz richtete er sich auf.
»Gut. Das ist gut. Von Frankenberg, Herr ..., wie war noch ihr Name?«, lallte Halbach mit glasigen

Augen. »Philippe Lafleur, Herr Kommissar.« »Gut, Herr Lafleur wird sie fahren, von Frankenberg. Haben Sie noch Fragen? Nein? Dann machen sie sich auf den Weg.« Philippe Lafleur zwängte sich zwischen den Bänken hindurch und bot Helene den Arm an. Sie sah ihn an. Leicht, fast unmerklich schüttelte Helene den Kopf und ging, ohne seinen Arm auch nur eines Blickes zu würdigen, in Richtung Straße.

Einige Schritte später hatte Lafleur sie eingeholt. »Fräulein von Frankenberg. Mein Wagen steht gleich hinter dem Haus. Ich besitze ein Peugeot-Automobil.« Helene nickte: »Sie sagten es bereits. Welche Farbe hat es?« »Es ist ein sehr schönes Automobil«, antwortete er voller Stolz, »Ich musste mich entscheiden, ob ich ein grünes wollte oder doch lieber ein schwarzes. Ich wählte das Schwarze. Stellen Sie sich vor, es hat sagenhafte sechs Pferdestärken.«

Sie sah ihn lächelnd an: »Ich an ihrer Stelle hätte einen grünen Wagen gewählt. Grün würde viel besser zu ihnen passen. Aber da bin ich mit meinem Rat wohl ein wenig spät gekommen.« Er sah sie entsetzt an. Nach diesem Automobil sahen sich alle Leute um und sie. Plötzlich prustete Helene los: »Ach schauen sie nicht so entsetzt. Es war nur ein Spaß. Es ist sicher ein wunderschönes Gefährt.« Verlegen lachte er mit Helene, aber sie hatte das Gefühl, dass er den Scherz nicht witzig fand.

»Fräulein von Frankenberg«, lenkte er das Gespräch in eine für ihn angenehmere Richtung, »Ach bitte, darf ich sie Helene nennen?« »Natürlich Herr Lafleur«, antwortete Helene. Er strahlte über sein ganzes Gesicht.

»Meiner Familie gehört die Brasserie Lafleur. Eine Brauerei, die das feinste, französische Bier herstellt. Unser Unternehmen beschäftigt fast zweihundert Männer. Wir werden hier eine neue Brauerei kauen. Die werde ich dann leiten. Mein Vater ist sehr zufrieden mit mir«, fuhr er mit sichtlichem Stolz fort. »Und sie? Was macht ihre Familie?«

Helene dachte kurz nach. Sie setzte ihren traurigsten Gesichtsausdruck, den sie zaubern konnte, und fing leise an zu sprechen: »Ach, fragen sie nicht. Ich hatte eine schreckliche Kindheit. Meine sieben Brüder und drei Schwestern mussten schon so früh arbeiten. Wir hatten so schrecklichen Hunger. Immer wieder bin ich nachts aufgewacht. Alleine das Knurren meines Magens war so laut, dass ich so gut wie nie geschlafen habe. Jahrelang. Können sie sich denken, wie es ist, jahrelang nicht zu schlafen? Sicher nicht.« Sie sah aus den Augenwinkeln sein Gesicht, dessen Züge eingefroren schienen.

»Aber mein Vater war ein armer Saarschiffer. Meine Mutter wusch für andere Leute die Wäsche. Tag und Nacht. Wir waren so arm, dass ich nicht in die Schule gehen konnte. Es wäre ohnehin nicht möglich

gewesen. Wir hatten ja nur ein einziges Paar Schuhe. Und die passten immer nur den mittleren Geschwistern. So konnte ich also nichts lernen. Die wenigen Worte, die ich schreiben kann, habe ich mir in den schlaflosen Nächten selbst beigebracht. Aber nun ist mein Vater tot.«
Entsetzt blieb Lafleur stehen. »Ich wusste ja nicht. Es tut mir leid, dass ich gefragt habe.« Helene nickte. Sie versuchte, ihre Haltung zu bewahren, aber schließlich brach das Lachen aus ihr heraus. Sie lachte aus voller Kehle. Sie konnte einfach nicht mehr aufhören. Philippe Lafleur sah sie entgeistert an. Es schien, als wüsste er nicht, ob er mit lachen konnte, ohne die junge Frau zu kränken.
»Ach, Philippe. Ich nenne Sie jetzt einfach bei ihrem Vornamen. Philippe ist ein sehr schöner Name.« »Eigentlich wollte mein Vater mich Guillaume nennen. Aber meine Mutter bestand auf einen Namen, der nicht zu französisch klang. Und so haben sie sich auf Philippe geeinigt.« Burschikos streckte sie ihm die rechte Hand hin. »Philippe, sie dürfen mich Helene nennen. Und ich kann ihnen versichern, es war alles nur ein Spaß. Einfach nur ein köstlicher Spaß. Mein Vater ist der Theaterdirektor Adolf von Frankenberg. Und meine Mutter muss auch keine Wäsche waschen. Und jetzt kommen sie. Wir fahren zur Post.«
Stolz öffnete er den Verschlag des offenen Wagens und schob das faltbare Verdeck zurück. Sie nahm

seine Hand und stieg ein. Mit flinken Schritten eilte Philippe vor den Wagen und begann die Kurbel zu drehen. Tuck, Tack, Tuck, gab der Motor erste Töne von sich. Lafleur erinnerte an ein fliehendes Wiesel, als er auf den Fahrersitz sprang. Mit einem rasselnden Geräusch quittierte der Wagen das Einlegen des Ganges und dann rollte der Peugeot los.

Helene fühlte den Wind in ihren Haaren. Ihr war so leicht ums Herz. Philippe erzählte weiter seine Geschichte, aber sie konnte kein Wort verstehen. Sie nickte einfach nur. Er lächelte und sie war froh. Verlegen sah sie ihn aus den Augenwinkeln an. Er war ein gutaussehender Mann. Seine blonden Haare, die eben noch ordentlich gekämmt an seinem Kopf lagen, flatterten im Wind. Sie staunte etwas ungläubig als sie seine schulterlange Haarpracht richtig wahr nahm. Wie alle Männer hatte er sie bisher mit Zuckerwasser zu einer ordentlichen Frisur gebändigt, aber sie hätte niemals erraten, dass sie so lang waren. Irgendwie erinnerte er sie an die Piraten aus den Geschichten in den Büchern ihrer Brüder. Seine blauen Augen blickten gutmütig. Ja, er war ein stattlicher, schöner Mann. Kein solcher Dummkopf wie Karl Preuß. Er hatte nur einen einzigen, aber alles vernichtenden Makel: Er war Franzose.

Vor der Postfiliale bremste Philippe den Wagen. Als Helene ausstieg, fühlte sie sich in ihrem dunklen Rock wie eine Bauernmagd. Warum hatte sie

nur auf ihre Mutter gehört. Helene, du darfst nicht zu aufreizend wirken. Denk doch daran, was die Leute sagen werden, hatte sie gesagt. Wie gerne hätte sie ihr blaues Kleid getragen. Oder wenigstens die Haare offen. Aber ihm schien es gleich zu sein. Sie spürte seinen Blick, der ihr folgte, bis sie die Post betrat.
»Von Frankenberg, wo kommen sie jetzt her?«, lallte Halbach als Helene den Biergarten des Wirtshauses betrat. Mittlerweile war er sturzbetrunken. Deutlich waren seine Gleichgewichtsstörungen bemerkbar. Um nicht umzufallen, krallte er seine Finger so fest um das Bierglas, dass seine Knöchel vollkommen blutleer wirkten. »Ach, ist ja auch egal, von Frankenberg. Sie können heute den Nachmittag genießen, ich werde mit Baron nach Saarbrücken zurückfahren. Ich habe noch einen wichtigen Termin. Wenn ich zurückkomme, bringe ich ihren die Kleidung von ihren Eltern mit. Aber es kann spät werden. Morgen sehen wir dann weiter.«
Mit seinen glasigen Augen sah er Helene an. »Was ist los?«, lallte er, »Nicht verstanden? Ach, noch was, von Frankenberg. Sagen Sie dem Pfarrer, dass er die Leiche abholen lassen kann. Es wird Zeit, dass die Frau unter die Erde kommt!« Die letzten Worte waren kaum noch zu verstehen. Er stützte den Kopf auf seine Hand und versuchte sein Gespräch mit Morlat wieder in Gang zu bringen. Helene sah

ihn kurz an, schüttelte den Kopf und verschwand im Haus.

8. Kapitel

Ob es nur Sekunden waren, in denen sie geschlafen hatte oder doch vielleicht Minuten, Stunden oder noch länger, konnte Anne nicht sagen. Ihr war jedes Zeitgefühl abhandengekommen. Ihre dick geschwollene Zunge lag wie das Organ eines Fremden in ihrem staubtrockenen Mund und gab ihr ein Gefühl von Vergänglichkeit, das sich wie ein Krebsgeschwür in ihr auszubreiten drohte. Vorsichtig, um ihren pochenden Schädel nicht noch zusätzlich mit unnötigem Lärm zu malträtieren, tastete sie nach dem Wassereimer. Langsam tauchte sie beide Hände in die kühle Flüssigkeit und nahm einen riesigen Schluck. Die Tropfen, die am Eimerrand vorbei, auf ihre Haut tropften, brannten wie kleine Flammen in ihren offenen Wunden. Erst jetzt wurden ihr die vielen schmerzenden Stellen bewusst, die ihren Körper in ein Schlachtfeld aus Wundkratern. verwandelten.
Mit seiner vernichtenden Kraft, versuchte sich jetzt auch noch der Hunger in ihrem Magen breitzumachen. Anne konnte sich nicht erinnern, wann sie zum letzten Mal etwas gegessen hatte. Ja, sie wusste nicht mal, wie lange sie hier drin war, geschweige denn, welcher Tag heute war. Das wütende Knurren in ihrem Bauch wurde noch lauter,

als in ihr der Entschluss reifte, das Schweinefutter zu probieren. Was konnte schon passieren? Schweine starben schließlich auch nicht daran.

Vorsichtig tasteten ihre Fingerspitzen in den Futtereimer und fischten wie ein geschickter Angler ein Stück Schale heraus. Sie hob es an ihre Nase und sog vorsichtig die Luft ein. Es roch normal, soweit normal so roch. Es roch, wie gekochte Abfälle eben rochen. Ein Gemisch aus Fäulnis und Schimmel, gepaart mit einer kalten, breiigen Konsistenz machten ihr nicht gerade Appetit.

Angewidert steckte sie ein winziges Stück in den Mund. Ein nie gekannter Brechreiz presste ihren Magen zusammen. Diese Matsche schmeckte noch schlimmer als sie stank. Verzweifelt kaute sie darauf herum und versuchte immer wieder ihren Brechreiz zu überwinden. Sie musste heftig mit sich kämpfen, bis es ihr gelang, das Stückchen Schale zu schlucken. Ein weiterer Happen folgte. Beim Dritten fiel es ihr schon etwas leichter und das Getöse in ihrem Magen versiegte. Sie war erleichtert. Aber dieses gute Gefühl hielt nur einen Moment an. Nun begannen sich ihre Därme wie eine von einem Kutschenrad überrollte Blindschleiche zu winden und sie wusste, dass ihr das, was sie zu vermeiden versucht hatte, nun bevorstand.

Sie ließ den Kopf in ihren Nacken fallen. Mit einem dumpfen Geräusch knallte er gegen die Mauer. Bunte Blitze schossen durch ihr Gehirn. Sie schloss die Augen. Ob sie geöffnet oder geschlossen waren, war ohnehin egal. Hier im Reich ihres persönlichen Albtraums herrschte sowieso dunkelste Nacht.
Sie lauschte in die Finsternis. Aus der Ferne waren irgendwelche, undefinierbaren Töne zu vernehmen. Es erinnerte sie an vorbeitrabende Pferde. Dann war es wieder still. Vielleicht war ja alles was sie dachte, nur ein Fantasiegebilde ihres absterbenden Gehirns. Sie ignorierte das wilde Gehabe in ihrem Bauch und drückte ihre Augen zu. Schon im gleichen Moment fielen ihr die Augen zu.
Immer wieder wachte sie schweißgebadet auf, geschüttelt von den wildesten Träumen. Es war ihr, als hätte sie nur einen winzigen Augenblick geschlafen, dann wurde aus dem Reich der Träume gerissen und in ihre dunkle Zelle zurückgeschleudert. Alles war finster. Wie sollte es auch anders sein? Sie starrte in die Dunkelheit, lauschte nach Geräuschen. Annes linkes Bein war eingeschlafen. Der Wunsch, sich nur einmal richtig ausstrecken zu können, wurde immer stärker.
Sie wünschte sich in ihr eigenes Bett herbei, ihre weiche Strohmatratze. Dieser Platz, den sie so oft verflucht hatte, war jetzt das Ziel ihrer Träume.

Erschrocken hörte sie ihr eigenes Lachen durch den Stall hallen. Der Schall des leeren Raums brach das Lachen in tausende, kleine Fetzen und offenbarte die schiere Verzweiflung, die darin ruhte.
Halt. Was war das für ein Geräusch. Ein leises Gebet löste sich von ihren Lippen, als sie erkannte, das dieses Geräusch nicht von draußen, sondern aus dem vorderen Raum kam. Er war also wieder da. Nun war es also soweit.
Panisch drückte sie sich in die steinerne Ecke und versuchte im Stein zu verschwinden. Dann müsste sie jetzt nicht sterben. Er hatte ihr das Ende ihres Lebens prophezeit. Ja, er hatte versprochen, dass er sich etwas ganz Besonderes für sie ausdenken würde. So sehr sie sich über diesen Satz den Kopf zermarterte, sie konnte die Worte nicht deuten. Ihr beschränkter Geisteszustand ließ die Perversität, die in diesen Worten ruhte, nicht in ihren Kopf hinein. Eine wie Feuer brennende Angst schnürte ihr die Kehle zu. Sie wuchs mit jedem Schrittgeräusch, dass sie von draußen vernahm. Anne begann zu beten. »Oh Gott, bitte. Lass mich schnell sterben. Bitte«, betete sie, als sich der Schlüssel im Schloss drehte, das metallische Ratschen des Riegels, das die allmächtige Stille wie ein Messer durchschnitt, »Bitte lass es schnell gehen.« Quietschend schwang die Tür auf und wieder verdeckte sein riesiger Schatten den

Schein der Lampe, die er mitten im Raum platziert hatte.

»Komm hoch, Täubchen«, sagte er mit einer deutlich hörbaren Portion Ironie in der Stimme. So schnell es ihr schmerzender Körper zuließ, stand sie auf. Nicht noch einmal, nicht so kurz vor ihrem Ende, wollte sie die Erniedrigung der Prügel über sich ergehen lassen. Anne spürte den Schweiß, der in kleinen Perlen ihren Rücken hinablief. Trotz der Kühle, die hier in ihrem Verlies herrschte, kochte sie im Innern.

Erstaunt sah sie, dass er sich vor sie kniete. Instinktiv zuckte sie zusammen und trat einen Schritt zurück. Sie stieß gegen die Wand und blieb wie angewurzelt stehen. Er lächelte, rutschte einen Schritt näher und löste die Fußfessel. Sie erschauerte. Die Eiseskälte, die von diesem gefühllosen Mann ausging, kroch bis zu ihr heran. Einen Wimpernschlag lang, durchzuckte sie der Gedanke an Flucht. Vor ihrem inneren Auge spielte sie die Möglichkeiten durch. Sie sah sich, wie sie ihn niederschlug und nach draußen rannte. In die Freiheit. Immer deutlicher reifte der Plan. Schon sendete ihr Gehirn die Signale an ihre Muskeln weiter. Aber irgendwo in ihrem Körper blieben die Befehle stecken. Sie war wie gelähmt; vor Müdigkeit, vor Kälte, vor Angst; einfach paralysiert. Sie konnte nur dastehen und sich nicht bewegen.

Ohne sich zu regen, ließ sie zu, dass er sie über seine mächtige Schulter nahm und zur Mitte des Zimmers trug. Erst jetzt fiel ihr die Pritsche auf, die das räumliche Zentrum bildete. Er ließ sie rücklings auf das schmutzige Polster fallen. Angstschweiß rann ihr nun aus sämtlichen Poren. Panik erfasste sie und steigerte ihre Unfähigkeit sich zu bewegen noch weiter.
»Hier trink das«, sagte er vollkommen ruhig und hielt ihr einen Becher hin. Anne zögerte. Ihr Puls beschleunigte sich, als er seine mächtige Pranke hob. Wie von Geisterhand gelenkt, griffen ihre Finger zu. Er lächelte. »Du lernst schnell, Täubchen.« Anne sah auf den Becher, dessen grüne Wasserfläche ebenso heftig zitterte, wie ihre Hand selbst. »Los. Schütte es rein und schlucke«, befahl er und nickte nur.
»Jetzt mach endlich, aber ein bisschen plötzlich«, schrie er und versetzte Anne einen Schlag, der so laut in ihren Ohren knallte, dass sie dachte, sie würde ihren Hörsinn verlieren. Ihr Kopf schleuderte nach hinten als sei er ein Gummiball. Als sie wieder auf ihre Hand sah, war sie selbst erstaunt. Noch immer waren ihre Finger um den Becher geschlungen, die Knöchel weiß wie Kreide, aber sie hatte keinen Tropfen verschüttet. »Los, trink. Aber sofort. Oder soll ich ...« Er hob wieder seine Hand. Anne schüttelte den Kopf. Durch ihre immer noch geschwollenen Lippen drangen die

Worte nur undeutlich: »Bitte nicht mehr schlagen. Ich trinke es.« Er lächelte.

Anne setzte den Becher an ihre Lippen und nippte. Gedanken an einen Gifttod, von dem die Alten immer als eine der grausamsten Arten zu sterben berichteten, loderten in ihr auf. Bitter wie Galle floss der erste Tropfen in ihren Mund. Sie schloss die Augen und schüttete den Rest in ihren Rachen. Trotz des Würgereizes schluckte sie den bitteren Sud. Erschöpft ließ sie den Becher fallen und sah ihn an.

Zuerst spürte sie den Tod in ihren Beinen. Ihre Zehen verloren jedes Gefühl, waren wie in Watte gepackt. Anne beugte sich nach vorne und griff nach ihren Füßen. Jedenfalls versuchte sie es. Ihre Arme weigerten sich, die Befehle auszuführen. Ihre Zunge, die Innenseiten ihrer Wangen, ihr ganzer Mund war plötzlich taub und gefühllos. Schlaff hing ihr Kiefer herab und der Speichel lief ihr aus den Mundwinkeln. Ihr ganzer Körper war unfähig, auch nur einen einzigen Muskel zu bewegen.

Er stand vor ihr und lächelte. Sein Finger tippte gegen ihre Schulter. Ohne die Möglichkeit einer Gegenwehr fiel sie auf die Liegefläche. Verzweifelt versuchte sie, irgendein Glied ihres Körpers zu bewegen. Aber sie war gelähmt. Sie versucht ihn anzusehen, aber selbst ihr Kopf war unfähig, die geforderte Bewegung auszuführen. Nur ihre Augäpfel waren noch zu gebrauchen. Anne

musste all ihren Willen aufbringen, um sie so weit zu drehen, dass sie ihn ansehen konnte.
»Nur Kälberkropf«, flüsterte er lächelnd, »Nichts was dich umbringt.« Er grinste und nestelte an seiner Hose. Mit einer weit ausholenden Bewegung streifte er sein Hemd ab, dann glitt seine Hose auf den Boden.
Aus den Augenwinkeln sah Anne sein erigiertes Glied, das ihm fast bis zum Nabel reichte. Sie versuchte den Kopf zu schütteln, versuchte zu schreien, aber nichts gelang. Sie spürte seine kalten Hände an ihren Schenkeln, den Druck in ihrem Schambereich, das Ziehen im Unterleib, als er in sie eindrang.
Sie hatte das Gefühl sich übergeben zu müssen, aber selbst das gelang ihr nicht. Sein saurer Atem schlug ihr wie eine Faust ins Gesicht, der Geruch seiner schmutzigen Haut verstärkte die Übelkeit noch zusätzlich. Er begann zu keuchen. Sein Gesicht war nun genau über ihrem. Eine seiner klebrigen Haarsträhnen hatte ihren Weg nach unten gesucht und schwang dicht über ihrer Nase hin und her. Anne drehte die Augen nach oben und starrte an die Decke. Sie begann die Sekunden zu zählen, bis sie bei hundert angekommen war. Immer eine neue Zahl, bei jedem Stoß, der in sie eindrang. Dann wieder von vorne. Die Zeit schien stillzustehen.
Unendlich erleichtert nahm sie wahr, dass sein Glied aus ihr herausrutschte. Sie war erlöst.

Mächtig erschien seine dunkle Silhouette über ihr. Wieder spürte sie den Druck seiner Hände auf ihrer Haut, dann seine Hände an ihren Hüften. Scheinbar mühelos riss er ihren Körper herum und warf sie jetzt bäuchlings auf die Matratze.

Eine Schmerzenswelle schoss wie ein glühender Pfeil durch ihren Leib, als er von hinten in sie eindrang. Ein wahrer Sturzbach an Tränen trat den Weg über ihr Gesicht an. Sie weinte still, aber hemmungslos. Sie weinte Tränen, von denen sie nie gedacht hatte, dass sie in einer solchen Menge in ihr vorhanden waren.

Die aufflammenden Schmerzen trieben ihre Gedanken wie eine Herde Schweine in ihrem malträtierten Leib hin und her. Es war, als verließe ihr Geist den Körper und flöge wie ein Drache in einer Schicht aus Wolken. Ihr wurde leicht und die Schmerzen blieben hinter ihr zurück.

Minuten später waren die Schmerzen wieder da, trafen sie wie der Schlag eines Hammers. Ihre Wange, ihr ganzes Gesicht brannte wie Feuer. So weit sie konnte riss sie die Augen auf. Den Schatten, der auf sie zuraste, sah sie erst, als seine Faust ihre Wange schon fast erreicht hatte. Eine Feuerwelle nach der anderen überlief sie. Jeder Schlag, der sie traf, verwandelte sie in ein wahres Glutnest.

Eine Welle der Angst schwappte über sie, als er seine Hände um ihren Hals schlang. Sie spürte jeden einzelnen seiner Finger, die sich gegen ihr

Fleisch drückten und ihr die Luft nahmen. Nun war es also so weit. Sie würde hier und heute den Weg zu Gott antreten. Gerne hätte sie geweint, aber ihr Körper versuchte, noch einen winzigen Hauch Luft zu ergattern. Sie rang um Atem, fühlte, wie sich ihre Augen aus ihren Höhlen drückten, ihre Zunge schlaff aus ihrem Mund hing. Ihr Blick traf seinen, sein Lächeln verwirrte sie. Wie konnte dieses Tier lächeln, während sie starb? Eine Woge Schmerz brandete durch ihren Körper. Wenige Augenblicke später wurde sie in die Dunkelheit hinab gezogen. Das war also der Augenblick, in dem sie ihre letzte Reise antrat. Endlich waren ihre Qualen vorbei.

Der Gedanke ließ ihr Herz leicht werden und die Schmerzen lösten sich in nichts auf. Aber nur einen winzigen Moment lang, dann klatschte seine Hand in ihr Gesicht. Wie durch Magie gelenkt, riss sie ihre Augen auf und sah seine Hand erneut auf sich zusausen. Wie ein ertrinkendes Tier schnappte sie nach Luft. Ein Hustenkrampf zwängte sich durch ihren Hals und nahm ihr erneut den Atem. Sie versuchte zu schreien, aber kein Ton kam aus ihrer Kehle.

Sie betete still. Warum hatte Gott sie wieder zurückgeschickt? Wollte er sie noch weiter quälen? Was hatte sie getan, dass sie so leiden musste? Wieder brannte der nächste Schlag auf ihrer Wange. Sie sah sein lachendes Gesicht vor sich. Diese Kreatur schien seinen Spaß zu haben.

Lachend schlang er erneut die Finger um ihren Hals und presste zu. Zuerst nur ganz zart. Anne schnappte wie ein Fisch auf dem Land nach Luft. Warum starb sie nicht endlich? Sie war doch bereit dazu. Langsam verloren sich ihre Gedanken im Dunkel des Überlebenskampfes. Sie sah sein hässliches, grinsendes Gesicht über sich. Den Speichelfaden, der von seiner Lippe hing und sich bei jedem Wort selbständig zu machen versuchte: »So, du Schlampe. Hat es dir Spaß gemacht?« Anne versuchte etwas zu sagen, aber er schlang seine Finger noch enger um ihre Gurgel. Sie röchelte. »Sag schon, du kleine Nutte«, brüllte er und drückte erneut zu. »Oder willst du jetzt sterben? Hat es dir Freude gemacht? War ich gut? Oder soll ich es dir noch einmal besorgen?«
Anne war erstaunt, dass sie noch so klar über seine Fragen nachdenken konnte. Wenn sie jetzt eine Antwort gab, gingen ihre Qualen immer weiter. Und welche Antwort sollte sie geben? Sie konnte nicken und damit sagen: ‚Ja, du warst gut'. Vielleicht hörte er dann auf. Möglicherweise verstand er aber auch, er solle es noch einmal mit ihr tun. Dann ging alles von vorne los.
Seine Schläge links und rechts auf ihre Wangen rissen sie aus den Überlegungen. Patsch, knallte der nächste Schlag in ihr Gesicht. Im nächsten Augenblick bohrten sich seine Finger in ihre Scheide und sie schrie, trotz ihrer zerdrückten Kehle vor Schmerzen laut auf. Patsch, sauste ein

weiterer Schlag gegen ihren Kopf. Schon wieder schlangen sich seine Finger um ihren Hals. Sie spürte seine Daumen, die nun auf ihrem Kehlkopf lagen und ihr langsam die Luft nahmen. »So, Täubchen. Genau so wirst du jetzt sterben. Früher in Deutsch-Französischen Krieg haben die Soldaten den Deutschen so die Kehlen eingedrückt. Die starben dann ganz langsam und qualvoll, während die Franzosen eine Zigarette rauchten. Oft hat das stundenlang gedauert. Willst du das?« Anne versuchte, den Kopf zu schütteln. »Willst du so sterben?«, brüllte er ihr ins Gesicht. Wieder versuchte sie ein Kopfschütteln. »Dann sag endlich, dass ich es dir gut besorgt habe.« Annes Lippen formten ein Wortloses ‚Ja'.
Dann endlich ließ er von ihr ab. Wortlos stand er auf und ging zum Stuhl zurück. Kraftlos sackte er in sich zusammen. Anne konnte ihn aus den Augenwinkeln, durch ihren Tränenschleier, sehen, seinen muskulösen Körper, sein Glied, das jetzt schlaff an ihm herabhing. Auch er beobachtete sie. Und sie sah es. Sie konnte sehen, konnte spüren, wie er jeden Zentimeter ihres bewegungslosen Körpers musterte.
»Weißt du«, begann er nach einer Weile, »Langsam gewöhne ich mich an dich. Erst war ich etwas erschrocken. Du weißt schon, wegen deiner ewigen Zickerei. Aber langsam mag ich dich. Ich habe schon darüber nachgedacht, dich am Leben zu lassen. Würde dir das gefallen?« Gespannt sah er

sie an. »Ach, du kannst ja immer noch nicht sprechen. Aber ich bin sicher, dass dir das gefallen würde.«
Er stand auf und ging an ihr vorbei. Nur an den Geräuschen konnte sie erahnen, dass er sich in ihrer Zelle zu schaffen machte. Endlich trat er wieder in ihr Blickfeld. »Du hast ja kaum was gegessen. Nicht, dass du so dünn wirst. Das mag ich überhaupt nicht. Ich habe dir neues Futter hingestellt. Auch neues Wasser. Wenn du wieder kannst, wächst du dich. Du stinkst.«
Seine riesige Hand schloss sich um ihr Fußgelenk und zog sie scheinbar mühelos hinter sich her in ihr Verlies. Klickend schnappte der Verschluss der Fessel wieder um ihren Knöchel. Einen Augenblick später fiel die Tür zu.
Anne atmete auf und versuchte die Augen zu schließen. Noch immer war sie wie gelähmt. Die Ungewissheit, ob und wann sich dieser Zustand wieder ändern würde, trieb sie fast in den Wahnsinn. Aber auch dieser Zustand hatte auch etwas Gutes. Sie spürte keine Schmerzen mehr.
Einige Augenblicke später wurde die Tür erneut aufgerissen. Überrascht drehte Anne die Augen und sah ihn an. Dieses Mal war er noch größer, noch erschreckender, noch gewaltiger als gerade eben noch.
Aber viel erschreckender war das im Licht blitzende Messer, das er in der Hand hielt. In diesem Moment wusste sie, was nun geschehen würde.

»Ach Täubchen, ich habe es mir überlegt«, grinste er. Annes Herz schlug wie ein auf und abschwingender Schmiedehammer. Mit einem großen Schritt trat er auf sie zu. Seine rechte Hand fuhr in ihr Haar und riss ihren Kopf nach hinten. Anne schloss die Augen. Sie ahnte ihr nahendes Ende. Für einen winzigen, trügerischen Augenblick hatte sie sich sicher gefühlt. Und nun das. Sie starb wie ein Schaf, das geopfert wurde. Lichtreflexe der Strahlen der Lampe blendete sie. Einen Wimpernschlag später stand er vor ihr, mit ihrem blonden, schwankenden Zopf in den Händen. Er lachte grunzend auf. »Na, Angst gehabt? Brauchst du nicht. Deine Stunde wird kommen, ob du vor Furcht schlotterst oder nicht. Und nur ich weiß, wann es soweit ist. Verstehst du? Ich bin dein Gott.« Anne rollte Tränen über ihre Wangen. Schluchzend wie ein kleines Kind sah sie ihm zu, wie er die Tür schloss, hörte noch lange sein hämisches Lachen, das ebenso wie sie hier im Raum gefangen zu sein schien. Erst Stunden später schlief sie ein.

9. Kapitel

Als Johannes Baron die Gaststube betrat, schienen seine dunklen Augenringe das wenige Licht, das durch die Fenster fiel, wie ein Schwamm aufzusaugen. Helene, die an einem der hinteren Tische saß, stand auf und winkte ihm zu.

Eigentlich wäre es nicht nötig gewesen, da in der Gaststätte keine weiteren Gäste waren. Johannes schwankte schlaftrunken auf sie zu und ließ sich auf einen der Holzstühle fallen.

»Morgen, Fräulein von Frankenberg.« »Guten Morgen, Herr Baron. Sie sehen müde aus.« Johannes nickte. »Wir sind erst spät am Abend zurückgekommen. Der Herr Kommissar hat vielleicht eine Ausdauer. Aber wir haben ihre Tasche mitgebracht.« »Danke. Darf ich ihnen einen Kaffee eingießen?« »Ja, bitte.« Johannes nahm einen Schluck der heißen Flüssigkeit und verzog das Gesicht. »Bah. Was für eine Brühe. Ein regelrechter Muckefuck.« Vorsichtig stellte er die Tasse hin und beugte sich zu Helene vor. »Fräulein von Frankenberg, darf ich sie fragen, wie gut sie Kommissar Halbach kennen?« Helene lächelte. »Herr Baron, wie kommen sie auf diese Frage? Vermutlich kenne ich ihn nicht so gut, wie sie. Sie haben ihn schön öfter gefahren?« »Wo denken sie hin. Und wenn sie mich fragen, ist es nicht schade drum. Er hat schon so einige Eigenarten.« Helene sah ihn erstaunt an: »Wie kommen sie denn darauf?«

»Also, wenn sie mich fragen«, flüsterte er geheimnisvoll, »mit ihm stimmt etwas nicht. Gestern musste ich ihn zu einem solchen Haus fahren. Sie wissen, so ein Haus, wo nur Männer verkehren. Stundenlang habe ich vor dem Haus gestanden und gewartet. Und ich sage ihnen, nicht eine Frau ging dort hinein.«

»Na, Herr Baron«, Helene machte einen empörten Anschein, innerlich starb sie aber vor Neugier. Sie liebte eine ordentliche Portion Tratsch. Und Johannes Baron schien immer auf dem neusten Stand zu sein. »Sie haben aber seltsame Gedanken. Was soll ich mir darunter vorstellen? Ein Haus, in dem nur Männer verkehren?« »Es gibt doch solche Häuser mit anrüchigem Ruf. Dort wo Männer hingehen, um sich mit Frauen zu vergnügen ...« »Herr Baron. Ich werde ja rot vor Scham. Solche Sachen sind doch nur Erfindungen um sich interessant zu machen. Solche Etablissements gibt es doch nicht wirklich?«
Baron lehnte sich gegen die Rücklehne des Stuhls und sah sie wissend an: »Fräulein von Frankenberg. Ich kenne mich in der Unterwelt von Saarbrücken bestens aus. Und ...« »Herr Baron. Sie machen mir Angst!« »Aber doch nicht so wie sie jetzt meinen. Durch meine Fahraufträge komme ich doch viel rum. Und in den Wartezeiten, wenn die Herren ihre »Ermittlungen«, er malte mit den Fingern imaginäre Anführungszeichen in die Luft, »machen, höre ich von den anderen Fahrern immer die neusten Nachrichten. Und gestern Abend traf ich den Fahrer des Herrn Ministerialrates Kreutzer aus Saarlouis. Er hat mir erzählt, dass der Herr Ministerialrat des Öfteren in diesem Haus Station macht. Und er hat es von ...« Helene lachte: »Das sind doch nur Geschichten.« Baron schüttelte energisch den Kopf: »Nein. Glauben sie mir. Die Quelle ist

zuverlässig. Außerdem sage es die Frauen aus dem Büro auch. Und ich sage ihnen, Halbach verkehrt mit Männern. Fräulein Helene, ich denke, er ist ein 175er.«
Helene sah ihn erschrocken an. Die Entrüstung stand ihr mit dicken Buchstaben ins Gesicht geschrieben. »Also bitte. Herr Baron. Überlegen sie, was sie sagen. Er ist unser Vorgesetzter. Er ist ein Staatsdiener. Und sie beschuldigen ihn eines ..., eines solch abscheulichen Verbrechens. Sie wissen, dass auf solche Unnatürlichkeiten Gefängnis steht. Deshalb sollten sie ihre Worte mit Bedacht wählen. Also schweigen sie jetzt!«
Wie zur Unterstützung ihrer Worte hob sie abwehrend beide Hände. »Außerdem möchte ich so etwas nicht hören«, schob sie nach. »Aber Fräulein Helene. Ich wollte doch nur ...« »Halt«, unterbrach sie ihn mitten in seinem Satz, »Sagen sie bitte jetzt kein Wort mehr. Ich möchte so etwas nicht hören.« Wie ein begossener Pudel saß Johannes Baron in seiner Ecke. Eine Glocke des Schweigens hatte sich über den Tisch, ja über den ganzen Raum gelegt. In Helene fuhren die Fragen Achterbahn. Sie schwieg eine Weile, aber schließlich brach es aus ihr heraus.
»Waren dort wirklich keine Frauen?«, fragte sie neugierig. Johannes Baron schüttelte den Kopf: »Nicht eine!« »Stellen sie sich vor«, fuhr sie fort, »Es würde stimmen. Wenn das rauskäme, könnte er eingesperrt werden.« Baron nickte erneut. »Was

ist? Können sie nicht mehr sprechen?« »Doch, natürlich.« »Also irgendwie komisch verhält er sich schon. Schauen nie nur, wie er geht. Wie ein Mädchen. Und diese Körperhaltung und wie er seine Arme schwingt.« Helenes spöttischer Unterton war nicht zu überhören. »Ich sage ihnen, das war kein normales Haus«, flüsterte Baron, »Nur Männer! Und er war wieder einmal sturzbetrunken.« »Pst«, unterbrach ihn Helene, »Er kommt.«

Träge kam Friedrich Halbach über den hölzernen Boden getänzelt. Wortlos zog er einen Stuhl vom Nachbartisch und ließ sich kraftlos darauf fallen. Ohne auf Helene und Johannes Baron zu achten, hob er die Hand: »He Wirt. Kaffee und Frühstück. Und bringen sie mir eine Zeitung.« Stumm saß er da und starrte auf die rot-weiße Tischdecke.

»Guten Morgen Herr Kommissar.« Helene lächelte ihn an. »Morgen«, nuschelte Halbach und starrte weiter auf die leere Tischplatte. Mit einer auf der Untertasse klappernden Tasse Kaffee und einer bereits abgegriffenen Zeitung eilte der Wirt herbei. Friedrich Halbach nahm einen Schluck und schlug die zerfledderten Seiten auf. Schlagartig erwachten seine Lebensgeister und liefen sofort zu Höchstleistung auf.

»Wirt«, brüllte er durch den Raum, »Was für eine Brühe ist den das? Was soll das sein? Doch wohl kein Kaffee?« Mit eiligen Schritten kam Luis Beauchamps herangesprungen. Devot verbeugte er sich. »Bitte Herr Kommissar. Wie kann ich Herrn

Kommissar dienen?« »Sie haben schon verstanden, Beauchamps. Was haben sie mir da gebracht?« Beauchamps nahm die Tasse in die Hand und tauchte seinen riesigen Zinken in den aufsteigenden Dampf. Sein Gesicht sprach Bände. Wäre seine Stirn aus Glas gewesen, hätte jeder seine Gedanken, mit denen er nach einer Ausrede suchte, verfolgen können. »Herr Kommissar. Hier handelt es sich um einen Irrtum. Das ist der Kaffee für die Dienstboten.« Er schnellte herum und brüllte in die Küche: »Agnes, einen neuen Kaffee für den Herrn Kommissar. Aber schnell.«
»Beauchamps«, brüllte Halbach plötzlich los, »Wieso bekommen meine Mitarbeiter diesen Muckefuck? Sollte dieses Gebräu auf unserer Rechnung als Kaffee auftauchen, bekommen Sie Ärger. Verstanden?« »Natürlich, Herr Kommissar. Nur ein Irrtum. Die Dienstboten bekommen immer diesen Kaffee. Ich wusste ja nicht ...« »Genau, Beauchamps. Sie wussten nicht. Sie wissen anscheinend nie etwas. Aber sie wissen, was sie in Zukunft erwartet, wenn sie nochmal versuchen, Vertreter des Kaisers zu betrügen?« »Natürlich Herr Kommissar. Es wird nicht mehr vorkommen. Es war nur ein Irrtum.« Rückwärts schleichend verzog er sich langsam in Richtung Küche.
»Schlecht geschlafen, Herr Kommissar?«, Helene sah erstaunt in Johannes Barons Gesicht, der wohl selbst über seine unbeherrschte Frage nachgrübelte. Noch mehr erstaunte sie Halbachs

Reaktion. Er nickte nur stumm und nippte an seinem Kaffee: »Schlecht geschlafen ist überhaupt kein Ausdruck.« Wie in Trance zog er seinen Flachmann aus der Jackentasche und schüttete sich einige Schlucke in seine Tasse. »Nur wegen meines belegten Halses.« Er nahm einen weiteren großen Schluck, was sichtlich seine Lebensgeister weckte. Langsam sah er zu Helene auf: Ich will aus diesem Kaff heraus. Mich kotzt dieses Ländliche an, diese Bäuerliche. Mich widern die Menschen an, dieses abscheuliche Franzosenpack. Mich stören die Häuser, die Kühe, die Gegend, einfach alles. Und dieser ewige Staub. Hier gibt es nichts außer Staub und Hitze. Mir fehlt mein Saarbrücken. Ich kann diese Natur nicht leiden. Ich frage mich in jeder Sekunde, was sich unser Kaiser nur dabei gedacht hat, als er unserem großartigen Reich dieses miese Stück Land einverleibt hat? Verstehen sie in ihrem kleinen Frauenkopf, was ich meine? Wir müssen uns beeilen und dann geht's wieder nach Hause.« Er schwieg und starrte eine Weile stumm auf den Tisch. Noch nie hatte Helene einen größeren Morgenmuffel gesehen. Nach einer langen Pause und einige Schlucke Kaffee schien Halbach langsam in Fahrt zu kommen.

»Von Frankenberg, sie gehen heute Morgen sofort zum örtlichen Polizeidiener. Sein Name ist Bonnet, oder so ähnlich. Von jedem Haushalt soll eine Person zur Befragung erscheinen. Auch von den Höfen in der Nähe. Elf Uhr sollen alle hier im

Biergarten sein. Wir, das heißt sie und ich, werden die Leute befragen. Und stellen sie fest, wer die Tote gefunden hat. Und dieser Knecht soll hier erscheinen. Wir müssen wissen, was genau vor ihrem Verschwinden geschehen ist. Möglicherweise hat der Kerl seine Finger mit in der Sache. Also los. Genau in dieser Reihenfolge. Sie sind jetzt eine staatliche Person. Also nehmen sie ihre Aufgaben ernst. Verstanden?« »Jawohl, Herr Kommissar«, rief Helene und knallte die Absätze ihrer Schuhe zusammen. Ihr ironischer Unterton blieb Halbach nicht verborgen. »Elf Uhr!«
Helene stand auf und ging zur Tür hinaus und blieb auf der Straße stehen. Als Stadtkind erschien es ihr rätselhaft, warum hier keine der Straßen mit irgendeiner Art Pflaster befestigt waren. In Saarbrücken gab es so etwas nicht. Und sowieso fühlte sie sich hier wie in einer anderen Welt. Selbst der Ort hatte noch nicht das gutdeutsche, kaiserliche Flair angenommen.
Ihr Blick blieb an der Uhr des Kirchturms hängen. Es war erst kurz nach acht Uhr morgens. Also noch genügend Zeit, um dem Polizeidiener Halbachs Befehle weiterzugeben. Sie wusste ja noch nicht einmal, wo sie diesen Mann finden sollte. Bonnet, hatte Halbach gesagt. Er würde sicher in einem Amtszimmer zu finden sein. Vielleicht im Rathaus? Aber schon drängte sich eine neue Frage auf. Wo war das Rathaus?

Langsam schlenderte sie durch die Straße und betrachtete die Häuser. Sie waren alles in einem schlichten, eher ärmlichen Stil gebaut und standen dicht an dicht gedrängt. Alle waren lediglich einstöckig und nahmen nicht so viel vom Tageslicht wie in Saarbrücken. Es war angenehm hell. Vor den Häusern gab es auch keinen Bürgersteig, sondern die Straße reicht bis an die Häuser heran.
Am Ende der Straße fiel ihr das Schild eines weiteren Gasthofs auf. ‚3 Mohren' prangte in riesigen Buchstaben darauf. Er sah viel einladender aus als das ‚Cheval blanc', in dem sie abgestiegen waren. Abgestiegen war auch das richtige Wort. Es war nicht mehr als eine billige Absteige. So ein Etablissement hatte sie bisher noch niemals betreten müssen. Und nun hatte Beauchamps ihr eine kleine Kammer, nichts viel besser als ein Bretterverschlag, als Zimmer gegeben. Das war erbärmlich. Sie war schließlich jetzt eine Vertreterin des Kaisers. Naja, vielleicht besser die Vertreterin des Vertreters von Wilhelm II.
Dicht nebenan war die örtliche Bäckerei. Noch immer stand auf der Scheibe die französische Bezeichnung ‚Patisserie - Boulangerie'. Gotthilf Fritz hieß der Bäckermeister. Lächelnd stieg Helene die Stufen hinauf und drückte gegen die Tür. Die drei Glöckchen, die an der Decke angebracht waren, klingelten um die Wette. Ein Duft nach frisch gebackenem Brot schlug ihr wie

ein seidenweicher Hammer entgegen. Helene sog die Luft gierig ein. Mein Gott, dachte sie, muss es schön sein, in einer Bäckerei zu arbeiten. Alles duftet so schön und frisch.

»Guten Morgen«, eine Frau, vielleicht fünfunddreißig Jahre alt, kam aus dem hinteren Teil der Bäckerei herbeigeeilt. »Was kann ich für sie tun?«, fragte sie devot und verbeugte sich leicht. »Guten Morgen«, antwortete Helene und besah sic die Auslage. Dann sah sie die Frau an: »Liefern sie ihre Waren auch an die Gaststätten hier im Ort?« Die Frau nickte: »Natürlich. Wir sind schließlich die beste Bäckerei hier. Warum fragen sie?« »Oh, entschuldigen sie. Mein Name ist Helene von Frankenberg. Ich bin Polizeiassistentin der Polizei Saarbrücken. Wir sind wegen des toten Mädchens hier.«

»Mon Dieu«, antwortete die Frau, »Das arme Ding. Aber was hat dieses Unglück mit unseren Waren zu tun? Sie denken doch nicht, dass unsere ...« Sie kreiselte, sich wie an einer Schnur gezogen herum und brüllte: »Gotthilf, komm mal bitte.« Bevor Helene etwas sagen konnte, erschien das verschwitzte Gesicht eines Mannes in der Tür. »Gotthilf, stell dir vor«, hastete die Frau ihm entgegen, »Die Polizei denkt, dass unsere Brötchen am Tod von der Stoch verantwortlich sind.«

»Was?«, brüllte der Mann augenblicklich, »unser Brot ist das Beste am ganzen Platz. Und wer sind sie überhaupt?« »Helene von Frankenberg«,

versuchte Helene die Situation zu entschärfen, »ich bin die Polizeiassistentin ...« »Polizeiassistentin?«, unterbrach sie der Bäcker, »was soll das sein? So ein neumodiges Zeug. Und warum soll die Stoch an unseren ...« »Du hättest doch das billige Mehl nicht nehmen sollen«, fuhr ihm seine Frau in die Parade.
Helene spürte, wie sich ihr Kopf erwärmte. Warum regierten diese Menschen so? Sie wollte doch nur eine einzige, einfache Frage stellen. Wie ein Hammer sauste ihre flache Hand auf die Theke. »Ruhe jetzt«, brüllte sie. Augenblicklich verstummten die Zwei und sahen sie erschüttert an. »Polizeiassistentin ist kein neumodiges Zeug. Ich will nur eine einzige Frage stellen. Verstanden?« Wortlos sah sie der Bäcker und seine Frau an. »Wie liefern sie ihre Waren aus? Und wann, also um wie viel Uhr geschieht das?«
»Ach so. Ich dachte ... Morgens um sechs, halb sieben fährt unser Geselle die Sachen mit dem Rad aus.« Helene zog die Augenbrauen hoch: »Sie haben noch einen Gesellen?« »Ja. Maurice Werle. Wie kommen sie auf ihn? Hat er was mit dem Tod der Stoch zu tun?« »Nein. Das heißt, wir wissen es noch nicht. Aber vielleicht hat er was gesehen.« Gotthilf Fritz kratzte sich am Kopf: »Der Maurice kann nichts damit zu tun haben. Der war die ganze Nacht bei mir in der Backstube. Aber jetzt wo sie es sagen. Zutrauen würde ich ihm so was schon. Na

warte, Bürschchen. Wenn der kommt, kann ihn Bonnet gleich abholen.«
Helene konnte sich nur wundern. Dieser Bäckermeister war ein wirklicher Choleriker. Er steigerte sich im Verlauf des Gesprächs wegen überhaupt nicht bis zur Rage. »Wir verdächtigen ihn nicht«, antwortete sie so ruhig wie möglich. »Dass ich hier einen Mörder beschäftige ...«, fluchte er und warf sein Handtuch, dass er in seiner Schürze stecken hatte auf den Boden, »Ich habe dir gleich gesagt«, schrie er seine Frau an, »der Kerl taugt nichts. Aber du musstest ja unbedingt ...« »Ruhe«, brüllte Helene, »hören sie mir zu. Werle hat nichts getan. Ich will nur wissen, ob er so früh morgens etwas gesehen hat. Verstehen sie?« »Brüllen sie hier nicht so rum«, schnauzte er und drehte zum Gehen um: »Und wenn ich es ihnen nochmal sagen muss. Der Kerl hat Dreck am Stecken!«
Frau Fritz hob verlegen die Schultern: »Möchten sie ein Brötchen?« Helene dachte an das billige Mehl und schüttelte den Kopf. »Nein, danke. Ich habe schon gefrühstückt«, log sie. »Aber wenn sie Werle sehen, sagen sie ihm bitte, dass wir ihn sprechen möchten. Wir haben Zimmer in ‚Cheval Blanc' genommen. Und bevor ihr Mann wieder schimpft, er ist nur ein Zeuge. Mehr nicht.« Sie drehte sich um und ging zur Tür hinaus. »Mon Dieu«, hörte sie die Fritzen rufen, »warum denn gerade dort. Das ist doch ...« Mehr verstand

Helene nicht mehr. Aber sie musste zugeben, dass es sie schon interessiert hätte, was die Bäckerin über das Wirtshaus dachte.

Einige Meter weiter setzte sie sich auf die Kirchenmauer und dachte nach. Wer war noch so früh morgens auf den Beinen. Wenn der Mörder die Leiche transportiert hatte, und das stand ja zweifellos fest, hatte ihn vielleicht jemand dabei beobachten können. Oder möglicherweise war etwas anderes, Ungewöhnliches geschehen. Sie mussten jedem noch so kleinen Punkt nachgehen.

Wer war von den Einwohnern noch so früh auf den Beinen? Die Bergleute, die sie gesehen hatten, als sie ankamen, gingen zur Mittagschicht. Also musste es auch eine Frühschicht geben. Und einen Briefträger. Wenn er aus Saarbrücken hierher kam, brauchte er sicher eine Stunde. Helene kratzte sich am Kinn. Sicher waren wegen der enormen Hitze auch die Bauern früher auf den Feldern gewesen. Also mussten sie auch die Knechte der an den Fundort grenzenden Felder befragen. Da hatten sie ja noch einiges zu tun. Aber jetzt war es Zeit, um Bonnet zu suchen.

Schon jetzt am frühen Morgen war die Luft stickig und warm. Eine schwüle Luftwelle rollte vom Wald her auf sie zu. Das war ein Sommer, wie sie noch nie einen erlebt hatte. So heiß und trocken, dass jedes Tier und auch die Menschen litten. Selbst die Bäume kräuselten ihre Blätter schon.

Langsam schlenderte sie weiter. Es dauerte nicht lange und sie hatte das Ende von Rossbrücken erreicht. Am Horizont konnte sie den Wald erkennen, davor einige Häuser. Wie die Kerbe eines riesigen Messers schnitten die Schienen der Eisenbahn die Felder in zwei Teile. Weiter zu gehen, würde wohl kein Ergebnis bringen. Dort hinten wohnte der Polizeidiener sicher nicht. Außerdem wurde die Hitze langsam drückend und es war im Schatten von Bonnets Amtsstube sicher angenehmer.
Mit zügigen Schritten ging sie die Straße zurück. Sie sah zurück in die Richtung der Eisenbahn. Leise waren von dort klappernde Geräusche zu vernehmen. Es klang, als schlage ein Schmied mit dem Hammer auf ein Hufeisen. Tack, tack, tack, kam das Geklapper näher. Eine riesige Staubsäule war das Erste, was sie erkennen konnte. An der Spitze des Staubgebildes erkannte sie einen winzigen schwarzen Punkt, der sich bei näherem Hinsehen als Philippe Lafleurs Wagen entpuppte. Er saß auf seinem Fahrersitz und hatte seine Brille über seine Augen gezogen. Winkend bremste er neben Helene.
»Guten Morgen, Fräulein Helene. Sie sind schon früh unterwegs?« »Hallo Philippe, möchten sie mich begleiten?« Lafleur strahlte übers ganze Gesicht. Helene konnte sich ein Schmunzeln nicht verkneifen. Wenn Philippe Lafleur lächelte, berührten seine Wangen fast den Rand seiner

Brille. »Helene, sie machen mich sehr glücklich. Steigen sie doch ein.« Er sprang aus dem Wagen und half ihr beim Einsteigen. Dann reichte er ihr eine Brille. »Heute Morgen ist die Straße sehr staubig. Wohin möchten sie?« »Zum Polizeidiener, Fahrer«, spaßte sie. »Natürlich, gnädiges Fräulein«, gab er zurück.

Mit einem großen Bogen lenkte Lafleur den Wagen von der Straße und nutzte das angrenzende Feld als Wendeplatz. Tack, Tack, Tack, reagierte der Motor auf jede Berührung des Gaspedals und rollte lärmend durch den aufgewirbelten Sand.

Schon wenige Minuten später hielt der Wagen vor dem Häuschen des Polizeidieners. Es sah verkommen aus. Windschief hingen die hölzernen Fensterläden in ihren Angeln und schützten die Fenster vor der aufsteigenden Sonne. Der Lack der Tür war an manchen Stellen abgeplatzt und das rohe Holz wurde hier und dort sichtbar. Bedrohlich bog sich das Dach nach innen und schien lauthals nach einem Dachdecker zu schreien. Auch der verwilderte Garten passte hervorragend in das heruntergekommene Bild. Lediglich eine riesige, in der Fassade verwurzelte Rosenranke lockerte das Anwesen etwas auf. Sie war übersät mit faustgroßen, blutroten Blüten und gab dem Häuschen etwas Märchenhaftes. »So muss in Dornröschen die Dornenhecke ausgesehen haben«, dachte Helene.

Philippe sprang aus dem Wagen und half Helene beim Aussteigen. Als sie die Brille von ihrem Gesicht

zog, spürte sie die winzigen Körnchen des Staubes auf ihrer Haut. Mit ihrem Zeigefinger polierte sie das Messing der Lampe und versuchte sich darin zu spiegeln. Kaum konnte sie ihr Gesicht erkennen, ärgerte sie sich. Noch heute Morgen hatte sie gehofft, Philippe zu treffen und ihn mit ihrem Aussehen zu beeindrucken. Und nun sah sie aus wie eine Bauernmagd. Die Haare zerzaust und staubig. Aber jetzt wusste Sse, was der Kaiser gemeint hatte, als er sagte, Automobile seinen eine nette Spielerei, aber dem Pferd gehöre auch weiterhin die Zukunft. Und sie musste ihm zustimmen. Ein Automobil war ein netter Zeitvertreib, aber niemals würde es dem Pferd den Rang ablaufen.
»Soll ich sie begleiten?« Die Stimme Philippe Lafleurs riss sie aus ihren Gedanken. »Oh ja, bitte.« Philippe reichte ihr den Arm und sie gingen beide zur Tür. Nur einen Augenblick nachdem sie geklopft hatte, öffnete Martin Bonnet die Tür. »Ja? Bitte?« »Guten Tag Herr Bonnet«, begrüßte ihn Helene, »Sie sind Polizeidiener Bonnet?« »Ja, bin ich. Und wer sind sie?«, fragte er morsch. »Mein Name ist Helene von Frankenberg, das ist Monsieur Lafleur. Ich habe einen Auftrag von Kommissar Halbach, bezüglich der toten Frau, die gefunden wurde.«
Bonnet sah sie an. Aus seinen Augen schien ein dummer, hirnloser Mensch zu schauen. »Warum kommt der nicht selbst?« »Herr Bonnet. Darf ich hinein oder müssen wir an der Tür sprechen?« »Warum

schickt er mir eine Frau?«, fragte er weiter ohne Helenes Wort auch nur zu beachten. »Herr Bonnet, ich bin seine Assistentin und er hat mich beauftragt. Also bitte. Lassen sie uns hinein.« Bonnet schüttelte energisch den Kopf. »Nein, werde ich nicht. Wenn der etwas will, soll er selbst kommen.« »Der, wie sie ihn nennen, heißt Kommissar Friedrich Halbach. Und es wäre angebracht, wenn sie ihn auch so nennen würden«, gab Helene zurück. »Was ist hier los?« Es war Halbachs Stimme. Sie hatte ihn nicht kommen hören. Helene drehte sich zu ihm um: »Er will mich nicht hineinlassen. Obwohl es eine Amtsstube ist.« Sie sah Halbach an. Sein Kopf war binnen Sekunden zu einer blutroten Blase angeschwollen.

»Mann, was fällt ihnen ein?«, brüllte er Bonnet an, »Das ist Fräulein von Frankenberg. Sie ist eine Dienerin des Deutschen Reiches. Und nicht zuletzt meine Assistentin. Sie ist mir und dem Kaiser unterstellt. Was sie verlangt, was sie sagt, sind die Wünsche und Wort des Kaisers. Und wollen sie, sie Wicht, sich unserem Kaiser verweigern? Was bilden sie sich überhaupt ein? Mann, sie haben noch zwei Sekunden. Wenn dann der Eingang nicht frei ist, waren Sie längste Zeit Polizeidiener. Haben sie mich verstanden?«

Die letzten Worte brüllte Halbach, als wäre er noch der Ausbilder seiner Rekruten. Erschrocken trat Bonnet aus dem Eingang und machte einen Schritt zur Seite. Er wirkte fahl und farblos. Der

Schreck war ihm in die Glieder gefahren. »Aber natürlich, Herr Kommissar. Ich hatte die junge Dame nicht richtig verstanden.« »Nicht richtig verstanden? Wollen sie mich vorführen? Mann, haben sie gedient?« »Jawohl, Herr Kommissar.« Bonnet hatte Haltung angenommen und stand jetzt stocksteif da.

»Hat man ihnen beigebracht zu widersprechen? Fräulein von Frankenberg steht in ihrem Rang über ihnen. Sie sollten sich im Klaren sein, dass ein Wort von ihr genügt, und sie waren die längste Zeit hier in dieser Amtsstube.« Ohne noch einmal nach Bonnet zu sehen, trat Halbach durch die Tür und ließ sich auf den Stuhl hinter dem Schreibtisch fallen. Helene zwängte sich an Martin Bonnet vorbei und folgte ihm. Als Letzter betrat der Polizeidiener die Stube.

»Mann, wie heißen sie?«, fuhr Halbach den eingeschüchterten Mann an. »Martin Bonnet, Herr Kommissar. Mein Name ist Martin Bonnet. Polizeidiener von Rossbrücken.« »Gut. Wer hat die tote Polina Stoch gefunden?« »Ich Herr Kommissar.« Bonnet nahm Haltung an und knallte mit den Hacken. »Gut. Ich habe zwei Aufträge für sie. Zuerst zeigen sie Fräulein von Frankenberg, wie und wo sie die Tote gefunden haben. Und dann schwingen sie sich auf ihr Rad und fahren zu jedem Hof und Haus im Ort. Ich will um elf Uhr aus jedem Haus eine Person in der Gaststätte sehen. Bestehen sie darauf. Das ist eine polizeiliche Anordnung. Haben

sie mich verstanden?« »Jawohl, Herr Kommissar«, wieder klacken die Absätze, »Platz zeigen und je eine Person um elf Uhr.« »Gut. Und jetzt los. Der Tag ist kurz.«
»Fräulein von Frankenberg. Lassen sie sich den Platz zeigen. Und auch die Position wie die Tote lag. Jede Kleinigkeit ist wichtig. Wenn möglich, machen sie eine kleine Skizze. Alles verstanden, Fräulein von Frankenberg?« Helene nickte. Sie sah ihm in die Augen. Für einen Moment hatte sie das Gefühl, als zeige er alle Anzeichen eines winzigen Lächelns. Erstaunt sah sie ihm nach, als er aufstand und zur Tür hinaustänzelte.
Zum ersten Mal hatte er sie Fräulein von Frankenberg genannt. Egal, wo er am Vorabend war und was er dort getan hatte, es hatte Wunder bewirkt. Lächelnd schwang sie herum. Inmitten des Raums stand Bonnet immer noch stramm. Anscheinend wartete er auf einen weiteren Befehl. Hilflos sah sie sich um. Im Türrahmen stand Philippe Lafleur. Sie sah ihn an und musste lachen. Sie zuckte mit den Schultern. Und er verstand, was sie wollte.
»Rühren sie sich, Mann. Und jetzt zack, zack. Wir haben nicht den ganzen Tag Zeit«, imitierte er Halbachs Ton, »Sie fahren mit ihrem Rad vor, wir folgen ihnen mit dem Automobil. Wo haben sie die Tote gefunden?« »An der Wegkreuzung nach Merlenbach. Ich werde es ihnen zeigen.« Mit hochrotem Kopf eilte Bonnet an ihnen vorbei, griff sich sein Fahrrad und schob es auf den sandigen

Weg. Mit einer ausladenden Bewegung schwang er sein Bein über den Sattel und radelte los.
Philippe lächelte, als er Helene seinen Arm hinhielt. »Darf ich bitten?« Kaum saß sie auf ihrem Sitz, drehte Philippe schon die Starterkurbel. Scheppernd wie ein alter Blecheimer, begann der Motor seine Arbeit zu verrichten. Er sprang auf den Fahrersitz und schloss die Tür. Schon als er seine Brille richtete, war Bonnet im Begriff, am Horizont zu verschwinden. »Die Vorbereitungen eines Automobils dauerten schier ewig und verschwenden jede Menge Zeit«, durchzuckte ein Gedanke Helenes Kopf, »Aber wenn es denn mal fährt, dann macht es schon Freude.«
»Schnell Philippe, sonst verlieren wir ihn.«
»Lassen Sie ihn ruhig vorfahren. Ich weiß, welche Abzweigung er meint. Wir werden einholen. Sie werden sehen. Nichts ist der Geschwindigkeit eines Automobils gewachsen.« Philippe trat das Gaspedal durch. »Sechs Pferdestärken«, brüllte er zu Helene herüber und versuchte das Knattern des Motors zu übertönen. Helene spürte seine Freude. Sie nickte und es gelang ihr einfach nicht, ihn nicht anzusehen. Er war so ganz anders als ihre Brüder. Die waren so ernst und begeisterten sich für nichts. Aber Philippes Euphorie riss sie mit. In seiner grenzenlosen Begeisterung war er so ehrlich, so frei. Ganz anders, als die Menschen, die sie bisher kennengelernt hatte.

Als sie Bonnet überholten, jubelte Lafleur wie ein Kind, das ein Wettrennen gegen seinen Freund gewann. Schon von weitem sah sie den mächtigen Kirschbaum mitten im Grün der weiten Felder stehen. Hier gab es sonst nur wenige Bäume. Nur einige ausgedehnte Buschreihen, die die einzelnen Felder eingrenzten, durchbrachen die grüne Gleichförmigkeit. Einige Feldhühner, die aus den Rüben aufflogen, rissen sie wieder aus ihren Gedanken zurück in den Peugeot Lafleurs.
Philippe bremste dicht vor dem Kirschbaum. Helene kletterte aus dem Wagen und sah sich um. Kein Haus, kein Gehöft in der Nähe. Am Horizont konnte sie einen dunklen Gegenstand ausmachen. »Der Kirchturm von Merlenbach«, erklärte Philippe, der ihr angestrengtes Spähen bemerkt hatte, »Und hier ist die Abzweigung, von der der Polizeidiener gesprochen hat.« Schnaufend kam nun auch Bonnet an. Er schwitzte und war über und über mit einer dicken Staubschicht überzogen.

»Mann, sehen sie mich an«, keuchte er. »Müssen sie mit diesem ..., diesem Ungetüm so viel Staub aufwirbeln. Schauen sie mich jetzt an. So kann ich doch nicht ...« »Bonnet«, fuhr ihn Helene an. Sie war sich ihrer höheren Position jetzt, nachdem ihr Halbach den Rücken gestärkt hatte durchaus bewusst. »Wie können sie sich erdreisten und meinen Fahrer und meinen Freund so wüst anschreien. Sind sie von Sinnen?« »Nein. Natürlich

nicht. Aber ...« »Kein aber. Entschuldigen sie sich und dann zeigen sie uns, wo sie Polina Stoch gefunden haben.«
»Entschuldigung«, hauchte er sichtlich aufgebracht. Aber er schwieg und schluckte die Zurechtweisung. Er nahm einen tiefen Atemzug, »Hier habe ich sie gefunden.« Er deutete unter die mächtige Krone des Kirschbaums auf den Stamm. »Und wie sind sie hierher gekommen? Ich denke nicht, dass sie freiwillig hierher fahren.« Bonnets Blick flog an Helene vorbei und blieb bei Philippe hängen. »Nein«, sagte er zu Lafleur, »Einige Jungen aus dem Ort hatten sie gefunden und mich alarmiert.« Lafleur nickte. Er schreckte, ebenso wie Martin Bonnet, zusammen, als Helene ihn anfuhr: »Polizeidiener Bonnet. Ich warne sie. Ich, und nur ich, bin hier, um mit ihnen über diese Angelegenheit zu sprechen. Sie können mich jetzt weiterhin ignorieren, aber ich sage ihnen, dann werden sie ab morgen genügend Zeit haben, um mit ihrem Rad durch die Landschaft zu strampeln. Die zweite Möglichkeit ist, dass sie mich bei meinen Ermittlungen unterstützen. Also bitte. Ihre Entscheidung.« Es fühlte sich für Helene wie Rückenwind an, als sie ihrem Ärger Luft machte. Martin Bonnet wagte es nicht, die Augen zu heben. Helene war so energisch aufgetreten, dass er es nicht riskieren wollte, wegen dieser Furie noch seine gute Anstellung zu verlieren. Unsicher wandte er sich schließlich doch an Helene von

Frankenberg: »Fräulein von Frankenberg. Mit allem gebührendem Respekt. Glauben sie nicht auch, dass es nicht unbedingt die Aufgabe einer Frau ist, bei der Polizei zu arbeiten?« »Was ich glaube, spielt keine Rolle. Es ist nun mal so. Also, wie haben sie die Leiche gefunden?«
Bonnet ging lustlos zum Stamm. »Hier waren sie Füße, mit dem Rücken lehnte sie am Stamm«, nuschelte er unwirsch. Das wird noch ein Vergnügen mit diesem Menschen, dachte Helene, als sie ihm ins Gesicht sah. Schwungvoll wirbelte sie auf einem Bein zu Philippe herum: »Philippe, würden sie mir einen Gefallen tun? Könnten sie die Tote spielen?« Bonnet zog die Augenbrauen hoch. Lafleur grinste: »Alles was sie wünschen, Fräulein Helene«, nickte er.
»Gut, dann los«, forderte sie Bonnet auf. Lafleur hatte sich vor dem Stamm auf den Boden gesetzt. »Sie müssen den Rücken an den Baum lehnen«, bat er ihn, »Und nehmen sie bitte die Knie vor die Brust. Jetzt ziehen sie die Fersen ganz an den Po.« Philippe saß jetzt zusammengefaltet am Stamm der Kirsche.
»Wie war ihr Kopf?« »Der Kopf lehnte nach hinten am Holz. Zuerst dachte ich, sie würde sich ausruhen, so lebendig sah sie noch aus. Ihre Augen hatte sie geöffnet und sie blickte in Richtung Rossbrücken. Gerade so, als würde sie den Ort beobachten. Erst als ich sie an der Schulter

gerüttelt habe, ist sie nach da drüben umgefallen.«

»Helene nahm ein Stöckchen, das am Boden lag, und steckte es in den Sand, wo sich Philippes Füße befanden. Mit einem zweiten Stock markierte sie die Position seines Hinterns. Sie musste eine kurze Weile suchen, um noch ein weiteres Holz zu finden. »Na, dann mal los, Monsieur Bonnet«, munterte sie den Polizeidiener auf, »Rütteln sie Herrn Lafleur genau so, wie sie Polina Stoch geschüttelt haben.« Er tat es. »Und wie ist die Tote dann umgefallen? Und wohin genau?« »Dahin«, Bonnet deutete auf den Boden unweit von Philippes Platz. »Philippe würden sie?« Lafleur nickte und ließ sich wie ein übermütiges Kind in das dörre Gras fallen. »Lag sie so?«, Helene sah, wie Martin Bonnet nickte. Dann steckte sie das letzte Hölzchen in den Sand.

»Monsieur Bonnet, war noch jemand außer ihnen hier? Mit ihnen. Oder haben sie sonst jemanden hier oder in der Nähe gesehen? Möglicherweise auf dem Weg hierher?« »Ja, Fräulein von Frankenberg. Die Jungs, die mir die junge Frau gezeigt haben, waren auch da. Und Valerie Hauss habe ich gesehen.« »Wer ist Valerie Hauss?« »Ach, die wohnt auf einem der Höfe in der Nähe von Rossbrücken.« »Sonst niemand?« »Nein, niemand.« »Gut. Sie haben einen Auftrag. Sie können fahren«, Helene musste innerlich lachen. Schon am zweiten Tag hatte sie den Tonfall von Halbach angenommen.

Murrend schwang Bonnet sein Rad herum und sah sie an. »Schönen Tag noch«, lächelte er hämisch. In seinen Augen lag eine Art Kühle, die Helene erschaudern ließ. Langsam trat er in die Pedalen und rollte los. Bevor er die Kuppe, die die staubige Straße machte, überquerte, sah er sich noch einmal nach ihnen um. Dann verschluckte ihn die Staubsäule, die er hinter sich herzog.

Kopfschüttelnd betrachtete Helene den Platz. »Also. Lassen sie uns überlegen, was wir wissen. Sicher ist, dass Polina Stoch umgebracht wurde. Und es ist wahrscheinlich, dass der Mörder sie eine Zeitlang gefangen hielt. Aber aus welchem Grund sollte ein Verbrecher das Risiko eingehen, sie hierher zu bringen? Den Platz hier kann man von weitem sehen. Da ist die Gefahr viel zu groß, entdeckt zu werden.«

»Bedenken sie die Möglichkeit, dass der Täter der Polizei einen Hinweis geben will. Oder er möchte seine Überlegenheit demonstrieren. Aber die Frage, die sie sich stellen sollten: Gab es noch weitere Opfer, die unter ähnlichen Umständen aufgefunden wurden?« »Aber würden sie, wenn sie der Mörder wären, wegen solcher Kleinigkeiten eine so große Gefahr eingehen?« Philippe dachte kurz nach. »Ja. Ich denke, das würde ich tun. Ich will ja ein Zeichen setzen und der Polizei zeigen, dass ich viel schlauer bin als sie. Ja, doch. Das würde ich tun.« »Sie wären ein schlechter Mörder. Vielleicht könnten sie der Polizei zeigen, wie schlau sie

wären. Aber wenn sie trotzdem gefasst würden, wäre ihr Tod besiegelt. Für ein solches Verbrechen, noch dazu mit der Zurschaustellung der Leichen, wäre ihnen die Todesstrafe sicher.«
Philippe kratzte sich am Kinn. »Das stimmt schon. Aber das Fallbeil ist mir auch sicher, wenn ich die Toten einfach in den Weiher da unten werfen würde. Das täte ein normaler Täter. Wenn man bei einem Mörder überhaupt von normal reden kann. Einfach die Leiche verschwinden lassen. Aber hier haben wir es sicher mit einem sehr intelligenten Menschen zu tun.« Helene sah ihn verblüfft an: »Bei einer solchen Bestie sprechen sie von Intelligenz? Sie machen mir Angst, Philippe.« »Das möchte ich nicht. Aber sehen sie doch mal die Anzeichen dafür. Er fängt sich die Mädchen irgendwo und verschleppt sie. Dazu gehört doch eine Menge Vorbereitung. Dann schließt er sie in irgendeinen Keller ein und ...« »Wie kommen sie jetzt auf einen Keller?« Philippe zuckte unschuldig mit den Schultern: »Keine Ahnung. Aber ich würde sie in einen Keller einsperren. Dort hört man ihre Schreie nicht und ich wäre sicher, dass sie nicht ausbrechen können. Aber das alles benötigt Vorbereitungen und System. Ich muss sie ja auch versorgen. Und ich will sie ja auch einige Zeit am Leben erhalten. Ich will ja schließlich den Zeitpunkt ihres Ablebens selbst bestimmen. Dann die Todesart mit einem Gift. Das alles zeugt von Wissen und Intelligenz.«

Helene sah ihn mit großen Augen und offenstehendem Mund an. »Warum sprechen sie so in der ‚Ich-Form'? Das hört sich ja an, als wären sie der Mörder.« Philippe lachte verlegen auf und sah zu Boden. »Es muss sich auch um eine körperlich sehr trainierte Person handeln. Wir können also getrost davon ausgehen, dass es sich um einen Mann handelt. Also suchen sie einen Bauern, Knecht oder einen Bergmann.« Helene sah zu ihm auf: »Wie wäre es mit einem Bäcker?« »Ja. Das ist auch eine sehr schwere Arbeit. Bei ihren Überlegungen müssen sie auch beachten, dass der Täter wohl kaum in einer Familie eingebunden ist. Keine Frau würde so etwas tolerieren.«

»Philippe, sie sind ein wahres kriminalistisches Genie.« Lafleur lächelte. »Sie inspirieren mich dazu.« Helene ging mit kleinen Schritten zum Automobil zurück. Sie achtete sehr darauf, sie äußerst weiblich zu bewegen. Die Aktenmappe, die sie mitgenommen hatte, lag auf den hinteren Sitzen. Sie hatte an alles gedacht. Papier und Bleistift, eine Schreibunterlage. Mit schnellen Strichen skizzierte sie den Ort und die Umgebung. Die Lage der Leiche vor dem Baum, auch der Ort, an dem Bonnet Valerie Hauss gesehen hatte. Philippe hatte sich in der Nähe in den Schatten gelegt und sah ihr zu.

Noch ein letzter Bleistiftstrich und ihr Kunstwerk war fertig. Zufrieden sah sie die Zeichnung an. Alles war gelungen. Deutlich konnte man die

Örtlichkeiten erkennen. Lachend warf sie Philippe die Skizzen zu und ließ sich neben ihn ins Gras fallen. Vorsichtig legte sie ihren Kopf hin und beobachtete die Wolken. »Wissen sie, wie viel Uhr es ist? Müssen wir schon zurück?« Lafleur zog seine goldene Taschenuhr aus der Uhrentasche seiner Jacke. Noch war eine gute Stunde Zeit. »Sehen Sie diese Wolke dort?« »Hmm«, antwortete Philippe. »Sie sieht aus wie ein Mund. So ein Kussmund.« Sie drehte sich zu ihm und sah ihn an. Er erschrak, als sie ihm einen Kuss auf die Wange hauchte. »Fräulein Helene?« Er lächelte sie an. Sie konnte in seinen Augen sehen, dass er verstört war. Es gefiel ihr. Es war ihr, als könnte sie seine Gedanken wie in einem Buch lesen. Es dauerte einen Augenblick, bis er den zögerlichen Vorsatz, den Kuss zu erwidern, in die Tat umsetzen wollte. Lachend wich sie ihm aus. »Aber Monsieur Lafleur, das dürfen wir nicht. Das gehört sich nicht für eine junge Dame wie mich. Aber sie sind als Franzose sicherlich schon viel Erfahrung in solchen Dingen. Von den französischen Männern hört man ja so einiges.« Philippes Kopf war glutrot. »Entschuldigen sie, Fräulein Helene. Ich habe einen Moment die Kontrolle verloren. Verzeihen sie. Aber ich kann ihnen versichern, wir sind auch nur Menschen.« »Ach Philippe. Lassen Sie doch endlich das Fräulein weg. Helene reicht doch vollkommen.« Verlegen lächelte er. Sie lagen noch einige Zeit nebeneinander im Gras und beobachteten die vorbeiziehenden Wolken. Vorsichtig berührte sie wie unabsichtlich mit nur einem Finger seine Hand. Als sie sich zu ihm umdrehte, war sein Kopf wieder zu der glühenden Kugel geworden. Helene lachte leise. Sie liebte dieses Spiel. Nie hätte sie gedacht, solch eine Macht über einen Mann zu haben.

Einige Minuten vor elf Uhr rollte das Automobil vor der Gaststätte vor. Philippe sprang aus dem Wagen und half Helene auszusteigen. Sie lächelte ihn an. Wieder streifte sie mit den Fingern über seine Hand und trieb ihm die Schamesröte auf die Stirn. »Bis später, Herr Lafleur«, hauchte sie und machte einen Knicks. »Bis später, Helene«, stotterte er.

Vor der Tür des Cheval blanc wimmelte es von Menschen. Viele waren der Aufforderung gefolgt. Schon sah sie Kommissar Halbach vor die Tür treten. Dicht hinter ihm ging ein dürrer Mann, dessen Gesicht mit Furchen übersät war. Vorsichtig stieg er auf eine der wankenden Bänke und kletterte auf den Tisch. Mit dem Absatz seines Schuhs trat er zweimal die hölzerne Platte. Stille trat ein.

»Guten Morgen«, begann er zu sprechen, »Ihr kennt mich ja alle, aber auch für unsere Gäste, den Herrn Kommissar und das junge Fräulein, das ihn begleitet«, er drehte sich zu Halbach, dann zu Helene um und verbeugte sich leicht, »Mein Namen ist Frederic Solange, Bürgermeister von

Rossbrücken. Dieser Mann hier ist Kommissar Halbach aus Saarbrücken. Er untersucht den Tod von Polina Stoch. Die Polizei vermutet, dass die Stoch umgebracht wurde.« Ein Raunen ging durch die Menge. Empört winkten einige von den Menschen und meldeten sich zu Wort. Solange winkte ab: »Das ist ein fürchterlicher Gedanke. Aber ich sage euch. So etwas ist bei uns hier nicht möglich. Ich glaube, die Polizei ist auf der falschen Fährte. Nicht hier bei uns. Das kann und will ich nicht glauben. Hier leben nur anständige Menschen. Oder kennt ihr jemanden, dem ihr das zutraut.« Er schwieg und sah in die Menge. Einige Männer unterhielten sich angeregt.

»Also ich wüsste da schon den ein oder anderen«, brüllte ein dunkelhaariger Hüne aus der hintersten Reihe. Solange winkte ab: »Ach halt doch den Mund, du verrückter Pole. Wenn es einer überhaupt tun würde, dann doch einer von euch. Jedenfalls keiner von hier. Aber auch wenn ich es nicht glauben kann, müssen wir die Polizei tun lassen, was sie tun muss. Ein Mörder und das hier, mitten unter uns? Wenn das wahr wäre, was soll nur der Rest des Reiches über uns denken? Aber noch schlimmer ist der Gedanke, dass der Mörder, wenn es denn einen gäbe, hier unter uns leben könnte. Versteht ihr? Es könnte euer Nachbar sein. Wir könnten dann nicht mehr sicher sein.« Ein weiterer Ansturm von Gemurmel unterbrach ihn. Staatsmännisch hob er beide Hände: »Bitte. Lasst mich aussprechen.

Obwohl es ein Fall von Unmöglichkeit ist, habe ich alles getan, dass unsere Kinder und Frauen wieder sicher leben können. Ich habe eine Bürgerwehr aufgestellt, die rund um die Uhr durch den Ort patrouilliert. Damit ist ausgeschlossen, dass hier etwas passiert. Ihr braucht also keine Angst zu haben. Und wie ich schon erklärte, wird es jemand von woanders gewesen sein. Und um den zu bekommen, bitte ich euch um euere Mithilfe. Ich bitte euch, unterstützt die beiden Polizisten. Wir müssen diese unangenehme Sache aus der Welt schaffen.«
Das Gemurmel der Stimmen schwoll zu einem wahren Wortgetöse an. »Du willst doch nicht etwa sagen«, rief ein dunkelhaariger, sauber gekleideter Mann, der mit dem Rücken zur Wand gelehnt war, »dass jemand von hier oder der näheren Umgebung etwas mit dem Tod zu tun hat?« »Nein, wie ich bereits sagte, glaube ich das nicht. Aber möglicherweise hat jemand von euch etwas gesehen. Und warum regst du dich überhaupt so auf? Du stehst doch den ganzen Tag in deiner Apotheke und kannst sowieso nichts dazu beitragen. Du hältst dich doch immer aus allem heraus.« Grummelnd sah der Mann auf den Boden und schwieg. »Aber«, fuhr Solange fort, »Ein weiterer unangenehmer Vorfall belastet unsere Gemeinde. Ihr wisst alle, dass auch Anne Pfaff verschwunden ist. Ich gebe zu, auch ich habe anfangs gedacht, dass sie sich mit irgendeinem Hallodri fortgestohlen hätte. Aber unter den

momentan gegebenen Umständen müssen wir davon ausgehen, dass auch ihr etwas zugestoßen ist.«
Jetzt trat Halbach neben ihn. »Vielen Dank, Bürgermeister Solange.« Dann wandte er sich an die Anwesenden: »Auch ich wünsche ihnen einen guten Tag.« »Glauben sie«, brüllte der Pole aus dem Hintergrund, »wir hätten nichts anderes zu tun, als uns diesen Unsinn anzuhören? Sie haben doch vom Bürgermeister gehört, dass hier nichts geschehen ist. Außerdem können wir selbst auf uns aufpassen. Wir können unsere Familien selbst beschützen, also verschwinden sie wieder nach Saarbrücken. Mir ist diese Vorstellung hier zu dumm. Ich gehe nach Hause!« Solange hob beschwichtigend die Hände: »Arkady! Bitte beruhige dich. Es geht doch nur um die Möglichkeit, dass ihr etwas gesehen hat. Ich bin sicher, dass es niemand von hier ist. Aber vielleicht ein Fremder, der auf der Durchreise ist. Und du möchtest doch helfen, den Täter zu fassen.« »Das ist mir einerlei, wer die Schlampe umgebracht hat. Die soll doch sowieso mit jedem was gehabt haben. Neulich, auf dem Jahrmarkt in Folking war sie vollkommen außer sich. Die wollte mit jedem anbandeln. Aber tut, was ihr nicht lassen könnt. Wenn ihr fertig seid, waren es doch wir Polen. Das ist doch immer so.«
Halbach trat nach vorne und hob beschwichtigend die Hände: »Wie ich bereits sagen wollte, ist mein Name Friedrich Halbach. Ich bin Kommissar bei der

Polizei Saarbrücken. Und ich verspreche ihnen, dass niemand von uns vorverurteilt wird.« »Ach ich scheiße auf ihre Versprechen«, rief Arkady Kopec, der Pole. »Mein lieber Freund, zügeln sie ihre Worte. Wir sind nicht da, um uns beleidigen zu lassen. Es tut mir leid, dass wir sie von ihrer Arbeit abhalten. Aber uns sind die Hände gebunden. Wir ...«, er winkte Helene zu sich, »ich und meine Assistentin Fräulein von Frankenberg, werden sie zum Auffinden der Polina Stoch befragen. Auch wenn sie einen Ruf haben sollte, gibt es niemand das Recht, sie zu ermorden. Ich erwarte von ihnen allen, dass sie die Fragen beantworten, ehrlich und ohne etwas zu verschweigen. Dazu bitte ich die Damen auf diese Seite. Um sie wird sich Fräulein von Frankenberg kümmern. Die Männer kommen zu mir. Und um eventuelle Missverständnisse zu vermeiden. Fräulein von Frankenberg ist, genau wie ich, eine Amtsperson. Wer ihr nicht Folge leistet, wird mit Problemen rechnen müssen. Und noch ein weiterer Satz an den Bürgermeister.« Er drehte sich zu Solange um: »Wir brauchen in diesem Fall keine Bürgerwehr. Sonst geschieht hier noch etwas, was nicht sein soll. Lassen sie uns unsere Arbeit machen.« Solange lachte laut auf: »Lieber Herr Kommissar. Der Kaiser verbietet eine solche Wehr nicht, das Gesetz ebenfalls nicht. Also, warum sollte ich auf sie hören? Wir müssen unsere Familien schützen. Deshalb, und da lasse ich nicht mit mir verhandeln, werden die Männer in regelmäßigen Abständen durch den Ort patrouillieren. Sie müssen so viel Verständnis für unsere Situation aufbringen.«

Halbach nickte und verschwand wortlos im Gasthaus. Helene spürte, wie sie um einige Zentimeter zu wachsen schien. Was war nur mit Halbach los? Sie war stolz. Er hatte sie Amtsperson genannt.

»Fräulein, wo sollen wir hin?«, eine Frauenstimme riss sie aus ihren Gedanken. Sie erkannte in der Sprecherin Frau Fritz, die Besitzerin der Bäckerei, wieder.

»Meine Damen«, sie sah in die Gesichter der Frauen, »Wir werden uns hier draußen hinsetzen. Fangen wir mit ihnen an.« Sie deutete mit dem Finger auf eine der Frauen. »Kommen sie mit. Die anderen bleiben hier unter dem Baum im Schatten.«

10. Kapitel

»Nichts. Überhaupt nichts konnten die Frauen sagen.« Helene sah Halbach enttäuscht an. Er schmunzelte überheblich. »Von Frankenberg, von Frankenberg. Ich habe mir gedacht, dass sie das versauen. Zweifeln sie nun immer noch an meinen Worten, als ich sagte, Frauen seien nicht für den Kriminaldienst geeignet. Aber gut. Sie habe es versucht und erkannt, dass sie es nicht können. Haben sie wenigstens alle Frauen befragt?« Sie schüttelte energisch den Kopf. »Entweder hat Bonnet ...« »Entweder hat Bonnet ...«, äffte

Halbach von Frankenberg nach, »Sind bei ihnen immer die Anderen schuld? Nein von Frankenberg. Sie haben versagt. Sonst niemand!«

Erschrocken sah sie ihn an, fasste sich aber binnen einer Sekunde wieder: »Entweder hat Bonnet nicht alle besucht, oder was weiß ich. Einige Frauen fehlen noch. Aber ich glaube, viel wird ohnehin nicht zu erfahren sein. Die Frauen waren alle um diese Zeit mit ihrer Hausarbeit beschäftigt gewesen. Konnten sie als mein leuchtendes Vorbild etwas Licht ins Dunkel bringen?«

»Glauben sie nicht, dass ich nicht bemerke, dass sie mich auf den Arm nehmen. In ihrer Situation, und noch dazu als Frau, passt das nicht ins Bild. Sie haben schon wegen ihres Geschlechts mir als Mann Respekt zu zollen.« Er zog sich sein Jackett zurecht und setzte eine würdevolle Miene auf.

»Aber nun zu ihrer Frage. Ich konnte nicht sonderlich viel erfahren. Niemand hat etwas gesehen. Als die Leiche ins Dorf gebracht wurde, waren die Männer fast alle auf den Feldern. Bei Bonnet haben aber drei Jungen ausgesagt, dass sie dort jemanden gesehen haben. Die Drei werde ich später befragen.

Dieser Pole hat frühmorgens einen Scherenschleifer gesehen. Der hat einen kleinen Wagen dabei und ist über die Felder gezogen. Scheint ein Jude gewesen zu sein. Er hat ihn angesprochen, aber der Kerl sprach nur gebrochenes Deutsch. Aber ich

bezweifle, dass der damit etwas zu tun hat. Außerdem war es weit weg vom Auffindeort.« Helene nickte: »Das haben einige Frauen auch erzählt. Er war im Ort unterwegs und hat geklopft. Er kauft alte Kleider auf.« »Pffft«, prustete Halbach los, »das wäre das erste Mal, dass dieses Pack aus dem Osten etwas kaufen würde. Die stehlen doch wie die Raben. Aber Morden tun die nicht.« Helene zog die Augenbrauen hoch: »Also unser Lumpenjude hat nie gestohlen. Und er hat immer meine alten Kleider bezahlt.« »Ja und warum? Weil ich mit meinen Kollegen in Saarbrücken Dienst tue. Deshalb herrschen dort Recht und Ordnung.«
Halbach machte eine kurze Pause und wischte sich mit seinem Einstecktuch den Schweiß aus dem Gesicht. Es sah sich um und suchte nach Beauchamps, dem Wirt. Als der seine Nase aus der Tür schob, rief er: »He Beauchamps. Ein Bier. Aber plötzlich und kalt.« Dann wandte er sich wieder Helene zu.
»Eine Frau namens Valerie Hauss war ebenfalls dort in der Nähe. Vielleicht hat sie etwas gesehen. Die besuchen sie. Und kommen sie nicht ohne eine Befragung wieder. Verstanden?« Helene nickte. »Und wo finde ich Valerie Hauss?« »Bonnet soll es ihnen erklären. Und er soll diesen Vierzehn, einen Kerl, der dort gesehen wurde, hierher bringen. Ich werde derweil ein Bier trinken und mir Iire Aufzeichnungen vom Fundort ansehen.« Er nickte kurz und verschwand.

»Na, toll«, durchfuhr es sie, »Noch nicht einmal Mittag und der kippt sich schon ein Bier hinter die Binde. Und mich lässt er die Arbeit machen.« Helene ging in die Gaststube und sah sich um. In der hintersten Ecke saß Martin Bonnet. Er war alleine. An den anderen Tischen saßen vereinzelte Gruppen von Gästen, sprachen und tranken Bier. Alle schienen die Gelegenheit für einen freien Mittag zu nutzen. Einige Zeit blieb Helene in der Nähe der Tür stehen und betrachtete Bonnet. Niemand beachtete ihn. Er schien nicht sehr beliebt zu sein.
»Herr Bonnet, bitte, wo wohnt Valerie Hauss, die junge Frau, die an der Fundstelle gesehen wurde?« Er hob seinen Blick von der kahlen Tischplatte und sah sie an. »Draußen, kurz vor dem Wald. Kurz vor Folking. Ein einsamer Hof, nicht zu übersehen. Er ist ziemlich heruntergekommen. Den können sie nicht verfehlen. Aber am besten nehmen sie wieder den Herrn mit.«
»Danke. Sie sollen für Kommissar Halbach eine Person hierher holen. Ludwig Vierzehn. Er soll sofort kommen. Und auch die drei Kinder die Vierzehn gesehen haben. Die sollen ebenfalls kommen.« »Der Neger? Sie glauben, der Schwarze hat etwas mit ihrem Tod zu tun?« Eben noch lethargisch, kehrte nun schlagartig Leben in den Polizeidiener zurück. Kaum war der Name gefallen, verstummten die Gespräche der Gäste.

»Ich glaube überhaupt nichts«, Helene sprach jetzt fast flüsternd, »Er soll lediglich befragt werden. Sonst nichts. Also holen sie den Kerl her. Und zwar schnell!« Kraftlos stand er auf: »Jawohl, Fräulein von Frankenberg«, er knallte mit den Hacken und fuhr mit ironischem Unterton fort, »Ihr Wunsch ist mir Befehl.« Mit hängenden Schultern und schlurfenden Schritten ging er nach draußen. Helene ging ihm einige Schritte bis zum Eingang nach und rief: »Monsieur Bonnet. Wo finde ich den Scherenschleifer, der heute Morgen hier gesehen wurde? Bonnets Miene erhellte sich: »War der es. Den finden sie genau in die entgegengesetzte Richtung. Nach Kochern, in der Nähe der Mühle dürfen die Zigeuner und diese Halsabschneider ihr Lager aufschlagen. Die wollen wir hier nicht haben. Dieses lausige Ostpack. Ich wusste es.« »Halt, nicht so schnell«, unterbrach ihn von Frankenberg, »Auch den will ich nur mal fragen, ob er etwas gesehen hat. Der Mann hat doch überhaupt ...« Weiter kam sie nicht. Bonnet war auf sein Fahrrad gestiegen und einfach losgeradelt ohne sie noch weiter zu beachten.
Immer noch lag die Stille wie eine Glocke über der Gaststube. Helene sah sich um. Alle Augen starrten sie an. Unbehagen machte sich in ihrer Brust breit. Der Wunsch, sich unsichtbar machen zu können, erfasste sie, als sie langsam nach draußen ging. Plötzlich wirkte das Gezwitscher der Vögel unnatürlich laut und aufdringlich.

Nur wenige Gäste hatten den Weg in die brütende Hitze des Tages gesucht. Halbach saß im Schatten der riesigen Linde, die den Biergarten beschattete. Albert Morlat hatte sich zu ihm gesellt. »Ich werde Valerie Hauss und den Scherenschleifer besuchen.« Halbach nickte. Seine Augen waren bereits trüb und glasig. »Machen sie das, von Frankenberg«, lallte er, »Machen sie das!« Plötzlich erschien hinter dem mächtigen Stamm des Schattenbaums das lachende Gesicht Philippes. »Hallo Helene. Darf ich sie wieder begleiten? Mein Automobil wartet schon.«
Helenes Herz schlug plötzlich schneller. Sie konnte dieses Gefühl nicht genau zuordnen. Was war los mit ihr? Sie mochte Philippe, aber sie war doch so gut wie verlobt. Wie konnte sie da an einen anderen Mann denken? Noch dazu an einen Franzosen. Denn das war er ja. Auch wenn sie ihren zukünftigen Mann nicht mochte, es war eine Frage des Anstandes. »Helene? Ist alles in Ordnung?«, Lafleurs Stimme riss sie aus ihren Gedanken. »Ja. Ja, natürlich«, stotterte sie. »Was ja?« »Ja, es ist alles in Ordnung, und ja, ich würde mich freuen, wenn sie mich begleiten.«
Helene zuckte zusammen, als sie den Lärm von der Gasthaustür vernahm. Polternd kamen die Männer, die eben noch drinnen saßen, heraus. Aufgeregt diskutierten sie miteinander. Sie sah Philippe an und deutete mit dem Kopf auf die Gruppe: »Was ist denn hier los? Sieht ja aus wie eine

Verschwörung.« »Verschwörung? Hier bei diesen Bauern? Eher nicht.« Noch einmal betrachtete er die Männer, die sich jetzt in Bewegung setzten und wortlos an ihren vorbeidrängten. Der Letzte gab Lafleur einen rüden Stoß gegen die Schulter und verschwand dann durch das Tor. »Ungehobelter Bauernlümmel«, fluchte Philippe leise und zog seine Kleider wieder zurecht. »Sollen wir fahren?« Helene nickte.
Nur Minuten später rollte der Peugeot über die staubigen Straßen nach Folking. »Kennen sie die Familie Hauss?«, brach Helene das Schweigen und zog sich die Brille über die Augen. Als sie sich zu Philippe drehte, sah sie sein Kopfschütteln. »Nein, Helene. Ich habe aber einige Geschichten gehört. Ob das jedoch alles so stimmt was die Leute erzählen, weiß ich nicht.« »Welche Geschichten?«, ungeduldig wie ein Kind rutschte Helene auf ihrem Sitz hin und her, »Erzählen sie, ich bin so neugierig.«
»Die Familie Hauss, oder besser, was davon übrig ist, hat es schwer getroffen. Vor einiger Zeit ist der Mann von Auguste Hauss, der Vater von Valerie, tot im Wald aufgefunden worden. So weit ich weiß, hat ihn ein herabfallender Ast getroffen. Er konnte sich wohl noch ein Stück schleppen, ist aber dann gestorben. Als man ihn fand, lag er tot am Weihersaum. Ein herber Schlag für die Frau. Sie hatte zwei Kinder.« »Wieso hatte?«, unterbrach sie ihn. »Sie hatte einen Sohn und eine Tochter. Nur

kurze Zeit nach dem tragischen Tod von Jean-Marie Hauss, dem Vater, wurde sein Sohn vermisst. Er muss bei der Feldarbeit in den gleichen Teich, der eines ihrer Felder säumt und an dem sein Vater gefunden wurde, gefallen sein. So weit ich weiß, wurde seine Leiche aber nie gefunden. Als er eines Abends nicht nach Hause kam, suchte halb Rossbrücken nach ihm. Einige Tage später traf es die Mutter von Valerie wie ein Blitz. Sie fiel um und ist seitdem ans Bett gefesselt. Zu allem Überfluss ist Valerie, wie soll ich sagen, nicht gerade eine Schönheit. Da sie kein Mann haben will, muss sie den Hof alleine bewirtschaften und das ist für eine Frau sicherlich nicht einfach.«
»Da sie kein Mann haben will. Wie sich das anhört«, Helene spürte den Schmerz, der sie jedes Mal überkam, wenn jemand so sprach, »Nur weil wir Frauen sind, sind wir nicht schlechter als Männer. Philippe, ich hoffe, dass das nicht ihre Ansicht ist? Ich wäre sehr enttäuscht.« »Nein, so denke ich nicht«, stotterte Lafleur verlegen, »Aber eine Frau braucht doch einen Mann. Was sind Frauen denn ohne Mann? Das gehört sich doch so.« »Philippe, sie spinnen wohl? Ich muss mich revidieren. Ich bin sehr enttäuscht. Von einem Mann wie ihnen hätte ich mehr Weitblick und Weltoffenheit erwartet.« »Aber Fräulein Helene ...« »Stopp, Herr Lafleur«, sie sah die Enttäuschung in seinem Gesicht, als sie ihn mit seinem Nachnamen ansprach, »Ich möchte jetzt schweigen. Reden sie

mich erst wieder an, wenn sie ihre Meinung überdacht haben.« Sie sah in die entgegengesetzte Richtung und schwieg einen Moment. »Und ich habe gedacht, dass sie mich mögen«, brach sie ihr Schweigen, »Herr Lafleur, ich glaube, mir bricht mein Herz.« »Aber Fräulein Helene. Bitte ...« Sie hob energisch die Hand und ließ ihn schlagartig verstummen.
Als Philippe Lafleur vor dem Haus der Familie Hauss bremste, war die Stimmung am Boden angekommen. Helene spürte seine Verunsicherung und sie genoss es. Sie mochte die Einstellung der Männer nicht. Mit dem anbrechenden neuen Jahrhundert waren die Hoffnungen in ihr gestiegen, dass eine Änderung in der Gesellschaft das Land aufrütteln würde. Selbst die Engländer waren so weit, dass Frauen ein Stückchen Gleichberechtigung erhalten hatte. Die Initiative der Suffragetten, der englischen Frauenbewegung, trug immer mehr Früchte. Aber Deutschland marschierte wie immer einige Schritte hinter diesen Nationen her.
Sie ignorierte Philippes hingestreckten Arm und kletterte selbst aus dem Wagen. Kunstvoll raffte sie ihren Rock zusammen und sprang vom Trittbrett in den Staub. Ohne Lafleur weiter zu beachten, stolzierte sie betont lässig zur Tür des Anwesens. Sie spürte den Blick ihres Fahrers auf sich ruhen. Mit jedem ihrer Schritte, feierte sie ihre Weiblichkeit, schwang ihr Becken hin und her und

sie wusste, dass er darauf reagieren würde. Sie genoss es, zu wissen, dass sie ihm gefiel.

»Soll ich sie begleiten?«, rief Philippe hinter ihr her. Seine Stimme war brüchig. Helene sah ihn einen Moment abschätzend an und versuchte besonders bedrückt zu wirken. Ihr gefiel dieses Spiel. Wenn sie es geschickt anstellte, blieb sie auf jeden Fall die Siegerin. So wie es eigentlich in jeder Familie ohnehin war. Nach außen gaben die Herren den Ton an, aber insgeheim, hinter den verschlossenen Türen, herrschten die Frauen. Es gab schließlich für eine Frau genügend Möglichkeiten ihren Mann leiden zu lassen. Und außerdem war es doch viel schöner, wenn es ihm nicht so gut ging. Die Ehefrauen, die sie kannte, wurden alle unsicher, wenn sich ihre Männer wohlfühlten. Dann war immer was im Busch. Vielleicht war es auch ein Zeichen, dass sie die Kontrolle über ihn verloren hatte.

Die Bretter der Tür knirschten verdächtig, als sie mit den Knöcheln ihrer Finger dagegenhämmerten. In der Ferne bellte ein Hund, aber im Haus herrschte Ruhe. Kein Laut drang nach draußen. Noch einmal trafen ihre Finger auf das brüchige Holz. Wieder geschah nichts.

»Ist wohl niemand da«, hörte sie Lafleurs Stimme. Wieder sah ihn Helene von oben herab an. »Scheint so. Aber möglicherweise hinter dem Haus. Begleiten sie mich, Herr Lafleur?« Kaum hatte sie

ausgesprochen, stand Philippe neben ihr. »Natürlich Helene.«
Sie fühlte die Feuchte, die vom Stoff ihres Rockes aufgesogen wurde, als sie durch den Schatten des Schuppens gingen. Hier hing noch der wenige Tau der Nacht an den Gräsern. Schillernde, kleine Diamanten aus Wasser, die an den Grashalmen hängen blieben und das Licht in tausend Strahlen zerteilten. Deutlich war eine dunkle Spur im feuchten Gras zu erkennen. Sie führte hinter das Haus, zeichnete eine Linie zum Schuppen hin. Schon aus einiger Entfernung konnte Helene erkennen, dass das Tor nicht verschlossen war. Auch hier herrschte Stille.
»Vorsichtig Helene. Lassen sie mich vorangehen.« In Philippes Stimme lag ein Hauch von Unsicherheit. Helene schüttelte den Kopf: »Mein lieber Monsieur Lafleur. Ich bin eine erwachsene Frau und brauche keinen Aufpasser. Also lassen sie mich tun, was ich tun muss.« Beherzt klopfte sie gegen die Schuppentür. Keine Antwort. Der Hof schien vollkommen verlassen. »Philippe, gehen sie bitte um den Schuppen. Irgendwo müssen doch die Tiere sein, von denen Bonnet gesprochen hat. Er hat doch gesagt, dass die drei Jungen die Hauss mit einer Herde Tiere gesehen haben?« »Nein, Fräulein Helene, ich lasse sie hier nicht alleine.« Sie sah ihn zornig an. »Philippe, bitte. Regen sie mich nicht noch mehr auf. Bitte.« Sie hob abwehrend die Hände.

Wie ein geschlagener Hund trotte Lafleur zu der Schuppenecke, drehte sich noch einmal um und verschwand dann wortlos. Vorsichtig zog Helene die Schuppentür auf. Sie war schwer und bereitete ihr einige Mühe. »Wie machen das die Frauen die hier leben nur?«, dachte sie. Endlich war der Spalt groß genug, um hindurchschlüpfen zu können.
Spärlich fiel ein feiner Lichtstreifen durch die Tür. Keine weitere Lichtquelle, kein Fenster ließ noch etwas Licht herein. Sie konnte in der Düsterkeit Berge von Heu ausmachen. Mit kleinen Schritten, um nicht zu stolpern, tastete sie sich weiter in den Raum hinein. Ein Schauer jagte über ihren Rücken, als scheppernd eine Heugabel umfiel. Sie starrte in die Dunkelheit, spürte, wie sich ihre Ohren leicht bewegten, um jedes noch so geringe Geräusch aufzunehmen. Stille.
Ein leises Scharren ließ Helene herumschnellen. Ihr Herz raste. Das Blut pochte in ihren Ohren. »Was machen sie hier?«, zerriss eine Stimme die fast vollkommene Stille. Panik erfasste sie. Sie konnte den Umriss eines Menschen wahrnehmen. Das spärliche Licht warf einen verzerrten Schatten auf den strohbedeckten Boden. Ihr stockte der Atem. »Hören sie schlecht? Ich habe gefragt, was sie hier machen? Und wer sind sie überhaupt?« Jedes Wort schnitt ihr wie ein Messer ins Fleisch. »Helene von Frankenberg«, stotterte sie. Mit ihrem Namen kam auch die Fassung zurück: »Polizeiassistentin von Frankenberg. Und wer sind

sie?« Sie hörte ein heiseres Lachen. »Seit wann hat die Polizei Frauen in ihren Reihen? Was für ein Unsinn. Also raus mit der Sprache. Wer sind sie und was machen sie hier.« Wie zur Unterstützung der Worte zog die Person die Heugabel, die eben umgefallen war, über den Boden. Die Schattenbilder, die sie warf, erinnerten Helene an die Gestalt einer Hexe, bewaffnet mit ihrem fliegenden Besen.
»Ich sage Ihnen doch, ich bin bei der Polizei Saarbrücken. Mein Name ist der, den ich ihnen genannt habe. Und ich bin hier, weil ich Valerie Hauss suche.« Wieder lachte die Person heiser. Helene sah die Zinken der Gabel im Dunkel aufblitzen. Sie erstarrte.

11. Kapitel

Halbach wurde von einem Räuspern aus seinen Gedanken gerissen. Er sah von seinen Aufzeichnungen hoch. Verschwommen sah er Martin Bonnet vor sich stehen. Diese verdammte Hitze, fluchte sein Gehirn und wie automatisiert hob er seinen Arm. »Beauchamps bringen sie mir noch ein Bier. Aber zack, zack!« Langsam drehte er sich zu dem Polizeidiener um. Bonnets Kopf war glutrot. »Herr Kommissar, der Neger ist jetzt da. Und die Kinder auch. Mit wem wollen sie zuerst sprechen?« Beauchamps kam und knallte unwirsch das Glas vor ihn hin.

»Die Jungen. Zuerst die Buben. Sie sollen hier zu mir kommen. Der Neger soll warten.« Der Polizeidiener gab dem Wirt ein Zeichen.
Luis Beauchamps wirbelte herum und Halbach konnte die Drei an der Hausecke stehen sehen. Auf Beauchamps Winken kamen sie langsam näher. Wie drei Wölfe um ihre Beute schlichen sie mit kleinen, unheilahnenden Schritten über die Gehwegsplatten auf den Kommissar zu. Sie hatten die Hände in den Taschen, so als wollten sie sagen: »Dich, Herr Kommissar, stecken wir schnell in die Tasche.«
Halbach konnte sich ein Schmunzeln nicht verkneifen. Die drei Jungs waren vielleicht zehn, möglicherweise zwölf Jahre alt und waren die schmutzigsten Kinder, die er je gesehen hatte. Alle drei trugen bis zu den Knien reichende Hosen, die seit ihrer Erschaffung noch nie das Wasser eines Waschkessels gesehen zu haben schienen. Zwei der Jungen waren barfuß, nur der Dritte, ein Blondschopf trug Schuhe. Einstmals vermutlich leinenfarbene Hemden vervollständigten ihre Ausstattung. Einer der Jungs hatte quer über seinen Rücken ein schön geschnitztes Holzgewehr geschnallt.
Als sie mit gesenktem Kopf vor ihm standen, erinnerten sie ihn an die vielen reuigen Sünder, die er in seinem Berufsleben gefasst hatte. Wenn er sie erwischte, hatten alle die gleiche Miene.

»Guten Tag«, grüßte er sie, »Seid ihr die Jungs, die die Tote gefunden haben?« Der vordere der Jungen nickte. Er war strohblond und sein Gesicht mit Sommersprossen, die Halbach unter dem ganzen Schmutz mehr erahnen, als sehen konnte, übersät. »Wie heißt ihr?« »Fritz Bieber, Herr Kommissar.« Friedrich Halbach deutete auf den Zweiten. »Pfeiffer, Fritz und das ist Paul Bennacker, Herr Kommissar.« Ihre Nervosität war nicht zu übersehen. »Müssen wir jetzt ins Gefängnis? Wir haben doch nichts getan.«

Halbach lachte. »Wer hat euch denn diesen Unsinn erzählt?« »Meine Schwester, Herr Kommissar. Sie hat gesagt, wir wären verloren, wenn wir zur Polizei müssen. Alle Verbrecher würden früher oder später gefasste werden.« »Seid ihr den Verbrecher?«, lachte er. Energisch schüttelten sie den Kopf: »Nein. Wir haben noch nie was gemacht.« Fritz Bieber hob die Finger wie zum Schwur: »Ich verspreche es.« Dann mischte sich Pfeiffer ein: »Und wenn sie uns jetzt einsperren, sind wir dann zum Essen wieder da? Meine Mutter hat gesagt, wenn ich das Abendessen verpasse, bekomme ich Ärger. Also bitte nicht einsperren.«

Halbach schüttelte den Kopf und lachte: »Ach, deine Schwester hat euch Unsinn erzählt. Aber erzählt mal, was ihr an dem Tag, als Polina Stock gefunden wurde, gesehen habt.« Erleichtert atmeten sie auf.

»Also«, begann Paul Bennacker, der bisher hoch kein Wort gesagt hatte, »Eigentlich war alles wie jeden Tag. Wir haben in den Feldern Krieg gespielt. Die beiden waren die Franzosen, aber ich habe sie ganz alleine besiegt. Und als wir zu dem Baum kamen, saß sie plötzlich da. Stellen sie sich vor, kurz vorher waren wir dort vorbeigekommen und da war sie noch nicht da. Und dann. Fritz sagt, sie sei vom Himmel gefallen, aber ich glaube das nicht. Das kann sie doch nicht, oder?« »Stimmt, Paul. So etwas gibt es nicht. Niemand fällt einfach so vom Himmel. Aber erzählt weiter.«
Mutig geworden vom Zuspruch und er Tatsache, dass ihre Befürchtung ins Gefängnis zu müssen, nicht wahr werden würde, drängten sich die Jungs jetzt näher. »Also«, fing Paul wieder an, wurde aber sofort von dem blonden Fritz unterbrochen. »Also plötzlich war sie da. Zuerst dachten wir, die würde sich ausruhen. Dann ist Fritz eingefallen, dass sie schon lange verschwunden war. Wir haben sie angesprochen, aber sie gab keine Antwort.« Sie kicherten: »Konnte sie ja auch nicht. Sie war ja tot.« »Das war gruselig, Herr Kommissar«, mischte sich Paul wieder ein.
»Das glaube ich euch. Habt ihr sonst noch jemanden gesehen?« »Ja«, nickten alle drei, »Da war auch noch der Ludwig. Und die seltsame Valerie haben wir auch gesehen.« »Die seltsame Valerie?«, unterbrach Halbach. Alle drei nickten synchron. »Valerie Hauss. Die ist schon komisch.« »Wieso?«

Fritz Bieber sah sich um, als müsse er sich vergewissern, dass Valerie nicht zufällig hinter ihm stand. »Wir dürfen dort nicht hin. Wegen Valeries Mutter. Die Alte ist eine Hexe.«
»Gut. Sie ist also eine Hexe. Dann weiß ich das schon Mal. Aber eine Frage habe ich noch. Habt ihr dort etwas Besonderes gesehen oder gefunden?«
»Nein«, kam sofort die Antwort. Halbach wurde sofort stutzig. »Was habt ihr dort gesehen?«
»Nichts«, flüsterte Bieber.
»Gut. Ich will euch nicht weiter löchern. Aber ihr wisst ja, wer nicht sagt was er weiß, ist auch ein Verbrecher. Also lassen wir es dabei. Wenn euch noch was einfällt, kommt ihr zu uns und sagt es. Verstanden? Und jetzt noch eine Frage: Wieso wart ihr nicht in der Schule?«
Wie auf ein Kommando schnellten die mickrigen Brüste der Jungen nach vorne. Alle drei standen militärisch still. Paul Bennacker, der Vordere der Drei, antwortete zackig: »Herr Kommissar. Wir brauchen die Schule nicht. Alles was wir wissen müssen, können wir schon. Wir werden nämlich Soldaten.« Halbach lachte schallend los.
»Aha. Ihr wollt zum Militär. Und außerdem wisst ihr schon alles. Schön so. Männer wie euch braucht unser Vaterland. Weiter so. Aber in die Schule müsst ihr trotzdem. Der Kaiser hat das so befohlen. Verstanden?« Energisch schüttelte der blonde Fritz den Kopf. »Herr Kommissar, mein Vater hat gesagt, Schule sei Unsinn. Die wirklich

wichtigen Sachen lehrt uns das Leben.« »Nix da. Ein richtiger Soldat gehorcht, wenn der Kaiser befiehlt. Und jetzt kein Wort mehr. Weggetreten.« Ohne weiter auf die Drei zu achten, drehte sich Halbach um und schrieb an seinen Notizen weiter. Noch immer standen die beiden Fritzen mit Paul da und regten sich nicht. Halbach sah zu ihnen auf. »Was noch?« »Wir haben auch den Ludwig gesehen. Den Neger von Robert Bouchet. Der war auch dort.« »Das habt ihr bereits gesagt. Was hat er dort gemacht?« »Nichts. Er hat nur dagesessen.« Halbach lächelte und seine zierliche Hand tätschelte den Kopf des Blonden. »Gut, dass ihr mir das sagt. Aber jetzt weg mit euch.«
Lärmend sprangen die Jungen wie wildgewordene Fohlen zur Straße. Sie ruderten stürmisch mit dem Armen, als sie die Menschenkolonne erkannten und anhalten mussten, um nicht den Einen oder Anderen umzurennen. Halbachs Blick folgte ihnen und blieb einen Moment an dem Karren mit dem hölzernen Sarg hängen. Der Anblick erinnerte ihn an den Grund, warum er hier saß. Heute Morgen hatte der Pfarrer die Leiche von Polina Stoch abholen lassen. Und nun sollte die junge Frau in ihrem kalten, feuchten Grab ewige Ruhe finden. Was für ein Unsinn. Wenn er jemals ewige Ruhe haben sollte, dann bitte nicht in der feuchten Erde. Verbrennen sollten sie ihn und einfach irgendwo verstreuen. An einem Platz, an den immer die Sonne schien.

Weihrauchduft schoss ihm in die Nase. Wenn er etwas nicht mochte, dann war es dieser Geruch. Er suchte die Quelle dieses Qualms und fand die Ursache in den beiden Messdienern, die vor Pfarrer Müller hergingen. Wie berauscht schwenkten sie den rauchenden Kessel hin und her.
Es waren nur wenig Menschen zu der Trauerfeier gekommen. Halbach hatte einige der Gesichter heute Morgen schon gesehen, konnte aber die Namen nicht mehr aus seinem Gedächtnis kramen. Es war ohnehin gleich. Namen waren Schall und Rauch.
Er betrachtete die Menschen, die hinter dem Wagen hergingen. Es waren vor fast ausschließlich Frauen. Zwei Männer, darunter solange, der Bürgermeister und der Apotheker, schlichen wie geschlagene Hunde durch die Hitze. Es war ihnen sichtlich unangenehm, in der aufsteigenden Sonne auf den Friedhof zu gehen. Nur um einer eigentlich Fremden das letzte Geleit zu geben.
Kurz hatte er Pfarrer Müller kennengelernt. Nach nur wenigen Worten, die er mit ihm wechselte, hatte seine Meinung über den Geistlichen festgestanden. Er war ein borniderter, despotischer Mensch, der keinerlei fremde Meinung und Glauben neben seinem duldete. Es schien ihm immer noch nicht bewusst zu sein, dass es noch andere Ereignisse zwischen Himmel und Erde gab, als die, die die Bibel erzählte.
Ein Räuspern riss ihn aus den Gedanken. Martin Bonnet stand dicht neben ihm. Als Halbach ihn

ansah, verbeugte er sich devot. Wie ein Blitz in eine Eiche einschlug, fiel ihm ein, dass er den Farbigen vergessen hatte. »Bonnet, wo ist der Neger?« »In der Gaststube, Herr Kommissar. Soll ich ihn holen?« Halbach schüttelte den Kopf. »Nein, ich gehe zu ihm. Es muss mich ja nicht jeder mit einem Schwarzen hier sehen. Ist sonst noch jemand da drinnen?« Bonnet nickte: »Zwei Bauern sitzen noch da. Sind aber schon ordentlich betrunken.« »Gut, Polizeidiener Bonnet. Gut gemacht. Sie können gehen. Aber halten sie sich bereit um uns zu unterstützten.« Er stand auf und tänzelte den Weg entlang. Er spürte die drückende Hitze. Jeder Schritt fiel ihm schwer.

Als er durch die Tür trat, wurde es schlagartig dunkel. Seine, an den gleisenden Sonnenschein angepassten Augen, gewöhnten sich nur langsam an das lichtarme Umfeld. Nur schemenhaft konnte er die Männer erkennen, die am Tresen saßen. Ganz weit hinten in einer der Ecken, sah er Ludwig Vierzehn sitzen. Ohne ihn je gesehen zu haben, war er sich sicher, dass es sich um den Gesuchten handeln musste.

Er blieb stehen. Noch nie in seinem Leben hatte er einen solchen Schwarzen gesehen. Halbach tänzelte auf ihn zu. Als Vierzehn den Kommissar kommen sah, stand er auf. Halbach erschrak. Der Kerl bedeckte die gesamte Wand. Er war gut einen Kopf größer als Friedrich Halbach und schien nur aus Muskeln zu bestehen. Auf seiner Haut glänzte der Schweiß wie ein silbriger Überzug.

»Herr Kommissar?«, fragte er in akzentfreiem Deutsch. Halbach nickte. Vierzehn streckte ihm die Hand hin. Fasziniert hing Halbachs Blick an der riesigen Pranke. Als er seine winzig wirkenden Finger hineinlegte, hatte er Angst, Vierzehn würde seinen aufgeregten Herzschlag spüren. Er war sicher, noch nie solch einen Mann gesehen zu haben.

»Herr Kommissar. Sie wünschen, mich zu sprechen.« Die tiefe, sonore Stimme Vierzehns, mit der er sicher als Bass jedem Chor zur Ehre verholfen hätte, riss Halbach aus seinen verträumten Gedanken. »Ja«, stotterte er. Er spürte sein aufgeregtes Herz bis zum Hals schlagen. »Wie kann ich Herr Kommissar helfen?« »Sie sind Ludwig Vierzehn?«, fragte Halbach nach einer kurzen Pause. Der Schwarze nickte: »So nennen mich die Menschen hier.« »Gut. Sie haben von der toten Frau, Polina Stoch gehört?«

»Ja, Herr Kommissar. Habe ich.« »Einige Jungen von hier haben sie in der Nähe des Fundortes gesehen. Was haben sie dort gemacht?« »Gesessen, Herr Kommissar.« »Ja, natürlich. Was haben sie außerdem dort gemacht?« »Gesessen, Herr Kommissar«, antwortete der Schwarze wieder. »Das sagten sie bereits. Warum haben sie dort gesessen?« »Müde, Herr Kommissar. Ich war müde vom Gehen.«

Halbach fühlte den Ärger in seiner Brust zusammenfließen. Wollte dieser Mensch ihn auf den Arm nehmen? Er zwang sich aber, ruhig zu bleiben. »Gut. Sie waren müde vom Gehen. Von wo sind sie gekommen?« »Von zuhause, Herr Kommissar«, Ludwig Vierzehn bleckte seine schneeweißen Zähne und lächelte. Halbach war kurz vor dem Platzen. »Und wohin gingen sie?« »Nach Hause, Herr Kommissar.« »Und wo ist ihr Zuhause?« »Meinen sie jetzt, wo mein Herr wohnt?«

Halbach nickte. »Mein Herr ist Robert Bouchet. Auf seinem Bauernhof wohne ich. Er hat mich aus Deutsch-Südwestafrika mitgebracht. Er hat mir eine eigene Hütte versprochen. Und er hat sein Versprechen gehalten.« »Gut. Als sie dort gesessen haben, haben sie vielleicht etwas gesehen?« Vierzehn nickte. Nach kurzem Überlegen antwortete er: »Ich habe die drei Buben, die eben noch hier waren, gesehen. Die, die mich gesehen haben.« »Sonst nichts?« Der Schwarze schüttelte den Kopf. Dann verdrehte er die Augen, so als würde er überlegen. »Eine Frau habe ich auch gesehen.« »Die Tote?« Energisch schüttelte Ludwig den Kopf. »Nein. Die Frau lebte noch. Sie hütete Ziegen.« »Sonst nichts?« »Sonst nichts, Herr Kommissar.« »Gut, Vierzehn. Sie können wieder gehen.«

Als Ludwig Vierzehn sich an ihm vorbeidrängte, nahm Halbach erst seine volle Größe wahr. Dieser Mensch war riesig. Und er bewegte sich geschmeidig und leichtfüßig, wie ein schleichendes Raubtier. Halbach atmete tief durch.

12. Kapitel

Helene spürte, wie ihr die Angst den Hals zuschnürte. Sie wollte schreien, aber kein Ton kam über ihre Lippen. Wo war Philippe nur? Sie fluchte innerlich über die Grobheit, mit der sie ihn weggeschickt hatte. Langsam bohrten sich die Zinken der Gabel in die Haut ihrer Brust. Eine Welle von Schmerz überflutete sie. Gedanken schossen ihr durch den Kopf. War jetzt ihr Ende schon gekommen? Bilder ihrer Familie hoben sich aus dem Dunkel ihres Unterbewusstseins hervor.
Ängstlich wich sie nach hinten aus. Einen Schritt, dann noch einen. Der Druck auf ihre Brust blieb gleich. Scheppernd stieß ihr Fuß gegen einen metallenen Gegenstand. Ein Gitter oder etwas Ähnliches versperrte den Fluchtweg. Nun war Sie gefangen. Der drohende Schatten vor ihr wuchs mit jedem Schritt an.
»Bitte nehmen sie die Gabel weg!«, stotterte sie flehend, »Ich habe ihnen die Wahrheit gesagt. Ich bin von der Polizei.« »Unsinn«, lachte ihr Gegenüber, »Und ich bin die Kaiserin von China. Sie wollten mich beklauen. Oder warum sonst schnüffeln sie hier herum?« Sie verstärkte den Druck mit der Mistgabel.

Helene atmete tief durch. Trotzigkeit durchloderte ihre Brust wie ein Frühjahrsfeuer, das sich durch eine trockene Wiese fraß. »Nein«, schrie sie still im Innersten, »So einfach mache ich es dir nicht!« Blitzartig griff sie nach dem Stiel der Waffe, die immer noch mit ihren Spitzen auf ihrer Brust ruhte. Sie stieß den Griff der Heugabel in Richtung ihrer Angreiferin. Valeries Arme wurden durch die unerwartete Gegenwehr nach hinten gestoßen. Der plötzliche Stoß war so hart, dass ihr beinahe die Waffe aus den Händen fiel. Helene sah, wie Valeries Fingerknöchel weiß wurden, als sich ihr Griff noch fester um das hölzerne Ende schlang. Für einen Moment konnte von Frankenberg die Überraschung im Blick ihrer Angreiferin wahrnehmen. Sie wusste, dass das ihre einzige Chance war.

Noch bevor die Mistgabel ihre Rückwärtsbewegung zur Gänze vollendet hatte, riss Helene sie wieder zurück, genau auf sich zu. Mit einer eleganten Ausweichbewegung zur Seite, ließ sie die Zinken an ihrem zierlichen Körper vorbeigleiten. Gleichzeitig warf sie sich mit der Schulter nach vorne auf Valerie zu. Helene schossen die Tränen in die Augen, als sich ihre Schulter in den Körper der stattlichen Frau bohrte. Es fühlte sich an, als wäre sie gegen eine Mauer gerannt. Dann aber gab Valeries Leib seinen Widerstand auf und die beiden Frauen stürzten eng ineinander verschlungen auf den Boden.

Noch im Fallen fuhren Helenes Gedanken Karussell. So einfach würde sie es Valerie nicht machen. Warum war diese Frau so aggressiv? Und wo war Philippe, wenn sie ihn brauchte? Sie spürte den harten Aufprall, als sie auf Valeries Brustkorb landete. Instinktiv streckte sie im Fall die Arme nach vorne und versuchte so, nicht zu hart auf den Boden aufzuschlagen. Aber es war schon zu spät. Sie brachte ihre rechte Hand nur bis zur Hälfte des beabsichtigten Weges und rammte einen Wimpernschlag später ihre Faust mit ganzer Wucht gegen Valeries Hals.

Röchelnd drehte sich die Untenliegende zur Seite weg. Helene begann zu schwitzen, als sie den Kontakt zum Körper der Frau verlor. Sie musste jederzeit mit einem neuen Angriff rechnen. Aber so weit durfte sie es nicht kommen lassen. Nun galt es nur, die Oberhand zu behalten.

So wie sie es bei den Raufereien der Bauernjungen gesehen hatte, warf sie sich erneut auf Valeries Körper. Sie ballte die Fäuste und schlug zu. Die Schläge trafen ihre Gegnerin auf den Brustkorb. Dann knallte ihre Faust auf die Lippe, der sich mit den Händen schützenden Frau. Noch ein Schlag, dann noch einer, trafen sie mitten ins Gesicht.

Helene spürte, wie ihre Gedanken abzugleiten drohten. Die anfängliche Hemmung, ins Gesicht eines Menschen zu schlagen, war vollkommen verschwunden. Es war ihr egal, ob Valerie Hauss litt. Es war ihr auch gleich, ob sie verletzt war.

Dann spürte sie den Druck unter ihren Armen, die Leichtigkeit, als sie nach oben gezogen wurde. Sie wehrte sich, strampelte wie besessen, bis sie aus den Augenwinkeln Philippe erkannte. Wie durch Watte drangen seine geschrienen Worte zu ihr vor.
»Aufhören«, brüllte er um sich durch das Gekreische der beiden kämpfenden Furien Gehör zu verschaffen, »Sofort aufhören habe ich gesagt!«
Helene fühlte den mächtigen Druck seiner Arme, die er um ihren Brustkorb geschlungen hatte, wie einen Schraubstock, der mit jeder ihrer Bewegungen enger wurde. »Helene beruhigen sie sich. Ich bin jetzt bei ihnen. Es kann nichts mehr geschehen.«
Allmählich legte sich der Sturm in Helenes Brust. Sie sah zu Valerie Hauss, die immer noch mit schützend vors Gesicht gehobenen Händen auf dem Boden lag und den erneuten Schlägen zu entgehen versuchte. Mit Helenes abnehmender Gegenwehr ließ auch die Umklammerung Lafleurs nach. Als er sie endlich losließ, konnte sie endlich wieder richtig durchatmen.
»Um Himmels Willen, Philippe. Wollen sie mich umbringen? Wo waren sie denn so lange?«, fauchte sie ihm wie eine wütende Katze entgegen. Lafleur beachtete sie nicht. Er nahm Valerie am Arm und zog sie hoch. »Los aufstehen, Täubchen!«, befahl er. Widerwillig stand die Frau vom Boden auf. Für einen Moment trafen sich die Blicke der beiden Kämpferinnen. Gerade lange genug, dass Helene

ahnen konnte, dass sie von nun an vorsichtig sein musste.

»Los, rein ins Haus«, zerriss Philippes Stimme das erdrückende Schweigen, »Wir sind von der Kriminalpolizei Saarbrücken und wollen mit ihnen reden.« Wortlos schob er Valerie Hauss zum Ausgang des Schuppens. Rüde gab er ihr einen Stoß gegen die Schulter. Valerie stolperte fluchend in Richtung des Hauses voran. Innerlich lachte Helene laut auf. Wir sind von der Kriminalpolizei, hatte Philippe gesagt. Eine regelrechte Amtsanmaßung. Aber wirkungsvoll war sie auf alle Fälle. Fluchend trottete Valerie Hauss zum Eingang.

Mit zwei Fingern drückte Lafleur den abgegriffenen, vor dreckstarrenden, Türgriff. Helene betrachtete staunend die Tür. Unzählige Generationen hatten hier ihre Lackreste hinterlassen und jeder neue Besitzer seine eigenen Vorlieben Platz geschaffen.

Ein muffiger Geruch schlug ihnen entgegen, als sie den Flur betraten. Valerie schoss ihre Holzpantoffeln in die Reihe der Schuhe, die im Eingangsbereich an der Wand standen. Ihre Schuhe waren deutlich größer, als der Rest des Fußwerks, das dort stand.

Ohne die beiden Personen, die ihr wie zwei Schatten folgten, zu beachten, schlurfte sie mit nackten, vor Schmutz starrenden Füssen voran. Sie verschwand im Dunkel des Hauses und bog dann in eine der Türen ab, die zu einem weiteren Zimmer

führten. Helene schmunzelte, als Philippe Valerie bei der Schulter packte, ganz so, als wolle er eine Flucht schon im Ansatz vereiteln. An ihm war sicher ein guter Polizist verloren gegangen.
Als Helene ins Zimmer trat, wusste sie augenblicklich, wo der dumpfe, uringeschwängerte Duftschwaden seine Quelle hatte. An der Wand der Küche stand ein Bett, aus dem ein altes, vor Falten kaum erkennbares Gesicht, hervorsah. In diesem Raum war es heller als im Flur und sie konnte die Einzelheiten gut erkennen. In einer Ecke stand ein mächtiger Kohleofen, der allen Anscheins nach auch zum Kochen genutzt wurde. Ein Berg von Töpfen, Pfannen und allerlei nötigem und unnötigem Küchenkram hing an der Wand oder war teilweise auf den Herd gestapelt. Ein Topf mit einem grünen, undefinierbaren Inhalt köchelte auf einer der hinteren Platten vor sich hin und verbreitete einen säuerlichen, nach verkochtem Gemüse stinkenden Mief, der sich nur mühsam mit den restlichen Düften mischte. Schwarze, fast fingerkuppengroße, haarige Fliegen, drehten surrend ihre Runden im Zimmer.
Helene fiel das Atmen schwer. Neben dem eher tierisch, als menschlich zu bezeichnenden Gestank, herrschte hier eine unglaubliche Hitze. Trotz des Hochsommers, der das Land fest im Griff hatte, glühte der Herd fast. Roh gezimmerte Möbel bildeten den räumlichen Gegensatz zur Feuerstelle. Ein sogenannter Herrgottswinkel, eigentlich ein

eher bayrisches Relikt, prangte über der Eckbank, die anscheinend aus Kiefern- oder Fichtenholz zusammengenagelt waren und immer noch deutliche Harzspuren aufwiesen. Auf dem plumpen Fichtentisch stand eine zerbeulte Kanne, die wohl schon den letzten Krieg überstanden hatte. Zwei blecherne Becher, solche, wie sie beim Militär benutzt wurden, standen ebenfalls dort.

In einer der Ecken war Wäsche aufgetürmt, lose übereinandergelegt, anscheinend gerade von der Leine genommen und achtlos hingeworfen. Alles in allem ein Saustall, den sie einer gestandenen Frau niemals zugetraut hätte. Helene nahm noch einen guten Schwall der vermutlich besseren Luft in sich auf und näherte sich dann mit ausgestreckter Hand der Alten im Bett. Zwischen den Berg aus Falten hoben sich zwei Lider nach oben. »Die Alte wird ihnen wohl nicht die Hand geben. Die ist vollkommen verblödet«, bellte Valerie.

Helene schnellte herum und sah die Sprechende an. Sie war erschüttert über den Inhalt der Sätze, die Valerie gesprochen hatte. Dass sie die Gefühle dieser alten Frau sicherlich aufs Tiefste verletzte, schien ihr vollkommen egal zu sein. Vielmehr erstaunte sie jedoch der maskuline Tonfall, in dem die Frau sprach.

Helene betrachtete sie genauer. Philippe hatte sie schon vorgewarnt, dass diese Frau nicht gerade mit Schönheit beschenkt worden war. Dass es aber so schlimm war, hätte sie nicht erwartet. Valerie war

groß gewachsen und ihr Rücken war fast so breit wie der eines Mannes. In ihrem kantigen Gesicht zeichnete sich deutlich ein Damenbart ab, der die Oberlippe dunkel hervorhob. Ein regelrechter Zinken von Nase prangte mitten in ihrem Gesicht. »Fehlt nur noch eine Warze«, dachte Helene, »Und sie sieht aus, wie die Hexe aus den Märchen.« Kaum war ihr der Inhalt ihrer Gedanken bewusst, hätte sie sich selbst ohrfeigen können. Niemand hat sich selbst gemacht. Menschen sind wie es dem Schöpfer gefällt, hatte ihre Großmutter immer gesagt.
Kopfschüttelnd drehte sich Helene wieder zu der alten Frau um. »Guten Tag Frau Hauss«, grüßte sie. Starr waren ihre Augen nach oben zur Decke gewandt. Trotz der enormen Hitze war sie mit einer dicken Bettdecke eingehüllt. Schweißperlen standen zwischen den Falten auf der Stirn. Helene legte ihren Handrücken gegen den schwitzenden Kopf und fühlte einen Augenblick. »Mein Gott. Die arme Frau glüht ja. Philippe öffnen sie das Fenster.«
Lafleur nickte und riss die beiden Fensterflügel auf. Frische Luft strömte herein und erleichterte das Atmen etwas. Helene hoffte, dass der Gestank seine Fluchtmöglichkeit erkennen und seine Chance nutzen würde. Sie drehte sich zu Valerie um: »Setzen sie sich«, befahl sie. »Was bilden sie sich überhaupt ein«, keifte die Angesprochene mit dunkler Stimme zurück, »Sie befinden sich hier in meinem Haus. Wenn hier jemand ...« »Ruhe!«, brüllte Philippe Lafleur wie aus heiterem Himmel

und hieb mit seiner Faust auf die Tischplatte, »Wagen sie es nicht Fräulein von Frankenberg zu widersprechen. Sie ist eine Amtsperson.« Zeitgleich schlangen sich seine Finger um Valeries muskulöse Oberarme und er drückte die Frau auf einen der Stühle nieder. Ein bitterböser Blick schoss aus Valeries Augen in Philippes Richtung. Wenn Blicke töten könnten ... Er drehte sich zu Helene um: »Fräulein von Frankenberg. Sie können fortfahren.«
Würdevoll wie eine Prinzessin ließ sich Helene auf der Sitzbank vor dem Fenster nieder. Ohne ein Wort zu sagen, schlug sie ihr kleines Notizbuch auf und besah die Spitze des Bleistifts. Lange untersuchte sie die schwarze Mine, prüfte in aller Seelenruhe seine Eignung, um das Wichtige, dass sie gleich erfahren sollte, aufschreiben zu können. Schließlich hob sie die Augen und sah Valerie an.
»Frau Hauss. Können sie mir ihren vollständigen Namen sagen?« Zum ersten Mal führte sie ein wirkliches Verhör. Und diese, vielleicht einmalige, Gelegenheit durfte sie nicht vergeigen. Aber sie war sich auch sicher, dass sie die Chance richtig nutzen würde. Vor ihrem geistigen Auge erschienen Bilder aus der Verborgenheit ihres Unterbewusstseins. Deutlich sah sie die Seiten ihres Lieblingsbuches vor sich. Hunderte Male hatte sie schon darin gelesen, so lange, bis die Blätterränder total zerschlissen waren. Für sie war der Autor, Hanns Gross, eine absolute Koryphäe

auf seinem Gebiet. Sie liebte sein »Handbuch der Kriminalistik.« Wenn sie sich an diesen Leitfaden hielt, konnte eigentlich nichts schiefgehen.
Sie hörte ihr Gegenüber entnervt aufatmen. »Valerie Hauss. Was fragen sie so blöd? Sie wissen es doch genau«, antwortete sie. Helene schüttelte den Kopf. »Bitte Frau Hauss. Das ist eine polizeiliche Befragung. Es ist wichtig«, schulmeisterte sie, »dass sie mir ehrlich antworten. Also? Ist das ihr vollständiger Name?«, Helene kritzelte einige Worte in ihr Büchlein. »Ja, ist er.« »Gut. Frau Hauss, Ende Juni wurde die Leiche von Polina Stoch gefunden. Einige Jungen aus dem Ort haben sie dort gesehen.« »Mag sein. Ich weiß, wo die gefunden wurde«, nuschelte Valerie geistesabwesend. »Haben sie an diesem Morgen dort etwas Besonderes gesehen. Vielleicht ist ihnen jemand dort begegnet.« Valerie nickte. »Ja, ich habe den Neger von Robert Bouchet dort gesehen. Vielleicht hat der sie umgebracht.«
Ohne auf die Anschuldigung näher einzugehen, fragte Helene weiter. »Was haben sie dort gemacht?« »Was werde ich dort schon gemacht haben. Ziegen gehütet. Was sonst? Was glauben sie, was ich jeden Tag mache? Ziegen hüten. Finden sie das so sonderbar. Alle Höfe hier hüten irgendwo ihre Tiere. Befragen sie die jetzt alle?«, fauchte sie plötzlich los. Sie schob ihren riesigen Körper nach oben, und versuchte aufzustehen.

Wie auf ein unsichtbares Zeichen trat Philippe Lafleur näher an Valerie heran und legte ihr die Hand auf die Schulter. Sichtlich entnervt ließ sich Valerie wieder auf ihren Stuhl sinken. »Gut. Sie haben also nur Ludwig Vierzehn gesehen? Sonst niemanden?« Valerie schüttelte den Kopf. »Nichts gesehen. Und mir ist es auch egal. Von mir aus kann jeder hier jeden umbringen. Es ist mir gleich. Und dabei ist egal noch untertrieben.« Helene spürte, dass sie hier nichts mehr erfahren konnte.
»Wohnen sie hier alleine?« »Ja«, antwortete die Gefragte, »Mit meiner Mutter. Der Alten da. Und wenn sie mich fragen. Ich bin froh, wenn ich sie bald los bin. Von mir aus kann sie lieber heute als morgen über den Jordan gehen. Dann habe ich meine Ruhe.« Mit jedem Wort spürte Helene die Eiseskälte, die zwischen den beiden herrschte. »Haben sie keinen Mann? Sie als Frau sind doch mit einem solchen Hof überfordert. Wo haben Sie überhaupt ihr Vieh?« »Pah, Vieh«, Valerie winkte ab, »Vieh haben wir schon lange nicht mehr. Die paar Ziegen, Hühner und eine Kuh. Mehr ist uns nicht geblieben.« »Wovon leben sie dann? So ganz ohne Vieh?« »Das geht sie eigentlich nichts an. Aber ich will es ihnen sagen. Ich verkaufe Eier an den Gasthof. Dort putze ich auch gelegentlich. Und der Rest geht sie nicht an. Und nun verschwinden sie. Aber ein bisschen plötzlich.«

Valerie stand auf. In ihrer vollen Größe war sie fast so groß wie Philippe, der schnell einen Schritt näher getreten war. Auf Helenes Zeichen blieb er stehen. »Gut, Frau Hauss. Wir gehen. Aber ich bin fast sicher, dass wir uns schon bald wiedersehen werden.« Ein hämisches Grinsen formte Valeries Gesicht zu einer makaberen Fratze. »Da freue ich mich aber«, antwortete sie spöttisch, »Dann werden wir sehen, wie unser nächstes Zusammentreffen ausgeht.« Die verklungenen Worte standen wie eine Drohung im Raum.
Helene erhob sich und ging hinter Lafleur zur Eingangstür. Ohne sich noch einmal umzusehen, gingen sie zu Philippes Peugeot. Helene spürte die Blicke Valeries wie kalte Messer in ihr Fleisch dringen. Nervös raffte sie ihren Rock zusammen und kletterte über die Trittstufe auf den Beifahrersitz. Lafleur fingerte kurze Zeit an einigen Knöpfen des Wagens und ging dann nach vorne. Mit einer ausholenden Bewegung drehte er die Kurbel und der Motor erwachte tuckernd zum Leben.
»Philippe, in einem Punkt muss ich ihnen Recht geben. Mit Schönheit ist dieses Weib nicht gerade gesegnet. Es wundert mich nicht, warum die keinen Mann hat«, Helene drehte sich zu Lafleur um. Er antwortete nicht. Sie hatte das Gefühl, dass er noch an seinen Fauxpas von heute Morgen dachte. Warum musste sie ihn auch so grob angehen, nur weil er seine Meinung geäußert hatte?

»Der Besuch bei ihr«, nach einer kurzen Denkpause ließ Helene ihren Worten nun freien Lauf: »Also der Besuch, hat mehr Fragen in mir aufgeworfen, als er beantwortet hat. Warum reagiert diese Furie so aggressiv? Und warum gerade, als wir im Schuppen waren. So, als sollten wir etwas nicht entdecken. Vielleicht hat sie etwas zu verbergen?«

Philippe schüttelte den Kopf: »Nein. Ich denke, diese Krähe hat einfach auf die Gesellschaft einen Hass. Wir waren nur einfach gerade zur falschen Zeit am falschen Ort. Sonst war das nichts. Außerdem konnte ich durch einen hinteren Zugang die Scheune betreten. Dort habe ich mich umgesehen, da war nichts. Von dort konnte ich sie und Valerie auch sehen, aber der Durchgang war mit allerlei Gerümpel zugestellt. Deshalb musste ich noch einmal außen herum. Das hat natürlich etwas gedauert. Aber ich konnte ja gerade noch Schlimmeres verhüten.«

Helenes Kopf schnellte herum. Sie sah ihn mit großen Augen an. »Wieso konnten sie Schlimmeres verhindern? Ich hatte die Situation vollkommen unter Kontrolle. Oder war ihr Eindruck ein anderer? Als sie so gemächlich durch die Tür kamen, war ich es, die die Oberhand gewonnen hatte. Nur zur Erinnerung: Ich saß auf ihr und habe auf sie eingeschlagen. Was heißt also: Ich konnte gerade noch Schlimmeres verhüten?« Philippe atmete tief durch, antwortete aber nicht. Sein

Blick war starr nach vorne auf die Straße gerichtet. Er schien zu spüren, dass Helene ihre kämpferische Seite noch nicht zur Gänze ausgespielt hatte.
Helene spürte das Unbehagen, das Lafleur umfangen hielt. »Ach, Philippe. Lassen sie uns nicht streiten.« Noch bevor sie den Satz beendet hatte, löste sich die Spannung aus seinem Gesicht und es nahm wieder die weichen, friedfertigen Züge an, die sie an ihm mochte. »Sie müssen noch so viel über uns Frauen lernen. Es wird nicht leicht sein, sie von ihrer althergebrachten, ererbten Meinung zu kurieren. Aber ich spüre, dass der Gedanke der weiblichen Gleichberechtigung bei ihnen auf fruchtbaren Boden fällt.« Sie beugte sich zu ihm und gab ihm einen zärtlichen Kuss auf die Wange. Innerhalb eines Wimpernschlages wurde sein Gesicht puterrot. Helene konnte sehen, wie seine Hand auf dem hölzernen Lenkrad zu zittern begann. »Sehen sie, Philippe, genau dafür mag ich sie«, lächelte sie ihn an und blickte dann nach vorne, wo der Kirchturm von Rossbrücken hinter den Feldern erschien.

13. Kapitel

»Sind sie noch böse auf mich?« Helene hatte ihre zuckersüßeste Stimme aufgelegt. Philippe schüttelte den Kopf: »Ach nein. Sie sind eine Frau

und verzeiht dem weiblichen Geschlecht einfach alles.« Helene sah ihn entgeistert an: »Monsieur Lafleur?« Sie sah, dass er seine Augen verrollte: »Das meinen sie jetzt nicht ernst? Das bedeutet doch nichts anderes, als dass man Frauen nicht ernst nehmen kann. Denkt man in ihrem Land, in Frankreich, wirklich so über uns? Mein Eindruck war, dass ihr Franzosen ...«, sie betonte dieses Wort besonders, »eine Frau auf Händen trägt.« »Bitte Helene. Ich meine es nicht so. Aber wenn sie mich so ansehen ... Das macht mich verlegen und dann kann ich nicht richtig denken.« »Ach. Jetzt bin ich es also. Ich bin der Grund, warum sie so verschrobene Ansichten haben? Das dachte ich mir schon. Frauen sind ohnehin an allem schuld. Selbst dass wir aus dem Paradies geschmissen wurden, hat ein Weib verbrochen. Wie könnte es anders sein.« Sie drückte eine Träne aus dem Augenwinkel und stellte erstaunt fest, dass er es sofort sah.
Langsam bremste Philippe den Wagen und fuhr an den Straßenrand. »Nein. So ist es nicht. Und so denke ich auch nicht. Sie sind sehr intelligent und ...« er atmete tief durch und starrte aus der Windschutzscheibe: »... und sie sind sehr schön. Also bitte lassen sie uns nicht streiten. Ich versichere ihnen, ich bin nicht so und bitte sie, nicht so schlecht über die Franzosen zu denken.« »Natürlich. Wenn sie mich so lieb bitten, schlage ich ihnen ein Friedensangebot vor. Ich überdenke

meine Meinung über Frankreich und sie die ihre über die Frauen. Einverstanden?« Sie hielt ihm die Hand hin. Philippe nickte nur und fuhr weiter. Es schwieg. Helene hatte plötzlich das Gefühl, dass sie den Bogen überspannt hatte.

»In Ordnung«, lächelte sie verkrampft, »ich verstehe ihr Schweigen als Ablehnung meines Friedensangebotes. Wenn sie noch so nett wären, und mich zurück zum Gasthof fahren würden. Dann trennen sich dort unsere Wege.« Philippe Lafleur schnellte entsetzt herum und starrte sie für einen Augenblick entgeistert an. »Aber Helene. Es war nicht so gemeint. Wir wollten doch noch ...« »Monsieur Lafleur. Ich muss sie leider unterbrechen. Es gibt kein ‚Wir'.« »Wenn sie das sagen, brechen sie mir mein Herz. Ich kann doch nichts dafür, dass ich so erzogen wurde. Aber ich muss es so hinnehmen. Aber sie wollten doch noch den Juden besuchen. Ich würde sie gerne noch dorthin fahren. Natürlich nicht, weil es mir Freude bereiten würde. Sondern weil es zur Klärung des Falles wichtig sein könnte.« Er lächelte verlegen. Helene nickte gedankenversunken. »Sie haben Recht. Für die Auffindung des Mörders sollten wir unsere verschiedenen Weltansichten hintenanstellen.« »Es ist ja nicht, dass ich sie als Frau ...« Sie hob, abwehrend die Hände: »Bitte nicht. Lassen sie uns zur Mühle fahren. Dort lagert der Scherenschleifer.«

Philippe schwieg. Aus den Augenwinkeln betrachtete Helene sein verzweifeltes Gesicht. Das Lächeln war vollkommen verschwunden und seine Züge wirkten plötzlich unglaublich hart und befremdlich. Sie wusste, dass sie zum Übertreiben neigte und beschloss, sich etwas zurückzuhalten. Seine Ansichten waren schließlich nichts Ungewöhnliches. Und eine Änderung im Denken der Männer schien ein Wunschtraum der Weiblichkeit zu bleiben.
Vorsichtig bog Lafleur in Richtung der Mühle ab. Hier war der Weg deutlich schlechter und anscheinend nur von Wagen mir Pferden befahren. »Dieser Weg führt nach Kochern. Dort ist am Samstag Tanz.« Er wagte einen vorsichtigen Vorstoß. »Aha«, lächelte Helene. Ihr gefiel diese Anspannung genauso wenig wie ihm. »Wenn sie Lust haben, würde ich sie gerne dorthin aufführen.« Helene sah ihn eine Zeitlang an und nickte schließlich: »Ich würde mich freuen, Monsieur Lafleur. Vielleicht können wir unser desolates Verhältnis ...«
Philippe bremste den Wagen abrupt ab und deutete auf die Wiese, die sich vor ihnen ausbreitete. »Mon dieu«, hauchte er leise. Vor ihnen sah es aus, wie auf einem Schlachtfeld. »Was ist den hier passiert?« Inmitten der Grasfläche lag ein umgestürzter Holzwagen und ringsum und allerlei Krimskrams verteilt.
Langsam öffnete Helene die Wagentür und kletterte auf das Trittbrett. Sie streckte sich, um besser

sehen zu können. »Das liegt etwas hinter dem Wägelchen, Philippe.« Lafleur stieg aus. »Bleiben sie hier«, raunte er uns trat einen Schritt nach vorne. Vorsichtig hob er den Kopf und spähte über den Wagen. »Ich gehe hin. Sie bleiben hier. Bitte hören sie einmal auf mich.«
Helene sah ihm nach. Schritt für Schritt ging Philippe durch die Wiese auf den Wagen zu. Plötzlich erstarrten seine Bewegungen. Schon im nächsten Moment stürzte er vorwärts und brüllte: »Helene, schnell. Hier liegt jemand.« Er verschwand hinter dem Wagen und winkte ihr aufgeregt zu.
Helene hastete über die Wiese. Bei jedem schnellen Schritt wickelte sich der schwarze, schwere Stoff um ihre Beine und sie stolperte mehrmals. Schnell erreichte sie die umgekippte Karre und blieb erstaunt stehen. Vor ihr lag unter Lumpen eine männliche Person. Der Brustkorb es Mannes hob sich in kurzen Abständen.
»Er lebt!« Philippe stand auf und machte einen Schritt über den Körper. Er griff nach den Armen des Kerls und zog ihn unter den alten Stoffen hervor. Vorsichtig presste er einen Finger auf die Halsschlagader und wartete einen Augenblick: »Ja. Er lebt. Einen deutlichen Puls kann ich fühlen.« Er tätschelte dem Mann auf die Wange: »He. Hören sie mich? Werden sie wach.«
Mit wirrem Blick schlug er Mann die Augen auf. »Was ist passiert?«, nuschelte er benommen. Seine

Lippe war aufgeplatzt und blutete. Eine riesige Beule, die die Farbe von Veilchen angenommen hatte, schmückte seine Stirn. Philippe trat hinter ihn und griff ihn unter den Armen. Vorsichtig zog er ihn hoch und setzte ihn hin. »Das wollten wir sie gerade auch fragen. Tut ihnen etwas weh?« Helene betrachtete ihn genauer.
Er war ungepflegt und trug einen zerzausten Bart, der ihm bis über die Brust hing. Über seinen grauen, zerschlissenen Leinenhosen trug er einen abgewetzten Mantel und darunter ein vor Schmutz starrendes Hemd. Alles in allem zeugte sein Aussehen von einem Leben auf der Straße. Einem Dasein, das von Entbehrung und Armut geprägt sein schien.
Einige Schritte entfernt lag seine Mütze in der Wiese. Helene trat um ihn herum und hob sie auf. »Hier«, sie reichte ihm das Kleidungsstück, »setzen sie sich und erzählen sie mal, was ihnen passiert ist.« »Ikh hobn keyn gedank«, antwortete er, »Plutsling di mentshn zenen geven dort. Ikh gevalt tsu farrikhtn aroyf meyn nor lager far di nakht.«
Helene schüttelte den Kopf und sah Philippe ratsuchend an. »Wir verstehen nicht. Sprechen sie kein Deutsch?« Er sah sie erschrocken an und legte die Hand an seine Beule: »Natürlich, ich kenen redn daytsh. Bin ich nicht meshuge. Aber ir zogn mir erst, wer sind sey?« Philippe stand auf und sah ihn an: »Das Fräulein ist Helene von

Frankenberg, ich bin Philippe Lafleur. Wir sind von der Polizei aus Saarbrücken.« Helene sah ihn mit großen Augen an, schwieg aber.
Er sah zu Boden und schüttelte den Kopf: »A Froy un a Franzos mit di Polizei. Gott mayner.« Er hob seinen Blick zum Himmel, und versuchte aufzustehen: »Bin ich dabei und wollte machen mein Lager. Do kummen diese Goy, diese Kerle, un beleidigen mir. Ich hobn getan gornisht. Ich frog, was sie wollen. Sie shrayen, du hast sie totgemacht di meydle. Hob ich gemacht nisht.« »Welche Männer?« »Na do vun die Städtle. Hobn mich ghaun und geschrien. Immer, du host Meydl totgemacht. Was für a Meydle nur?«
»Das war bestimmt die Bürgerwehr«, flüsterte Helene Philippe zu. Er zuckte mit den Schultern: »Welche Bürgerwehr?« »Ach, das erzähle ich ihnen später.« Sie wandte sich an den Juden: »Wegen den Mädchen sind wir hier. Gestern wurde hier eine junge Frau tot aufgefunden. An der Straße zwischen Merlebach und Rossbrücken. Dort sind sie doch entlang gekommen?« »Ja. Von dort bin ich gekommen.« »Sie wurden dort gesehen«, warf Philippe, der offenbar einen Widerspruch erwartet hatte, ein. »Meyn Weg mich gefirt dort vorbei«, nickte der Mann. »Haben sie dort etwas gesehen? Oder jemanden?« »Nu, a Mann un a Froy. Der Mann is gewesen schwarz, di Froy hat gehütet Viehcherl.« »Sonst niemanden?« »Muss ich ziehen meinen Wagen.

Meynen Se, ich habn noch Aoygn für andere Sachen?«

»Was machen sie eigentlich hier? Warum wohnen sie nicht in Rossbrücken.« »Eh, bin ich nisht meshuge? Do wolln di nit einen Juden. Aber heit is da Schabbes. Muss ich ruhen.« »Schabbes?«, Helene drehte sich fragend zu Lafleur um. »Sabbat.« »Jo, is Schabbes. Do Schabbes erloybt nisht zu arbetn.« »Was arbeiten sie, wenn nicht gerade ‚Schabbes' ist?« »Nu was?«, er deutete auf den umgestürzten Wagen auf dem eine Reihe Schleifsteine befestigt waren, »Ich schlayfn die Messer. Un klaybn a paar alt Kleyder.« »Er schleift Messer und sammelt noch einige alte Kleider ein«, raunte Philippe.
»Gut. Sie müssen mit ihren Verletzungen zum Doktor. Das sieht nicht gut aus. Wir fahren sie hin.« Helene stand auf und hielt ihm die Hand hin. »Neyn, gleich beginnt der Schabbes. Ich will blaybn do.« »In Ordnung. Ich kann sie nicht zwingen. Aber noch eine Frage habe ich. Wie sahen die Männer aus, die sie geschlagen haben?« Er zuckte mit den Schultern: »Ich don nit wissn. Groyse Männer. Grob und schmutzig. Wie Bauern.« »Danke«, sie stand auf und ging zum Wagen. Philippe folgte ihr und öffnete die Tür.
»Ach«, Helene drehte sich noch einmal um und sah den Mann an: »Wie heißen sie überhaupt?« »Nu, di Froyn. Meyn Nomen is Feivel Cowen. Bin ich aus Prag. Scheyn Tog noch.« Vorsichtig griff er nach dem Rad des Wagens und zog sich nach oben. »Soll

Monsieur Lafleur ihnen helfen?« Ohne ein Wort zu sagen oder sich auch nur umzudrehen, winkte er ab und stellte seinen Wagen auf. Schwankend wippte der Karren auf die Räder.

»Lassen sie uns zurückfahren. Hier werden sie nicht viel mehr erfahren.« Philippe hielt Helene die Tür auf. Sie nickte und kletterte auf das Trittbrett. »Un drey Kinder ich hab gesehn.« »Wie?«, Helene drehte sich zu dem Mann um: »Drey Kinder hab ich gesehn dort. Drey Büblshen. Haben gespielt mit Gewehr und Schwert.« »Wie sahen die aus?« »Meyn Gott. Wie Kinder eben aussehen.« »Danke, Herr Cowen. Die Drei haben das tote Mädchen gefunden.« Er nickte: »Armes Meydl.«

14. Kapitel

»Philippe, darf ich sie etwas fragen?« Ihre Frage überraschte für den jungen Franzosen. Er sah sie erstaunt an: »Aber Fräulein Helene, dass tun sie doch schon die ganze Zeit. Ich kann ihnen versichern, dass noch nie jemand so barsch mit mir geredet hat, wie sie vorhin. Aber sie dürfen jederzeit alles tun, was sie möchten.« Er lächelte verlegen.

»Danke, Philippe. Aber ich möchte ihnen noch einmal sagen, dass es eben nicht böse gemeint war. Es war nur ...« »Helene, sie brauchen sich nicht zu rechtfertigen. Wir waren unterschiedlicher Meinung. Nicht mehr und nicht weniger.« Er sah sie

an und Helene versuchte, ihm ihr schönstes Lächeln zu schenken. »Aber sie wollten mich etwas fragen?« »Aber ich möchte nicht den Eindruck erwecken, dass ich sie nur als Fahrer sehe. Sie sind schon sehr viel mehr für mich. Ich mag sie wirklich sehr!« Helene sah verlegen zu Boden: »Aber wurde es ihnen etwas ausmachen, mich noch nach Merlenbach zu chauffieren?« »Um Himmels Willen. Natürlich nicht. Ich würde sie rund um den Erdball fahren, wenn sie möchten. Ich frage mich nur, was sie in diesem gottverlassenen Kaff möchten? Die Menschen dort leben noch im letzten Jahrhundert. Die sind vollkommen rückständig. Stellen sie sich vor, wir wollten zuerst dort unsere Brauerei bauen. Aber der Bürgermeister hat es abgelehnt. So etwas Kurzsichtiges. Das hätte Arbeit für eine Menge Männer bedeutet.«
»Aber Philippe, ich möchte sie vorwarnen. Ich will Polina Stochs Eltern besuchen. Vielleicht weiß die Familie, weshalb und wie ihre Tochter verschwunden ist. Bonnet hat die Stochs unterrichtet, dass Polina tot aufgefunden worden ist. Aber trotzdem wird das kein Spaß für uns.« »Fräulein Helene, wenn sie möchten, werde ich sie begleiten. Dann wird es nicht so arg werden.« Er lächelte und lenkte sein Automobil in eines der angrenzenden Felder. Langsam durchdrang der Wagen den grünen Dschungel aus Getreide. Dicht beieinander zogen sich die Spuren der Räder durch die grünen Halme,

bis das Auto schaukelnd und wippend die entgegengesetzte Richtung die Straße erreichte.
Mühsam gruben sich die schmalen Gummiwalzen durch die aufgewühlten und furchigen Sanddünen des Weges. Helene und Philippe schwiegen. Noch immer schwebte der Streit wie ein Damoklesschwert über ihnen und der Stimmung. Außerdem lag ihr der Besuch und die damit verbundene Offenbarung auf dem Magen und er schien das zu bemerken. Gedankenversunken drehte sie sich um und nahm jetzt erst die riesige Staubwolke, die das Automobil hinter sich herzog, wahr. Sie mochte diesen feinen Sand nicht. Er legte sich wie selbstverständlich über alles und versuchte die Tatsachen zu überdecken. Er war wie die Bewohner dieses urwüchsigen Fleckchens Erde, das am liebsten den Deckmantel des Schweigens über das Schicksal der beiden Frauen ausgebreitet hätte. So ganz nach dem Motto: aus den Augen, aus dem Sinn.
»Sind es die Stochs mit dem Krämerladen, die sie suchen?«, Philippes Stimme riss sie aus ihren Gedanken über Staub, Schmutz und bornierte Franzosen. Sie sah ihn durch ihre verdreckte Brille und nickte nur. »Ah, dann weiß ich, wo wir hin müssen. Es ist nicht mehr weit. Aber Fräulein Helene, soll ich sie nun begleiten?« Wieder nickte sie geistesabwesend: »Ich wäre ihnen sehr dankbar.«
Minuten später stoppte Philippe den Peugeot vor dem Laden der Stochs. »So, wir sind da.« Helene

hob ihren Blick und betrachtete die Fassade des Hauses, in dessen Front eine geräumige Fensterscheibe die zentrale Position einnahm. Das Gebäude war an beiden Seiten angebaut und machte einen einladenden Eindruck. Die Vorderseite war blendend weiß gestrichen. In blauen Buchstaben prangte die Aufschrift »Krämerei Julius Stoch« auf der Wand.

Schweren Herzens, mit einem tiefen Seufzer, kletterte sie von ihrem Sitz und zog die Brille über ihren Kopf. Sie spürte ihre raue Haut, auf der sich Staub und Schweiß zu Verbündeten erklärt und nun eine stabile Schicht gebildet hatten. Wieder versuchte sie, sich im schimmernden Messing der Lampen zu betrachten. Deutlich waren die sauberen Hautstellen um ihre Augen von den Verkrusteten zu unterscheiden. Ihr Aussehen glich dem eines Waschbären. Sie versuchte ein Lächeln, aber der Dreck auf ihrer Haut stemmte sich entschlossen dagegen.

Innerlich verfluchte sie sich. Sie hatte Philippe zwar nicht nur aus Bequemlichkeit gefragt. Dieser Entschluss beruhte einzig und allein auf die Tatsache, dass sie gerne mit ihm zusammen war. Aber musste es immer das Automobil sein? Er war sicher auch ein wunderbarer Begleiter bei einer Wanderung in den nächsten Ort. Und was hatte sie jetzt von ihrem Entschluss? Sie war dreckig wie ein Franzose.

Lange starrte sie in die Auslage in dem kleinen Schaufenster und suchte einen Ausweg um der unangenehmen Situation zu entgehen. Aber es war nun mal wichtig jede noch so winzige Kleinigkeit zu erfahren. Nur so konnten sie ein aussagekräftiges Bild aus vielen kleinen Mosaiksteinchen zusammensetzen.
Ihr Blick blieb in einer Ecke der Auslage hängen. Allerlei Krimskrams lag lieblos auf mehreren alten Kisten verteilt und wahllos übereinandergestapelt. Vom Sonnenlicht gebleichte Bänder lagen neben längst aus der Mode gekommenen Stoffen, die wohl noch aus dem letzten Jahrhundert stammten. Von Pariser Chic war hier weit und breit keine Spur.
Einzig, die in einer der hintersten Ecken trappierten Süßigkeiten, versuchte Helene ein breites Lächeln zu entlocken. Helene liebte alles Süße. Sie konnte Unmengen Bonbons, Schokolade oder Marzipan in ihrem schmächtigen Körper verschwinden lassen. Aber auch bei jeder Art von Kuchen wurde sie schwach. Wie ein kleines Kind stand sie jetzt vor der Scheibe und betrachtete das bunte Schlaraffenland.
Eine einsame Wespe, die geräuschlos gegen die Innenseite der Scheibe flog, riss sie aus ihrem Traum und erinnerte sie wieder an ihre Aufgabe. Entschlossen zupfte sie ihren Rock in eine akzeptable Form, richtete ihre staubige Bluse und trat neben Philippe, der ebenfalls ausgestiegen

war und neben dem Eingang stand. Entschlossen drückte sie gegen die Tür.

Pling, Pling, kündigte das Glöckchen sie an. Einen Moment später schloss sich der Eingang hinter ihren und eine angenehme, kühle Düsterkeit umfing sie. Helene sah sich um. Der Laden unterschied sich kaum von denen, die sie aus Saarbrücken kannte. Die obligatorischen Holzregale an den Wänden, gefüllt mit den vielfältigsten Waren, bestimmten das Bild. Hinter dem massigen Verkaufstresen war die Wand mit hunderten kleiner Schubladen bestückt. Auf jeder der kleinen Laden war ein Stück des Inhalts aufgeklebt. Die Gegenstände schienen vor der hölzernen Fläche zu schweben und erzeugten so ein wahrhaft skurriles Bild. Dicht unter der Decke baumelten zwei staubige Hängelampen herab. Hier war alles zu erhalten, was so ein bäuerliches Leben brauchte.

Ihr herumwandernder Blick blieb an den drei riesigen Glasblasen hängen, die auf dem Ladentisch standen. Eines war mit hellbraunen, verführerisch duftenden Karamellbonbons bis unter den Rand gefüllt. Die beiden anderen beherbergten bunte, weich erscheinende Tierfiguren in den verschiedensten Farben. So etwas hatte Helene noch nie gesehen. Neugierig betrachtete sie das bunte Süßwerk genauer.

»Möchten sie etwas von den Süßigkeiten probieren? Das sind ganz neue Spezialitäten aus der Mitte des Kaiserreichs. Ich glaube, die werden in Berlin

hergestellt und sogar an den Kaiser selbst geliefert!« Helene wich erschrocken einen Schnitt zurück und stieß mit Philippe zusammen. »Ja, gerne ...«, stotterte sie, »... Nein, doch lieber nicht. Ich suche Herrn Stoch.«
Die Frau hinter der Theke stemmte die Fäuste in ihre Taille und nahm eine abwehrende Haltung ein. »Was wollen sie von meinem Mann? Wer sind sie überhaupt?« »Entschuldigen sie. Ich habe mich noch nicht vorgestellt. Mein Name ist Helene Sophia von Frankenberg. Ich bin Polizeiassistentin bei der Polizei Saarbrücken. Das hier ist Philippe Lafleur. Er begleitet mich. Würden sie bitte ihren Mann dazu holen? Dann brauche ich nur einmal meine Fragen zu stellen.«
Ohne ihren Blick von Helene und ihrem Begleiter zu nehmen, brüllte die Frau nach hinten: »Julius, komm mal. Die Polizei ist da.« Für einen Moment trat Stille ein. Helene nutzte die Zeit, um die Frau zu betrachten. Sie war etwa fünfzig Jahre alt und von den Strapazen ihres Lebens gezeichnet. Sicherlich hatte das Verschwinden ihrer Tochter einen Teil dazu beigetragen. Ihr feistes, grobschlächtiges Gesicht zeigte deutlich russische Züge und ihre rosa Wangen glänzten vom Schweiß. Ihren korpulenten Körper hatte sie in eine weiße Kittelschürze gequetscht. Helenes Blick blieb an ihren gelbgrauen Haaren hängen. Sie hatte sie zu einem Knoten gebunden und mit einem Gespinst aus feinem, rosa Gazestoff eingeschlagen.

Für einen winzigen Moment drängte sich die Frage, wie Frau Stoch, eine so schöne Tochter ihr eigen nennen konnte, in Helenes Gehirn. Sie war schlichtweg hässlich und Helene konnte sich nicht erklären, dass dieses Geschöpf einen Mann abbekommen konnte. Vielleicht war es doch so, wie die ganzen hässlichen Menschen sagten: Es kommt anscheinend doch auf die inneren Werte an.

Herr Stoch erschien in der Tür. Er war das genaue Gegenteil seiner Frau. Helene fiel der alte Spruch ein, den ihre Großmutter bei jeder sich bietender Gelegenheit in ihre Gespräche einflocht: »Gegensätze ziehen sich an!« Selten hatte sie ein Paar gesehen, bei denen dieser Leitspruch besser gepasst hatte.

Herr Stoch war gut einen Kopf kleiner als seine Frau und von Umfang vielleicht nun ein Drittel. Er war glattrasiert und sein graumeliertes Haar war mit einem sauberen Mittelscheitel über die beiden Kopfhälften verteilt. Er trug eine dunkle Leinenhose und ein schneeweißes Hemd. Eine silberne Nickelbrille vervollständigte seinen gepflegten Auftritt.

»Polizei?«, fragte er, »Ist etwas passiert?«

»Guten Tag, Herr und Frau Stoch. Mein Name ist Helene von Frankenberg. Ich bin Polizeiassistenten bei der Kriminalpolizei Saarbrücken. Ich habe einige Fragen zum Tod ihrer Tochter.« Stoch starrte ihr verständnislos ins Gesicht: »Sie

müssen sich irren. Unsere Tochter ist verschwunden, aber sie lebt noch.«
Helene drehte sich zu Philippe um und sah ihn erstaunt an. Für einen Moment fehlten ihr die Worte. Erst kurze Zeit später hatte sie sich wieder gefasst. »War der Polizeidiener Martin Bonnet aus Rossbrücken nicht bei ihnen und hat sie informiert?« »Was erzählen sie? Sind sie gekommen um einen Spaß mit uns zu treiben?«, brüllte Frau Stoch plötzlich los, »Unser Kind lebt noch. Sie ist bloß weggelaufen.«
Verlegen sah Helene zu Boden. »Mein Gott«, durchfuhr sie ein Gedanken, »Wenn ich zurück bin, werde ich Bonnet umbringen.« Dieser Mensch hatte sie eiskalt ins offene Messer laufen lassen. Dabei hatte er ihnen versichert, die Angehörigen unterrichtet zu haben.
»Es tut mir leid. Sie sollten es nicht so erfahren«, stammelte sie. Als wäre es ein Unterschied, ob die schlechte Nachricht von Bonnet oder von ihr überbracht wurde. »Was sollten wir nicht so erfahren?« »Es tut mir leid. Aber wir haben ihre Tochter tot aufgefunden.« »Nein«, schrie Frau Stoch der Hysterie nahe, »Sie lügen. Das ist nicht wahr. Mein Kind lebt.« Eine wahre Fontäne an Tränen schoss über ihr Gesicht. Sie drehte sich um und stürzte durch die Tür nach hinten. Helene hatte das Gefühl, ihr Herz werde in Stücke gerissen.

Regungslos stand Herr Stoch da und starrte die junge Frau an. »Ich habe mir schon so etwas gedacht«, begann er zu sprechen. Er wirkte vollkommen ruhig und gefasst. »Kein Kind verschwindet einfach so spurlos. Ich habe es geahnt.« Er schlug sich beide Hände vors Gesicht. »Wie ist es passiert? Musste sie leiden?« Helenes Verstand raste. Was sollte sie antworten?
»Wir haben sie in Rossbrücken an einem Baum sitzend gefunden.« »Ein Unfall?«, unterbrach er sie. »Leider nicht. Sie wurde ermordet.« »Mein Gott«, seufzte er, »Wer tut nur so etwas? Dieses junge Leben. Haben sie den Täter?« Verlegen schüttelte sie den Kopf: «Nein, leider nicht. Noch nicht. Aber ich bin hier, um ihnen einige Fragen zu stellen. Fühlen sie sich stark genug?« Er nickte nur.
»Können sie sich erinnern, wann Sie ihre Tochter zuletzt gesehen haben?« Er dachte einen Moment nach: »Ich glaube, es war so ungefähr Mitte März. Sie hatte sich in den Kopf gesetzt, auf eigenen Beinen zu stehen. Deshalb hat sie bei diesem Bauern dort gearbeitet.« Als wolle er das Wort »Dort« unterstützen, deutete er in Richtung Rossbrücken. »Wir sahen uns seitdem nur noch gelegentlich. Sie hat mir so sehr gefehlt. Und dabei hatte sie doch ein gutes Leben bei uns. Wir hatten sogar schon einen Mann für sie ausgesucht. Es war alles vorbereitet. Aber plötzlich sträubte

sie sich wie eine tollwütige Katze. Wir verstehen bis heute nicht, was plötzlich mit ihr los war.«
Das könnte ich euch sagen, durchzuckte Helene ein Gedanke. Aber sie verkniff sich ihre Äußerung, die ihr schon auf der Zungenspitze lag und nach Beachtung schrie. »Bitte verzeihen sie mir die Frage. Aber ist es möglich, dass Polina einen anderen Mann kennengelernt hat, mit dem sie ...? Sie wissen schon.« »Niemals. Sie war eine gute Tochter. Sie hat uns nie Kummer bereitet. Wir hatten sie gut erzogen und außerdem war sie katholisch. So etwas hatte sie nie getan.« »So wollte ich es nicht ausdrücken. Aber vielleicht hatte sie jemanden kennengelernt und wollte mit ihm weggehen? Oder möglicherweise war sie auch nur so mit einem Mann befreundet?« Er schüttelte nur den Kopf und blickte zu Boden.
»Gestatten sie mir noch eine Frage. Wissen sie, ob Polina eine junge Frau namens Anne Pfaff kannte?« Er dachte kurz nach. »Nicht dass ich es wüsste. Diesen Namen habe ich noch nie gehört. Was ist mit ihr?« »Sie ist ebenfalls von einem Feld verschwunden. Es gibt viele Parallelen.« Stoch nickte nur. »Ich werde für sie beten. Wenn sie mich jetzt nicht mehr brauchen, werde ich mich um meine Frau kümmern.« »Ja, natürlich. Es tut mir leid, dass sie es so erfahren mussten.«
Als Helene vor die Tür trat, atmete sie zum ersten Mal seit Minuten richtig tief durch. Sie sah

Philippe an. »Würden sie mich nach Hause bringen?«
Er nickte wortlos.

15. Kapitel

Gleichförmig verging die Zeit hier in ihrem Stall. Und mehr war es auch nicht. Ein Stall, ebenso wie der für ein Stück Vieh. Und mehr war auch sie nicht. Ein Tier, mit dem er tun und lassen konnte, was er wollte. Sie aß, trank, schlief, ein neuer Eimer wurde ihr gereicht, der alte verschwand in der eigens dafür angebrachten Türklappe. Er kam und nahm ihre Würde, wann immer er wollte. Sie konnte nur abwarten, wann dieses Tier wieder die Tür aufriss. Ihr Leben bestand ohnehin nur noch aus Warten. Ob es gerade Tag oder Nacht war, Frühling, oder ob der Sommer schon das Land im Griff hatte, wusste sie nicht. Nicht einmal die Temperatur änderte sich hier im Verlies.
Anne hatte lange darüber nachgedacht und war irgendwann zum Entschluss gekommen, dass ihr Aufenthaltsort unter der Erde liegen musste. Aber mit der Zeit war es ihr gleich ob oben oder unten. Sie fühlte schon lange nichts mehr. Mit jedem seiner Übergriffe war ein Stück mehr von ihr gestorben. Ganz tief innen begann das tote Gefühl, breitete sich mit jeder Stunde weiter aus und hatte seit langer Zeit ihren gesamten Körper vergiftet. Sie war tot und begraben. Sie wusste,

dass es keine Hoffnung mehr gab. Und es war ihr egal.

Nicht einmal mehr das Geräusch der Außentür ließ sie noch aufschrecken. Seit der ersten Vergewaltigung, die sie immer wieder in ihren Träumen in all ihren Facetten erlebte, war sie nicht mehr existent. Seitdem war sie eine lebende Tote. Und wieder schlief sie ein.

Unruhige Träume rissen sie hin und her. Urplötzlich zerrte sie ein bitterer Geschmack im Mund aus dem Albtraum, den sie gerade durchlebte. Binnen eines winzigen Augenblicks nach dem Aufwachen war die Übelkeit so groß, dass sie ihren Toiletteneimer an sich riss und sich übergeben musste. Ihr war speiübel. Kraftlos fiel sie mit dem Rücken an die kühle Steinmauer und schloss die Augen. Sie atmete tief durch und fluchte innerlich. Vielleicht hatte sie ein schlechtes Stück Schale gegessen. Und das trotz all der Vorsicht mit der sie die Futterstücke untersuchte. Nie schluckte sie einen Bissen, ohne gerochen und ein winziges Stückchen probiert zu haben. Der Gedanke an den Futtereimer mit seinem matschigen Inhalt ließ ihren Magen erneut krampfen und nur eine Winzigkeit später landete ein Schwall des stinkenden Breis im Eimer.

Wie ein Schlag ins Genick traf sie die Erkenntnis. Sie wusste nicht so genau welchen Monat, geschweige denn, welcher Tag gezählt wurde. Aber längst war es an der Zeit, dass sie ihre Tage

bekommen musste. Möglicherweise war sie schwanger. Eine Träne löste sich aus ihrem Auge und fiel auf ihren nackten Busen. Sie schluchzte. Dann begann sich ein wahrer Sturzbach der Tröpfchen aus ihren Augen zu lösen, stürzte über ihre Wange, suchte sich seinen Weg weiter über ihren Hals, hinab zwischen ihren Brüsten bis zum Nabel, hinter dem vielleicht ein neuer, kleiner Mensch sein Leben begonnen hatte.
Tränen, von denen sie niemals gedacht hatte, dass sie sie in einem vom Glück beseelten Moment weinen musste, rollten über ihr Gesicht. Es musste wahr sein. Sie spürte einfach, dass sie schwanger war. Wenn man das so früh überhaupt fühlen konnte. Von einem zum anderen Augenblick lag es für sie auf der Hand, ihr Verhalten zu ändern. Jetzt trug sie die Verantwortung für ein weiteres Leben. Sie musste nun tun, was er von ihr verlangte. Schlug er sie wieder, weil sie sich ihm widersetzte, war ihr Kind in Gefahr. Das durfte sie nicht zulassen.

Sie lehnte sich zurück. Fast zärtlich streichelte sie ihren Bauch. Bilder, entrissen aus ihren Tagträumen, tauchten auf. Lichtüberflutete Wiesen, sonnenbestrahlte Felder, auf denen sie mit ihrem Kind herumtollte. Alles war so bunt und warm. Sie war sich sicher, dass alles ein gutes Ende finden konnte. Sie trug sein Kind unter dem Herzen. Das Kind eines sadistischen Monsters. Warum sollte Gott ihr diese Gnade zuteilwerden lassen, wenn er nicht noch Pläne mit ihr hatte? Nein, er gab ihr damit ein Zeichen, einen Fingerzeig, dass sie durchhalten sollte. Und außerdem konnte sie sich wahrlich nicht vorstellen, dass ein Mensch, ganz gleich wie grausam er auch war, sein eigenes Fleisch und Blut töten würde. Und sie würde alles daran setzen, dass alles ein gutes Ende fand. Träumend lag sie nackt in ihre Zelle, ihr glühendes Gericht gegen die kühle Wand gelehnt, bis sie wieder einschlief.

Wie lange sie geschlafen hatte, wusste Anne nicht. So wie jeden Tag riss sie das Geräusch der Türklappe aus ihren unruhigen Träumen. Wie in Trance schob Anne den Toiletteneimer nach draußen. Sie hatte sich an das tägliche Ritual gewöhnt. Mit dem Fallen der Klappe fielen auch ihre Augenlider nach unten und sie versuchte wieder einzuschlafen. Was sollte sie hier auch sonst tun?

Aber heute wollte es ihr einfach nicht mehr gelingen. Sie hörte Geräusche von draußen durch die Außentür eindringen. Das Stampfen von Pferdehufen, das weit entfernte Lachen von Menschen, selbst das Rattern der Eisenbahn, die einmal am Tag vorbeifuhr. Sie ließ sich wieder gegen die kalte Mauer fallen. Vielleicht bildete sie sich das alles auch nur ein. In den ersten Tagen im Verlies hatte sie geschrien, um ihr Leben gebrüllt, aber niemand kam ihr zur Hilfe. Niemand nahm auch nur die geringste Notiz von ihr.

Vielleicht suchte schon lange kein Mensch mehr nach ihr.

Möglicherweise war es wie, wenn jemand einen Stein ins Wasser warf. Erst schlug es riesige Wellen um die Einschlagstelle, aber je mehr Zeit verging, umso glatter wurde das Wasser wieder. Sie war der Stein, der unter der Wasseroberfläche verschwand und nach kurzer Zeit niemanden mehr interessierte. Aber so war das Leben. Solange man da war, dachte man, die Welt drehe sich nur um einen selbst. Und wurde dann schneller vergessen, als sich die Jahreszeiten ändern konnten.

Ein kurzer Schreck ließ sie zusammenzucken, als die Außentür aufgerissen wurde. Die Schritte, die zu hören waren, klangen schwerer und wuchtiger als die, die den Eimer leerten. Kündigte sich jetzt das Unheil in Form der nächsten Vergewaltigung an? Ihr lief ein kalter Schauer über den Rücken. So klangen die Fußtritte, als er sie zum letzten Mal rausgelassen hatte. Noch hatte sie ihre Gedanken an diesen schrecklichen Moment nicht zu Ende gedacht, schwang die hölzerne Tür auf. Breitbeinig stand er da. Sie begann zu schwitzen.

Wortlos beugte er sich zu ihr hinab und schloss die Fußfessel auf. Anne rieb sich die schmerzende Druckstelle. Mit beiden Händen griff er unter ihre Achseln und zog sie hoch. »Stehenbleiben«, befahl er kurz. Angst stieg in ihr auf. Heute strahlte er eine besondere Kälte aus. Was hatte er sich für ihr heutiges Treffen ausgedacht? Welche

Perversität wartete dieses Mal auf sie? Anne war entschlossen, jedes seiner Spiele mitzumachen, egal wie sie auch leiden würde.
Er ging zurück in den Raum und Anne konnte zum ersten Mal in Ruhe den Raum betrachten. Die zentrale Stelle im Zimmer war die Pritsche, auf der er ihr schon oft Gewalt angetan hatte. Ihr Blick fiel auf die an der Wand hängenden, geflochtenen Haarzöpfe. Vielleicht zwanzig, möglicherweise auch mehr, mochten es sein. Für einen Moment dachte sie darüber nach, ob auch ihre Haare dabei waren. An der hinteren Wand standen zwei Stühle und ein kleiner Tisch. Alles war aus grobem, ungehobeltem Holz primitiv zusammengeschreinert. Neben dem Bett, die mit einer braunen Armeedecke abgedeckt war, standen einige dünne Holzkisten verschiedenster Größe. Über allem baumelte von der Decke ein Seil herab, dessen unteres Ende zu einer Galgenschlinge gebunden war.
Er nahm eine der Kisten in seine Hand und hob sie scheinbar mühelos aufs Bett. Sein prüfender Blick fiel auf Anne. Wortlos stapelte er nach einer kurzen Denkpause eine weitere, wesentlich kleinere Kiste, auf die größere. Lächelnd kam er, ohne auch nur ein Wort zu sprechen, auf Anne zu. Er nahm ihr Kinn fast zärtlich in seine Hand und hob es etwas an. Seine wasserblauen, eiskalten Augen bohrten sich tief in Anne´s. Ein Gefühl, als hätte ihr jemand einen Schneeball unter ihre Bluse, wenn sie

den eine getragen hätte, geschoben und den Rücken hinab rutschen lassen, überkam sie.
»Du hast gekotzt. Schwanger?« Seine Stimme war fast tonlos und füllte den Raum mit einer frostigen Atmosphäre. Seine Finger erhöhten den Druck auf ihr Kinn und ein Schmerz, der sie kurz aufschreien ließ, breitete sich in ihrem Kopf aus. Tränen lösten sich aus ihrem Auge und bildeten eine schmale, glänzende Bahn auf ihrer Wange. Sie zuckte mit den Schultern und nickte gleichzeitig.
»Komm«, er zog sie am Arm hinter sich her zur Pritsche. Anne begann, wortlos zu beten. Ihr Herzschlag beschleunigte sich zu einem Herzrasen.
»Steig da rauf.« Er deutete auf den Kistenstapel. Sie zögerte einen Moment, aber der Gedanke an ihr Kind ließ sie tun, was er verlangte. Auch wenn sie jetzt sterben musste, erhängt wie ein Schwerverbrecher, ihr Kind würde so wenigstens noch einige Augenblicke länger leben.
Vorsichtig stieg sie aufs Bett und setzte den ersten Fuß auf die Kisten. Schon beim ersten Kontakt schwankte das wacklige Gebilde verdächtig und sie hatte Mühe das Gleichgewicht zu halten. Mit einem Ruck zog sie das zweite Bein nach. Nackt bis auf die Haut stand sie jetzt auf dem schwankenden Untergrund und balancierte auf dem Kistenstapel.
Als die Schlinge über ihren Kopf rutschte, hielt sie den Atem an. Sie zitterte, als er den Knoten dicht an ihren Hals zog. »Bitte nicht. Es ist auch

ihr Kind«, flehte Anne. Er lächelte. Lange sah er sie an, aber in seinem Blick war jedes Mitgefühl verschwunden. »Ach Täubchen, wer sagt denn, dass ich dich umbringen will. Und bilde dir nicht ein, dass ein Balg dich davor retten könnte. Du gehörst mir und hier kann dich nicht einmal Gott retten. Alles hier liegt in meiner Hand. Verstehst du mich? Ich bin Gott für dich. Oder hast du schon einmal gehört, dass sich Gott von einem Kind bremsen lässt? Also warum sollte ich es dann tun? Aber ich will dir zeigen, dass ich kein Unmensch bin. Das denkst du doch über mich? Oder etwa nicht?« Anne schüttelte den Kopf. »Du denkst also nicht, dass ich schlecht bin? Also könnte ich das Spiel hier noch etwas verschärfen? Willst du das?« Ihre Gedanken rasten. Was sollte sie darauf sagen? Hier gab es nur falsche Antworten. Sie schüttelte den Kopf und wusste nicht einmal selbst, was sie damit ausdrücken wollte.

»Ah, ich sehe schon. Du weißt es nicht. Oder willst du es nicht sagen. Macht es dir keine Angst, ein Kind vom Satan selbst unter dem Herzen zu tragen. Stell dir vor, diese Kreatur wird wie ich. Das ist doch erschreckend.

Allein schon deshalb ist es besser, wenn ich dich jetzt sofort töte. Dann ist deine Missgeburt unschädlich gemacht.« »Bitte nicht«, Anne spürte, wie die Hitze in ihr aufstieg. »Bitte nicht, bitte nicht«, äffte er sie nach. »Du Schlampe kannst nichts als jammern. Aber du sollst sehen, dass ich kein Unmensch bin. Deshalb gebe ich dir dein Schicksal selbst in der Hand. Ich lasse dich jetzt hier stehen. Wenn du es bis heute Abend schaffst, darfst du leben. Wenn nicht, war es das für dich und deinen Bankert!«

Ein weiterer Zitteranfall erfasste Annes Körper. Sie hatte also noch eine minimale Chance. Schon als kleines Mädchen konnte sie gut balancieren. Das würde sie schaffen. Sie würde leben. Dann würden sie beide leben. Er hatte es versprochen. Sie überlegte. Es war doch so was wie ein Versprechen? Er hatte es doch gesagt.

Annes Blick folgte ihm, als er durch den Raum ging und nach der Petroleumlampe griff. Mit einer Hand zog er den Tisch etwas vor, positionierte die Lampe so, dass sie angestrahlt wurde. Dann ließ er sich auf den Stuhl fallen. Ein hölzernes Ächzen war die Antwort des Sitzes.

Ihr trat der Schweiß auf die Stirn und sie spürte die ersten Tropfen, die zwischen ihren Brüsten nach unten rannen. Sie stand erst wenige Minuten, aber schon wurden ihre Beine taub. Sie sah ihn an. Er lümmelte sich entspannt auf seinen Stuhl und spielt mit einem Stück eines Kälberstricks. Seine Gesichtszüge spiegelten eine gewisse Langweile wieder. Mit jeder Sekunde gelang es Anne besser, sich auf die Situation einzustellen. Sie konnte jede Bewegung, die die beiden Kisten auf der weichen Matratze machten, mit den Armen ausgleichen. Und das, obwohl ihr Beine unter der ungewohnten Belastung wie Feuer brannten.

Sie erschrak, als er plötzlich aufsprang. Mit weit aufgerissenen Augen sah sie ihn an. Das zynische Lächeln, das sein Gesicht zu einer bestialischen Fratze formte, verhieß nichts Gutes.

»Mir wird langweilig. Du bist einfach zu gut«, seufzte er vollkommen übertrieben: »Wollen wir den Schwierigkeitsgrad etwas erhöhen?« Sie wusste, dass er nicht wirklich eine Antwort von ihr erwartete und schwieg. Hätte sie geantwortet, wären die Worte ohnehin in seinem grunzenden Lachen untergegangen. Lachend stieß er mit der Faust gegen die untere Kiste.

Anne spürte, wie der eben noch einigermaßen berechenbare Untergrund ins Wanken geriet. Es fühlte sich fast wie der Ritt auf einem wildgewordenen Esel an, aber wie durch ein Wunder fiel sie nicht. Die Schlinge wand sich mit jeder Ausweichbewegung enger um ihren Hals. In einem sicheren Moment schnellten ihre Hände nach oben und lockerten die Schnur etwas. Für einen Augenblick konnte sie wieder frei atmen. Ihre Ohren begannen zu rauschen. Gepaart mit seinem grunzenden Gelächter, hörte es sich an, als würde eine Horde Schweine durch den Frühlingswald getrieben.

Anne begann zu schreien. Sie schrie vor Verzweiflung, aber auch vor Wut. Diese Bestie nahm ihr gerade die versprochene Chance. Sein Lachen

steigerte sich bis an die Grenze des Irrsinns. Immer wieder stieß er gegen die Kiste, kniff mit seinen Fingernägeln in Annes Waden, so tief, bis das Blut hinab zu ihren Füßen tropfte. Obwohl sie sich vorgenommen hatte, nicht mehr zu weinen, schossen ihr die Tränen aus den Augen. Sie heulte nicht vor Angst, es war die Wut, die ihr die Tränen in die Augen trieb. Wenn sie könnte, würde sie ihn töten. Sie war sich sicher. Wenn sie die Möglichkeit bekam, würde sie diesen drastischen Schritt gehen. Auge um Auge, stand schon in der Bibel. Vielleicht war ihr Vorsatz aber auch nur so fest, weil sie genau wusste, dass sie niemals die Gelegenheit dazu erhalten würde. Verzweifelt ruderte sie mit den Armen und es gelang ihr trotz seiner Bosheiten, das Gleichgewicht zu halten.
Erneut konnte sie die Gelegenheit nutzen und tief durchatmen. Langsam ging ihr die Puste aus. Sie fühlte sich, als wäre sie eine halbe Stunde durch die Wiesen gerannt. Dieser Moment der Unachtsamkeit genügte und sie verlor die Kontrolle über ihre Bewegungen. Sie fiel wie in Zeitlupe. Alles ging so unendlich langsam. Sie sah im Fallen nach oben, konnte den sich straffenden Strick genau sehen. Zum gleichen Zeitpunkt blieb ihr die Luft weg und sie hatte das Gefühl, ersticken zu müssen. Alles um sie herum versank in einer nie gekannten Schwärze. Sie spürte die Hände des nahen Todes. Finger, die sie unter den Achseln griffen

und sie wieder auf die Kisten stellten. Die Stimme des Sensenmannes riss sie aus dem Dunkel.
»Nicht so schnell, Täubchen«, flüsterte er ihr zu. Schlagartig war sie wieder in ihrem Verlies und stand auf ihrem Kistenstapel. »Ich will doch auch meinen Spaß. Da kannst du dich nicht so schnell aus dem Staub machen.« Anne atmete durch. Vielleicht hatte er doch so etwas wie ein Herz, das in seiner Brust schlug. Immerhin hatte er sie eben gerettet. Sie spürte eine Wärme, die sich in ihr ausbreitete. Möglicherweise war das alles für ihn nur ein riesengroßer Spaß. Ein grausamer, ohne Zweifel, aber vielleicht würde er sie nur quälen. Möglicherweise war ein nicht mehr als ein großer Junge, der nicht genau die Folgen seiner Späße abschätzen konnte. Sie war sein Spielzeug. Mehr nicht. Und was taten Jungs, solange ihnen das Spielzeug Freude machte? Sie spielten damit. Und das tat er gerade. Schlimmer war jedoch die Vorstellung, was passierte, wenn ihm sein Spielzeug langweilig wurde.
Ein Hoffnungsschimmer keimte in ihr auf. Wenn sie mitspielte, ließ er sie möglicherweise doch noch leben. Dann war sie noch spannend und unterhaltsam. Sie war entschlossen, die Qualen, die noch auf sie warteten, durchzustehen. Sie hatte jetzt eine Verantwortung.
Blitzschnell fassten seine Finger Anne´s um Gleichgewicht ringende Hand. Geschickt schlang er den Kälberstrick, mit dem er eben noch gespielt

hatte, um ihre beiden Handgelenke. Nun stand sie mit auf den Rücken gefesselten Händen da.
Sofort schwand Annes Fähigkeit, das Schwanken auszugleichen. Verzweifelt bog sie ihren Körper hin und her, wackelte, glich aus und schwitzte. Lachend ging er zu seinem Stuhl zurück und ließ sich fallen. Nur zu gerne hatte sie ihn angesehen, ihm mit den Augen ihr Flehen, aber auch ihre Abscheu, signalisiert. Aber jede Bewegung des Kopfes löste ein bedenkliches Wackeln aus.
Es war totenstill im Raum. Nur das gelegentliche Reiben der Armeedecke am Holz der Kisten erzeugte unregelmäßig ein Geräusch. Zwischendurch hörte sie sein angestrengtes Atmen, das Keuchen, das sie schon zur Genüge kannte. Ohne ihn zu sehen, wusste sie, was er gerade tat. In ihr wuchs die Abscheu. Wie konnte er sich an ihrem Überlebenskampf erregen und sich noch gleichzeitig befriedigen?
Eine Welle der Ekel stieg in ihr auf. Der Kerl war eine Bestie. Ein regelrechtes Tier. Was er hier tat ... Sie fand in ihrem Gehirn nicht die richtigen Worte. Endlich vernahm sie sein Stöhnen, das tierischer klang, als alle Geräusche, die sie bisher von ihm gehört hatte.
Nach Minuten der Stille, des Geradeausstarrens, des Balancierens, des Kämpfens, erschien sein rotblonder Schopf wieder in ihrem Blickfeld. Er kam wieder auf sie zu. »So, Täubchen. Verabschiede dich von der Welt. Mochtest du noch etwas sagen, bevor ich dich töte?« Anne erstarrte zu einer

unbeweglichen Figur. Hatte er ihr nicht eben noch Hoffnung gemacht? »Bitte nicht«, stammelte sie und spürte die Verzweiflung, die sie noch weiter zu lähmen drohte: », »Es ist doch ...«
Noch bevor sie den Satz zu Ende sprechen konnte, trat er mit dem Fuß die Kisten unter ihr weg. Sie fiel erneut. Wieder strammte sich der Strick um ihre Kehle. Die übereinander gleitenden Seile erzeugten ein jammerndes Geräusch, das nur noch von seinem wahnsinnigen Lachen übertönt wurde. Als sie am Seil hing, sich etwas drehte, sah sie ihn, mit weit aufgerissenem, lachenden Rachen und nun erschien er ihr wie eine abartige Bestie, eine Ausgeburt der Hölle. Eine von der Art, die in den Märchen ihrer Großmutter herumspukten. Aber im Gegensatz zu den Fantastereien war das hier die Realität. Es war Wirklichkeit, dass das Seil ihr beinahe den Kehlkopf eindrückte, ihr den Atem nahm und sie in die Bewusstlosigkeit reißen wollte. Der Widerstand des Seils bremste ihren Fall ab. Verzweifelt begann sie mit den Füßen zu strampeln, versuchte den festen Boden, den sie mit ihren Zehen spüren konnte, zu erreichen. Aber alles war vergebens. Sie hörte ihre eigenen, vergeblichen Versuche, die Luft in ihre Lungen zu saugen. Sie röchelte. Noch lauter klang sein Lachen.
Anne sah den Raum an sich vorbeifliegen, als sie am Strick hing und sich zu drehen begann. Schneller und schneller flogen die Bilder an ihr vorbei, immer drängender wurde ihr Bedürfnis zu

atmen. Dann, von einem Moment zum anderen fiel sie wieder. Der Reflex, die frische Luft in ihre Lungen zu saugen, setzte wieder ein und dieses Mal gelang es ihr wirklich. Wie in einem bösen Traum sah sie nach oben, nahm wahr, wie das Seil aus seiner Halterung rutschte und das freie Ende auf sie zufiel. Noch bevor es sie traf, schlug sie auf die Pritsche auf. Ein rasender Schmerz breitete sich von ihrem Knöchel aus und raubte ihr fast den Rest des ohnehin angeschlagenen Verstandes. Krachend schlug sie erst auf die Kante des Bettes, dann auf den Boden auf. Benommen blieb sie liegen, versucht zu verstehen, was gerade passiert war.
Mit jedem Atemzug wurde ihr Blick klarer. Jetzt sah sie ihn. Er hielt sich den Bauch vor Lachen, Tränen liefen ihr über die Wangen. Ihre Blicke trafen sich. Trotz der Entfernung, die zwischen ihnen war, konnte sie seine Eiseskälte spüren.
»Was für ein Spaß«, japste er. »So einfach werde ich es dir nicht machen. Du dreckige Schlampe wirst leiden. Das hier war noch nichts. Ich bin dein Gott! Verstehst du?« Er griff sie am Kinn und schüttelte sie. »Es gibt nichts, das für dich wichtiger ist als ich. Du kleine Schlampe. Du bist doch an deinem Schicksal selbst schuld. Ihr Weiber seid doch ...« er schleuderte Annes Kopf nach hinten: »Ach, du miese Hure. Was soll ich dir sagen. Du verblödete Kuh.«
Anne schloss die Augen, als er sie am Knöchel griff, sich das Feuer des Schmerzes in ihrem

Körper ausbreitete und er sie zurück in ihr Verlies schleifte. Ein Weinkrampf löste sich, als er die Holztür hinter ihr schloss.

16. Kapitel

Helene ärgerte sich. Die Art, die Halbach an den Tag legte, war menschenverachtend. An jeder Bewegung, jedem Wort, das sie sagte, nörgelte er herum. Außerdem war er kaum einmal nüchtern. Wie konnte ein Kommissar nur ständig betrunken sein? Aber er behandelte jeden in seiner Umgebung so. Es war also nicht die Abneigung gegen sie, sondern seine Unzufriedenheit spielte ihm einen Streich.
Schlimmer als alles andere war jedoch, dass er sich mit fremden Federn schmückte. Sie, die Polizeiassistentin Helene von Frankenberg, hatte die Tote untersucht und war ganz alleine auf die Todesursache gestoßen. Und was macht er? Er schreibt von seinen Erfolgen nach Saarbrücken. Das war unanständig. Diese Lorbeeren hatte sie verdient. Und er hatte sie ihr gestohlen.
Gleich, nachdem sie mit Lafleur zurück war, wollte sie ihm vom Überfall auf den Juden berichten. Aber er zeigte keinerlei Interesse an dem, was sie sagte. Auch, dass der Polizeidiener Bonnet ein weiteres Mal seine Arbeit nicht getan hatte und noch dazu log, dass sich die Balken bogen, ließ ihn vollkommen kalt.

Aber was sollte sie machen? Es war nun mal so und daran ließ sich nichts ändern. Also musste sie diese Themen abhaken und sich neue Sporen verdienen. Vielleicht war es auch besser, dass sie weiter an der Auflösung dieser Verbrechen arbeitete. Auf Halbach schien ja kein Verlass zu sein. Eben noch saß er betrunken in der Gaststätte und schüttete ein Bier nach dem anderen in seinen Körper.

Zu allem Überfluss hatte der idiotische Wirt ihr auch noch ein Zimmer direkt unter dem Dach gegeben. Während Halbach im kühlen Hinterhaus residierte, würde sie wohl die ganze Nacht in ihrem Schweiß liegen. Schöne Aussichten. Ihre Kammer war nicht größer als eine Abstellkammer. Gerade einmal ein schmales, bretthartes Bett und eine winzige Kommode fasste der Raum. So etwas hätte ihr Vater nicht einmal ihren Angestellten zugemutet. Aber eine Staatsdienerin, die sie nun war, konnte keine großen Ansprüche stellen. Dabei gab es so schöne Wirtshäuser in der nahen Umgebung. Aber ausgerechnet sie musste im schlechtesten aller Häuser absteigen.

Mit großen Schritten ging Helene die Dorfstraße entlang. Sie hatte die Wirtsfrau nach der Apotheke gefragt und mit den Worten ‚Einfach immer gerade aus' eine gute Wegbeschreibung erhalten. In Gedanken ging sie die Erkenntnisse, die sie bei der Untersuchung von Polina Stoch erhalten hatte, durch. Die körperlichen Beschädigungen erklärten

sich von selbst. Ausgeheilt Hämatome, die von einer rüden Behandlung zeugten. Polina Stoch war misshandelt worden. Vermutlich hatte sie der Täter auch vergewaltigt. Geschändet und geschlagen, schlimmer konnte ein junger Mensch nicht sterben.
Sie war sicher, dass der Tod durch den grünlichen Schaum eingetreten war. Sonst hatte sie keine neuen Verletzungen. Also musste es eine unsichtbare Ursache haben. Polina war vergiftet worden. Und so wie der Schaum aussah, lag ein Pflanzengift nah.
Aber welche Pflanzen waren dafür geeignet? Wenn hier jemand Rat wusste, dann doch wohl der Apotheker. Eine weitere Lösung wäre Doktor Morlat. Aber Helene beschloss, dass Halbach nichts von ihren Unternehmungen wissen musste. Da die beiden mittlerweile die besten Saufkumpane waren, hätte sie es Halbach gleich auf die Nase binden können.
Eine Horde Kinder, die lärmend über die staubige Straße tobte, riss Helene aus ihren düsteren Gedanken. Vier Jungs und drei Mädchen sprangen Sekunden später, singend und tanzend um sie herum. Sie sangen ein französisches Lied, das sie nicht kannte. Helene versuchte ihr Schulfranzösisch aus den hintersten Winkeln ihres Schädels hervorzukramen, aber damit hatte sie wenig Erfolg. Sie verstand kein Wort von dem, was die Kleinen da sangen.
Nach nur wenigen Minuten erreichte sie die Apotheke. Sie staunte nicht schlecht über das

Gebäude, in dem das Geschäft untergebracht war. Die Fassade war mit gelber Farbe gestrichen. Riesige goldene Reliefbuchstaben prangten über der frisch gestrichenen Eingangstür und teilten den Besucher mit, dass sie in das Reich von Josef Treitz eintraten.
Eine mächtige Treppe aus rotem Sandstein bildete den optischen Mittelpunkt des Hauses. Flankiert wurde sie von zwei großen Fenstern, von denen jeweils eines auf jeder Seite lag. Solch ein prächtiges Haus passte überhaupt nicht an diese Straße und in diesen Ort. An der Tür hing ein weißes Schild, das den Besuchern mitteilte, dass die Apotheke geöffnet war.
Helene stieg die Treppe hinauf und drückte gegen die Türklinke. Kaum setzte sie den ersten Fuß in den lichtüberfluteten Raum, stand schon ein breit grinsender Mann vor ihr. »Guten Tag, gnädiges Fräulein. Wie kann ich ihnen helfen?« »Polizeiassistentin Helene von Frankenberg. Sind sie Herr Treitz?« Erstaunt sah er sie an: »Sehr erfreut, Fräulein von Frankenberg. Ich habe sie schon auf der Versammlung heute Morgen gesehen. Wie komme ich den zu der Ehre?«
Helene drehte sich erschrocken um, als die Türglocke erneut läutet. An der Tür stand eine Frau mittleren Alters. Treitz grinste sie an: »Bitte, Fräulein von Frankenberg. Nehmen sie einen Moment Platz. Ich werde Frau Pfeiffer bedienen und dann habe in Zeit für ihr Anliegen.« Helene nickte

und setzte sich an den kleinen Tisch, der flankiert von drei gepolsterten Stühlen, in der Ecke stand.
Die Platte des Tisches war hochglänzend poliert und reflektierte in tausenden, glitzernden Sternen das Licht, das durch die riesigen Fenster in den Raum fiel. Eine wunderbar gearbeitete Intarsienarbeit bildete das Zentrum der Tischplatte. Eine Szene, die anscheinend aus einer griechischen Sage stammte, war abgebildet. Helene bestaunte voller Freude die Menge Jünglinge, die eine nackte Schönheit umringt hatten. Sie selbst stammte aus gutem, reichen Haus. Aber ein solches Meisterwerk konnte sich ihre Familie nicht leisten.
Sie sah Treitz nach, der in hinteren Teil des Geschäfts verschwand. Der Augenwinkelblick der Madame Pfeiffer ruhte auf Helene und er fühlte sich tonnenschwer an. »Ach, jetzt habe ich sie sicher gestört. Es war sicher eine wichtige Angelegenheit, die sie zu besprechen hatten«, raunte sie vielsagend. Helene antwortete nicht. Verstört sah sie Treitz an, der mit einem kleinen Tiegel bewaffnet, den Laden wieder betrat. Frau Pfeiffer, die mit ihrer Neugier bei Helene abgeblitzt war, drehte sich zum Apotheker um: »Das junge Fräulein wartet schon auf sie. Mir wollte sie ja nichts sagen.« »Bitte sehr, Frau Pfeiffer. Ihre Hautsalbe. Tragen sie die Creme drei Mal am Tag dünn auf. Das macht 12 Pfennige.« Helene

konnte der Ärger in Pfeiffers Gesicht sehen, als sie die beiden Münzen auf den Tresen knallte und mit der Creme in der Hand den Laden verließ.
»Sie ist schon etwas neugierig, die gute Madame Pfeiffer.« Treitz kam um den Ladentisch und setzte sich auf den Platz gegenüber von Helene, »Aber sie haben gut daran getan, nicht auf ihre Frage zu antworten. Wir wären sonst das Gesprächsthema des heutigen Tages. Jetzt habe ich Zeit für sie und ihre Fragen.« Er lächelte Helene zuckersüß an. »Drehen sie sich nicht um. Die Frau Pfeiffer schaut gerade durchs Fenster herein. Wenn ich könnte, würde ich ihr eine Creme gegen Neugier mischen.« Er lachte auf.
Erst jetzt konnte Helene Treitz genauer betrachten. Er war schätzungsweise fünfundvierzig Jahre alt, hatte aber schon fast weiße Haare. Seine Haut war braun gebrannt und ohne die üblichen Alterserscheinungen. Er war ein wahrhaft attraktiver Mann, beschloss sie. Ihr Blick fiel auf seine gepflegten Hände. Kein Ehering zeugte von einer Frau an seiner Seite. Und er war finanziell gut aufgestellt. Sicherlich rissen sich die Damen von Rossbrücken um seine Gunst.
»Herr Treitz, sie haben heute Morgen von der toten Polina Stoch gehört.« er nickte nur stumm. »Ich habe bei meiner Untersuchung ...« »Sie haben die Tote untersucht? Ist das nicht die Aufgabe eines Arztes?« »Grundsätzlich schon. Das hat Doktor Morlat auch getan. Aber bei unnatürlich

erscheinenden Todesfällen wird die Kriminalpolizei zur Begutachtung hinzugezogen. Und dieser Tod ist augenscheinlich unnatürlich. Ein so junger Mensch stirbt nicht einfach so. Also habe ich sie noch einmal untersucht und dabei festgestellt, dass sie vermutlich vergiftet wurde. Doktor Morlat ist der gleichen Meinung. Polina Stoch hatte einen grünen Schaum im Mund. Eindeutig pflanzlichen Ursprungs.« Helene machte eine Pause. »Und von mir möchten sie jetzt wissen, um welchen Stoff es sich handelt?« »Ja«, nickte sie, »Mit welchen heimischen Pflanzen ist es möglich, jemanden zu töten? Oder besser ausgedrückt: Ist es überhaupt möglich?« Josef Treitz ließ sich gegen die Lehne des Stuhles fallen. Er dachte sichtlich angestrengt nach.
»Gut«, begann er, »Natürlich ist es möglich, mit heimischen Pflanzen jemanden zu ermorden. Hier finden sie an jeder Ecke ein hochgiftiges Gewächs. Entscheidend ist nur, wie man das Wort »hochgiftig« deutet. Die meisten Gifte müssen hoch konzentriert gereicht werden, um eine tödliche Wirkung zu entfalten. Aber zurück zu ihrer Frage. Das meistgenutzte Gift in unseren Breiten ist wohl das Digitoxin, das aus dem purpurnen Fingerhut gewonnen wird. Es führt zu Vergiftungen, wohl eher aber nicht zum Tod. Es wird durch ...« »Entschuldigen sie meine Unterbrechung. Besonders interessieren mich die tödlichen Gifte.«
Treitz blies die Luft laut durch seine Lippen. »Tödliche Gifte. So viele gibt es da bei uns

nicht. Ein richtiger Giftzwerg ist der gefleckte Schierling. Damit haben sich schon die Römer ins Jenseits befördert. Ein Trank aus Wurzel und Früchte und sie haben es hinter sich.
Aber es gibt eine Unzahl an Giftpflanzen, die jedoch nur schwach giftig sind. Die wirklich Totbringenden sind eher selten. Tollkirsche ist so ein Kandidat. Selbst mit grünen Tomaten könnten sie jemanden töten. Aber mein Favorit wäre Tabak. Ein daraus konzentrierter Sud ist sogar als Kontaktgift verwendbar. Die Liste geht über Bohnenschalen bis zur Engelstrompete.«
»Gut, die Vielzahl macht es etwas schwerer. Aber nehmen wir den Fall, sie beabsichtigen, einen Menschen zu vergiften. Welche Pflanze würden sie benutzen?« »Ah, dann keine der genannten. Die Symptome, die sie auslösen, sind jedem Medizinstudenten bekannt. Ich würde eher eine der unbeachteten, am Wegrand blühenden, Pflanzen wählen.« »Und welche wären das?« »Für mich wäre die Hundspetersilie das Kraut meiner Wahl. Sie wächst hier an fast jedem Ackerrand und wird von kaum jemand beachtet. Wenn sie eine ausreichende Menge zu sich genommen haben, werden sie ersticken. Atemlähmung und Exitus.«
Helene blieb beim Gedanken an eine Atemlähmung für kurze Zeit die Luft weg. Das musste eine qualvolle Art des Sterbens sein. »Dazu würde auch der grüne Schaum passen, den sie erwähnt haben«, fuhr er fort, »Die einzige Unbekannte dabei ist die Frage,

ob ein Laie diesen Sud so konzentrieren kann, dass er tödlich ist? Es sei denn, ihr Täter hat Erfahrung mit Pflanzenextrakten.«
»Aber wer hat das schon. Doktor Morlat und sie. Wer würde ihrer Meinung nach noch das Wissen besitzen?« »Jede Mengen Leute von hier. Zur französischen Zeit haben die Bauernfrauen fast alle Pflanzentinkturen für ihr Vieh und die Familie gekocht. Naturheilmittel waren in dieser Zeit das Einzige, was sich die Menschen leisten konnten. Deshalb gab es damals so vielen Kräuterfrauen. Also wird sich der Personenkreis so einfach nicht einschränken lassen.«

17. Kapitel

Leise plätschernd floss das Wasser in die Porzellanschüssel. Kleine, vielförmige Lichtsterne aus einer Ehe von letztem Sonnenlicht und den mannigfaltigen Wellen des Waschwassers, tanzten für einen Moment an der Wand entlang. Als Magdalena ihre Hand in das kühle Nass tauchte, überlief sie ein wohliger Schauer. Sie spürte die feinen Härchen ihrer Arme, die sich keck nach oben reckten. Ihr Blick fiel auf den Waschlappen, der sich langsam mit Wasser vollsog. Eben noch steif und trocken, schmiegte er sich jetzt angenehm weich in ihre Hand.

Mit geschmeidigen Schritten ging sie zum Fenster und sah hinaus. Graublau lag die Straße, die direkt am Haus vorbeiführte, vor ihr. Niemand war mehr zu sehen. Nur von der Gaststätte drangen noch dumpfe Wortfetzen, unter die sich immer wieder Lachen mischte, zu ihr. Sie dachte an den vergangenen Tag zurück. Es war ein schöner, aber glühend heißer Sommertag gewesen. Ein perfekter Tag zum Sterben hatte ihr verstorbener Mann immer gesagt. Und an genauso einem Tag war er schließlich auch gestorben. Ein Hauch Melancholie hüllte sie für einen Augenblick ein.
Sie atmete tief ein. Mit zunehmender Stunde füllte sich die scheinbar kochende Luft des Tages langsam wieder mit Sauerstoff. Geistesabwesend und in ihren Gedanken versunken stand sie einige Momente da, spürte einen kühlen Luftzug, der an ihrem Nachthemd zupft. Vor wenigen Tagen war sie vierzig Jahre alt geworden. Aber noch immer fühlte sie sich jung. Sie nahm noch einen tiefen Zug der abkühlenden Luft und zog dann die leichten Vorhänge zu.
Leichtfüßig ging sie zum Waschbecken zurück und zog ihr Nachthemd über den Kopf. Lange stand sie nackt vor dem Spiegel ihres Waschtischs und betrachtete ihren Körper. Noch immer waren ihre Brüste prall und voll, ihr Bauch flach. Leicht wölbte er sich ab der Scham nach vorne, aber nicht so, dass sie nicht zufrieden wäre. Ja, sie war

eine schöne Frau, jedenfalls zurzeit noch. Viel zu schade um ohne einen Mann zu leben.
Viel zu früh war ihr Ehemann gestorben. Aber es gebot sich nicht, so früh nach seinem Tod eine neue Beziehung einzugehen. Und wo sollte sie auch hier auf dem Land, im abgelegensten Winkel des Reiches, einen neuen und dazu noch einen zuverlässigen Mann finden?
Sie nahm die Bürste, die in einem gläsernen Becher vor dem Spiegel stand, und begann ihre Haar zu kämmen. Noch waren sie nicht vollkommen ergraut. Lediglich einige helle Strähnen durchsetzten ihre ehemals dunkle Mähne und gaben ihr einen edlen Anstrich. Mit flinken Fingern teilte sie die weibliche Pracht in drei gleiche Strähnen und wenige Momente später war ein kunstvoller Zopf geflochten. Sie liebte es, wenn das Haar am nächsten Morgen beim Lösen des Flechtwerks, in den wunderbarsten Locken fiel.
Mit spitzen Fingern griff sie ins Wasser, nahm den Lappen und begann sich zu waschen. Schon bei der ersten Berührung ihrer Haut mit dem nassen Stoff zuckte sie zusammen. Auf ihrer erhitzten Haut fühlte sich das warme Wasser eiskalt und erfrischend an. Sie genoss jede Berührung mir dem feuchten Stück Tuch. Sorgfältig rieb sie sich die raue Schicht aus Staub und getrocknetem Schweiß von ihrer samtigen Haut.
Sie liebte dieses alltägliche Ritual, dieses immer Wiederkehrende. Es gab ihr ein gewisses Maß an

Sicherheit. Und dieses geborgene Gefühl fehlte ihr zunehmend. Mit jedem Tag, den sie älter wurde, wurde das Verlangen danach stärker und mächtiger. Damals, vor dem plötzlichen Tod ihres Mannes, gab er ihr diese Sicherheit. Aber dann stand sie von einem auf den anderen Tag vollkommen allein da. Ganz zu Anfang dachte sie, als würde sie an ihrer Verzweiflung zerbrechen. Aber dieser Schmerz verschwand. Oder besser: Er verwandelte sich in die Erkenntnis, dass sie auch ohne ihn zurechtkommen musste.

Dieses Gefühl, das einem bodenlosen Loch glich, überkam sie auch jetzt wieder. Nur Gott wusste, wie lange sie ihr einsames Schicksal noch ertragen musste. Aber was sollten diese traurigen Gedanken? Sie nahmen ihr nur die Freude am Leben. Heute würden sie ihr nicht den Abend verderben. Für die kommenden Stunden hatte sie etwas anderes geplant. Schnell streifte sie sich den kühlen Stoff des leichten Nachthemdes über und schlüpfte ins Bett. Sie zog die dünne Decke über sich und drehte den Regler der Petroleumlampe. Ein winziges, schwarzes Rußwölkchen, das von der Flamme an die Decke des Zimmers stieg, kündigte deren Verlöschen an. Nur einen Moment später umfing sie die Dunkelheit.

Noch einmal atmete sie tief durch und lauschte in die Stille. Die Stimmen vom Gasthof waren verstummte. Alles war still. Ein leises, fast unhörbares Knarren riss sie aus ihren Gedanken. Sie kannte das Geräusch genau. Es waren die

Schritte von Philippe Lafleur, der, wie so oft in seinem Zimmer seine nächtliche Wanderung unternahm. Sie hörte ihn nachts häufig und fragte sich, warum ein so junger Mann einen so schlechten Schlaf hatte. Er wirkte, immer wenn der Abend kam, so fahrig und nervös, so umtriebig. Er verwandelte sich, wenn die Nacht kam, in einen anderen Menschen. Es war ihr, als plagten ihn nachts böse Geister.

Eine Frau täte ihm sicherlich gut. Aber anscheinend war niemand in Aussicht. Dabei war er ein hübscher, junger Mann. Gepflegt und sauber, aus gutem Haus. Vor ihrem inneren Auge sah sie das jugendlich wirkende Gesicht Lafleurs, das immer mehr an Kontur verlor, sie noch einen Augenblick begleitete, als sie sich auf den Weg ins Reich der Träume begab. Nur einend Augenblick später schrak sie hoch. Hatte sie ein Geräusch gehört, oder war es nur in ihrem Traum?

Mit rasendem Herz lauschte sie in die Stille. Vielleicht war ein nach Hause torkelnder Trinker über seine eigenen Füße gestolpert. Leise wisperten die Blätter der Bäume ein nächtliches Lied, in der Ferne brüllte eine Kuh. Sonst war alles still. Regungslos lag sie in ihrem Bett und ließ ihre Gedanken wie ein Schiff mit geblähten Segeln in die Ferne gleiten. Wieder spürte sie die Sehnsucht nach ihrem Mann. Sie tauchte immer in diesen Momenten aus dem Dunkel auf. Zwischen Schlaf und Erwachen, den wenigen, unbezahlbaren

Augenblicken, in denen die alltägliche Gedankenwelt noch ausgeschaltet war. Er fehlt ihr nicht einfach nur als Partner, sondern auch als Mann. Sie sehnte sich einfach danach, ihn als ihren Mann zu spüren. Aber allmählich wurde ihre Erinnerung fahrig, farblos wie ein zu oft gewaschenes Kleid.

Sie fühlte mit ihrer Hand, die auf ihrer Brust lag, ihren eigenen Herzschlag. Langsam und zielstrebig ließ sie ihre andere Hand über ihren Bauch wandern. Schon oft hatte sie das getan. Sie kannte die Reaktion, die gleich von ihrem Körper ausgehen würde. Ein Lächeln lag auf ihren Lippen, als ihre Brustwarzen erst Signale sandten. Zärtlich ließ sie ihre Hand abwärts gleiten, bis eine Armada von drahtigen, gekrausten Haaren den Weg versperrte. Einen tiefen Atemzug noch und dann schloss sie die Augen. Wie ein Entdecker drang ihr Mittelfinger unaufhörlich vor, erforschte Millimeter um Millimeter, bis er auf den gesuchten, vielleicht nur wenige Stecknadelköpfe großen Knubbel stieß.

Noch bevor ihr Gehirn die zarte, weiche und feuchte Haut in ein Gefühl verwandeln konnte, entwich ihr ein, aus tiefstem Innern hervordringendes Stöhnen. Oh, sie liebte dieses verloren geglaubte Gefühl, das mit dem Tod ihres Mannes mitgestorben war. Bis sie eines Nachts, mehr durch Zufall als durch bewusstes Handeln, dieses Prickeln und die vielen, kleinen, bunten

Explosionen aus dem Reich der Vergessenheit, zurück in ihr Leben brachte. Mit jeder Bewegung ihres Fingers rang sie mehr nach Luft, wurde das Farbspiel intensiver, bis der finale Akt sie für einen Augenblick sterben ließ, ihr Herz scheinbar versagte und die Welt in wilden Blitzen versank.
Erschöpft und mit fliegendem Atem lag sie da. Noch immer zuckte ihr Körper unter den Stoßwellen der Lust wie ein gequältes Tier. In ihrer Ektase hatte sie ihr Nachthemd über das Gesicht gezogen, die Bettdecke mit ihren nach mehr lechzenden Bewegungen ans Ende des Bettes geschoben. Nackt und übersät mir winzigen, feuchten Kügelchen, verband sich ihr Schweiß mit der Abendluft zu einem erotischen Duftgemisch.
Wieder zuckte sie zusammen. Was war das? Einen winzigen Augenblick nur hatte etwas ihre Haut berührt. Erschrocken riss sie das Nachthemd, das immer noch ihre Augen bedeckte, vom Gesicht. Im gleichen Moment wurde sie aus den Gefilden der erotischen eingefärbten Welt zurück ins raue Leben geschleudert. Dieses fast nicht zu bestimmende Zeitfragment zerstörte alles bisher dagewesene, ließ alles bisher erlebte zerspringen wie eine Tasse, die dem Widerstand des Bodens nicht entgegenzusetzen hat. Aus der schwärzesten Dunkelheit starrten sie zwei Augen an.

18. Kapitel

Lange hatte er auf diesen Moment warten müssen. Aber nun war es endlich so weit. Das Warten hatte endlich ein Ende. In weniger als einer Stunde war am Ziel seiner Träume. Wenn er es überhaupt Traum nennen könnte. Ein Traum war doch etwas, was vielleicht niemals Wirklichkeit wurde. Aber das hier war real. Er alleine hatte das Ergebnis in der Hand.
Flink wie ein Wiesel schlüpfte er aus dem Busch, unter dem er sich versteckt hielt, hervor. Einige Augenblicke verharrte er noch im Schatten. Er lauschte in die Dunkelheit. Die Straße war leer. Die letzten Stimmen aus dem Gasthof waren verstummt. Endlich war das tiefste Schwarz, das die kurze Sommernacht zu bieten hatte, gekommen. Er liebte diese Zeit. Es war die Stunde des Jägers gekommen. Seine Stunde. Und er war im Begriff, sein nächstes Opfer für seine Sammlung zu besorgen.
Eben erst waren die Geräusche, die von drinnen, aus dem Schlafzimmer der Witwe Bellaire, nach draußen drangen, verstummt. Er hoffte, dass sie nun endlich schlief.
Mit seiner Hand prüfte er den Putz des Hauses. Die Mauer war fest genug um seinen Füßen genügend Widerstand zu geben. Wie schwarze Klauen griffen seine Finger um den Mittelsteg des Fensterrahmens

und sein Körper schwang, wie von einer unsichtbaren Leine gezogen, nach oben.
Leise wie ein Panther landete er im Innern des Raums, setzte vorsichtig seinen Fuß auf den Teppich. Still verharrte er. Kein Laut war zu hören. Vor ihm lag Magdalena Bellaire, sein nächstes Opfer, das Objekt seiner Begierde. Schon lange begehrte er sie.
Die Vorfreude auf diese Frau und ihren wunderschönen Körper war so groß gewesen, dass er in den vergangenen Nächten nicht schlafen konnte. Und nun sollte sie das Prunkstück in seiner Sammlung werden. Obwohl sie schon verwitwet und sichtbar gealtert war, strahlte sie immer noch vor Schönheit. Und nun war der Moment gekommen, sie seiner Ausstellung zuzuführen.
Lange stand er noch im Dunkel des Raumes und sah ihr beim Schlafen zu. Sie schlief doch? Ihr Atem war gleichmäßig und in regelmäßigen Abständen hoben und senkten sich ihre Rippenbögen. Er konnte sicher sein Werk vollenden. Sie lag still da und hatte, offenbar um die Hitze zu lindern, ihr Nachthemd über ihren Kopf nach oben gezogen. Ihr Gesicht war vollkommen mit dem hauchdünnen Stoff bedeckt.
Ihr fester Körper strahlte im spärlichen Licht des fahlen Mondes. Wie ein dunkles Dreieck bildete ihre Scham eine Insel aus Haar im Ozean ihrer weißen Haut. Erschrocken bewerkte er, dass er träumte. Er musste sich beeilen. Da war für

Träumerei keine Zeit. Natürlich war der Sommer eine reizvolle Jagdzeit, aber er bot nur wenige Stunden Raum für lichtscheue Gestalten wie ihn.

Mit flinken Fingern drehte er den Pfropf aus der kleinen Glasflasche, die er mitgebracht hatte. Schnell schüttelte er einige Tropfen auf das Tuch und drückte den Kork wieder zurück in die Öffnung. Ein kurzes, spitzes Quietschen zerriss die Stille und Magdalenas Augenlider schossen plötzlich nach oben. Schützend riss sie das Nachthemd vor ihren Körper und starrte ihn schlaftrunken an.

Aber es war zu spät. Er spürte ihren warmen Atem durch das leinene Tuch, das Zucken, das durch ihren Körper raste, die Gegenwehr, die anfangs heftig, dann zunehmend schwächer wurde. Eine wahre Schmerzflamme überzog seinen Kopf plötzlich. Mit letzter Kraft schlossen sich die Finger Magdalenas in sein Haar. Der brutale Ruck trieb ihm die Tränen in die Augen. Er hatte Mühe, einen Schmerzensschrei zu unterdrücken. Leise fluchte er.

Erst die nachlassende Gegenwehr ließ ihn wieder zu sich kommen. Immer matter wurden ihre Bewegungen, bis sie endlich still dalag. Erschöpft atmete er tief durch. Noch nie hatte ihm eines seiner Opfer einen solchen aufbäumenden Lebenswillen entgegengesetzt.

Ihr Geruch stieg wie eine flüchtige, kleine Wolke in seine Nase. Er musste gegen seine heftig aufkommende Erregung ankämpfen. Aber er durfte

seinem Verlangen nicht nachgeben. Sie hatte ihn möglicherweise erkannt, als sie die Augen aufriss. Und nun drängte die Zeit, die Morgenstunden kämpften sich unbarmherzig auf ihren Platz vor. Vorsichtig hob er Magdalena über seine Schulter und trug sie zum Fenstersims. Als ihr Hintern auf dem Rahmen festen Halt fand, drehte er sie um und ließ sie hinab rutschen. Mit leichtem Rauschen glitt ihr Körper zwischen die Äste der Hecke.
Mit einem sanften Sprung stand er im Bruchteil eines Moments neben ihr und er versuchte sie erneut auf seine Schultern zu packen. Aber seine feuchten Finger wollten einfach keinen festen Halt unter ihren warmen Achseln finden. Immer wieder rutschte sie ihm herab. Kleine, rote Kratzer in ihrer Haut machten den Stoff ihres Nachthemdes zu einem feinrosa Gespinst aus Blut und Stoff.
Ein letzter, beherzter Ruck und die Ohnmächtige fand ihren Platz auf seinen mächtigen, muskulösen Rücken. Mit einem letzten Blick versicherte er sich, dass die Straße leer war. Schon jetzt kündigte der erste Lerchenschrei den nahenden Morgen an. Er wusste, dass die Zeit nun drängte. Noch gut zwanzig Minuten trennten ihn von seinem Ziel. Aber er kannte eine Abkürzung. Einziger Nachteil dieser kürzeren Strecke war, dass man ihn schon von weitem sehen konnte. Wer sollte aber in dieser kurzen Nacht so früh auf den Beinen sein? Noch waren die Knechte in den Ställen beschäftigt und es war ziemlich unwahrscheinlich, dass sich

bereits jemand auf die Felder verirrt hatte. Das Vieh konnte nicht warten. Es musste versorgt und gemolken werden.

Eilig lief er mit seiner Last quer über die aufkeimende Saat des Roggens und jeder seiner Schritte hinterließ eine dunkle Spur im Tau, der sich spärlich auf die grünen Halme gelegt hatte. Die winzigen Tröpfchen drangen durch das Leder seiner schweren Stiefel, die in den letzten Jahren unter der mangelnden Pflege zu leiden hatten. Er spürte den Schweiß, der sich zwischen seinem und Magdalenas Körpern eine Feuchtigkeitsschicht bildete.

Langsam wurden seine Beine unter der Last des Frauenkörpers müde. Das Klopfen seines Herzes dröhnte jetzt wie der Hammer eines Schmiedes und übertönte sein nunmehr angestrengtes Atmen immer mehr. Er begann zu rennen. Vorsichtig setzte er seine Schritte immer genau in die Furchen zwischen den aufgerissenen Erdschollen. Er wusste, dass der ausgedörrte Boden dort am härtesten war und seine Fußabdrücke schon am Morgen kaum mehr sichtbar sein würden.

Urplötzlich durchzuckt ihn ein Schmerz, der sich in der Gegend seiner Nieren auszubreiten begann und nun in heftigen Flammenwellen seinen Rücken hinauf kroch. Es fiel ihm schwer, den Herd des Schmerzes einzugrenzen. Erschocken taumelte er vorwärts und wäre fast gestürzt, als Magdalena zu strampeln anfing.

Er schlang seine mächtigen Arme fester um das zappelnde Etwas und versuchte mit der freien Hand die Schläge etwas abzudämpfen. Von Panik getrieben rannte er noch schneller. Wie der Stich eines französischen Säbels drang der schrille Schrei der zu sich kommenden Frau in sein Ohr. Mit jedem vergehenden Augenblick steigerten sich die Schreie zu einem hysterischen, überdrehten Geheul, das mehr an ein Wesen der Dunkelheit erinnerte, als das Gejammer einer Frau. So etwas war ihm noch nicht passiert. Noch nie war eine seiner Auserwählten aufgewacht, bevor sie in Sicherheit war. »Du dummes Ding«, fluchte er in Magdalenas Richtung, »Du gefährdest noch alles! Halt dein verdammtes Maul.«

Er sprintete weiter. Angestrengt versuchte er, sie in der Balance zu halten und sich gleichzeitig umzusehen. Langsam stieg der erste Ring des nahenden Sonnenaufgangs über den Horizont. Er musste sich beeilen. Noch war niemand in den weithin sichtbaren Felderflächen zu sehen. Aber vielleicht war es besser, doch die Abkürzung sausen zu lassen und dafür den sichereren Weg zu wählen, dachte er.

Dieser eine, unachtsame Moment reichte, dass die aufbäumende Bewegung Magdalenas ihn ins Straucheln brachte. Sie schnellte herum und wand sich aus seiner Umklammerung. Noch bevor ihr Körper auf den Boden aufschlug, kündigte das scharfe, schneidende Geräusch der an ihr vorbeihuschenden Halme den

Aufprall an. Sie versuchte noch, den Sturz mit ihren Beinen bremsen. Was aber gründlich misslang. Er hatte das Gefühl, ihre Rippen bersten zu hören, als sie auf den ausgedörrten, verkarsteten Boden aufschlug.

Noch während ihres Sturzes versuchte er, ihr auszuweichen. Jedoch ohne Erfolg. Wie wild miteinander kämpfende Schlangen bildeten ihre Beine ein Knäuel aus Gliedmaßen, und er stürzte der Länge nach hin. Überrascht versuchte er noch die Hände vor seinen Körper zu bringen, und sich so abzustützen. Dann schlug seine Nase mit einer solchen Wucht auf die Scholle auf, dass überall aufzuckende, blutrote Blitze sein Sehfeld blockierten.

Benommen hob er den Kopf und sah sich um. Magdalena Bellaire war verschwunden. Die roten Streifen vor seinen Augen verwandelten sich langsam in dunkle Umrandungen, die ihm die Sicht immer mehr einschränkten. Wo war die Schlampe hin? Er tastete sein Umfeld ab und bekam einen winzigen Fetzen Stoff zwischen seine Finger. Wieder durchschoss ihn ein Schmerz. Magdalena hatte ihm in die Rippen getreten. Wie von einer riesigen Klaue zusammengepresst, schnürte ihm nun etwas den Atem ab. Scheinbar mühelos war sie aufgesprungen und trat ihn erneut in seine Magengegend. Eine erneute Woge Schmerz schwappte über ihn und presste den Atem aus seinem Brustkorb. Mit der ausströmenden Luft seiner Lungen flog ihr ein

weiterer Fluch entgegen. Dieses Biest brachte ihn wirklich aus der Fassung.
Mit aller verbleibenden Kraft riss er am Nachthemd, dass er immer noch festhielt. Heiß spürte er ihren Aufprall, als er ihr das Gleichgewicht nahm und sie zu Boden stürzte. Magdalena begann, wie besessen zu schreien. Wie ein Messer aus Tönen versuchte das Geräusch, seinen Kopf zu zerschneiden.
Panik kam in ihm auf. Vielleicht war doch einer der Knechte so früh unterwegs. Wenn diese Furie so weiterbrüllte, würden sie ihn mit Sicherheit entdecken. Verdammt, er musste hier weg. Impulsgesteuert sprang er auf und rannte los. Aber schon einige Schritte weiter, bremste er wieder. Er musste sich eingestehen, dass er im Begriff war, die Kontrolle über die Situation zu verlieren. Aber er konnte sie unmöglich entkommen lassen. Sie hatte sein Gesicht gesehen und konnte ihn beschreiben.
Noch schneller als seine Gedanken rasten, reagierten seine Muskeln. Behände wie ein junger Fuchs, sprang er auf und warf sich in die Richtung, in der sie, für ihn unsichtbar, im Roggen liegen musste. Ein krachendes Geräusch, das Entweichen der Luft, die eben noch ihre Lungen gefüllt hatte, bestätigte, dass er richtig vermutet hatte. Er spürte den Widerstand, den ihr Körper bot, ihre wiederkehrenden Schläge. Instinktiv schlang er seine Hände um ihren Hals.

Er musste sie zum Schweigen bringen, um nicht entdeckt zu werden. Und zwar gleich.
Er sah auf sie herab, sah, wie ihre Augen sich aus ihren Höhlen drückten, den aufgerissenen Mund, der aussah, als würde er ihn in die Hölle wünschen. Er spürte, wie sich seine Lippen zu einem Lächeln verzogen. Sie rang nach Luft und er liebte diesen Anblick. Er fühlte, wie seine Lenden die ersten Anzeichen einer Erektion aussandten. Als er ihre Augen brechen sah, verlor er fast die Kontrolle über seine Hände, die immer noch fest wie Schraubstöcke um ihren Hals gewunden waren.
Eine Unendlichkeit später wurden auch die Zuckungen ihrer Arme, auf denen er kniete, schwächer. Ihre Tritte, die ihn fortwährend in seinen Rücken trafen, versiegten. Wie von einem weit entfernten Platz sah er sich, konnte seine Schweißtropfen fallen sehen, sein glänzendes Gesicht. Tropfen, die immer größer werdende Kringel auf das Leinen ihres Nachthemdes malten.
Er sah auf seine Hände herab. Seine Knöchel leuchteten weiß vor der grünen Wand aus Halmen. Seine Finger verkrampften sich immer mehr. Nur mit einer immensen Anstrengung gelang es ihm, seine Hände vor ihrem Hals zu lösen. Dunkelblaue Abdrücke, die seine Finger immer noch nachzeichneten, blieben als stumme Zeugen auf ihrer weißen Haut zurück.
Schwer atmend ließ er sich neben sie fallen. Ein nie erlebtes Glücksgefühl hatte ihn erfasst. Noch

nie hatte er so deutlich gespürt, wie das Leben aus einem seiner Opfer wich. Er war überwältigt. Den allerletzten Moment eines Menschen so hautnah zu spüren, war wohl die intensivste Erfahrung seines Lebens gewesen. Es war so berauschend, dass er über ihr plötzliches Ende zutiefst enttäuscht war. Ach, lass es doch beim nächsten Mal ewig dauern, flehte er stumm zum Himmel.

In der vergeblichen Hoffnung, dass sie doch wieder zu sich kommen würde und er erneut seinen Spaß hätte, fiel sein Blick auf sie. Stumm und anklagend lag sie da. Ihre Augen hatten sich zu weißen Kugeln verändert, starrten zum Himmel. Ihre Lippen waren dunkelblau. Eine erneute Welle des Glücks erfasste ihn, jagte einen Schauer über seinen Rücken, riss seine Gefühle, wie ein Boot in den Wogen, hin und her.

So erregend ihr Gang ins Andersreich für ihn auch war, so schwer lastete auch der erlittene Schock auf seinen Schultern. So etwas war ihm noch nie passiert. Keine der Frauen hatte sich bisher so heftig gewehrt und ihn damit in solch eine Situation gebracht.

Geschüttelt von seinen Selbstzweifeln und der Erkenntnis seines Versagens, sprang er auf und drosch mit der flachen Hand auf den Boden. Immer und immer wieder schrie er seine Enttäuschung und seine Wut gegen den Himmel. Wie konnte dieser Drache seinen gesamten Plan ruinieren? Alles war doch schon vorbereitet, nur sie fehlte noch. Die

Enttäuschung trieb ihm die Tränen in die Augen. Wo sollte er so schnell guten Ersatz herbekommen. Und er brauchte doch eine Neue. Diese andere Kuh hatte doch seinen Balg in der Röhre. Fluchend stand er auf und betrachtete Magdalena. Mit einer schnellen Bewegung riss er ein Taschenmesser aus seiner Hosentasche und klappte es auf. Es bedurfte nur eines einzigen, gekonnten Schnittes und erhielt den kunstvoll geflochtenen Zopf Magdalenas in seiner Hand. »Wenigstens das habe ich mir verdient«, murmelte er leise und drückte das Haarteil an seine Nase. Gierig sog er ihren Duft ein und lächelte.
Tschirp-tschirp, mahnte ihn die Lerche wieder. Er ging.

19. Kapitel

Helene hatte sich am äußersten Ende des Biergartens einen schattigen Platz unter einer der Linden gesucht. Jetzt in der vergehenden Mittagshitze war Vorhof des Cheval blanc fast menschenleer. Wenn man mal von den paar Trunkenbolden absah, die ohnehin immer die Tische unter Beschlag hatten. Etwas entfernt saß Halbach mit seinem neuen Freund Doktor Morlat und einigen Männer des Ortes.
Allen Anschein nach waren es die Bergleute, die nach der Frühschicht, den Weg von Creutzwald oder

Camphausen nach Rossbrücken zurückgelaufen waren. Mitten in der prallen Sonne, kilometerweit über die staubigen Straßen. Tagein, tagaus, den gleichen Weg. Sie waren schon zu bewundern. Und nun saßen sie bei dem Kommissar und tranken, was das Zeug hielt.
Halbach hatte den Arm um die Schulter eines jungen Mann gelegt und redete wie mit Engelszungen auf ihn ein. Seine Augen waren ebenso glasig wie die Friedrichs. Helene schmunzelte, als sich auch der offensichtlich sturzbetrunkene Morlat in das Gespräch einmischte. »Na toll«, dachte sie, »mit diesen beiden kann ich ja heute nichts mehr anfangen. So wird das nie etwas mit dem Fall.« Dabei war es für sie doch so wichtig.
Johannes Baron saß drinnen in der Gaststube. Ihm waren anscheinend die Hitze und vor allem das Licht suspekt. Er trank permanent etwas Kühles und verbrachten den Tag im Schatten. Warum ihn Halbach nicht zurück nach Saarbrücken geschickt hatte, konnte sie nicht verstehen. Dort wäre er sicherlich besser aufgehoben als hier auf dem Land, wo er nichts zu tun hatte. Der Mann starb doch sicherlich vor Langeweile.
Sie konnte von ihrem Platz aus den Ausgang des Ortes überblicken. Auch die Straße entlang ins Dorf konnte sie sehen. Wieder einmal lag die Hitze über der Landschaft, dass Helene das Gefühl hatte, vor ihren Augen flimmerte alles. Sie musste Halbach Recht geben. Alles hier war so trostlos,

so trist und langweilig, dass sie seine Sehnsucht nach Saarbrücken verstehen konnte.
Das einzig aufregend hier waren die wenigen Rinder, die in der Ferne unter einer spärlichen Baumgruppe auf der Weide standen. Aufgeregt versuchten sie, mit den Schwänzen die Unmassen Fliegen in Schach zu halten. Selbst die Kinder spielten nicht. Das Land war wie ein Geisterland. Ausgestorben und auf dem besten Weg zu verdörren. Außerdem lebte hier ein Menschenschlag, der durch seine Mischung einem vernünftigen Deutschen Sorgen bereiten musste. Nicht der Verrückte, der hier die Frauen umbrachte, war die Gefahr. Hier schlummerten Gefühle, Hass und Missgunst, wie sie es sich nie ausgemalt hätte. Jeder war des Anderen Teufel.
Die Deutschen, die hier lebten, sahen die Franzosen, die hier schon seit Generationen lebten, als Dreck an. Und so führten sie sich auch auf. Dabei waren sie nun schon seit dem großen Deutsch-Französischen Krieg dem Deutschen Reich eingegliedert. Das lag jetzt dreiunddreißig Jahre zurück. Irgendwann würde es schon funktionieren, hatte Papa gesagt. Hier schlummerte ein Gemisch, das beim ersten Funken explodieren konnte. Helene verstand nicht, warum sich der Kaiser nicht mehr Zeit für dieses Gebiet nahm. Außer seinem Besuch in Bitsch im vergangenen Jahr hatte er sich hier noch nicht sehen lassen. Und diese Visite machte er nur, weil er zur Enthüllung des

Kaiser-Wilhelm-Reiterstandbildes auf der Saarbrücke ohnehin ins Saargebiet musste. Sein Großvater hatte es zu einem Denkmal gebracht, der Enkel arbeitete noch daran.

»Sei es drum«, dachte Helene, »Soll er doch machen, was er will.« Sie war sowieso nicht mit den Machenschaften in Berlin einverstanden. Musste das Deutsche Kaiserreich wirklich so viele Kriegsschiffe besitzen? Die waren doch zu nichts nütze. Frankreich war nach der letzten Niederlage gewarnt. Und England war nicht mehr als ein wütendes Hündchen, das auf seiner Insel etwas zu laut kläffte. Der neuste Spaß, den sich die beiden Nationen gönnten, war der gemeinsame Schulterschluss. Entente cordiale nannten sie das. Und das nur wegen der paar Kolonien, die Deutschland besaß. Aber in einem hatte der Kaiser Recht: Die Gier der beiden Feinde war unersättlich.

»Guten Tag Helene.« Sie schnellte erschrocken herum. Vor ihr stand Josef Treitz, der Apotheker. »Ich darf sie doch Helene nennen?« »Natürlich, Herr Treitz«, lächelte sie zurück. Er sah heute noch viel besser aus als in seinem Laden. Dort trug er einen weißen Kittel, den er nun gegen einen modernen, sommerlich weißen Leinenanzug getauscht hatte. Eine leichte Schicht Schweiß benetzte sein Gesicht. In der Hand hielt er einen hellen Strohhut mit einem violetten Band.

Helenes Herz begann, schneller zu schlagen. Sie spürte die Wärme, die ihr in die Wangen stieg. »Das freut mich. Aber nennen sie mich einfach Josef.« »Gerne Josef«, hauchte sie und errötete. Dieser Mann sah nicht nur gut aus, er roch auch noch verdammt gut. »Helene, ich möchte sie um einen Gefallen bitten.« »Bitte. Was kann ich für sie tun?« Er setzte sich, ohne zu fragen auf die Bank gegenüber von Helene.

»Heute Abend ist in Kochern Tanz. Würden sie mich dorthin begleiten?« Helenes Kopf glühte plötzlich. Ihre Gedanken überschlugen sich. Eigentlich hatte sie Philippe schon versprochen, mit ihm auf das Fest zu gehen. »Ich sehe, sie zögern«, lächelte Treitz, »Dann entschuldigen sie meinen forschen Vorstoß.« Helene schüttelte aufgeregt den Kopf: »Nein. Sie verstehen mich falsch. Es ist nicht so, dass ich nicht gerne mit ihnen dort hingehen würde. Aber ...« »Sie haben es schon einem anderen Mann versprochen?«

Erleichtert nickte sie. Dieser Mann schien Gedanken lesen zu können. »Monsieur Lafleur hat mich schon gefragt. Und ich habe leider zugesagt.« Treitz bleckte eine Reihe schneeweißer Zähne, die unter seiner gebräunten Haut verführerisch aussahen: »Leider? Sie würden also gerne mit mir tanzen? Dann tun sie es. Lafleur ist noch jung und findet schnell eine neue Begleitung.« Helene dachte kurz nach. Wenn sie jetzt zusagte, brach sie vielleicht Philippes Herz. Aber konnte sie sich diese Gelegenheit entgehen lassen? Und Lafleur hatte sie mit seinen althergebrachten, verschrobenen Ansichten schon mehrmals zur Weißglut getrieben. Sie atmete noch einmal tief durch: »Also gut, Herr Treitz. Ich begleite sie gerne!«

Langsam trottete das Pferd, das Josef Treitz hatte anspannen lassen, vor dem Wagen her. Es war ein wundervoller Abend. Die Sonne hatte ihre brennende Kraft zu einem Teil schon verloren und die Schatten wurden länger. Jetzt, da sich die Luft langsam wieder mit Sauerstoff füllte, konnten die Blüten auch wieder ihren betörenden Sommerduft verströmen. Es war, als atme die Natur mit Helene gemeinsam auf.

Schon wenige Minuten, nachdem sie den Platz, an dem der Jude noch immer lagerte, passiert hatten, schwebten die ersten Melodiefetzen durch die Luft. Helene lauschte und summte leise mit. »Am Brunnen vor dem Tore«, sang sie und lächelte Josef Treitz an. Sie fühlte sich großartig. Josef lachte und schwang die Zügel. »Los, Brauner«, rief er und schnalzte mit der Zunge. Ruckartig beschleunigte der Wagen und das Pferd fiel in einen forschen Trab.

Nun sah sie endlich auch den Platz, auf dem die Musik spielte. Ein leichtes, leinenes Dach beschattete den Platz, der am Rand von Kochern lag. Bänke und Tische standen rundum. In der Mitte, unter dem Stoffdach, war eine hölzerne

Bühne aufgebaut. Ringsum brannten Fackeln und einige Petroleumleuchten. Das spärliche Licht erhellte den Platz schon jetzt, im gerade verschwindenden Abendlicht schon nicht richtig. In ein paar Minuten war es hier dunkel wie in einem Sack. Aber das hatte auch etwas Romantisches.

Als das Pferd langsamer wurde, konnte Helene einige der Menschen erkennen, die bereits anwesend waren. Sie waren zum größten Teil Unbekannte. Eine Runde Männer hatte sich um das Fass, aus dem ein dicker Mann in einer Lederschürze Bier zapfte, versammelt. Sie lachten und feixten ausgelassen. Weit entfernt im Halbdunkel saßen an einem Tisch einige Frauen in dunkeler Kleidung und unterhielt sich. Im Hintergrund saßen acht Musiker mit unterschiedlichen Instrumenten und spielten die ersten Takte.

Helene hatte ein fliederfarbenes Kleid angezogen und trug die Haare heute Abend offen. Ihre langen, schwarzen Locken hingen ihr frech über die Schulter. Sie hatte beschlossen, an diesem Abend einfach nur Helene zu sein. Nicht die Polizeiassistentin von Frankenberg. Einfach nur ein einfaches Mädchen, das von einem Herrn zum Tanzen ausgeführt wurde. Und sie wollte sich Josef auch von ihrer besten Seite zeigen. Es war schon faszinierend, dass plötzlich alle Herren ein solch reges Interesse an ihr zeigten. Dass Philippe sie mochte, konnte er nicht verbergen. Und nun auch Treitz. Er war eine gute Partie, wie es ihre

Mutter nannte. In diesem Punkt musste sie ihr zustimmen.

Was Philippe jetzt wohl tat. Sie hatte den Mut nicht aufgebracht ihm zu sagen, dass sie mit Josef auf das Fest fuhr. Dabei konnte sie doch tun, was sie wollte. Auch wenn sie ihm ein Versprechen gegeben hatte. War es überhaupt ein Versprechen? Er hatte gefragt, sie sagte ja. Aber versprochen war nichts. Also brauchte sie kein schlechtes Gewissen zu haben.

»Kommen sie, Helene«, lächelte Josef und reichte ihr die Hand. Sie hatte nicht einmal bemerkt, dass er ausgestiegen war. Lächelnd stieg sie aus und erschrak, als er ihr den Arm um die Taille legte. Verlegen lächelte sie ihn an. Durch ihren Körper schoss ein nie gekanntes Kribbeln und trieb ihr die Schamesröte ins Gesicht. »Was möchten sie trinken?« Er führte sie zu einem Tisch und half ihr, als sie auf die Bank rutschte. »Einen leichten Wein«, hauchte sie und versuchte dabei besonders weiblich auszusehen.

Schon im nächsten Moment hätte sie sich ohrfeigen können. Noch nie in ihrem Leben hatte sie Wein getrunken. Aber sie wusste, wie er wirken konnte. Sie sah es schließlich jeden Tag bei Halbach. Lächelnd kam Josef zurück und stellte ihr ein Glas Wein auf den Tisch. Er hatte sich ein riesiges Bier mitgebracht. Durstig nahm er einen Schluck. Helene drehte den dünnen Stiel ihres Glases zwischen den Fingern. Entschlossen nahm sie einen großen Schluck.

Schlagartig spürte sie den Geist des Weins in ihren Ohren Polka tanzen. Ihr Kopf begann zu glühen. Erschocken sah sie zu Treitz, der sie ohne zu fragen an der Hand nahm und auf die Tanzfläche zog. Wie von Sinnen drehten sie sich. Helene musste unwillkürlich lachen als die Menschen, die Bänke und die Musik an ihr vorbeiwirbelten. Ihr Gehirn konnte die Eindrücke überhaupt nicht so schnell verarbeiten, wie alles geschah.

Alle war so schön. Immer wieder drehte sie sich, sang leise mit. Alles war so schön. Sie sah Josef an. Er war ein schöner Mann und konnte noch dazu tanzen. Alles an ihm schien perfekt zu sein. Und er war auch ein charmanter Mensch. Gut situiert und wohlhabend. Alles, was sich eine Frau wünschen konnte.

Als die Musik pausierte, führte er sie zu ihrem Tisch zurück. Sie glühte und nahm noch einen weiteren Schluck Wein. Ach war das Leben so schön. Josef war aufgestanden und brachte ihr ein neues Glas. Der nächste Schluck schmeckte schon viel besser als er Erste. »Ich werde erwachsen«, versuchten ihr Verstand einen ordentlichen Satz zu bilden. Aber irgendwie gelang es ihr nicht. Es war ohnehin gleich.

Immer und immer wieder tanzten sie. Helene sah die neidischen Blicke der anderen Frauen und lächelte. Sie platzte beinahe vor Stolz. Der Mann, den vermutlich alle Frauen in Rossbrücken und Umgebung haben wollten, interessierte sich nur für sie. Und das war auch richtig so. Sie war sowieso die Schönste von allen.

Helene bemerkte fast nicht, wie die Zeit verging. Irgendwann, sie wusste nicht wann, zog sie Josef von der Tanzfläche und legte den Arm um ihre Hüfte. Sie kochte innerlich vor Erregung. Vorsichtig schlang er ganz leicht seine Arme um sie und flüsterte ihr ins Ohr: »Komm Helene. Wir wollen etwas alleine sein.« Sie lächelte und er zog sie an der Hand einfach hinter sich her. Alleine mit ihm, das war genau das, was sie sich jetzt auch wünschte.

»Oh Helene«, kaum waren sie hinter der Buschreihe, die das Gelände eingrenzte, verschwunden, presste er sie an seinen Körper. Sie spürte seine Körperwärme und seinen muskulösen Körper unter seiner Weste und schloss die Augen. Ihr Körper reagierte plötzlich in einer Art, wie sie es noch nie erlebt hatte. Ganz gleich, was er jetzt von ihr verlangte, sie würde es tun. Sie war sicher, dass sie genau das, was er wollte, jetzt ebenfalls erleben wollte.

»Helene«, hauchte er ihr ins Ohr und begann sie auf den Hals zu küssen. »Aha«, dachte sie, »das ist es also, was verheiratete Frauen so erleben. Und sie wollte mehr. Er war ein Ehrenmann, und wenn sie sich ihm jetzt hingab, würde er sie sicher zum Altar führen. Und sie würde ja sagen.

Ohne zu zögern. Wenn er nun ihre Jungfräulichkeit von ihr forderte, das gab sie sich gerne.

Sie glühte, als er ihr das Kleid vom Hals her aufknöpfte und ihr Dekolletee küsste. Sie zuckte zusammen, als er mit seiner rechten Hand in den Ausschnitt fuhr und ihre die Brust streichelte. Mit der anderen Hand presste er ihr Becken gegen seines. Helene schloss die Augen, als sie seine Männlichkeit spürte. »Das also ist es«, hauchte sie ihm ins Ohr.

Sie erschrak, als er sich ruckartig von ihrem Körper löste. Verworren sah sie die Faust, die aus der Dunkelheit auftauchte und krachend im Gesicht Josefs lardete. Mit zittrigen Händen versuchte sie ihre Blöße zu schützen und knöpfte ihr Kleid wieder zu.

»Sie Schwein«, hörte sie eine Männerstimme schreien. Sie erkannte im fahlen Mondlicht das wutentstellte Gesicht Philippes. Treitz war nach hinten umgestürzt und lag jetzt im Moos. Schon im nächsten Augenblick stürzte sich Lafleur auf den Mann. Wie besessen schlug er ihm immer wieder ins Gesicht.

»Aufhören«, brüllte Helene und versuchte Philippe an der Schulter zu packen. »Sie vermaledeite Sau«, keifte er und sein nächster Schlag traf die Nase von Treitz, »Sie schänden ein ehrenwertes Fräulein.« Josefs Hand suchte nach etwas, mit dem er sich wehren konnte. Er hatte schon einiges

getrunken und der Angriff aus dem Hinterhalt hatte ihn vollkommen überraschend getroffen.
»Philippe«, kreischte Helene hysterisch, »lassen sie Herr Treitz los.« Aus den Augenwinkeln sah sie einige Männer, die durch das Geschrei angelockt worden waren. Johlend klatschten sie und feuerten die beiden Kampfhähne an. Auch zwei ältere Frauen standen im Hintergrund und betrachteten die Szenerie. Josefs Hand wurde endlich fündig. Mit einem Krachen prügelte er einen Wimpernschlag später mit einem Stück Holz gegen Lafleurs Kopf. Das Geräusch erinnerte Helene an einen brechenden Ast und eine böse Ahnung stieg in ihr auf.
Einen Moment später saß Treitz auf Philippe und drosch ihm mit der Faust immer und immer wieder ins Gesicht. Einige Schläge trafen den Brustkorb und Lafleur röchelte atemlos. Helene begann zu weinen. Was hatte sie nur getan? Anscheinend stimmte es und sie stürzte ihre Umwelt ins schiere Chaos. Wie Eva einst Adam das Paradies gekostet hatte.
»Helfen sie doch«, schrie sie die Männer an, die belustigt dem Schauspiel zusahen. Sie sahen sich an und lachten. Dann gingen die stämmigsten der Kerle zu den Streitenden und zogen sie scheinbar mühelos auseinander. Wie wild wirbelten die Fäuste von Lafleur und Treitz aufeinander zu und trotz der Distanz kämpften sie weiter. Sie waren so in Rage, dass sie einander erschlagen hätten, wenn sie nicht getrennt wurden.

»Da sehen sie, was sie mit ihrem Dirnenkleid hier anrichten«, keifte eine der Frauen aus dem Hintergrund Helene entgegen. »Sie Flittchen. Sie verdrehen den anständigen Männern den Kopf.« Entsetzt sah sie die Alte an: »Bitte?« »Fragen sie nicht so dumm. Scheren sie sich weg von hier und verschwinden sie wieder nach Saarbrücken. Dort können sie vielleicht so rumlaufen.« Helene schüttelte den Kopf. Was bitte hatte sie den getan?

Die Männer, die Treitz und Lafleur hielten, zogen sie mit sich auf den offenen Platz zurück. Helene richtete unter den bösartigen Blicken der Alten ihr Kleid und ging den Männern nach. Mit einem heftigen Schulterstoß gab sie der Alten noch einen ordentlichen Rempler mit. »Dirne«, schimpfte die Frau noch.

20. Kapitel

Helene konnte die Stimmen schon im Halbschlaf hören. Murmelnde, aufgeregte Gespräche, die sie endgültig aus ihrem Traum rissen. Müde starrte sie an die Decke und es gelang ihr kaum, die Augen zu öffnen. Das wenige Licht, das zum Fenster hereinfiel, blendete sie. Erschöpft rieb sie sich die Augen und versuchte sich aufzusetzen.

Erste Erinnerungen an den gestrigen Abend erschienen wie Bilder aus einem Märchenbuch. Sie schloss die Augen wieder. Das durfte doch alle

nicht wahr sein. Was hatte sie nur getan. Wenn Philippe nicht dazugekommen wäre, hätte sie es wirklich getan. Nur wegen der paar Gläser Wein hätte sie ihre Jungfräulichkeit auf dem Scheiterhaufen der Trunkenheit geopfert. Aber dieses Verlangen, dieses brennende Begehren, das wollte sie niemals vergessen. So gut Treitz auch aussah, so einfach konnte er sie nicht haben. Da gehörte mehr dazu als etwas Wein. Aber seine drängende, eroberungsfreudige Art gefiel ihr schon. Er war gerade das Gegenteil von Philippe, der so rücksichtsvoll und lieb war.
Wie es dem armen Philippe jetzt wohl ging? Vermutlich hatte er einiges abbekommen. Sie hatte noch nie gesehen, wenn sich Männer wegen einer Frau schlugen. Einerseits machte es sie stolz, dass sie so begehrt wurde, andererseits hatten die Frauen aus Kochern recht, als sie sagten, sie sei eine Dirne. So etwas tat ein Mädchen aus der gehobenen Gesellschaftsschicht nicht. So weit war sie also schon gefallen. Eine billige Dirne war aus ihr geworden.
Als die Kocherer Männer die beiden getrennt hatten, war sie einfach gegangen. Einfach weggegangen. Sie war durch die Nacht spaziert und versucht die brennenden Gefühle einzuordnen. Noch immer brannten die Blicke der anderen Frauen auf ihrer Haut. Wenn das ihre Mutter erfahren würde. Überhaupt nicht auszudenken. Das würde den Ruf der ganzen Familie schädigen. Und sie würde den Ruf

als Flittchen ewig mit sich herumschleppen. »Noch einmal Glück gehabt«, dachte sie und schlug die Augen auf.

Ihr Rücken schmerzte. Vorsichtig drückte sie auf die mit Stroh gefüllte Matratze. Sie war so hart und unbequem, wie sie es noch nie erlebt hatte. Wenn Herren ihre Dienstboten darauf schliefen ließen, hatten sie kein Herz. Das war Barbarei pur. Aber was sollte es? Sie musste es nicht bezahlen, also konnte sie keine Ansprüche stellen. Falls sie es einmal bei der Polizei weiter bringen sollte, wirde sie ihre Untergebenen niemals in so einer Absteige schlafen lassen.

Wieder brüllten Menschen im Hof. Ein Karren wurde hin und her geschoben. Die eisenbeschlagenen Räder knirschten auf den Steinen des Gehwegs. Entnervt zog Helene ihre winzige, silberfarbene Taschenuhr unter dem Stapel Kleider, die ihr ihre Mutter gepackt hatte hervor und klappte sie auf. »Fünf Uhr und dreiundzwanzig Minuten«, murmelte sie im Halbschlaf, »Die Bauern hier spinnen wohl. Es ist noch mitten in der Nacht.« Gereizt sah sie zum Fenster. Noch immer war es dunkel, jedenfalls so dunkel, wie man es in diesem brütend heißen, lichtüberflutenden Sommer erwarten konnte.

Schwach flatterte der leichte Vorhang und ließ einen winzigen Hauch der Morgenluft ins Zimmer. Ein leichtes, kühles Kribbeln war die Antwort ihrer überhitzten Haut. Eine Gänsehaut schoss über sie hinweg. Sie spürte wie sich ihre winzigen

Härchen, nach oben, ins Licht des neuen Tages reckten.

Sie streckte und dehnte sich. Ihre Schultern waren verspannt und ihre Muskeln härter als das brettharte Bett. Musste sie dieser überdrehte Wirt unbedingt im Dachgeschoss unterbringen? Nicht nur, dass es nicht größer war, als ihr Kleiderschrank zuhause, es war auch noch brütend heiß in diesem besseren Bretterverschlag. Aber lange blieben sie sowieso nicht mehr hier. Polina Stochs Tod konnten sie vermutlich nicht aufzuklären. Keine Hinweise führten zum Täter, der ein Fuchs zu sein schien. Auf leisen Sohlen schlich er sich, ohne Spuren zu hinterlassen, an sein Opfer heran und riss es mit sich fort. Im fast wörtlichen Sinn stahl er den Bauern die Hühner unter den Händen weg. Und dieser Mensch nahm nicht nur seinen Opfern das Wertvollste, was sie zu bieten hatten. Auch ihre eigene Chance auf ein selbstbestimmtes Leben verschwand wie ein schwarzes Vöglein am Horizont der Träume.

Sie stand auf und ging zum Fenster. Durch den leichten Vorhang sah sie einige aufgeregt gestikulierende Männer im Hof der Gaststätte stehen. Eine Menschentraube hatte sich um einen Pritschenwagen gebildet. Helene rieb sich die Augen. Von oben erkannte sie Martin Bonnets wenig behaarten Hinterkopf. Er hatte seine Mütze ausgezogen und wischte sich den Schweiß mit seinem Taschentuch von der Stirn. Sie konnte die jammernde, anklagende Stimme von Bürgermeister Solange hören: »Hört das denn nie auf. Kommissar Halbach ...« Die weiteren Worte verschwanden im Gemurmel der Menge. Pfarrer Müller stand vor dem Wagen und gestikulierte mit überschwänglichen Handbewegungen.

Es klopfte. »Fräulein Helene?«, hörte sie die Stimme von Johannes Baron. »Ja«, antwortete sie kurz, »Einen Moment, bitte!« Ohne in ihre Schuhe zu schlüpfen, ging sie zur Tür. Sie öffnete nur einen winzigen Spalt. Sie wusste, dass im morgendlichen Gegenlicht ihre gesamte Weiblichkeit sichtbar wurde. »Was gibt es?« »Fräulein Helene, Kommissar Halbach erwartet sie im Hof. Es ist etwas Schreckliches passiert.« Sein Gesicht war fahl und ihm stand die Übelkeit ins Gesicht geschrieben. Noch im Satz drehte er sich um und hechtete die Stufen hinunter.

»Philippe.« Helene schloss die Augen. Schon im nächsten Moment fragte sie sich, weshalb sie ausgerechnet an ihn dachte. Sicherlich hatte er einiges abbekommen, aber daran starb man doch nicht. Oder sollten Treitz und er noch einmal ...? Nicht auszudenken. Ihr Herz schlug plötzlich schneller und aufgeregter als je zuvor. Schnell streifte sie sich Bluse und Rock über und schlüpfte in ihre Schuhe. Noch mit offenen Schnürsenkeln hastete sie die Steige hinunter. Sie hatte nicht die Zeit genommen, um ihre Haare zu einem Knoten zu binden und so flogen ihre

schwarzen Locken wild durcheinanderwirbelnd hinter ihr her. Im Laufen versuchte sie, ihre plattgedrückten Haare etwas in Form zu bringen. So konnte sie schließlich nicht vor die Menschen hier treten.
Schon beim ersten Schritt in den Hof suchten ihre Augen nach Halbach. Endlich konnte sie ihn in der Menge entdecken. Sein trauriger Blick war auf die Ladefläche gerichtet. Energisch drängte sie sich durch die Reihe der Bauern, bis sie neben Halbach stand.
Ein Gemisch aus Trauer, Abscheu, aber auch grenzenloser Erleichterung schüttelte sie wie einen alten Apfelbaum, als ihr Blick auf den Wagen fiel. Vor ihr lag eine Frau mittleren Alters. Ihr Nachthemd war mit grünen Grasflecken beschmutzt. Leicht bewegte sich der leichte Stoff im Morgenwind. Sie wirkte, wie in einem Totenhemd aufgebahrt. Lediglich der leuchtend rote blutunterlaufene Streifen an ihrem Hals bildete einen farbigen Kontrast zu der leichenblassen Haut.
Sie spürte Halbachs Blick auf ihrer fröstelnden Haut. »Ah, von Frankenberg. Morlat muss her. Kümmern sie sich drum! Sie untersuchen die Leiche. Sie wissen, was zu tun ist.« Eine kalte Bierfahne knallte ihr ohne Vorwarnung mitten ins Gesicht. Schlagartig wurde ihr speiübel. Hatte dieser Mann gestern Abend schon wieder eine kleine Privatfeier gefeiert? Ohne ihr weitere Aufmerksamkeit zu

schenken, drehte sich Halbach zu der umstehenden Menschenmenge um. »Wer hat sie gefunden?«
Martin Bonnet hob die Hand: »Ich, Herr Kommissar. Der Bauer Detrout war bei mir und hat mit erzählt, wo sie liegt.« Durchdringend sah ihn Halbach an: »Na, wer denn jetzt? Detrout oder sie?« Bonnet sah zu Boden, wankte von einem Bein aus das andere: »Na, eigentlich Detrout. Aber ich habe sie herbringen lassen.« »Also war Detrout zuerst an der Leiche?« »Eigentlich ja, Herr Kommissar. Aber er hat gesagt ...« »Was er gesagt hat, interessiert mich nicht. Das kann er mir selbst erzählen.«
Kopfschüttelnd sah ihn Halbach an. »In den Keller mit ihr, Bonnet«, nuschelte er, »Und dann her mit Morlat. Aber etwas zackig.« Er deutete auf zwei der umstehenden Männer: »Sie nehmen die Frau dort drüben, sie hier«, befahl er, »Und nun hinter Bonnet her.« Er drehte sich um, hielt jedoch nach nur einem Schritt inne. »Und wer ist Detrout?«
Aus der Menge trat ein riesiger, blonder Mann hervor. »Louis Detrout.« Mit einem Nicken grüßte er in Richtung des Kommissars, dessen Gesicht sich schon beim ersten gesprochenen Ton zu einem Grinsen verzog. Louis Detrout, ein wahrer menschlicher Riese, sprach mit einer solch hellen Stimme, die eher an einen Knaben erinnerte, als an einen Mann seiner Ausmaße.
»Gut Detrout, kommen sie mit. Haben sie die Tote berührt?«, fragte er im Weggehen. Er hörte die

schlurfenden Geräusche des ihm Folgenden näher kommen. »Nein Monsieur Commissaire«, antwortete Detrout.

»Gut dann berühren sie die Leiche auch nicht mehr.« Er drehte sich zu Detrout um und sah sein energisches Kopfschütteln. »Ich werde einen Teufel tun und eine Tote berühren.« »Gut so. Zeigen sie mir Ihre Hände.« Louis Detrout starrte ihn unverständig an. »Los, Hände her«, herrschte der Kommissar ihn an. Widerwillig streckte Detrout seine Hände vor. Halbach nahm seine Finger und betrachtete sie. Er führte seine Finger dicht vor seine Augen, drehte sie, begutachtete auch die Fingernägel. Die Kränze waren von deutlich schwarzer, erdiger Farbe. Wäre Blut darunter gewesen, geronnenes Blut, das durch ein Handgemenge drunter gekommen wäre, würde der Schmutzring gegen das Licht einen rötlich-braunen Schein erzeugen. Aber das war hier nicht der Fall. Er nahm den Riesen am Kinn und drehte sein Gesicht hin und her. Keine Kratzer, keine Spuren, die auf eine Verletzung hindeuten würden.

Sofort als Halbach die Leiche zum ersten Mal gesehen hatte, war ihm das breite, leuchtend farbige Würgemal am Hals aufgefallen. Bei einem solchen Tötungsdelikt, das unter Umständen einige Minuten dauern konnte, würde der Angreifer sicherlich selbst verletzt werden. Menschen, bei denen eine solche Brutalität von Nöten war, waren zumeist äußerst kämpferisch eingestellt. Aber

Detrout hatte keine Anzeichen eines Kampfes, Spuren einer Auseinandersetzung davon getragen. Er konnte ihn getrost als Täter ausschließen.

»Setzen sie sich, Detrout«, wies er ihm den Platz an einem der hinteren Tische an und sah zu, wie der Mann seine überlangen Beine unter die Bank zwang. Halbach schwieg und zog seine Taschenuhr heraus. Zufrieden nickte er und hob die Hand: »He, Beauchamps. Bringen sie mir ein Bier. Und für meinen Freund hier ... Was möchten sie trinken?« Er sah Detrout auffordernd an. Der schüttelte den Kopf. »Also gut. Ein Bier und einen Klaren für mich.«
Er sah Detrout auffordernd in die Augen, die jetzt im aufkommenden Morgenlicht hellblau leuchteten. Hätte er diesen Kerl in einem anderen Teil des Kaiserreichs gesehen, hätte er schwören können er wäre aus dem Norden hierhergekommen. Aber der hier trug sogar einen französischen Namen.
»Also, Detrout, erzählen sie. Wie haben sie die Frau gefunden?« »Ja, also, Monsieur Commissaire«, begann Detrout fistelnd, »Da war ich also da unten und dann war sie plötzlich da.« »Oh weh«, schoss es Halbach durch den Kopf, »Das wird schwer werden.« Aber er blieb freundlich und fragte erneut: »Und wo ist ‚da unten'?« »Na, da unten beim Roggenfeld. Also in unserem Roggen. Da lag sie so da. Zuerst dachte ich, die schläft. Die lag so auf der Seite. So flach. Aber dann kam Bonnet

mit dem Rad und dann war sie tot. So einfach war das, Monsieur Commissaire.«
Halbach ließ die Gegend vor seinem geistigen Auge vorbeiziehen. Hier in dieser ländlichen Gegend waren an jeder Ecke Roggenfelder. Zumal jedes Getreidefeld für ihn gleich aussah. Grün und bewachsen. In ihm keimte der Zweifel auf, ob es wirklich nötig war, Detrout nach der genauen Lage des Feldes zu fragen. Bonnet sollte es ihm zeigen.

»Sie lag so einfach da? Haben sie dort sonst noch jemanden gesehen Detrout?« Louis Detrout nickte heftig mit dem Kopf: »Ja, Herr Commissaire, habe ich. Der Bonnet kam auf seinem Rad.« »Sie haben nur Bonnet gesehen? Außer ihm niemanden?« »Nein Monsieur, sonst weit und breit niemand.« »Gut Detrout. Sie können gehen. Wenn ich sie noch einmal brauchen sollte, lasse ich sie rufen. Dann kommt Bonnet mit seinem Rad«, äffte er ihn nach. Detrout stand auf und schlug die Hacken zusammen: »Jawohl, Monsieur Commissaire.«
Die Sonne schien sich zu verdunkeln, als er ganz aufgerichtet vor ihm stand. Mit zögernden Schritten ging er in Richtung des Hofs, blieb dann aber stehen und drehte sich um. »Was gibt es noch, Detrout?« Halbach war das Zögern aufgefallen. »Ich muss ihn wieder nach Hause bringen. Kann ich ihn wiederhaben?« Für einen Moment trafen sich ihre Blicke, dann senkte Halbach seine Augen zu Boden. Er hatte alle Mühe, nicht laut loszulachen. Er

wusste nicht im Geringsten, was der Mann wollte. »Na, wenn ich ohne den Wagen nach Hause komme, bekomme ich Ärger mit meiner Frau«, löste er das Rätsel, das wie ein gordischer Knoten über der Situation lag. Halbach nickte nur und versuchte verzweifelt, das sich aus ihm hervorbrechende Lachen zu unterdrücken. Beiden war die Erleichterung anzumerken, als Detrout ging.
Beauchamps kam und knallte zwei Gläser vor Halbach auf den Tisch. »Prost«, raunte er und wischte noch einmal mit einem Tuch, das er auf der Schulter trug den übergeschwappten Schnaps weg. Halbach lächelte und nahm das kleine Gläschen und schüttete den Inhalt in seinen Hals. Nur einen Moment später veränderte sich das Vergnügen über Detrout zu einer Trauer, die in dieser Lage sicherlich angebrachter war. Friedrich spürte, wie seine Gedanken klarer wurden. Langsam löste sich eine Frage aus dem Fragenwirrwarr seines Gehirns: Welches Untier hatte dieses abscheuliche Verbrechen begangen?
Das Räuspern von Helene von Frankenberg riss ihn aus seinen Gedanken. »Von Frankenberg, was gibt es?« Ohne eine Aufforderung abzuwarten, ließ sich Helene auf die Bank fallen. »Die Tote heißt Magdalena Bellaire. Witwe von Wilhelm Bellaire, dem Dorflehrer. Sie hatte nahe bei der Kirche ein Haus. Er muss sie aus ihrer Wohnung entführt haben. Sonst würde sie schließlich kein Nachthemd tragen. Ich war schon mit Bonnet am Auffindeort.

Es ist nicht sonderlich weit von hier. Aber dort gibt es nichts Auffälliges. Kaum Spuren. Sie lag dort zwischen den jungen Pflanzen. Weggeworfen wie ein Stück Abfall. Einige Kampfspuren, sonst nichts.«
Halbach nickte und nahm einen großen Schluck Bier. »Auch eins?«, fragte er mehr hypothetisch als ernst gemeint. Helene schüttelte den Kopf: »Haben sie schon mal auf die Uhr gesehen? Es ist erst sechs Uhr.« »Ah, gut. Dann ist es Ziet für einen Kaffee. Auch einen?« Angestrengt schüttelte Helene den Kopf.
»Beauchamps. Kaffee. Aber zackzack!« Er drehte ihr zu: »Gut von Frankenberg. Es ist gut, dass sie sich den Platz schon angesehen haben. Das haben sie gut gemacht.« Sie stand auf und ließ ihn unbeachtet sitzen. Ehe sie die Bankreihen verließ, blieb sie zögernd stehen. »Ach übrigens«, einen Moment schien sie zu überlegen, ob der folgende Satz fallen sollte oder nicht. Dann fuhr sie fort: »Philippe Lafleur hat bei ihr ein Zimmer gemietet.«
Wie von einer überirdischen Kraft nach oben gerissen, sprang Halbach mit einer Kraft auf, die man seinem korpulenten Körper nie zugetraut hätte. »Lafleur wohnt dort? Na, von Frankenberg. Worauf warten sie noch. Da haben wir doch erst mal einen Verdächtigen. Also sagen sie Bonnet Bescheid und lassen sie ihn herschaffen.« Sie schüttelte den Kopf: »Bitte Herr Halbach. Das ist doch nicht

nötig. Auch wenn sie ihn verdächtigen, müssen sie ihn nicht wie einen Schwerverbrecher hier vorführen lassen. Bedenken sie, dass sie seinen Ruf damit beschädigen könnten.« Halbach prustete los: »Ruf? Was für ein Ruf? Das ist ein Franzose, der noch dazu mordverdächtig ist. Also, wo ist das Problem? Soll in diesem Land jeder machen können, was er will und wir denken nur an seinen Ruf? Her mit ihm. Ich will ihn hier sehen. Wie sie das machen, ist mir gleich.«
Er ließ sich auf seine Bank fallen und nahm das Bierglas. »Dreckiges Franzosenpack«, fluchte er leise.

21. Kapitel

Helenes Atem wurde schneller, als sie die enge Stiege zur Treppe hinabging. Fest klammerte sich ihr Arm um die Schreibmappe, die sie mitgenommen hatte. Leise, als könne sie die Tote, die hinter der Tür aufgebahrt lag, durch ihren Lärm wieder zum Leben erwecken, drückte sie die Klinke und trat ein. Ihre Augen brachten einen Moment, um sich an die schummrigen Lichtverhältnisse des Kellers zu gewöhnen. Bevor sie richtig sehen konnte, schlug der Geruch des Vergehens erbarmungslos zu. Entschlossen krallte sich der Verwesungsgeruch in ihren Schleimhäuten fest. Was hatte sich Gott nur dabei gedacht, durchzuckte sie ein Impuls, als er tote Menschen so stinken ließ?

Auf der gleichen, provisorischen Barre aus Bierbänken lag die Leiche von Magdalena Bellaire. Für einen Augenblick fiel ihr das Wort Bierleiche ein. Im nächsten Augenblick hätte sie sich wegen ihrer Gedanken ohrfeigen können. Eine solche Pietätlosigkeit war unerzogen.
Sie sah sich um. Halbach und Morlat waren schon da und standen in der weit entferntesten Ecke. Mit offensichtlicher Abscheu betrachteten sie die Tote. Morlat hielt sein Taschentuch vor Mund und Nase. Seine Haare standen wirr nach oben und er sah aus, als wäre er gerade erst aus seinem Bett geklettert. Er trug nur seine Hosen, in denen sein Hemd nachlässig eingesteckt war. Eine Ecke des Hemdes hing hinten aus dem Bund. Ein grüner Hosenträger vervollständigte sein Äußeres. Anscheinend hatte er keine Zeit gefunden, um sich zu rasieren. Er sah aus, als habe er nach der letzten, durchzechten Nacht den Nachhauseweg verpasst und irgendwo im Feld geschlafen.
Friedrich Halbach sah deutlich besser aus. Seine Kleidung war, wie jeden Tag korrekt. Selbst seine Haare lagen perfekt gescheitelt auf seinem Kopf. Er redete leise, aber angeregt, auf Morlat ein. Helene verstand die Worte nicht, aber aus den Gesten war zu entnehmen, dass es ohne Zweifel um die Tote und deren Untersuchung ging.
Unentschlossen blieb Helene vor der Leiche stehen. Leise hallten Halbachs Schritte durch den Raum. Wie in Hypnose versunken starrte Helene von

Frankenberg die Frau an. Sie war schon etwas gealtert, aber im Leben war sie sicherlich eine Schönheit gewesen. Ihr dunkelblondes Haar hatte jetzt im schwachen Licht des dunklen Gewölbes einen leicht bräunlichen Ton angenommen. Es war dicht über der Kopfhaut dilettantisch abgeschnitten. Die ehemals gleichmäßige Färbung musste aber dem Alter seinen Tribut zollen und zeigte silbergraue Strähnen, die dem noch ebenen Gesicht Magdalenas einen edlen Zug verlieh. Durch das Nachthemd war ihr strammer Körper deutlich zu erkennen, die pralle Brust, die zarten, schlanken Glieder erregten den Eindruck, dass vor ihr ein junges Mädchen lag.

»Von Frankenberg«, die Stimme Halbachs riss sie aus ihren Gedanken, »Übernehmen sie das? Doktor Morlat geht es heute Morgen nicht gut. Stimmt doch, Albert?« Morlat nickte wortlos und presste das Tuch noch fester auf seine Nase. Helene war überrascht. Friedrich Halbachs Tonfall hatte einen winzigen Teil seiner Ruppigkeit verloren. In seinen Worten schwang fast so etwas wie Freundlichkeit mit. »Natürlich, Herr Kommissar. Wenn sie es wünschen.« »Quatsch. Ich habe eben schon gesagt, dass sie das machen werden. Das hat nichts mit Wunsch zu tun. Wünschen können sie sich etwas an Weihnachten. Hier nicht. Also los. Außerdem sagte ich, dass Doktor Morlat etwas unpässlich ist. Ihm geht es nicht gut. Und außerdem kann er nur den Tod feststellen. Und dass diese Frau tot ist, ist nicht schwer zu erkennen.«

Helene nickte. »Fangen sie jetzt endlich an, von Frankenberg«, fuhr Halbach fort, »Ich setzte mein vollstes Vertrauen in sie. Und ich bin mir nicht sicher, ob sie dieses Vertrauen verdient haben. Bisher haben sie ja noch nichts geleistet.«
Ohne eine Antwort oder eine Reaktion abzuwarten, drehte er sich um und folgte Morlat, der, immer noch das Tuch vor die Nase gepresst, den Raum verließ. Mit einem satten, schmatzenden Geräusch schloss sich die Tür hinter den beiden. Helene war mit der Toten alleine.
»So ein Dummkopf«, dachte sie. Halbach führte sich auf, als wäre er von Sinnen. Vielleicht war doch etwas an dem Gerücht, dass man sich auch seinen Verstand versaufen konnte. Sie hatte noch nichts geleistet? Und wie stand es mit dem ach so tollen Kommissar selbst? Nichts. Nicht das Geringste hatte er bisher überhaupt zustande gebracht. Und das wog doch schlimmer, als ihre Ratlosigkeit. Sie war schließlich neu und er ein alter Hase. Jedenfalls betonte er es bei jeder sich bietenden Gelegenheit. Dabei interessierte ihn überhaupt nichts als die Sauferei mit seinem Albert.
Wie ein Schlag ins Genick traf sie die plötzliche Stille. Kein noch so leises Knistern, kein Vogelgezwitscher, nicht einmal der morgendliche Wagenverkehr drang hier in diese Abgeschiedenheit. Das Gefühl, selbst in einem Grab zu stecken,

schlang sich wie eine gierige Hand um sie. Helene lief ein kalter Schauer über ihren Körper. Für einen winzigen Augenblick hatte sie das Gefühl, als wäre noch eine weitere Person im Raum. Erschrocken sah sie sich um. Nichts. Niemand war hier. Sie sah zu Magdalena und zuckte zusammen. Ein leichter Luftzug, in diesem abgeschlossenen Keller eine absolute Unmöglichkeit, bewegte das Nachthemd der Toten.

Helene rieb sich die Augen. Das Empfinden, an der Schwelle zum Irrsinn zu stehen, erfasste sie. »Unsinn«, schrie sie sich innerlich und wortlos an, »Reiß dich endlich zusammen. Du verhältst dich ja wie ein Kind.«

Entschlossen trat sie an die Leiche Magdalenas heran. Sie zögerte noch kurz, dann nahm sie den unteren Saum des Nachthemdes und zog es nach oben über den Kopf. Sie rollte den Körper zuerst auf die rechte, dann auf die linke Seite. Noch ein Ruck und sie warf das Hemd auf den steinernen Fußboden.

Traurig betrachtete sie die Witwe Bellaire, die noch am Vortag gelebt hatte. Nun lag ihr nackter Leichnam ungeschützt und entblößt vor ihr auf einer Bierbank. Einige Augenblicke tauchte Helene erneut in ihre Gedankenwelt ab. Sie dachte an ihre Zögerlichkeit, als ihre Urgroßmutter gestorben war. Damals wollte sie die alte Frau nicht mehr sehen. Ob es damals Angst vor dem Unbekannten war oder einfach nur die Abscheu vor dem Tod, wusste sie nicht. Ihre Behauptung, die Tote so in Erinnerung behalten zu wollen, wie sie sie gekannte hatte, trug sie in dieser Zeit wie ein Schutzschild vor sich her. Und nun? Jetzt lag schon die zweite Tote vor ihr. Aber ob sie sich jemals daran gewöhnen konnte, wusste sie nicht. Es war immer ungewöhnlich. Da lag schließlich nur noch die Hülle und die Seele, das, was den Menschen ausmachte, wenn es sie überhaupt gab, war weg.

So weot sie wusste, hatte diese Frau keine Verwandtschaft. So etwas war traurig. Wer würde sie jetzt betrauern? Lohnte es sich überhaupt, um einen Toten zu trauern. Vielleicht war es ja das Ziel und das größte Glück des Menschen, endlich das Ziel, den Tod zu erreichen. Mit einem kurzen Kopfschütteln fing sie an, Magdalena Bellaire zu begutachten.

Ihr Körper war mit unzähligen kleinen Kratzern übersät. Die Haut der Frau war fast schneeweiß. Genauso wie ihr Gesicht, aus dem die gesamte Farbe verschwunden war. Helene besah sich die zerkratzten Stellen genauer. Die blutroten, verschorften Linien sprachen eine eigene Sprache. Zweifellos waren sie ihr zugefügt worden, als sie noch gelebt hatte. Das nach außen gedrungene Blut war an einigen Stellen als kleine Tröpfchen herabgetropft. Ein deutliches Indiz, dass ihr Herz noch geschlagen hatte. Noch wichtiger aber war die Richtung, in der die Schürfwunden auf der Haut verliefen. Einige von ihnen waren an den Beinen zu finden. Waagerechte Kratzer, so wie man sie erhält, wenn man durch die Hecken läuft. Der Großteil aber verlief von oben nach unten.

Helene nahm ihre Schreibunterlagen und skizzierte den Verlauf und die Anzahl grob auf ein Blatt. Wie man so eine Bleistiftzeichnung anfertigt, welche Details wichtig und welche eher vernachlässigbar sind, hatte sie aus dem Handbuch der Kriminalistik, ihrem Lieblingsbuch. In jeder freien Minute las sie darin. So wie der große Hanns Gross, die Ikone ihres kriminalistischen Denkens, schlau und findig, wollte sie auch werden. Aber dafür galt es, die Grundzüge der Ermittlungsarbeit zu lernen und die Zeichen zu deuten. Hanns Gross schrieb, dass bei der Täterermittlung oder dem Handlungsablauf einer Tat, jede noch so absurde Denkweise in Ordnung sei. Wichtig wäre es nur, dass sich irgendwann ein Erfolg einstellte. Und den würde sie haben. Dazu war es aber außerordentlich wichtig, den Tatverlauf zu kennen.

Helene besah sich die Fußsohlen von Magdalena. Sie waren sauber und fast nicht beschmutzt. Wahrscheinlich war sie nicht zu ihrem späteren Fundort gelaufen, sondern getragen worden. Ihr Blick glitt am, bis auf einige leichte Blessuren, unversehrten Körper entlang nach oben und blieb zum ersten Mal in Höhe der Brust wieder hängen. Ab hier war sie übel zugerichtet. Einige blaue Flecke zeugten von einem Sturz oder auch Schlägen. Da die Hämatome zu großflächig waren, tippte Helene auf einen Fall aus nicht geringer Höhe. Ein breiter, von dunkelblau bis braun reichender Prellungsstreifen war wie ein mächtiges Band quer über ihren Brustkorb gelegt. Zwei Hämatome an ihren Oberarmen taten zum makaberen Bild ihren Anteil dazu. Am deutlichsten zu sehen waren jedoch die Würgemale am Hals der Toten. Wie ein Halsband war eine dunkle blaurote Hautverfärbung um den Hals gelegt.

Fasziniert betrachtete sie die Würgemale genauer. Der Mörder war so gewalttätig vorgegangen, dass am Würgemal jeder einzelne Finger genau zu erkennen war. Der Täter musste riesige Hände haben. Helene überlegte, wie sie den Umriss der Hand sichern konnte. Der Verfall des weiblichen Körpers hatte wegen der anhaltenden Hitze schon längst begonnen und bald würde dieses prachtvolle Indiz unter der Erde verschwunden sein. Hektisch, als würde es um Minuten gehen, riss sie ein Blatt aus der Kladde heraus und legte es auf den Hals der Toten. Leicht schimmerte der dunkle Kranz durch das weiße Papier, gerade so gut erkennbar, dass sie die Umrisse nachzeichnen konnte.

Sie musste bei diesen schlechten Lichtverhältnissen ihre Augen anstrengen. Aber sie wollte ein vorzeigbares Ergebnis erzielen. Wenn sie damit dem Täter auf die Spur kommen konnten, dann hatte er den entscheidenden Hinweis selbst

gegeben. Helene dachte an den Grundsatz aus Gross´s Handbuch: »Irgendwann hinterlässt selbst der ausgebuffteste Täter eine Spur. Der erfolgreiche Ermittler muss nur die Augen aufhalten, dann geht der Verbrecher von selbst ins Netz.«
Sie sah erstaunt dem Schweißtropfen, der sich von ihrer Stirn löste und auf Magdalenas Brust landete, nach. Langsam rollte er über die Rundung zur Seite hinab. Jetzt erst bemerkte sie, dass ihre Nase gerade einmal fünf Zentimeter über der Leiche schwebte. Sie fuhr mit ihrem Handrücken über die feuchte Stirn, richtete sich dann auf uns hielt den bemalten Papierbogen ins Licht. Deutlich konnte sie die mächtige Spannweite zwischen Daumen und der Spitze des Zeigefingers erkennen. Verwundert fragte sie sich, ob das eine normale Männerhand war?
Sie warf das Bild in ihr Notizbuch und öffnete sie vorsichtig den Mund der Toten. Die Leichenstarre war noch sehr ausgeprägt und Helene musste etwas Gewalt anwenden, um in den Rachen sehen zu können. Er war leer. Was hatte sie auch erwartet. Bei dieser Leiche war die Todesursache offensichtlich. Erwartete sie etwa, dass der Täter wie bei Polina Stoch vorgegangen war und sie mit Gift ins Jenseits befördert hatte? Warum sollte er sie dann noch zusätzlich würgen?
Sie ließ den Kiefer los und er schnellte in seine Ausgangsposition zurück. Ein leises Ploppen löste

sich vom Mund der Toten und trug einen schwachen Hauch von einem Geruch mit sich. Sie kannte den Duft. Angestrengt wühlte sie in ihren Erinnerungen. Sie war nicht sicher. Dicht beugte sie sich nach vorne, bis sie fast die Lippen der Toten berührte. Da. Jetzt wurde er stärker. Jedoch kam er nicht aus dem Mund, sondern von der Haut um den Mund herum. Tief in ihrem Unterbewusstsein war der Geruch bekannt und hatte einen Namen. Aber noch weigerte sich ihr Gehirn, die Schätze ihres Wissens preiszugeben. Noch während sie einen Vermerk in ihre Aufzeichnungen machte, in dem sie beschrieb, dass sie Doktor Morlat um Hilfe bitten wollte, fiel es ihr wie Schuppen von den Augen. Äther. Es war dieses leichtflüchtige Betäubungsmittel, das auch gerne von Ärzten benutzt wurde.

Magdalena Bellaire war also betäubt worden. Um ihren Verdacht noch einmal zu bestätigen, ging sie zur Leiche zurück und roch noch einmal. Ja. Es war, wie sie vermutete. Gedankenversunken trat sie einige Schnitte zurück. Sie erschrak, als sie mit ihrer Hüfte am Tisch anstieß und diesen verdächtig zum Schwanken brachte. Magdalenas Körper wankte verdächtig hin und her. Helene sah die Leiche schon zu Boden fallen. Aber es fiel nur ein Arm vom Tisch und nach unten baumelte. Erschrocken wich sie einige Schritte nach hinten aus. Dann sah sie zwischen den Fingern der Toten das, was sie schon die ganze Zeit suchte.

Sie musste die Hand Magdalenas mit Gewalt öffnen. Immer wieder schnellten die Finger zurück. Aber die Mühe lohnte sich. Sie fand etwas, mit dem sie nicht gerechnet hatte. Ein winziges Büschel Haare hatte der langen Weg vom Feld bis hierher überdauert. Kein Wind, keine noch so raue Behandlung der Bauern, hatte ihn aus der Umklammerung gelöst. Es war gerade so, als wolle die Tote dieses wichtige Beweismittel nur in ihre Hände geben.
Vorsichtig legte sie das Haarbüschel auf das weiße Papier. Sie achtete darauf, nicht das kleinste Haar zu verlieren. Aus einem weiten Blatt faltete sie ein kleines Kuvert und steckte ihren Fund hinein. Mit bloßen Augen konnte sie sehen, dass es sich um einen rothaarigen Täter handeln musste. Ihr Herz machte einen Hüpfer. Rothaarige gab es in dieser Gegend nicht so viele.

22. Kapitel

Noch immer schwebte Helenes Nase dicht über ihren Aufzeichnungen, als sie aus dem Dunkel des Kellers ins strahlende Sonnenlicht trat. Ein tiefer Atemzug füllte ihre Lungen mit frischer, reiner Luft. In ihrer Nase hing der Geruch der Toten, der erste Verwesungsspuren in sich trug. Sie hob die Augen und blinzelte in die sonnenüberfluteten Bankreihen. Einen Moment später sah sie Halbach mit Philippe Lafleur im Schatten der Linden

sitzen. Die beiden Männer unterhielten sich aufgeregt. Von der Ferne mochte man glauben, dass Lafleur eine vollkommen andere Stellung bezog, ja sich selbst verteidigen musste.
Für einen kurzen Moment blieb sie stehen und schloss die Augen. Hoffentlich erzählte Philippe nichts vom gestrigen Abend. Wenn das hier ans Licht kam, versank sie vor Scham im Boden. Sie war aber auch eine einfältige Kuh. Langsam ging sie einige Schritte auf die beiden zu. Lafleur sah, im wahrsten Sinn des Wortes, angeschlagen aus. Seine Lippe war aufgeplatzt und dick geschwollen. Sein linkes Auge strahlte in den buntesten Farben. Als er sie kommen sah, lächelte er und stand auf.
Helene glühte vor Scham. Was er wohl nun von ihr dachte? Nach einigen Schritten war er bei ihr und reichte ihr die Hand. »Ich habe ihm erzählt, dass ich gestürzt bin«, flüsterte er und achtete darauf, sein schmerzendes Gesicht zu einem Lächeln zu bewegen, »Damit sie Bescheid wissen.«
»Na, von Frankenberg?«, säuselte Halbach aufgesetzt, »sind sie gekommen um zu sehen, wie ich den Täter überführe? Dann sperren sie mal sie Ohren auf!« Er deutete auf die Bank und sah Lafleur an. »So, Lafleur. Wie ich eben schon sagte, sind sie einer unser Hauptverdächtigen im Mordfall Bellaire.« Philippe sah ihn ruhig an: »Und wie ich eben schon sagte, habe ich nichts getan. Ich weiß nicht, was sie von mir wollen.«

»Reden sie keinen Unsinn. Sie wohnen im gleichen Haus. Wann haben sie die Witwe zuletzt gesehen?«
Lafleur zuckte mit den Schultern. »Gestern nicht. Ich weiß es nicht genau. In den letzten Tagen irgendwann.« »Ach, das ist doch gelogen. Wo waren sie gestern Abend?« »Das, mein lieber Kommissar, geht sie nicht das Geringste an. Das ist alleine meine Sache.« Halbach sprang auf und schlug mit seiner Hand auf den Tisch. »Werden sie bloß nicht frech. Sie sind unser Hauptverdächtiger, und wenn sie nicht ins Gefängnis möchten, müssen sie ihre Unschuld beweisen.«
Philippe lachte laut auf: »Überhaupt nichts muss ich. Ich bin französischer Staatsbürger und kenne meine Rechte. Also müssen sie mir meine Schuld beweisen und nicht ich meine Unschuld. Verstehen sie? Sie sind am Zug.« Trotzig kreuzte er die Arme vor der Brust und sah abwechselnd zwischen Halbach und Helene hin und her.
Helene sah ihn verständnislos an und schüttelte den Kopf: »Philippe, sagen sie doch, wo sie gestern Abend waren. Es ist doch nichts Schlimmes.« »Ach? Das Fräulein von Frankenberg ergreift Partei? Das sollten sie als offizielle Person nicht tun«, keifte Halbach, der jetzt seiner vollen Kampfeslust freien Lauf ließ. »Nein! Ich werde nichts sagen. Das geht den Kommissar nichts an«, wandte er sich an Helene, »ich bin nicht automatisch verdächtig, nur weil ich im

gleichen Haus wohne wie das Opfer. Ich habe nichts getan, also habe ich Rechte.«

»Hängen sie ihre französische Rechtefahne nicht zu weit aus dem Fenster, mein Lieber«, unterbrach ihn Halbach, »Ich werde ihnen jetzt mal meine Erkenntnisse mitteilen. Die Bellaire wurde brutal erschlagen.« Halbach deutete auf sein zerschlagenes Gesicht: »Da sich das Opfer mit Sicherheit heftig gewehrt hat, hat der Täter bestimmt etwas abbekommen. Und nun? Fällt ihnen etwas auf? Sie sind im gesamten Gesicht verletzt. Es ist schon sehr wahrscheinlich, dass sie ihre Verletzungen von Magdalena Bellaire erhalten haben. Deshalb sind und bleiben sie mein Hauptverdächtiger.«

Wie eine kleine runde Kugel schnellte der Kopf Halbachs herum. Hektisch sah er sich um. Sein Blick blieb an Martin Bonnet hängen. Hektisch winkte er ihn herbei. Lustlos trottete der Polizeidiener an den Tisch. Aus den Falten seiner Stirn konnte Helene wie aus einem Buch lesen: »Nicht schon wieder«, stand dort, »Ich bin doch nicht euer Laufbursche.«

»Los Bonnet, nehmen sie Herr Lafleur mit. Sperren sie den Kerl in den Keller im Rathaus, oder nein, noch besser in den Karzer der Schule. Er steht ab sofort unter Arrest. Er ist unser Tatverdächtiger und wird beschuldigt, den Mord an Magdalena Bellaire begangen zu haben. Also fort mit ihm!« Entgeistert sah Philippe zu Helene. »Nein, ich werde nicht mitgehen. Hier handelt es sich um ein Missverständnis. Ich habe nichts getan. Das müssen sie mir glauben.« Sein flehender Blick zerriss Helene das Herz. Jedes einzelne Wort Halbachs war für sie ein Schlag in die Magengrube gewesen. Warum sagte er nicht einfach, dass er sie im Gebüsch mit einem Mann erwischt hatte und weil er sie störte, seine Abreibung erhalten hatte. Sie musste ihm helfen.

»Bitte«, sie sprang auf und drehte sich zu Halbach um, »Das dürfen sie nicht tun. Ich bin sicher, dass er nicht der Täter ist.« Mit großen Augen sah Halbach zu ihr auf. Einen Augenblick später lachte er prustend los. Er schien überhaupt nicht mehr aufhören zu können und so saß er kopfschüttelnd und lachend da.

»Ach von Frankenberg. Wo würden wir hinkommen, wenn sich die Polizei den Gefühlen einer verliebten, jungen Dame unterordnen würde. Dann würden wir nie einen Täter schnappen.« Helenes Kopf wurde leuchtend rot. Sie spürte die Hitze, die in ihr wie eine Katze am Baum, hochkletterte. Nur zu gerne würde sie jetzt losschreien, den Kommissar zurechtweisen, klarstellen, dass sie nicht verliebt war. Jedenfalls nicht in Lafleur. Aber dazu war jetzt keine Zeit mehr. Bonnet zog Philippe gerade am Arm nach oben.

»Bitte«, flehte sie Halbach an, »Lassen sie ihn auf freiem Fuß.« »Von Frankenberg«, noch immer schüttelte Halbach den Kopf, sein Lachen war

jedoch verstummt, »Philippe Lafleur war der Einzige, der gestern zur Tatzeit in der Nähe der Witwe Bellaire war. Für die vermutliche Tatzeit, also den gestrigen Abend, hat er mir nicht sagen können, wo er sich aufgehalten hatte. Er behauptet immer wieder, dass er alleine in seinem Zimmer war. Er hat auch nichts gehört oder gesehen. Meiner Meinung nach ist das erstunken und erlogen. Für mich ist er der einzig in Frage kommende Täter.« Er nickte Bonnet zu: »Allez, vite!«
»Stopp!«, Helenes Ton wurde jetzt energisch, steigerte sich zunehmend ins Hysterische. »Ich weiß, wo Herr Lafleur gestern Abend war und kann es auch bezeugen.« Philippe schloss einen Moment die Augen, sah sie dann entsetzt an und schüttelte den Kopf. Ohne einen Laut formte er ein »Nein«.
»Er versucht nur, meine Ehre zu schützen«, flüstere Helene weiter, »Er war gestern bei mir in meinem Zimmer.« Philippe riss die Augen auf: »Aber Fräulein Helene ...« Sie hob abwehrend die Hand und brachte ihn zum Schweigen. »Nein Philippe«, log sie weiter, »Wir müssen sie aus dieser Lage befreien. Da zählt die Ehre einer jungen Dame nichts. Es ist äußerst ehrenwert, dass sie für meine Unbescholtenheit sogar ins Gefängnis gehen würden. Aber soweit dürfen wir es nicht kommen lassen. Jetzt, in dieser Situation, müssen wir die Wahrheit sagen.«
Sekundenlang sah sie Kommissar Halbach prüfend an. Sie war keine gute Lügnerin. Und sie konnte einen

Augenblick später spüren, dass Halbach das Spiel durchschaut hatte. Eine Unendlichkeit später sah er zu Martin Bonnet und nickte nur. Auf sein Zeichen ließ Bonnet Lafleur los. »Gut«, begann Halbach, »Wenn das so ist, kann er es nicht gewesen sein. Er gilt also als unschuldig.«
Ruckartig drehte er sich zu Bonnet um und sah ihn an: »Bonnet. Ich muss sie warnen. Sollte auch nur ein Wort von Fräulein von Frankenberg, na, nennen wir es mal »Verfehlung«, nach außen dringt, können sie sich bei einem der Bauern zum Kartoffelsammeln verdingen. Dann sind sie ihre Anstellung los. Und natürlich auch Ihre Pensionsansprüche. Haben Sie verstanden?« Bonnet nickte und verbeugte sich devot: »Natürlich Herr Kommissar. Ich werde schweigen.« Wie ein mittelalterlicher Diener setzte er sich verbeugend einen Fuß hinter den anderen und verschwand wieder in den Schatten seines Baumes.
Er nickte Lafleur zu: »Gut Herr Lafleur. Dann haben wir das ja geklärt. Bitte lassen sie uns jetzt unsere Arbeit tun.« Ohne noch weiter auf ihn zu achten, fiel sein Blick auf Helenes Unterlagenstapel. »Also, von Frankenberg. Was haben sie festgestellt?« Ihr blutroter Tomatenkopf schien sich mit dem Verschwinden Lafleurs ein wenig zu entspannen, sie wagte aber nicht, Halbach in die Augen zu sehen. Möglicherweise war die Präsentation ihrer Erkenntnisse eine gelungene

Methode, von diesem peinlichen Geschehen, von ihrer dreisten Lüge, abzulenken.

»Ich habe die Tote untersucht und bin auf Grund der Verletzungen zu einer Vermutung gekommen. Ich denke, die Tat hat sich so abgespielt: Es ist Nacht. Magdalena Bellaire geht zu Bett. Vermutlich wusch sie sich vorher. Ihre Fußsohlen waren ganz sauber. Irgendwann ist der Täter zu ihr ins Zimmer gekommen. Wie weiß ich nicht. Das sollten wir uns vor Ort sehen. Er hat sie betäubt, ich vermute mit Äther oder so etwas. Ich habe es riechen können. Wenn sie sich vergewissern wollen, sollten sie ihre Nase ganz dicht an Bellaires Mund halten. Sie können noch einen deutlich spürbaren Äthergeruch feststellen.«

Wie auf eine Bestätigung zu warten, machte sie eine vielsagende Pause. Sie sah aus ihren Augenwinkeln, dass der Gedanke Halbach schüttelte. Die Vorstellung, am Mund der Toten zu riechen, war wohl nicht unbedingt dass, was er sich so für den heutigen Tag vorstellte. »Nein, von Frankenberg. Wenn sie es sagen, ist das so. Ich denke nicht, dass sie sich irren. Und wenn ist es auch egal. Ob betäubt oder nicht macht keinen Unterschied.«

Helene hob den Kopf und sah ihn an. Sie wusste jetzt nicht, ob sie richtig gehört hatte. Verständnislos schüttelte sie den Kopf: »Das macht einen riesigen Unterschied. Glauben sie, eine Frau lässt sich einfach so entführen?« Halbach lacht laut auf: »Sie denken doch nicht, dass es so ein

alterndes Weib wie die Bellaire mit einem Mann aufnehmen kann?« »Doch. Das denke ich. Nur weil Männer mehr Muskeln haben, sind sie nicht automatisch stärker. Dafür sind Frauen auch viel zäher und flinker.«
Halbach schoss die Augen und schüttelte den Kopf: »Sie haben doch keine Ahnung. Und das bewundere ich an ihnen: Sie haben von nichts nur den blassesten Schimmer. Ich habe noch nie jemanden getroffen, der so ahnungslos ist wie sie. Von Frankenberg, von Frankenberg.« »Wenn sie sich nur mal nicht täuschen«, fauchte sie.
»Pah«, lachte Halbach, »sie sehen doch schon an ihrer Lügerei, wie schwach sie sind. Oder sind sie verliebt in ihn? Ich weiß genau, dass er nicht bei ihnen war.« Helenes Kopf schwoll zu einer roten Kugel an. Zu lügen war ja nicht leicht, aber ertappt zu werden war deutlich schlimmer. »Ich bin nicht verliebt. Und es stimmt. Er war nicht bei mir. Aber ich vertraue ihm. Er ist ein netter Kerl und ...« »Wenn ich so einen Mist höre«, unterbrach sie Halbach, »Er ist ein netter Kerl. Woher wollen sie das wissen? Sie kennen ihn gerade mal ein paar Tage. Der Lafleur ist ein Franzose. Und ich bezweifele, dass er der richtige Umgang für sie ist. Diese Kerle wollen von einer jungen Frau nur eines. Dafür sind sie bekannt. Und ich hoffe für sie und ihre Familie, dass sie sich ihm noch nicht geopfert haben.«

Helene sprang entsetzt auf: »Ich bin doch nicht so eine.« »Dann weiß ich nicht, warum sie sich so aufregen. Ein altes Sprichwort sagt: Nur der getroffene Hund bellt.«
Helene hatte Mühe sich wieder zu beruhigen. Aber mit diesem borniertem Menschen eine Diskussion zu führen, war unnötig. Sollte er denken, was er wollte. Sie war zum Arbeiten hier. »Also, wie bereits erwähnt, er betäubte sie. Auf irgendeine Art muss er sie aus dem Fenster geschafft haben. Ich kann mir nicht vorstellen, dass er den viel gefährlicheren Weg durch die Tür gewählt hat. Philippe hätte ihn dort überraschen können.«
Halbach nickte: »Das wäre plausibel. Wenn er es nicht selbst war.« Helene schluckte die bissige Bemerkung herunter. »Sie hat viele kleine senkrecht verlaufende Kratzer an den Beinen, bis hin zum Hintern. Ich könnte mir vorstellen, dass er sie so aus dem Fenster rutschen ließ, dass sie im Gebüsch gelandet ist. Das würde die Kratzer erklären. Dann hat er die betäubte Frau zum Auffindeort getragen.«
Helene konnte Halbach zusehen, wie er dachte. »Also ich sage ihnen jetzt einmal, wie es sich aus meiner Sicht zugetragen hat. Lafleur wohnt bei der Bellaire. Sie war ja noch eine ansehnliche Frau und er hat schon länger ein Auge auf sie geworfen. Er ist schließlich nicht verheiratet und ist Franzose. Gestern Abend versucht er es bei ihr. Sie weigert sich und er erwürgt sie. Um die Tat zu

vertuschen, schafft er sie weg.« »Natürlich. So ein Bild würde gut in ihr franzosenhassendes Weltbild passen.« »Genau. Da passt es prima rein. Aber hier zählen die Fakten. Also weiter. Was macht man mit einer Leiche, die niemand finden soll? Man versteckt sie. Und nun raten sie mal, wo sich die Baustelle der Lafleurs befindet? Wenn sie die Linie vom Ort über die Fundstelle verlängern, kommen sie direkt zu der halbfertigen Brauerei. Na, von Frankenberg. Was sagen sie jetzt?«
Helene schwieg und sah auf ihre Aufzeichnungen. Der Kerl hatte, so unsympathisch, wie er sich gab, einige Punkte auf seiner Liste, die für seine Theorie sprachen. »Aber ich will ihnen eine Chance geben«, begann er erneut, »Es könnte sich auch so zugetragen haben, wie sie sagen. Also müssen wir jetzt den Tatort untersuchen.« Er drehte sich um und suchte nach Bonnet. Der saß noch immer unbeweglich an seinem Tisch. Halbach winkte ihm zu. Im ersten Moment reagierte er nicht. Deutlich war zu sehen, dass er die Bewegung wahrgenommen hatte, es ihm aber letztendlich an der Lust zu fehlen schien, dem kommenden Befehl, der dort in Gestalt des Kommissars auf ihn lauerte, nachzukommen. Seine Abneigung war ihm deutlich ins Gesicht geschrieben. Erst als Halbach seinen Hintern von der Bank löste, stand er einen Moment später dienstbeflissen neben dem Tisch. Halbach sah in scharf an.

»Bonnet, übertreiben sie es nicht. Meine Geduld hat Grenzen.« Der Polizeidiener nickte, aber was er dachte, war nicht das Gleiche. »Sie, Bonnet, gehen jetzt direkt zum Haus der Witwe Bellaire und sperren das ganze Grundstück ab. Niemand darf das Haus oder das Anwesen betreten. Vor allem Lafleur nicht. Sollte er noch im Haus sein, schicken sie ihn hierher. Und auch für sie sind der Garten und das Haus tabu. Verstanden?« Missmutig nickte der Mann: »Soll ich mich etwa jetzt den ganzen Nachmittag dort in die Sonne stellen? Dann bin ich heute Abend tot.« »Bonnet«, brüllte Halbach urplötzlich los, »Sind sie wahnsinnig. Sie widersprechen mir? Was nehmen sie sich heraus? Sie gehen jetzt sofort dorthin und tun, was ich gesagt habe. Ich werde die Lage später kontrollieren. Wenn sie nicht dort stehen, egal ob in der Sonne oder was weiß ich, war es das. Und jetzt verschwinden sie. Gehen sie mir aus den Augen. Sonst tue ich etwas, was mich ins Gefängnis bringen würde.« Halbach konnte seinen Satz gerade noch beenden, dann war Bonnet schon mit seinem Fahrrad um die Hausecke verschwunden.
»Herr Kommissar, ich finde es nicht richtig, dass sie Lafleur verdächtigen. Auch wenn ich nicht die Wahrheit gesagt habe, bin ich doch überzeugt, nein, ich weiß es, dass er nicht der Mörder sein kann. Ich weiß, wo er war. Aber zwingen sie mich nicht, es zu sagen. Ich werde es nicht tun. Aber ich verbürge mich für ihn.« »Gut. Sie werden ihre

Gründe haben, es nicht zu sagen. Sie wissen also, wo er sich den ganzen Abend herumgetrieben hat? Dann kann er es nicht gewesen sein.«
Helene sah auf den Tisch und schwieg. »Was ist? Doch nicht so sicher?« »Doch eigentlich schon. Jedenfalls fast. Ich habe ihn erst so gegen zehn Uhr abends gesehen.« »Also doch«, Halbach schlug mit der flachen Hand auf den Tisch, »ich wusste, dass ich Recht habe. Davor hatte er genügend Zeit um seine abscheuliche Tat zu verüben. Ich wusste es!« »Das heißt doch überhaupt nichts. Oder glauben sie, er bring eine Frau um und fährt dann zum Tanzen nach Kochern?« Augenblicklich traf sie die Erkenntnis, sich verraten zu haben, wie ein Schlag ins Genick. Halbach grinste amüsiert. »So. Das Fräulein von Frankenberg schwingt auf Staatskosten das Tanzbein«, grinste er. »Hat er daher die Blessuren? Ein anderer Mann?« Helenes Kopf glühte vor Scham. Sie nickte nur.
»Von Frankenberg. So viel Abgebrühtheit hätte ich ihnen nicht zugetraut. Chapeau!« Er lächelte wissend und blätterte in seinen Unterlagen. »Gut. Lassen wir das Gespräch über ihre Verfehlungen. Wie denken sie, sollten wir weiter vorgehen?« »Über meine Verfehlungen. Wie sich das anhört. Als ob ich ein leichtes Mädchen wäre und ...« »Von Frankenberg. Kommen sie zum Punkt.«
»Gut. Ich würde den Vorschlägen von Hanns Gross folgen und ...« Halbach zog die Augenbrauen nach oben: »Wer ist das?« »Ein ganz begnadeter

Kriminologe. Er hat das »Handbuch der Kriminalistik« verfasst. Mein absolutes Lieblingsbuch. Alle meine Gedanken sind von dieser Lektüre beseelt.« Halbach lachte auf: »Na dann mal los. Was ist also mit dem großen Gross?« »Also«, fuhr sie fort und spürte wie ihre Wangen wegen der Aufregung, die sie erfasste, zu glühen begannen, »Hanns Gross schreibt, dass man, um einen Täter zu überführen auch mal anfangen muss über die Grenzen des Herkömmlichen zu denken. Mit einfachen Worten, ab und zu sollten Ermittler, jedenfalls die, die erfolgreich sind oder sein wollen, anfangen zu spinnen. Ich bin mir nicht sicher, ob ich mich richtig ausdrücken kann.« »Doch, doch. Dann spinnen Sie mal. Wir wollen schließlich erfolgreiche Ermittler werden«, lachte er los.
Das ließ sich Helene nicht zweimal sagen. Endlich hörte dieser bornierte Mensch ihr einmal zu. »Ich wage mich mal weit vor und behaupte, dass es sich um den gleichen Täter handelt, der auch schon Polina Stoch umgebracht hat und der auch möglicherweise für die Entführung von Anne Pfaff zur Rechenschaft gezogen werden muss. Hat er die Bellaire entführt, wollte er sicherlich nicht, dass sie so früh aufwacht. Irgendetwas ist bei seinem Vorhaben schief gegangen. Also er marschiert durch das Feld, die Frau auf der Schulter. Plötzlich erwacht sie. Damit hat er nicht gerechnet und ist deshalb über die unerwartete Gegenwehr überrascht. Es kommt zum

Kampf, bei dem sie ihm die Haare ausreißt.« »Welche Haare?«, unterbrach Halbach. »Ach, dazu wollte ich später noch kommen. Ich habe zwischen den Fingern der Toten ein Büschel Haare gefunden. Vermutlich hat das Opfer dem Täter beim Kampf diese herausgerissen. Deshalb bin ich auch so sicher, dass Philippe Lafleur nicht der Mörder sein kann. Die Haare, die ich gefunden habe, sind rot. Lafleur ist aber blond.« »Wenn Sie sich nur mal nicht irren«, Halbachs Worte klangen wie eine Ohrfeige, die das Unschuldsgerüst, das sich Helene für Philippe innerlich aufgebaut hatte, ins Wanken brachte, »In vielen Fällen ist das untere Haar bei blonden Menschen rötlich. Je länger es wird, umso heller werden die Spitzen. Also für mich ist Lafleur noch immer brandverdächtig!«
Helene ignorierte Halbachs Spitze und öffnete eine weitere Mauer die eine wahre Wortflut auf den Kommissar ergoss: »Also, sie wird wach und wehrt sich. Sie schlägt, prügelt auf ihn ein, und wie es typisch weiblich ist, reißt sie ihn an den Haaren. Er lässt sie fallen. Daraus kann man sicherlich schließen, dass sie ihm ordentlich Schmerzen zugefügt hat. Warum sonst sollte ein Mann dieses Ausmaßes eine zierliche Frau fallen lassen. Ich konnte die Abdrücke am Hals auf einem Blatt Papier nachmalen, nicht Freihand, sondern abgepaust.« Sie zog den Bogen mit der Hand aus dem Stapel heraus und schob ihn Halbach hin. »Die Hand ist, wie sie selbst sehen können, riesig. Ich würde sagen, eine

typische Bauern- oder Bergmannshand. Wir suchen also einen stämmigen Mann, mit kohlenschaufelgroßen Händen und rotem Haar. Erweitern wie den Kreis etwas, vielleicht auch mit blondem Haar. Stimmen sie mir zu?«
Halbach nickte und hob die gezeichnete Hand hoch. Er legte seine eigene Hand in den Umriss. Sie war bedeutend kleiner. Dann schüttelte er den Kopf: »Mein Gott, von Frankenberg. Sie machen so viele Fehler. Sie können sich jetzt aussuchen, von das kommt. Von ihrem unsteten Lebenswandel oder von ihrem weiblichen Gehirn, das ohnehin kleiner ist als das der Männer. Wissen sie, wo ihr Denkfehler liegt? Bis hierher war alles einigermaßen gut durchdacht. Hier haben sie aber gleich einen ordentlichen Patzer eingebaut. Geben sie mir mal ihr Handgelenk.«
Helene sah ihn erstaunt an. »Los. Arm her. Das ist ein Befehl.« Halbach nahm ihren Arm, schloss seiner Finger darum und drückte zu. Ein Schmerzensschrei war ihre Reaktion auf den Angriff.
Als er seine Finger wegzog, waren die roten Spuren deutlich sichtbar. »Schauen sie hin. Würden sie zwischen diesem Abdruck und meiner Hand eine Übereinstimmung finden? Sicherlich nicht. Der Abdruck ist viel größer. Das entsteht dadurch, dass das Fleisch nach unten gedrückt wird und somit auch die seitlichen Finger mitdrücken.

Deshalb sollten wir kein so großes Augenmerk auf die Hände halten.«

»Daran habe ich nicht gedacht. Und das liegt nicht an meinem Gehirn.« »Und ob. Sie kennen die Erkenntnisse von Freud. Auch er sagt, dass Frauen nicht so denken wie Männer. Aber lassen wir das. Mir ist etwas anderes aufgefallen. Ich gebe ihnen Recht in Bezug der Berufsgruppen, unter denen sie den Täter suchen wollen. Ein solcher Würgeakt benötigt eine Menge Kraft. So einfach ist erwürgen nämlich nicht. Es dauert manchmal fünf bis sechs Minuten, bis das Opfer tot ist. Auffällig bei unserem Täter ist die Ausdauer der Kraft, mit der er gewürgt hat. Ich habe das Würgemal nur kurz gesehen, aber es schien mir sehr scharfkantig. Das bedeutet, dass der Mörder seinen Griff nicht einmal gelockert hat.«

»Kann sein. Ich habe noch niemanden erwürgt. Alles in allem hat uns der Täter meiner Meinung nach, aber einen anderen Hinweis gegeben. Mit einer Frau auf dem Rücken nimmt selbst der stärkste Mann den direkten Weg zu seinem Ziel. Der Mörder wohnt also vermutlich in dieser Richtung.«

Halbach grinste: »Lafleurs Baustelle liegt in dieser Richtung. Vielleicht wollte er sie dorthin schaffen. Ich bin sicher, dass er es war. Aber er entkommt uns nicht. Ich werde Bonnet anweisen, ihn zu beobachten. Wir begutachten heute Abend, wenn die größte Hitze vorbei ist, den Tatort.«

23. Kapitel

Enttäuscht warf sie ihre Aufzeichnungen auf ihr Bett. Sie hasste diesen Menschen. Was nahm er sich heraus? Sie war doch kein leichtes Mädchen. So konnte er nicht mit ihr umgehen. Sie war doch eine Dame mit einem gewissen Hintergrund. Und auch wenn sie mal tanzen ging und mit wem, konnte ihm wohl vollkommen gleich sein. Das ging ihn nicht das Geringste an.
Enttäuscht ließ sie sich auf ihr Bett fallen. Was sollte sie jetzt bis heute Abend in diesem Hühnerstall machen? Sie brauchte nur einen Wimpernschlag lang um sich zu entscheiden. Entschlossen sprang sie auf und riss die Kommode auf. Schnell schlüpfte sie in ihr blaues Kleid. Es hatte jetzt einige Falten. Eine Schublade war halt auch nicht der richtige Aufbewahrungsort für ein Kleid. Sie zog ihre Schuhe unter dem Schränkchen hervor und betrachtete sie in aller Ruhe. Eine gleichmäßige Staubschicht hatte ihnen den gesamten Glanz genommen. So konnte sie unter keinen Umständen auf die Straße gehen. Heute musste sie gut aussehen. Sie durfte sich keine Schwäche leisten. Alles musste perfekt werden. Sie nahm die Bettdecke und polierte das Leder, bis es wieder spiegelte.
Einige Minuten später stand sie vor der Apotheke von Josef Treitz. Sie zögerte einen Moment und dachte nach. Wenn sie diesen Schritt jetzt ging

... Sie durfte diesen Gedanken überhaupt nicht zu Ende denken. Noch einmal strich sie ihr Kleid glatt und öffnete dann die Tür. »Pong, Pong«, kündigte sie die Glocke an.
Einen Augenblick später kam Treitz durch die Tür geeilt. Schlagartig blieb er stehen: »Helene?« Seine Lippe hatte auch einiges abbekommen, aber er sah nicht so angeschlagen wie Philippe aus. »Hallo Josef. Hast du einen Moment Zeit für mich?«, hauchte sie. Verlegen sah er zu Boden: »Eigentlich nicht. Vielleicht können wir heute Abend ...« »Heute Abend muss ich mit Halbach zu Bellaires Haus. Also haben wir nur jetzt einige Minuten.« Treitz nickte. »Sperrst du die Tür zu?«, bat ihn Helene. »Helene, wenn dich hier jemand sieht. Nach gestern Abend ... Du glaubst nicht, wie schnell hier die Gerüchte die Runde machen.«
Helene drehte sich um und schloss die Tür ab. »Dann komm wenigstens vom Fenster weg.« Er verschwand wieder in der Tür. Langsam ging sie hinter ihm her. Mit jedem Schritt, den sie tat, wurden ihre Zweifel größer. Wenn sie das jetzt tat, würde sich ihr Leben schlagartig ändern. Und ob sie so mutig war, wusste sie selbst noch nicht. Aber andererseits konnte sie auch noch jederzeit zurück.
Entschlossen folgte sie Josef in den hinteren Teil des Hauses. Erst dort zeigten sich die gesamten Dimensionen des Anwesens. Schon hier in Treitz` Arbeitszimmer `war alles so prächtig eingerichtet,

dass Helene ihren Augen kaum trauen wollte. Ein mächtiger Eichenschreibtisch bildete den Mittelpunkt des Raums. Riesige dunkele Holzregale beherbergten unzählige Ordner und Fachbücher deren Äußeres und die vielen goldverzierten Aufschriften gehörigen Eindruck bei Helene hinterließen.
Die Wände waren mit dunklen Eichentafeln verkleidet und so präsentierten sich die teilweise grellbunten impressionistischen Bilder mit ungeahnter Kraft. In einer Nische stand ein Sofa von riesigen Ausmaßen. Es war mit feurigrotem Samtstoff überzogen und mit goldenen, gedrehten Kordeln geschmückt.
»Was möchtest du mit mir besprechen?« Josefs Stimme riss sie aus ihren Gedanken. Helene lächelte ihn schweigend an. »Ist es wegen gestern Abend? Es tut mir leid. Ich habe ein wenig die Contenance verloren.« Er sah sich verlegen um. Vielleicht will er sich versichern, dass nicht sofort wieder Philippe aus dem Busch springt, dachte Helene. Ihr Herz raste. Innerlich kochte sie. Aber wenn sie das, was sie heute vorhatte, in die Tat umsetzten wollte, dann musste sie jetzt alles um sich herum vergessen und ihren Weg gehen.

Entschlossen ging sie auf Josef Treitz zu. Unsicher trat er einen Schritt zurück und stieß mit dem Hintern gegen den Schreibtisch. Helene stellte ihre kleine Handtasche auf den Tisch und streichelte ihm über die geschwollene Wange. »Tut

es noch sehr weh?«, hauchte sie und achtete genau darauf, einen verführerischen Ton anzuschlagen.
»Schon in Ordnung«, lächelte er verkrampft, »Aber sag mir, was du willst. Du bist doch nicht einfach so gekommen?« Helene schüttelte den Kopf und hauchte ihm einen Kuss auf die Lippen. »Nein. Bin ich nicht.« Sie presste ihre Hand auf seine Brust und spürte, wie sein Herz schneller zu schlagen begann. »Helene. Das ist jetzt keine so gute Idee. Jeden Moment können Kunden kommen.« Sie schüttelte den Kopf. »Ich habe abgeschlossen.«
Noch einmal trafen sich ihre Lippen. Langsam wie in Zeitlupe ließ sie ihre Hand tiefer rutschen. Sie begann zu glühen. Jetzt erfasste sie wieder diese unfassbar intensive Begierde. Auch wenn sie eben noch an dem Vorhaben gezweifelt hatte, war sie jetzt sicher, dass sie es mit ihm erleben wollte. Und zwar jetzt direkt. Sie erschrak fast, als Josef ihren Kuss erwiderte. Ihre Hand lag nun auf seinem Glied und sie war erstaunt, wie hart und groß es plötzlich wurde.
Sie schloss die Augen und fühlte seine Hand, die nun wieder ihre Brust massierte. Ihre Nippel wurden riesig und schwollen auf die Größe von Kirschkernen an. Eine nie gekannte Wärme strömte durch ihren Körper. Entschlossen knöpfte sie seine Weste auf und zog sein Hemd über den Kopf. Sie streichelte seine behaarte Brust und erschrak kaum, als er die Schnüre ihres Kleides öffnete.

Sekunden später standen sie nackt im Zimmer. Helene wunderte sich, als sie sein aufgerichtetes Geschlechtsteil sah. Einen Augenblick lang dachte sie nach, wohin es in ihr sollte. Als er sie auf die Arme nahm, zum Sofa trug und einen Moment später in sie eindrang, wusste sie, dass es möglich war. Ein winziger, stechender Schmerz durchzuckte sie, dann wich das alles einer nie geahnten Nähe.

Rhythmisch drang er immer wieder in sie ein. Helene versuchte das Stöhnen, das aus ihr kam, zu unterdrücken. Sie öffnete kurz die Augen und sah ihn an. Er war vollkommen in seine Tätigkeit vertieft. Vor ihren Augen blitzte es urplötzlich und sie hatte das Gefühl, ihr Becken müsste jeden Augenblick explodieren. Das Zucken, das durch ihren Körper lief, schleuderte sie in eine Welt aus bunten Farben und eigenartigen Klängen.

Sie spürte, als er sein Glied aus ihr herauszog. Zärtlich küsste er sie auf den Bauch, auf die Brüste. Endlich konnte auch sie die Augen wieder öffnen. Noch immer raste ihr Herz und sie fühlte sich, als sei sie die Dorfstraße entlang gerannt. Müde und erschöpft genoss sie sein Streicheln und seine Küsse. Sie erschrak nicht einmal, als er sie auf den Bauch rollte und ihren Rücken liebkoste. Vorsichtig hob er ihr Becken an und stieß erneut in sie hinein. Nun gelang es Helene nicht mehr, ruhig zu bleiben. Auf ihr hektisches, erregtes Atmen folgten kleine, spitze Schreie. Ihre Ekstase

schien ihn noch mehr anzuspornen. Immer fester stieß er sein steifes Glied in sie hinein. Immer und immer wieder. Die Welt verschwamm vor ihren Augen. Im gleichen Augenblick explodierte ihre Welt erneut. Nicht so prickelnd wie von vor wenigen Minuten, aber in einer ungeahnten Stärke, brach alles, was sie bisher erlebt hatte, in tausend kleine Scherben. Mit einem tierischen Stöhnen kam auch er nun und ergoss sich in sie hinein.
Noch lange lagen sie sich in den Armen und küssten sich. Sie wurde immer ruhiger. Ihr Plan war aufgegangen und es war schöner und intensiver, als sie es sich erträumt hatte. Überhaupt hatte sie noch nie so etwas erlebt. Aber viel wichtiger war, dass sie ab heute kein kleines Mädchen mehr war. Sie war nun eine Frau. Eine richtige Frau und sie freute sich auf die weiteren Lektionen, die sie lernen würde.
»Hat es dir gefallen?« Josefs Stimme riss sie aus ihren Frauenträumen. Sie nickte und legte ihre Wange auf seine Brust. »Das war das Intensivste, was sich je erlebt habe. Danke.« Sie küsste seine Brustwarze und streichelte seinen Bauch. »Für mich auch. Es war toll. Ich dachte nie, dass du so mitmachst. Du warst ja noch Jungfrau.« Helene sah ihn an und lächelte.
»Heiratest du mich jetzt?«, fragte sie nach einer Weile. Augenblicklich hätte sie sich auf die Zunge beißen können. Er stemmte sich auf den Ellbogen

hoch und sah sie verständnislos an. »Weshalb? Wie kommst du darauf? Nur weil wir einmal miteinander geschlafen haben? Du spinnst wohl!« Helene setzte sich auf: »Ach. Das war also für dich nur ‚einmal miteinander schlafen'? Für mich war das viel mehr.« »Ja, ja. Das höre ich andauernd.«
Helene stand auf und ging einige Schritte vom Bett weg. Sie drehte sich splitterfasernackt zu ihm und überkreuzte die Arme. »Das hörst du andauernd? Treibst du es mir jedem dahergelaufenen Flittchen?« »Na, so ist das nicht. Das sind ja keine leichten Mädchen. Das sind alles anständige Frauen. Keine Flittchen.« Sie schüttelte den Kopf: »Ich war also nur eine von vielen für dich? Josef Treitz, du enttäuschst mich.« Er sah ihr zu, wie sie ihren Rock anzog und in die Bluse schlüpfte. Wütend ließ sie sich auf das Sofa fallen und zog ihre Schuhe an. Erst jetzt sah sie, dass ihr Schlüpfer noch unter der Couch lag. Zornig riss sie ihn heraus und stopfte ihn in die Handtasche. Ohne ein weiteres Wort stand sie auf und ging zur Tür. Bevor sie öffnete, sah sie sich noch einmal um: »Ich will dich nie, nie wiedersehen. Verstehst du? Du bist für mich gestorben.« Josef lachte nur: »Ach Lenchen.« »Nenn mich nicht Lenchen. Du Schwein.«

24. Kapitel

Sie kochte vor Wut, als sie die kleine Kammer betrat. Was bildete sich dieser Affe überhaupt ein. Sie war nicht eine von vielen. Dafür war sie sich zu schade. Sie war schließlich keine der billigen Metzen, die sich auf diese Weise einen Mann suchen mussten. Sie hatte einen Mann, der sie heiraten wollte. Und Philippe war auch noch da.
Sie warf sich aufs Bett und schloss die Augen. Unwillkürlich tauchen die Bilder wieder vor ihr auf. »Aber toll war es schon«, lächelte sie. Nun war sie eine richtige Frau. Und noch besser war es, dass sie glücklich war, es mit ihm getan zu haben. Ein leichter Schauer jagte durch ihren Körper. Wie es wohl wäre, mit einem anderen Mann zu schlafen? Vielleicht mit Lafleur. Ob er auch so zärtlich und doch so drängend war? Oder mit Karl Preuß? Wäre dieser dumme, ungehobelte Mensch überhaupt dazu fähig?
Ganz gleich. Treitz würde sie wohl nicht wiedersehen. Und das war auch gut so. Wenn sie diese Gelegenheit nutzte, wäre auch Karl Preuß Geschichte. Und Philippe? Er war ein netter Zeitvertreib, mehr nicht. Oder doch? Irgendwie wusste sie es nicht. Liebte sie ihn vielleicht doch? Sie begehrte ihn ja nicht einmal. So konnte es auch keine Liebe sein. Dazu gehörte doch auch das brennende Verlangen.

Sie zuckte mit den Schultern und griff sich ihre Mappe mit den Aufzeichnungen. Als sie die Tür hinter sich schloss, fiel ihr ein, dass sie immer noch nicht ihre Unterwäsche trug. Lächelnd zuckte sie mit den Schultern und sprang wie ein junges, übermütiges Fohlen die Treppe hinunter. Vor der Tür sah sie Halbach, der schon am Tor stand.

Er sah angeschlagen aus. Seine Augen waren vom Alkohol gerötet und er hatte Mühe, sich auf den Beinen zu halten. ‚Mein Gott‘, dachte Helene, ‚es gehört sich einfach nicht, sich ständig volllaufen zu lassen. Was sollen denn die Menschen über uns denken.‘ Wie auf ein unsichtbares Zeichen strich sie ihre Kleider glatt und ging neben dem schwankenden Halbach her zum Haus der Witwe Bellaire. Es lag nicht einmal zehn Minuten vom Gasthof entfernt.

Schon von weitem konnten sie Martin Bonnet sehen, der inmitten der immer noch heiß strahlenden Sonne stand, und erkennbar litt. Aber Mitleid konnte sie nicht richtig mit ihm haben. Warum nur, musste dieser faule Mensch einen solchen Posten haben? Das war eine Anstellung, bei der es auf Einsatzwille und Initiative ankam. Und da war er völlig fehl am Platz.

Nur wenige Pferdegespanne waren an diesem Mittag auf den staubigen Straßen von Rossbrücken unterwegs. Außer einer Lerche, die unentwegt ihr sommerliches Getriller über den nahen Feldern sang, herrschte gespenstische Stille. Selbst die immerwährende ländliche Kakophonie aus dem Gebrüll der Kühe, Pferdegestampfe und Hundegebell war verstummt.

»Dreckshitze«, fluchte Helene und verfolgte den Weg der Schweißperlen, die über ihren Rücken nach unten rollten. Auch ihr Gesicht war mit kleinen, glitzernden Tropfen übersät. Sie hörte das leise Stöhnen des dicklichen Mannes neben sich. Wie immer hatte er sich viel zu dick angezogen. Helene lächelte beim Gedanken, dass sie wenigstens an der Stelle, die sie zur Frau machte, nicht schwitzte. Es war schon schön, die neue Freiheit zu genießen. Außerdem erregte sie der Gedanke an den Verlust ihres Höschens.

»Befehl ausgeführt«, rief Bonnet schon von weitem und schlug mit der Handkante an seine Mütze, »Den Herrn Lafleur habe ich weggeschickt. Aber mächtig gezetert hat er.« »Gut gemacht Bonnet. Aus ihnen kann noch etwas werden. Die richtige Anleitung und sie könnten gerettet werden.« Ein breites Grinsen zog sich über Bonnets Gesicht und Helene fragte sich, ob er das Lob ernst genommen hatte? War ihm der ironische Unterton in Halbachs Worten nicht aufgefallen?

»Wo ist Monsieur Lafleur jetzt?«, fragte Helene. Martin Bonnet zuckte die Schultern. Ärger stieg in ihr hoch. Noch deutlicher konnte ein Mensch seine Abneigung sie nicht zeigen. Zynisch lächelte sie ihn an und wünschte ihn zur Hölle. »Herr Bonnet«, entfuhr es ihr in einem ungewollt scharfen Ton,

»Beantworten sie meine Frage. Wohin ist Monsieur Lafleur gegangen? In welche Richtung?«
Bonnet zuckte zusammen, fing sich aber sofort wieder. »Da runter«, antwortete er und zeigte in Richtung Westen. »Übrigens«, sein Mund verformte sich zu einem spitzbübischen Lächeln, »Genau in die Richtung, in der die Bellaire gefunden wurden. Also wenn Sie mich fragen ...« »Sie fragt aber niemand«, unterbrach ihn Halbach, »Der Mann hat mit der Sache nichts zu tun. Aber wenn sie sich schon so für ihn interessieren, dann habe ich einen neuen Auftrag für den dienstbeflissenen Polizeidiener. Ziehen Sie ihre Jacke aus und kommen sie mit.«
Halbach riss die hölzerne Gartentür auf und trat in den Vorgarten. Helene staunte, als sie hinter ihm herging, über die blühende Schönheit, die sich in dieser Jahreszeit in voller Farbenpracht befand und dem Betrachter die Sinne zu verwirren suchte. Mitten durch das Meer von Blumen führte ein Steinplattenweg zur Haustür des weiß getünchten Hauses. Sein rauer Putz nahm ihm den strengen, oberlehrerhaften Eindruck, den man von der Straße aus hatte. Dicht neben der Tür, hinter einem gewaltigen Busch, der riesige, weiße Blüten trug, waren zwei Fenster in der Hauswand angebracht.
Kommissar Halbach klopfte an die Tür und wartete darauf, dass ihn jemand hereinbitten würde. Helene grinst: »Was fällt ihnen bei dem Wort ‚Witwe' ein? Das sind Frauen, die alleine leben.« »Unsinn, von

Frankenberg. Sie könnte auch Kinder haben«, lallte er. »Außerdem gehört es sich so.« Langsam drückte er die Türklinke nach herunter. Dunkel lag der Flur da. Menschenleer und kalt. Halbach schob sein mächtiges Gesäß über die Treppenstufen und trat ein.

Er zog jede der abgehenden Türen auf und sah kurz hinein. Helene blieb vor der Tür stehen. Bonnet, der hinter ihr stand, trat von einem aufs andere Bein und suchte an der Hauswand einen winzigen Flecken Schatten.

»Hier«, rief Halbach aus dem Dunkel des Flurs, »Von Frankenberg. Ich habe das Schlafzimmer gefunden. Bonnet soll draußen stehen bleiben. Wir wollen doch keine Spuren vernichten.« Während der Polizeidiener missmutig die Augen in den Höhlen rollte, ging Helene hinein. Vorsichtig trat sie durch die Schlafzimmertür ins heilige Reich jeder Frau. Augenblicklich spürte Helene den kühlen Lufthauch, der vom Fenster her wehte. Fast unmerklich bewegte er die leichten Vorhänge, die immer noch zugezogen waren.

Sie sah sich um. Hier im Zimmer war nichts Spektakuläres zu sehen. Zwei getrennte Betten, die zusammengeschoben ein Doppelbett bilden konnten. Auf einem der Betten war die Decke, das Kissen in einem tadellosen Zustand. Die Bettwäsche des anderen Bettes zeigte die Spuren einer Person. Die Decke war am Fußende zusammengeschoben, das Kissen eingebeult und zeigte den Abdruck eines zierlichen

Kopfes. Einige dunkelblonde Haare lagen in der Kissenkuhle.

Ein riesiges Bild, auf dem die Erweckung der sieben schlafenden Jünglinge von Ephesus zu sehen war, schmückte die weißgekalkte Wand. Die Wandfarbe war einfach auf den rohen Putz aufgetragen worden, ohne vorher eine Tapete anzubringen. Magdalena Bellaire schien selbst zu den Zeiten, als ihr Mann noch lebte, finanziell nicht sonderlich gut aufgestellt gewesen zu sein. Ein Waschtisch, ein Stuhl davor, einer in einer Ecke. Die Kleider, die sich die Witwe vor ihrer vermeintlichen Entführung ausgezogen und sauber über einen Kleiderständer gehängt hatte. Noch immer stand Wasser in der Waschschüssel, lag ein Waschlappen daneben. Ein Handtuch, das wie weggeworfen auf den Boden lag. Sonst nichts.

Die Stille im Raum war bedrückend. Selbst Halbach schwieg. Er war nachgekommen und warf nur einen kurzen Blick auf das unordentliche Bett. Auf Zehenspitzen ging Helene zum geöffneten Fenster und zog vorsichtig die Vorhänge zurück. Das Sonnenlicht fiel ins Zimmer und offenbarte die Spuren, die das Leben zweier Menschen hinterlassen hatte. Der dichte Busch vor dem Fenster bildete einen natürlichen Sichtschutz. Selbst in den Garten war der Blick fast ganz versperrt. Sie versuchte sich mit dem Oberkörper aus dem Fenster zu lehnen, da die Fensterkante aber höher als ihre Hüfte war, gelang es ihr zuerst nicht. Schweigend

sah ihr Halbach, der im Türrahmen stehen geblieben war, zu.
Schnell wie eine Raubkatze sprang Helene zu dem heruntergefallenen Handtuch und hob es vorsichtig auf. Sie wollte keine Spuren verwischen. »Was haben sie vor«, hörte sie Halbach fragen. »Ich brauche eine Unterlage um aus dem Fenster zu sehen«, erklärte sie gedankenversunken. Anscheinend war es von seinem Platz auf dem Waschtisch herabgerutscht. Sie nutzte das Handtuch als Unterlage und schwang ihren Hintern auf das Fensterbrett.
Von hier aus sah sie nun auch den weichen, lockeren Gartenboden. »Herr Halbach, es ist genau, wie ich es mir gedacht hatte. Dort unten sind Fußspuren. Wahrscheinlich hat der Täter dort gestanden und auf seine Gelegenheit gewartet.« Halbach nickte geistesabwesend.
»Bonnet«, brüllte er plötzlich. Augenblicklich stürmte Bonnet herein. »Sie fahren zu Beauchamps und holen mir da Übliche. Er weiß schon. Und beeilen sie sich. Ich habe Durst wie ein Bär.«
»Jawohl Herr Kommissar. Das Übliche. Und schnell.« Er schlug seine Handkante an die Mütze. Halbach sah ihn an: »Bonnet. Wenn sie mit einem warmen Bier hier ankommen, sind sie ihren Job los. Und jetzt beeilen sie sich.«
Bonnet rannte, so schnell er konnte, zu seinem Rad. Halbach folgte ihm nach draußen. »Sehen sie, wie er rennt, von Frankenberg? Zucht und Ordnung.

Das können nur Männer. Und nun sehen wir mal, was sie dort so Bedeutungsvolles gefunden haben.«
Mit hochgezogenen Augenbrauen ging sie hinter ihm her. Warum konnte er nicht einmal etwas Positives sagen? Immer diese Spitzen gegen sie. Draußen sah sie, wie Halbach hinter den Busch schlüpfte.
»Huh«, spottete er kurze Zeit später. »Sie haben wirklich einmal Recht. Es kommt ja nicht so oft vor, aber diesmal stimmt es. Dort sind Fußspuren. Von Frankenberg, sie sind ein Trottel. Das könnte vielleicht einfach er Gärtner gewesen sein.« »Ja, spotten sie nur. Haben sie sich schon einmal die Einrichtung des Hauses angesehen? Sieht das aus, als ob die Witwe Bellaire Geld hatte, um einen Gärtner zu beschäftigen?«
Halbach schlüpfte unter dem Busch hervor: »Glauben sie wirklich, dass das hier alles eine schwache Frau gemacht hat?« »Ja, das glaube ich. Wir können auch einiges leisten.« Friedrich winkte ab und drehte sich wieder um. »Gut. Nehmen wir mal an, das wären die Fußabdrücke des Mörders. Wie ist er dann dort hochgekommen? Geflogen?« »Was weiß ich. Aber ganz gleich, wer die Spuren hinterlassen hat, wir sollten sie sichern. Bonnet soll Gips besorgen.« »Bonnet besorgt jetzt Bier. Das ist wichtiger. Wenn er danach noch Zeit hat, kann er von mir aus auch Gips holen.«
»Aber sehen sie sich doch mal um. Das ist ein perfekter Ort um ungesehen das Haus auszuspähen.« »Ich bin immer noch der Meinung, dass der Mörder

niemanden ausspionieren musste. Er wohnt schließlich in diesem Haus. Ich sage es nochmal: Lafleur war es. Alles spricht für ihn. Er hatte die Zeit, die Gelegenheit und war gerade auf dem Weg zu seiner Baustelle. Hätte sich die Bellaire nicht so heftig gewehrt, wäre sie jetzt irgendwo im Beton der neuen Brauerei verschwunden.«
Helene antwortete nicht. Wie ein gehetztes Stück Wild kam Bonnet um die Ecke geradelt. In seiner Hand einen Krug mit Bier. Durstig nahm Halbach einen großen Schluck und sah Bonnet lächelnd an: »Das haben sie gut gemacht, Polizeidiener. Jetzt hat das Fräulein noch einen Wunsch.« Missmutig sah Bonnet zu Boden. »Na los, von Frankenberg. Hetzen sie dieser armen Kerl durch die brütende Hitze.« Helene schüttelte entrüstet den Kopf: »Wenn er Bier holt, ist das in Ordnung. Aber einen Sack Gips zu holen ist zu viel verlangt?« Bonnet sah sie mit großen fragenden Augen an. »Das ist nicht ihr Ernst«, hauchte er entrüstet, »Wissen sie, wie schwer ein Sack Gips ist?« Sie trat einen Schritt auf Bonnet zu und rückte so nah an ihn heran, dass sich ihre Nasen fast berührten: »Es ist mir gleich, wie schwer ein Sack Gips ist. Ich will nur diesen verdammten Fall lösen und dann wieder weg aus diesem Kaff. Von mir aus bringen sie einen Eimer. Aber verschwinden sie jetzt augenblicklich. Sonst vergesse ich mich.« Hasserfüllt sah er sie an und verschwand.

Halbach lachte prustend los: »Sie haben ja ein Temperament. Den armen Kerl so einzuschüchtern.« Er nahm noch einmal einen großen Schluck Bier und stellte dann den Krug auf das Fensterbrett. »So. Und wie denken sie, kann jemand von hier aus ins Haus gelangen? Ich bin ja immer ...« »Jaja«, unterbrach sie ihn, »Lafleur!« »Ich merke, wir verstehen uns immer besser.«

»Wie wird er dort hochgekommen sein? Vermutlich hat er sich oben festgehalten und ist dann hochgestiegen. Das ist eigentlich eine Männerdomäne. Oder denken sie, dass wir Fensterklettern in der höheren Töchterschule auf den Stundenplan haben?« »Also ich bin ein Mann und würde da nie hinaufsteigen können«, lächelte er.

»Hallo Fräulein Helene.« Sie sah an den Blumen vorbei zum Gartentürchen. Philippe Lafleur stand da wie ein begossener Pudel und sah ihnen zu. Helene richtete sich auf und lächelte ihn an: »Ach, Philippe. Sie schickt der Himmel. Wir brauchen ihre Hilfe. Kommen sie rein.« »Nein«, brüllte Halbach und sprang hinter dem Busch hervor. »Er ist ein Tatverdächtiger und bleibt, wo er ist.« »Mein Gott«, fluchte Helene und drehte ihre Augen zum Himmel, »Sie kommen ja da nicht hoch. Also beschweren sie sich nicht, wenn ich einen Ersatz bitte, mir zu helfen.« »Von Frankenberg, werden sie bloß nicht kratzbürstig. Von mir aus kann er reinkommen. Aber ich behalte ihn im Auge.«

»Kommen sie rein, Philippe. Können sie mal das zu Fenster reinklettern.« Lafleur sah sie unverständig an: »Bitte?« »Hochklettern Lafleur«, fauchte Halbach, »So wie sie gestern Abend eingebrochen sind.« »Hört das denn niemals auf? Ich sage doch, dass ich unschuldig bin.« »Jaja. Sie sagten es bereits. Aber ich bin immer noch ...« »Dann klettern sie selbst dort hoch. Ich bin Franzose und unschuldig. Ich bin ein Ehrenmann. Also behandeln sie mich auch so.«
Halbach rümpfte die Nase: »Jawohl sie Ehrenmann. Steigen sie jetzt hoch oder muss von Frankenberg dort hoch?« »Ich steige hoch. Aber nur um die Ehre von Fräulein Helene zu schützen.« Helene lächelte ihn dankbar an. »Aber lassen sie uns an das andere Fenster gehen. Damit wir hier die Spuren nicht verwischen.
Halbach ging die wenigen Schritte um den Busch herum und Lafleur folgte ihm. Helene rannte ins Zimmer und öffnete das Fenster. »Wie soll ich es machen?« Friedrich sah ihn erstaunt an: »Sind sie noch nie in ein Fenster gestiegen?« »Das ist in unseren gesellschaftlichen Kreisen nicht üblich, Herr Kommissar. Also, wie?« »Mein Gott. Lassen sie sich was einfallen. Stellen sie sich vor, sie wollen heute Nacht von Frankenberg in ihrem Zimmer besuchen.« »Bitte?«, brüllten beide im Chor.
Friedrich lachte los und äffte die beiden nach: »Bitte? Fräulein Helene ist nicht so.« Er zeigte nach oben zum Fensterkreuz: »Wenn ich ihnen sage,

wie sie hochklettern sollen, was erfahren wir dann? Wir wissen, wie ich es befohlen habe. Aber nicht wie es der Täter gemacht hat. Also versuchen sie ruhig. Und sie da oben sehen zu, wo er anfasst und wo er hintritt. Alles ist wichtig. Verstanden?« »Ja«, erschall es im Choral.
Helene sah sich um. Sie stand im Wohnzimmer der Witwe. Alles war tadellos gepflegt und allerlei Erinnerungsstücke standen im glänzend lackierten Schrank. Zwei Sessel und ein kleiner, aber durchaus feiner, ebenfalls hochglänzend polierter Tisch standen in der Mitte des Zimmers. Wahrscheinlich war dieser Raum auch der Mittelpunkt ihres Lebens gewesen.
Als Philippes Finger sich um den Fensterrahmen krallten, wurde sie wieder aus ihrer Melancholie gerissen. Schon jetzt keuchte er wie eine alte Dampflok. Sie hörte das schabende Geräusch seiner Füße auf dem Putz und beugte sich ihm nach draußen entgegen. »Also so kann der Täter nicht eingestiegen sein. Das Geräusch weckt ja Tote auf. Die Witwe hätte ihn sicherlich gehört.« Halbach nickte: »Lafleur. So wird das nichts. Strengen sie sich mal etwas an. Ich denke, beim französischen Militär gibt es die härteste Ausbildung der Welt. Behaupten die Franzosen wenigstens. Sie haben doch gedient?« »Ja. Habe ich«, keuchte er. Sie sah zu Philippe hinab. Sein Kopf war rot vor Anstrengung.

»Herr Kommissar. Können sie die Spuren am Putz erkennen? So wie es Herr Lafleur hier zeigt, muss auch er beim Einsteigen den Verputz beschädigt haben.« Halbach ging wieder in die Hocke und untersuchte die Wand. Nach einigen Sekunden kam er hervor und zeigte auf eine imaginäre Stelle an der Mauer. »Hier, Lafleur. Genau hier müssen sie den Fuß hinsetzen. Und zwar den, Moment ...« Er ging noch einmal um den Busch herum und kam mit strahlender Mine zurück. »Setzen sie den linken Fuß an die Wand. Und dann nach oben mit ihnen. Machen sie ihrem Land ein wenig Ehre. Und vor allem beeindrucken sie mal diese junge Frau. Sonst bekommen sie nie eine ...« »Herr Halbach«, fauchte Helene von oben herab.
Ächzend schob sich Lafleur langsam nach oben und schwang sich mit hochrotem Kopf ins Zimmer. Helene sah ihm nicht ohne Begeisterung zu. Das Unterfangen war nicht so leicht, wie es der Kommissar darstellte. »Philippe setzen sie sich hier hin. Und bleiben sie sitzen, bis ich wieder hier bin.« Er nickte nur. Sein schwergängiger Atem ließ ohnehin keine weitere Konversation zu.
Helene huschte aus der Tür und schon stand sie vor Halbach, der die Spuren Lafleurs mit denen des Täters verglich. »Also der war es sicher nicht«, raunte Halbach. »Dieser französische Versager schafft es ja gerade mal hoch. Da kann er nicht noch jemanden davontragen. Aber vielleicht spielt er uns ja nur was vor? Also wenn sie mich fragen,

mit dem werden sie keinen Spaß haben.« Sie sah ihn an, antwortete aber nicht.

»Herr Kommissar. Ich habe eine Idee.« Halbach lachte: »Sie und ihre Ideen. Aus welchem Buch sind sie dieses Mal?« Unbeeindruckt sprach sie einfach weiter: »Wissen sie, dass mir ihre ständigen, gehässigen Anspielungen auf die Nerven gehen. Sie werden schon sehen, dass es klappt. Die Idee stammt aus einem Buch von Sir William James Herschel. Er ist Engländer und hat erstmals über die Daktyloskopie geschrieben.«

Halbach sah sie verständnislos an: »Über was?« »Die Methode Fingerabdrücke zur Überführung zu nehmen.« »Fingerabdrücke. Ach so, warum sagen sie es nicht gleich. Das kenne ich natürlich.« Er machte eine Pause. Es dauerte eine Weile, bis er fortfuhr: »Wie war das nochmal? Ach, von Frankenberg, sie kriminalistisches Lexikon. Lassen sie mich an ihrem Gedankenerguss teilhaben. Wie wollen sie das machen? Sie haben hier nichts. Dazu braucht man doch bestimmt einiges?«

»Sie sagten doch, dass sie die Methode kennen. Allzu viel werde ich nicht brauchen. Ich habe mir vorgestellt, es mit Kohlestaub zu versuchen.«

Er winkte ab: »Machen sie doch, was sie wollen.« Er ging am anderen Fenster vorbei, griff sein Glas und schlenderte unter den Baum in den Schatten. »Nehmen sie ihre Fingerdings und ich beaufsichtige Bonnet. Falls er noch einmal zurückkommt.«

Helene atmete tief durch, als sie die kleine Küche betrat. Die Luft war stickig und abgestanden. Nur ein kleines, hoch oben angebrachtes und vergittertes Fenster ließ eine winzige Menge Frischluft in den Raum. Ein mächtiger Kohleofen bildete ein wuchtiges Gegengewicht zu der hölzernen Bank, die mit einem Tisch in einer der Ecken stand. Ein hölzerner Schrank mit gläsernen Fenstereinsätzen stand noch zusätzlich an einer Wand. Kein einziges Bild hing da. Einige Töpfe und Pfannen hingen über dem Herd an einer Hakenleiste und warteten auf ihren Einsatz. Irgendwie hatte sie das Gefühl, in diesem Ort waren alles Küchen gleich.

Helene riss die Schranktüren auf und durchsuchte die Fächer. Teller, jede Menge feines Geschirr, Messern, Gabeln und Gläser. Aber was sie suchte, fand sie erst hinter der letzten Klappe. Sie zog den schweren, aus Granit hergestellten Mörser heraus und trug ihn mit beiden Händen umklammert zum Tisch. Die Ofentür quietschte erbärmlich, flehte geradezu nach einem Tropfen Öl, als sie den Hebel umlegt und den Verschluss aufzog. Ein Stück verbranntes Holz hatte sie schnell gefunden. Mit einem Krachen zersplitterte es unter dem Druck des Mörserstößels und nach wenigen Augenblicken war aus dem ehemals festen Klumpen staubfeines Mehl geworden.

Als sie die Stube betrat, saß Philippe noch immer auf dem Sessel. Lediglich sein Atmen war jetzt wieder flach und normal. Sein Kopf war immer noch hochrot. Verwundert folgten seine Augen der vorbeieilenden jungen Frau. Schwungvoll ließ sie sich aus dem Fenster hängen und sah zu Halbach, der gerade Bonnet den Auftrag zum Ausgießen der Fußspuren erklärte.

»Ich werde zuerst hier versuchen«, raunte sie Philippe zu. Lächelnd drehte sie sich zu ihm um. Er nickte nur erschöpft. »So müde?« Wieder nickte er wortlos. »Aber es ist doch nur ein Fenster gewesen.« Sie stellte den Mörser auf das Fensterbrett und schlenderte auf ihn zu. »Danke, dass sie meine Ehre nicht befleckt haben. Danke vielmals!« Sie drückte ihm einen Kuss auf die Wange. Dabei achtete sie darauf, dass sie die Lippen an seinem Mundwinkel traf.

Philippes Atem begann wieder zu fliegen. Langsam ließ sie sich ganz dicht bei neben ihm auf das Sofa sinken. »Wenn sie gestern Abend nicht gekommen wären.« Sie senkte den Blick. »Also doch«, hauchte er, »Die Frauen auf dem Fest wollten mir erzählen, dass sie mit diesem Kerl herumgemacht hätten.« Helene setzte ihren verletztesten und zugleich entrüstetsten Gesichtsausdruck auf: »So denken sie also über mich?« Sie drückte eine Träne aus dem Augenwinkel.

Lafleur stand auf: »Nein. Fräulein Helene. Weinen sie nicht. Das würde ich niemals, ich schwöre es ihnen, das würde ich nie im Leben über sie denken.

Ich weiß, dass Treitz ein schlechter Mensch ist.«
Sie nickte: »Wenn sie mich nicht gerettet hätten, wäre er über mich hergefallen. Aber sie sind mein Held.« Sie stand auf und trat dicht vor ihn. Zärtlich küsste sie ihn auf den Mund. Sie sah seinen überraschten Blick. »Danke. Sie haben meine Jungfräulichkeit gerettet. Wer weiß, was dieser Schuft mir alles genommen hätte. Oh Philippe.« Noch einmal küsste sie ihn auf den Mund. Wie zufällig legte sie ihre Hand auf seine Brust und ließ sie während des Kusses nach untern, zu seinem Hosenbund rutschen. Dann senkte sie theatralisch ihren Blick.
Auf Lafleurs Stirn stand der Schweiß. Er schluckte aufgeregt. »Wenn sie mich jetzt um etwas, ganz gleich was, bitten würden, ich würde es tun. Ganz gleich was.« Sein Kopf wurde feuerrot.
Langsam drehte sie sich um und ein breites Lächeln überzog ihr Gesicht. Sie war selbst erstaunt, was sie mit Männern alles machen konnte. Wenn sie es richtig anstellte, konnte sie jeden Mann wie feuchten Sand formen. Eine Erkenntnis, die sie bis heute Morgen noch nicht in sich vermutet hatte.
Mit schwingendem Becken schwebte sie wieder zum Fensterbrett. Vorsichtig nahm sie mit einem Löffel etwas von dem feinen Pulver aus dem Mörser und pustete es auf die Stelle an der sie die Fingerabdrücke vermutete. Nichts geschah. »So ein Mist«, fluchte sie leise, »Das geht doch so. Ich weiß es doch. Ich habe es doch gelesen.« Wieder

ließ sie eine Staubwolke darüber rieseln und erschrak. Ein wohliger Schauer lief ihr über die Arme und ließ die feinen Härchen Handstand machen. Zwei schwarze Punkte, etwa so groß wie eine Fingerkuppe, zeichneten sich ab. Feine, wirre Linien, die eindeutig von den Fingern Lafleurs stammen mussten.

»Es funktioniert«, sie sah zu Lafleur, »Es funktioniert wirklich.« Noch bevor Philippe etwas sagen konnte, rannte Helene ins Schlafzimmer. Philippe saß wie angewurzelt auf dem Sofa und sah ihr nach. Sekunden später hörte er ihr Blasen und dann ihre kleinen, leisen Jubelschreie. Schon wenige Minuten später kam sie mit ihrem Schreibblock unter dem Arm, zurück und winkte Philippe zu: »Kommen sie Philippe. Es gibt was zu feiern.« Triumphierend hielt sie die Blätter aus Papier hoch.

Schneller als Lafleur ihr folgen konnte, rannte sie nach draußen und hielt Halbach die Zeichnung hin. Erstaunt sah er das Kunstwerk an. »Was soll dieses Geschmiere sein? Da malt ja jedes Kind besser.« »Eigentlich sollten sie das wissen. Das ist ein abgemalter Abdruck eines Fingers. Vermutlich eines Zeigefingers.« »Aber natürlich weiß ich das. Sie vergessen, dass ich einer der besten Kriminaler in Saarbrücken bin«, bellte er.

»Ich wollte sie nur noch mal testen, von Frankenberg. Aber wie wollen sie sicher sein, dass er vom Täter ist. Und was wollen sie jetzt mit diesem Gekritzel erreichen? Nichts. Wenn das etwas aussagen würde, wäre es Standard bei der Polizei.« Endlich hatte sich Halbach gefangen und der gewohnte Oberlehrerton war wieder ein Teil seiner selbst.

»Zu Frage eins«, Helene überdachte ihre Aussage genau, »Ich bin sicher, dass das ein Abdruck des Täters ist. Er saß innen am Fensterrahmen, gerade so, wie niemand von drinnen so hinfassen kann. Und zu der zweiten Frage, wir sollten jetzt alle blonden und rothaarigen Männer ihre Finger untersuchen lassen.«

Sie nahm ihren Block in die Hand und sah ihn an: »Und es ist übrigens Teil der Ermittlungsarbeit bei den Kriminalisten in England.« Er zog die Augenbrauen nach oben: »Na dann. Wenn es die Inselaffen machen, dann wird es die Welt verändern. Träumen sie weiter. Aber wenn sie sich lächerlich machen wollen, untersuchen sie die Finger der Männer. Meinen Segen haben sie. Ich werde mich aber nicht zum Kasper hier machen lassen.«

»Aber ich habe auch etwas zu vermelden. Ich habe einen guten Abdruck vom Schuh des Täters. Es scheint sich um eine Stiefelsohle zu handeln. Vermutlich einen französischen Militärstiefel. Die habe ich nach Krieg zu Hauf gesehen und kann ein einigermaßen sicheres Urteil abgeben. Ich frage mich nur, wer noch so ein Paar besitzt. Die sind schließlich schon über dreißig Jahre alt. Und außerdem habe ich einen winzigen Fetzen vom Nachthemdstoff im Busch gefunden. Ihre Annahme war ...«

Halbachs Satz ging im plötzlichen Geschrei unter. Wie von einer unsichtbaren Schnur gezogen, schnellten Helene und Friedrich zeitgleich herum und reckten ihre Hälse um zu sehen, wo der Lärm herkam. Die aufgeschossene Blumenpracht machte aber jede Sicht zunichte.

Ruppig schob Halbach Helene beiseite und rannte auf die Straße. Er sah sich um. Einen Wimpernschlag später sah sie die aufgebrachte Horde Menschen, die sich um etwas gescharrt hatten. »Herr Kommissar, dort drüben. Die Männer.« Seinen Kopf drehen, den Mob erkennen und loszurennen, fanden anscheinend bei Halbach zur gleichen Zeit statt. Helene rannte, so schnell sie konnte, hinter ihm her. Nie hätte sie diesem kleinen, korpulenten Mann eine solche Geschwindigkeit zugetraut.

Es waren fünfzig, siebzig, vielleicht auch hundert Meter zu den Männern, die wie besessen schreiend auf irgendetwas einschlugen. Sie traf kurz nach Halbach an der Stelle ein, erkannte Bürgermeister Frederic Solange, einige Bauern und auch Luis Beauchamps, ihren Wirt, der wie besessen auf etwas eintrat. Dabei schwoll das Gejohle der Gruppe an, als wären sie auf einem Schlachtfeld und würden gegen ihre schlimmsten Feinde kämpfen. Sie konnte ihren Blick nicht von der Szene abwenden. Es war ihr, als sei sie gierig zu erfahren, wer oder was das Opfer dieses Massakers war. Aus den Augenwinkeln sah sie Halbach mit aufgerissenem Mund. Sie vermutete, dass er etwas rief. Aber keines seiner Worte drang durch den Lärm der Bauern.

Sekunden später zerriss ein Knall die Luft. Schlagartig versiegte der Lärm. Sie sah zu Halbach, der mit seiner Pistole in die Luft geschossen hatte. »Was macht ihr da?«, brüllte er. Seine Stimme klang heiser. »Weg da, oder ihr zwingt mich zum Äußersten!« Missmutig traten die Männer einige Schritte nach hinten. Vor ihnen lag der schwarze Ludwig Vierzehn. Blutend, stöhnend, anscheinend seinem Ende nah.

»Was habt ihr getan«, schrie Halbach mit überschlagender Stimme, »Was hat euch dieser Mensch getan. Ihr Tiere!« Einer der Bauern, Helene hatte ihn im Gasthaus gesehen, aber seinen Namen vergessen, sprach als Erster: »Na, der da. Der Neger. Der hat doch die Magdalena umgebracht. Und bestimmt finden wir die Anne auch bei ihm. Und die Polin geht sicher auch auf sein Konto.« Ein beipflichtendes Gemurmel ging durch die Reihen der Männer.

Halbach beugte sich zu dem Schwarzen hinab. Er lag zitternd da. In seinen Augen war nur noch das Weiße zu sehen. »Vorwärts. Holt Morlat. Schnell, den Doktor.« Halbach hob seinen Blick und sah in die Menge. Niemand bewegte sich. Selbst Bonnet, der den beiden nachgelaufen war, stand wie eine steinerne Figur in den Reihen der Bauern. »Haben sie nicht verstanden. Los, Bonnet, holen sie den Doktor.« Kopfschüttelnd blieb der Polizeidiener stehen.

Schneller als Helene es je von ihm erwartet hätte, sprang er auf und war einen Wimpernschlag später bei Martin Bonnet. Mit einer Handbewegung, die so schnell war, dass Helene sie nicht mit den Augen verfolgen konnte, riss er seine Pistole hoch und drückte sie Bonnet auf die Stirn. »Bonnet, ich warne sie. Wenn sie nicht auf der Stelle meinen Befehl ausführen, erschieße ich sie hier und jetzt. Sollte dieser Mensch hier sterben, hat auch ihre letzte Stunde geschlagen. Koste es mich, was es wolle. Verstanden?« Bonnet stand steif da und schwitzte. Vorsichtig nickte er. »Los jetzt. Aber schnell.« Kaum lockerte sich sein Griff, mit dem er den Mann gehalten hatte, saß dieser auch schon auf seinem Rad und fuhr davon.

Dann drehte er sich zu den anderen Männern um. »Und wir, meine Herren, sprechen uns noch. Los ...«, er deutete mit der immer noch gezogenen Pistole auf zwei der Bauern, »Sie nehmen ihn und bringen ihn ins Haus der Witwe Bellaire. Und sie, von Frankenberg, bewachen den Eingang, dass niemand hineingelangt. Wenn Morlat kommt, zeigen sie ihm den Weg.«

25. Kapitel

»Hier Doktor Morlat«, rief Helene aufgeregt aus dem Schatten des Baumes, unter dem sie Schutz vor der glühenden Sonne gesucht hatte. Albert Morlat kam mit großen, schnellen Schritten angerannt. Schon von weitem hatte sie ihn kommen sehen und sprang nun, um sich besser sichtbar zu machen, auf die staubige Straße. Noch immer standen die Männer, die Ludwig Vierzehn in den Staub geprügelt hatten, auf der gleichen Stelle. Die anfängliche Aufgebrachtheit hatte sich gelegt und schien einer Art Resignation gewichten zu sein.
Mit ausholenden Gesten schwang der Wirt Luis Beauchamps eine Rede. Helene konnte nicht verstehen, um was es darin ging. Die energischen Worte des Mannes gingen im allgemeinen Gemurmel und den Beipflichtungen unter. Die Gruppe der Menschen erweckte nicht den Eindruck, als wäre das Unrecht ihrer Handlungen schon in ihr bäuerliches Gehirn vorgedrungen.
»Was ist passiert?«, rief Morlat schon von weitem, rannte atemlos auf Helene zu, »Martin Bonnet war außer sich vor Aufregung. Er hat andauernd von Erschießen gefaselt. Wer ist erschossen worden?« Ohne zu antworten, ging sie mit zügigen Schritten vor dem Arzt her. »Wir haben einen schwer verletzten Mann. Hier drin ist er. Halbach kümmert sich um ihn. Es ist Ludwig Vierzehn.«

Helene stieß die Tür zum Haus auf und erschrak als sie keine Schritte mehr hinter sich vernahm. Sie drehte sich um. Mitten auf dem Weg war Morlat stehen geblieben. Fragend sah sie ihn an.
»Der Neger?«, fragte Albert Morlat verständnislos, »Den behandele ich nicht!« Er wandte sich um und wollte gehen. »Albert, bleib stehen!«, hörte Helene Halbachs Stimme hinter sich. Allem Anschein nach war er von den Stimmen nach draußen gelockt worden.
»Du wirst diesen Mann jetzt untersuchen«, die Ärgerlichkeit war ihm nun deutlich anzuhören und er musste sich sichtlich zusammennehmen, »Ich bitte dich darum.« Energisch schüttelte der Doktor den Kopf: »Friedrich? Bist du von Sinnen. Du bittest mich, diesen Neger zu behandeln. Nein. Verlange das nicht von mir. Mach doch mal die Augen auf. Das ist vielleicht der Mörder der jungen Frauen.«
Plötzlich erschien es Helene, Halbach noch nicht kennengelernt zu haben. In Sekundenschnelle verwandelte er sich zu einem vollkommen anderen Individuum. Urplötzlich brüllte er los: »Doktor Morlat, sie werden ihn jetzt augenblicklich untersuchen. Und sie werden alles tun, um ihm zu helfen!« Halbach nahm einen tiefen Atemzug, gerade so, als wolle er zum nächsten Kriegsgeschrei anheben. Aber Morlats einknickender Körper gab ihm das Zeichen, dass seine verbale Kugel ihr Ziel gefunden hatte. »Oder soll ich eine Untersuchung

gegen dich einleiten? Soll bekannt werden, dass du keines der jungen Opfer untersucht hast? Sollen alle deine medizinischen Verfehlungen und deine Unterlassungen ans Tageslicht kommen? Dann möchte ich mal sehen, wie du erklären willst, warum viele Opfer dieses Verbrechers niemals bekannt werden. Willst du das wirklich?«

Mit jedem hingeworfenen Vorwurf wurde Morlats Gesicht roter. Zerbrach da gerade eine aufkeimende Männerfreundschaft in tausend Stücke? Vor allem ein Satz elektrisierte Helene. Morlat hatte die toten Mädchen überhaupt nicht besucht? Was wusste Halbach von seinen Nachlässigkeiten? Und warum hatte er nicht sofort Anzeige erstattet.

Ein kalter Schauer lief ihr über den Rücken. War es möglich, dass noch mehr junge Frauen und Mädchen dem Mörder zum Opfer gefallen waren? Das wäre ein Skandal, wie es keinen Zweiten gab. »Mein Gott«, entfuhr es ihr, »Sie sind ein Schwein, Herr Doktor.« Ihre Hand klatschte auf die Wange des Arztes. »Schämen sie sich. Sie sind nicht besser als dieses Tier, dass die Mädchen umbringt.« Angewidert drehte sie sich um und bohrte ihren Blick in die Blumenbeete.

»Los, rein jetzt«, befahl Halbach. Morlat ging murrend voran und rieb sich die Wange. Helene blieb vor der Tür stehen. Innerlich kochte sie vor Wut. Wenn er die toten Frauen nicht untersucht hatte, waren es vielleicht noch viel mehr, als sie

jetzt vermuteten. Plötzlich hatte sie das drängende Gefühl, sich übergeben zu müssen.
Durch die geöffnete Tür drangen nun die stöhnenden Laute Ludwigs nach draußen. Sie war oft anderer Meinung als Halbach, aber was die Unschuld des Schwarzen betraf, stimmte sie ihm zu. Er erschien so ruhig und sanftmütig und war überhaupt nicht der Typ Mensch, der so abscheuliche Verbrechen verüben konnte. Andererseits, wie sah denn ein solcher Mensch aus? Sie hatte Vierzehn bisher nur ein Mal kurz gesehen. Da wirkte er so abwesend, als wäre so von Heimweh zerfressen, dass er in seinen Gedanken in einem anderen Land war.
Kraftlos ließ sie sich auf die steinerne Treppenstufe fallen und starrte abwesend in den Vorgarten. Hier blühte und gedieh alles, schoss das Leben aus dem Boden und demonstrierte seine immerwährende Kraft. Wie viel Mädchen hatte diese Bestie bisher vom Leben zum tot befördert? Wenn sie eine hier eine Aufgabe hatte, dann war das herauszufinden, bestimmt ein Teil davon.
Bilder des letzten Opfers tauchten auf. Das blasse, zierliche Gesicht von Polina Stoch. Vielleicht gab es ja ein Leben nach dem Tod und für die Mädchen war es nur eine kurze Zwangspause. Es musste so etwas geben. Nur sie wusste es eben nicht. An ihr war diese Erkenntnis bisher vorbeigegangen. Aber warum sollten sonst Scharen von Männern ihr Leben freiwillig für was auch immer in den zahllosen Kriegen einfach wegwerfen.

Möglicherweise waren es aber auch sentimentale Gründe, welche die Gefallenen zu ihrem Opfer bewegt hatten. Vielleicht taten sie es, weil ihnen dann die Bewunderung der Damenwelt sicher war?
Auch ihr gefiel es, mit den Männern aus dem deutsch-französischen Krieg zusammenzusitzen und ihre Geschichten zu hören. In manchen Momenten spürte sie die Bewunderung in sich, wenn ein Kämpfer von den vielen Franzosen, die er hier auf den Spicherer Höhen hingemetzelt hatte, erzählte. Vermutlich war ein großer Teil der Heldensagen gnadenlos übertrieben, aber jede Geschichte hatte sicher einen wahren Kern. Die Grausamkeiten, die auf den Schlachtfeldern von beiden Seiten verübt wurden, faszinierte sie immer wieder von neuem. War sie deshalb mitschuldig? Oder vielleicht war sie innerlich ebenso verdorben, wie die Soldaten, die auf ihre Getöteten stolz waren. Möglicherweise waren die bewundernden Zuhörer noch schlimmer als die Mörder selbst. Die meisten der Kriegsveteranen waren ja nicht aus eigenem Willen eingerückt. Sie waren zum größten Teil nur der Stimme von Kaiser gefolgt.
Nein, sie war noch schlechter als die Männer, die auf den Schlachtfeldern töteten. Sie waren auf Befehl mit dem Tod konfrontiert worden. Und sie?. Sie hatte sich diesen Weg selbst gewählt. Wie oft hatte sie bei ihrem Vater gesessen und mit Engelszungen auf ihn eingeredet, er solle doch seine Kontakte für sie nutzen. Stets musste sie

einen Moment abpassen, in dem ihre Mutter das Haus verlassen hatte, oder mit ihren Freundinnen zusammensaß. Die Einmischungen ihrer Mutter fand Helene als Angriff auf ihre persönliche Entwicklung. Jetzt, hier auf der Treppe, in der Sonne, so nahe bei einem Mörder, der möglicherweise unerkannt hinter der nächsten Ecke lauerte, kamen ihr die Mutter-Tochter-Grabenkämpfe wie ein zusammengereimtes Märchen vor. In diesem Moment würde sie alles eintauschen, um noch einmal mit fünfzehn Jahren in ihrem Mädchenzimmer zu sitzen und ihrer Mutter Widerworte geben. Alles von damals erschien ihr heute so mühelos, so ohne jede Sorge. Ja. Sie selbst war schlimmer als alle anderen und sie hätte auf ihre Mutter hören sollen. Sie hatte den Umgang mit Tod und Verbrechen selbst gewählt und war deshalb ebenso gestört und böse wie der Mörder selbst.

Schritte, die durch den Flur hallten, rissen sie aus der mütterlichen Zweisamkeit, zurück in die Realität. Morlat kam aus dem Flur gehastet. Im Vorübergehen warf er ihr einen verächtlichen Blick zu.

»Von Frankenberg«, nickte Halbach. Sie wusste, was ihr nun blühte. Ein ordentlicher Rüffel, weil sie Morlat geohrfeigt hatte. Zu allem Elend musste sie dem dicken Kommissar auch noch recht geben. Das durfte einer Amtsperson nicht passieren.

»Bitte bleiben sie hier und sehen Sie nach ihm«, bat der Kommissar, »Ich werde dem Polizeidiener

ein paar Worte sagen und den Transport organisieren. Er ist zwar schwer, aber nicht lebensgefährlich verletzt. Aber er muss in seine Hütte.« Helene nickte nur. Ein ‚Bitte' aus seinem Mund war fast so etwas wie ein Lob. Es war schon liebenswürdig anzusehen, wie er sich um den Verletzter sorgte. Sollte dieser plumpe Mensch doch ein Herz haben?
Sie nahm ein Tuch, das in der Waschschüssel lag, und tupfte die Stirn des Schwarzen ab. Seine Augen waren noch immer geschwollen, aber die Farbe war wieder so, wie man es bei einem Menschen erwartete.
»Geht´s wieder«, fragte sie und deutete das folgende schwache Nicken als Bestätigung, »Was ist überhaupt geschehen?« Ludwig zuckte nur mit den Schultern, antwortete aber nach einer kurzen Pause: »Ich weiß es nicht genau. Der Bauer hat mich in die Stadt geschickt, um Eier und Milch in die Bäckerei zu liefern. Ich war auf dem Weg nach Hause und plötzlich haben so viele Männer auf mich eingeprügelt.« Er hatte deutlich Mühe beim Atmen. »Aber ich habe alles schon dem Kommissar gesagt«, fuhr er nach einer Atempause fort, »Die haben mich Mörder gescholten und immer wieder zugetreten. Aber ich habe es überlebt. So was wird hier immer wieder vorkommen. Ich meine, hier im Deutschen Reich. Das ist so, seitdem ich hier lebe, und wird so lange sein, bis ich tot oder wieder weg bin. Mal sehen, was als Erstes sein wird.«

»Na, so schlimm ist es im Deutschen Kaiserreich doch nicht«, wollte sie antworten, aber die näherkommenden Schritte ließen den irrigen Satz ersticken. »Wir sollen den Neger abholen«, ein alter Mann mit einem mächtigen Bart stand in der Tür. Helene konnte hinter ihm im Schatten des Flures noch einen weiteren, jüngeren Mann erkennen. »Der Neger hat einen Namen! Er heißt Ludwig. Also nennen sie ihn gefälligst so«, faucht sie wie eine Katze, der jemand auf den Schwanz getreten hatte, »Also was wollen sie?« Der Alte senkte den Blick und erinnerte an einen Schuljungen, der von seiner Lehrerin gerügt worden war. »Fräulein, wir sollen den Ludwig abholen und nach Hause bringen. Wissen sie, wo der Neger wohnt? Das ist doch Bouchets Neger. Sollen wir ihn auf den Hof von Bouchet bringen?« Helene nickte. »Er hat eine eigene Hütte auf dem Hof von Bouchet. Sein Hof liegt in Richtung Merlenbach.« »Wissen wir.« »Und noch eins meine Herren. Tragen sie ihn vorsichtig. Ich werde nachkommen und sollte mir etwas anderes zu Ohren kommen, werde ich dafür sorgen, dass sich eine höhere Stelle mit der ganzen Sache beschäftigt. Verstanden?« Der Alte nickte und winkte den jungen Mann hinter sich herein. Dicht hinter dem Ersten folgte ein weiterer Mann, eher ein Junge von vielleicht zwölf oder dreizehn Jahren. Ihn hatte Helene hinter dem breiten Rücken des Ersten nicht gesehen.

Der Bärtige gab den beiden einige Kommandos in Französisch und nur Sekunden später stand Helene mutterseelenallein im Zimmer.
Langsam ging sie hinter den Männern her. Der Schritt hinaus ins pralle Sonnenlicht kam ihr vor, als schlüge ihr jemand mit einer Latte vor die Brust. Schweiß trat ihr auf die Stirn und ihre Welt drehte sich plötzlich wie ein Brummkreisel. Helene hatte keine Wahl, ließ sich einfach mit dem Hintern auf die oberste Treppenstufe plumpsen. Ihr Kopf dröhnte. Hier in der Hitze konnte sie nicht bleiben. Sie musste wieder in den Schatten. Möglicherweise hatte sie zu wenig getrunken. Schließlich war sie schon seit dem frühen Morgen permanent unterwegs. Sie dachte an Treitz. Kreidebleich stand sie auf und wankte hinaus auf die staubige Straße. Dann übergab sie sich.

26. Kapitel

»Was ist mit ihr?« Wie durch einen dichten Schleier sah sie die verschwommenen Gesichter der Männer. »Sie kommt zu sich.« Sie erkannte die Stimme Morlats. »Mein lieber Friedrich, deine Assistentin hat einen heftigen Hitzschlag erlitten. Oder das, was man landläufig als Sonnenstich kennt. Sie muss sich schonen.«
Langsam aber sicher wurde das Bild deutlicher und sie konnte Halbach und Morlat erkennen. Wie in Zeitlupe sah sie sich um. Sie lag im Keller des

Wirtshauses auf gerade dem Biertisch, auf dem noch heute Morgen die Leiche Bellaires lag. Wie ein elektrischer Schlag jagte ein Ekel durch ihren Körper. Sie versuchte ihre Hände auf den Tisch zu stemmen und ihren Kopf zu heben, aber Morlat drückte sie wieder zurück auf die Bank.
»Bleiben sie liegen. Sie brauchen jetzt eine Menge Ruhe.« »Unsinn«, fauchte Helene, »Mir geht es gut.« Angewidert sah sie auf den Biertisch: »Ich muss hier raus.« Ihre Zunge war dick geschwollen und klebte beim Sprechen am Gaumen fest. »Mein Gott. Bleiben sie liegen und tun sie nur einmal, was wir ihnen sagen«, schnauzte Halbach. »Ich kann ihnen sagen, dass sie mir langsam aber sicher auf die Nerven gehen. Ich bin doch nicht ihr Kindermädchen. Andauernd ist irgendetwas mit ihnen. Erst ...« »Lass es sein«, unterbrach ihn Morlat, »Lass sie einfach in Ruhe. Sie hat einfach zu wenig getrunken. Und daran hast du nicht wenig Mitschuld. Du schickst sie schließlich permanent in der Gegend rum.« Halbach sah ihn entgeistert an: »Ich habe Schuld, wenn sie nichts trinkt? Du spinnst wohl. Wir arbeiten doch auch den ganzen Tag und trinken genug.«
Morlat winkte ab und reichte Helene ein Glas Wasser. »Trinken sie. Das wird schon besser. Sie brauchen sich keine Sorgen zu machen.« Das kühle Wasser schmeckt ihr besser, als alles, was sie bisher getrunken hatte. Endlich verschwand die Trockenheit in ihrem Mund und die Zunge ließ sich

etwas leichter bewegen. »Ich werde jetzt aufstehen«, nuschelte sie immer noch benommen.
»Von mir aus. Es wird langsam Zeit, dass sie mal was tun, damit wir den Täter finden. Also stehen sie auf und schwingen sie ihren Hintern nach oben.« Energisch riss er die Tür auf und stapfte nach oben. Helene sah ihm nach und schüttelte den Kopf.
Morlat half ihr vom Tisch herunter und folgte ihr die Treppe hoch. Halbach saß schon auf seinem angestammten Platz und nahm einen Schluck vom Bier, dass Beauchamps dienstbeflissen brachte.
»Wissen sie, was ich am liebsten tun würde?«, er wischte sich mit dem Handrücken den Schaum vom Mund, »Ich würde sie am liebsten zurück nach Saarbrücken schicken. Sie versagen bei allem, was ich ihnen auftrage.«
»Das stimmt doch überhaupt nicht«, prustete Helene los. »Ich bemühe mich doch immer, alles richtig zu machen.« »Genau. Sie bemühen sich. Aber das reicht nicht.« »Aha. Und wer ist auf die Idee mit den Fingerabdrücken gekommen.« Halbach hob die Hand und brachte sie zum Schweigen: »Sie glauben doch nicht wirklich, dass dieser Unsinn funktioniert? Nur weil ein Doktor Trallala in Uppsala sich was ausgedacht hat?«
»Wie kommen sie jetzt auf Uppsala? William Herschel ist Brite.« Halbach schloss die Augen und schlug sie mit der Hand vor die Stirn: »Frankenberg, sie verstehen nicht den kleinsten

Spaß. Trallala und Uppsala reimen sich. Das ist der Scherz in dem Satz.« Er lachte prusten los. »Und nur weil der Kerl Brite ist, muss es nicht funktionieren. Von dieser Insel kam doch noch nie etwas richtig Gutes. Schauen sie sich doch mal unseren Finger an. Alle gleich. Da ist doch kaum ein Unterschied.«

»Natürlich ist es kein riesiger Unterschied. Es sind nur Winzigkeiten. Damit kann man die Finger unterscheiden. Und das habe ich vorgeschlagen. Was kam bisher von ihnen? Noch nicht viel.« Morlat saß mit offenem Mund da und starrte zwischen den beiden hin und her. Halbach schwieg. Nach einem Moment nahm er einen Schluck und sah sie an: »Trinken sie auch einen Schluck. Ich spüre, dass ihr Gehirn vertrocknet. Sie reden nur noch Unsinn. Oder ist es nichts, dass ich die Fußabdrücke gesichert habe. Und vierzehn gerettet. Und Lafleur als Tatverdächtigen habe? Und, und, und. Verstehen sie. Ich muss mich nicht die ganze Zeit aufplustern, als gäbe es kein Morgen mehr. Ich habe keine solchen Selbstzweifel wie sie.« Er nahm noch einen Schluck.

»Aber gut. Dann machen wir das mit den Fingerabdrücken. Wenn sie auf die Schnauze fallen wollen, dann bitte. Ich habe Bonnet bereits beauftragt, die rothaarigen Männer des Ortes hierher zu bringen. So viel zu dem Thema, ich würde nichts leisten.«

Er winkte dem Wirt zu: »Beauchamps, bringen sie uns noch zwei Bier. Und dem Fräulein ein Wasser.« Er sah ihr in die Augen: »Sie werden es brauchen. Sie bleiben bei mir, wenn ich die Vernehmungen durchführe. Ich erwarte von ihnen, dass sie während dieser Zeit schweigen. Verstanden?« Helene nickte murrend.
Alles besser, als wieder in die Kammer unter dem Dach abgeschoben zu werden. Dort stand schon in der Nacht die Hitze wie ein missmutiger Esel, der beschlossen hatte, mitten im Raum sein Lager aufzuschlagen. Und tagsüber war es noch schlimmer.

»Und dass sie auch ihren Willen haben, können sie dabei die Fingerabdrücke der Männer nehmen. Die von Lafleur ebenfalls. Für mich ist er immer noch der Tatverdächtige Numero eins.« Er klopfte mit der flachen Hand auf den Platz neben sich: »Von Frankenberg. Hierher. Du verschwindest, Albert. Wir müssen arbeiten.« Während Morlat aufstand, rückte Helene auf den Sitz neben Halbach. Sie ärgerte sich. Dieser unmögliche Mensch sprach mit seiner Umwelt, als wären alle um ihn herum seine Hündchen. Er sagte ‚Hopp' und die Tierchen sprangen wild durcheinander.
Schon von weitem sahen sie Bonnet mit drei Männern näherkommen. Beim Anblick des Polizeidieners huschte ein Schmunzeln über Helenes Lippen. Sein Gang wirkte schlapp und müde. Vielleicht hatte Halbach ihm nach dem Vorfall mit Vierzehn einmal

ordentlich die Leviten gelesen. Verdient hatte es dieser Leistungsverweigerer auf alle Fälle. Von einem Polizeidiener in kaiserlichen Diensten durfte man mehr Ehrgeiz und Unterstützungswillen erwarten. Zumal es hier um eines der schrecklichsten Verbrechen ging, von denen sie je gehört hatte.
Sie zuckte zusammen, als plötzlich Luis Beauchamps hinter ihr stand. Mit einem dumpfen Knall landete Halbachs bestelltes Bier und ein Krug Wasser auf dem Tisch. Die Bierkrone schwappte bedächtig, aber kein einziger Tropfen landete auf dem Holz. Noch ehe sich Helene bedanken konnte, war Beauchamps wieder verschwunden.
Mitleidig sah sie dem Wirt nach. Nun waren sie schon einige Tage hier in Rossbrücken, aber so deutlich wie heute, zeigte er seine Ablehnung bisher nie. Wie ein Bann lag die Anspannung auf den Menschen. Niemand schien wirkliches Interesse daran zu haben, die Verbrechensserie aufzuklären. Irgendwie konnte sie die Rossbrücker auch verstehen. Was kam denn, wenn sie den Täter fanden. Der Ort trüge immer den Stempel des Unheimlichen, des Mörders. Nicht die Schönheit, die ohnehin hier spärlich verteilt worden war, zählte mehr, sondern nur noch der bitterböse Ruf.
»Herr Kommissar, die Männer sind da.« Halbach nickte: »Und wer sind diese Männer? Sind es wirklich alle Rothaarigen der Gemeinde?« »Ja, Herr Kommissar. Alle Rothaarigen! Es sind ja nur drei.

Der Erste«, er zeigte auf den in der Mitte stehenden, »ist Peter Worm. Der hier heißt Karl Pfeiffer. Und der Lange da nennt sich Alois Rabbeur.« »Gut Bonnet. Gehen sie und setzten sie sich mit den Männern dort an den Tisch. Auf mein Zeichen, schicken sie jeweils einen zu uns.« »Jawohl Herr Kommissar.« Bonnet nahm militärische Haltung an und knallte mit den Hacken. »Kommt mit«, befahl er den Roten und ging mit strammem Schritt zu dem Tisch, an dem er schon am Morgen gesessen hatte.

Halbach sah den vier Männern nach. »So, noch einmal. Unterbrechen sie mich nicht. Ich bin der Frager, sie hören nur zu. Verstanden?« Helene sah träumend auf den Tisch. »He, von Frankenberg. Haben sie mich verstanden?« Sie nickte. Er winkte Bonnet zu. Einen kurzen Moment später stand der Erste am Tisch. Ohne ein Wort zu sagen, drückte er seine Finger in den schwarzen Staub und anschließend auf das weiße Blatt Papier direkt neben seinen Namen.

Schließlich stand Halbach auf und streckte ihm die Hand entgegen. Verdutzt sah der lange Mann die feingliedrigen Finger des Kommissars an und ließ sich dann auf die Sitzbank fallen. »Wie ist ihr Name, guter Mann?«, begann Halbach. »Tach«, bekam er die kurze Antwort, »Alois Rabbeur.« »Gut, Herr Rabbeur, lieben sie unseren Kaiser?« »Monsieur Rabbeur«, fuhr ihn der Rote an, »Ich bin Franzose, war immer Franzose und ich bin stolz darauf. Auch

wenn Ihr den Krieg gewonnen habt, ich bin und bleibe Franzose. Verstanden? Und euer Kaiser kann mir gestohlen bleiben.«
Helene glaubte, einen Hauch Verwunderung in Halbachs Gesicht zu erkennen, nur einen winzigen Moment lang, dann sprang der kleine Mann auf und erschien plötzlich riesengroß. »Was nehmen sie sich heraus? Wie können sie es wagen, mit einem Staatsbeamten so zu reden? Haben ihre Eltern ihnen keinen Benimm beigebracht? Ich führe hier den Willen des Kaisers aus.« »Mann«, brüllte Rabbeur, »Ich scheiße auf euren Kaiser. Ich bin Franzose und habe einen eigenen Kaiser. Was wollen sie mit ihrem verkrüppelten Männchen? Beim letzten Krieg hattet ihr lediglich Glück. Aber hier ist Frankreich und wird immer Frankreich sein!«
Schneller als Helene seine Bewegungen wahrnehmen konnte, hatte der Kommissar seine Waffe aus dem Futteral gerissen und drückte sie dem sitzenden Roten auf die Stirn. »Mein lieber Freund«, herrschte er ihn an, »das ist Majestätsbeleidigung. Das wird sie etwas kosten.« Der kalte Stahl des Pistolenlaufes auf der Haut Rabbeurs ließ schlagartig die restliche aus seinem Gesicht verschwinden. Ohne ihn aus den Augen zu lassen, drehte sich Halbach zu Bonnet um und winkte ihn heran.
»Bonnet, kommen sie her. Bringen sie diesen Verbrecher in den Keller des Rathauses und sperren sie ihn ein. Er hat den Namen unseres Kaisers mit

Dreck beworfen.« Bonnet verbeugte sich devot: »Und warum soll ich Rabbeur einsperren?« Entgeistert sah in Halbach an. »Bonnet, sie Idiot. Er hat unseren Kaiser beleidigt.« »Ach der. Der redet doch immer so. Das ist doch der Rabbeur.« »Mann«, brüllte Halbach, »Sind sie von Sinnen. Sie wissen, welche Strafe auf Majestätsbeleidigung steht? Dafür kann dieser französische Schwachkopf fünf Jahre eingesperrt werden. Und sie auch. Also schweigen sie. Sonst können sie sich gleich mit einschließen. Und nun bringen sie diesen Verbrecher weg, sonst vergesse ich mich.«

Er atmete tief durch. Wie in Zeitlupe setzte er sich wieder auf seinen Platz und sah Bonnet nach, der mit Rabbeur den Hof des Wirtshauses verließ. Er hatte seine Hand fest um den Oberarm des Bauern gelegt. Es sah aus, als wollte er einen Fluchtversuch schon im Keim ersticken. Kaum waren sie auf der Straße, ließ er ihn wieder los. Einträchtig schlenderten sie den Weg entlang.

»So von Frankenberg. Das war die Phase, in der ich Eindruck geschunden habe. Diese französische Memme kann es nicht gewesen sein. Seine Hände sind viel zu klein und sein Händedruck ist so schwach, dass ich mich wundere, wie der seine Arbeit überhaupt machen kann. Der hat nur ein großes Maul. Was arbeitet der?«

»Bonnet sagt, dass er Bergmann ist. Wenn sie so sicher sind, dass er es nicht war, warum sperren sie ihn dann ein? Wenn er seine Arbeit verliert

...« »Ach, das ist doch wieder einmal von Eisenhardtscher Unsinn. Der wird seine Arbeit nicht verlieren. Sehen sie auf die Uhr. Es ist jetzt früher Abend. In den Gruben werden zwei Schichten gearbeitet. Würde er auf der Spätschicht arbeiten ...« Er unterbrach seinen Satz und nahm einen Schluck Bier. »... wäre er jetzt auf der Arbeit. So hat er die Frühschicht. Also können wir ihn bis morgen früh schmoren lassen. Das wird diesem Sturkopf bestimmt nicht schaden. Und jetzt holen sie den Nächsten, sie Gutmensch.«
Helene stand auf und ging zum Tisch, an dem die beiden Anderen saßen. Einen Moment später kam sie zurück. Dicht hinter ihr trottete ein grobschlächtiger Mann, als ginge er zur Schlachtbank. Deutlich war die Angst in seinem Blick zu erkennen. Und sie konnte ihn verstehen.
In dem Moment, als Halbach die Waffe zog, glaubte sie sicher zu ein, dass es nun ein Unglück gäbe. Und sie fragte sich immer noch, was dieser Mensch mit seiner Provokation erreichen wollte. Hier konnte er jeden mit französischem Namen fragen und bekäme fast immer die gleiche Antwort. Das Gebiet war nach dem letzten Krieg beschlagnahmt worden und ein solcher Schmerz blieb lange in den Herzen der Menschen hängen.
»Setzen sie sich und erzählen sie uns, wie sie heißen.« Vorsichtig ließ Worm sich nieder. Er schien durch den Vorfall so eingeschüchtert, dass er es kaum wagte, den Blick zu haben. »Mein Name

ist Peter Worm. Ich bin sechsunddreißig Jahre alt und arbeite als Knecht.« »Gut, Herr Worm, ich habe nur wenig Fragen. Aber beantworten sie diese, ohne zu lügen. Haben Sie verstanden?« »Ja, Herr Kommissar.« »Gut. Zuerst die Wichtigste. Sind sie Deutscher oder etwa noch so ein Franzosentölpel wie Rabbeur?« »Deutscher, Herr Kommissar«, antwortete er fast tonlos. »Das ist gut. Sie haben vom Tot der Witwe Bellaire gehört?« Worm nickte. »Wo waren sie von gestern Nachmittag bis heute Morgen?« Worm sah in an. Entsetzt stotterte er: »Zuhause, Herr Kommissar. Aber ich habe nichts getan. Was werfen sie mir vor?« Ein überlegenes Lächeln huschte über Halbachs Lippen. »Nichts, Herr Worm. Oder wollen sie auch Monsieur genannt werden?« »Nein, Herr Kommissar. Es genügt, wenn Sie Peter sagen.« »Gut, Peter. Gibt es einen Zeugen dafür?« »Wofür? Ich heiße schon immer so.« Helene sah zu Halbach. Er drehte die Augen nach oben. »Herr Worm, Peter, der Kommissar fragt, ob es jemanden gibt, der bestätigen kann, dass sie gestern Abend zuhause waren?« Peter Worm senkte den Blick und schüttelte fast unmerklich den Kopf. »Na, macht nichts. Bitte kommen sie zu mir und drücken hier ihre Finger drauf.« Peter Worm sah sie unverständig an. »Hier in den Dreck«, fragte er ungläubig. »Ja, hier in den Dreck«, wiederholte sie, »und dann auf dieses Blatt. Jeden Finger einmal.« Unwillig stand Worm auf und drückte seine Finger nach und nach in den Holzkohlenstaub, dann

auf das Papier. »Gut, Herr Worm. Sie können nach Hause gehen. Wir wissen, was wir wissen wollten.«
Halbach senkte den Blick und machte sich einige Notizen. Wie ein geschlagener Hund verschwand Worm aus dem Gasthof. Am Eingang zum Hof blieb er noch einmal stehen und sah den Dritten der Männer an. Er wusste, wenn Rabbeur und er unschuldig waren, dann musste er es gewesen sein. Kopfschüttelnd verschwand er.

27. Kapitel

Friedrich Halbach atmete tief durch. Vorsichtig hob er den Kopf und öffnete seine zusammengepressten Augen. Es fiel ihm schwer, trotz des gleisenden Lichts der tiefstehenden Abendsonne, die Lider offen zu halten. Zufriedenheit war das bestimmende Gefühl, das ihn auf die Straße getrieben und zu einem abendlichen Spaziergang inspiriert hatte.
Trotz der Zwischenfälle in diesem gottverlassenen Winkel des Kaiserreichs war es ein guter Tag gewesen. Der Besuch in Saarbrücken hatte seine Laune um einiges heben können. Und da sie ohnehin noch nichts erreicht hatten, kam es auf einen Tag mehr oder weniger schon nicht mehr an. Und wie es aussah, konnte sich seine Assistentin auch alleine beschäftigen.
Die gesamte Situation hier war bis auf den Grund verpfuscht. Jemand hätte schon vor Jahren

untersuchen müssen, ob mit den verschwundenen Mädchen etwas nicht stimmte. Aber Morlat hatte es durch seine Nachlässigkeiten gründlich versaut. Aber es ihm in einer Hinsicht auch egal. Er konnte es nicht mehr ändern. Also galt es, einfach die Tage mit irgendwelchen sinnlosen Tätigkeiten zu verschwenden. Denn jeder einzelne Tag, den er abarbeitete, war einer weniger bis zu seiner nahen Rente. Noch drei, vielleicht vier Jahre und dann war er endlich frei. Dieser Gedanke allein ließ ihn innerlich jubilieren.

Er konnte die Zeit, die dann kommen würde, fast nicht mehr erwarten. Das Gefühl war noch stärker als das Warten am Heiligabend. Und es dauerte, je näher er dem Ziel kam, schier endlos. Aber das Ergebnis würde ihn für alles entschädigen. Dann würde er nie wieder mit diesem menschlichen Abschaum zusammenkommen müssen, würde aus den Niederungen der Gesellschaft emporsteigen und wie Phönix aus der Asche neu entstehen. Genau in diesem Moment würde sein neues, reines Leben anfangen.

Der Himmel schien zu spüren, dass sie mit der Befragung der drei Roten wieder ins Nichts gestochen hatten. Kaum waren sie mit dem dritten Mann ohne Erfolg in Leere gelaufen, schoben sich einzelne schwarze Wolken vor die Sonne. Die heißen Strahlen des glühenden Planeten schmolzen die schwarzen Gewitterwolken aber schnell zusammen. Es schien geradezu ein unbeholfener, hoffnungsloser

Versuch der Natur zu sein, den Jahrhundertsommer etwas abzumildern.
Trotz seiner grundsätzlich guten Laune spürte er die Last, die wie ein riesiger, grauer Steinbrocken auf ihm lag und ihn zu erdrücken versuchte. Musste am Ende seiner Laufbahn ausgerechnet solch ein aufgeweckter Mörder seinen sonst überaus erfolgreichen Weg kreuzen? Das wäre ein Fleck auf seiner blütenreinen Weste, den er bis zu seinem Ende mit sich schleppen musste. Aber noch war nicht aller Tage Abend. Es gab zwei Hinweise, die diesen Kerl überführen konnten.
Zum einen die roten Haare. Aber die Überprüfung der rothaarigen Männer hatte zu keinem Ergebnis geführt. War der Täter vielleicht nur auf der Durchreise? Ein Handlungsreisender, der sich immer wieder ein geeignetes Opfer sucht? Dagegen sprach die lange Zeitspanne, in denen er die Frauen bei sich behielt. Die Fingerabdrücke waren möglicherweise auch ein gutes Merkmal um diesen Menschen dingfest zu machen. Aber dafür musste erst einmal ein Verdächtiger zur Verfügung stehen. Und der war weit und breit nicht in Sicht. Niemand außer Lafleur. Keine Spur von dem Täter, der wie ein Fuchs durch die dunklen Winkel von Rossbrücken schlich.
Wie ein Schlag traf ihn der erste, vom Himmel fallende Regentropfen und riss ihn aus seinen Gedanken in die Realität zurück. Genau auf die Stirn hatte ihn die feuchte Kugel getroffen. Erst

jetzt sah er sich um. Vollkommen in seinen Überlegungen versunken, hatte Friedrich den Rücken des Hügels bestiegen. Weit unter ihm im Tal, lag Rossbrücken. Umsäumt von Obstbäumen, wirkte der Ort wie ein Pfropf in einer mit Getreidefeldern gefüllten Badewanne.
Die dunklen Wolken, die sich von Westen über die Felder schoben, ließen sie Halbach an die Bilder von Kaspar David Friedrich denken. Solche Aussichten mussten ihn zu seinen Bildern inspiriert haben. Von hier aus schien alles so friedlich und rein. Ein trügerisches Zerrbild der Wirklichkeit.
Weit im Norden lagen einige Höfe. Dicht umringt von viehbestandenen Weiden. Im Hintergrund stemmte sich ein Wald gegen den immer dunkler werdenden Gewitterhimmel. Ein weiterer schwerer Tropfen traf ihn auf seinem Kopf. Er drang durch sein schütteres Haar und lief über seine Kopfhaut und rann den Rücken hinab. Friedrich sah sich um.
Wie ein nasser Vorhang konnte er die Schleier des ersten Regengusses über dem Ort erkennen. Sie schnitten ihm nun wortwörtlich den Weg ab. Krachend fuhr der erste Blitz aus dem schwarzen Himmel in eines der Felder. Ein ungutes Gefühl machte sich in seiner Brust breit. Er musste vor den Blitzen Schutz suchen. Alles anderes war in dieser leergeräumten Landschaft zu gefährlich. Aber zurück zum Ort war der Weg zu weit und der sommerliche Gewitterregen würde ihn bis auf die

Haut durchweichen. Es gab nur noch die Flucht nach vorne.

Hinter den Feldern lugte die Scheunenspitze von Hof des Bauern Bouchet hervor. Er erinnerte sich an den dicklichen Mann mit der sonnenverbrannten Halbglatze. Ein stiller Mensch, der zwar gebürtiger Franzose war, aber schnell nach der Besetzung von Elsass-Lothringen in deutsche Dienste getreten war. Halbach hatte ihn bei der ersten Befragung als sympathischen Menschen kennengelernt. Er würde ihn sicherlich Unterschlupf bieten. Und er würde diesen gerne annehmen.

Eine kalte Windböe erfasste seinen Jackensaum. Weit blähte sich die Jacke auf und begann bedächtig zu flattern. Wie Geschützeinschläge prallten die fallenden Tropfen in den weichen Sand und zerplatzten in tausende schillernde Diamanten. Friedrich rannte los. Mit fliegendem Atem erreichte er die Hügelspitze. Jetzt lag das Haus Bouchets direkt vor ihm. Nur etwa noch zweihundert Meter und er würde einen sicheren Platz erreicht haben.

Mit einem mächtigen Krachen fuhr ein Blitz in unmittelbarer Nähe nieder und drängte ihn zum schnelleren Laufen. Sein Puls raste. Deutlich hörte Friedrich die Wasserfront hinter sich heranrauschen. Eine feuchtwarme Windfront schob sich vor dem Gewitter her und bereitete den Weg für die Wassermassen, die gleich die staubtrockene

Erde überschwämmen würden. Plötzlich war er sicher, das Haus nicht mehr trocken zu erreichen. Zuerst fiel ihm die kleine Hütte überhaupt nicht auf, die zwischen ihm und dem Hof lag. Sie war nicht sehr groß, maximal zwei auf drei Meter, aber mit einer kleinen, überdachten Terrasse davor. Auf dem hölzernen Boden stand ein grober Stuhl und schlagartig wurde Halbach klar, dass dieses kleine Gebäude seine Rettung war. Nun trafen ihn die ersten Regentropfen auf dem Rücken und drangen so leicht durch seine Jacke, wie ein warmes Messer, das durch die Butter schneidet.

Gerade als Friedrich den ersten Fuß auf die Bodenplanken der Terrasse setzte, öffnete der Himmel seine Schleusen. »Das muss die neue Sintflut sein«, schoss es ihm durch den Kopf. Er klopfte sich die Feuchtigkeit von seiner Jacke. Die schweren Tropfen hatten ihn binnen Sekunden bis auf seine Haut durchnässt. Schneller als er es je erwartet hätte, war die Nacht eingekehrt und die Dunkelheit hatte die Einzelheiten der Landschaft verschluckt. Er sah sich um. Im Haus der Bouchets brannte, ebenso wie in der Hütte, kein Licht. Alles lag stockfinster da. Im Stall brüllte das Vieh. Offenbar war auch bei den Tieren die Furcht vor den Naturgewalten angekommen. Die Feuchtigkeit auf seinem Rücken ließ ihn frösteln.

Beherzt klopfte er an die Tür der Hütte. Nichts. Er ging zum Fenster und drückte seine Nase dagegen. Verschwommen nahm er die Umrisse eines

Bettes und eines höheren Gegenstandes, vermutlich eines Schrankes, wahr. Dunkel lag ein zerknülltes Etwas auf der Matratze und erinnerte ihn an einen im Krieg zerfetzten Esel. Die Hütte schien verlassen.

Unsicher ging Friedrich zur Tür und drehte den Knauf. Mit einem leisen Klicken öffnete sich das Schloss. »Guten Abend Herr Kommissar«, die Worte rissen ihn aus den Tiefen seiner Anspannung und schleuderten ihn dafür in einen Zustand der Panik. Er schnellte herum. Vor ihm war alles schwarz. Die Dunkelheit, der Mann, der wie eine Wand vor ihm stand, noch schwärzer. Auf seiner Haut glänzten die Blitze, die nun immer schneller in der Nähe einschlugen und die Umgebung zu einem Ort des Infernos werden ließen. Friedrich entfuhr ein spitzer Schrei. Unwillkürlich musste er an den Tod denken, den schwarzen Reiter, der auch ihn eines Tages holen würde. Dass dieser Tag heute schon gekommen war, hätte er nicht gedacht. Er riss die Augen auf und versuchte wegzurennen, zurück ins Gewitter, aber seine Beine waren gelähmt und unfähig, seine Befehle zu befolgen.

»Herr Kommissar«, die Stimme klang fragend, »ist alles in Ordnung?« Friedrichs Hals war wie zugeschnürt. »Möchten sie hereinkommen?« Jedes einzelne Wort drang in seinen Kopf, als wären es die Kugeln eines Gewehres. Er kannte die Stimme. Mühsam fischte er in seinen Erinnerungen und hoffte, dass ihm der Tod noch so viel Zeit geben würde, um sie zuzuordnen. Dann durchfuhr ihn die Erkenntnis. Die Stimme gehörte zu Ludwig Vierzehn.

»Herr Kommissar, geht es ihnen nicht gut? Möchten sie sich hinsetzen?«, fragte Ludwig erneut. Halbach schüttelte den Kopf. Wie von einem entfernten Standpunkt hörte er seine eigenen Worte: »Mein Gott, haben sie mir einen Schrecken eingejagt.« Langsam löste sich die Starre seines Körpers. »Sie zittern ja wie Espenlaub. Frieren sie etwa? Lassen sie uns nach drinnen gehen. Ich koche ihnen einen Tee.« Wie selbstverständlich schob Ludwig den rundlichen Mann durch die Tür in den Raum.
»Setzen sie sich.« Er zeigte auf den Stuhl, der neben einem kleinen Tisch in der dunkelsten Ecke des Zimmers stand. Friedrich hatte ihn durchs Fenster nicht sehen können. Ohne einen Widerspruch abzuwarten, schob ihn Ludwig zum Stuhl und ein kurzer Druck auf seine schmalen Schultern ließ den Kommissar auf die Sitzfläche sinken.
Ludwig öffnete die Ofentür und warf noch ein Scheit Holz in die Glut. Nur einige Minuten später simmerte ein kleiner Topf mit Wasser und erfüllte den Raum mit seinem Glucksen. Der Schwarze wählte aus einem tönernen Gefäß einige Blätter und warf sie in das Wasser. Halbach sah ihm zu, fragte sich aber, was da gerade auf dem Herd kochte. Die einzigen Gewächse, die er erkannt hatte, waren die getrockneten Blätter der Pfefferminze. Ludwig goss

den grünen Sud in zwei mitgenommene Tassen und stellte sie vor Friedrich hin.
Verlegen sah Halbach die dampfende Tasse an. Einige Risse zierten den einst glänzenden Überzug. Auch der Henkel war bereits gesprungen und die Angst sich zu verbrühen begleitete ihn, als er das Gefäß anhob. Vorsichtig nippte er an dem Gebräu und war erstaunt, was Ludwig da zusammengemixt hatte. Er stellte die Tasse mit noch mehr Vorsicht hin.
»Geht es ihnen wieder besser?«, brach Friedrich das Schweigen. Ludwig schien kein großer Redner zu sein. Aber er nickte und antwortete kurz: »Ja, es ist in Ordnung.« Es fiel Halbach schwer, den Blick von dem muskulösen Mann zu wenden. Verstohlen sah er ihn an. Durch den sich in der Hütte ausbreitenden Wasserdampf glänzte seine dunkle Haut, wie mit einer silbrigen Schicht überzogen. Reflexe des wenigen, durch das Fenster hereinfallenden Lichts, gaben dem Mann ein mystisches Aussehen. Inmitten des Gesichts war das Weiß der Augäpfel das einzige Helle und zogen Halbachs Blick wie magisch an. Friedrich war fasziniert.
»Wie ist das heute Mittag passiert?«, fragte er und versuchte so das Gespräch in Gang zu bringen. Ludwig sah ihn an und zuckte nur mit den Schultern. Es dauerte eine Weile, bis er die Frage beantworten konnte: »So, wie es immer geschieht. So, wie es schon so oft abgelaufen ist. Es ist

immer das Gleiche. Es ereignete sich etwas und sie brauchen einen Sündenbock. Und wer ist dann der Böse? Der schwarze Ludwig. Dann prügeln sie auf mich ein. Heute war es noch harmlos. Hören sie doch nur wie die Kinder singen, wenn ich vorbeigehe. Immer und immer wieder singen sie vom schwarzen Mann. Und das geht so, seit ich hierher gekommen bin.«

Halbach sah Ludwigs Kiefermuskulatur arbeiten. Es fiel ihm sichtlich schwer, über dieses Thema zu sprechen. »Das ist schon öfter geschehen?«, fragte er fassungslos. »Warum haben sie die Täter nicht angezeigt?« Ludwig lachte: »Angezeigt? Bei wem? Etwa bei Bonnet? Der ist doch oft genug selbst dabei. Glauben sie wirklich, dass der seine Zechkumpane anzeigt?« Entgeistert sah ihn Halbach an: »Bonnet ist auch dabei? Aber ...« Weiter kam er nicht. Ihm fehlten einfach die Worte.

»Herr Vierzehn, ich werde die Schuldigen zur Verantwortung ziehen. Verlassen sie sich drauf.« Mit seiner mächtigen Hand winkte Ludwig ab. Friedrich sah Ludwigs fast weißen Handflächen und fragte sich, wie es sein konnte, dass unter der sonst schwarzen Haut, weiße Stellen erscheinen konnten. »Ach was. Lassen sie nur. Das ist so in Ordnung. Der Schmerz verschwindet meist schnell. Und irgendwie gehört es für mich schon dazu. Außerdem hat mein Bauer schon einige Male versucht, die Leute zu überzeugen. Aber die Ruhe hielt nur kurz.« Er sah zum Fenster hinaus und

schwieg einen Moment: »Hat dann der Kaiser was beschlossen, was den Leuten gegen den Strich geht, ist der Neger schuld. Das wird sich nie ändern. Jedenfalls nicht so lange ich hier bleibe. Das sind die Momente, in denen ich Bouchet hasse. Er hat immer so gut über dieses Land gesprochen.«
»Sind sie mit ihm hierher gekommen?« Ludwig nickte. »Er hat mir erzählt, wie gut er leben würde. Aber ich war unentschlossen. Und eines Tages, als ich wach wurde, war ich auf dem Schiff, mit dem Bouchet gekommen war. Ein paar Tage später kam ich im Deutschen Reich an. Und jetzt bin ich da, ob ich will oder nicht. Aber eines Tages werde ich genügend Geld haben, um nach Hause zu fahren.« Die Traurigkeit Ludwigs war jetzt im Raum greifbar. Halbach legte tröstend seine Hand auf seine mächtige Schulter.
Ludwig lächelte. »Aus welchem Land sind sie gekommen?«, fragte Halbach.«
Deutsch-Südwestafrika. Meine Heimat«, Ludwigs Ton begann schwärmerisch zu werden, »Können sie sich vorstellen, dass da immer die Sonne scheint. Es ist einfach wunderbar, glaube ich jedenfalls. Ich bin nun schon einige Jahre hier und die Erinnerung verblasst langsam.« Eine kurze Pause entstand, bevor Friedrich erneut ansetzte: »Ludwig Vierzehn? Wie sind sie zu diesem Namen gekommen? Er klingt nicht afrikanisch.«
In Ludwigs Gesicht erschein eine Reihe strahlend weißer Zähne: »So hat mich mein Bauer genannt.

Anfänglich habe ich jede Minute, die ich von meiner Zeit abringen konnte, in der Sonne gesessen. Deshalb hat er mich so genannt. Sie verstehen? Ludwig der Vierzehnte, der Sonnenkönig. Mein afrikanischer Name ist Amadu Pohamba. So hieß ich in meinem Dorf. Eines Tages kam dann die kaiserliche Armee zu uns und suchte einen Führer. Unser Häuptling hat mich geschickt. Und nun sitze ich hier. Den Rest kennen sie. Aber irgendwann kann ich zurück.«
Wieder trennte eine kurze Verlegenheitspause das Gespräch. Endlich fing Amadu wieder an zu sprechen: »Wenn sie möchte, nennen sie mich einfach Amadu. Es klingt einfach vertrauter als Ludwig.« Halbach nickte und sagte: »Dann müssen sie mich aber auch Friedrich nennen. Hier sagt jeder Herr Kommissar zu mir. Den ganzen Tag nur »Herr Kommissar hinten, Herr Kommissar vorne«. Das ist auch nicht mein Name.« Amadu lachte laut auf: »Na, da eint uns doch ein gleiches Schicksal.«
Er sah Halbach nach, der vom Tisch aufgestanden war und im Zimmer auf und ab ging. Nach einer Weile fragte Friedrich: »Was machen denn ihre Wunden, Amadu?« »Ach, die heilen. Daran bin ich schon gewöhnt. Das macht mich nur stärker.« wie zur Bestätigung stand er ebenfalls auf und zog die Säume seines Hemdes auseinander. Seine mächtige Brust wurde sichtbar und die hellen Wunden auf der schwarzen Haut fesselten Friedrichs Blick. Er begann, vor Aufregung zu zittern. Langsam streckte

er die Hand aus und strich zärtlich über die Risse in Amadus Haut. Er spürte den dünnen Schweißfilm, die Wärme, die von dem Körper ausging. Einen Moment später nahm er die mächtigen Hände wahr, die ihn an den Schultern fassten und zu sich zogen. Sekunden später fanden sich ihre Lippen. Er spürte die Welt um sich herum versinken, selbst das prasselnde Geräusch der Regentropfen war nun verschwunden.

28. Kapitel

Helene saß immer noch auf ihrem harten Bett und wartete. Immer wieder fiel ihr Blick auf die kleine, silberne Taschenuhr, die sie vor zwei Jahren von ihrem Vater bekommen hatte. Aber ganz gleich wie oft sie die Ziffer betrachtete, sie wollten einfach nicht schneller laufen.
Dieses ewige Warten machte sie müde. Oder machte sie dieses verdammte Dorf müde? Sie war eben erst aufgestanden und noch war die Hitze gut zu ertragen. Eigentlich hätte sie gerne noch geschlafen und den Schlaf von gestern nachgeholt, aber Beauchamps brachte ein Telegramm von Halbach. Er war gestern Abend mit Johannes Baron nach Saarbrücken gefahren. Und er war bisher nicht zurück.
»Noch einiges zu tun in Saarbrücken. Komme später. Nehmen sie heute Morgen frei, gez. Halbach«, lautete der Text. In dem Moment, als sie das

Schreiben in der Hand hielt, hätte sie alles, was sie besaß, darauf verwettet, dass Halbach wieder in diesem Haus war. Aber sie würde es ohnehin aus erster Quelle erfahren. Baron war ein guter Informant.

Anfänglich kamen ihr die Geschichten, die Johannes Baron erzählte, vollkommen übertrieben vor. Aber nach dem gestrigen Abend konnte sie jedes seiner Worte glauben. Sie kratzte sich nachdenklich am Kopf.

Dabei wollte sie ihn doch nur vor dem heranrasenden Gewitter retten. Es war schließlich nicht ungefährlich, in der offenen Landschaft herumzuspazieren, während ringsum Blitze einschlugen. Wenn sie heute Morgen darüber nachdachte, hätte sie laut losschreien können. Dieser Mensch war immer so böse und grob zu ihr und sie zeigte Herz. Schön dumm. Ab jetzt konnte sie sich mit den Bildern, die sie gesehen hatte, ihr Leben lang herumschlagen.

Noch immer waren die Eindrücke präsent. Es war schön, dass Philippe Lafleur ihr seine Dienste als Fahrer angeboten hatte. Auf ihn war einfach immer Verlass. Als sie den Hof Bouchets erreichten, schien er verlassen zu sein. Offensichtlich war niemand da. Lediglich aus dem Schornstein der winzigen Hütte schlängelte sich der blaugraue Qualm in den fast schwarzen Gewitterhimmel. Als auf ihr Klopfen niemand öffnete, sah sie durch die Fensterscheibe. Und dafür hasste sie sich.

Die Bilder, die sie dort sah, hatten sich auf der Netzhaut ihres Auges festgebrannt und wollten einfach nicht mehr verschwinden. Die Eindrücke waren gespenstisch. Erst als sich der riesige schwarze Mann nackt über den kleinen, fast weißen Kommissar beugte, ergriff sie die Flucht. Dieser Anblick ließ sie einfach nicht mehr los.

Und was sollte sie nun mit ihrem freien Vormittag tun? Der dicke Kommissar hatte gut reden. Vielleicht war es an der Zeit, dass sie einmal an ihrem weiteren Leben arbeitete. Niemand wusste schließlich, wie diese ganze Sache hier weiterging. Und vorbauen war einfach sicherer.

»Wenn Monsieur Lafleur kommt, soll er mich bitte einmal besuchen«, bat sie Beauchamps. Der nickte nur und verzog sein Gesicht zu einem süffisanten Lächeln.

Und so Unrecht hatte er mit seinem Selbstgefälligkeitsgrinsen nicht. Als sie heute Morgen im Halbschlaf lag, waren ihr noch einmal die Späße eingefallen, von denen sie als junge Mädchen in der Schule gehört hatten. Damals, als ihre Sexualität noch nicht entwickelt und von diesen verbotenen Dingen nur unter der Hand gesprochen wurde, hörte sie erstmals von diesen unerhörten Sachen. Von den Franzosen und ihren Vorlieben. Angewidert, aber auch fasziniert, lachten sie damals darüber. Aber vergessen konnte sie die Geschichten nie. Und nun wurden sie plötzlich immer interessanter.

Sie zuckte zusammen, als es klopfte. »Fräulein Helene«, hörte sie Philippes Flüsterstimme. Sie stand auf und zog sich ihr Kleid glatt. Noch einmal fuhr sie mit den gespreizten Fingern durch ihr Haar und befeuchtete sich mit der Zunge ihre Lippen. Ein kurzer Kneifer in die Wangen und sie zog die Tür auf.

»Guten Morgen Philippe« Sie öffnete ihm die Tür ganz und bat ihn mit einer Handbewegung herein. Einen Augenblick blieb er in der offenen Tür stehen und sah ins Zimmer. »Das hier ist ihre Kammer?«, fragte er erstaunt. Helene nickte und zuckte mit den Schultern. »Soll ich mit Beauchamps reden? Das kann er einem Menschen wie ihnen, ich meine ein Fräulein aus so gutem Haus, nicht antun.« Sie schüttelte den Kopf. »Danke, aber es ist nicht nötig. Ich bin mit dem zufrieden, was ich habe. Ich bin von Natur aus sehr bescheiden«, säuselte sie.

»Das ehrt sie. Der Mann, der sie bekommt, hat sicher das große Los gezogen.« »Danke. Setzen sie sich. Leider kann ich ihnen nur mein Bett anbieten. Sie sehen ja selbst ..., ich habe nicht einmal einen Stuhl.« Sie lächelte und versuchte verlegen zu wirken.

»Zuerst einmal muss ich mich ausgiebig bei ihnen bedanken, dass sie mich unter Einsatz ihres Lebens vor diesem Menschen beschützt haben. Und dass sie für mich immer ein Ohr haben und meine Ehre vor Halbach verteidigen.« Langsam ging sie auf

Philippe zu und küsste ihn direkt, aber sehr zart, auf seine Lippen. »Danke«, hauchte sie, »dass ich immer auf sie zählen kann.« Ein weiterer Kuss folgte. Sie sah durch ihre halbgeöffneten Lider, dass er seine Augen schloss.
Vorsichtig setzte sie sich auf seine Knie. »Wenn sie nicht gewesen wären, wäre meine Unschuld gestohlen worden.« Sie rückte etwas zurück und setzte sich nun mit gespreizten Beinen auf seinen Schoß. »Aber Fräulein ...« Sie legte ihm einen Finger auf die Lippen. »Sssschh«, hauchte sie. Ohne auf das Entsetzten in seinem Gesicht zu achten, rutschte sie etwas dichter an ihn heran. Sie achtete genau darauf, dass ihr Becken zart über einen Schritt glitt.
Innerlich jubelte sie, als sie spürte, dass sein Glied hart wurde. Nun hatte sie ihn dort, wo sie ihn haben wollte. Er war auch nur ein Mann und in diesem Zustand waren Männer wie Marzipan. Einfach leicht zu formen. »Ist es ihnen unangenehm?«, flüsterte sie ihm ins Ohr. Er atmete schwer und schüttelte den Kopf. Leise hauchte sie ihm einen zärtlichen Kuss auf die Lippen.
»Nicht dass sie jetzt denken, ich würde das immer so machen, Monsieur Lafleur. Aber ...«, sie stockte kurz und sah ihm in die Augen, »bei ihnen kann ich nicht anders. Sie sind ein toller Mann.« Er schluckte nervös. Sie sah ihm an, dass er vor Verlangen fast starb.

Als er seine Arme um Helenes Taille schlang und sie zu sich zog, wusste sie, dass sie es geschafft hatte. Er versuchte, sie auf den Mund zu küssen. Aber nach der ersten, flüchtigen Berührung ihrer Lippen drehte sie den Kopf zur Seite und senkte den Blick.
»Nein, Philippe. Wir dürfen das nicht«, hauchte sie. Sie sah ihm unschuldig in die Augen: »Wenn sie mich jetzt küssen, ..., ich bin nicht so eine. Denken sie das nicht von mir.« »Nein, nein«, stotterte er, »entschuldigen sie. Ich habe mich gehen lassen.« »Es ist ja nicht«, flüsterte Helene, »dass ich es nicht gerne möchte. Nichts will ich lieber. Aber meine Mutter hat immer gesagt, dass man vom Küssen ein Kind bekommt.« Sie sah ihn unschuldig an: »Und sagen sie mir, wo ich mit einem Kind hin soll? Ich habe ja noch nicht einmal einen Mann.«
Er sah sie entgeistert an: »Das hat ihre Mutter gesagt? Das stimmt nicht. Nicht vom Küssen bekommt man Kinder!« Sie riss erstaunt die Augen auf: »Nicht? Oder sagen sie das nur, damit ich mich ihnen hingebe? Sie sind schließlich Franzose. Und von ihrer Nation hört man so einiges.« Er schüttelte energisch den Kopf: »Fräulein Helene, wo denken sie hin. Warum denken sie so über mich.« »Es ist nur ... Für mich kommt es nur in Frage, dass ich unberührt in die Ehe gehe. Ich will mich für meinen Liebsten aufsparen. Nur ihm will ich meine Jungfräulichkeit schenken.«

Sie rückte etwas von ihm ab und sah zu Boden: »Na, alle sagen, dass die Franzosen die jungen Damen verführen und sich dann aus dem Staub machen. Sie lassen sie einfach sitzen, ohne sie zu heiraten. Sind sie auch so einer?« »Nein. Niemals. Ich würde sie heiraten.« »Oh, Philippe«, hauchte sie. Langsam begann ihr dieses Spiel, Spaß zu machen. Zärtlich hauchte sie ihm einen Kuss auf die Wange. »Ich glaube, wenn sie mir jetzt einen Antrag machen würden, ich könnte nicht ablehnen.«
Zögernd stand sie auf und ging zur Tür. Sie blieb stehen und drehte ihm den Rücken zu. »Fräulein Helene«, sie schnellte herum und sah ihn an. Er kniete auf dem Boden. »Helene, bitte werden sie meine Frau. Ich bitte sie. Ich liebe sie schon seit dem ersten Moment, als ich sie gesehen habe.«

Helene sah ihm tief in die Augen und drehte sich dramatisch in Richtung der Tür um: »Ach Philippe. Sie wissen überhaupt nicht, wie glücklich sie mich mit ihrem Antrag machen. Nichts würde ich lieber tun, als ihre Frau zu werden.« Sie machte eine theatralische Kehrtwende und schwieg. Sein Blick verriet, dass er erkannt hatte, dass ein drohendes ‚Aber' in der Luft schwebte.
»Aber es gibt zwei Gründe, warum das nicht möglich ist. Verstehen sie mich nicht falsch. Ich würde liebend gerne vor Freude aufschreien und sie sofort heiraten. Jedoch bin ich zum Ersten hier im Dienst. Also bin ich eine Amtsperson und sie sind,

jedenfalls für Halbach, ein Verdächtiger. Er würde mich sofort für befangen halten und mich zurück nach Saarbrücken schicken.
Und dort lauerte dann der Zweite, viel schrecklichere Punkt: Ich bin schon verlobt. Wenn ich es überhaupt so nennen kann. Verstehen sie mich nicht falsch. Sie liebe ich. Aber diesem Mann bin ich versprochen. Wenn ich hier diesen Fall lösen kann, bin ich für immer frei und wir könnten, wenn sie auf mich warten würden, heiraten und glücklich sein.«
Er starrte sie mit offenem Mund an: »Sie sind versprochen?« Helene nickte und drückte sich eine Träne aus dem Auge: »Ja. Es ist schrecklich. Wenn ich diesen Kerl heiraten muss ... Ich darf überhaupt nicht daran denken.« Philippe stand auf und zog sich seine Jacke glatt: »Wer ist der Kerl?« »Er heißt Karl Preuß.« Lafleur nickte. »Gut. Ich werde ihn zum Duell fordern und ...« Helene nickte und schüttelte sofort wieder den Kopf. »Das dürfen sie nicht. Es ist im Deutschen Reich verboten. Sie würden ins Gefängnis kommen. Und was soll ich dann tun? So ganz ohne sie?« Sie schob eine Pause ein und ließ sich auf ihr Bett fallen. »Nein«, schüttelte sie den Kopf, »Niemand darf von unserer Amour fou erfahren. Versprechen sie es mir?« Er nickte.
»Aber wenn sie mich heiraten, wären sie doch finanziell abgesichert. Sie müssten doch nicht arbeiten. Sie könnten sich ganz auf unsere Kinder

und unseren Haushalt konzentrieren.« Sie lächelte nur und stand wieder auf ging um ihn herum und sah ihm in die Augen. »Philippe. Sie sind ein Ehrenmann. Schwören sie mir, dass sie mich heiraten werden? Und versprechen sie mir, dass sie mich nicht berühren werden, bis wir vor dem Altar waren?« Er nickte eifrig. »Ich schwöre es bei dem Augenlicht meiner Mutter. Und ich verspreche es ihnen. Also darf ich mich freuen, dass sie meine Frau werden?« Sie hauchte ihm einen Kuss auf die Lippen und wandte sich verlegen ab.
»Aber ich habe sie aus einem anderen Grund gebeten, zu mir zu kommen.« »Wie kann ich ihnen dienen, Fräulein Helene.« »Ach Philippe. Wir sollten uns duzen. Jetzt, da wir ...« er lächelte: »Ich freue mich. Helene. Was kann ich tun, um dich glücklich zu machen?« »Es ist mir etwas peinlich. Es geht um ein Thema, mit dem ihr Franzosen euch am besten auskennt. Kann ich frei sprechen?« Er schob seine Brust nach vorne und nickte: »Wenn es ein französisches Thema ist, dann werde ich dir gerne helfen.« »Es geht um etwas Delikates. Mir ist zu Ohren gekommen, dass Franzosen beim ... Also ich weiß nicht genau, wie ich es sagen soll.« Sie sah verlegen zu Boden: »Beim Liebemachen, sollen Franzosen da so ihre Mittel haben.« Augenblicklich schwoll sein Gesicht zu einer roten Kugel an. »Um Himmels Willen, ist dieser Mensch verklemmt«, dachte Helene. Sie spielte ja nur ihre Rolle und es schien ihr gut zu gelingen. Bisher

hatte er alles getan, was sie wollte. Es war ein schönes Spiel und so ging wenigstens die Zeit schneller um.

»Also, es gibt das in Frankreich so eine Methode mit dem Mund«, haucht sie und sah schamhaft zu Boden. »Aber denken sie nicht«, begann sie schnell wieder, »das ich es wissen will. Es ist wegen unserer Ermittlungen. Und wen könnte ich besser fragen, als einen Mann aus Frankreich. Wie ich sie einschätze, haben sie sicher schon jede Menge Erfahrung mit jungen Frauen gesammelt.« Entsetzt wich er einen Schritt zurück: »Nein. Was denken sie von mir Helene.« »Du.« »Bitte?« »Was denkst du, Helene. Wir waren beim du.« »Ja. Natürlich. Aber so bin ich nicht.«

Enttäuscht ließ sie den Kopf sinken. »Dann bist du also der falsche Ansprechpartner?« »Warte bitte einen Augenblick«, hauchte er und ging entschlossen zur Tür hinaus.

Einige Minuten später stand er vor ihr. »Meinst du das hier?« Er hielt ihr eine Spielkarte unter die Nase und Helene erschrak. Auf dem Bild war ein Mann zu sehen, der sein Gesicht im Schritt einer jungen Dame vergraben hatte. Sie begann innerlich zu glühen. Das Gesicht der Frau sprach eine eigene Sprache. Sie schien nicht unglücklich über die Anstrengungen des Mannes zu sein.

»Philippe. Ich ahnte ja schon, dass du ein vielbeschriebenes Blatt bist, aber das hätte ich dir nicht zugetraut.« Er schüttelte den Kopf:

»Nein. Das gehört mir nicht.« Sie lachte laut auf: »Und deshalb hast du es in der Hand?« »Das habe ich letzte Wochen den Männern auf der Baustelle abgenommen. Ich konnte ihre derben Witze nicht mehr ertragen.«
Helene lächelte. »Du bist ja noch verklemmter als ich dachte«, dachte sie. »Gut. Dann macht es dir sicher nichts aus, wenn ich das Kartenspiel konfisziere?« »Nein. Ich bin froh, wenn ich es nicht mehr sehe.«

29. Kapitel

Als Helene in ihrem blauen Kleid vor dem winzigen Spiegel stand, hätte sie laut schreien können. Lediglich diese beiden Kleider, das schwarze und dieses hier, hatte sie in dieses Kaff mitgebracht. Und dieses Kleidungsstück hatte sie nun schon einige Male angehabt.
Sie schloss die Augen und begann zu träumen. Philippe, schoss es durch ihre Gedanken, er war so ein gutmütiger Einfaltspinsel. Ein wirklich liebenswürdiger Mensch, aber so einfältig, dass selbst sie staunte. Was sie aber noch mehr beschäftigte, war die Tatsache, wie schnell sie ihn aus der Fassung bringen konnte. Schon als sie sich auf seinen Schoß setzte und nur ein paarmal ihr Becken über seine Männlichkeit rieb, verlor er komplett seine Denkfähigkeit. Er schien überhaupt

nicht zu begreifen, dass sie nur einen üblen Spaß mit ihm trieb.
Sie wollte ihn nicht heiraten. Sie wollte niemanden zum Mann haben. Frei zu sein war ihr Ziel. Sonst nichts. Das war doch ganz einfach. Aber was schadete es, wenn sie ihn im Glauben ließ, dass sie seine Frau werden wollte? Nichts! So tat er wenigstens, was sie wollte. Wie eine Marionette. Sie musste nur die richtigen Fäden ziehen.
Noch erstaunter war sie über die Tatsache, dass sie nicht das Geringste gespürt hatte, als sich sein Glied aufrichtete. Es war doch genau vor ihrer ganzen Weiblichkeit. Aber nicht das kleinste Verlangen kam in ihr auf. Er war vielleicht einfach nur ein guter, trotteliger Freund. Mehr nicht. Kein Mann, der ihr das geben konnte, was sie brauchte.
Möglicherweise lag es aber auch einfach an ihrer dicken Leinenunterwäsche? Sie hatte sich gestern Abend, als sie einsam im Bett lag, gefragt, wie es mit ihm wäre. Wenn er sie nehmen würde. Aber so hatte sie es sich nicht vorgestellt.
Sie zog an den Schnüren ihres Kleides und ließ es nach unten rutschen. Sie hatte ihren Spaß gehabt, nun kam die Arbeit an die Reihe. Dazu konnte sie eigentlich nur den schwarzen Rock tragen. Niemand nahm sie sonst als Polizistin ernst. Entschlossen warf sie das Blaue auf ihr Bett.

Sie sah an sich herunter. Jetzt trug sie nur noch ihre leicht, weiße Bluse und die Leinenunterhose. »Bin ich schön?«, fragte sie sich und presste mit ihrer Hand ihre Brust zusammen. Sie war fest und hatte die Form eines schöngeformten Apfels. Ihr Bauch war flach und schön. Ein kleiner Leberfleck prangte dicht neben ihrem Nabel. Lächelnd schob sie ihren kleinen Finger unter den Bund ihrer Unterwäsche und schob sie bis zu den Knien herunter. Sie sah ihr nach, als sie zu Boden glitt.

Dicht unter ihrem Nabel fing nun der Hügel ihrer Venus an. Leicht behaart hob er sich deutlich über ihren Bauch und bildete einen schönen Kontrast. Bis vor wenigen Tagen wäre sie nie auf die Idee gekommen, dass ihr dieses Körperteil so viel tiefste Freude und Leidenschaft schenken konnte. Sie war dankbar für diese Erfahrung. Wenn auch das Ende nicht so war, wie sie es erwartet hatte. Treitz, dieser Idiot.

Helene nahm den schwarzen Rock aus der Schublade und schoss mit einer lässigen Bewegung ihre Unterhose in die Ecke des Zimmers. Sie musste der Auslöser für ihre Gefühlskälte gegen Philippe gewesen sein. Vorsichtig stieg sie in den Rock und zog ihn nach oben. Er reichte ohnehin bis zu den Füßen. Wozu sollte da noch eine Unterhose gut sein?

Einige Minuten später stand sie vor dem Haus, in dem der Bürgermeister residierte. Selbst dreißig

Jahre nach dem letzten Krieg stand noch immer in riesigen Buchstaben ‚Mairie' über dem Eingang. Niemand schien es zu stören. Deshalb war auch noch niemand auf die Idee gekommen ‚Rathaus' darüber zu schreiben.
Helene öffnete die Tür und trat ein. In einem winzigen Vorzimmer saß eine alte, ergraute Frau und füllte irgendwelche Schriftstücke aus. »Guten Morgen«, sagte sie, ohne von ihrer Arbeit aufzusehen. »Guten Morgen. Ich will zu Bürgermeister Solange. Mein Name ist ...« »Ich weiß, wer sie sind.« Sie schob ihre Brille von der Nasenspitze zurück auf den Platz, an dem sie eigentlich sein sollte, und sah Helene streng an. »Der Bürgermeister hat keine Zeit. Er ist in einer Besprechung.« »Kann ich warten?« Sie zeigte auf zwei Stühle an der Wand.
Helene setzte sich und schloss die Augen. Aus dem Raum, auf dessen Tür Solanges Name stand, kamen aufgeregte Stimmen. Für einen Moment hatte sie das Empfinden, das es Martin Bonnet war, der das sprach. Dann die Stimme Solanges.
Langsam stand sie auf. Wenn Bonnet schon drin war, warum sollte sie dann warten. Die Vorzimmerdame hob ihren Blick und sah über ihre Brille. Diesen Moment nutzte Helene und riss die Tür auf. Ohne zu zögern, trat sie ein.
»Guten Morgen, meine Herren«, grüßte sie. Solange sah sie entsetzt an, winkte dann aber seinem Drachen zu, er solle sitzen bleiben. Helene sah

sich lächelnd um: »Ah. Da sind ja alle wichtigen Männer des Ortes anwesend. Der Herr Bürgermeister und die Herren der Bürgerwehr.« »Was wollen sie?«, keifte Solange, »Wir haben etwas zu besprechen.« »Das können sie sofort wieder tun. Aber erst müssen wir noch einiges klären.« Die Männer, darunter Bonnet und auch der freigelassene Rabbeur, grummelten einige, sicherlich nicht sehr netten Worte, in ihre Bärte. Helene lächelte sie an und wendete sich Solange zu.
»Herr Bürgermeister. Ihre Bürgerwehr hat, obwohl Herr Halbach ihnen von der Bildung einer solchen Vereinigung abgeraten hat, einen jüdischen Mann und den Neger Ludwig Vierzehn überfallen und schwer verletzt.« »Das ist doch Unsinn«, er sah in die Gesichter seiner Kumpane, »Das mit dem Juden wart ihr doch nicht? Oder?« »Na, ob sie es bei dem Juden waren oder nicht, kann ein ordentliches Gericht feststellen. Sicher ist aber, dass sie den Neger halbtot geprügelt haben. Ich habe es gesehen und es gibt noch weitere Zeugen. Wenn ich mich nicht irre, waren sie auch an dem Vorfall beteiligt.«
Helene sah ihn herausfordernd an. »Würdet ihr bitte gehen?« Er nickte in Richtung der Tür. Fluchend rückte die Truppe ab. Im Vorübergehen schleuderte Rabbeur ihr einen bösen Blick zu. Als sie den Raum verlassen hatten, schloss Helene die Tür und zog sich einen Stuhl vor Solanges

Schreibtisch. Mit einem eleganten Schwung stellte sie ihre Handtasche vor sich hin.
»So. Nun, da wir etwas Zeit haben, habe ich mehrere Anliegen. Zuallererst brauche ich eine Liste mit den Namen der Bürgerwehr. Berufe und Adressen natürlich auch.« Solange nickte und rief nach Rosemarie, seinem Vorzimmerdrachen. Einen Moment flüsterte er ihr ins Ohr und dann verließ sie den Raum wieder. »Ach Rosemarie«, rief ihr Helene nach, »vergessen sie Herr Solange nicht.« Krachend fiel die Tür wieder zu.
»Gut. Sie verstehen sicher, dass es so nicht gehen kann. Sie können nicht einfach diese armen Menschen verprügeln.« »Denn Nigger vom Bouchet? Wenn ich es ihnen sage, der hat Dreck am Stecken. So sind doch die ganzen Schwarzen.« »Dumme Vorurteile, sonst nichts«, zischte Helene, »Aber damit soll sich ein Gericht befassen. Der wahre Grund meines Kommens ist ein anderer. Sie als Bürgermeister führen auch die Sterbeliste des Ortes?«
»Nein. Das ist Sache des Pfarrers.« »Gut, dann kann Rosemarie sicher eine Liste bei dem Pfarrer besorgen. Aber sie halten alle Zu- und Abgänge der Bevölkerung in einer Liste fest?« Er nickte. »Stehen darin auch die Orte, an denen die Weggezogenen sich nun aufhalten?« »Ja.« »Sind dabei auch ungeklärte Abgänge? Also Menschen, die verschwunden sind?« »Natürlich. Es verschwinden immer einige Menschen irgendwohin. Da fährt ein

Junge mit den Schaustellern mit, ein Mädchen türmt mit den Zigeunern. Aber meistens kommen die nach ein paar Tagen wieder zurück.«
»Und was ist mit denen, die nicht zurückkommen?« Er zuckte mit den Schultern: »Die bleiben verschwunden. In diesem Land kann jeder gehen, wohin er will.« »In Ordnung. Wir brauchen eine Aufstellung von allen unbekannt Verzogenen. Vor allem Frauen. Sagen wir mal, aus den vergangenen zwanzig Jahren.« »Sind sie noch ganz dicht? Da dauert ja Stunden, bis wir damit fertig sind.« Helene stand auf und ging zur Tür: »Na dann soll Rosemarie am besten gleich damit anfangen. Und denken sie an die Liste vom Pfarrer. Wenn alles fertig ist, können sie ihrem Kumpan Bonnet die Sachen mitgeben. Schönen Tag noch!«
Augenblicke späte stand sie wieder auf der Straße. Ihr Herz schlug bis zum Hals. So forsch bei Solange aufzutreten, war ihr nicht leicht gefallen. Aber es hatte funktioniert. Frechheit zahlte sich anscheinend wirklich aus.
Ihr Blick fiel auf die Kirchenuhr. Gleich elf Uhr. Langsam schlenderte sie die Ortsstraße entlang bis zur Bäckerei. Wohin konnte sie so früh gehen? Wieder zurück in den Gasthof? Dort fraß sie die Langeweile wie ein gieriges Monster auf. Hier in diesem Dorf gab es nicht einmal ein Café, in das sie sich setzen konnte. Zögernd trottete sie weiter.

Als sie um die Ecke an der Kirche kam, fiel ihr die Apotheke ins Auge. Was Josef wohl jetzt gerade tat. Sie ließ sich auf die Mauer der Kirche fallen und starrte die Straße entlang. Aus dem Bürgermeisteramt kam Rosemarie mit großen Schritten heraus. Sie warf Helene einen giftigen Blick zu und verschwand in der Kirche. Helene lächelte. Sie hatte sich mit ihrer Aktion keine Freundin gemacht. Aber es war ihr gleich.

Wie ferngesteuert erhob sie sich und schlenderte vor die Fenster der Apotheke. Sie schützte ihre Augen mit der Hand vor den Spiegelungen des Sonnenlichts und sah durch die Scheibe. Josef stand gerade mit einer jungen, vielleicht achtzehnjährigen Dame an der Theke und unterhielt sich. Sie war elegant gekleidet und erschien irgendwie in diesem Kaff fehl am Platz.

Erstaunt stellte Helene fest, dass er lächelte und seine Augen glänzten. Genau so sah er aus, als sie zum Tanz fuhren. Dieses charmante Lächeln, die schneeweißen Zähne und die braungebrannte Haut. Er sah in seinem weißen Kittel wirklich gut aus.

Ihr Herz schlug plötzlich schneller als je zuvor. Josef Treitz lächelte, und hob den beweglichen Zwischenteil, der die beiden Thekenseiten miteinander verband und auch als Barriere dienen sollte, beiseite und zeigte nach hinten, in sein Büro. Nun war sie es also, die seine Liebkosungen spüren durfte.

Ein Schwall Eifersucht sprengte beinahe ihre Brust. Helene staunte selbst über sich, als sie plötzlich im Vorraum der Apotheke stand. Entsetzt schnellte die junge Frau herum und starrte Helene in die Augen. Sie war ein schönes Mädchen mit elfenbeinfarbener Haut und asiatisch anmutenden Augen. Auf ihrem blonden Haar saß ein kleiner, hellblauer Hut.
»Ah«, hauchte Helene und Sah Josef Treitz in die Augen. Es war ihr gleich, ob er bemerkte, dass sie die Eifersucht auffraß. »Herr Treitz. Gut, dass sich sie hier antreffe.« Sie wandte sich an die junge Frau: »Darf ich mich vorstellen? Helene von Frankenberg. Polizeiassistentin aus Saarbrücken.« Sie ignorierte die Hand, die das Mädchen ihr hinhielt, und drehte sich zu Treitz um: »Herr Treitz, ich möchte mit ihnen noch einmal über die Mädchenmorde der vergangenen Zeit sprechen.« »Mädchenmorde?« Erstaunt sah die junge Frau zwischen Treitz und ihr hin und her. Helene nickte: »Ja. Grausame Mädchenmorde. Passen sie also auf sich auf. Kann ich jetzt mit dem Herrn alleine sprechen?« »Natürlich«, nickte sie und stolperte benommen zur Tür hinaus.
Lächelnd sah ihr Josef nach. Kaum war die Tür wieder ins Schloss gefallen, schnellte er herum: »Sag mal, spinnst du? Was soll die jetzt von mir denken?« Helene lächelte und hob die Thekenbarriere hoch. Langsam schob sie sich hindurch und ging in den hinteren Teil des Hauses.

»Was willst du überhaupt hier?« Treitz war ihr gefolgt. »Mein lieber Josef«, wie in Zeitlupe ließ sich Helene auf dem Sofa nieder und stellte ihre kleine Tasche neben sich, »dieses junge Ding wirst du wohl nicht mehr ins Bett bekommen.« »Ich wollte sie doch ...« Helene sprang auf: »Du wolltest. Du weißt es. Ich weiß es. Du wolltest sie verführen. Gib es wenigstens zu.«
Josef zuckte mit den Schultern. »Was willst du?« »Mit dir sprechen.« »Dann sprich und geh wieder.« Helene setzte sich wieder und klopfte mit der Hand auf das Sofa neben sich: »Komm, setz dich.« Er schüttelte den Kopf. »Nein Helene.« »Komm zu mir«, seufzte sie, »Ich möchte dich entschädigen. Komm her und schlaf mit mir.« Er schüttelte den Kopf: »Nein Helene. Ich will nicht mit dir schlafen. Und ich will dich auch nicht heiraten. Also geh wieder.«
Helene stand auf und lächelte. Lasziv schwang sie herum und bückte sich nach ihrer Tasche. Langsam zog die ihren Rock nach oben. Sie ahnte, dass er beim Anblick ihrer Weiblichkeit nicht ruhig bleiben würde. Einen Moment später drang er in sie ein. Sie stöhnte und beugte sich weiter nach vorne. Josef atmete hektisch und zog sein Glied wieder aus ihr heraus. Sie hätte niemals geahnt, dass sie so schnell ihre Kleider ausziehen konnten. Dann vereinigten sie sich wieder zu einem Ganzen.

Eine Stunde später lagen sie Arm in Arm auf dem Sofa. Er küsste sie. »Ich musste diese kleine Schlampe einfach loswerden«, hauchte sie. Er brummte leise. »Du kannst doch nicht mit diesem jungen Ding ins Bett gehen.« »Du bist doch auch nicht älter als sie.« Entrüstet beugte sich Helene nach vorne: Ich bin schon fast sechsundzwanzig. Ich mein Lieber, bin eine erwachsene Frau.« Er küsste sie auf den Bauch.

Helene lächelte und drehte sich um. Einen Moment wühlte sie in ihrer Tasche und zog das Kartenspiel heraus. Sie ließ die Karten, alle mit erotischen Abbildungen bedeckt, durch ihre Finger gleiten, bis sie die richtige Karte gefunden hatte. »Hast du das schon mal gesehen?«, hauchte sie und betrachtet die Karte. Er betrachtete kurz das Bild und nickte. Sie sah ihn erstaunt an: »Du kennst das?« Er brummte wieder.

»Und wie ist das?« Josef richtete sich langsam auf und kniete sich vor sie. Vorsichtig schob er ihre Schenkel auseinander und rutschte ein Stück nach vorne. So stellte er sicher, dass sie so bleiben musste. Er beugte sich langsam nach vor und küsste ihre Brüste, dann rutschte er tiefer, nahm sich ihren Bauch und ihren Venushügel vor. Als seine Zunge ihre Klitoris traf, schrie sie leise auf. Dann versank die Welt um sie herum.

30. Kapitel

Helene schlenderte durch die Reihen der Menschen, die sich zum wöchentlichen Markt eingefunden hatten. In normalen Wochen fanden die Märkte am Mittag statt, aber in diesem Sommer war die Welt eine andere geworden.
Frederic Solange, der Bürgermeister von Rossbrücken, hatte den Beginn des Verkaufs in die frühen Vormittagstunden verlegt. Wenn dann die Sonne ihren höchsten Punkt erreichte, ging der Markt gerade zu Ende. Gerechtfertigt hatte er diese Maßnahme mit der unmenschlichen Hitze, aber selbst ein Dummer wusste, dass es einen einfacheren Grund gab. So konnten die Männer seiner Bürgerwehr besser ihren Patrouillen nachgehen. Also strömten die Menschen jetzt schon am frühen Morgen zusammen. Käufer, ebenso wie die Händler, die eine Palette der unterschiedlichsten Waren anboten.
Helene dachte an die vergangenen Stunden zurück. Halbach war immer noch nicht wieder zurück. Und sie saß in diesem verdammten Nest weiterhin fest. Aber wenigstens hatte sie sich die Zeit angenehm vertrieben. Sie dachte an die Stunden mit Treitz zurück und lächelte. So etwas hatte sie noch nie erlebt. Und nun hatten sie beschlossen, eine kleine Affäre miteinander zu beginnen. Natürlich durfte niemand davon erfahren. Alles musste geheim geschehen. Und darauf freute sie sich. Eigentlich

hatte sie das große Los gezogen. Sie würde einen Weg finden und Karl Preuß loswerden, Philippe war ein angenehmer Begleiter und für die Befriedigung ihrer dunklen Begierden sorgte Josef Treitz. Eine perfekte und durchaus befriedigende Mischung.

Aber Helene hatte keine Augen für die Kinder, die durch die Menge wuselten, auch nicht für die beladenen Tische. Sie war auf der Sache nach Philippe. Seitdem sie heute Morgen ihre Amour fou beschlossen hatten, hatte sie ihn nicht mehr gesehen. Plötzlich war er verschwunden.

Sie wusste nicht genau, wo sie ihn suchen sollte, also lag der Entschluss, es auf seiner Baustelle zu versuchen, nahe. Die grobe Richtung wusste sie. Sie lag in der Verlängerung der Linie zwischen Rossbrücken und dem Fundort von Magdalena Bellaire. Diese Angaben mussten ausreichen.

Langsam schlenderte sie durch die Menschen, nahm die vielfältigen Gerüche wahr, die nicht nur die angenehme Seite des Sommers zeigten. Ein kollektiver Schweißgeruch lag wie ein dicker, flugunfähiger Engel auf dem Ort und drohte ihn mit seinem Gewicht zu zerdrücken. Helene fiel das Atmen schwer.

Zu allem Überfluss hatte ein leichter Wind die staubige Schicht der Straße in sich aufgenommen und blies den feinen Sand in sämtliche Ritzen, die sich ihm boten. Auf der stinkenden, schweißnassen Haut der Menschen, hatte sich eine dünne, geruchsintensive Kruste gebildet. Die Gesichter,

in die sie sah, waren nur noch matt und deutlich von der Hitze gezeichnet.
Helene spürte die Blicke, die ihr folgten. Sie und Halbach waren hierher gekommen, um dieses schreckliche Verbrechen aufzuklären. Aber mittlerweile waren sie die Schuldigen. Nicht der Täter selbst war für die Bevölkerung das Übel. Sie waren es. Sie, die Eindringlinge in die lethargische Ruhe. Bis zum Aufruf des Bürgermeisters, in dem er den Frauen allen Alters geradezu befahl, nicht mehr alleine auf den Feldern zu arbeiten, waren sie noch willkommen gewesen. Dann hatte sich die Situation gedreht. Nun wurden sie missmutig beäugt.
Helene blieb noch für einen Moment an einem der Gemüsestände stehen und betrachtete die Auslage. Riesige Berge von Blumenkohl, grünen Bohnen und Kohlrabi lagen fein säuberlich aufeinandergestapelt da. »Guten Tag«, grüßte sie den Mann hinter der Ablage. Er nickte nur. »Bitte, ich hätte gerne einen Kohlrabi. Und wären sie so nett, sie mir in Stücke zu schneiden?« Langsam schüttelte er den Kopf: »Verschwinden sie. Von mir bekommen sie überhaupt nichts.« Entschlossen drehte er sich um.
Mit einem Kopfschütteln ging sie weiter. So etwas hatte sie bisher noch nicht erlebt. Diese Ablehnung war mittlerweile schon so ärgerlich, dass sie gut Lust hätte, den Mörder Mörder sein zu lassen und nach Saarbrücken zurückzufahren. Die

ersten Schritte, nachdem sie den Ort verlassen hatte, waren wie eine Befreiung für Helene. Erstmals konnte sie wieder durchatmen. Sie fühlte sich, als sei sie gerade noch dem Untier Rossbrücken entkommen. »Nur nicht in die ländliche Lethargie hineinziehen lassen«, rief sie sich bei jedem Schritt ins Gedächtnis. Endlich verschwand das Lärmen der Stimmen. Stille lag über den Feldern. Selbst die Lerchen hatten ihr lärmendes Gezwitscher eingestellt.

Helene musste gut fünfzehn Minuten zwischen den endlosen, grünen Halmmeeren hindurchgehen, ehe sie die Bodenmarken, die der Bau der neuen Brauerei hervorgebracht hatte, in der Ferne erkennen konnte. Erst als sie näher kam, erkannte sie die Einzelheiten.

Eine riesige, flache Grube zeichnete die späteren Umrisse des geplanten Gebäudes nach. An einigen Stellen waren tiefe Gruben ausgehoben worden. Vermutlich handelte es sich um die späteren Kellerräume. Die meisten der Keller waren schon mit Mauern umgrenzt und allen Anschein nach bereit, ihre Decke zu erhalten. Aber mehrere der Erdgebäude waren auch schon fertiggestellt.

Jetzt, im grellen Sonnenlicht, zogen sich lange, dunkle Schatten, wie die Arme eines Kraken, von den Stützpfosten, die überall in der Erde gerammt waren, zum Zentrum der Baustelle. Menschen hasteten von einer zur anderen Grube, aber niemand schien wirklich zu arbeiten.

Argwöhnische Augen betrachteten sie, als sie die Baustelle betrat.« Ich suche Monsieur Lafleur. Ist er hier?«, fragte sie den ersten Mann, der an ihr vorüberging. Unverständig sah er sie an: »Comment?« »Oh, ein Franzose«, durchzuckte es Helene. Krampfhaft dachte sie an die wenigen Worte, die ihr in der Schule eingebläut worden waren. »Je cherche Monsieur Lafleur. Où puis-je le trouver?«, probierte sie ihre verschütteten Sprachkenntnisse aus. »Aah, Mademoiselle«, lächelte der Franzose, »Monsieur Lafleur est dans le cave milieu. Il est là-bas son bureau.« »Merci, Monsieur«, bedankte sich Helene artig. Sie hatte nicht alles verstanden, aber der Sinn der Worte musste etwa lauten: Philippe hatte im mittleren Keller sein Büro. Und diese Auskunft genügte ihr. Fröhlich lachend schlenderte sie durch das Gewirr von Pfosten zum Kellerbüro. Keine Minute später klopfte sie gegen die hölzerne Tür, die den Kellerraum verschloss. Niemand antwortete. Wieder klopfte sie. Nichts. Sie überlegte, was sie tun sollte. Viele Möglichkeiten gab es nicht. Sie hatte eigentlich nur die Wahl nach Hause zu gehen, oder aber hier zu warten. Sie entschloss sich zum Letzteren. Erschöpft ließ sie sich auf die Kellertreppe fallen und wartete.
Schon einige Sekunden später ergriff sie eine unerklärliche Ungeduld. Helene stand auf und klopfte noch einmal gegen die Tür. Es musste doch jemand da sein. Der Mann hatte doch gesagt, er sei

da. Aber wieder bat sie niemand herein. Vorsichtig drückte sie die Klinke nach unten und erschrak, als die Tür einen winzigen Spalt aufsprang. Unentschlossen drückte sie die Tür noch ein kleines Stückchen weiter auf. Sie sah in den dunklen Raum. »Philippe«, rief Helene in die Dunkelheit, »Philippe? Bist du hier?« Alles blieb still. Helene atmete noch einmal tief durch und trat dann in den finsteren Raum.

Es dauerte eine Weile, bis sich ihre Augen an das spärliche Licht gewöhnt hatten. Nur durch ein kleines Fenster dicht unter der Decke, fiel ein schmaler Streifen Licht ins Zimmer. Helene trat noch einen Schritt weiter nach vorne und sah sich um. Der Keller war spartanisch eingerichtet. An einer der hinteren Wände stand eine Militärpritsche, die mit einer groben Militärdecke abgedeckt war. Sie schien unbenutzt zu sein. Dicht neben der Tür stand ein hölzerner Tisch mit zwei Stühlen. Die Möbel waren aus grobem, ungehobeltem Bauholz zusammengenagelt worden. Dass hier kein begnadeter Holzkünstler am Werk gewesen war, ließ sich an den windschiefen Sitzen leicht erkennen. Die Tischplatte war bis auf eine alte, rostige Petroleumlampe, leer.

Erschöpft ließ sie sich auf einen der Stühle fallen. Erst jetzt spürte sie die Kühle auf ihrer Haut. Hier unten, zwei Meter unter dem Boden, herrschte eine angenehmere Temperatur als draußen hin Freien. Langsam griff die Müdigkeit mit großen

Händen nach ihr. Ihre Beine schmerzten und außerdem war sie durstig.
Inbrünstig wünschte sie sich Philippe herbei. Es war eine dumme, einfältige Idee, ihn hier unaufgefordert zu besuchen. Sie wusste ja nicht einmal, was sie zu ihm sagen würde, wenn er gleich vor ihr stand. Wenn er überhaupt heute Abend noch kam.
Sie sah sich weiter um. Tief im Dunkel der hinteren Wand hoben sich zwei weitere hölzerne Türen von der Mauer ab. Was wird wohl dahinter sein? Eine unerklärliche Neugierde hatte urplötzlich ihre Finger um sie geschlungen. »Einmal hineinschauen wird nicht schaden«, rechtfertigte sie sich vor sich selbst. Schnell stand sie auf und mit einigen schnellen Schritten war sie dort. Einen Moment später hätte sie sich selbst ohrfeigen können. Was nahm sie sich überhaupt heraus. »Nein, das darf ich nicht tun«, dachte sie und drückte im gleichen Augenblick den Türgriff nach unten.
»Was tun sie hier?«, hörte sie eine Stimme, die wie das Brüllen eines Löwen klang, »Verschwinden sie sofort. Sonst rufe ...« Ein immenser Schreck riss Helene herum. Erschrocken sah sie in Philippes Augen. Er hatte seine Lider weit aufgerissen und das Weiße seiner Augäpfel, das nun in der Dunkelheit leuchtete, gab ihm ein fremdes, unbekanntes Aussehen. Die gesamte Vertrautheit war

mit einem Schlag verschwunden. Plötzlich drängte sich ein ängstliches Gefühl in ihre Brust.
Sie hätte sich ohrfeigen können. Was hatte sie getan? Und warum fürchtete sie sich vor ihm?
»Entschuldige, Helene«, brach er das drückende Schweigen, »aber ich habe dich nicht gleich erkannt. Was um alles in der Welt tust du hier?« Da war sie wieder. Seine nette, warme Stimme mit dem Tonfall, der immerzu sagen wollte: »Helene, alles ist gut.«
»Nichts«, stammelte sie verlegen, »also eigentlich habe ich dich gesucht. Ich wollte dich besuchen.«
»Und was tust du hier drinnen? Ich hatte die Tür doch verschlossen.« Helene schüttelte den Kopf. War das die Gelegenheit, ihre Verfehlung ins rechte Licht zu rücken und ihr einen nicht gar so neugierigen Anstrich zu verleihen? »Nein, die Tür war offen. Eigentlich wollte ich auf der Treppe warten, aber ...«, sie suchte nach einer weiteren Rechtfertigung, »... der staubige Wind. Er war es, der mich zur Tür trieb. Aber sie war offen, ich schwöre es.« Zur Unterstützung hob sie ihre Finger zum Schwur hoch.
»Helene, ich möchte nicht, dass du noch einmal hierher kommst. Ich verbiete es dir.« Sie zuckte zusammen. »Aber warum?«, fragte sie enttäuscht, »Ich wollte dir doch eine Freude machen.« Er sah zu Boden und für Helene war es nicht schwer zu erkennen, dass er innerlich vor Wut kochte.

»Das ist schön Helene. Aber ich will es nicht. Ich möchte dich hier nicht haben. Verstehst du?«, sein Ton schien ein Stück in Richtung Hysterie abzurutschen, »Hier ist nicht der richtige Ort für dich. All die Arbeiter, der Schmutz. Also. Du wirst nicht mehr hierherkommen. Nicht mehr hier in dem Keller, ja selbst nicht mehr auf die Baustelle. Hast du mich verstanden?«
Er trat einen Schritt auf sie zu, legte seine Hand zwischen ihre Schulterblätter und schob sie zur Tür hinaus. »Ich werde dich jetzt zurück nach Rossbrücken fahren. Und keine Widerrede! Steig ein«, befahl er barsch. Helene wusste, dass Widersprechen in seinem aufgebrachten Zustand zu einem weiteren Wortgemetzel führen würde. Und darauf hatte sie keine Lust.
Aber sie mochte auch die angespannte Stimmung, die im Wagen herrschte, nicht sonderlich. »Du betreust aber eine sehr große Baustelle«, versuchte sie ein normales Gespräch in Gang zu bringen, »Dein Vater muss großes Vertrauen in dich haben.« Er nickte nur abwesend. Wieder schwiegen Sie. Als er zu sprechen begann, traf sie seine Stimme wie ein Peitschenhieb, »Hast du die hintere Tür geöffnet?«

Helene sah ihn an und schüttelte den Kopf: »Nein. Habe ich nicht.« »Gut. Das ist gut«, murmelte er abwesend.

31. Kapitel

Leise trat Helene in den dunklen Raum der Kirche. Mit einem satten Schmatzen fiel die Tür zu. Es dauerte einige Sekunden, bis sie trotz der herrschenden Düsterheit die Einzelheiten erkennen konnte.
Langsam schlenderte Helene vorwärts. Trotz des schlichten Äußeren sah die Kirche innen schön aus. Dicht neben dem Hauptgang bildeten zwei Reihen Säulen eine Art Gasse. Rechts und links standen Bänke sauber ausgerichtet. Die Wände waren weiß getüncht. Einige Malereien konnten den Krankenhauscharakter jedoch nicht vollkommen verdrängen. Zwei mächtige, aus hellem Holz geschnitzte Heilige waren an den mittleren Säulen ziemlich nahe der Decke angebracht und sahen drohend auf die Betenden nieder.
Genau das war der Grund, warum sie diese Gotteshäuser nicht mochte. Wenn Gott so allmächtig war, wie einem die Geistlichen einreden wollten, warum musste er den Menschen dann eine Höllenangst einjagen? Da war er auch nicht besser, als dieser verrückte Frauenmörder.
Der hölzerne Altar des Gotteshauses bildete den mächtigen Mittelpunkt an der Stirnseite der Kirche. Eine leinene, weiße Decke mit grüner Stickerei lag geschwungen darüber und wartete auf die Dinge, die im Laufe der nächsten Stunden kommen würde. Links und rechts prangten zwei Vasen

mit gelben Blumen. Sie waren die einzigen bunten Punkte im trüben Licht, das durch die matten, vergilbten Fensterscheiben hereinfiel.
Helene ging zu einer der Bänke auf der linken Seite und setzte sich. Leise stellte sie den kleinen Koffer neben sich auf die Sitzbank. Das Geräusch ihrer Schuhe auf dem Steinboden war von den Wänden zurückgeworfen worden und suchte nun verzweifelt nach einem Ausweg um aus dem Raum zu fliehen. Es dauerte nur kurz, dann lag wieder vollkommene Stille über allem. Sie schloss die Augen und atmete tief ein. Jetzt erst merkte sie, wie abgestanden die Luft hier drin war. Ein Geruchsgemisch aus Wachs, alter Farbe und allerlei menschlichen Duftmarken, hatte die Luft im Lauf der Jahre derart in seine Fänge genommen, dass auch Lüften wohl keinen Zweck mehr hatte.
Sie fröstelte leicht. Ihre völlig überhitzte Haut reagierte schlagartig mit einer Gänsehaut. Einen Moment später waren ihre Arme mit vielen, winzigen Hügelchen übersät. Hier drinnen war es deutlich kühler, viel frischer, als die sommerliche Luft draußen.
Helene erschrak, als die Tür hinter ihr aufschwang. Eine alte Frau kam herein. Abwesend murmelte sie ein Gebet und tippelte mit kleinen Schritten an ihr vorbei. Vor der vordersten Bank blieb stehen. Sie verbeugte sich vor dem Gekreuzigten und schob dann ihr mächtiges Hinterteil auf den hölzernen Sitz. Andächtig

brummend faltete sie die Hände. Ihr leises Hüsteln zerriss die Stille, die hier wohl gottgegeben war. Vor allem an einem Sonntagmorgen kurz vor dem Gottesdienst.
Helene fühlte sich fremd hier. Noch nie hatte sie ein sonderlich gutes Gefühl in der Kirche. Sicherlich hatte sie diese innere Ablehnung von ihrem Vater geerbt. Er war als Theaterleiter ein ohnehin kritischer Kopf. Immer war er den neusten Gedanken auf der Spur, versuchte sein Schauspielhaus dem aktuellen Zeitgeist anzupassen. Und diese Neugier, die Jagd nach allem Neuen, hatte er ihr mitgegeben. Die Kirche gab ihr jedenfalls nie das Gefühl, sich auf den Geist der neuen Generation einzulassen. Alles hier war angestaubt und steif. Die Haltung der Geistlichen zu der Rolle der Frau war für sie jedoch am meisten unverständlich. Auch, dass ein gnädiger Gott solch eine Schweinerei wie hier zuließ, ließ sie im Glauben schwanken. Wie viele Kriege waren schon in seinem Namen geführt worden? In gigantischen Völkerschlachten metzelten sich tausende Menschen hin und immer wieder fragte sie sich, warum dieser Gott so etwas duldete. Warum fuhr er nicht mit seiner großen Hand dazwischen, strafte die Verantwortlichen und schützte so die Opfer?
Ob das der wirkliche Grund für ihre Ablehnung war, konnte sie nicht genau sagen. Aber den ständigen Streit, den sie mit ihrer Mutter wegen ihrer

verschiedenen Meinungen über dieses Thema hatte, war für sie immer noch präsent. Mit zunehmendem Alter war sie zu einer begeisterten Kirchgängerin geworden. Ihr war es immer wichtig, was die Nachbarschaft über ihre Familie sagte. In ihr Weltbild passten die unwillige Helene und ihr ungläubiger Vater nur schwer. Warum verstand diese Frau nicht, dass Helene jung und dass das Ende, das einem unweigerlich an den Himmel denken ließ, für sie noch so weit weg war?

Helene erwischte sich dabei, als ihre Gedanken und Bitten in Richtung des mächtigen Kreuzes, an dem eine grob geschnitzte Figur des Erlösers hing, schwebten. War das so etwas wie ein Gebet gewesen? Ach Unsinn, winkte sie ab. Sie glaubte doch überhaupt nicht an Jesus und die biblische Geschichte. Für sie waren zu viele Widersprüche in der Heiligen Schrift.

Sie konnte auch nicht verstehen, wieso so viele Menschen diesen Halt brauchten. In manchen Momenten jedoch war sie unsicher, so wie jetzt gerade. Sicherlich lag es an dem Ort mit seiner geradezu unheimlichen Ruhe, warum sie schwankte.

Ihr Blick fiel auf das Gesicht des hölzernen Gottessohnes, dessen Augen verklärt zum Boden gerichtet waren. Sollte er nicht zum Himmel schauen, dorthin wo sein Vater wohnte? Eigentlich war es ihr gleich. Aber es konnte nicht schaden einige Bitten an das zu richten, was auch immer die Welt erschaffen hatte. Helene murmelte einige

Worte, bat um Beistand und Unterstützung bei der Lösung des Falles. Unsanft wurde Helene aus ihrer Versenkung gerissen. Hinter dem Altar tauchte aus dem Dunkel ein schwarz gekleideter Mann auf. Er hatte die Hände gefaltet und sah andächtig aus. Mit einem kurzen Kopfnicken grüßte er erst den Erlöser, dann die alte Frau, die immer noch betend dasaß. Als er Helene sah, stockten seine Bewegungen kurz. Dann lächelte er.
Er war vollkommen schwarz gekleidet und lediglich sein silbergraues Haar leuchtete hell. Kurze Zeit machte er sich an einem kleinen Kasten an der hinteren Wand zu schaffen, stellte Gegenstände hin und her, nahm ein Buch und legte es auf den vorbereiteten Ständer auf der Kanzel.
Sie sah ihm ruhig bei seiner Arbeit zu. Als er von der Kanzel wegging, war das ein Zeichen für sie, dass sie zu ihm gehen konnte. Helene wusste nicht recht, wie sie ihn anreden sollte. Krampfhaft suchte sie nach der richtigen Wahl der Namen, entschied sich schließlich für »Hochwürden«. Mit großen Augen sah sie der Mann an und sie konnte seine Gedanken ahnen. »Herr Pfarrer Müller, Pfarrer Albert Müller oder einfach Herr Pfarrer. Suchen sie sich etwas aus«, sagte er schließlich, »Und wer sind sie?« »Oh, entschuldigen sie, Herr Pfarrer. Ich habe mich noch nicht vorgestellt. Mein Name ist Helene von Frankenberg. Ich bin Polizeiassistentin.« Belustigt legte er seine Stirn in Falten: »Was sind sie?

Polizeiassistentin?« Er lachte prustend los. »Sie wollen mich doch veralbern. Seit wann gibt es bei der Polizei Frauen?«
Sein Gesicht blieb in zu einem überheblichen Lächeln verzogen. Er verschränkte die Arme vor seiner Brust: »Sind sie das junge, verzogene Ding aus Saarbrücken, dass es unserer Rosemarie so schwer gemacht hat?« Er lachte kurz auf: »Na, sie wird sie nicht ihn ihre Gebete einbeziehen. Wenn sie zum Arbeiten getrieben wird, verzeiht sie das nicht so schnell.«
Helene hob fragen die Brauen: »Sie hat die Liste fertig? Noch habe ich sie nicht.« »Das wird noch etwas dauern. Die ist stur.« »Naja. Was habe ich auch anderes erwartet, Helene sah sich um, »Aber ich bin aus einem anderen Anlass hier.« »Er nickte versonnen: »Und aus welchem Grund?«
»Ich möchte von jedem Mann, der heute Morgen den Gottesdienst besucht, Fingerabdrücke nehmen.« Der Blick Pfarrer Müllers nahm einen unverständigen Ausdruck an. »Fingerabdrücke?«, fragte er überrascht. Helene nickte. »Eine neue Art einen Täter zu überführen. Dabei wird ...« »Ich weiß, was das ist. Ich bin doch nicht blöd. Aber ich sage klar und deutlich ‚Nein'. Das werde ich nicht unterstützen. In diesem Haus sind alle, die hierher kommen, unschuldig. Gott vergibt jedem, der bereut. Also gibt es hier keine Schuldigen.«
»Bitte Herr Pfarrer. Es muss doch auch in ihrem Interesse sein, den Schuldigen der Morde an den

jungen Frauen zu finden.« »Natürlich, Fräulein ...?« »Von Frankenberg, Herr Pfarrer, Helene von Frankenberg.« »Natürlich, Fräulein von Frankenberg, kann ich ihnen nur beipflichten. Der Mörder muss dingfest gemacht werden. Aber nicht hier und nicht mit solchen ..., solchen neumodigen Mitteln. So etwas gehört hier nicht her.« Er machte eine künstlerische Sprechpause. Deutlich spürte sie, dass er seine Macht genoss. Er war hier der Herr und das ließ er sie spüren.
»Ich bitte sie, Herr Pfarrer. Wenn sie möchten, werde ich die Abdrücke ...« »Bemühen sie sich nicht. Es ist mein letztes Wort. Hier ist nicht der richtige Ort für solchen Hokuspokus. Das ist und bleibt mein letztes Wort! Und jetzt entschuldigen sie mich. Die Gläubigen kommen gleich. Und ich muss mich noch umziehen.« Entschlossen drehte er sich um und ging zurück zum Altar. Er schnellte herum, als die Tür aufgerissen wurde und ein Mann hereinstürzte.
Helene konnte gegen das hereindrängende Licht nicht erkennen, wer da wie vom Teufel gehetzt angerannt kam. Doch schon beim ersten Wort erkannte sie Martin Bonnet. »Fräulein von Frankenberg, wo ist der Kommissar?« Helene zuckte mit den Schultern: »Heute Morgen war er nicht im Gasthof. Möglicherweise ist er irgendwohin unterwegs.« »Gut«, antwortete er und rang nach Atem, »Dann müssen sie kommen. Wir haben ihn.« »Wen haben sie?« »Na, den Mörder.«

Ein elektrischer Schlag jagte durch ihren Körper. Sie fühlte, wie ihre Beine weich wurden. Ihre Gedanken drehten sich wie ein Brummkreisel. Hilflos sah sie zwischen Bonnet und dem Pfarrer hin und her. Trotz der Kühle der Kirchenluft schwitzte sie plötzlich.
»Wer? Wer ist es? Und wo ist er jetzt?«, fuhr sie Bonnet an. Schon einen Augenblick später tat ihre die vollkommen überzogene Reaktion schon wieder leid. Bonnet trat einen Schritt zurück und sah sie erschrocken an. Aber er fing sich schnell und antwortete: »Es ist der Werle. Ich war gestern Abend mit ihm trinken. Und sie können glauben, ...«, er schob seine Brust stolz nach vorne, »wir haben viel getrunken. Für mich war es natürlich von der ersten Minute klar, wer der Täter ist. Aber ich wollte die Bombe nicht zu früh zünden. Aber nun hat er gestanden. Gerade eben. Ich habe ihn im Keller des Rathauses eingesperrt. Und den Worm habe ich rausgelassen.« Helene schüttelte den Kopf. Dieses eigenmächtige Verhalten des Polizeidieners wurde langsam lästig. Nun war es aber egal.
»Wer ist Werle?«, fragte sie nach. »Na, der Maurice Werle. Er wohnt am Ortsausgang nahe der Eisenbahnstrecke. Und er hat gestanden.« »Gut. Wir müssen aber warten, bis Kommissar Halbach zurück ist. Deshalb lassen sie Werle im Keller eingesperrt, bis her wieder da ist. Dann werden wir ihn verhören.« »In Ordnung«, rief er aufgeregt

und rannte einen Moment später durch die hohen Räume der Kirche nach draußen. Seine Schritte hallten durch den Kreuzgang wie die Melodie eines Siegermarsches und das Geräusch der zufallenden Tür setzte den Schlusspunkt.
Helene sah ihm erstaunt nach. Es erschien ihr, als sei das alles ein Traum. »Sehen sie, Gott regelt alles. Auch ohne ihren modischen Firlefanz«, stieß der Pfarrer hervor, »Schönen Tag noch. Ich werde jetzt meine Predigt vorbereiten und dem Herrn besonders danken.« Ohne sie eines weiteren Blickes zu würdigen, schlurfte er weiter ins Dunkel der Kirche und verschwand durch die hölzerne Tür, aus der er gekommen war.

32. Kapitel

Helene sah Halbach erstaunt nach. Wortlos ging er an ihr vorüber und verschwand. Es schien, als sähe er sie noch nicht einmal. Aber was sollte es? Er hatte sich den ganzen Tag in Saarbrücken herumgetrieben, dann kam es auf diesen Abend auch nicht mehr an.
Noch immer klemmte ihr Notizbuch unter ihrem Arm. Zu gerne hätte sie mit ihm die Ergebnisse der Liste, die sie von Solanges Sekretärin Rosemarie erhalten hatte, besprochen. Aber der Herr hatte ja Besseres zu tun.
Helene trat auf die Straße und sah ihm nach. In Gedanken schlenderte die Straße entlang und

verschwand in Richtung Merlebach. Kopfschüttelnd drehte sie sich um und spazierte in den Ort zurück.

Sie begegnete nur einigen Menschen, die sie mit bösen Blicken musterten. Im Vorübergehen sah Helene in die Fenster. In manchen brannten jetzt im verschwindenden Licht schon die ersten Lampen. Sie lächelte. Wenn man durch Fenster sah, schien alles so friedlich und schön. Viel schöner als es in Wirklichkeit war. Schon als kleines Mädchen waren sie oft in der Nacht zum Heiligen Abend durch Saarbrücken gelaufen. Immer dann, wenn das Christkind sich anschickte, seine Geschenke zu bringen.

Als sie noch ganz klein war, musste Vater immer mit seiner Kinderherde mitgehen. Aber mit der Zeit verweigerte er den Dienst in der kalten Winterluft. Dann mussten die Brüder das übernehmen. Und wenn sie dann, durchgefroren und zufrieden zurück nach Hause kamen, stand wie ein Wunder, der Weihnachtsbaum da. Das Christkind hat ihn gebracht, lautete die Antwort unisono aus dem Mund der Eltern. Für diese kleinen Schwindeleien war sie innen heute noch dankbar.

Sie ließ sich auf der kleinen Mauer der Kirche nieder und sah sich um. Einige Kinder spielten auf der Straße und verbreiteten einen Heidenlärm. Um die Ecke, vor der Apotheke, sammelten sich gerade die Männer der Bürgerwehr um ihren Dienstgang, so nannte es Bürgermeister Solange, zu beginnen. Sie

konnte Halbachs Ablehnung in diesem Punkt nicht teilen. Natürlich erwartete jeder von den Männern, dass sie ihre Familien beschützten. Was sie mit den Juden und vierzehn getan hatten, war jedoch nicht in Ordnung. Einfach jemanden niederprügeln, konnte keine Lösung sein. Aber durch Präsens abschreckend zu wirken, daran gab es nicht das Geringste zu bemängeln.
Sie sah zum Himmel, an dem sich gerade Sonne und Mond die Klinke in die Hand gaben. Riesig erschien die aufgehende Mondscheibe heute Abend. Vollmond gab es. Möglicherweise lagen deshalb bei so einer Menge Menschen hier so blank. Dabei hatte der volle Mond auch etwas Romantisches. In Vaters Theaterstücken prangte in der entscheidenden Szene immer ein Vollmond am Himmel. Und war es nicht auch aufregend, durch den dunklen Wald zu laufen und trotzdem alles zu sehen? Alles war dann so gleich, grau in grau, aber gleich.
Lächelnd nahm sie ihr Notizbuch und zog den kleinen Bleistift heraus. Sie prüfte die Spitze, leckte kurz daran und schrieb dann einige Worte auf das Blatt. Ein kurzer Riss und sie prüfte noch einmal, was sie geschrieben hatte: ‚Josef, bitte triff mich heute um Mitternacht am kleinen Teich vor der Mühle. Kuss, H'. Sie faltete den Zettel und ging zur Tür der Apotheke.
»Guten Abend die Herren«, grüßte sie und schob das Schreiben unter der Tür hindurch. Energisch zog

sie an der Schnur der Türglocke und ging dann einfach weg.

Vorsichtig zog Helene die Tür des Cheval blanc hinter sich zu. Lächelnd schlich sie zu dem alten Schäferhund, der in einer Hütte in der Ecke des Biergartens an einer Kette sein Leben fristete. Zärtlich streichelte sie ihm über den Kopf und ging dann durch die Straßen von Rossbrücken.

Alles war still und in fast allen Fenster war das Licht verloschen. Jetzt macht das Dorf einen besseren und einladenderen Eindruck als am Tag, dachte Helene. Sie trug wieder ihre blaues Kleid und hatte eine Tischdecke, die sie in der Gaststube des Wirtshauses stibitzte, unter ihrem Arm geklemmt. Hoffentlich war Josef pünktlich. Wenn sie lange auf ihn warten musste, fraß sie die Lust innerlich auf.

Die Vorfreude auf die Nacht ließ ihr Herz höher schlagen. Einen kurzen Moment dachte sie darüber nach, ob es nicht gefährlich sei, nachts durch die Gegend zu wandern, solange der Mörder noch unterwegs war. Aber er hatte seine Opfer alle, bis auf Magdalena Bellaire, noch vor Einbruch der Dunkelheit gefangen. Somit war es unwahrscheinlich, dass sie ihm heute Nacht über den Weg lief.

Philippe fiel ihr ein. Seit ihrem Streit auf der Baustelle hatte er sich nicht mehr sehen lassen. Was er wohl dort versteckte? Das machte alles keinen Sinn. Warum durfte sie nicht auf die

Baustelle kommen? Und vor allem verstand sie seine vollkommen übertriebene Reaktion wegen der beiden Türen nicht. Morgens noch verspricht er ihr ein gemeinsames Zusammenleben, abends überschlägt er sich fast mit Flüchen und Bösartigkeiten. Nicht, dass sie je vorhatte, ihn zu heiraten. Aber das wusste er ja nicht.

Nach etwas zwanzig Minuten sah sie den Teich unterhalb des Feldes liegen. Sie hatte Josef die genaue Stelle nicht beschrieben, aber das spielte hier ohnehin keine große Rolle. Der See war an drei Seiten von Wald bewachsen. Und die freie Seite, die jetzt ihr Ziel war, konnte sie gut einsehen. Wenn er also kam, entdeckte sie ihn rechtzeitig.

Im fahlen Mondlicht leuchtete die Landschaft nun silbrig grau. Alles um sie herum sah so anders aus. So rein und friedlich. Selbst der schmale Weg, der durch die Felder zum Wasser führte, glänzte in der gleichen Farbe. Sie konnte gut und weit sehen.

Wie angewurzelt blieb sie stehen und starrte zum See. War da nicht eine Bewegung? Doch. Jetzt sah sie ihn. Dicht vor dem Platz, an dem sie ihr Lager aufschlagen wollte, stand ein Fuchs und betrachtete sie ebenso neugierig wie sie ihn. Zwei nächtliche Wanderer, dachte sie und ging leise weiter. Mit einem heiseren Bellen verabschiedete sich Meister Reinecke und verschwand einen

Augenblick später im Wald. Sie war wieder alleine.

Langsam ging Helene am Ufer entlang und tastete mit den Füßen den Boden ab. Sie brauchte eine einigermaßen weiche Stelle, die noch dazu nicht zu sehr zum Wasser hin abfiel. Als sie fündig wurde, warf sie die Tischdecke in einem weiten Bogen auf den Boden und strich sie glatt.
Zittrig ließ sie sich nieder und wartete. Es war alles so schön und ruhig heute Abend. Vorsichtig legte sie sich auf den Rücken und starrte zum Himmel. Das Firmament war so groß und weit. Heute Nacht waren dort so viele Sterne, wie sie Helene noch nie gesehen hatte. Lautlos flog eine Eule über sie hinweg und landete im nahen Wald. Deutlich sah sie die riesigen, weiß umrandeten Augen aus dem finsteren Wald hervorstechen.
Sie lächelte, als sie ein Steinchen auf dem Weg rollen hörte. Josef kam. »Pssst«, flüsterte er und küsste sie auf den Mund. »Hallo Helene«, er ließ sich neben sie hinfallen, »Du hast ja Ideen.«
»Schön, dass du gekommen bist.« Er lächelte sie an: »Wie könnte ich nicht? Wenn die Geliebte ruft, eilt der Held. Das ist auch im Märchen so.« Sie lachten leise auf. »Hast du keine Angst so allein im Wald?«, fragte Josef nach einer Pause. Helene hob fragend die Augenbrauen: »Vor wem? Vor dir?«
»Quatsch. Vor dem Mörder natürlich.«
»Kümmere du dich nicht um Mörder«, hauchte sie und küsste ihn leidenschaftlich auf den Mund. Sie

stand auf und zog ihr Kleid über den Kopf. Vorsichtig ließ sie sich wieder auf die Decke sinken: »Komm Josef. Besorgs mir. Aber schnell.« Sie musste lachen, als Treitz aufsprang und seine Hosen herunterriss.
Einige Minuten später waren sie miteinander verschmolzen und lieben sich. Heute war es noch viel intensiver als am Morgen. Helene hatte die Augen geschlossen und genoss die Stöße von Josefs Glied. Immer und immer wieder drang er in sie ein, tiefer und tiefer. Je fester die Bewegungen wurden, desto mehr stöhnte er.
Sie öffnete die Augen einen winzigen Spalt und griff sein Gesicht mit beiden Händen. Leidenschaftlich trafen sich ihre Münder. Helene spürte einen Schwall Glück, der sie regelrecht zu überfluten drohte. Gleich musste er kommen, sie fühlte es. Noch einmal öffnete sie die Augen und sah sein Gesicht.
Dann gefror ihr das Blut fast in den Adern. Hinter ihm tauchte einen winzigen Moment ein zweites Gesicht auf. Helene schrie erschrocken auf und versuchte sich aus der Zweisamkeit mit Josef zu winden. Sie stieß mit dem Rücken gegen einen Stamm, der dicht vor dem Schilf lag, und stieß einen noch grelleren Schrei aus.
Treitz schnellte herum und folgte den Blicken Helenes ins silbrige Nichts. »Was ist?«, bellte er und nahm sie in seine Arme. »Ein Mann. Josef, da war ein Mann.« Treitz stand auf und sah sich um.

Helene griff nach der Decke und schlang sie um sich. Er lief einige Schritte den schmalen Pfad entlang und ließ seinen Blick schweifen.
»Da ist nichts.« Nackt plumpste er ins dichte Gras. »Doch. Ich habe ihn gesehen. Einen Kerl mit kantigem Gesicht. Direkt hinter dir.« Josef nickte: »So viel zum Mörder.« Er rutschte neben sie und schlang den Arm um sie. »Beruhige dich wieder. Hier ist nichts. Das wird ein Vogel oder so was gewesen sein. Du weißt, dass in der Nacht alles seltsam erscheinen kann. Da bewegen sich plötzlich Bäume und gaukeln dir was vor.«
»Josef, ich möchte nach Hause. Ich habe Angst.« Er lächelte: »Du brauchst dich nicht zu fürchten. Ich beschütze dich. Soll dich nach Hause fahren?« »Wieso fahren? Ich will zurück in den Gasthof.« Er zuckte mit den Schultern und half ihr auf: »Ich dachte, du willst nach Saarbrücken.«
Schweigend zogen sie sich an und schlenderten den Weg entlang zurück. Bei jedem noch so kleinen Geräusch fuhr Helene herum und betrachtete die Landschaft. Alles war menschenleer. Aber sie wusste doch, dass sie einen Mann gesehen hatte. Sie war ganz sicher. Oder wurde sie verrückt?
Josef legte den Finger vor den Mund, als sie um die Ecke des Wirtshauses bogen. »Wenn der Hund kläfft, merken die, dass du weg warst«, flüsterte er. »Der bellt nicht«, hauchte Helene und schlich zu ihm. Sie winkte Treitz zu. Sie streichelten den Rüden und gingen dann zur Tür. »Danke, dass du

mich zurückgebracht hast«, sie drückte ihm einen Kuss auf die Lippen, »Gute Nacht!«
Vorsichtig drückte sie die Türklinke nach unten und im gleichen Augenblick überlief es sie glühend heiß. Die Tür war zu. »Zu«, hauchte sie, »so ein Mist. Wie komme ich jetzt das rein. Das wird ein Skandal, wenn jemand erfährt, dass ich nachts mit dir unterwegs war.«
»Sssssch«, zischte Josef und lief an der Häuserfront entlang. Immer wieder drückte er mit der Hand leicht gegen die Fenster. Bis er lächelnd winkte. »Hier Helene. Da ist offen.« Mit überkreuzten Armen stand sie da und sah ihm zu. »Du denkst jetzt nicht, dass sich da hochklettere?«, hauchte sie. »Doch, genau das denke ich.« Sie hob abwehrend die Hände: »Niemals.« Er lächelte und tippte sich mit dem Zeigefinger an die Stirn: »Du spinnst. Oder hast du Angst, dass ich dir unter den Rock schaue?«
Helene ließ die Arme sinken und lachte leise auf. Langsam drehte sie sich um und erstarrte gleichzeitig zu einem Eisklotz. Unter der Linde stand er wieder. Das Gesicht, das sie eben noch gesehen hatte. Schon einen Augenblick später hatte sie ihre Fassung wieder: »Da Josef. Da ist er wieder«, raunte sie und zeigte mit dem Finger auf die Linde. Treitz schnellte herum und starrte in die Nacht. »Ich sehe nichts. Ich glaube, das ist der Vollmond.« »Josef, ich schwöre dir, dass er eben noch da war.« Sie hob die Finger zum Schwur.

Er dachte kurz nach und nickte dann: »Gut. Ich glaube dir. Er war da. Das wird irgend so ein Spinner sein. Er hat uns beobachtet und es hat ihm gefallen. Nun ist er weg. Also komm.«

Er lehnte seinen Rücken gegen die Mauer und formte mit den Händen einen Tritt. Als sie ihren Fuß hineinsetzte, kniff er ein Auge zu: »Wenn ich jetzt deine Weiblichkeit sehe, wiederholen wir das morgen.« Dann hob er sie hoch und schob sie in die Fensteröffnung. Im letzten Moment schnellte er herum und kniff ihr in den Po. Sie quiekte leise auf.

»Bis Morgen«, er warf ihr einen Handkuss zu. Dann ging er einige Schritte, blieb aber noch einmal stehen und sah sie an: »Fenster zu!« Dazu machte er eine Bewegung, als sperre er ein imaginäres Fenster zu. Helene lächelte und schlug die Handkante an ihre Stirn. Dann schloss sie das Fenster und zog den Vorhang wieder zu.

Treitz ging mit schnellen Schritten zur Straße und dann in Richtung seiner Apotheke. Leise hallten seine Tritte durch die nächtlichen Gassen. Er bemerkte jedoch nicht, dass ihm der Schatten folgte.

33. Kapitel

Anne taten die Finger weh. Erschöpft lehnte sie sich gegen die kühle Mauer und atmete tief durch. Es konnte nicht mehr lange dauern, und er Stein musste nachgeben. Sie hatte sein Tagen immer wieder an der gleichen Fuge gekratzt und nun gelang es ihr bereits, ihren gesamten Finger der Länge nach zwischen die Steine zu schieben.

Wenn sie diesen Backstein lösen konnte, war alles andere ein Spaziergang. Dann könnte sie ihn als Hammer benutzen und einige Weitere schnell herausschlagen. Bei einer der letzten Vergewaltigungen hatte sie gesehen, dass sie Tür des Stalls neben ihr, nicht abgeschossen war. Wenn sie also in die Nachbarbox vordrang, wäre sie so gut wie frei.

Langsam wurde es Zeit, dass sie flüchten konnte. In den letzten Tagen war er immer brutaler geworden. Er steigerte sich von Mal zu Mal und wohin das führte, konnte sich auch ein Dummer ausrechnen.

Entschlossen kratzte sie weiter. Es war eine mühselige Arbeit. Aber sie musste getan werden. Und es war ja nicht nur die Kratzerei. Sie hatte auch einen ordentlichen Zeitplan ausarbeiten müssen. Es hatte lange gedauert, bis sie die Geräusche einigermaßen auseinanderhalten konnte. Unter den ganzen Lauten war auch das Brummen der Eisenbahn. Und da es nur einmal am Tag einen Zug in Rossbrücken gab, war die Zeit leicht zu bestimmen. Er brauste immer um genau zwölf Uhr vorbei. Dann schätzte sie ungefähr ab, ob es Nacht oder Tag war. Das brachte ihr ein wenig Sicherheit. Denn in der Nacht hatte er sie noch

nie vergewaltigt. Es fand immer am frühen Morgen oder am frühen Abend statt. Nur zweimal hatte sie den Zug während der Erziehungsmaßnahme, wie er es nannte, seine Brutalitäten an ihr ausgelassen.
Nur einmal kam er in der Nacht hierher. Es war vor einigen Tagen. Aber er griff sie nicht an. Er saß zuerst nur still vor der Tür. Irgendwann begann er dann, zu weinen. Sie hatte noch nie einen Mann weinen hören und es berührte ihr Herz für einen Moment. Ein Mensch, der weinen konnte, war nicht so schlimm, wie sie immer dachte. Er hatte Mitleid. Zwar nur mit sich, aber auch das war eine Gefühlsregung.
Es dauerte lange, bis er sich beruhigte. Dann öffnete er den Verschlag und sah sie an. Damals betete sie. Umso mehr erstaunte es sie, als er fragte, ob es ihr gut gehe. Sie nickte und er schloss die Tür wieder. Dieser Mensch hatte wirklich ein Herz.
Aber er sah in dieser Nacht angeschlagen aus. An seinem Haaransatz hatte eine ordentliche Blutung eine dicke Kruste gebildet. Seine Lippe und seine linke Gesichtshälfte waren dick geschwollen und er sah wirklich nicht gut aus. Gerne hätte sie ihn in den Arm genommen und getröstet. Aber dazu reichte die Zeit nicht aus.
Er schloss die Tür, bevor sie aufstehen konnte. Seit diesem Zeitpunkt war er nicht mehr zu ihr gekommen. Nur noch Essen und die Eimer. Sonst nichts. Als hätte er sich beruhigt. Aber da sie

nicht wusste, was als Nächstes geschehen würde, musste sie auf Nummer sicher gehen. Wenn sie floh, war sie in Sicherheit. Und das zählte. Sonst nichts. Das war sie sch und ihrem Kind schuldig.

Sie erschrak, als draußen die Tür aufgerissen wurde. »Mein Gott«, fluchte sie leise und stopfte die herausgekratzte Erde wieder in die Ritzen. Vom Geräusch der Tür bis zum Aufreißen des Verschlags verging nur ein Wimpernschlag. Anne starrte in die Dunkelheit. Während er sonst die Lampe anzündete, war sie heute noch aus.

Sie schob sich in die hinterste Ecke. Aber es nützte nichts mehr. Schon gruben sich seine Finger in ihre kurzen Haare und sie wurde an ihrem Schopf nach oben gerissen. Eine Schmerzenswelle schoss durch ihre Kopfhaut und sie begann zu schreien. Verzweifelt versuchte sie sich aus seinem Griff zu winden und schlug wie wild mit den Armen um sich. Kurz bekam sie seinen Arm zu fassen und krallte ihre Fingernägel so tief sie nur konnte, in seine Haut. Sie spürte das Blut, das aus seinem Fleisch kam. Leise betete sie. Er musste doch dem Schmerz nachgeben.

Ohne auf sie zu achten, zerrte er sie hinter sich her. »Die Liege«, dachte Anne noch, dann krachte ihr Gesicht und ihre Brust auf den harten Holztisch. Ihr blieb die Luft weg, als er sich mit dem Ellbogen auf ihr Rückgrat stützte. Seine Linke war noch immer in ihrem Haar vergraben und riss

ihren Kopf nach oben, während ihr Körper nach unten gepresst wurde.
Sie hörte, wie er mit der anderen Hand seine Hose aufschnürte. Dieses Geräusch kannte sie ebenso gut wie das Brummen des vorbeifahrenden Zuges. Sie hatte es beinahe so oft gehört. Brutal riss er ihr das Hemd, das sie trug nach oben, und presste einen Augenblick später sein Glied in sie. Es tat immer scheußlich weh, aber heute dachte die, er würde sie zerreißen. Er stieß unglaublich hart und brutal in sie hinein und keuchte dabei wie ein Irrer.
Je heftiger sein Stöhnen wurde, umso schärfer wurden die Bewegungen seiner linken Hand. Plötzlich riss er ihren Kopf nach hinten und schlug sie dann mit dem Gesicht auf die Tischplatte. Vor Annes Augen explodierte die Welt zu einem blutroten Etwas. Immer wieder schlug er sie mit dem Gesicht auf den Tisch. Mit jedem noch heftigeren Stoß rutschte sie ein winziges Stück nach vorne. Trotz ihrer unglaublichen Schmerzen begann sie, zu rechnen. Wenn er so weitermachte, schob er ihren Schädel gleich an der Tischplatte vorbei. Dann hörte das Schlagen auf, aber unweigerlich würde ihr Genick brechen.
Eine Winzigkeit später wurde sie in die Hölle gerissen. Ihre oberste Zahnreihe hatte die Tischkante getroffen und anscheinend waren mehrere Zähne abgebrochen. Erstickend spuckte sie die Stückchen aus, aber schon einen Augenblick danach

prallte ihr Gesicht wieder auf den Tisch. Erlöst nahm sie sein Stöhnen wahr. Er war gekommen und das Drama würde enden. Sie kannte das Ritual. Noch kurze Zeit und ...
Sie brachte den Gedanken nicht mehr zu Ende. Er riss sie scheinbar mühelos an den Haaren hoch. Anne spürte das Blut, das ihr übers Kinn lief. Sie verlor mit den Füßen den Halt und im nächsten Moment fiel sie zu Boden. Ihre Rippen krachten unter der Belastung. Sie hatte das Gefühl zu ersticken und musste husten. Eine Flüssigkeit drang in Mengen aus ihrem Mund. Sie spukte es aus. Dann krachte der Tisch mit seiner Kante auf ihren schmächtigen Körper. Er hatte ihn hochgehoben und auf sie geschleudert.
Dieses Tier bringt mich um, dachte sie. Schon im nächsten Moment war sie wieder schwerelos. Noch im Flug dachte sie an ihre Kopfhaut. Das konnte ein menschliches Kopfhaar doch nicht aushalten. Er schleifte sie hinter sich her und schleuderte sie in ihre Box. Anne zählte die Sekunden. Dann wurde alles schwarz. Das Schließen ihrer Tür hörte sie schon nicht mehr.

34. Kapitel

Lächelnd schlenderte Helene in die Gaststube und setzte sich an den Tisch, der für sie vorbereitet war. Schnell kam Beauchamps angeeilt und brachte

ihr Kaffee. Sie nahm einen Schluck und sah sich um.
Heute Morgen war noch alles ruhig. Im Gegensatz zu den anderen Tagen saß niemand sonst da. Das murmelnde Hintergrundgeräusch, das sie sonst so störte, fehlte ihr jetzt. Sie sah zu Beauchamps, der an einem der Fenster stand und nach draußen sah. Da sie das Fenster im Rücken hatte, drehte sie sich um uns versuchte zu erkennen, was es das so interessantes zu sehen gab. Aber da war nichts.

Achselzuckend nahm sie sich eine Scheibe Brot und verteilte etwas Marmelade darüber. Noch war nichts von Halbach und Baron zu sehen. Also griff sie sich die Zeitung und begann darin zu blättern. Schnell überflog Helene die Schlagzeilen: »Erstes U-Boot für das Deutsche Reich«, prangte auf der ersten Seite. Alfred von Tirpitz, Staatssekretär im Reichsmarineamt, ordnet den Bau des ersten U-Boots für die deutsche Marine an.«
»Aha«, dachte sie, »es wird auch Zeit, den Briten die Vorherrschaft auf See streitig zu machen. Die nächste Schlagzeile war ebenso nichtssagend: »Kaiser Wilhelm II. besucht die norwegische Stadt Ålesund.« »Sie wollen ihm sogar eine Straße widmen«, raunte sie. Einen Moment später kam Johannes Baron vom Hof in die Gaststätte. Sie warf die Zeitung auf den Tisch und winkte dem Wirt, der sofort mit dem Kaffee angerannt kam.

»Guten Morgen Fräulein Helene«, grüßte er sie und nickte Beauchamps zu, der sich wieder entfernte. »Mein Gott«, er nippte an seiner Tasse, »war das wieder eine Nacht. Unglaublich, was der Kerl eine Ausdauer hat.« »War er wieder in diesem Haus?« Er nickte und schob sich eine Scheibe Brot mit Butter in den Mund. »Aber nicht nur das er die Nacht durchgezecht hat«, er kaute einige Male, »Er rennt heute Morgen gleich wieder los.« Helene lächelte ihn an und legte ihre Stirn fragend in Falten: »Wo ist er denn schon hin?« »Haben sie es noch nicht gehört? Normalerweise sind sie doch die Erste, die informiert wird. Aber vielleicht hat das ja auch nicht mit der Mordserie hier zu tun.«
»Herr Baron. Was ist passiert?« Er nahm in aller Ruhe noch einen Schluck Kaffee: »Na, vor der Apotheke haben sie einen Toten gefunden. Dieses Mal ist es ein Mann. Übel zugerichtet haben sie den armen Kerl.«
Die letzten Worte hörte Helene schon nicht mehr. Beim Begriff ‚Apotheke' erstarrte sie zuerst zu Eis. Wie in Trance raffte sie ihren Rock und rannte wie von wilden Hunden gehetzt los. Ihr Atem flog, als sie um die Ecke der Kirche bog.
Vor ihr standen einige Männer, darunter Solange und Halbach. Sie redeten aufgeregt mit Doktor Morlat. Bonnet stand in einer Hausecke und tat wie immer nichts. Helene ging jetzt wieder normal. Ihr Atem flog.

Als Halbach sie sah, kam er auf sie zu. »Von Frankenberg. Bitte gehen sie nicht dorthin. Bleiben sie hier. Das ist nichts für sie«, rief er ihr zu und versuchte ihr etwas die Sicht zu nehmen.
»Was ist passiert«, presste sie atemlos aus sich heraus. »Ein Toter. Er wurde erschlagen. Aber der Täter hat ihn so schrecklich zugerichtet, dass sie es sich besser nicht ansehen.« Helene schloss die Augen und atmete tief durch. Sie traute sich fast nicht, die dringendste Frage zu stellen: »Wer ist es?« Halbach legte ratlos die Stirn in Falten und zuckte mit den Schultern. »Wir wissen es nicht genau. Aber wir vermuten, dass es sich um Josef Treitz handelt. Das ist der Apotheker.«
Sie schlug die Hände vors Gesicht und begann zu weinen. Verdutzt stand Halbach da und rührte sich nicht einen Millimeter. Es dauerte einige Augenblicke, bis Morlat herankam und sie in den Arm nahm. Jetzt weinte Helene hemmungslos.
Kaum hatte sie einen Mann kennengelernt, der ganz auf ihrer Wellenlänge lag und der ihren Freiheitsdrang verstand, wurde er von irgendeinem Irren getötet. Sie erstarrte. Gestern Abend, gerade als sie ins Fenster einstieg, hatte sie ihn gesehen. Sie hatte sich also nicht eingebildet, dass ein Kerl im Dunkeln unter den Linden stand. Auch wenn Josef es als Gespinst ihres überlasteten Gehirns abgetan hatte. Er war real. Vielleicht war er ihm gefolgt und hatte ihn getötet. Wortlos

schwor sie, dass sie dieses Schwein, das ihr das Glück aus den Händen gerissen hatte, zur Strecke bringen würde.
»Wo ist der Tote? Ich will ihn sehen«, sie zog die Nase hoch und wischte sich mit dem Ärmel ihrer Bluse die Tränen aus ihrem Gesicht. Morlat schüttelte den Kopf: »Nein, Fräulein Helene. Das geht nicht. Er sieht übel aus. Deshalb haben wir ihn in meine Praxis gebracht. Und ich werde es nicht erlauben, dass sie ihn sehen.« »Was heißt übel?«, Helene stockte der Atem bei dem Wort ‚übel'. Der Arzt sah zu Boden: »Sein gesamtes Gesicht ist weg. Verstehen sie? Das wäre zu viel für sie. Auch wenn sie ihn nicht kannten. So etwas dürfen sie nicht sehen.«
Halbach kam heran und legte ihr die Hand auf die Schulter. Einen Moment später hob Helene die Augen: »Und woher wissen sie, dass es Treitz ist? Wenn er doch kein Gesicht mehr hat.« »Glauben sie mir. Ich kenne Josef Treitz schon ewig. Und außerdem haben wir bei ihm geschellt. Es hat uns niemand geöffnet. Die Tür ist versperrt. Alles spricht dafür, dass es der Apotheker ist.«
Sie trat einen Schritt zurück: »Nein. Das will ich nicht glauben. Warum sollte jemand den Mann umbringen? Und nur weil sie glauben, ihn zu kennen, muss er es doch nicht sein. Nein. Ich weigere mich das zu glauben«, schrie sie los, »Ich will jetzt da rein und sehen, was mit ihm ist.« »Helene, beruhigen sie sich.« »Nein. Ich will mich

nicht beruhigen«, brüllte sie hysterisch, »Ich will jetzt da rein.«
»Wir können die Tür noch nicht öffnen. Bonnet hat den Schlosser kommen lassen. Aber es dauert noch.« Die letzten Worte hörte sie schon nicht mehr. Sie spurtete los, vorbei an der Kirche und den umstehenden Menschen und verschwand um die Ecke. Halbach wollte ihr nachsetzen, aber Morlat hielt ihn am Arm fest: »Lass sie. Die ist doch total neben sich. Da hilft Aktionismus manchmal. Also lass sie rennen.« »Ich frage mich, warum es sie so mitnimmt?« Halbach sah ihr nach.
Helenes Gedanken rasten. Sie musste erfahren, was gestern Nacht geschehen war. Vielleicht war Josef noch Zuhause gewesen und es gibt Hinweise, wer ihn auf dem Gewissen hatte. Für sie kam es nicht in Frage, auf den Schlosser zu warten. Möglicherweise war der Täter über alle Berge, bis der Mann eintraf.
Sie stoppte vor der Tür des Eckhauses, das an die Apotheke angebaut war. Entschlossen ging sie zur Tür und klopfte. Es dauerte einen Augenblick, bis hinter der kleinen Butzenscheibe, die in der Tür verbaut war, ein Gesicht erschien. Vorsichtig wurde geöffnet.
»Ja?«, eine Frau sah mit nur einem Auge durch den Spalt. »Mein Name ist Helene von Frankenberg«, leierte sie ihren Begrüßungstext wie auswendig gelernt herunter, »Ich bin Polizeiassistentin aus Saarbrücken und möchte gerne mal in ihren Garten

gehen. Ist das möglich?« »Ah, Fräulein von Frankenberg«, die Tür schwang auf und Frau Pfeiffer vor ihr stand. Sie musste einen Moment nachdenken, bevor ihr einfiel, wo sie die Frau schon gesehen hatte. Dann wusste sie es. Bei ihrem ersten Besuch in der Apotheke.

»Bitte Frau Pfeiffer. Ich müsste mal ...«, ohne eine Antwort abzuwarten, schob Helene die Tür auf und stürmte ins Haus. Sie folgte dem langen Flur in Richtung des Lichtes, das am Ende des Gangs durch eine Holztür fiel. Pfeiffer hatte nach den ersten Schritten Helenes im Haus ihren Protest aufgegeben und blickte ihr gelassen nach, als sie in den Garten stürzte.

»Was suchen sie denn?«, fragte sie neugierig und ging ihr langsam nach. Helene antwortete nicht und untersuchte den Zaun, der Pfeiffers Bauerngarten vom geräumigen Grundstück von Treitz abtrennte. Er war zu hoch zum Drübersteigen. Von Frankenberg sah sich um. »Los«, herrschte sie Pfeiffer an, »helfen sie mir das Fass an den Zaun zu rollen.« Sie deutete auf ein Holzfass, dass wohl als Pflanztisch diente.

Schweiß trat ihr auf die Stirn, als sie die Tonne gemeinsam herbeirollten. Frau Pfeiffer widersprach nicht im Geringsten. Sie schien die Stellung, die Helene nach eigener Darstellung innehatte, despotisch anzuerkennen. Als sie das Fass dicht am Zaun abstellten, stieg von Frankenberg darauf und sprang beherzt in den gegenüberliegenden Garten.

»Soll ich hier warten?«, flüsterte Pfeiffer als wäre sie die Wache bei einem gemeinsamen Einbruch. Helene schüttelte schweigend den Kopf und ging an die zu der Reihe kleiner Fenster. Sie schirmte ihre Augen mit den Händen ab und presste ihre Nase an die Scheiben. Deutlich konnte sie eine ordentliche Wohnstube, die mit schönen Möbeln im ländlichen Stil vollgestellt war, sehen. Der Gedanke, dass Treitz auch hier Geschmack bewiesen hatte, schnürte ihr die Brust zusammen.
Vorsichtig drückte sie gegen die Fenster. Alle waren verschlossen. Helene fluchte leise und sah sich um. Noch immer stand Pfeiffer am Zaun und sah ihr neugierig zu. »Jetzt ist alles egal«, murmelte Helene und nickte Pfeiffer zu. Sie griff sich einen der Kieselsteine, die um eine Blumenrabatte gereiht lagen und einen Wimpernschlag später zersprang die Scheibe in tausend winzige Splitter. Ohne zu zögern, schob sie die Hand durch das entstandene Loch und drehte den Verschluss des Fensters. Sie drückte den Fensterrahmen auf und stieg auf die Bank, die scherbenübersät unter ihr stand. Mit einem beherzten Hopser schwang sie sich in die Öffnung und ließ sich dann ins Wohnzimmer rutschen.
Alles um sie herum war still. Sie stand da, als wäre sie ein Fremdkörper in dem ganzen stilvollen Ambiente. Was suche ich hier überhaupt, dachte sie und ging langsam vorwärts. Sie hatte nicht die leiseste Ahnung, was sie hier zu finden hoffte.

Wenn der Mörder, den sie zweifellos gestern Nacht gesehen hatte, Treitz gefolgt war, hatte er bestimmt nicht gewartet bis Josef in der Tür verschwand.

Sie erstarrte. Aus dem Nebenraum hörte sie ein leises Geräusch. Helene sackte leicht in den Knien zusammen und griff nach der Weinflasche, die auf dem Tisch stand. War der Mörder noch immer in der Wchnung. Dann wurde es jetzt gefährlich für sie. Sie dachte über die Entfernung zur Tür nach. Auf der Straße standen Halbach und Bonnet vermutlich immer noch. Wenn es ihr gelang, durch Josefs Büro zu sprinten und dann den Verkaufsraum der Apotheke zu durchqueren, konnte sie vielleicht die Ladentür öffnen. Aber der Weg war weit. Und der Kerl, der Treitz getötet hatte, zu allem bereit.

Dann gab es noch den Weg zurück. Und dort saß sie in der Falle. Das Fass, über das sie gestiegen war, stand auf der anderen Seite des Zauns. Das war sicherlich die schlechteste Idee. Die letzte Möglichkeit war einfach der offene Kampf. Das war wohl die beste Möglichkeit um aus dieser Misere zu entkommen. Warum hatte sie aber auch ihre eigenen Wege gehen müssen? Sie hasste ihren Eigensinn. Ihr Blick fiel auf das Kaminbesteck, das aus einer schmiedeeiserenen Kombination mit Bürste und Schürhaken bestand und dicht beim Ofen stand. Leise schlich sie zu dem Haken und bewaffnete sich damit. Sollte der Mistkerl kommen.

Vorsichtig schob sie ihren Körper Zentimeter um Zentimeter vorwärts zu der Tür, die Wohnzimmer und Büro trennten. Rechts ging eine Treppe ins obere Stockwerk vom kurzen Flur ab. Aber das Atemgeräusch, das sie hörte, kam aus dem Büroraum. Ein leises Stöhnen mischte sich jetzt unter das Luftholen.
Mein Gott, dachte sie, er hat noch jemanden in seiner Gewalt. Also galt es nun auch, diesen Menschen zu retten. Langsam hob Helene den Haken über ihren Kopf. Sie wusste, dass sie ihn nur in dem winzigen Moment, in dem er überrascht war, überwältigen konnte. Und diesen Augenblick musste sie für sich nutzen.
Sie schloss die Augen und zählte: Drei, zwei, eins. Wie von Teufeln gehetzt sprang sie mit einem Schrei hinter der Tür hervor und ..., die Stube war leer. Dann sah sie hinter der Sofalehne Treitz Gesicht erscheinen. Er sah schlimm aus.
Mit einem grellen Schrei ließ sie den Haken fallen und stürzte vorwärts. Schon von weitem sprang sie und fiel ihm um den Hals. Sie küsste ihn auf die Wangen und begann zu weinen.
»Was ist denn los?«, fragte er und schob sie von sich weg. Er kratzte sich am Kopf: »Und mach nicht so einen Krach. Mir platzt gleich der Schädel. Und warum heulst du überhaupt?« Sie sah ihn an. »Ich dachte, du seist tot«, schrie sie und schon knallte eine Ohrfeige auf seine Wange. »Du spinnst wohl, mir so einen Schreck einzujagen.«

Er sah sie verständnislos an und schüttelte den Kopf: »Was ist den? Ich weiß überhaupt nicht, von was du sprichst.« Helene stand auf und stützte die Hände in die Hüften: »Das kann ich dir sagen. Schon den ganzen Morgen klopfen die da draußen an deine Tür. Und du hast nichts Besseres zu tun, als zu schlafen.«

Er deutete auf die Weinflasche, die vor ihm auf den kleinen Tisch stand, und ließ ich wieder auf das Kissen fallen. »Mein Gott. Habe ich ein Kopfweh.« Er stützte sich auf die Ellbogen auf: »Und weil einige Männer an meine Tür klopfen, führst du dich so auf?« »Ich, mein lieber Herr Treitz, habe mir Sorgen um mich gemacht. Wieso säufst du so spät am Abend noch eine ganze Flasche Wein? Nach unserer schönen Nacht.«

»Mir war danach.« »Na, dann will ich dir mal was erzählen«, fauchte sie, »Du pennst hier in aller Seelenruhe und vor deiner Tür wird ein Mann erschlagen.« Sie begann wieder zu weinen und sah in sein entsetztes Gesicht. »Genau so habe ich auch geschaut. Ich hatte solche Angst um dich.«

Josef stand auf und hielt sich den Kopf: »Wer ist tot? Ich verstehe kein Wort.« Helene musste, obwohl ihr noch immer die Tränen über ihre Wangen liefen, lachen. »Zieh dich mal an. In deinem Unterhemd und der Unterhose siehst du aus, als wärst du ein armer Landstreicher. Gleich wird es hier vor Menschen nur so wimmeln. Und nun zu deiner Frage. Vor deiner Tür wurde ein Mann

erschlagen. Halbach ging davon aus, dass du es wärest. Ich bin beinahe vor Angst um dich gestorben. Und ich danke Gott, dass du es nicht bist.« Sie nahm sein Gesicht in beide Hände und küsste ihn auf den Mund: »Los jetzt. Zieh dich an und putz dir die Zähne. Du hast eine Fahne. Ich lasse Halbach rein.«
Erleichtert trottete sie zur Eingangstür. »Aber sag nicht, dass ich mir eine Flasche Wein gegönnt habe«, rief ihr Treitz nach, »Sag, ich musste noch Büroarbeit erledigen und habe das Klopfen deshalb nicht gehört.« Helene nickte und schloss auf.
Mit großen Augen und offenen Mündern standen Halbach und Morlat vor dem Eingang. Eine dunkelbraune Blutlache zeigte die Stelle, an der der Mann in der Nacht sein Leben verloren hatte. »Was machen sie denn da drin«, fauchte Halbach. »Treitz lebt. Ihm geht es gut. Er hat nur in seinem Büro gearbeitet und deshalb nichts gehört.« »Er lebt?«, Friedrich sah auf den Boden und dann wieder zu ihr, »Und wer ist das dann? Und wie kommen sie überhaupt da rein?«
Helene winkte ab: »Das erzähle ich ihnen später.«

35. Kapitel

Erleichtert ließ sie sich auf die Bank unter der Linde sinken. Sie war unglaublich froh, dass Josef nichts passiert war. Zum ersten Mal, seit sie ihn getroffen hatte, war sie sicher, dass sie ihn liebte. So, wie sie noch keinen Menschen geliebt hatte. Einerseits war sie froh über ihre Gefühle, andererseits verwirrte sie die Tatsache, dass sie über Philippe ähnlich dachte. Wenn sie ganz offen über ihre Gefühle für ihn nachdachte, spürte sie die gleiche Zuneigung für ihn. Nur eben etwas anders. Treitz begehrte sie. Mit ihm zu schlafen, war für sie der Himmel. Aber mit Philippe war sie gerne zusammen. Aber mit ihm ein Bett zu teilen, konnte und wollte sie sich nicht vorstellen. Er erregte sie nicht im geringsten.

Beauchamps riss sie aus den Gedanken. Ohne auch nur einen einzigen Gruß knallte er einen Wasserkrug und ein Glas auf den Tisch. »Danke«, raunte sie, aber er war schon verschwunden. Es war schon schön, so gemocht zu werden. In den letzten Tagen war ihre Beliebtheit immer mehr gesunken und ruhte momentan kurz vor dem Nullpunkt. Niemand wollte mehr mit ihnen zu tun haben. Und nach dem Tod des Mannes in der Nacht würde sich die Ablehnung wohl noch verschärfen.

Nachdem sie festgestellt hatten, dass der Tote nicht Josef Treitz war, konnten sie schnell die Identität feststellen. Es handelte sich um Thierry Duclos, den Leiter der Bürgerwehr. Er feierte vor wenigen Tagen seinen dreißigsten Geburtstag. Und nun war er tot. Nach Aussagen seiner Mitstreiter war er gestern gegen ein Uhr zum letzten Mal gesehen worden. Warum er sterben musste, war bisher noch ein Rätsel.

Helene sah auf ihre Uhr. Halbach war noch immer nicht da. Sie hatten doch vor, den immer noch eingesperrten Werle zu verhören. Sicherlich hatte es sich schon wie ein Lauffeuer verbreitet, dass Maurice Werle gestern als Täter verhaftet worden war.
Werle? Irgendwo hatte sie den Namen schon einmal gehört. Werle? Plötzlich fiel es ihr ein. Er war der Geselle von Gotthilf Fritz, dem Bäcker. Und sie hatten ihn gebeten, sich für eine kurze Befragung zu melden. Aber bisher hatte sie ihn noch nicht gesehen.
Sie sah sich um. An einer der hintersten Bänke sah sie Philippe Lafleur in einer Gruppe Männern sitzen. Er gestikulierte mit ausladenden Bewegungen. Aufgeregt erzählte er und aus seiner Mimik sprach eine ordentliche Portion Entrüstung. Einen Augenblick trafen sich ihre Blicke. Aus seinem eben noch angespannten Gesicht löste sich ein Lächeln. Sie war dankbar, aber auch verstört, wenn sie an die Begebenheit auf der Baustelle dachte. Dieser Vorfall hatte ihr den rosaroten Schleier vor den Augen weggerissen. Dafür konnte sie aber jetzt wieder klarer auf Lafleurs verhalten sehen.
Noch immer war ihr schleierhaft, warum er so harsch reagierte. Was hatte sie falsch gemacht? Sicher, sie war in sein privates Reich eingedrungen. Aber rechtfertigte das diese Behandlung? Aber sie hatte beschlossen, ihm nicht

mehr böse zu sein. Jedoch ohne eine ordentliche Entschuldigung würde sie ihn nicht entkommen lassen. Sie wusste genau, welche Fäden sie ziehen musste, um ihm ordentlich zuzusetzen. Er musste nur noch lernen, dass sie das Wort führen wollte.
Ohne ihn weiter zu beachten, ging Helene in ihr Zimmer und ließ sich aufs Bett fallen. Ihre Gedanken flogen, wie bunte Drachen deren Schnüre sich verfangen hatten. Weshalb sollte sich ein Schuldiger stellen? Möglich, dass er sein Gewissen erleichtern wollte. Aber warum ließ er dann die verschwundene Anne nicht zuerst frei. Das würde ihm doch einen gewissen Vorteil bringen.
Konnte die Aussage, die er vor Bonnet gemacht hatte, bei einer Gerichtsverhandlung überhaupt eine Bedeutung haben? Schließlich war er sturzbetrunken gewesen. Wahrscheinlich nicht. Noch dazu kam, dass Bonnet sicher ebenso dicht war.
Helene stand auf und ging zum Fenster. Von hier hatte sie einen prächtigen Blick auf die Szenerie, die sich im Hof bot. Einige der Gäste waren schon vor der Hitze geflohen und hatten das Wirtshaus verlassen.
Sie konnte von ihrem hohen Standpunkt aus über den kleinen Ort sehen. Weiß zeichnete sich der Kirchturm vor dem blauen Himmel ab. Die Häuser wirkten wie eine Spielzeugkulisse. Die Aussicht erinnerte sie an die schönen Landschaften, die ihre Mutter so gerne malte. Immer war alles so friedlich, so perfekt, so verlogen, so weltfremd.

Nichts auf dieser Welt war so wie in den Gemälden ihrer Mutter. Und sie hasste dieses fromme Bild, nach dem sich alle sehnten. In der Ferne konnte sie die Hügel erkennen, die im deutsch-französischen Krieg vom Blut der Soldaten beider Nationen durchtränkt gewesen war.
Ihr Onkel war dort gefallen. Sie hatte ihn nie kennengelernt. Er lebte nur in den Geschichten des Vaters weiter. Ohne ihn je gesehen zu haben, sah sie ihn in ihren Träumen, hörte seine verzweifelten Schreie. Und nach jeder dieser Nächte fragte sie sich, was aus den Schreien geworden war. Ein Ton verklingt doch nicht einfach so? Oder doch? Sie war sicher, dass sich ein Geräusch nur etwas entfernt und damit leiser wird. Aber wann wäre die Atmosphäre mit den Schreien, dem Klagen der vielen Menschen gefüllte? Würde dann ein andauerndes Gejammer vom Himmel schallen? Ihr Blick streifte über die winzigen Menschen unter ihr, die kleinen, rotgedeckten Häuser, die grünen Wiesen, die inmitten gelber Kornfelder lagen. Von hier oben sah alles so friedlich aus. Nie wäre sie auf den Gedanken gekommen, dass hier ein brutaler Mörder sein Unwesen trieb. Dieser Mensch war so einfallsreich und hinterließ keine Spuren. Wäre er dann so dumm, sich von einem im Dauerrausch befindlichen Polizeidiener zu so einer Aussage hinreißen zu lassen? Wahrscheinlich nicht.

Sie wurde jäh aus ihren Gedanken gerissen, als Halbach sichtlich gut gelaunt durch das Tor in den Hof schlenderte. Augenblicklich stand Bonnet neben ihm und sie wechselten einige Worte. Helene spürte die Wut in sich aufsteigen. Entschlossen ging sie zum Spiegel, richtete ihre Haare, schob eine herausgerutschte Strähne wieder in den Haarknoten zurück und zog ihr Kleider glatt. Mit einigen beherzten Schritten sprang sie die schmale Stiege hinab und nur wenige Augenblicke später stand sie vor Halbach.

»Von Frankenberg«, begrüßte er sie freundlich grinsend, »Haben sie sich wieder beruhigt? Ich habe eben von Bonnet erfahren, dass wir den Täter haben.« Er kratzte sich am Kinn: »Also, Täter befragen und dann zurück nach Saarbrücken. Ausgerechnet jetzt, wo es anfängt, mir hier zu gefallen.«

Helene sah ihn böse an: »Wir müssen miteinander reden. Und zwar gleich.« »Ist etwas passiert?« »So kann man es nennen. Los. Kommen sie mit«, antwortete sie, drehte sich um und ging in die Gaststätte zurück. Einige der Anwesenden sahen ihr mit bereits glasigen Augen nach. Auch Halbach sah ihr irritiert nach. Missmutig stand er auf und ging hinter ihr her. Er entdeckte sie in einer Ecke des dunklen Flurs, der zur Gaststube führte.

Helene stand mit überkreuzten Armen da und sie konnte deutlich sehen, dass er sich über ihren Ton ärgerte. »Von Frankenberg? Wie reden sie überhaupt

mit mir?«, fauchte er, »Ich bin doch nicht ihr Hündchen, dem sie sagen können, dass es kommen soll. Ich bin schließlich ...« Sie riss die Hände nach oben und brachte ihn damit zum Schweigen. »Sie sind schließlich mein Vorgesetzter?«, fuhr sie ihn an, »Dann frage ich mich, warum sie kein Hirn haben? Bevor sie jetzt anfangen zu zetern, sage ich Ihnen gleich, dass ich sie gestern Abend gesehen habe.« »Und weiter? Glauben sie nicht, dass sie sich eben ordentlich im Ton vergriffen haben?«
Sie schüttelte den Kopf: »Sie verstehen nicht richtig. Ich habe sie mit dem Schwarzen gesehen. In seiner Hütte.« Halbach schwieg und senkte den Kopf: »Was wollen sie da schon gesehen haben? Ja. Ich war bei ihm. Ich wollte sehen, ob es ihm schon besser geht.« »Ach, erzählen sie mir keinen Mist«, brüllte Helene los, »ich habe sie mit ihm gesehen. Nackt. Und ich muss sie nicht daran erinnern, was passiert, wenn davon jemand erfährt. Das ist ein Verstoß gegen den § 175. Dafür schließt man sie jahrelang weg.« Sie schlug mit der flachen Hand gegen die Wand: »Also erzählen sie mir nicht einen solchen Unsinn.«
Er sah ihr in die Augen und nickte: »Gut. Damit haben sie mich. Ich nehme an, sie haben Gansert schon informiert?« Sie schüttelte den Kopf: »Nein. Warum sollte ich? Ich bin nicht wie sie. Wenn sie die Gelegenheit hätten, wäre ich doch schon lange nach Saarbrücken zurückgefahren. Aber so bin ich

nicht. Jedenfalls nicht sofort.« »Aha. Und das heißt? Wollen sie mich erpressen?« »Nein. Das will ich nicht. Aber ich schlage ihnen jetzt ein Geschäft vor. Wenn sie zusagen, können wir weitermachen. Wenn nicht, weiß Amtsrat Gansert noch heute von ihren homosexuellen Verfehlungen.« Halbach schloss die Augen und nickte: »Lassen sie uns hinausgehen und erzählen sie mir, was sie wollen.« Sie ging hinter ihm her und setzte sich wieder an den Tisch, an dem sie noch vor einer Stunde saß. Noch immer standen ihr Glas und der Krug unverändert da.

»Ich will Folgendes für mein Schweigen«, begann sie und fixierte seine Augen. »Seit wir hier angekommen sind, drangsalieren sie mich permanent. Das hört sofort auf. Ich will keine negativen Äußerungen über mich oder meine Familie hören. Jedenfalls dann nicht, wenn es nicht gerechtfertigt ist. Verstanden?« Halbach atmete tief durch, nickte aber dann.

»Zweitens: Sie werden mir keine Steine mehr in den Weg legen. Wenn ich etwas richtig mache, erkennen sie das an. Drittens: Wenn ich etwas richtig gemacht habe, schmücken sie sich nicht mit meinen Federn. Ich ernte die Lorbeeren, sonst niemand. Klar.«

»Ja!« »Als Nächstes werden sie das ständige, abschätzige ‚Von Frankenberg' unterlassen. Sagen sie Helene. Ich werde, ganz gleich, ob sie widersprechen oder nicht, Friedrich zu ihnen sagen. Verstanden?« Er nickte widerwillig. »Gut. Dann verstehen wir uns.« »Einverstanden«, er nickte noch einmal, »Dafür schweigen sie? Geben sie mir ihr Wort?« Sie nickte. »Dann sehen sie die nächsten Tage als Zeit eines Waffenstillstandes an. Sollten wir den Fall lösen, werde ich darum bitten, dass ich einem anderen Kommissar zugeteilt werde. Dann sehen sie mich vielleicht noch im Vorübergehen. Und das werden sie wohl ertragen können.«

»Der Werle ist jetzt da«, die Stimme Bonnets riss die beiden aus ihrem Streitgespräch, »Soll ich ihn herbringen?« »Von wo herbringen?«, blaffte Helene ihn an. »Na, er steht da draußen. Vor dem Gasthof.« »Alleine?«, fauchte sie wie eine Katze, der man auf den Schwanz getreten hatte, »Sie Idiot. Wenn er jetzt abhaut, dann haben wir den Salat. Und jetzt her mit dem Kerl.« Bonnet sah Halbach fragend an. Halbach nickte. Dienstbeflissen eilte Bonnet nach draußen und kam einen Moment später mit einem jungen Kerl herein. Mit ernstem Gesicht schob er ihn vor sich her. »Los. Setz dich.« Er drückte ihn auf die Sitzbank. Devot verbeugte er sich und verschwand auf seinen angestammten Platz.
Helene fixierte Werle schweigend. Er hatte dunkles Haar und war vielleicht fünfundzwanzig, möglicherweise auch dreißig Jahre alt. Seine Haut war fettig und mit kleinen Pockennarben überzogen. Trotz der Hitze und des dauerhaften Sonnenscheins

war er fast weiß. Schüchtern lächelte er Helene an. Unter seiner fahlen Haut, den schmalen Lippen, die bläulich schimmerten, stach eine Reihe gelber Zähne hervor und brachte so etwas Farbe in sein Gesicht. Seine schwarzen Augenringe lagen wie zwei dunkle Inseln im weiten Meer seines weißen Teints.

Beim Gedanken, dass er das Brot buk, das sie jeden Morgen aß, wurde ihr übel. Werle wirkte wie ein schmieriger, schmutziger Junge. Er sah eigentlich unschuldig aus. Lediglich sein Blick trug etwas abschreckend Stumpfsinniges in sich.
»So, mein Freund«, begann Halbach, »Wie ist ihr Name?« »Maurice Werle«, antworte er ohne seinen Blick von Helene abzuwenden. Er hatte eine kindliche Stimme in der Unsicherheit mitschwang. »Gut, Maurice. Ich darf sie doch Maurice nennen? Ich bin Kommissar Halbach, das ist meine Kollegin von Frankenberg. Erzählen sie uns doch mal, was sie mit Martin Bonnet besprochen haben.« Helene lief trotz der Hitze ein kühler Schauer über den Rücken hinab bis zu ihren Füßen. Zum ersten Mal war Friedrich Halbach das Wort Kollegin über die Lippen gekommen. Ein Meilenstein in ihrer gemeinsamen Geschichte.
Werle lächelte verlegen, schwieg aber. Seine Augen waren glasig. Helene rückte näher an ihn heran. Sie konnte keine Alkoholfahne mehr riechen. Also lag sein Schweigen nicht am Suff. Bonnet wäre

zuzutrauen, dass er mit ihm auch im Gefängnis einen hob.

»Wollen sie nicht mit uns sprechen?«, versuchte Halbach das Gespräch in Gang zu bringen, »Bonnet hat uns erzählt, sie hätten den Mord an den jungen Frauen gestanden. Stimmt das?« Von seinem geistig entfernten Standort lächelte Maurice Werle den Kommissar abwesend an. In seinem verschleierten Blick ahnte Helene so etwas wie Nervosität.

»Maurice«, riss sie das Gespräch an sich, »Sie sehen mich so seltsam an. Gefalle ich ihnen?« Halbach räusperte sich und sah sie entrüstet an. Werles Kopf schwoll zu einer roten Kugel an. »Gut, Maurice. Übrigens ist das ein schöner Name. Wenn ich mal ein Kind habe, nenne ich es auch so. Und auf meine Frage brauchen sie mir nicht zu antworten. Ich weiß es schon so. Mögen sie auch andere Mädchen?«

Er lächelte und nickte. Zitternd spielte er mit einer aus Zeitungspapier gedrehten Zigarette. Plötzlich sprang Halbach unvermittelt auf und drosch mit seiner Faust auf den Tisch. »Wollen sie uns auf den Arm nehmen? Los. Sagen sie schon, was geschehen ist. Haben sie etwas mit den Morden zu tun? Was haben sie Bonnet gesagt?«

Werle zuckte wie ein kleiner Junge, der von seinem Vater eine Tracht Prügel erwartet zusammen. Helene legte die Hand auf Friedrichs Arm. Dann wandte sie sich wieder Werle zu: »Macht ihnen Kommissar Halbach Angst? Soll er gehen?« Halbach drehte sich

entrüstet um: »Helene. Was soll das? Ich bin immer noch ihr ...« »Bitte Friedrich«, unterbrach sie ihn, »Wenn er Angst vor ihnen hat, wird er nicht reden. Also lassen sie uns einfach ein wenig alleine.«
Halbach sah sie mit scharfem Blick an. Schäumend vor Wut sprang er auf und wankte zu Bonnet. Helene sah ihm nach. Sie war drauf und dran, sich einen erbitterten Feind zu machen. Friedrich hob die Hand und kurze Zeit später kam Beauchamps mit einem Krug Bier.
»So Maurice. Wo waren wir stehen geblieben? Ah, ja. Wir sprachen von den Mädchen. Sie hatten bestimmt schon viele Mädchen?« Er schüttelte verlegen den Kopf und zündete sich zitternd seine Zigarette an. Er nahm einen tiefen Zug. »Frau Fritz hat mir erzählt, dass sie dort in der Bäckerei arbeiten. Macht die Arbeit dort Spaß?« Mit einer verneinenden Bewegung seiner Hände winkte er ab. »Mist. Mein Meister ist ein Schwein. Er schlägt immer Frau Fritz.« Helene hob die Augenbrauen. Maurice nahm erneut einen Zug. »Und sie mögen Frau Fritz gerne?« Er nickte lächelnd und sah auf den Tisch. »Und wo wohnen sie, Maurice?« »Kommen sie mich dann mal besuchen? Ich habe sogar ein Haus?« »Und wo ist das Haus? Wohnen sie bei ihren Eltern?« »Sind beide schon gestorben.«
Werle sah sich um. »Aber passen sie auf. Sie ist böse. Sie wird sie holen?« Helene lächelte: »Wer

ist böse? Frau Fritz?« Er schüttelte den Kopf und versicherte sich noch einmal, ob auch niemand zuhörte. »Sie ist eine Hexe und kommt immer nachts«, flüsterte er. Helene hatte Mühe, ihn richtig zu verstehen. »Und mich will sie auch umbringen. Das hat sie gesagt. Und sie und alle hier. Sie will uns umbringen.«
Sie atmete tief durch. Mit Fragen alleine kam sie hier nicht weiter. Aber Halbachs Toben, rechtfertigte sie sich in Gedanken, hätten uns auch nicht weitergebracht. »Maurice. Haben sie Polina Stoch gekannt? Oder Magdalena Bellaire?« Er nickte freudig: »Ja. Alle gekannt. Alle!« »Kennen sie noch mehr junge Damen?« Wieder nickte er und lachte laut auf: »Ja. Ganz viele.« »Auch Anne Pfaff?« »Ja. Anne auch.« »Haben sie ihr etwas getan?«
»Nein«, antwortete er und die Entrüstung in seiner Stimme schien echt zu sein. »Sie war es.« »Die Hexe?« Er nickte und sah auf den Tisch. Helene kratzte sich am Kinn. Werle war anscheinend nicht ganz zurechnungsfähig. Oder wirklich verrückt.
»Und wann kam die Hexe zum ersten Mal?« »Ooooh. Schon ganz lange. Papa hat mir immer erzählt.« »Von Hexen?« »Ja. Und von Mädchen und von dem Teufel. Immer in der Nacht kam er.« Er beugte sich nach vorne zu ihr und flüsterte: »Auch sie wird sie holen. Sie ist böse und niemand entkommt ihr. Sie nicht und der dicke Mann auch nicht. Und ich

nicht und Bonnet nicht. Und alle hier nicht. Sie ist böse.«
»Gut Maurice. Dann werde ich aufpassen. Es ist nett, dass sie mich gewarnt haben. Und achten sie auch auf sich. Sie können jetzt gehen.« Er lächelte sie an und zog an seiner Zigarette. »Die Brust«, lächelte er. »Wie?« Helene sah an sich herunter. »Die Brust ist schön!« Sie grinste und sah im nach, als er verschwand. Sofort war Bonnet aufgesprungen, setzte sich aber sofort wieder, als sie ihm zuwinkte.
»Tun sie das nie wieder«, geiferte Halbach, als er sich setzte, »Irgendwo hört der Spaß auf. Was hat der Idiot erzählt?« »Nichts!« »Dafür haben sie aber lange mit ihm geredet. Und was für eine blöde Frage. Gefalle ich ihnen? So etwas Dummes habe ich noch nicht gehört.« »Glauben sie, dass sie mit ihrer Brüllerei mehr erreicht hätten? Kaum. Mir hat er wenigstens von seinen Träumen erzählt. Von der Hexe, die uns Nacht holen kommt. Sie und mich und alle hier.«
Halbach rümpfte die Nase: »Wo hat er den diesen Unfug her?« »Von seinem Vater. Der hat ihm Geschichten darüber erzählt. Außerdem habe ich ihn nach den Frauen gefragt. Er kannte sie alle. Aber er hat ihnen nichts getan. Und ich glaube ihm. Der ist dazu nicht in der Lage.«
Sie sah sich um. Der Biergarten war heute Vormittag viel leerer als an anderen Tagen. Oder mieden die Menschen jetzt schon die Orte, an denen

sie sich aufhielten? »Aber etwas weiß Werle«, raunte sie, »ich bin nur aus seinem Gebrabbel nicht schlau geworden.«

36. Kapitel

Dieses Warten im Dunkel der Nacht machte ihn krank. Das spürte er immer deutlicher. Es fraß ihn innerlich auf. Immer dann kamen die bitterbösen Gedanken an das Erlebte. Aber sie kamen nur in der Nacht. Niemals am Tag. Dann war alles gut und friedlich.
Sobald die Sonne verschwunden war, kamen die Stimmen. Sie schrien, greller und heller als eine Sau in Todesangst schrie. Und als ob sie das geheime Zeichen waren, tauchten auch die Bilder an seine Kindheit auf. Es hörte scheinbar niemals auf. Möglicherweise begleiteten sie ihn noch bis in sein Grab. Aber die unzähligen Stunden bis dahin würden seine persönliche Hölle sein. Deshalb mied er die einsamen Stunden im Dunkeln wie der Teufel das Weihwasser.
Er nahm sie nur auf sich, wenn ein guter Lohn dabei auf ihn wartete. Aber davon war heute nichts in Sicht. Aber trotzdem war es wichtig, dass er aushielt.
Es kam ihm ewig vor, seit er hier im Mondschatten der riesigen Linde stand. Um nicht gleich wieder aufzufallen, quetschte er sich in die Mauerecke gleich hinter die wuchtige Weißdornhecke. Gestern

Nacht, als er dieser selbsternannten Polizeiassistentin und ihrem Galan gefolgt war, hatte er nur ein einziges Mal diese Vorsicht nicht walten lassen. Und wenn er sich nicht täuschte, konnte er aus ihrem erstaunten Gesicht lesen, dass sie ihn gesehen hatte.

In der letzten Nacht war ohnehin alles schiefgegangen, was schiefgehen konnte. Schon gestern hatte sie auf seiner Liste die Nächste werden sollen. Aber sie hatte ihn zu früh gesehen. Nur einen Moment später, und er hätte die Garotte, das dünne Drahtseil in seiner Hand, um Treitz Hals gelegt. Und nachdem er ausgelöscht wäre, hätte er die Jagd auf sie eröffnen können. Dass sie ihm in seinem Revier erlegen wäre, stand außer Frage. Dieser eine Augenblick hatte alles zerstört.

Und nachdem Treitz wieder auf den Beinen war, war es aussichtslos. Der Apotheker war ihm körperlich überlegen. Sich mit ihm anzulegen, wäre sicher keine gute Idee gewesen. Aber nachdem er von dieser Schlampe weggegangen war, hatte ihn sein Schicksal doch noch ereilt. Wie konnte dieser Mensch sich auch erdreisten, und ihre Perfektheit, die sich nicht nur in ihrer Schönheit zeigte, sondern auch in ihrer Unberührtheit, zu zerstören. Dass ihn die Rache ereilen musste, konnte sicher jeder nachvollziehen. Und wenn ihm einmal, in ferner Zukunft, vor Gott die große Rechnung gemacht wurde, war dieser Punkt bestimmt nicht dabei.

Er sah zur Kirchturmuhr hinüber und fluchte leise. Es war schon so dunkel, dass er die Zeiger nicht mehr erkennen konnte. Und noch dazu wurde das Gefühl, gleich zu ersticken, immer stärker. Die mächtigen, weißen Dolden der Weißdornhecke verströmten einen unangenehmen Duft nach Süßigkeiten. Und er hasste Süßigkeiten.

Das war nicht immer so gewesen. Als Kind war er oft vor dem Fenster des Gemischtwarenladens gestanden und hatte die bunten, glitzernden Kugeln sehnsuchtsvoll betrachtet. Und danach folgte immer das Gleiche. Sein Vater schlug ihn so hart gegen den Kopf, dass seine Nase gegen die Scheibe prallte. Im gleichen Moment brüllte der Alte los, schimpfte mit ihm, schrie, dass der süße Kram nur was für Mädchen sei. Mit jedem Schlag war seine Abneigung dagegen gewachsen. Obwohl er noch nie so etwas gegessen hatte.

Er musste mit sich kämpfen, um die Bilder des verhassten Alten aus seinem Kopf zu bekommen. Sein Vater war tot und vergessen. Weggewischt vom Schicksal und das war das einzig Richtige gewesen. Nie hatte er seinen Tod als falsch angesehen. Dieses Schwein hatte ihm sein junges Leben schwer genug gemacht. Aber damit war seit langem Schluss. Manchmal zweifelte er selbst daran, vor allem in den Momenten, in denen er ihm in seinem Gedanken erschien. Wie ein altes Gespenst in einer schlechten Geschichte hatte ihn der Alte noch nach Jahren in der Hand.

Jetzt aber war eine neue Zeit angebrochen. Nun war er der Herr im Haus und alles musste nach seiner Pfeife tanzen. »So ändern sich die Zeiten und mit ihnen die Herren«, murmelte er halblaut vor sich hin. Eine leichte Bewegung riss ihn aus seinem Tagtraum. Er war nicht zum Spaß hier. Heute nicht. Sachte hatte der Wind seine luftigen Finger nach dem Vorhang des Zimmers ausgestreckt und bewegte ihn noch leicht.

Minuten zuvor war das Licht in ihrem Zimmer erloschen und damit war der Schattenriss ihres Körpers mit der Nacht verschmolzen. Er hatte sie gesehen, sie, die die selbsternannte Polizeiassistentin Helene von Frankenberg. Noch nie hatte es ein Mensch geschafft, in einer so kurzen Zeit solch eine Unruhe in sein Leben zu bringen. Und gleichzeitig derlei Hass in ihm zu entfachen. Diese ewige Nachforscherei, das Fragen und nun auch noch die Festsetzung des dummen Werle. Wie konnte sich dieser Idiot nur so anstellen? Was hatte er den beiden erzählt? Vermutlich nicht viel, er wusste ja kaum was. Jetzt war es ohnehin egal. Damit war ab heute Schluss.

Mit ihrer Fragerei zerstörte dieses Stadtblümlein sein mühsam aufgebautes Bild in kürzester Zeit. Es waren so gute Jahre, als Doktor Morlat die toten Mädchen untersuchte. Sein Tatendrang hielt sich in Grenzen und ihm war so manches seiner Opfer durchgerutscht. Aber nun war diese schwarzhaarige

Furie da. Und plötzlich misstraute hier jeder jedem. Es war zum verrückt werden. Auch deshalb fiel ihm der Entschluss nicht schwer. In weniger als zwei Stunden konnte sie seinem Vater in der Hölle die Hand geben.

Genau aus diesem Grund saß er hier in der Hecke, ertrug diesen miesen Duft, der einen Hauch von nassem Hund in sich trug. Und ärgerte sich. Aber heute musste Helene sterben und mit ihrem Tod würde wieder Ruhe einkehren. Die nach ihr Kommenden würden sicher vorsichtiger mit ihren Verdächtigungen sein. Wenn überhaupt jemand nachkam.

Er beobachtete sie jetzt schon längere Zeit. Sie wohnte direkt unter dem Dach in den Zimmern der Dienstboten. Ein Umstand, der ihm in die Karten spielte. Dort war es im Sommer so heiß, dass wohl keiner der Damen und Herren auf die Idee kämen, das Fenster zu schließen. Selbst die schöne Helene nicht. Sie wohnte im rechten Zimmer. Vor gut zwei Stunden war sie hinaufgegangen. Vor einiger Zeit hatte sie das Licht gelöscht und vermutlich schlief sie nun schon. Nun war seine Stunde gekommen.

Vorsichtig schob er den Kopf hinter dem Busch hervor und betrachtete den Hof. Hier war schon lange niemand mehr. Auch im Innern hatte Beauchamps das Licht bereits gelöscht. Alles war still. Langsam trat er einige Schritte zurück und beobachtete die Straße. Von der verdammten

Bürgerwehr war nichts zu sehen. Das war auch eine Maßnahme, die ohne dieses Biest nie zustande gekommen wäre, dachte er.
Nur Beauchamps Schäferhund, der in der Ecke des Hofes seine Hütte hatte, lag gähnend im Mondlicht. Von ihm ging keine Gefahr aus. Er kannte ihn gut genug, um ihn richtig einzuschätzen.
Noch einmal atmete er tief durch. Sein Plan war gut durchdacht und die Einzelheiten vorbereitet. Am Vorabend hatte er eine Leiter versteckt. Mit einem schnellen Schritt trat er hinter der Hecke hervor. Der Hund hob den Kopf und sah in an. Kein Ton, lediglich ein leichtes Schwanzwedeln war seine Reaktion. Er hatte ihn erkannt. Noch einmal betrachtete er die Straße. Dann schlich er um die Hausecke und tauchte im Dunkeln unter. Einige Male stolperte er über irgendwelche Dinge. Trotzdem erreichte er fast geräuschlos die Hinterseite des ehemaligen Bauernhofs.
Mit den Füßen tastete er in den Brennnesseln und fand die versteckte Leiter. Alles lief so leicht und problemlos. Er keuchte, als er die Leiter aufrecht stellte. Sie war lang und wog schwer. Aber was blieb ihm anderes? Irgendein Trottel hatte die Fenster, die gestern Nacht noch offenstanden, heute versperrt. Sonst hätte er sich diese Mühe sparen können. Aber vor den Erfolg hatten die Götter eben den Schweiß gestellt.
Mit einem leisen Klicken lehnte er sie an die steinerne Mauer. Trotz des hellen Lichts des

Vollmonds konnte er die oberste Stufe nicht mehr erkennen. Trotzdem zweifelte er nicht, dass die Länge ausreiche.

Sein Herz klopfte schneller als er den ersten Fuß auf die unterste Sprosse stellte. Eine große Nacktschnecke hatte sich auf einer der Sprossen häuslich eingerichtet und sah ihn mit ausgefahrenen Augen an. Angeekelt wischte er sie mit einer schnellen Handbewegung weg. Kurz sah er den fliegenden Tierkörper nach. Dann begann er, zu klettern. Er fluchte leise, als seine feuchten Sohlen auf dem taunassen Holz rutschten. Geschmeidig wie eine Katze stieg er Sprosse um Sprosse höher. Seine Fingerkuppen fühlten das kühle Metall der Regenrinne. Vorsichtig glitt sein Blick einen Augenblick über das leere Dach. Er war alleine, genau, wie er es geplant hatte.

Mit einem katzengleichen Sprung schwang er sich auf die bemooste Ziegelfläche. Im gleichen Moment rutschten seine Füße unter seinem Körper weg. Mit Mühe gelang es ihm, sich wieder zu fangen. Er schloss einen Augenblick die Augen. Das wäre beinahe schief gegangen. Vorsichtig tastete er jetzt mit der Fußspitze jede Stelle ab, auf die er seine Stiefel setzte. Es war viel schwieriger, den höchsten Punkt zu erreichen, als er gedacht hatte. Und nun schwitzte er zu allem Überfluss noch aus jeder Pore. Als sein Fuß gegen die Kante der vorderen Regenrinne stieß, atmete er erleichtert auf. Bisher lief alles planmäßig und vor allem geräuschlos.

Sein Blick strich über das nächtliche Dorf. Friedlich lag der weiße Kirchturm da, in der Ferne bildete der Wald eine dunkle Wand vor dem dunkelblauen Himmel. Dort hinter, in der entgegengesetzten Richtung, lag sein Haus. Unter ihm, im Hof des Cheval blanc schlief der Hund und sah aus, als wäre er ein winziges Spielzeug vor seiner Hütte. Rossbrücken wirkte so friedlich und still. So heilig wie die Krippe, die zur Weihnachtszeit in der Kirche aufgebaut wurde. Wenn ein Fremder den Ort heute Nacht betrachten könnte, käme er nie auf den Gedanken, dass hier ein Mörder auf einem Dach auf sein nächstes Opfer lauerte. Wobei er sich fragte, wer in diesem Fall die Opferrolle einnahm. Er war es doch, den sie in diese hineindrängten. Wurde er nicht von dieser Furie, die nichtsahnend unter ihm schlief, geschunden und regelrecht vergewaltigt? Sie zwang ihn doch zu Schritten, die ihm sonst nie eingefallen wären.

Aber nun drängte die Zeit. Er war ja nicht hier hochgestiegen, um die Landschaft zu genießen. Vorsichtig legte er sich auf den Bauch und robbte zur Kante des Daches. Beim Blick hinab, drehte sich beinahe sein Magen um. Aber er sah jetzt auch die Fenster unter sich. Helene von Frankenberg hatte das rechte Zimmer. Dicht daneben war das

Fallrohr der Regenrinne mit großen Schellen an der Mauer verschraubt.

Er hauchte einen wortlosen Dank zum Himmel. Oft hatte er in der letzten Zeit an seiner Mission gezweifelt. Vor allem nach dem missglückten Vorfall mit Magdalena Bellaire. Nun gerade gab ihm Gott ein deutliches Zeichen. Er wollte nicht so weit gehen und von einem Auftrag des Schöpfers sprechen. Doch genau darum schien es sich dieses Mal zu handeln. Seine göttliche Bestimmung lag darin, das ganze schlechte Weibervolk zu strafen und zu dezimieren. Und er war entschlossen, diese Aufgabe zu erledigen.

Seine Finger tasteten über das Dach, suchten nach der Kante des Rohres, das in die Tiefe führte. Als er sie gefunden hatte, krallte er seine Hände fest um das Blech. Einige Male zerrte er daran. Alles schien fest und stabil zu sein. Also schob er seinen Körper über die Kante und eine Sekunde später baumelte sein Körper über dem Abgrund. Er sah nach unten. Es war verdammt hoch und sein Magen rebellierte. Vorsichtig löste er den Griff seiner linken Hand und griff die erste Schelle. Nun fand auch sein Fuß genügend Halt.

Es dauerte nicht lange und er konnte seine Fußspitze auf das Fenstersims setzen. Ein letzter Schwung und er zog sich am Fensterkreuz bis vor die Öffnung. Sein Herz pumpte jetzt wie ein wilder Stier. Was ihn aber noch mehr verwirrte, war die Unsicherheit. Er war nicht sicher, ob sein Herz vor Anstrengung diese Kapriolen vollführte oder möglicherweise von der Vorfreude angetrieben wurde. Was er vorhatte, war nötig. Also eigentlich eine Pflichtübung. Jedoch die Vorstellung, dieses Miststück in die Hölle zu befördern, war schon angenehm.

Bisher waren alle Opfer verschieden. Er hatte sie aus einer Vielzahl von Menschen ausgesucht. Für sie musste es, trotz ihres hohen Preises, den sie zahlten, eine Ehre sein. Schließlich nahm er nicht jede in die Sammlung. Die Einzige, die sich von allen anderen unterschied, war Helene von Frankenberg. Sie zwang ihn zu diesem unvermeidlichen Schritt.

Leise schob er die Gardine einen Spalt auseinander. Das einfallende Mondlicht zeichnete einen feinen Lichtstreifen auf den Boden. Wie ein leuchtender Finger berührte er das Gesicht der Schlafenden. Friedlich lag sie im Bett, das lange schwarze Haar in wirren Strähnen über ihr hellblaues Kissen verteilt. Die dünne Decke, die sie über sich geworfen hatte, gab zahlreiche Einzelheiten ihres Körpers preis. Gleichmäßig und ruhig bewegte sich ihre Brust auf und ab.

Alles deutete darauf hin, dass sie schlief. Die Zeit war also gekommen. Sein Blick huschte noch einmal durch das Zimmer. Über den Boden, über das Bett. Jetzt durfte nichts mehr schief gehen. Ein letztes Mal ging er Schritt für Schritt seinen Plan durch.

Sanft schob er den Vorhang zur Seite und schwang sich durch das offene Fenster. Geräuschlos landete er im Raum. Grinsend sah er ihr beim Schlafen zu. Da lag diese Furie, als könnte sie kein Wässerchen trüben. Dabei machte sie ihm seit Tagen das Leben schwer. Zu gerne würde er ihr noch einmal ins Gesicht sehen, aber dazu reichte das spärliche Licht des Mondes nicht aus.
Mit den Zehen schob er die Stiefel behutsam von den Füßen. Mit zitternden Fingern öffnete er den Gürtel und lies die Hose zu Boden rutschen. Mit einer lässigen Handbewegung war er das Hemd darauf und stand einen Augenblick später nackt im Zimmer. Er lächelte, als er die erste Regung in seinen Lenden spürte. Sie einfach nur zu töten, war keine gerechte Strafe. Für all die Unannehmlichkeiten, das ganze Herumgestochere und die Unruhe, die sie in sein Leben brachte, musste sie zuerst noch leiden. Sie sollte Schmerzen erfahren, erniedrigt werden, wie sie es sich in den schlimmsten Träumen nicht vorstellen konnte. Ihr Tod musste für sie eine Erlösung sein. Sie sollte vor Glück weinen, wenn sie ihrem Schöpfer gegenübertreten durfte.
Vorsichtig trat er einen Schritt näher. Sein Atem raste vor Aufregung. Tief sog er ihren Duft durch die Nase ein. Frauen, vor allem in diesem Alter, rochen noch so verführerisch. Es war nur schade, dass sich das im Lauf der Jahre so drastisch änderte. Nur wenigen war es vergönnt, ihren betörenden Duft noch länger mit sich zu tragen.

Magdalena Bellaire fiel ihm plötzlich ein. Sie hatte diese Gabe. Und darum steckte ihm ihr unnötig früher Tod wie ein Stachel im Fleisch.
Tief einatmen und über den Fußteil des Bettes zu hechten, geschah in der gleichen Sekunde. Hart spürte er den Aufprall ihrer Körper. Einen Wimpernschlag später presste er ihr das Kissen ins Gesicht. Mit der anderen Hand versuchte er, die Schläge ihrer Fäuste abzuwehren. Es wunderte ihn nicht, dass dieses Weibsstück wie eine Löwin kämpfte. So widerspenstig und eigenwillig trat sie auch im Leben auf. Damit musste er leben. Außerdem liebte er es, das pulsierende Leben eines verzweifelt kämpfenden Menschen zu spüren.
Ihr Strampeln steigerte sich jetzt zu einer wahren Trittorgie. Er musste sie endlich zur Raison bringen. Es verging so viel unnötige Zeit, wenn sie so weitermachte. Außerdem musste er Anfängerfehler, wie er sie bei der Witwe Bellaire begangen hatte, vermeiden.
»Schluss jetzt«, fluchte er leise und riss das Kissen von ihrem Gesicht. Mit einer weit ausholenden Bewegung prügelte er ihr mit der Faust mitten auf die Nase. Knirschend brach einer der Gesichtsknochen. Der Ton schnitt ihm tief ins Fleisch, aber er hatte keine andere Wahl. Sie musste schweigen und dann leiden. Es gab keinen anderen Weg mehr. Erneut traf seine Faust. Dieses Mal brachen ihre Zähne. Sie scharfen Kanten schnitten ihm ins tief in seine Haut. Das

höllische Brennen trieb ihm die Tränen in die Augen. Diesem Miststück gelang es noch im letzten Atemzug, ihm einen auszuwischen. Mit schmerzverzerrtem Gesicht presste er ihren verzweifelten Schmerzensschrei mit dem Kissen weg.

»Halt dein verdammtes Maul«, zischte er und riss ihr das Nachthemd vom Körper. Das Geräusch des zerreißenden Stoffs schnitt wie ein Messer in die Stille.
Sein Glied brannte, wie Feuer als er in ihre trockene Scheide eindrang. Er spürte, dass die Schmerzen seine Manneskraft ins Jenseits zu schicken drohten. Aber er riss sich zusammen. Sie zu nehmen sollte und durfte kein Vergnügen sein. Er musste sie demütigen. Schänden und entwürdigen, wie er noch nie jemandem erniedrigte. Sie sollte leiden. Was bedeuteten da seine eigenen Unannehmlichkeiten? Sollten seine Schmerzen der Preis sein, um dieses Ziel zu erreichen, dann würde es so sein.
Ihr Schicksal und der damit verbundene Mord sollten als abschreckendes Beispiel für die nachkommenden Polizeiassistentinnen gelten. Das nächste Fräulein Wichtig würde vorsichtiger sein. Dafür sorgte er mit seinem Opfer heute Nacht.
Immer wieder stieß er zu. Der brennende Schmerz bohrte sich wie ein Dorn in sein Fleisch und trieb ihn fast zum Wahnsinn. Helenes Schamhaare waren wohl zwischen sie und ihn gekommen und versuchten

nun, ihm die Haut bei lebendigem Leib herabzureißen. »Dafür wirst du leiden, du Hure«, zischt er und riss das Kissen von ihrem Gesicht. Er ballte die Faust und schlug zu. Noch einmal traf er sie im Gesicht, direkt auf ihrem Auge. Sein nächster Schlag traf ihren Hals. Sie röchelte, als würde sie ertrinken. Leise lachte er auf.

»Na? Immer noch ein großes Maul?« Im gleichen Augenblick erstarrte er zu Eis. Gerade so, als habe das hinterlistige Ding nur auf diese Gelegenheit gewartet, brüllte sie aus vollem Hals los. Noch bevor er sie mit einem erneuten Schlag zum Schweigen bringen konnte, schrie sie Zeter und Mordio.

Schlagartig erwachte sie wieder zum Leben und schlug ihm das Kissen aus der Hand. Im hohen Bogen flog es gegen die Tür. Ihr folgender Schrei klang heller und greller, als alles, was er bisher in seinem Leben gehört hatte. Mit ihm drang alle Todesangst, die in jedem Menschen angelegt war, nach außen. Panisch sah er sich um.

Das alles kam einem Alptraum gleich. Sie musste doch spüren, dass es für sie keinen Ausweg mehr gab. Aber trotzdem schrie sie um ihr Leben. Und dass in ihrem ohnehin angeschlagenen Zustand. So, wie er sie zugerichtet hatte, musste der Tod doch eine Erleichterung für sie sein. Aber sie gab einfach nicht auf.

»Halt endlich dein Maul«, brüllte er jetzt und schlug ihr direkt auf den Mund. Ihr Schrei verstummte für einen Augenblick und ging dann in ein Stöhnen über. Von Panik getrieben sah er sich um. Das Weiße ihrer Augen leuchtete aus der fleischigen, blutüberströmten Masse, die ihr Gesicht nun war, hervor. Aus ihnen schrie die Verzweiflung.
Sei hatte den Moment seiner Unentschlossenheit genutzt und hob erneut zu einem Angstgeschrei an. Eine Gänsehaut lief ihm über den Rücken. Dieses Weib kreischte heller als eine Sau quieken konnte. Angst erfasste ihn. Es konnte nur noch Sekunden dauern, bis einer der Gäste aufwachte. Nicht auszudenken, wenn er entdeckt wurde. Er konnte von hier nicht so einfach türmen.
Noch bevor er richtig denken konnte, presste er seine Hand auf ihren Mund. Ein feuriger Schmerz durchzuckte ihn. Sie hatte ihn gebissen. Fiebrig tastete er mit der freien Hand das Bett ab. Es musste doch hier etwas geben, mit dem er sie zum Schweigen bringen konnte. Erleichtert spürten seine Finger das kalte Porzellan der Nachttischlampe. »So du Hure. Verabschiede dich von dieser Welt«, lächelte er sie an. Nur einen Moment später traf die Petroleumlampe ihre Stirn. Klirrend zersprang das Glas. Er spürte die ölige Feuchtigkeit auf der Haut und fragte sich, ob es wohl gut für ihn war.

Wie in Zeitlupe sah er seine Hand immer wieder nach unten rasen. Das Krachen, das Brechen von Knochen, bohrte sich wie ein Messer in seinen Kopf. Ein solch allesdurchdringendes Geräusch hatte er in seinem Leben noch nicht gehört. Es erregte ihn, wie ihn noch nie etwas aufwühlte. Selbst die feuchten Spritzer ihres Blutes auf der Haut konnten daran nichts ändern. Lediglich das Brennen in den Schultern legte einen dunklen Schatten über die Freude, die ihn ergriff. Sein Atem begann zu rasen, als es ihm kam. Er schwitzte.

Wie ein Blitz traf ihn urplötzlich die Ernüchterung. Zum ersten Mal trafen sich ihre Blicke wieder. Ihre Augen waren gebrochen, das Leben und jeder Rest Glanz aus ihnen gewichen. Weiß stachen ihre Augäpfel aus der blutigen, breiigen Masse, die ihr Gesicht jetzt war. Vor kurzer Zeit war sie eine Blume unter dem Geschlecht der Frauen. Jetzt war sie tot.

Dass er kein Mitgefühl für das eben noch so blühende Leben empfand, kümmerte ihn nicht weiter. Es war ihm gleich, ob sie tot war oder lebte. Sie war eine Frau. Und sie hatte kein Recht auf diesem Fleckchen Erde zu wandeln. Die Weiber waren schließlich nur zum Vergnügen der Männer da. Und wenn er eines sagen konnte, dann, dass sie ihm Freude bereitet hatte. Noch im Sterben befriedigte sie ihn für alles, was sie ihm vorher angetan hatte. Das nannte man ausgleichende Gerechtigkeit.

Aber es ärgerte ihn, dass er dieses Ziel nur mit solch einer Brutalität erreicht hatte. Aus welchem Grund strafte der Betbruder im Himmel ausgerechnet die, die sich bemühten, aus eigenem Antrieb die Welt zu verbessern? Warum ging plötzlich alles, was er anpackte, schief? Es war, zum aus der Haut fahren. »So eine Scheiße«, entfuhr ihm ein Fluch, »So eine verdammte Scheiße.«
Ganz gleich wie es gelaufen war, er hatte das Ziel erreicht. Einzig Helenes tot zählte. Heute Nacht war ihr Zimmer sein Schlachtfeld und im Krieg gab es keine Animositäten. Er hatte das Werk vollendet, auch wenn er dafür einen Weg gehen musste, den er gerne vermieden hätte. Es ekelte ihn, einen solch blutigen Fleischklumpen zu hinterlassen. Das war nicht professionell. Und Professionalität war einer seiner selbstgesteckten Ansprüche. Jahrelang arbeitete er so perfekt. Das bildete die Grundlage für sein unerkanntes Treiben. Aber diese Frau schaffte es, ihm noch nach ihrem Tod eine Gänsehaut über den Rücken laufen zu jagen.
Er sprang auf und zog schlüpfte in die Kleider. Bevor der Morgen kam, musste er verschwinden. Möglicherweise hatte einer der Gäste Helenes Gezeter gehört. Noch einmal ging er den Ablauf durch. Hatte er irgendwelche Spuren hinterlassen, die ihn verraten könnten?

Vorsichtig zog er die Gardine einen Spalt auseinander. Nirgendwo im Haus brannte Licht. Die Gaststätte lag ausgestorben da. In einem Zimmer hüstelte eine Frau, in einem anderen schnarchte jemand. Trotz ihrer Schreie schliefen alle tief und fest. Beste Bedingungen um in aller Ruhe zu verschwinden.
Er atmete noch einmal tief durch. Allmählich vielen ihm die körperlichen Anstrengungen immer schwerer. Vielleicht wurde er langsam alt. Schon als er bei Magdalena Bellaire durchs Fenster steigen musste, blieb ihm fast der Atem weg. Vorsichtig kletterte er aus dem Fenster. Jetzt erschien ihm die Wand glatter und weniger griffig.

Es strengte ihn an, einen Fuß vor den anderen zu setzen. Die Hände synchron zu seinen Schritten um das Rohr zu schließen, glich einem Dauerlauf durch die Felder von Rossbrücken. Wie viel Kraft ihn der unnötige Kampf mit Helene gekostet hatte, spürte er aber erst, als er sich an der Regenrinne nach oben zog.
Schwer atmend setzte er sich auf die Ziegel und sah sich um. Jetzt konnte alles wieder in geregelten Bahnen laufen. Und er konnte sich endlich wieder den angenehmen Sachen im Leben zu widmen. Wie es aussah, machte es Anne nicht mehr lange. Sie war nicht so zäh, wie Helene. Aber trotzdem hatten sie eine Menge Spaß miteinander. Früher oder später musste er sie aber austauschen.

Und er vermutete, dass es eher früher als später nötig wurde. Also musste er sich langsam einmal nach einer Neuen umsehen.
Im Osten wurde der Horizont langsam blau. In wenigen Minuten würde die aufkommende, blutrote Farbe den Blauton in sich aufsaugen. Leise begann die erste Lerche ihren morgendlichen Gesang. Es wurde Zeit zu verschwinden. Und er musste noch einige Minuten schlafen, bis er sein Tagwerk begann. Er konnte zufrieden sein. Seine Mission war geglückt. Nur das zählte. Zufrieden stieg er die Leiter hinab. Der Geruch von feuchten Brennnesseln gab dem Morgen noch die besondere Würze. Alles roch so frisch und neu. Niemand würde in einigen Tagen noch nach einer ermordeten Polizeiassistentin fragen.

37. Kapitel

Ein donnerndes Klopfen an der Tür riss Friedrich aus dem Schlaf. Er war doch erst vor ein paar Minuten eingeschlafen. Paralysiert blieb er im Bett liegen und starrte mit halboffenen Augen an die Decke. Sein Lider wollten sich einfach nicht ganz öffnen lassen. Auch seine Augäpfel brannten wie Feuer.
Erst früh am Morgen kam er von Ludwig nach Hause. Und er schämte sich, dass er wie ein Dieb in der Nacht ins Wirtshaus schlich. Vielleicht sollte er sich einfach vor die Menschen stellen und es ihnen

erklären: ‚Meine lieben Leute. Ludwig und ich sind ein Paar. So wie sie und ihre Ehepartner lieben auch wie uns.' Sicher verstanden die einen oder Anderen seine Neigung, so seltsam sie auch war.
Friedrich lächelte benommen. Dann wäre er zum ersten Mal frei. Möglicherweise war es aber noch zu früh um aus der Reihe der Männer, die ebenfalls fühlten wie sie, zu treten und Stellung zu beziehen. Aber wenn er nur den Mut aufbrächte. Die Frankenberg könnte dann einpacken. Noch konnte sie ihn damit erpressen.
Er sank in sich zusammen, als sei er ein Häufchen Elend. Diesen Mut würde er niemals aufbringen. Die Strafen waren viel zu drastisch, um es zuzugeben. Und so lange hatte ihn dieses Fräulein in der Hand. Lächelnd dachte er über die Idee nach, sie einfach irgendwo umzubringen. Aber für so ein Vorgehen war sein Rechtsverständnis zu weit in Richtung gut ausgerichtet.
Träumend atmete er noch einmal durch. Was nützte die Verweigerung? Der neue Tag rief und er konnte sich nicht wehren. Draußen herrschte noch Dunkelheit, nur spärlich schien die Sonne sich ihren Platz am Himmel erkämpfen zu können.
Er war sich nicht sicher, ob er nur geträumt hatte. Nun war es wieder still. Langsam drehte sich Friedrich um und schloss noch einmal die Augen. Die Bilder vor seinem geistigen Auge verschwammen wieder zu einem verwischten, grauen Gemälde und eine mächtige, überirdische Kraft zog

ihn zurück ins Reich der Ruhe und Gelassenheit. Mit einem gewaltigen Poltern donnerte erneut eine Faust gegen seine Tür.
»Herr Kommissar, sind sie wach?«, fragte eine flüsternde Stimme, die er nur unschwer Bonnet zuordnen konnte. Warum flüsterte er? Er wollte ihn doch allen Anschein nach wecken. »Was ist los?«, nuschelte Friedrich benommen. Sein Mund war staubtrocken und die Worte kamen nur schwer über seine Lippen. »Herr Kommissar, sie müssen schnell kommen. Wir haben eine Leiche. Und es wird ihnen nicht gefallen, wenn sie erfahren, wer es ist.« Halbach griff sich an den Kopf. Dieser Mensch redete einen Mist, wie er ihn noch nie gehört hatte. Glaubte der wirklich, dass es schon einmal eine Leiche gab, bei der es ihm besonderen Spaß bereitete, sie zu sehen?
Fluchend setzte er sich auf: »Ich komme, Bonnet! Und verschwinden sie von meiner Tür. Ich treffe sie im Hof.« Friedrich fiel es schwer, seine Beine aus dem Bett zu heben. Die Erdanziehungskraft ist heute Morgen vermutlich viel stärker als sonst, beschloss er und gab seinem Körper einen Schwung.
Obwohl schon eine angenehme Temperatur herrschte, fröstelte er. Schon beim ersten Fußkontakt zu Boden durchstach ihn der Inhalt von Bonnets Worten wie eine rostige Lanze und die Realität schlug erbarmungslos zu. Schon wieder eine Leiche. War wieder eine junge Frau Opfer des Verrückten geworden? Hörte das denn nie auf? Vermutlich erst,

wenn sie ihn dingfest machen konnten. Aber wie sollten sie das anstellen? Es gab kaum Hinweise. Nichts deutete auf irgendeinen Verdächtigen hin. Er konnte ohne Beschönigung sagen, dass sie auf der Stelle traten.

Noch ein letztes Mal nahm er einen ordentlichen Zug der abgestandenen Zimmerluft und stand auf. Sein Blick schwebte an seinem Körper hinab. Die ehemals breite Brust war mit den Jahren nach unten gerutscht und schien jetzt dicht über seinem Becken ihren neuen Platz gefunden zu haben. Stück für Stück geriet sein Leib immer weiter aus der Form. Eigentlich erinnerte er zunehmend an eine Birne. Die Haut folgte dem Beispiel des Verfalles und legte sich mit jedem Tag deutlicher in Falten. Er konnte nicht übersehen, dass der Zerfall seine Finger nach im ausgestreckte. Er trug nur seine Unterwäsche und die gab zu viel preis.

Friedrich nahm die säuberlich über die Stuhllehne gehängten Kleider und schlüpfte hinein. Als er die Knöpfe der Hose schloss, zwickte der Bund so sehr, dass ihm schmerzlich bewusst wurde, wie die Untätigkeit seine Hüften anschwellen ließ. Er musste etwas für sich tun, und zwar schnellstmöglich. Alles andere musste warten. Leichen hatten die angenehme Eigenart, dass sie ohnehin schon tot waren. Sie hatten also alle Zeit der Welt. Wenn es schnell gehen musste, durfte sich von Frankenberg darum kümmern. Dann hatte sie wieder einen Grund, sich aufzuplustern.

Er riss die Fensterflügel bis zum Anschlag auf und begann Kniebeugen zu machen. Nach der Dritten schoss ihm ein Schwall Schweiß auf die Stirn. Für einen Augenblick wurde ihm schwarz vor Augen. Er atmete schwer und musste sich am hölzernen, weißgestrichenen Fensterkreuz festhalten. Wenn er jetzt weitermachte, wäre er ebenso tot wie die Leiche.

Nur Augenblicke später öffnete er die Zimmertür. Vorsichtig sah er um den Türrahmen in den Flur. Von Bonnet war nichts zu sehen. Auch die Gaststätte lag verwaist da. In der Regel wieselte hier Luis Beauchamps durch den Raum und drehte den Gästen seinen verdünnten Muckefuck an. Aber heute wirkte alles wie ausgestorben.

Im Hof traf er schließlich auf den Polizeidiener. »Was ist los?«, fuhr er Bonnet an. Dieser Mensch hatte es gewagt, ihn aus seinem wohlverdienten Schlaf zu reißen. »Eine Leiche!«, wiederholte Bonnet, »Heute Morgen fanden einige Kinder die Leiche von Maurice Werle. Er hat sich erhängt. Wir haben ihn hängen lassen, damit Herr Kommissar alles sehen kann. Also, wenn sie mich fragen, ist das ein astreines Schuldeingeständnis.« Halbach sah ihn mit großen Augen an: »Sie fragt aber niemand, Bonnet. Haben sie die da oben schon geweckt?« Er deutete mit dem Kopf über die Schulter zum Dachgeschoss.

Bonnet schüttelte den Kopf. »Dann los. Ich will sie in zehn Minuten hier haben. Und jetzt zack

zack!« Schneidig knallte er mit den Hacken und schlug die Finger an den Rand seiner Kappe. »Jawohl«, brüllte er und stürmte in die Gaststätte.

Friedrich sah im kopfschüttelnd nach. So viel von Bonnets Engagement vertrug er morgens noch nicht. Werle hatte also Selbstmord begangen. Aber warum? Gleich nach den ersten Minuten rutschte er aus der Liste der Verdächtigen. Der Kerl war unschuldiger als ein kleines Kind. Ein bisschen plemplem, aber für seine Arbeit als Bäcker schien es zu reichen. Also warum hatte er seinem Leben so ein jähes Ende bereitet? Das ergab keinen Sinn.

»Beauchamps«, brüllte Halbach. Sofort erschien der Wirt in der Tür. Sein missmutiger Blick sprach Bände. »Was?« »Kaffee. Aber beeilen sie sich. Ich habe nicht viel Zeit.« Murrend verschwand Beauchamps.

»Endlich«, dachte Friedrich, »Endlich wieder Ruhe. Die ganze Hektik ist ja nicht zum Aushalten.« Er mochte dieses schnelle Aufstehen nicht. Schon während seiner Militärzeit war es ihm ein Graus, aufzuspringen und gleich da zu sein. Beauchamps kam und knallte die Tasse auf den Tisch. Ohne ein Wort verschwand er wieder. Halbach kratzte sich am Kopf. Irgendwie war heute ein seltsamer Morgen. Er liebte die morgendliche Stille, aber jetzt hörte er keine Geräusche, die auf menschliche Anwesenheit hindeuteten. Selbst die Vögel hatten ihr Gezwitscher eingestellt. Von solchen Momenten

hatte er früher, kurz nach dem letzten Krieg, gehört. Die Viecher spürten, dass ein großes Unglück bevorstand. Und da sie anscheinend etwas mehr Grips als Menschen hatten, machten sie sich rechtzeitig aus dem Staub. Verwunderlich war es aber schon, dass niemand hier herumsaß. Andererseits konnte er sich denken, wo die sensationsgierige Menge sich herumtrieb. Heute war Markttag und noch dazu gab es eine neue Leiche. Das war für dieses seltsame Franzosenpack wie Ostern und Weihnachten zusammen. Endlich ein Schuldiger. Und tot war er auch noch. Alles konnte wieder seine geregelten Wege gehen.
Friedrich schmunzelte, als er an seiner Tasse nippte. Die Plörre schmeckte so schlecht wie jeden Morgen. Was sich dieser Mensch herausnahm, war schon bewundernswert. Er schien überhaupt keine Angst vor der Macht der Obrigkeit zu haben. Die anderen Einwohner hier gebärdeten sich ebenso respektlos. Er durfte überhaupt nicht daran denken, dass er ihnen sagen musste, dass sie noch blieben. Werle war nicht der Täter und sie mussten weiter ermitteln. Dann war hier der Teufel los.
Hinter ihm hüstelte Bonnet. Er sah ihn schon, als er wie ein geschlagener Hund aus der Tür geschlichen kam. »Was ist jetzt schon wieder?« »Herr Kommissar, ich kann Fräulein von Frankenberg nicht wecken. Sie reagiert nicht auf mein Klopfen.« »Mein Gott, Bonnet. Muss ich alles Selbst machen? Sie sind doch zu blöd für alles.

Ich frage mich, wie sie an diesen Posten gekommen sind? Übers Militär, was?« »Jawohl Herr Kommissar. Militär!« Wie eine Marionette die an ihrer Schnur nach oben gezogen wurde, schnellte Bonnet hoch und nahm Haltung an. Halbach fragte sich, ob ihn dieser unfähige Mensch auf den Arm nehmen wollte.
»Mann Bonnet. Gehen sie mir aus den Augen. Ich wecke Fräulein von Frankenberg selbst. Verschwinden sie und entfernen sie die Leiche von Werle. Wir sind doch hier nicht auf dem Jahrmarkt. Bringen sie den Toten in den Keller. Verstanden?« »Jawohl Herr Kommissar.« Polternd sprang Bonnet herum und rannte wie ein Berserker im Kampf hinaus auf die Straße.
Friedrich stand auf und ging zur Wirtshaustür. Vor der langen, schmalen Stiege blieb er noch einmal kurz stehen. Ihm blieb aber auch überhaupt nichts erspart. Kurz dachte er darüber nach, ob die Treppe nicht zu schmal war für seinen Hintern.
»Guten Morgen Friedrich. Haben sie gut geschlafen?« Halbach schnellte herum und sah Helene an: »Sind wir hier, um ein Schwätzchen zu halten?«, bellte er sie an, »Wieso sind sie nicht in ihrem Zimmer? Bonnet hat schon wieder eine Leiche. Der Idiot von gestern hat sich umgebracht.« Schlagartig wich das Lachen von Helenes Lippen: »Werle? Warum?«
»Was weiß ich denn? Vielleicht hat er doch Dreck am Stecken.« »Glaube ich nicht. Haben sie ihn schon untersucht.« Halbach schüttelte empört den

Kopf: »Haben sie mal auf die Uhr gesehen? Ich warte seit gefühlten Stunden auf sie. Wo treiben sie sich überhaupt rum?« Helene sah ihn an und hob fragend die Augenbrauen: »Sie erwarten doch sicher nicht, dass ich ihnen auf diese Frage antworte? Ihn frage sie doch auch nicht, wo sie gestern waren.« Ohne auf seine Antwort zu warten, riss sie abwehrend die Hände hoch: »Erzählen sie mir jetzt keine Negergeschichten. Ich will es überhaupt nicht hören.« »Das hatte sich auch nicht ...« Friedrichs letzte Worte gingen im Mahlen der metallbeschlagenen Karrenräder unter. Drei stämmige Männer, deren Gesichter Helene vollkommen unbekannt waren, schoben die Karre mit Werles Leiche zum Biergarten herein. Halbach sah nur kurz hin und wendete sich beim Anblick von Werles herausgedrückten Augen angeekelt ab. »So ein Spinner. Einen noch grausameren Selbstmord ist ihm vermutlich nicht eingefallen.« Er drehte sich zu Helene um: »Von Frankenberg. Finden sie heraus, was herauszufinden ist.« Sie blickte ihm unverständig in die Augen und schüttelte den Kopf: »Sind sie so vergesslich? Wie heißt das?« Er atmete tief durch und stützte die Hände in die Hüften: »Bitte Helene, würde es ihnen etwas ausmachen, sich um den Fall alleine zu kümmern?« Sie lächelte: »Sehen sie? Es ist doch gar nicht so schwer.«

Friedrich wischte mit einer wegwerfenden Handbewegung ihre verbale Spitze weg. »Ich

durchsuche Werles Haus. Vielleicht finde ich etwas. Einen Abschiedsbrief oder so was Ähnliches. Wenn dieser Idiot überhaupt schreiben konnte.«
»Ich kann mir nicht vorstellen, dass er sich hinsetzt und einen Brief schreibt. Für wen sollte der den sein? Der hatte ja nicht einmal Verwandtschaft. Wem sollte er also schreiben? Selbst wenn er es konnte.«
Minuten später kam Halbach vor dem Werles Haus an. Im leichten Wind baumelte immer noch ein Stück Strick von der Dachkante. In der Nähe lungerten ein paar Jugendliche herum. Sie betrachten jede Bewegung Halbachs neugierig. Mit einem großen Schritt stieg Friedrich über die angeknacksten Holzstufen zur Veranda. Der Strick pendelte im Wind hin und her. Wie er da wohl hinaufkam? Nirgendwo stand ein Stuhl oder etwas auf das er hätte steigen können.
Friedrich hatte nicht die geringste Ahnung, wie er es gemacht hatte. Möglicherweise kletterte er aufs Geländer, dachte er und versuchte, sich am Geländer emporzustemmen. Lachend beobachteten die Jugendlichen seine Bemühungen. »He, Kommissar«, brüllte einer, »Dafür ist ihr Arsch zu fett.« »Ich geb dir gleich ‚Arsch zu fett'. Mein Freund, noch so eine dumme Bemerkung, und wir sprechen uns später wieder«, gab Halbach zurück. Wieder erntete er nur schallendes Gelächter.
Ohne die Bengel aus den Augen zu lassen, versuchte er das Seilende zu greifen. Vorsichtig schob er

sich auf die Zehenspitzen und griff nach oben. Sie hing viel zu hoch, um sie dort ohne Hilfsmittel anzubinden. Als er wieder auf seinen Füßen stand, brüllten die Jungs vor Lachen.
Zornig sprang Halbach von der Veranda und griff nach einem Stein. Zeitgleich zerplatzte die Jungenschar wie eine Seifenblase und spritzte in alle Richtungen auseinander. »Verschwindet ihr dreckiges Pack«, schrie er hinter ihnen her.
Er schäumte innerlich vor Wut. Dieses Volk kannte so etwas wie Respekt überhaupt nicht mehr. Die Jugend verrohte immer mehr. Wenn nicht langsam etwas geschah, ging diese Generation komplett den Bach hinab. So etwas mit anzusehen, quälte ihn. Ihm fehlte jede Hoffnung in die Zukunft dieses Landes. Wenn diese Jungs die Männer von Morgen sind, dann ist das Deutsche Reich verloren. Da konnte auch der Kaiser nichts mehr ändern. Eigentlich würde nur ein richtiger Krieg etwas an der Lage verändern können.
Wütend schleuderte Friedrich den Stein in den Sand der Straße und kletterte zu Eingangstür hoch. »Dreckspack«, fluchte er leise und drückte die Türschlenke. Die Tür war verschlossen. Das warf aber doch sofort eine neue Frage auf. Welcher Selbstmörder ist darauf bedacht, dass sein Haus ordentlich verschlossen ist? Möglicherweise tun Menschen, die diesen drastischen Schritt gehen, aber unrationelle Sachen, dachte er.

Ganz gleich wie es geschehen war, er musste ins Haus. Behutsam drückte er gegen die Fenster. Sie waren ebenfalls ordentlich verschlossen. »Na dann«, murmelte Halbach, »muss es eben anders gehen.« Schon sauste Friedrichs Ellbogen gegen die schmale Scheibe der Tür. Mit einem Klirren ging das Glas zu Bruch.
Vorsichtig steckte Friedrich die Hand durch das entstandene Loch, immer darauf bedacht, sich nicht an den Scherben, die rund herum im Kitt steckten, zu schneiden. Er wusste nicht, was ihn in der Dunkelheit hinter der Tür erwartete. Möglicherweise lauerte dort ein riesiger Kläffer, der im nächsten Augenblick seine Hand fraß. Er lachte leise auf: »Na, so schlimm wird es sicher nicht.«
Seine Finger tasteten nach dem Schlüssel. Im Schloss steckte er nicht. Aber irgendwie musste er doch die Tür verschlossen haben. Vorsichtig schob er sein Gesicht dicht an die Scherben und sah durch die Tür. Gleich neben der Tür hatte Werle ein Brett angeschraubt, aus dem kleine Haken hervorstanden. Verschiedene Schlüssel hingen daran. Vielleicht passte einer davon in die Tür?
»Wie zum Teufel konnte Werle das gemacht haben?«, raunte er und kratzte sich am Kinn. Irgendetwas stimmte da doch nicht. Kein Mensch verschloss eine Tür, wenn er sich kurz darauf erhängen wollte. Und erst recht versteckte niemand einen Schlüssel bei solch einem Vorhaben.

Kurz entschlossen trat Friedrich mit aller Kraft gegen das Schloss. Einmal, zweimal und dann splitterte die Riegelhalterung aus dem morschen Holzrahmen. Krachend knallte die Tür gegen die Wand des Flurs; und der Weg war frei. Halbach atmete tief durch. Er griff nach einem der Schlüssel, die an der Wand hingen, und steckte ihn in den vorgesehenen Schlitz. Klackend entriegelte er beim ersten Drehen die Türverriegelung. Der passende Schlüssel hing wirklich am Schlüsselbrett. Wie konnte das sein? Gab es einen Zweitschlüssel für dieses Schloss?

Wie eine mächtige Faust schlug ihm der modrige Geruch, den das Haus gespeichert hatte, entgegen. Sie nahm ihm das Letzte bisschen Luft, das seine Lungen gespeichert hatten. Friedrich fragte sich, wie Werle gelebt hatte. Er wusste nur, dass er seine Brötchen als Bäcker bei den Fritzens verdiente. Aber sonst? War er verheiratet? Vermutlich nicht. Wenigstens war ihm keine Frau bekannt, die mit einem solchen Schwachkopf verheiratet sein wollte. Es sei denn, sie war ähnlich veranlagt.

Jedoch wohnte möglicherweise noch jemand bei ihm. Das Haus war zwar nicht sonderlich groß, aber für zwei Personen ausreichend. Wenn er sich hier umsah, deutete nichts auf die Anwesenheit eines weiteren Menschen.

Eine alte, verschlissene Jacke hing an der Garderobe. Wenn man das Ding, das aus einem rauen

Brett mit einigen eingeschlagenen Nägeln bestand, so nennen wollte. Ein verwahrlostes Paar Herrenschuhe, die schon viele Jahre auf ihrem ledernen, abgeschabten Rücken hatten, lag lieblos hingeworfen da. Nirgendwo Zeichen von weiterem Leben.

Vom kahlen Flur, der grob verputzt und vor Generationen einmal weiß getüncht worden war, gingen einige Türen ab. Alle standen offen. Eine winzige, schmutzige Küche auf der einen Seite, eine gute Stube auf der anderen. Wobei der Ausdruck »Gute Stube« in diesem Fall äußerst strapaziert wurde. Halbach warf einen Blick hinein. An den schmutzig grauen Wänden hingen einige vergilbte Bilder alter Menschen. Auf dem Tisch stand ein Kranz aus Trockenblumen, die fast keine Blätter mehr hatten. Er war in etwa so alt, dass er den alten Menschen auf den Altemenschenfotos gehört haben konnte.

In Vorbeigehen warf er einen Blick in die Küche. Es dauerte nur einen Augenblick und er wusste, wer der Auslöser des miefigen Gestankes war. Auf dem Herd stand ein riesiger Topf mit zerquetschten Kartoffeln. Auf einigen von ihnen wuchsen flaumige Schimmelhaare. Zögernd tippte er mit einem Finger auf die Herdplatte. Sie war kalt. Alles andere hätte ihn auch gewundert.

Auf dem Tisch klebte ein Teller mit Essensresten, auf dem Hunderte Fliegen eine neue Heimat gefunden hatten. Eine emaillierte Blechtasse, also die

bessere Aufführung einer Militärtasse stand dicht daneben. Er kannte diese Art Trinkgeschirr. Diese hier hatte schon viele Jahre auf ihrem blechernen Buckel. Der schützende Bezug löste sich an vielen Stellen ab. Die Tasse war mit einer grünlichen Flüssigkeit gefüllt, die nicht gerade appetitlich aussah.
Friedrich hob das Gebräu hoch und schüttelte sich augenblicklich. »Was trank dieser Mensch denn?«, flüsterte er. Die unappetitliche Brühe erinnerte an einen Aufguss aus Gras. Also irgendwie nach einem seltsamen, pflanzlichen Getränk. »Was manche Menschen in ihren Körper schütten«, dachte er und er stellte die Tasse zurück. Er sah sich um. Auf der kleinen Anrichte, die an einer Wand stand, lag ein Stück Zeitung, auf der einige Buchstaben gekritzelt waren. Werle konnte also schreiben und lesen. Vielleicht nicht gut, aber er konnte es.
Hier in der Küche lag kein Brief für die Nachwelt. Kein Abschiedsgruß und auch kein Geständnis. Im Wohnzimmer fand er auch nichts. Halbach durchsuchte Zimmer um Zimmer. Mit jedem Schritt im Haus wurde das Gefühl, dass hier etwas nicht stimmte, drängender und fordernder.
Er ging zurück in den Flur. Eine einzige, alte und schäbige Tür blieb noch übrig. Er drückte die Klinke. Sie war versperrt. Halbach sah sich um. Vielleicht gab es hier ein Werkzeug, mit dem er den Bretterverschlag öffnen könnte. Er schob den Finger in den Schlitz des außen auf die Tür

geschraubten Schlosses, so als wollte er mit seiner Fingerkuppe den Schlüssel ersetzen. Möglichweise hing am Schlüsselbrett der Passende. Friedrich nahm gleich alle und probierte jeden Einzelnen. Zwei passten in den Schlitz, aber keiner wollte sich drehen lassen. Missmutig warf er die Falschen auf das kleine Schränkchen, das am Ende des Flurs im Halbdunkel stand, und besah sich die Tür näher. Kleine, metallisch glänzende Punkte zogen seinen Blick wie magisch an. Zuerst hatte er sie überhaupt nicht wahrgenommen. Es schien sich um Nagelköpfe zu handeln. »Verdammt!«, fluchte er, »Welcher Idiot nagelt denn eine Tür zu?«
Schon im nächsten Augenblick spürte Friedrich, wie sein Herz für einen winzigen Moment aussetzte. Erst war es nur der kleine Lichtspalt, der durch die geöffnete Eingangstür fiel, der ihm seltsam vorkam. Instinktiv stellten sich seine Nackenhaare auf. Irgendjemand war im Haus. Dann riss ihn die Stimme herum und er starrte mit weit aufgerissenen Augen in Helenes Gesicht.
»Ah, endlich habe ich sie gefunden.« »Mein Gott«, Friedrich atmete tief durch, »Sind sie von Sinnen? Sie erschrecken mich hier fast zu Tode.« Der letzte Rest Farbe war aus seinem Gesicht verschwunden. Mit einem Mal fühlt sich Friedrich kraftlos und krank. Er musste sich gegen die Wand lehnen, um nicht das Gleichgewicht zu verlieren. Die Bilder vor seinen Augen drehten sich.

»Friedrich? Geht es ihnen nicht gut? Sie sind ja leichenblass«, Helenes besorgtes Gesicht machte Halbach zusätzlich Angst. Sie mochte ihn nicht und er erwiderte ihre Gefühle. Wenn sie sich also Sorgen machte, stand es schlecht um ihn. »Kommen sie, setzen sie sich.« Sie versuchte ihn in die Küche zu manövrieren, aber er schüttelte den Kopf.

»Nein, nicht da rein. Ich will nach draußen.« Sein Brustkorb krampfte sich zusammen. Plötzlich konnte er nur noch schwer atmen. Schmerzen zogen sich wie eine Schlange, die sich um ihn gelegt hatte, quer über seinen Leib und strahlten bis in seinen linken Arm aus. Vor seinen Augen wurde alles schwarz. Helene griff mit ihrer Hand unter seinen Arm und zog ihn nach draußen in die frische Luft. Sie dirigierte ihn zu der maroden Treppe und drückte ihn nieder. Friedrich schloss die Augen. Krampfhaft versuchte er, seinen Atem zu kontrollieren. Vielleicht konnte er so die Herrschaft über sein Herz wiedererlangen. Der Klang von Helenes Schritten verschwand im Haus. Es dauerte eine schiere Ewigkeit, bis sie wieder herauskam. »Möchten sie etwas trinken?«, drang ihre Stimme aus dem Nebel. Seine Brust, sein Nacken, einfach alles tat ihm schrecklich weh. Er nickte: »Aber nicht von hier, nicht aus diesem Haus. Bringen sie mich ins Gasthaus.«

38. Kapitel

Helenes Griff lockerte sich und Friedrich fiel kraftlos auf die Bank vor dem »Cheval blanc«. Luis Beauchamps stand in der Tür und sah zu Halbach. »Beauchamps, bringen Sie uns Wasser«, rief sie ihm zu. Eine Sekunde später traf sie die Erkenntnis wie ein Hammer: Sie hörte sich schon wie Halbach an.
Missmutig trottete er ins Haus. Eine gefühlte Ewigkeit später schlurfte er mit einem Glas Wasser in der Hand herbei. Helene sah ihn entgeistert an: »Beauchamps? Nehmen sie mal ihre Finger zu Hilfe und zählen sie uns. Wir sind zu zweit. Also hopp. Noch ein Glas.« Sie drehte sich wieder zu Halbach um.
»Gut so«, lispelte er, »Treten sie diesem Menschen in den Arsch.« Vorsichtig setzte sie ihm das Glas an die Lippen und er nahm einen Schluck. »Bah. Das ist ja Wasser. Er Soll mir ein Bier bringen.«
»Unsinn. Sie müssen Flüssigkeit zu sich nehmen. Da ist Wasser das Beste.«
Halbach versuchte, sich aufrecht zu setzen. Gerade kam Beauchamps mit dem zweiten Glas angedackelt. »Ein Bier«, befahl Halbach. Mit entrüstetem Gesicht stemmte der Wirt die Fäuste in die Hüften: »Wissen sie jetzt bald, was sich bringen soll? Es gibt hier noch andere Gäste, die ich bedienen muss.« Helene sah sich um. Der Biergarten war menschenleer.

»Außer uns ist doch kein Mensch da.« »Genau«, Beauchamps nickte, »Genau das ist es. Seit sie da sind, kommt niemand mehr hierher. Seitdem liegen mehr Leichen in meinem Keller, als er jemals Bierfässer gefasst hatte. Ich verfluche den Tag, an dem ich die Polin in meinen Keller aufbahren ließ.« »Würden sie einmal an ihrem Fraß arbeiten, bräuchten sie sich auch keine Gedanken über fehlende Gäste zu machen«, blaffte Halbach.
»Was wollen sie damit sagen?« Beauchamps baute sich vor dem Kommissar auf. »Na ganz einfach«, Halbach zog seine Waffe aus der Weste und legte sie auf den Tisch, »Wenn sie nicht in zwei Sekunden verschwunden sind, beschlagnahme ich diesen Gasthof und dann kommt sicher niemand mehr. Möchten sie das?« Die letzten Worte hörte der Wirt schon nicht mehr. Er war im Haus verschwunden.
Halbach schüttelte den Kopf. »Der Kerl spinnt doch.« »Vielleicht hat er Recht. Es ist schon deutlich, dass immer weniger Menschen hierher kommen.« Mit hochrotem Kopf kam der Wirt wieder und knallte wortlos das Bier vor den Kommissar. Friedrich nahm das Glas und trank einige Schlucke. »Morlat ist gleich da.« Er nickte geistesabwesend. »Wozu kommt er? Fragen wegen dem Toten?« Helene sah ihn fragend an: Nein. Er kommt wegen ihnen.« »Ach Quatsch. Es geht mir schon wieder besser. Aber warum suchten sie mich?«
Sie zuckte ratlos mit den Augenbrauen: »Sie müssen wissen, ob Morlat nötig ist oder nicht.« Sie

machte eine Pause und sah zu Boden. »Was ist? Sagen sie jetzt nicht, dass sie sich sorgen um mich machen?« Entrüstet glotzte sie ihn an: »Im Leben nicht. Aber wir haben eine Leiche.« »Das weiß ich. Ich bin nicht senil. Nur etwas durstig.« Er nahm noch einen tüchtigen Schluck. »Friedrich, sie verstehen nicht. Es gibt noch eine weitere Leiche. Beauchamps fand sie heute Morgen. Es ist die junge Frau, die neben meinem Zimmer wohnt. Ich habe das Zimmer absperren lassen.«
Mit offenem Mund starrte Halbach Helene an. »Schon wieder eine? Hört das den nie auf? Und ausgerechnet hier im Haus. Während wir schliefen. Unfassbar!«
Helene schloss die Augen. Eigentlich hatte er Recht. Sie hätte es hören können. Vielleicht lebte dieses Mädchen dann noch. Aber sie hatte es ja vorgezogen, eine der wildesten Nächte ihres Lebens bei Josef Treitz zu verbringen. Wenn dieser Vorfall nicht einen dunklen Schein auf ihr Leben werfen würde, könnte sie sagen, dass das die Nacht ihres Lebens gewesen war. Josef war feurig wie nie gewesen. Aber sie fragte sich, warum Halbach nichts gehört hatte.
»Na, da schließt sich ja ein Kreis«, murmelte er. »Wie?« »Ich sagte, dass sich da gerade ein Kreis schließt. Wo ist Lafleur?« »Keine Ahnung. Ich habe ihn heute noch nicht gesehen.« Sie dachte kurz nach und hob dann den Kopf: »Nein. Nicht schon

wieder. Er ist nicht wieder in ihrer fiktiven Verdächtigenliste nach oben gerutscht?«
Halbach schlug mit der flachen Hand auf den Tisch: »Oh doch, meine Liebe. Fallen ihnen nicht die Parallelen der Fälle auf? Lafleur wohnt bei der Witwe Bellaire. Sie wird Opfer eines Verbrechens. Wir schmeißen ihn aus der Pension der Witwe und er quartiert sich hier ein. Kurze Zeit später stirbt eine junge Frau in diesem Haus.«
Helene schwieg. »Keine Widerworte?« Er faltete die Hände und sah zum Himmel: »Mein Gott. Danke, dass ich das noch erleben darf.« Er nahm noch einen Schluck und sah dann auf den Boden des Glases. »Schon wieder leer. Dann erzählen sie mal, was passiert ist.«
»Dazu kommen wir gleich. Zuerst noch das hier: Ich habe mir die Leiche von Werle angeschaut. Und jetzt raten sie.« »Na, sagen sie schon. Ich bin nicht in der Verfassung, um Ratespielchen zu spielen. Was konnten sie herausfinden?« »Halten Sie sich fest. Werle wurde umgebracht.« Halbachs Blick löste sich von dem imaginären Punkt, der seine Augen gefangen hielt, und sah sie an. »Sind sie sicher? Ich hatte gleich so eine Ahnung. Und was haben sie rausgefunden?«
»Nun, ich sah mir die Quetschstelle des Stricks genauer an. Unter ihr gibt es noch eine feinere, blutunterlaufene Linie. Der Mann wurde vor dem Hängen erwürgt. Die Tatwaffe ist vermutlich ein dünnes Seil, ein Draht oder so was Ähnliches. Er

wurde erdrosselt und dann aufgehängt.« »Das kann ich mir vorstellen. Als ich am Haus war, baumelte das Ende des Stricks vom Dach herab. Aber so hoch, dass ich es kaum mit den Fingern erreichen konnte. Und weit und breit nichts auf das er steigen konnte. Ich habe mich schon gefragt, wie er das angestellt hat. Aber wen das so ist, wie sie sagen, erklärt sich einiges.«

»Ich frage mich, warum jemand diesen verwirrten Kerl umbringen sollte?« »Möglicherweise wusste der etwas, was niemand erfahren darf. Und wer könnte daran Interesse haben? Nur unser Mörder. Vielleicht wird er langsam nervös.« »Kann ich mir nicht vorstellen«, murrte Helene, »Wir wissen überhaupt nichts und Werle hat auch nichts zur Verbesserung dieser Situation betragen können.« »Das weiß aber der Mörder nicht. Sie wissen nicht, was dieses kranke Hirn denkt.«

»Das stimmt natürlich. Und nun zur zweiten Aufgabe. Wir müssen uns den Tatort und die Tote ansehen. Auch wenn ich es gerne aufschieben würde.« Halbach nickte: »Wer ist es?« »Eine Bedienstete von einem Herrn Irgendwer der gestern hier ankam. Ich habe den Namen momentan nicht parat. Aber ich habe alles aufgeschrieben.« Sie stand auf.

»Beauchamps«, lächelte sie übertrieben freundlich den Wirt an, »zapfen sie schon mal ein Bier für den Kommissar. Er wird es brauchen können.« Sie drehte sich zu Halbach um. »So, Friedrich. Es ist oben. Beachten sie die steile Treppe, die sie mir eingebrockt haben. Da muss ich jeden Tag zigmal rauf und runter.« »Pffff«, prustete er, »Wieso ich? Ich habe doch damit überhaupt nichts zu tun.« Sie ließ den dicklichen Mann an sich vorbei.

»Wenn sie nicht so egoistisch gewesen wären, könnten wir heute in einem anständigen Haus wohnen. Weiter vorne im Ort ist noch das ‚3 Mohren'. Ein ausgezeichnetes Haus mit guten Essen und ...«, sie drehte sich zu Beauchamps um, »... mit einer ausgezeichneten und freundlichen Bedienung. Also keine solche Absteige wie diese hier.«

»Wenn es ihnen nicht passt, verschwinden sie doch«, Beauchamps war in die Türöffnung zu Gaststube getreten, »Wenn sie heute noch verschwinden, brauchen sie auch nichts zu zahlen.«

»Wirt«, brüllte Halbach von oben, »übertreiben sie es nicht. Ich kann ihnen mehr Ärger machen, als sie in ihren kühnsten Träumen ahnen.«

»Sollen wir?«, fragte er zögernd. Helene atmete tief aus und nickte. »Ich möchte sie vorwarnen. Das Mädchen ist übel zugerichtet.« Sie hatte die Leiche zwar schon gesehen, aber sie konnte die Bilder, die aus ihrem Unterbewusstsein immer wieder nach oben stiegen, nicht glauben. Was sie dort gesehen hatte, lag jenseits aller Vorstellungskraft.

Noch immer stand Bonnet vor der Tür. Halbach schob ihn rüde beiseite und riss entschlossen die Tür

auf. Dumpf schlug ihnen ein Schwall Luft entgegen. Ein Geruch nach Blut, nach erster Verwesung und menschlichen Ausscheidungen breitete sich in ihren Lungen aus. Um die Fliegen von der frischen Leiche abzuhalten, hatte Helene die Fenster geschlossen. Aber es war vergebens. Ein Schwarm der fliegenden Aasfresser machte sich bereits über den toten Körper her.
Helene Magen presste sich zu einem Klumpen zusammen. Um das zerschlagene Gesicht der Toten zu schützen, hatte sie die dünne Decke über sie geworfen. »Was erwartet mich?«, fragte Friedrich. »Ein vollkommen zerschmetterter Schädel ohne Gesicht. Seien sie aufs Schlimmste gefasst.« Sie griff die Decke an einer Ecke und zog sie vorsichtig zu den Füßen des Opfers weg. Sie spürte den Widerstand, den das mit dem Stoff verklebte Blut leistete. Schließlich lag das Mädchen wie das Beweisfoto eines Verbrechens vor ihnen.
Angeekelt drehte sich Halbach weg. »Mein Gott. Was für eine Schweinerei«, fluchte er. Aus den Augenwinkeln sah er wieder hin: »Jetzt weiß ich wieder, warum ich diesen verdammten Beruf so hasse. Das ist schlimmer als im Krieg.«
Halbach zog sein Taschentuch aus der Weste und presste es vor den Mund. Benommen schwankte er zum Fenster und riss die Flügel auf. Entschlossen schlug Helene die Hände auf die Oberschenkel: »Was soll das ewige Gestöhne? Bringen wir es hinter uns.« Ohne sie anzusehen, nickte Halbach: »Sie

haben recht. Gejammer hilft hier nichts. Und es ist gut, wenn das Mädchen unter die Erde kommt.«
Friedrich riss entschlossen die Decke ganz von ihrem Körper. Und wie auf Knopfdruck erwachte Halbach, der Kommissar zum Leben. »Los Helene. Sehen sie hin und erzählen sie mir, was in ihrem Spatzenhirn vorgeht.« »Halbach. Lassen sie ihre dummen Sprüche. Sie sollten lieber ihre Energie sparen und sich ihre eigenen Gedanken machen.«
Sie beugte sich langsam vor und betrachtete die Leiche. »Aber gut. Ich werde ihnen sagen, was ich denke«, sie sah im in die Augen, »Betrachten sie die Position der Frau. Sie liegt hier mit gespreizten Beinen und ist vollkommen nackt. Ich schließe daraus, dass er sie vergewaltigt hat. Das Nachthemd ist zerrissen und liegt noch unter ihr. Das spricht ebenfalls für meine Vermutung. Ich denke, ist er ins Zimmer gekommen, wie auch immer, und hat sich auf sie gestürzt. Er vergewaltigt sie, sie wehrt sich, er erschlägt sie.«
Helene nahm die Tote an ihrer Schulter und drehte sie etwas. »Leichenflecke auf dem Rücken. Die Totenstarre ist noch voll ausgeprägt. Also ist sie erst in der Nacht gestorben.« Vorsichtig hob sie die Hände an und betrachtete die Nägel. Keine sonderlichen Spuren unter den Nägeln.« Vorsichtig legte sie den Arm wieder in seine Position. »Aber sehen sie hier diese dunklen Verfärbungen an den Oberarmen? Das ist das gleiche Bild, wie bei

Magdalena Bellaire. Ich vermute, er kniet sich auf ihre Arme, um sie an der Gegenwehr zu hindern.«
Helene ging zum Fenster und atmete tief durch. »Die Frage, die wir als Erstes beantworten müssen, ist folgende: Wie ist diese Bestie hier ins Zimmer gekommen? Sicher nicht durch das Fenster wie bei Bellaire.« Sie sah nach unten. »Das sind bestimmt fünf Meter.« Halbach lächelte gönnerhaft: »Das ist doch ganz einfach. Der Täter, ich sage jetzt bewusst nicht Lafleur, hat einfach hier geklopft. Das Mädchen öffnet. Und er schlägt zu. Ganz einfach.«
»Unsinn. Was sie immer mit Philippe haben, verstehe ich nicht. Außerdem war die Tür von innen verschlossen. Und ich weiß nicht, wie er es dann gemacht haben soll. Huuuuh ...«, sie hob die Hände und formte Geisterkrallen daraus, »vielleicht kann Lafleur durch Wände gehen?« »Mensch, von Frankenberg. Lassen sie diese blöden Bemerkungen. Wir sind hier nicht in ihrer Schule. Und sie sind keine sechzehn mehr.«
Halbach neigte sich nach vorne und roch an der Stelle, an der er den Mund des Mädchens vermutete. »Sie riecht auch nicht nach Äther. Er hat sie also wirklich überrascht.« In Gedanken ging er zum Fenster und lehnte sich etwas über das Fensterbrett. »Es gibt schon die Möglichkeit, dass er durchs Fenster eingestiegen ist. Das würde bedeuten, entweder ist er von unten an der Regenrinne hochgestiegen, oder er ist vom Dach

heruntergeklettert. Und hier gebe ich ihnen zum ersten Mal recht. Beides traue ich ihrem Philippe, dieser Pflaume, nicht zu.«

Zögernd lehnte er sich weiter nach draußen: »Aber in beiden Fällen müssten wir Spuren am Putz finden. Er muss ja irgendwo seine Füße aufsetzen.« Mit dem Finger kratzte er am Verputz und ging dann zur Tür. »Bonnet, gehen sie raus und untersuchen sie die Umgebung vom Haus. Wir suchen nach einer Leiter oder etwas Ähnlichem, mit dem man aufs Dach klettern kann.«

»Stellen sie sich vor, sie möchten jemanden ermorden«, begann Helene, »Von wo kämen sie? Ich wählte eindeutig den Weg von oben. Wenn ich von unten an der metallenen Regenrinne hochsteige, verursacht das ordentlich Lärm. Schlagen sie doch nur einmal mit der flachen Hand gegen das Rohr. Das hallt. Deshalb vermute ich, dass er von oben kam.« »Würde ich auch so machen.«

Halbach ging zu der Leiche zurück: »Wer ist sie überhaupt?« »Ihr Name ist Berta Wild. Zweiundzwanzig Jahre alt. Sie ist das Mädchen von Hofrat Himmelraths Frau. Die drei kamen gestern Nachmittag an. Die Familie Himmelrath ist aus Ostpreußen. Aus der Nähe von Königsberg. Der Ort heißt Gumbinnen. Sie besuchen hier Verwandtschaft.« Friedrich kratzte sich nachdenklich am Kinn. »Stellen sie sich vor, der Hofrat versteht die Aufgaben des Mädchens anders, als wir sie verstehen. Er möchte ein wenig Spaß und ...« »Dachte ich auch schon. Aber er ist mit seiner Frau gestern am Nachmittag nach Saarbrücken gefahren. Und bisher ist er noch nicht wieder da.«

Er betrachtete Berta genauer. Ihr linker Arm hing schlaff von der Matratze herab. Ein Finger war abgespreizt. Es sah aus, als deute sie auf das Kissen, das an der Wand lag. Halbach hob es hoch. »Sehen sie das?« Helene zeigte mit auf eine braun verfärbte Stelle. »Blut. Aber nur wenig. Vielleicht presste er ihr das Kissen aufs Gesicht, weil er sie am Schreien hindern wollte.«
»Kann sein. Wenn es ihr gelang, es ihm zu entreißen, erklärt sich auch die massive Gewalt. Er musste sie schließlich am Schreien hindern. Für ihn sicher das Schlimmste, was passieren konnte. Hier oben gibt es nicht die Möglichkeit, einfach wegzurennen und zu verschwinden. Er musste ja noch nach unten oder oben klettern. Das dauert ja eine Weile. Also musste sie schweigen. Egal zu welchem Preis. Ich frage mich nur, mit was er sie dann erschlagen hat?«
Helene sah sich um: »Hier liegen überall Scherben. Wenn dieses Zimmer identisch mit meinem ist, dann fehlt die Petroleumlampe.« Sie kniete sich vors Bett und sah darunter. Weit hinten lag die Lampe an der Wand. »Geben sie mir mal bitte etwas Langes. Dort liegt was.« Halbach sah sich um: »Hier ist nichts.« Vorsichtig schob sie sich weiter vor und streckte sich. Mit den

Fingerspitzen konnte sie die Lampe berühren. Ein kleiner Stups und sie rollte etwas nach vorne. »Kommen sie jetzt dran?« »Ja. Gerade so.« Friedrich hob die Lampe auf.

»Vorsichtig«, bellte Helene, während sie unter dem Bett hervorkrabbelte. »Passen sie auf, wo sie das Ding berühren. Sie verwischen sonst alle Fingerabdrücke.« Er rollte die Augen: »Sie und ihre Fingerabdrücke. Das funktioniert doch überhaupt nicht. Das sahen sie doch bei ihrem letzten Versuch. Haben sie den Täter überführt? Nein.« »Ach nein? Wir konnten zwar den Täter nicht überführen, aber wir konnten Unschuldige ausschließen. Ist das nichts?«
Er winkte mit der Hand ab: »Es ging ihnen doch nur um ihren Philippe. Deshalb machen sie so ein Getue.« »Er ist nicht ‚mein Philippe'. Und wenn er es wäre, ginge es sie nichts an. Kümmern sie sich um ihre Angelegenheiten. Und dabei sehe ich schwarz.« »Lassen sie ihre Anspielungen und konzentrieren sie sich auf die Lampe.«
Er murmelte etwas Unverständliches. »Die Tatwaffe haben wir«, sagte sie und betrachtete den Porzellanstumpf. »Ich frage mich nur, warum er ihr das Ding nicht auf den Kopf geschlagen hatte. Damit war sie bestimmt schon beim ersten Schlag tot. Wieso also schlägt der immer und immer wieder zu?«
Friedrich lächelte. »Gehen wir einmal davon aus, auf der Straße wirft ihnen jemand solche

Frechheiten an den Kopf, wie ich es immer tue. Welche Reaktion käme von ihnen?« Helene hob die Schultern: »Ich würde weitergehen und den Kerl vergessen.« »Genau. Es bedeutet ihnen nichts. Es ärgert sie für den Moment und dann ist es vergessen. Wenn ich es aber mache, ärgern sie sich lange Zeit. Und das liegt an unserer persönlichen Beziehung.« »Also, mein lieber Herr Kommissar. Wir haben nichts, was wir persönliche Beziehung nennen könnten. Sie mögen mich nicht, ich mag sie nicht.« »Das ist ja unsere persönliche Ebene. Wir mögen uns nicht. Aber ich bin ihnen nicht egal, ebenso wie es umgekehrt ist.« Helene zog die Brauen hoch: »Und sie wollen mit ihrem Vortrag was sagen?« »Na, dass hier etwas Persönliches zwischen Opfer und Täter war.« Unverständig sah sie ihn an: »Also doch der Hofrat?« »Glaube ich nicht. Der war ja nicht hier.«

Er schwieg einen Moment. »Ich frage mich, wo dann die persönliche Verbindung sein soll? Sie wohnte ja erst ein paar Stunden hier. Das schließt auch aus, dass er sie vorher schon ausgekundschaftet hat. Und das ist ja die Voraussetzung, dass er sich so eine Arbeit, noch dazu mit einem solchen Risiko eingeht.«

Halbach drehte sich zu der Frau um und zog ihr wieder die Decke über den Kopf. »Ich kann es nicht mehr ertragen. Das junge Ding hatte noch sein ganzes Leben vor sich.« Noch einmal hob er das Tuch hoch. »Man kann ja sagen, was man will. Aber der Kerl sucht sich immer die Hübschesten aus.« Er warf die Decke zurück und sah Helene an: »Irgendwie hat sie schon Ähnlichkeit mit ihnen. Die schwarzen Haare, die helle Haut, das stimmt schon einiges.«

Er stockte: »Lassen sie uns mal spekulieren. Stellen sie sich vor, dass er es überhaupt nicht auf Berta abgesehen hatte.« Sie nickte langsam: »Und auf wen dann?« »Auf sie. Haben sie nicht gesagt, dass Werle sie vor der Hexe gewarnt hat?« »Ja. Schon. Aber was hat das damit zu tun? Sie werden doch den Unsinn nicht glauben?«

»Glauben können sie in der Kirche. Hier geht es um Wissen und Fakten. Wenn wir zugrunde legen, dass er es auf sie abgesehen hatte und Berta Wild nur ein Zufallsopfer war, haben wir plötzlich auch die persönliche Ebene.« Sie schüttelte unverständig den Kopf: »Sie sehen Gespenster. Ich kenne diesen Menschen doch überhaupt nicht.« »Das ist auch nicht nötig. Kehren wir wieder zurück zu unserer Straße. Immer an der gleichen Stelle beschimpft sie der gleiche Kerl mit wüsten Ausdrücken. Während sie am ersten Tag noch mit Groll vorbeigehen und es vergessen, werden der zweite, der dritte und auch die folgenden Tage dafür sorgen, dass er ihnen im Gedächtnis bleibt. Und schon haben sie eine persönliche Beziehung. Er ist in ihrem Gehirn gespeichert und wenn sie ihm eine Auswischen können, dann tun sie das mit einem Lächeln. Und hier könnte es dasselbe sein. Seit sie hier sind, ärgern sie den Mörder mit ihrer permanenten Stocherei. Das ärgert ihn und schon haben wir das Motiv. Der wollte Berta Wild überhaupt nicht schänden. Der wollte sie.«

Helene spürte, wie ihr die Farbe aus dem Gesicht wich. Weshalb sollte sie das nächste Opfer sein?

»Erschrocken?« Halbach lächelte. »Sie wissen, was das für sie bedeutete. Sie sind hier nicht mehr sicher. Also zurück zu ihrer Mama.« Er hob väterlich lächelnd die Hand und deutete in die Richtung, in der Saarbrücken lag.

Erschocken ließ sie sich auf die Ecke des Bettes sinken. Innerlich rang sie nach Fassung. Hatten sich diese beiden Männer zusammengetan und versuchten nun, sie mit vereinten Kräften loszuwerden? Das hieß, ‚Adieu Freiheit', ‚auf Nimmerwiedersehen selbstbestimmtes Leben'. Gedankenversunken schüttelte sie den Kopf. Nach den Erlebnissen mit Philippe und den Stunden mit Josef Treitz konnte sie doch jetzt nicht Karl Preuß heiraten. Das ging einfach nicht mehr.

Langsam stand sie auf und sah Halbach an: »Wenn sie glauben, dass sie mich so einfach loswerden, dann irren sie sich. Ich bleibe hier. Komme, was wolle.« »Werden sie nicht. Sie fahren heim. Ich habe die Pflicht ...« »Sie«, unterbrach sie ihn, »haben vor allem die Pflicht, sich an die Gesetze zu halten. Sie verstehen sicher, was ich meine. Ich sage nur § 175. Und sie haben die Pflicht, den verdammten Mörder zu fangen.« Sie tippte mit ihrem

Zeigefinger gegen seine Stirn: »Das, Herr Kommissar, ist ihre Pflicht.«

Ein Räuspern riss sie aus ihrer Diskussion. Bonnet stand schwer atmend in der Tür. »Eine Leiter«, er atmete tief ein, »Hinter dem Haus liegt eine Leiter. Sie war in den Brennnesseln versteckt. Aber ich habe sie trotzdem gefunden.« »Gut gemacht, Bonnet. Schnappen sie sich das Ding und bringen sie es in den Keller. Das ist ein Beweisstück. Verschließen sie die Tür. Verstanden?« Bonnet nickte. »Lassen sie die Leiche vom Bestatter abholen.« »Jawohl, Herr Kommissar!« Bonnet schlug die Hacken zusammen.

39. Kapitel

Helene rieb sich mit dem Handrücken die Tränen aus dem Gesicht. »Dieser Kerl ist doch nicht ganz dicht«, heulte sie und stieg die steile Stiege hinab. Warum sollte sie dieser Mensch, er alle diese jungen Leben auf dem Gewissen hatte, ausgerechnet sie umbringen wollen? Halbach redete so eine Menge Unsinn, wenn der Tag lang war.
Noch einmal wischte sie sich die Tränen weg und marschierte dann auf Friedrich zu. »Hier. Damit sie etwas zu tun haben.« Sie knallte die Liste, die sie von Solanges Sekretärin erhalten hatte, auf den Tisch. »Wenn sie das gelesen haben, kommen sie vielleicht nicht mehr auf so abwegige Gedanken.« »Was ist das?« »Lesen sie selbst. Es

ist eine Liste der verschwundenen Mädchen aus den letzten Jahren. Das geht hier schon jahrelang so. Immer wieder verschwinden junge Frauen. Einige tauchen wieder auf, andere sind für immer weg. Hatte er zu denen auch ein ...«, sie malte imaginäre Anführungszeichen in die Luft, »... ich zitiere, persönliches Verhältnis?«
Halbach zog die Nase in Falten: »Was regen sie sich denn so auf? Möglich wäre es doch schon. Der Kerl hasste sie. Und in seinem Wahn dachte er, sie wären das da oben. Es ging ihm nicht um eine Vergewaltigung oder so etwas. Es ging ihm um Rache. Und sie sollten das Opfer sein. Da sage ich, Glück gehabt. Ich frage mich nur, warum sie direkt im Zimmer nebenan nichts gehört haben.«
»Na, dann stelle ich mal die Gegenfrage. Warum haben sie nichts gehört? Sie wohnen doch genau unter dem Raum von Berta Wild.« Sie hob abwehrend die Hände: »Halt. Sagen sie nichts. Ich habe sie gestern Abend gesehen, als sie in Richtung Merlebach verschwanden. Und erzählen sie mir jetzt nicht, dass sie einen Drang nach Bewegung hatten.« Gleichzeitig hätte sie sich auf die Zunge beißen können. »Nicht solche Bewegung«, verbesserte sie sich und wurde rot. »Gut. Dann wäre das geklärt. Ich kann ihnen sagen, mit ihrer ewigen Stichelei gehen sie mir langsam auf die Nerven. Ja. Ich war bei Amadu. Und es geht sie nichts an. Sie haben mir versprochen, dass sie nichts sagen.« »Wer zur

Hölle ist Amadu?« »Ludwig. Er heißt richtig Amadu. Und ganz gleich wie sie darüber denken, ich ...« »Stopp, Friedrich. Das will ich nicht hören. Wir haben einen Waffenstillstand und dabei bleibt es. Benehmen sie sich wie ein Tier, mir ist es gleich.« Er sah ihr in die Augen. »Können wir dann weitermachen. Setzen sie sich.« Helene schüttelte energisch den Kopf und kreuzte die Arme vor der Brust.

»Ich muss jetzt raus hier. Ich brauche frische Luft.« Sie drehte sich auf dem Absatz herum und ging zum Tor hinaus. Ratlos blieb sie auf der Straße stehen und sah sich um. Wohin sollte sie denn. In diesem Kaff gab es nicht. Wenn sie in diesem Zustand zu Josef Treitz ging? Nein. Dazu war er zu schade. Ihn brauchte sie noch für andere Sachen. Da gab es keinen Raum für ihre miese Stimmung.

Wenn doch Philippe da wäre, dachte sie und schlenderte los. Auch wenn er es verboten hatte, seine Baustelle und der Keller darin, zog sie magisch an.

»He, Helene«, sie blieb stehen und sah sich um. Konnte dieser Mensch ihre Gedanken lesen? Erstaunt sah sie zu, als Philippe um die Ecke des Gasthofes gehechtet kam. Er trug heute nur sein weißes Hemd und die Hose. Er sah sie entsetzt an.

»Hallo Philippe«, lächelte sie und warf ihm mit ihren Lippen einen imaginären Kuss zu. »Zu dir wollte ich gerade.« Helene sah seinen ungläubigen

Blick: »Was ist denn? Schlecht geschlafen?« »Nichts«, schüttelte er den Kopf, »Also nein.« Er sah sich um, als suche er einen Fluchtweg. »Nicht schlecht geschlafen«, stotterte er. Sie trat einen Schritt auf ihn zu und betrachtete seinen Arm, der dick mit einer weißen Binde umwickelt war.
»Was ist den passiert?« Ohne ihn zu fragen, griff sie nach dem Bindenanfang und begann den Stoff abzuwickeln. Erschrocken wich er einen Fußbreit zurück: »Lass es. Das ist nichts.« »Hör zu, mein Freund. Ich habe in der Schule ein wenig Unterricht in solchen Dingen gehabt. Lass mich wenigstens mal Draufschauen.« Entschlossen wickelte die weiter und legte seinen Arm frei.
»Mein Gott«, sie sah ihm in die Augen, »Was hast du denn da gemacht?« Sie strich mit den Fingern über die geschwollenen Kratzer, die sich quer über seinen Unterarm zogen. »Damit musst du zu Morlat.« Er schüttelte den Kopf. »Das ist nicht nötig. Das ist nicht so schlimm.« »Hör auf den starken Max zu machen. Wie ist das geschehen?« »Sag mal? Du bist doch nicht meine Mutter.«
Helene sah ihn an und achtete darauf, ihr enttäuschtestes Gesicht aufzulegen. »Aha. Noch vor wenigen Tagen bittest du mich um meine Hand. Und nun darf ich nicht mal wissen, was dir da zugestoßen ist. Ich glauben, ich sollte meine Entscheidung, dich zu heiraten noch einmal überdenken.« Sie drehte ihm den Rücken zu.

»Reg dich doch nicht gleich auf. Ich habe mich nur gestoßen. Sonst nichts.« Sie schnellte herum: »Willst du mich für dumm verkaufen? Das kommt nicht von einem Stoß.« Er atmete tief durch und sah zu Boden. Für einen Augenblick erinnerte er sie an einen kleinen Jungen, der von seiner Mutter bei etwas Verbotenen erwischt worden war. »Mir ist die Kurbel vom Peugeot beim Anlassen aus der Hand gerutscht. Als sie herumschlug, traf sie mich am Arm.«

»Aha. Warum sagst du mir das nicht gleich?« Er hob die Schultern. Hast du Lust, mit mir etwas spazieren zu gehen? Nur einige Meter.« »Tut mir leid. Vielleicht ein andermal«, murmelte er und suchte sichtlich in seinen Gedanken nach einer Ausrede. »Der Wagen läuft noch immer nicht«, presste er dann heraus.

»Gut. Dann halt nicht. Wenn dein Auto wichtiger ist, als deine zukünftige Frau, dann soll das so sein.« Sie drehte sich energisch um und ging wortlos in die andere Richtung. »Ach Helene«, er rannte ihr die wenigen Schritte nach, »Es ist doch nicht böse gemeint. Aber der Wagen ...« »Der Wagen, der Wagen. Das ist alles, was du sagen kannst. Ich bin überhaupt nicht wichtig.«

»Doch Helene. Bist du. Aber ich bin ..., ich bin nicht so richtig bei der Sache.« »Dann melde dich, wenn es dir wieder besser geht.« Sie schlenderte weiter. »Ich habe gehört«, rief er ihr nach, »Dass Treitz erschlagen wurde? Stimmt das?« Sie

schnellte herum. Schwang da etwa eine gewisse Schadenfreude in seinen Worten mit.
Sie fixierte seinen Blick. »Wie kommst du darauf?« Er zuckte mit der Schulter: »Gehört. Auf der Baustelle.« »Dann hat dich dein Informant belogen. Treitz geht es gut. Es wurde ein anderer Mann vor der Apotheke erschlagen. Aber nicht Josef.« »Verdient hätte er es ja. Nach alledem, was er dir antun wollte. Aber ich konnte dich ja retten.« Er lächelte.
Wortlos ging Helene weiter. Nicht gerade mein Lieblingsthema, dachte sie. Aber wieso weiß Philippe denn, dass da jemand erschlagen wurde? Es war ohnehin egal. Wenn er keine Zeit für sie hatte, war er selbst schuld.
»Schon wieder da?«, feixte Halbach, »Das war ja ein kurzer Genuss.« Noch immer saß er im Schatten und schüttete Bier in sich hinein. »Bilden sie sich bloß nicht ein, dass ich ihretwegen zurückgekommen bin. Mir ist nur eingefallen, dass wir den Mörder fassen müssen. Da muss ich alle Vergnügungen hintenanstellen.« Halbach lachte laut auf: »Geben sie es schon zu. Keiner ihrer Galane hatte heute Zeit. Deshalb sind sie wieder da.«
Ohne zu antworten, setzte sie sich hin. »Ich habe mir die Liste angesehen. Zweiundzwanzig verschwundene Frauen in sieben Jahren. Das ist wirklich eine Menge.« Helene nickte: »Nehmen wir mal an, dass ein Drittel von den Mädchen

weggelaufen ist, dann bleiben immer noch fünfzehn Opfer übrig.«
»Damit können wir sicher sagen, dass er hier aus der Umgebung ist. Kein Reisender kommt sieben Jahre lang immer wieder hier vorbei und nimmt unbeobachtet Mädchen mit. Und außerdem muss er eine Menge Kraft haben. Also ein Bauer, Knecht, ein Bergmann oder so etwas. Vielleicht auch ein Schmied. Etwas in dieser Kategorie.« »Oder Amadu? Ich habe noch nie einen Mann mit solchen Muskeln gesehen.«
Halbach hob die Augenbrauen: »Schlechte Retourkutsche. Amadu hat, wie sie mir ja permanent vorhalten, nicht das geringste Interesse am weiblichen Geschlecht. Also ist er definitiv raus aus der Verdächtigenliste.« Sie nickte: »Eins zu null für sie.« »Noch ein Punkt: Er kennt sich mit Giftpflanzen gut aus. Wer kommt da in Frage? Mir fallen nur Morlat und der Apotheker ein. Aber für Morlat lege ich meine Hand ins Feuer.«
Sie dachte an Treitz. Er hatte ein felsenfestes Alibi. Aber sie konnte Friedrich die Nacht am Teich ja schlecht auf die Nase binden. »Aber wissen sie, was mich am meisten stutzig macht?«, versuchte sie das Gespräch in eine andere Richtung zu lenken. »Es sind die roten Haare. Die rothaarigen Männer haben wir befragt. Die können wir ausschließen. Könnten die Haare vielleicht doch von einem Fuchskragen stammen. Manche Jacken haben doch so etwas.« Halbach schüttelte den Kopf:

»Fuchsfell, also die einzelnen Grannen, so nennt man die Haare beim Fuchs, hat weiße Spitzen. Nur ganz kleine, aber die fehlen bei unserer Probe. Deshalb, kein Fuchs!« Er machte eine kurze Pause. »Aber noch immer steht ihr Galan Nummer 1, Philippe Lafleur, ganz oben auf meiner Liste. Der ist nicht sauber, glauben sie mir.« Helene stand auf und sah ihn entrüstet an: »Wieso Galan Nummer 1? Ich bin nicht so eine.«
Friedrich lachte auf: »Auch wenn sie sich bemühen, es geheim zu halten, weiß ich von Treitz. Der Kerl hat so einen Ruf. Er springt sämtliche Frauen an, die sich nicht rechtzeitig in Sicherheit bringen können.« »Das ist doch Unsinn. Ich bin doch nicht so eine.« »Mir ist es gleich. Aber sie sprechen gerade mit einem kriminalistischen Genie. Ich weiß es schon seit ihrem Tanzabend. Und ich weiß auch, dass sie mit ihm beim Teich waren.«
Helenes Kopf wurde puterrot und glühte. Sie gab sich doch solche Mühe es zu verbergen. Er grinste sie an: »Sie wissen, eine Hand wäscht die andere. Sie schweigen, ich schweige. Aber interessieren würde mich schon, ob Lafleur von ihren Amouren weiß. Dann wäre der Angriff auf Treitz und möglicherweise der Tod von Berta Wild erklärt. Etwas Persönlicheres als Eifersucht gibt es nämlich nicht.«
Helene schwieg und fixierte das kleine Loch in der Tischplatte. Wenn er wirklich recht hatte? Aber so einer war Philippe nicht. Da konnte sie ihren

Gefühlen trauen. Er war autoaffin, das stimmte schon. War das ein Verbrechen?

»Wenn wir gerade von ihrem Giftmischer sprechen. Auf Werles Tisch stand eine Tasse mit so einem grünen Zeug. Nicht mit Schaum, wie sie es bei der Polin gefunden haben. Aber irgend so ein Kräuterzeug. Das roch scheußlich. Vielleicht hat das etwas mit Werles Tod zu tun.« Sie nickte geistesabwesend.

»Zu Werles Tod habe ich auch noch was. Unser Mörder ist Linkshänder.« Halbach zuckte zurück: »Woher wollen sie das wissen?« »Das ist ganz einfach. Ich erkenne es am Knoten in Werles Seil. Ich meine natürlich, dem Knoten im Seil, mit dem Werle erhängt wurde. Im Übrige hatte er ebenfalls grünlichen Schaum im Mund. Ich vermute, er wurde zuerst mit einem Trank ruhiggestellt, möglicherweise auch vergiftet. Schließlich erdrosselt ihn der Mörder und um das Verbrechen zu vertuschen, hängt er ihn an die Veranda. Es sollte wohl wie ein Selbstmord aussehen. Ich frage mich nur, warum? Bei den anderen Toten war es ihm doch auch egal.«

Halbach stand immer noch mit offenem Mund da. »Jetzt veralbern sie mich. Ich meinen das mit dem Knoten. Sie plustern sich auf. Stimmt doch, oder?«, Sie schüttelte den Kopf: »Nein. Das stimmt. Das mit dem Knoten ist simpel. Wenn man einen Knoten bindet, befindet sich das Ende immer dort, wo man am stärksten ziehen kann. Und das ist nun mal die Führungshand. Wenn Werle die Schlinge selbst gebunden hätte, wäre das Ende rechts gewesen. Er war Rechtshänder, was bei seiner Vernehmung und vor allem seinem Zigarettenkonsum leicht festzustellen war. Die Finger seiner rechten Hand sind vom Zigarettenrauch gelb gefärbt. Er selbst hat also die Schlinge nicht gebunden. Das war wohl sein Mörder.«

40. Kapitel

Aber warum sollte der Mörder Werle erst betäuben? Darüber dachte Helene nun schon eine Weile nach. Sie trat auf die Straße und sah sich um. Einige Männer kamen mit einem Pferdefuhrwerk von der Feldarbeit zurück. Müde trottete der braune, stämmige Gaul vor dem Wagen her.
Der Mörder musste ein kräftiger, durchtrainierter Mensch sein. Auch wenn er im Kampf gegen Werle gestanden hätte, zöge der schmächtige, kurzatmige Maurice Werle sicher den Kürzeren. Also warum diesen Umweg über einen Giftbecher? Da ergab doch keinen Sinn. Entschlossen schwang sie ihre Handtasche über den Arm und ging los.
Im Vorübergehen sah sie noch einmal um die Ecke, hinter der Philippe vor kurzen noch an seinem Wagen geschraubt hatte. Beide waren verschwunden. Also lief das Ding wieder. Wenigstens etwas. Wenn sie einen Fahrer brauchte, bot sich Philippe regelmäßig an. Und in den letzten Tagen hatte sie

sich an die Annehmlichkeit, einen Wagen mit Chauffeur zu haben, gewöhnt.
Wenn er schon weg war, musste sie eben laufen. Das war auch nicht das Schlechteste. Nachdem sie sich die Tasse von der Halbach gesprochen hatte, angesehen hatte, konnte sie vielleicht noch bei Josef Treitz klopfen. Ein wohliger Schauer überlief sie bei dem Gedanken an seine warmen Hände. Er war ein toller Mann. Er war in den wenigen Tagen, die sie hier war, so präsent in ihrem Leben, dass sie ständig an ihn denken musste. Sicher war sie nicht, aber es konnte schon sein, dass sie sich etwas verliebt hatte. Auch wenn es für sie keine gemeinsame Zukunft gab.
Für eine Heirat hatte sie Philippe auserkoren. Sie konnte sich schon vorstellen, ihn zu heiraten. Wenn sie an ihn dachte, brannte es nicht so heiß in ihr, wie es bei Josef der Fall war. Dennoch mochte sie ihn. Und warum sollte sie nicht das Angenehme mit dem Nützlichen verbinden? Sie musste Karl Preuß nicht heiraten, wäre finanziell abgesichert und die wenigen Male, die sie mit ihm schlafen musste, könnte sie überstehen. Es bestand ja auch noch die Möglichkeit, dass die Liebe mit ihm trotzdem Spaß machte. Helene lächelte bei dem Gedanken. Die ideale Kombination wäre natürlich, Josef Treitz für ihr Bett, Philippe Lafleur für den Frühstückstisch. Außerdem klang der Name Helene Lafleur auch nicht schlecht.

Im Schatten einiger Häuser saßen einige Frauen auf einer Treppe und unterhielten sich über den täglichen Tratsch. Helene erkannte Frau Fritz, die Bäckerin und Rosemarie, Solanges Sekretärin, die sich angeregt mit den anderen Frauen unterhielten. Als sie grüßte, verstummte ihre Unterhaltung. Verlegen sahen sie in eine andere Richtung.
Langsam schlenderte sie weiter in Richtung Werles Haus. Sie wusste noch nicht einmal, ob es wirklich wichtig war. Der Mann war tot, und wenn Halbach in seiner Wohnung nichts gefunden hatte, dann gab es da nichts. Eigentlich war es vergebene Liebesmühe. Aber vielleicht sah sie etwas, was interessant war.
»Frau Kommissarin«, riss sie die Stimme eines Jungen aus ihren Gedanken. Langsam drehte sich Helene zu dem blonden Jungen um. Unwillkürlich musste sie lachen. Der Kleine glich einem blonden Frettchen mit strahlend blauen Augen. Helene kniff die Augen zusammen und zeigte auf ihrer Stirn die wunderbarsten Denkfalten. Dann fiel ihr ein, wo sie den Knaben schon einmal gesehen hatte. Er war einer von den drei, die Polina Stoch gefunden hatten.
»Frau Kommissarin«, setzte er erneut an, »Darf ich sie stören?« Helene lächelte: »Ich bin keine Kommissarin, mein Junge. Ich bin Polizeiassistentin. Wie kann ich dir helfen? Wie heißt du überhaupt?« »Paul, Frau Polizeiassistentin. Mein Name ist Paul Bennacker.«

»Hallo Paul«, sie streckt ihm die Hand hin, »Ich bin Helene.« Zögernd griff Paul nach der Hand und schlagartig wurde sein Gesicht puterrot. Helene konnte nur mit Mühe ein schallendes Lachen verkneifen.

Bisher war ihr noch kein so schmutziges Kind unter die Augen gekommen. Er trug ein Leinenhemd, dessen Farbe auch bei bestem Willen nicht mehr zu bestimmen war. Es schien, als hatten ganze Generationen von Pauls Brüdern schon darin gespielt. Von der Knopfleiste waren drei der fünf Knöpfe abgerissen und hatten das Weite gesucht. Der fadenscheinige Hemdstoff steckte in kurzen Hosen und gab zwei aufgeschlagene Knie zur Besichtigung frei. Seine Strümpfe, die normalerweise bis unter die Hosen reichten, waren bis zu den Schuhen heruntergerollt. Die Füße steckten in ausgetretenen Schuhen ohne Schnürsenkel. Wenn er weiterwuchs, würden sie ihm vielleicht in einem oder zwei Jahren richtig passen.

Erlegen tappte er von einem Fuß auf den anderen. »Also Paul, was willst du von mir?« »Ich«, stotterte Paul nach einer Weile, »Fräulein, ich habe eine Frage.« Sie nickte auffordernd. »Ist es schlimm im Gefängnis?«, platzte Paul urplötzlich heraus. Helene sah ihn fragend an: »Ich weiß nicht genau. Aber ich glaube schon. Wahrscheinlich sogar. Wie kommst du denn darauf?« »Gestohlen«, er wurde kreidebleich. Mit gespielter Entrüstung sah

Helene ihn an: »Na, Paul. Was hast du gestohlen? Du kannst es mir ruhig erzählen. Dann entscheide ich, ob ich dich sofort einsperren muss oder ob wir noch etwas warten können.«
Unentschlossen sah er zu Boden. In ihm schienen zwei Stimmen zu brüllen. Die eine, die ihm riet zu fliehen, während die andere schrie, er solle doch wenigstens auf die Knie fallen und um Gnade zu bitten. Seine Schultern fielen mit jedem ihrer Worte weiter nach vorne. Zögernd sah er sich um. Mit einem Seufzer zog er einen Militärdolch aus seinem Hosenbund. Schuldbewusst hielt er ihn Helene hin.
Lächelnd nahm sie das fast ellenlange Messer. »Muss ich jetzt ins Zuchthaus?« »Ja«, nickte sie, »es wird wohl keinen anderen Weg geben!« Helene liebte es, Scherze auf Kosten anderer Menschen zu machen. Außerdem war Paul mit seinem schlechten Gewissen ein ideales Opfer für einen Spaß. Obendrein, vorausgesetzt, dass er den Dolch wirklich gestohlen hatte, war es ein Teil der Strafe, die ihn treffen musste. »Ich suche sofort den Polizeidiener auf. Der bringt dich ins Gefängnis nach Saarbrücken«, scherzte sie.
Sie sah ihm ernst ins Frettchengesicht. Paul liefen die ersten Tränen übers Gesicht. Sie konnte die saubere Linie sehen, die mit jedem neuen Tropfen scharfer und klarer wurde.
»Na, vielleicht gibt es doch noch einen letzten Ausweg«, sie kratzte sich mit der rechten Hand am

Kinn und versuchte nachdenklich zu wirken. »Nimm den Dolch und bring ihn dorthin, wo du ihn genommen hast. Und du entschuldigst dich bei dem Besitzer. Im Gegenzug drücke ich nochmal ein Auge zu.« Paul nickte und griff nach dem Messer. Er drehte sich um und begann zu rennen. Aber ebenso unvermittelt, wie er gestartet war, bremste er. Nachdenklich drehte er sich auf deinem Bein um: »Aber die ist doch tot. Darf ich ihn dann behalten?«

Helene sah ihn forschend an. Der Besitzer war also verstorben. Er hatte ihn aus dem Nachlass des Toten stibitzt. »Dreister, kleiner Mistkerl«, dachte sie.

»Na, dann kannst du dich ja nicht mehr entschuldigen. Bring ihn einfach so zurück und tu sowas nie wieder. Sonst ..., du weißt schon.« Paul nickte: »Ich tue so etwas bestimmt nicht mehr. Versprochen. Und das Messer lege ich wieder zurück.« Das verschmitzte Lächeln war wieder in sein Gesicht zurückgekehrt. Den optischen Gegensatz zu seiner Fröhlichkeit bildete jedoch sein nervöses Auf-der-Stelle-treten.

»Was ist jetzt noch?«, fragte Helene. »Wenn sie ihn aber doch nicht mehr braucht, kann ich ihn doch auch behalten. Sonst liegt er doch nur dort.«

»Paul«, Helene setzte sich auf den Mauervorsprung, der den Garten des Pfarrhauses eingrenzte, »dieses Messer gehört jemand. Wenn der Besitzer gestorben ist, gehört es den Erben. Weißt du, was das ist?«

Er nickte. »Gut. Kennst du den neuen Besitzer? Wer ist es? Wem gehört der Dolch jetzt? Und wo genau hast du ihn her?« »Na, gefunden habe ich ihn. Es lag doch bei der toten Stoch. Aber die braucht es doch jetzt nicht mehr.«

Für einen Schlag schien Helenes Herz auszusetzen. Im nächsten Moment stürmte es wie ein wütender Stier los. »Du hast den Dolch bei Polina Stoch gefunden?« »Ja, aber ...« »Paul, jetzt kein aber. Das ist ein wichtiges Beweismittel. Gib es mir.« Widerwillig hielt er den metallenen Gegenstand hin. Vorsichtig nahm sie ihn. Trotz der sommerlichen Hitze schien es ihr, als fröre der Dolch an ihren Händen fest. Was tat eine Frau wie Polina Stoch mit einem so riesigen Messer? Nein, gehörte mit Sicherheit dem Mörder. Zitternd betrachtete sie den Dolch in ihren Fingern. Das war vielleicht der Hinweis, den sie die ganze Zeit suchten. Die Welt um sie herum drehte sich plötzlich und versank in einem alles verschlingenden Nebel.

»Fräulein von Frankenberg? Geht es ihnen nicht gut?« Sie kannte die Stimme. Pfarrer Müller legte ihr zärtlich die Hand auf die Schulter. »Möchten sie ein Glas Wasser?« Sie schüttelte den Kopf. »Nein danke.« Plötzlich schnellte Müller herum und ging einen Schritt auf Paul zu.

»Verschwinde«, brüllte er ihn an, »du unnützer Bengel, du Ausgeburt der Hölle.« Helene konnte kaum seinen Bewegungen folgen, als er einen Stein, der hinter der Mauer gelegen hatte, aufhob und ihn nach dem Jungen warf. Nur durch seine enorme Reaktion konnte der dem Wurfgeschoss ausweichen. Paul preschte davon, als wäre der Teufel hinter ihm her. Er stürmte die Straße hinunter und verschwand mit einigen Staubwolken um die Ecke zum Friedhof hin.

»Dieser Lausbub hat nur Unsinn im Kopf«, schimpfte Müller, »Stellen sie sich vor, vor zwei Wochen hat er alle Kirchenbänke mit Pferdemist beschmiert. Und das am Sonntagmorgen, kurz vor der Messe. Das ist der Teufel in Menschengestalt.« Er machte eine schöpferische Pause. Mit einem Augenaufschlag sah er zum Himmel und faltete die Hände: »Hat er sie belästigt?« Er seufzte, als ruhe er sämtliche Last der Welt auf seinen Schultern. Helene schüttelte den Kopf: »Nein, er gab mir etwas.«

Sie hielt ihm den Dolch hin. Müllers Blick steifte nur einen Augenblick die verrostete Klinge: »Oh, ein französischer Militärdolch. Den haben Sie von dem ..., diesem Lausejungen? Ich frage mich, woher er den hat. Von seinem Vater sicher nicht. Der war ja zu fein für den Krieg.

Sie sah das Messer an. »Ein französischer Dolch? Sind sie sicher?« Er nickte. »Ja. Ich kenne diese Art Messer ganz genau. Ich war selbst im Krieg. Sie müssen wissen, dass ich nicht immer Pfarrer war. Es gab auch ein Leben vor meiner Zeit als Geistlicher.« Helene sah ihn ungläubig an: »Sie

kämpften im Krieg? Im Deutsch-Französischen?« Er nickte stolz.
Aber betrachten sie doch das Messer einmal selbst genauer. Die Klinge ist sichtlich alt. Und die Länge von fast zwei Handlängen ist auch ungewöhnlich. Niemand benutzt ein so langes Messer in Friedenszeiten. Wozu auch. Das ist viel zu unhandlich. Das taugt, um sich einen Gegner vom Leib zu halten. Für sonst nichts. Und für das Alter spricht auch die verrostete und narbige Oberfläche.«
Sie nickte und hielt das Messer näher an ihre Augen. Undeutlich erkannte sie eine dilettantisch eingeritzte Gravur. Der Griff bestand aus dunklem, verwittertem Holz. Irgendjemand hatte grobe Vertiefungen in das Holz geschnitzt. Vielleicht wollte der Besitzer damit ein Abrutschen verhindern. Eine Ecke der Parierstange war abgebrochen. Müller zeigte auf den lilienförmigen Knauf. »Das ist auch ein Zeichen, dass es sich um eine französische Waffe handelt.«
»Darf ich ihn noch einmal näher betrachten?«, fragte Müller und streckte die Hand aus. Nur zu gerne wurde Helene den kalten Stahl los. Aufmerksam betrachtete er jedes Detail. »Die Gravur haben sie gesehen?« Er blickte Helene an. Sie nickte: »Ja. Aber ich kann es nicht lesen. Das ist recht dilettantisch reingekratzt.« Er stand auf und hielt die Klinge in die Sonne.

»Ich kann nicht mit Sicherheit sagen, was das für ein Gekritzel ist. Es scheint sich um ein ‚E' und ein ‚W' zu handeln. Genau kann ich es nicht erkennen.« »Ich habe es auch so gedeutet. Wenn sie es ins Licht halten, könnte es aber auch alles andere sein.« Er hielt es noch einmal in einem anderen Winkel hin und schüttelte dann langsam den Kopf: »Ich denke, es sind die beiden Buchstaben.« »Was denken sie, kann ich mit dieser Erkenntnis anfangen?« Er hob die Schultern. »Keine Ahnung. Das kann alles sein. Ein Kampfort, Initialen, der Name der Geliebten, einfach alles.« Helene hob erstaunt die Brauen: »Niemand ritzt den Namen seiner Geliebten in einen Dolch und ermordet dann damit Menschen. Das ist doch krank.« »Sie wissen überhaupt nicht, was im Krieg alles gemacht wird.«

Müller setzte sich neben sie. »Gut. Fangen wir mal vorne an«, sie lächelte ihn ratlos an, »die Geliebten kennen wir nicht. Auch die Orte, an denen gekämpft wurde. Wenn es jedoch Initialen sind, dann können wir damit weiterkommen.« Sie nahm ihm die Klinge aus den Händen und sah noch einmal genauer hin: »Sie sind ja jetzt schon einige Zeit hier Pfarrer.« Er nickte: »Seit 1884.« »Oh. Mein Geburtsjahr.«
Er lachte: »Da sehen sie mal, wie alt sich schon bin.« »Wenn sie schon so lange hier sind, kennen sie ja jede Menge Menschen, die in Rossbrücken leben oder gelebt haben. Es interessieren mich

jetzt nur die Franzosen.« Er hob die Hände: »Jetzt sind sie ein wenig voreilig. Es könnte ja auch ein Deutscher sein, der den Dolch im Krieg erbeutet hat.« Sie schüttelte den Kopf. »Ich hoffe, dass alles, was ich ihnen erzähle, unter uns bleibt.« Er nickte: »Natürlich. Ich will auch, dass dieser Mensch gefasst wird.« »Gut. Wir haben am Haus von Magdalena Bellaire den Abdruck eines französischen Militärstiefels gefunden. Und dass ein Deutscher den Dolch und die Stiefel eines Franzosen nutzt, ist nahezu ausgeschlossen.«

»Das stimmt wohl.« »Welche Franzosen kannten sie mit diesen Initialen.« Müller zuckte mit den Schultern und dachte nach: »Der Krieg ist jetzt schon über dreißig Jahre vorbei. Und bei allem Überlegen. Ich kann mich nicht daran erinnern. Das ist wie weggewischt. Und heute lebt hier kein Mann mit den Buchstaben im Namen.« Er stand langsam auf und ging einige Schritte.

»Warten sie. Es gab einmal einen Mann mit einem solchen Namen hier. Ganz zu Anfang meiner Zeit hier kannte ich jemanden. Wobei der Begriff ‚Kennen' eigentlich zu viel sagt. Sein Name war Etienne Werlé. Aber der ist bestimmt schon fünfzehn Jahre tot. Möglicherweise auch länger. Übrigens kannten sie seinen Sohn Maurice. Tragische Sache!« Helene starrte ihn entgeistert an.

»Maurice Werle ist der Sohn von Etienne Werlé? Aber wieso nennen sie ihn Werlé? Der junge Werle hat uns seinen Namen ohne Accent genannt.« »Ach, das ist leicht erklärt. Werlé wurde als Franzose geboren und kämpfte im Krieg auf französischer Seite. Nach der Besetzung durch die Deutschen hat er den Namen Werle germanisiert. Er dachte, so hätte er es leichter. Viel genützt hat es ihm aber nicht. Er ist bei einem tragischen Unfall ums Leben gekommen.«

Elektrisiert stand Helene auf. »Danke«, rief sie Pfarrer Müller zu und drückte ihm einen Kuss auf die Wange, »Sie haben mir wirklich geholfen!« »Fräulein von Frankenberg, zügeln sie sich«, lachte er hinter ihr her.

41. Kapitel

Helenes Herz überschlug sich fast, als sie zu Werles Haus rannte. Sie spürte die Sonne in ihrem Nacken auf der Haut brennen, die schweißnasse Bluse, die an ihrem Körper klebte. Ihr Rock klebte feucht an ihren Beinen und behinderte sie beim Rennen.

Ihre Gedanken rasten. Vielleicht hatte Werle doch etwas mit dem Verschwinden der Frauen zu tun? Seit dem Gespräch mit Müller gab es Anzeichen, die dafür sprachen. Aber so ganz konnte sie nicht an seine Schuld glauben. Wenn er der Täter war, saß Anne Pfaff irgendwo ohne Nahrung oder Wasser. Sie musste das Mädchen finden.

Und ausgerechnet heute war Halbach wieder einmal in seiner Mission d'amour unterwegs. Philippe schoss ihr durch den Kopf. Ihn hatte sie seit heute Morgen nicht mehr gesehen. Möglicherweise wurde er auf der Baustelle gebraucht. »Wenn ich mal jemanden brauche, hat niemand für mich Zeit«, fluchte sie. Es gab noch Josef Treitz. Aber um diese Zeit war das Geschäft geschlossen. Und es konnte wirklich jede Minute wichtig sein. Martin Bonnet? Den Gedanken, sich an ihn zu wenden, verwarf sie im gleichen Moment, als sie ihn dachte. Jetzt war sie alleine gefordert.
Dann war sie da. Vor ihr stand Werles Haus. Es lag still und verlassen da. Zwei pechschwarze Krähen saßen dicht beieinander auf dem Dachfirst und hackten einander mit den Schnäbeln. Ein Schauer überlief Helenes Körper. Sie mochte diese schwarzen Gesellen mit ihren dunklen Augen nicht. Die schiere Anwesenheit dieser Vögel ängstigte sie. Aber es gab jetzt kein zurück mehr. Jetzt gab es nur noch eine Richtung. Vorwärts!
Sie atmete noch einmal tief durch und ging dann zur Tür. Aberglaube hin oder her, jetzt gab es kein Platz mehr dafür. Vorsichtig schob sie die zerbrochene Tür, die Halbach eingetreten hatte, auf. Einige Augenblicke stand sie vor der Tür und lauschte ins Dunkel des Flurs. Alles war still. Wenn Anne Pfaff hier gefangen gehalten wurde, warum schrie sie dann nicht? Hier mitten im Ort würde sie doch sicher jemand hören. Tagtäglich

gingen Menschen von und zur Bahn vorbei, fuhren Fuhrwerke entlang.

Düster umfing sie das spärliche Licht, als sie in den Hausflur trat. Einen Schritt nach dem anderen führte sie weiter ins Reich des Totenhauses. Ein mulmiges Gefühl breitete sich wie eine ansteckende Krankheit in ihr aus. Sie fühlte sich, als beobachteten sie tausend Augen. Sie fröstelte. Unsicher drehte sie sich um und sah zurück in den Flur. Er war leer.

Erleichtert atmete sie auf. Was erwartete sie auch sonst? Der Besitzer war tot. Wer sollte hier sonst sein? Sein Geist? Das war ja albern. Hier gab es nichts, wovor sie sich fürchten musste. Jedoch war das leicht gesagt. Wenn sie auf den Friedhof ging, um ihre Oma zu besuchen, war dieses unsinnige Gefühl genau so stark. Obwohl sie genau wusste, dass es nichts zu fürchten gab. Die Menschen hier waren tot und gestorben. Weggewischt von der Erde. Und an so etwas wie Geister glaubte sie ohnehin nicht. Das entbehrte jeder Grundlage. Und was wissenschaftlich nicht zu erklären war, gab es nicht.

Die windschiefe Eingangstür lief langsam zu. Helene fasste all ihren Mut zusammen. Sie zwang sich zum ersten Schritt in die Küche. Ein fauliger, schimmliger Geruch nahm ihr schlagartig den Atem. Dieser Raum war nicht weniger dunkel als der Flur. Die Fensterscheiben waren fast undurchsichtig vom Dreck, der in den letzten

Jahren auf ihnen eine Heimat gefunden hatte. Mehr als die Dunkelheit plagte sie die stinkende Luft. Sie hielt den Atem an. Im gleichen Moment fragte sich, mit was sie gerade ihre Lungen gefüllte hatte? Entschlossen presste sie die Lippen aufeinander und riss die beiden Fensterflügel auf.

Die hereinströmende Sommerluft schlug ihr heiß entgegen. Noch angenehmer als die frische Luft, fand sie das eindringende Licht. Endlich konnte sie wieder etwas sehen. Und das war auch dringend nötig.
Kurz stutzte sie. Als sie Halbach hier fand, waren die Fenster geöffnet. Wer hatte sie geschlossen. Bonnet vielleicht. Sonst durfte niemand in Werles Haus. Es war schließlich ein Tatort. Oder doch so etwas Ähnliches. In diesem Moment half ihr Grübeln nicht. Wenn sie wieder zurück war, konnte sie das immer noch klären.
Helene sah sich um. Überall lag etwas Schmutziges. Als sie zum Herd ging und in den riesigen Topf sah stieg Übelkeit in ihr auf. Kartoffelreste, Schalenstücke und allerlei undefinierbare andere Sachen klebten an der Kesselwand und schimmelten fröhlich vor sich hin. Der Besitzer lag noch immer tot beim Bestattungsunternehmer. Aber schon nahm jede Menge anderes Leben sein Haus in Besitz.
Angeekelt wendete sie sich ab. Auf dem Tisch stand die Tasse, von der Halbach am Morgen gesprochen hatte. Die dickflüssige, grüne Flüssigkeit hatte

einen deutlich sichtbaren Kranz an die Innenseite der Tasse gemalt. Helene nahm das Blechgefäß in die Hand und schüttelte es etwas hin und her. Die Befürchtung, am Schmutz kleben zu bleiben, schien unbegründet. Auf das Schlimmste gefasst, senkte sie ihre Nase in die Öffnung und roch daran. Der Duft von Pflanzen kitzelte ihr in der Nase.
Als sie ein Mädchen war, nahmen sie ihre Brüder oft an die Tümpel in der Umgebung von Saarbrücken mit. Von den abgestandenen Pfützen stieg ein ähnlicher Gestank auf. Sie ekelte sich vor dem glibberigen Zeug. Aber sie musste herausfinden, ob es giftig war. Wenn sie nur eine winzige Menge davon probierte, brächte sie das wohl nicht um. Vorsichtig tauchte sie den Finger in die grüne Brühe. Noch einmal atmete sie tief durch, dann steckte sie ihn in den Mund.
Erstaunt leckte Helene noch einmal an ihrer Fingerspitze. Das grüne Geglibber schmeckte süß. Sie freute sich, denn sie liebte Süßes. Aber schon einen Augenblick später erschrak sie sich fast zu Tode. Ihre Zungenspitze wurde taub. In nur wenigen Sekunden breitete sich die Taubheit über ihre Zunge im gesamten Mund aus. Sie erfasste die Innenseiten ihrer Wangen. Selbst ihr Kiefer reagiert nicht mehr auf die Befehle, die er erhielt. Panik griff nach ihr. Speichel tropfte über ihre Lippe und fiel auf ihre Bluse. Es konnte, nein es durfte nicht sein, dass nur wenige Tropfen der Flüssigkeit so extrem wirkten.

»Ein Tuch«, schoss ihr der unsinnige Gedanke durch den Kopf, »Ich muss mir den Mund abzuwischen. Wenn mich jemand so sieht. Wenn Philippe mich so sieht.« Verzweiflung und Verwunderung über ihre Gedanken breiteten sich in ihr aus.
Aus welchem Grund dachte sie in einem solchen Moment an Philippe Lafleur? Sie beschlich das Gefühl, das er in diesem Moment ganz nahe war. Erschrocken sah sie sich um. Natürlich war hier niemand sonst.
Helene hastete zum Küchenschrank und riss die Türen auf. Ihre Finger durchwühlten alles auf der Suche nach ...? Was suchte sie eigentlich? Plötzlich spürte sie, wie ihr Brustkorb zusammengepresst wurde. Sie versuchte sich zu wehren und um sich zu schlagen. »Schrei um Hilfe«, brüllte ihr Hirn, aber es gelang ihr nicht. Etwas nahm ihr den Atem und hinderte sie daran. Während ihr Geist langsam wegglitt, fühlte sie den stinkenden Lappen vor ihrem Gesicht. Sie sah die haarige Männerhand, die ihn vor ihre Nase presste. Sie spürte den Körper hinter sich. Dann kam die Schwärze und riss sie in die Tiefe.

42. Kapitel

Schwarze Dämonen flogen in ihren weiten, wehenden Umhängen durch den kleinen, engen Raum. Helene wunderte sich, dass sie an keiner der Wände anstießen. Allmählich wurde das Licht heller. Es erinnerte sie zunehmend an einen Sonnenaufgang. Aber sie fühlte sich nicht wie an einem gewöhnlichen Morgen. Heute presste eine bleierne, lähmende Schwäche ihren Körper fest auf ihr Bett. Helene versuchte, ihre Augen zu öffnen. Ihre Pupillen schienen mit einem schmierigen Film überzogen zu sein. Alles vor ihr verschwamm zu einem milchigen Brei, aus dem sich erst nach und nach Einzelheiten in den Vordergrund schoben. Das war nicht ihr Zimmer und auch nicht ihr Bett. Wie automatisiert fiel ihr Josef Treitz ein. Aber die Unterlage, auf der sie lag, war nicht das Sofa in der Apotheke. Sie glich einem Feldbett, das in der Mitte eines düsteren Raumes stand. An einer der Wände, nahe bei der Tür, standen ein Tisch und zwei Stühle aus rohem, schlecht gezimmertem Holz. Sie versuchte, den Kopf zu heben. Vorsichtig versuchte sie, sich aufzusetzen. Nur einen Augenblick später kippte sie auf die Liege zurück. Noch reichte ihre Kraft nicht aus.

Sie starrte an die Decke. Ihr Atem floss nur schwer in ihre Lungen. Sie hatte das drängende Gefühl, diesen Raum zu kennen. Eventuell war er ihr in einem Traum erschienen? Diese Déjà-vu Momente hatte sie oft. Irgendwann schob sich dann die Erinnerung an eines dieser Fantasiegebilde in ihr wirkliches Leben. Sie erkannte plötzlich Orte und Personen, die sie noch nie gesehen hatte.

Helene tastete die Liegefläche ab. Ein rauer Stoff trennte ihren Körper von der Pritsche. Was

sicherlich gut war. Die vielen, verkrusteten Stellen, die sie ertastete, ließen ihr einen Schwall Ekel über ihren Körper laufen. Ihre Hand wanderte weiter. Verzweifelt suchte Helene eure Möglichkeit, die ihr helfen konnte, ihnen Oberkörper aufzurichten. Ihre Finger ertasteten die Stützen der Liege, das Gestell, das wie alles andere auch, aus Holz bestand.
Da! Endlich fand sie Halt an einer der Querstreben und drückte sich nach oben. Ihr Herz hämmerte wie wild von der Anstrengung. Sie konnte es schaffen. Dieses triumphierende Gefühl, es ohne Hilfe in die Senkrechte zu schaffen, verschwand fast zeitgleich mit seinem Erscheinen. Zentimeter, bevor sie aufrecht saß, gab die Strebe nach und krachte scheppernd zu Boden. Helene stürzte nach hinten. Einen Wimpernschlag später schlug ihr Kopf mit ungebremster Wucht auf die dünne Matratze auf. Ein stechender Schmerz durchschoss sie, als ihr Hinterkopf auf den Bettrahmen traf. Tränen schossen ihr in die Augen. Sie schloss die Lider. Jetzt nur einen winzigen Moment schlafen, brüllte ihr Verstand. Im Geiste lächelte sie. Alles in ihr wurde warm und das brüllende Stechen in ihrem Schädel löste sich langsam in eine angenehme Anspannung auf.
Nun war sie auch nicht mehr allein. Grinsend drehten die kleinen, dämonischen Flugkünstler wieder ihre Runden durch den Raum. Sie lachten gellend, flogen dicht über sie hinweg. Helene

erkannte schnell den Sinn des Spieles, das sie mit ihr trieben. Ihr Angst einzujagen, schien ihr Ziel zu sein. Aber damit hatten sie keinen Erfolg. Vor diesen Zwergen erschreckte sie sich nicht einmal. Da mussten sie schon tiefer in ihre Trickkiste greifen.
Einer von ihnen war besonders aufdringlich. Er packte sie am Arm und versuchte sie von ihrer Liege zu ziehen. Helene wunderte sich, wie stark er war. Mit aller Kraft zog sie in die Gegenrichtung. Aber er war zu stark für sie. Sie krallte ihre Finger in die Liege, aber sie hatte keine Chance gegen ihn. Sie begann zu weinen. Nicht aus der Verzweiflung, weil er stärker war als sie. Sein durchdringendes Lachen brachte sie zum Rasen.
Scheinbar mühelos zog er sie hinter sich her. Sie schrie, so laut sie konnte. Noch während ihr der Schrei aus der Kehle fuhr, wusste sie instinktiv: Gegen diesen hinterhältigen Mistkerl hatte sie jetzt schon verloren. Mit all ihrer verbliebenen Kraft hob sie die Augenlider und erschrak. Dieser Teufel war wirklich da. Schwarz und riesig stand er da, zerrte an ihrem Arm, und versuchte ihr eine Fessel umzulegen. Er drehte ihr den Rücken zu. Seine roten Haare schwangen bei jeder Bewegung wie die Locken eines Rauschgoldengels hin und her. Panisch sah sie sich um. Und in diesem Moment wusste sie es. Der, den sie suchte, war da! Noch schlimmer war: Er hatte sie in seiner Gewalt.

Helene, du musst hier raus, brüllte ihr Verstand. Weg von ihm, fort von ihrem Mörder. Wieder suchen ihre Finger einen Halt. Nur so konnte sie die Kraft aufbringen, um ihm ihren Arm zu entreißen. Aber dort unten, unter der Liege gab es nichts, was ihren Fingern einen Widerstand bot. Ihre Fingerkuppen suchten verzweifelt den Boden ab und stießen plötzlich gegen die herausgebrochene und herabgefallene Strebe. Mechanisch schloss sich ihre Faust um das knüppelförmige Holz. Schon im nächsten Moment krachte ihre provisorische Keule gegen den Kopf des Roten.

Vibrationen krabbelten wie eine Ameisenstraße über ihren Arm hinauf zu ihrer Schulter. Helenes Finger krallten sich noch fester um ihre Waffe. Sie sah ihn herausfordernd an. »So einfach bekommst du mich nicht«, brüllte sie, während er aufstöhnte und einen Schritt zurück taumelte. Sie staunte über die wiedererwachende Kraft, als ihr Oberkörper erneut nach vorne schnellte. Ihr trat der Schweiß auf die Stirn, als sie zum zweiten Mal zuschlug.

Es schien, als sei sie Knall auf Fall aus der Zeit und dem Dasein herausgeschleudert worden. Alles, was jetzt geschah, war so stark verlangsamt, dass sie jede Einzelheit wahrnahm. Gerade wollte er sich umdrehen. Die aufgerissenen Augen des Roten verdrehten sich vollkommen unnatürlich, als ihn das Holz an der Schläfe traf. Helene spürte einen eisigen Hauch auf ihrem Körper, als er nicht fiel.

Er streckte die Hände nach vorne, versuchte sie zu fassen. In diesem Moment dankte sie Gott, dass er die Zeit gedrosselt hatte. In aller Ruhe konnte sie den Oberkörper zur Seite drehen. Er strauchelte und griff ins Leere.

Im nächsten Moment stand Helene neben der Liege und schwang die Keule wieder. Sie sauste auf ihn zu und instinktiv wusste sie, dass nun das Ende ihres Kampfes gekommen war. Sie erschrak, als er wider Erwarten den Arm nach oben riss. Der Prügel verfehlte sein Ziel nur um Haaresbreite. Erstaunt beobachtete sie ihren Arm, den Knüppel in ihrer Hand.

Im gleichen Augenblick ließ ihr Helfer im Himmel die Zeit wieder los. Sie sah dem Schwung ihres Holzes nach. Sie versuchte noch, es abzubremsen. Aber es war zu spät. Bevor sie es richtig verstand, traf das Holz die Petroleumlampe. Scheppernd flog sie quer durch den Raum und zerplatzte an den Steinen der Wand. Einen Wimpernschlag lang leuchtete sie grell auf, dann lag der Raum im Dunkeln.

Erschocken trat sie instinktiv einen Schritt nach hinten. Sie stieß mit dem Hintern gegen den Tisch und verschob die Stühle um ein winziges Stück. Das Geräusch des Holzes, das über den nackten, rauen Steinboden rutschte, schien die Dunkelheit und die Stille zu zerreißen. Sie schlüpfte an dem Hindernis vorbei und prallte gegen die Wand. Der kalten Stein der Mauer in ihrem Rücken gab ihr ein wenig

Sicherheit. Wenn er sie haben wollte, dann musste er kommen. Sie würde sich bis zum letzten Atemzug verteidigen. Selbst wenn es das Letzte war, was sie im Leben zustande brachte. Sie wog die Keule in ihrer Hand. Eine Waffe zu besitzen, beruhigte sie zusätzlich. Sollte er kommen. Sie war bereit.
Helene versuchte, geräuschlos zu atmen. Die Stille, die über dem Raum lag, war gespenstisch. Noch dazu war es vollkommen dunkel. Ihre Gedanken rasten. Momentan war sie sicher. Hier im Dunkeln wagte er sich bestimmt nicht noch einmal an sie heran. Aber sie konnte nicht ewig hier rumsitzen. Sie musste wissen, wo sie sich befanden. Das schien ihr im Augenblick die wichtigste Frage zu sein.
Vielleicht war es ebenso wichtig, zu wissen, wo er sich aufhielt. Als sie ihn zum letzten Mal sah, bildete er eine unüberwindliche Bastion zwischen ihr und der Tür. Wenn er noch dort saß, kam sie nicht raus. Die Fenster waren vernagelt und außerdem so hoch, dass sie nicht einmal ohne die Gefahr, die von ihm ausging, hochsteigen könnte. An einer der Wände waren noch zwei weitere Türen. Vielleicht ging es dort ebenfalls nach draußen?
Sie musste abwarten und durfte nicht die Geduld verlieren. Die Situation hier war wie beim Schach. Jeder Zug musste bis ins Kleinste durchdacht werden. Hektik half ihr in diesem Moment nichts. Und sie musste wissen, wer er überhaupt war. Sie wurde das Gefühl nicht los, das Gesicht des Täters

zu kennen. Sie hatte ihn nur einen Wimpernschlag lang gesehen, aber das Bild war in ihrem Gehirn abgespeichert. In einer rasenden Geschwindigkeit versuchte ihr Verstand den Abgleich mit den Menschen, die sie hier kennengelernt hatte.
Sie lauschte in die Dunkelheit. Für einen Moment glaubte sie, sein Atmen zu hören. Es klang nicht allzu nahe. Wenn er näher kam, gaben ihr die Schrittgeräusche ein deutliches Zeichen.
Die Erkenntnis, dass derjenige, der sich zuerst bewegte, den Kürzeren zog, beruhigte sie. Für sie stand fest, dass die Zeit für sie, und gegen ihn arbeitete. Irgendwann suchten Halbach und Philippe Lafleur nach ihr. Jetzt hieß es, die Stunden bis dahin auszusitzen. Und gleichzeitig die Nerven zu behalten.
»Willst du nicht aufgeben? Dann haben wir es hinter uns und alles wird wieder gut.« Seine Stimme ließ ihre Gedanken wie eine Seifenblase zerplatzen. Schlagartig wurde ihr beim ersten gesprochenen Ton klar, wonach sie in der Erinnerung suchte. »Valerie Hauss?«, fragte sie erstaunt. Abfällig blies er die Luft zwischen seinen Lippen hindurch. »Die ist schon lange tot. Ich bin Jean-Marie Hauss, der Bruder dieser Schlampe«, er lachte schallend, »Und sie, Fräulein Oberwichtig, sie standen direkt vor mir und merkten nichts.«
Helenes Herz preschte plötzlich los. Sie schloss einen Moment die Augen, riss sie aber sofort

wieder auf. Wenn sie es bemerkt hätte, wären heute zwei Frauen noch am Leben. Wenn? Seine Täuschung war so gut, dass sie es eben nicht bemerkt hatte. Und Philippe auch nicht. Deshalb half nun auch kein ‚Wenn' mehr.

»Sie sehen aber, dass ich Recht hatte.« »Mit was?« »Als ich sagte, dass Weiber nicht zu den Polizisten gehören können. Sie sind zu blöd, um einen Mann von einer Frau zu unterscheiden. Ich wette, ihr dicker Kollege hätte es sofort bemerkt. Nur eben sie nicht.« Er schwieg.

»Aber eins muss ich ihnen lassen. Sie haben es bis hierher in den Keller geschafft. Nur schade, dass sie von dem Triumph nichts mehr haben.« »Ach, halten sie ihr Maul. Sie sind doch ein Spinner. Und spielen sie sich nicht so auf. So toll, wie sie jetzt tun, sind sie nicht. Sehen sie sich doch mal an, wie viele dumme Fehler sie gemacht haben.«

»Ach ja? Welche den? Auch wenn sie jetzt große Sprüche schwingen. Sie fanden doch nicht den geringsten Hinweis. Nichts, dass zu mir geführt hätte.« »Pffft«, pustete Helene, »bringen sie mich nicht zum Lachen. Was ist den mit dem Schuhabdruck? Und ich wusste, dass sie rothaarig sind. Und dass sie Werle ebenfalls umgebracht haben. Und wenn wir bei Fehlern sind, was ist mit Magdalena Bellaire und Berta Wild? Wenn sie mir jetzt sagen, dass diese Verbrechen so laufen

sollten, muss ich laut lachen. Sie, Valerie oder wie immer sie auch heißen, sind ein Versager.«
»Blöde Schlampe«, brüllte er und schlug mit der flachen Hand auf den Boden, »Rothaarig oder nicht. Nichts hattest du. Überhaupt nichts.« »Genau. Nichts. Und das Messer, das sie verloren haben, bilde ich mir auch nur ein? Und dass ich wusste, dass sie Polina Stoch vergiftet haben? Und Werle betäubt? Alles nichts.«
»Na, lassen wir das. Damit du siehst, dass ich ein gutes Herz habe, einen Vorschlag, den du nicht ablehnen solltest«, begann er wieder das Gespräch, »Du gibst auf. Jetzt direkt. Dafür werde ich dich mit Mitgefühl behandeln. Ich verspreche dir einen schnellen Tod. Keinen Schmerzlosen, so ehrlich bin ich, aber doch den Umständen entsprechend rasch. Na, was sagst du?« Er lachte schallend. Helene zuckte erschocken zusammen. Ihre Ohren klingelten von dem ungewohnt lauten Geräusch. Aber halt! Da waren noch andere Geräusche. Hörte es sich an wie etwas Schleifendes? Oder narrte sie gerade die Angst? Schwerfällig ließ sie sich mit dem Rücken am Stein der Mauer hinabrutschen. Wenn er nun kam, suchte er sie sicher nicht auf dem Boden.
»Sie sind verrückt«, sagte sie und versuchte selbstsicher zu klingen. »Oder glauben sie, dass es so einfach für sie wird. Dann sind sie einfältiger als ich bisher dachte. Ich habe ihnen schon einmal eine verpasst.« »Huh, das macht mir Angst«, spottete er, »Fräulein Wichtig aus der

Großstadt droht dem Franzosenbengel Prügel an. Beeindruckend!« »Naja, einmal hat es ja schon geklappt. Vielleicht gelingt es mir ja wieder«, schoss sie ihm ihre Giftpfeile entgegen. Er schwieg.

Helene lauschte in die Dunkelheit. An seiner Stimme konnte sie gut seinen momentanen Standpunkt lokalisierten. Sie musste ihn nur in ein Gespräch verwickeln. Wie bei allen größenwahnsinnigen Menschen gelang das am besten, wenn man sie mit ihren Taten prahlen ließ.

»Was ist mit Valerie passiert?«, fing sie an zu fragen. Er schwieg eine Weile. Nur sein Atmen drang durch das Dunkel zu ihr. »So ohne Probleme ist das nicht zu erklären. Das ist eine lange Geschichte.« »Toll. Zufällig steht mir gerade jede Menge Zeit zur Verfügung.« Helene fühlte ein Lächeln über ihre Lippen huschen. Das ging ja leichter als sie gedacht hatte.

»Siehst du. Da sind wir mal wieder unterschiedlicher Meinung. Ich glaube nämlich nicht, dass dir noch sonderlich viel Zeit bleibt. Aber gut. Ich erzähle dir, was mit meiner Schwester geschah.« Eine Pause trat ein. Die plötzliche Stille lag wie ein dunkles, drückendes Tuch auf dem Raum und schien sie ersticken zu wollen. Wieder nahm sie als einzig wahrnehmbares Lebenszeichen das leise, kaum zu hörende Schaben wahr. Helene spürte, als sich ihre Ohren in Richtung des Geräusches drehten. Wie gut sich ein menschlicher Körper an das Leben in vollkommener Dunkelheit anpassen konnte.

Wie ein Pistolenschuss zerriss sein erstes Wort die Stille. »Um es dir verständlich zu erklären, muss ich in meiner Kindheit anfangen. Willst du es hören?« Helene nickte. »Ja, natürlich. Ich lüge, wenn ich behaupte, ich hätte etwas anderes zu tun.« Kaum sog die Finsternis das letzte ihrer Worte auf, hörte sie wieder dieses Schaben. Das Rutschen eines Körpers über den Boden.

»Mist, dieses Schwein nutzt meine Redezeit, um sich an mich heranzumachen.« Ihre Hand krallte sich fester um ihren Holzknüppel. Ihre Waffe lag bereit. Sie drückte sich noch enger in die schützende Ecke.

»Ich war noch ein kleines Kind, da begann die ganze Sache. Mein Vater mochte mich sehr. Verstehst du, was ich meine?« Seine Stimme klang plötzlich näher als eben noch. Aber Helenes Plan reifte in ihr. Dazu musste sie ihn nur reden lassen. »Das ist doch schön«, antwortete sie, »mein Vater liebte mich auch. Und er liebt mich immer noch. Hier unterscheiden wir uns. Mein Vater sitzt zuhause und wartet auf mich. Dieses Glück ist ihnen ja leider nicht mehr vergönnt.«

Sie hörte seinen Atem rasen, dann brüllte er los: »Ach, Glück? Sie reden vielleicht einen Mist. Du, Fräulein Oberschlau, verstehen nicht das Geringste. Überhaupt nichts kapierst du! Wenn ich sage, er mochte mich sehr, dann meine ich das

nicht so. Oder ist dein Vater nachts zu dir ins Bett gekrochen? Und hat er die schlimmsten Sachen mit dir gemacht? Doch wohl nicht. Dieses Schwein!« Schlagartig schwieg er. Helene war nicht sicher, ob das hysterische Schreien oder die Stille schwerer zu ertragen war.
»Das tut mir leid«, flüsterte sie. »Ach, es tut dir leid? Einen Scheiß tut es dir. Aber ich habe gekämpft und es überlebt. In manchen Nächten gelang es mir, zu schreien. Dann würgte er mich, bis ich die Besinnung verlor. Er drückte mir so lange den Hals zu, bis ich in dieses schwarze Loch fiel. Wenigstens spürte ich dann nicht mehr, wenn er weitergemacht hat. Am Schlimmsten war, dass er es nur mit mir gemacht hat. Nie tat er meiner Schwester so etwa an. Sie war immer sein kleiner Engel. Verstehst du?«
Helene wusste nicht, was sie antworten sollte. Aus der Dunkelheit drangen Geräusche an ihr Ohr. Für einen Moment dachte sie, dass er weinte. Sollte sie sagen, dass es ihr leidtat? Es tat ihr wirklich in der Seele weh, wenn so etwas einem Kind angetan wurde. Aber rechtfertigte das sein Verhalten.
»Dann, Jahre später«, fuhr er fort, »Ich war vielleicht vierzehn oder fünfzehn Jahre alt, probierte ich aus Langeweile die Kleider meiner Schwester an. Das hatte ich schon einige Male vorher versucht. Damals fragte ich mich, ob das ihr Geheimnis war. Die Tarnkappe, die meine

Schwester unantastbar machte. Einige Sekunden später wusste ich, dass sie mich auch nicht schützen konnten. Nachdem ich das Kleid übergestreift hatte, stand er in der Tür. An diesem Abend behandelte er mich besonders schlimm. Ich wusste in dem Moment ganz genau, dass ich in dieser Nacht sterben musste.« Sie hörte seinen gequälten Atem. Er schien unsagbar zu leiden.
»Und sie denken jetzt«, durchbrach Helene die alles verschlingende Stille, »dass die erlebten Gräueltater die Morde rechtfertigen? Sie sind eine Bestie, mein Lieber.« »Ich bin nicht dein Lieber. Und merk dir eines: Ich brauche mich für nichts zu rechtfertigen. Vor Nichts und niemanden. Hier bin ich in meinem Reich. Hier gelten nur meine Gesetze.« Sein plötzliches Anherrschen nahm ihr für einen Augenblick die Luft. Ein ungutes Gefühl breitete sich in ihrer Brust aus. Während des gesamten Gesprächs spürte sie zu keiner Zeit seine Nähe so präsent wie jetzt gerade.
»Sie sind ein Wahnsinniger. Sie werden sich für ihre Taten verantworten müssen. Ganz gleich, wo wir jetzt sind. Ich sorge dafür, …« »Ach, du wirst für überhaupt nichts mehr sorgen. Ich an deiner Stelle würde mir um mein eigenes Überleben Sorgen machen. Und da stehen deine Chancen verdammt schlecht. Also erzähl mir nicht, für was du alles sorgen wirst.« »Ich sorge dafür«, fuhr sie trotz der rüden Unterbrechung fort, »dass sie ihre gerechte Strafe erhalten. Und glauben sie mir, was

ich mir vornehme, tue ich. Sind sie überhaupt nicht unsicher, weil ich sie gefunden habe? Und auch wenn es ihnen gelingt, mich zu töten, kommen andere. Und wissen sie warum? Weil sie zu dumm sind, um ungeschoren davonzukommen.« Helene lachte auf. Sie musste den Lacher aus ihrer Kehle drücken und sie konnte nicht umhin, zu denken, dass er gekünstelt klang.
»Uh, du machst mir Angst«, spottete er, »auch wenn mich andere finden, was ich ausschließe, erlebst du es nicht mehr. Das ist zwar schade, aber unumgänglich. Aber du kannst sicher sein, wenn ich dir gleich den Hals zudrücke, deine Augen aus deinem wunderschönen Gesicht quetsche, wird mir eine Träne über die Wange laufen.« »Pah«, gab Helene zurück, »Für mich sind sie nicht mehr als ein Clown. Aber was ist mit ihrer groß angekündigten Geschichte? War das schon alles?« Sie nahm sein erregtes Atmen wahr und wusste, dass sie ihn getroffen hatte.
»Du verlangst nach Wissen. Das ist ehrenwert. So stirbst du nicht ganz so dumm. Aber es ist schon eine Ohrfeige für mich, dass mir ausgerechnet so ein dämliches Weib auf die Schliche gekommen ist. Auch wenn du mehr oder weniger in diese Situation hineingestolpert bist. Zurück zu meiner Geschichte. Jetzt kommt der schönste Teil. Ich nenne ihn meine Befreiung oder wie ich meinen Vater umbrachte.« »Moment«, unterbrach Helene sein Gespräch, »Pfarrer Müller erzählte mir, dass ihr

Vater bei einem Unfall ums Leben kam.« »Ach, der Pfaffe. Der ist doch einer der größten Hohlköpfe in Rossbrücken. Ich habe meinen alten Herrn erschlagen. Und das sage ich nicht ohne Stolz. Am Morgen nach der letzten Vergewaltigung fuhren wir auf eines unserer Felder. Es liegt dort unten nahe dem Wald.« Er lachte leise auf: »Dort wo du mit Treitz gevögelt hast. Und hier muss ich dir einen Vorwurf machen. Wenn du nicht so laut gebrüllt hättest, wäre Treitz dort gestorben. Dann hätten sie es auch schon hinter sich. Aber sie mussten ja rumschreien wie eine Furie.« Helene stockte der Atem. Sie hatte sich also nicht getäuscht.
»Sie waren das?« »Natürlich.« »Und sie haben auch den Bürgerwehrmann erschlagen.« »Uiii. Stopp. Das war ein bedauerlicher Unfall. Ich wollte Treitz noch erwischen. Aber ich war ein paar Schritte zu langsam und sah nicht, dass der Apotheker schon zur Tür rein war. Und dann stand da der Thierry Duclos. Von hinten sah er wirklich wie Treitz aus. Ich schwöre. Alle anderen Morde gestehe ich, Frau Superschlau, aber den nicht. Das war ein Unfall.«
»Nein. Mord ist Mord. Und sie haben Duclos umbebracht. Der geht auch auf ihr Konto. Aber zurück zu ihrer Geschichte. Sie waren stehengeblieben, als sie zum Teich fuhren.« »Ach ja. Meine Befreiung aus den Fängen der Bestie. Wir waren also kaum dort, als er schon zu brüllen anfing. Ich war noch nicht mit dem ersten Fuß vom Wagen, da klatschte mir schon seine riesige Pranke

ins Gesicht. Er prügelte mich windelweich. All die Jahre ertrug ich die Qualen, aber an diesem Morgen war es vorbei. Ich ballte die Faust und knallte sie ihm auf die Nase. Immer und immer wieder. Noch heute spüre ich sein warmes Blut und höre die Schreie. Immer ncoh spüre ich die Wärme seines Gesichts. Und ob du es glaubst oder nicht, es freut mich jeden einzelnen Tag meines Lebens. Und es wird mich noch freuen, wenn ich in fünfzig Jahren in den Himmel komme. Dann werde ich ihn für ewig im Höllenfeuer brennen sehen.«

Aus Helene fuhr ein unwillkürliches Lachen. »Sie glauben doch nicht, dass sie jemals ihren Schöpfer zu Gesicht bekommen. Nein. Sie brennen neben ihrem Vater im Feuer.« »Ach was. Du quasselst schon wieder dummes Zeug. Du kannst doch nicht seine Taten mit meinen ...«

Als sie seine Hand an ihrem Bein spürte, blieb ihr Herz für eine gefühlte Ewigkeit stehen. Wie eine Manschette wandten sich seine Finger um ihren Knöchel und er begann, erbarmungslos zu ziehen. Entsetzt schrie sie auf.

43. Kapitel

Instinktiv versuchte sie, ihr Bein zurückzuziehen. Seine Finger krallten sich wie Fleischerhaken in ihre Haut und er zog sie langsam, aber sicher, von ihrer schützenden Wand weg. In Helenes Ohren rauschte das Blut wie ein anschwellender

Wasserfall. Nur sein wahnsinniges Gekicher übertönte das dauerhafte Brausen noch.

»Na, und jetzt Fräulein Wichtig?«, seine Stimme überschlug sich fast, »Für was willst du jetzt noch sorgen?« Sein brüllendes Lachen drang aus der Dunkelheit zu ihr. »Nichts, überhaupt nichts wirst du tun. Und weißt du warum? Weil du gleich tot bist.«

Helene fiel rücklings hin und rutschte über den Boden. Ihr Rock rollte sich unter ihrem Hintern zu einer Art Wurst zusammen und unterstützte seine Bemühungen. Lediglich ihre Bluse schien dem Treiben etwas entgegensetzen zu wollen und krallte sich am Boden fest.

Verzweifelt versuchte sie Halt zu finden. Panisch glitt ihre Hand über den viel zu glatten Boden. Nicht eine einzige Rille bot ihr eine Möglichkeit, die Finger einzugraben. Lachend zog er sie aus der schützenden Ecke in die Mitte, die tödliche Zone, des Raumes. Mit jedem Zentimeter ahnte sie, dass er Recht hatte. Er hatte gewonnen. In wenigen Augenblicken legte er die Hände um ihren Hals. Dann würde er sie erwürgen. So, wie er es prophezeit hatte.

Mit jedem Zentimeter verrauchte ihre Zuversicht. Vielleicht war es vielleicht besser, sich in sein vorgesehenes Schicksal zu fügen. Wenn sie einfach die Gegenwehr einstellte, konnte sie noch Hoffnung haben, dass es schnell ging. Tat es weh, wenn man starb? Lag der Moment, in dem die Seele aus dem

Körper wich, vor oder nach dem Tod? Und was kam dann? Gab es diese versprochene Welt, die uns alle angeblich nach unserem Ableben aufnahm, wirklich? Diese Fragen hatte sie sich noch nie gestellt. Noch vor einigen Stunden war ihr Tod so unendlich weit entfernt. Und nun?

Helene konnte nicht sagen, welches Gefühl sie zuerst erfasste. Spürte sie erst den Ekel, als ein stinkender Atem in ihr Gewicht schlug? Oder durchzuckte sie an erster Stelle der Schock, als ihre Fingerspitzen das Holz ihrer Keule berührten? Das schabende Geräusch, das durch das über den Boden schleifende Holzstück entstand, schien ihr schöner und wohlklingender als alles, was sie bisher gehört hatte. Schlagartig erwachte ihr Lebenswille wieder.

Sie sog tief den Atem in ihre Lungen. Die frische Luft trieb ihre Angst wie eine ängstliche Herde Schafe vor sich her. Es dauerte lediglich eine unmessbar kurze Zeitspanne, bis ihr Plan ausgereift war.

Wie ein Ringer wand sie ihren Körper und warf sich aus der Rückenlage auf den Bauch. Augenblicklich schoss ihr Arm, der eben das Holz gespürt hatte, nach vorne und schnappte zu. Ihr Herz raste, als sie es endlich zwischen ihren Fingern spürte. Im ersten Reflex drosch sie mit ihrer Keule nach hinten und traf seinen Körper, der sich siegessicher über sie beugte. Keinen Moment zu früh.

Sein Aufstöhnen war die Bestätigung, die ihre angeschlagene Selbstsicherheit brauchte. Ihre Muskeln krampften sich zusammen, als ihr Körper nach hinten schnellte. Wie der abgeschossene Pfeil eines Bogens das Ziel trifft, knallte das Holz auf ihren Angreifer. Ein Schmerzensschrei, wie sie bisher noch keinen gehörte hatte, entfuhr ihm und ging in ein wildes Fluchen über.
»Komm nur du Schwein«, brüllte sie und schlug ein weiteres Mal zu. Ein Stöhnen quittierte den Treffer. Sie riss ihren Arm so weit nach hinten, dass der oberste Knopf ihrer Bluse abplatzte. Dann drosch sie erneut auf ihn ein. Sie konnte das Geräusch seiner stolpernden Schritte genau verfolgen.
Jetzt war es an der Zeit, aus seiner Reichweite zu verschwinden. Ihre Finger krallten sich fest um die Waffe. Es war wichtig, dass sie wusste, wo er sich aufhielt. »Was ist los?«, schrie sie, »War das alles, was du kannst? Du trauriger Versager. Im Dunkeln anschleichen, dazu bist du imstande.« Während sie sprach, rutschte sie in die hinterste Ecke zurück.
»Du verdammtes Miststück«, brüllte er, »Du hast mir die Finger gebrochen. Du dreckige Schlampe.« Fluchend rutschte er gegen seine Wand. Wenn Helene die Geräusche richtig einschätzte, suchte er jenseits dem Feldbett Schutz.
»Na, was ist?«, unterbrach sie sein Jammern, »Noch lebe ich. Dieser Versuch ist wohl in die Hose

gegangen. Sie sollten daraus lernen.« »Ach, halt dein Maul. Du bist doch vollkommen verrückt.« Helene lachte. Sie wusste, dass sie ihn erneut getroffen hatte.
»Aber«, fuhr sie mit einem triumphierenden Unterton fort, »Sie wollten mir erzählen, was mit ihrem Vater geschah. Oder war das schon alles. Wundern würde es mich nicht, sie Maulheld.«
Er schwieg, aber Helene hatte das Gefühl, als könne sie sein Blut kochen hören. »Na los«, munterte sie ihn auf und achtete dabei genau darauf, dass es klang, als rede sie mit einem Kind, »Trauen sie sich. Es wird schon nicht so schlimm sein.« »Ja, spotte nur. Gerade hattest du Glück. Das wird nicht immer so sein. Aber gut. Ich erzähle weiter. Wo war ich stehengeblieben?« »Bei ihrer Heldentat. Als sie ihren Vater hinterlistig erschlagen haben.« Er lachte auf: »Ach ja, bei meinem Vater waren wir.« Eine kunstvolle Pause folgte. »Er schlug mich an dem Morgen ins Gesicht. Und ich schlug zurück. So lange, bis er auf der Erde lag und sich nicht mehr regte. Sein Atem floss schwach, aber ich wusste, falls er aufwachte, wäre ich der Dumme. Sie können mir glauben, was dann folgte, tat ich nicht gerne.« »Oh, sie haben Skrupel. Wie nett. Vielleicht sind sie ...« »Ach Unsinn. Skrupel? Ich musste dieses Schwein irgendwie weg bekommen. Du hast ja keine Vorstellung, was mir geblüht hätte, wenn er wieder zu sich gekommen wäre. Deshalb musste ich es zu

Ende. Weißt du, es ekelte mich immer an, wenn bei uns auf den Hof geschlachtet wurde. Und bevor du wieder anfängst, nein, ich habe kein Mitleid mit dem Viehzeug. Das ist mir egal, wie jemandem nur etwas egal sein kann. Aber die ganze Sauerei. Das Blut. Der Gestank nach Tod. Glaub mir, den Tod kann man riechen. Verstehst du? Das ist einfach nicht mein Element. Bei meiner Ehre, so etwas ist meiner unwürdig.«
Helene prustete laut los: »Na, da kann ich mich aber an etwas anderes erinnern. Was war mit ihrem letzten Opfer?« Er schwieg eine Weile. Helene konnte sein heftiges Atmen hören. Er schien erregt zu sein. Regte ihn sein Versagen auf oder die sexuelle Erregung?
»Das war ein Versehen«, schnaubte er plötzlich los, »Du solltest das Opfer sein. Ich habe mich einfach im Fenster geirrt.« Wieder schweig er einen Moment. Da Helene ihm aber keine Antwort gab, fuhr er mit einem süffisanten Unterton fort: »Wenn ich genau überlege, hast du die Frau auf dem Gewissen.«
»Spinnen sie nicht rum«, fuhr sie ihn an, »Sie quatschen dummes Zeug als einen sie ein altes Waschweib. Erzählen sie lieber, wie es mit Ihrem Vater weiterging.« »Schnautz mich nicht so an«, brüllte er, »Ich bestimme, ob ich erzähle oder nicht. Aber ich will dir deinen letzten Wunsch erfüllen.« Er nahm dramatisch tief Luft. »Mein Vater lag also da. Ich hatte Angst. Ja, ich

fürchtete mich wirklich. Nicht vor meinem Alten. Der lag tot vor mir. Ich hatte Angst vor der Polizei. Lachen sie jetzt nicht. Nicht vor Gestalten wie dir, sondern vor den richtigen Polizisten. Die würden mir doch niemals glauben, wenn ich erzählte, was er mir antat. Der Kerl hatte doch Narrenfreiheit, weil er im Krieg gekämpft hatte.
Deshalb durfte ihn niemand so einfach finden. Ratlos rannte ich in den Wald und suchte mir einen Knüppel. Einen richtigen Prügel. Den Rest kannst du dir denken.«
Bei dem Wort Prügel krallten sich Helenes Finger um ihr Holz. »Haben sie ihn erschlagen?« »Na klar. Was sonst? Aber ich glaube, er war sowieso schon hin. Ich drosch ihm die Keule auf den Schädel, als gäbe es kein Morgen mehr. So lange, bis ich sicher sein konnte, dass er die Augen nicht wieder aufmachte. Nun tauchte das nächste Problem auf. Was sollte ich mit dem Alten machen? Ich zerrte ihn kurzerhand in den Wald und platzierte ihn an einen Baum. Ich kann dir sagen, das war eine Sauerei sondergleichen. Ich besudelte mich über und über mit Blut.«
»Diese Geschichte hat ihnen jemand geglaubt? Selbst Bonnet könnte sich doch an den Fingern abzählen, dass hier etwas nicht stimmt.« »Nein, lass mich doch mal weitererzählen«, rief er euphorisch, »und unterbrich mich nicht andauernd.« Helene spürte, dass er die damalige Situation

erneut erlebte. »Ich rannte runter an den Teich. Das frische Blut aus den Kleidern zu waschen, bereitete mir keine Probleme. Aber weißt du, wie ekelig das ist, wenn du denkst, dass du nach Tod riechst? Mir ging es so. Der Blutgeruch hatte sich tief in meine Nase vergraben und wollte einfach nicht mehr verschwinden. Ich schrubbte an mir und meinen Sachen herum. Schließlich fiel mir die Lösung geradezu in den Schoß. Sicher erzählt du mir gleich, dass ich eingebildet bin, jedoch bis jetzt fiel niemand etwas auf. Ich erledigte dann schnell unsere Feldarbeit. Ich schwitzte wie ein Schwein. Meiner Mutter erzählte ich, Vater würde noch einige Dinge erledigen und erst später nach Hause kommen. Aber er kam nicht.«
»Suchte denn niemand nach ihm?« »Doch, natürlich. Aber erst am nächsten Morgen. Sie fanden ihn dann am Baum. Morlat und Bonnet fanden natürlich auch sofort die Lösung. Bei der Arbeit sei ihm ein loser Ast auf den Kopf gefallen und habe ihn erschlagen.« Er lacht auf. »Die Alte und Valerie flennten sich beinahe die Augen aus. Damit war aber erst des Trauerspiels erster Akt erreicht. Tage, nachdem dieser Mistkerl unter der Erde war, ertappte mich Valerie bei etwas, was sie nicht sehen sollte. Diese Furie schrie Zeter und Mordio. Sie brüllte, dass sie es der Alten erzählt. Also musste auch sie weg.«
»Jetzt machen sie mich neugierig. Was sah ihre Schwester?«, unterbrach Helene. »Nichts.

Jedenfalls nichts, was dich etwas angeht.« »Ach kommen sie«, flehte sie mit einem nicht überhörbaren Unterton, »erzählen sie der Tante von den bösen Dingen. Oder wollen sie jetzt kneifen? Sie brauchen sich nicht zu schämen. In ein paar Stunden bin ich doch sowieso tot.« »Ja, spotte nur. Aber du wirst sehen, wohin das führt. Wenn du es wissen willst, dann bitte.« Ob er die künstlerische Pause einlegte, um die Spannung zu steigern oder weil es ihm peinlich war, konnte Helene nicht sagen. Aber ihre Neugierde war geweckt. Was konnte so schlimm sein, dass er seine Schwester töten musste?

»In einem Punkt muss ich dir zustimmen. In ein paar Stunden ist es für dich ohnehin vorbei. Deshalb erzähle ich es dir. Aber erzähle es nicht weiter.« Er lachte bellend auf und schlug sich auf die Schenkel. »Damals lagerten einige Zigeuner hinter der Mühle. Ich nutzte die freie Zeit nach dem Tod meines Vaters, um ein bisschen herumzustreunen. Und plötzlich stand sie da. Sie hatte schwarzes Haar, fast so dunkel wie deines. Eine grazile Figur, ein wirklich schönes Mädchen. Sie war vielleicht zwölf, vielleicht aber auch schon vierzehn Jahre alt. Trotzdem war sie schon eine richtige Frau.«

»Nein, das ist jetzt nicht wahr«, platzte es aus Helene, »Sie haben sich nicht an einem Kind vergangen? Schämen sie sich nicht?« »Schämen? Warum?«, fragte er erstaunt. Dass sein Erstaunen echt war, hörte sie deutlich. »Die hat mich doch gelockt. Ich saß einfach nur so zwischen den Büschen und beobachtete sie. Sie sah doch so schön aus. Du kannst dir nicht vorstellen, wie gut sie roch, als sie an mir vorüberging. Ich musste einfach zugreifen. Daran bin ich nicht schuld. Sie wollte es doch selbst. Oder warum sollte sie so mit dem Hintern wackeln. Sie forderte mich doch dazu auf. Ich erfuhr später, dass sie Carmen hieß. Carmen! So ein schöner Name. Das ist doch ein schöner Name, oder?«

»Ja, wirklich ein schöner Name. Was ist mit ihr passiert?« »Hatte ich erwähnt, dass ich die freie Zeit nutzte und in den Büschen in der Gegend nach Weinbergschnecken suchte? Ich saß nur still da, als sie auftauchte. Sie suchte Holz. Und sie war alleine. Zuerst reizte mich nur ihr schöner Anblick. Nach kurzer Zeit spürte ich, dass ich sie besitzen musste. Ich war besessen von dem Gedanken, sie berühren zu können.« Er schwieg einen Augenblick. »Aber sie war doch noch ein Kind.« »Unsinn. Sie hatte Titten, die können mit jeder meiner anderen Weiber mithalten. Die war kein Mädchen. Aber es ist mir auch egal, wie sie darüber denken. Für mich war sie eine Frau. Und eines kann ich dir sagen. Unterbrich mich noch einmal, dann erzähle ich dir nichts mehr.«

»Ach, das ist doch Gewäsch. Sie sind doch keine Mimose, oder? Ein richtiger Kerl muss das doch wegstecken können. Sie sind doch ein richtiger

Kerl?« »Ja. Das bin ich. Und jetzt halten sie mal die Klappe und hören sie mir zu. Also, ich schnappte sie, als sie am Gebüsch vorüberging. So wie man ein Huhn, oder eine Taube, mit der bloßen Hand fängt. Es ging so leicht.« Helene stöhnte auf. »Verwenden sie keine solchen Metaphern. Ihre Opfer waren menschliche Wesen und keine Tiere. Im Augenblick erscheint es mir, dass sie das einzige Tier sind.« »Du weißt doch überhaupt nicht, von was du redest. Oder hast du schon mal gespürt, wie es sich anfühlt, wenn das Leben aus einer Kreatur weicht? Da ist es vollkommen egal, ob es ein Vieh oder ein Mensch ist. Das ist ..., ich kann es dir überhaupt nicht beschreiben. Du solltest es wirklich ausprobieren. Und ich garantiere dir, dass du es immer wieder willst. Das ist eine elementare Erfahrung. Die aus dem toten Körper entweichende Seele wird dich mitreißen und nie wieder loslassen.« »Ich befürchte«, versuchte Helene ihn wieder auf seine Geschichte zu lenken, »hier sind wir Beiden unterschiedlicher Meinung. Also wie ging es mit der schönen Carmen weiter?« »Na, was glaubst du? Die dumme kleine Schlampe fing wie besessen an zu schreien. Ich hatte Mühe, ihr den Mund zuzuhalten. Weißt du, das Leben ist kein Zuckerschlecken. Gerade wenn man noch Anfänger ist. Aber Versuch macht klug. Ich habe sie dann in unsere Scheune gezerrt und sie zu der Meinen gemacht.« »Was bedeutet das? Haben sie das Mädchen vergewaltigt?« »Vergewaltigt? Wie sich das

anhört. Asl wäre ich ein Tier.« »Da widerspreche ich ihnen. Sie sind viel schlimmer als ein Tier. Kein Tier täte so etwas einem Anderen an.« »Ach, dummes Geschwätz. Das ist nicht so, wie der Name es weißmachen will. Ich, und nun will ich nicht prallen, bin ein wahrer Künstler in dem, was ich tue. In allen. Auch in dem, was sie so banal vergewaltigen nennen.«
Er nahm tief Luft und sie konnte hören, als er sich am Kinn kratzte. »Pass mal auf und denk mal scharf nach. Wenn das mit deinem Weiberhirn überhaupt möglich ist. Wenn ich dich in einigen Minuten schnappe und dich dann nehmen will, ist es dann eine Vergewaltigung? Ich sage ganz klar, Nein! Erst wenn du dich wehrst und ich fester zupacken musst, ist es das. Verstehst du das? Es wird erst eine Vergewaltigung, wenn du es dazu machst. Sonst nicht. Genau das habe ich allen meinen Weibern hier so erklärt. Was mich dabei am meisten verwunderte, war die Tatsache, dass sie sich bis aufs Blut wehrten. Sie verstanden meine Erklärungen vermutlich nicht, weil sie einfach dumme Frauen sind.«
»Sie spinnen doch. Die armen Dinger können sich doch nicht von ihnen vergewaltigen lassen und noch stillhalten.« »Jesus Christus. Von dir habe ich mehr Weitsicht erwartet. Wie hoch schätzt du die Wahrscheinlichkeit ein, dass ich bei so ein wenig Gegenwehr einfach aufhöre? Ziemlich gering. Du darfst nicht vergessen, dass ich hier der Chef

bin. Du und alle anderen wissen genau, dass ich viel mehr Kraft habe. Wäre es deshalb nicht besser, einfach mitzumachen und es zu genießen. Du genießt es doch auch, von einem Mann richtig gevögelt zu werden.« Er lachte schallend auf: »Ich sah es dir doch an, als ihr es am See getrieben habt.«
Helene spürte die Hitze in ihren Kopf schießen: »Ja. Ich habe es genossen. Aber Josef Treitz ist auch ein zärtlicher Mann.« »Zärtlicher Mann? Der Kerl ist nicht besser als ich. Der springt doch alles an, was nicht bei drei auf den Bäumen ist. Und du Dummchen bist auch auf ihn hereingefallen.« »Ach halten sie doch den Mund und erzählen sie weiter von Carmen.«
Er bellte los: »Siehst du, wie dumm du bist? Ich soll erzählen und schweigen in einem Satz. Mein Gott, was hast du nur für einfältige Menschen geschaffen. Aber gut. Hör zu und lerne.
Ich schnappe sie mir und vögele sie mächtig durch. Eigentlich wollte ich sie noch einmal nehmen, aber die hat sich angestellt, als wäre sie die Heilige Jungfrau in Person. Die hat es doch vorher garantiert mit einigen Anderen getrieben. Da saß das kleine Ding nun in der Ecke und heulte sich die Augen rot.
Und nun pass auf. Dann siehst du, dass ich kein schlechter Mensch bin. Weil ich ihr nichts antun wollte, erkläre ich ihr, dass sie niemanden davon erzählen darf. Es gäbe wohl niemand auf der Welt,

der ihr diese Geschichte glaubte. Sie war eine herumstreunende Zigeunerin. Oder hättest du ihr die Geschichte abgenommen?«

Helene zuckte mit den Schultern. »Ich weiß nicht. Einer Zigeunerin? Wahrscheinlich nicht.« »Siehst du? Alles hätte gut werden können. Doch dann stand plötzlich Valerie in der Tür. Ich wusste nicht genau, wie lange sie schon dort stand. Schließlich fing sie an zu zetern. Ich erzähle Mutter alles, brüllt sie. Sie hat mich beschimpft. Ein abartiges Schwein sei ich.

In meiner Panik griff ich den Vorschlaghammer und warf ihn nach ihr. Ich wollte schließlich nicht an den Pranger gestellt werden. Aber Valerie, diese verdammte Hexe, schoss sie verrückt zur Tür hinaus. Dort drehte sie sich blitzschnell um und in diesem Moment trifft sie der Hammer am Hals. Gleich neben der Wirbelsäule. Ich muss heute noch lachen, als sie wie ein Sack Kartoffeln umfiel.

Verdammter Idiot, brüllte sie mich an, ich kann mich nicht mehr bewegen. Du kannst dir nicht vorstellen, was für ein Geplärre in dieser Scheune entstand. Die Zigeunerin weinte lauthals, Valerie verfluchte mich. Ich konnte das ganze Geschrei nicht mehr hören. Wenn ich die beiden schreien ließ, wäre mir an Ende noch jemand auf die Schliche gekommen. Die Zigeuner waren ja nicht so weit weg.

Ich musste für Ruhe sorgen. Also drückte ich Valerie, dieser Schlange, so lange den Hals zu,

bis sie endlich Ruhe gab. Einige Minuten davor dachte ich nicht, dass es so lange dauert, bis so ein Mensch sich aus dem Leben verabschiedet. Als sich mich umsehe, ist Carmen verschwunden. Ich finde sie schließlich in der hintersten Ecke der Scheune. In die andere Richtung konnte sie ja nicht, weil ich dort auf Valerie saß und sie bearbeitete.
Dieses kleine Dreckstück hatte alles beobachtet. Und jetzt solltest selbst du verstehen, dass ich nicht anders konnte. Carmen musste ebenfalls sterben. Du glaubst nicht, wie flink so junges Ding ist. Es dauerte einige Sekunden, bis ich sie zur Strecke brachte. Dann war sie auch dran. Und ob du es glauben kannst oder nicht, es war einer der schönsten Momente in meinem bisherigen Leben. Sie zur Frau zu machen, war schon wunderbar aber der Augenblick ihres Todes übertraf alles Dagewesene. Niemals werde ich ihr Gesicht im Todeskampf vergessen. Den verzweifelten Blick, als sie die Augen aufriss. Sie wusste genau, dass sie gleich an der Schwelle zum Tod stehen wird.«
Er atmete tief durch. Das Durchleben der Geschichte riss ihn erneut mit. »Und was haben sie mit den beiden Leichen gemacht?« »Ja, da kam mein nächstes Problem auf mich zu. So viel Spaß es auch machte, die beiden vom Diesseits ins Jenseits zu befördern, ebenso beschäftigte mich die Vertuschung der Tat. Damals dachte ich noch, es wäre besser, die Leichen zu verstecken.« Er lachte

auf: »Ach war ich damals noch jung. Jedoch ich habe dazugelernt. Und jetzt stell dir vor, du müsstest zwei Leichen entsorgen. Was tätest du?«
Helene dachte kurz nach. »Ich denke, ich würde sie vergraben.« »Genau. Das dachte ich auch. Mein erster Gedanke war genau der Gleiche. Als griff ich mir die Schippe und suchte einen guten Platz aus. Beim ersten Spatenstich wusste ich bereits, dass das nicht leicht werden würde. Es war fast unmöglich, die harte Erde des Schuppens aufzubrechen. Eine Grube, vielleicht einen Meter lang, und wenn es hochkommt, achtzig Zentimeter tief, schaffte ich. Dort warf ich sie rein und verscharrte sie notdürftig. Für Valerie hatte ich keine Kraft mehr. Du musst bedenken, dass ich noch ein Junge war.«
Er machte eine Pause um nachzudenken. Helenes Gedanken rasten. Was tat sie eigentlich hier? Sie hielt eine Plauderstunde mit einem wahnsinnigen Mörder. Das war doch ebenso krank. Leise begann er wieder: »Meine einzige Möglichkeit, der Sache noch eine gute Wendung zu geben, bestand darin, es wie einen fingierten Selbstmord aussehen zu lassen. Mit einem Kälberstrick knüpfte ich sie dann auf. Somit konnte auch niemand sehen, dass sie zuvor erwürgt wurde. Ein wirklich geschickter Zug von mir. Dann bin ich ins Haus gegangen. Alles war wieder gut.«
»Lassen sie mich raten. Ihre Mutter suchte nach Valerie und fand sie dort?« »Genau. Sie fand sie.

Mir war schon beim Aufhängen klar, dass sie die Geschichte glaubte. Aber weit gefehlt. Kaum stand sie in der Scheune, klatschte schon ihre Hand in mein Gesicht. Sie wusste es sofort. Mutter schrie mich an, wie ich so etwas tun konnte? Ich sei keinen Deut besser als mein Vater. Diese alte Hexe durfte alles zu mir sagen. Das jedoch nicht. Mich mit diesem alten Scheißkerl zu vergleichen, war dann doch zu viel. Bis heute frage ich mich, woran sie es bemerkt hatte.«
»Sie spürte, was nur eine Mutter fühlen kann. Aber warum hat sie sie nicht angezeigt? Ich täte es in so einem Fall.« »Sie reden doch, wie ein Blinder von der Farbe. Sie haben doch überhaupt keine Kinder.« »Na und? Ich bin ja auch erst zwanzig.« »Mit zwanzig haben andere Frauen schon zwei dieser Bälger. Und du? Du sitzt dir mit dem dicken Kommissar im Cheval blanc den Hintern platt. Ich will dir mal erklären, warum meine Mutter schwieg. Für die ganz Dummen: Valerie tot, Vater tot, Jean-Marie im Zuchthaus. Ihre gesamte Familie beim Teufel. Deshalb schwieg sie.
Sie brüllte mich aber an, schlug mir mitten ins Gesicht. Für einen Moment erfasste mich auch bei ihr der Impuls, sie einfach ins Jenseits zu befördern. Aber irgendwie ging es nicht. Und jetzt kommen sie mir nicht mit Mutterliebe oder so einen Mist. Ich hasse diese alte Kuh.
Und sie hatte nichts anderes zu tun, als mich anzuschreien, ich soll sofort ein Loch graben. Ich

kann dir sagen, es wäre besser gewesen, diesen Drachen zu erschlagen. Aber ich war noch unerfahren. Also grub ich mit aller Kraft. Als sie sah, wie ich mich abmühte, kam sie auf die Idee, den Boden unter dem Misthaufen als Ort für die Beisetzung zu wählen. Dort ließ es sich wunderbar graben. Der Boden war so weich und ging so leicht. Dort fand Valerie ihre Ruhe. Und dort ruht sie bis heute.
Manch einer würde sagen, ich hätte sie weggeworfen wie ein Stück Müll. Wie Mist, den ich aus dem Stall kratzte. Sicherlich, die Vermutung liegt nahe, aber ich sehe es ganz anders. Dort kann sie wenigstens in Ruhe liegen. Stell dir vor, die Polizei fände sie und käme auf die Idee, sie auszugraben. Das wünscht sich wohl niemand für sein Grab. Man kann also getrost sagen, dass wir den Platz mit Bedacht gewählt haben.
Jetzt war es klar, dass bei einem zweiten Todesfall nach so kurzer Zeit selbst Bonnet stutzig würde. Also musste ich auch weg. Mutter zwang mich, Valeries Kleider anzuziehen. Es ist mir nicht unangenehm, denn ich trage die Kleider gerne. Meine eigenen Sachen warf sie unten am Teich ins Wasser. Noch am Abend schlug sie im Ort Alarm. Sie erzählte, dass ich vom Schwimmen nicht zurückkam. Tagelang suchten sie die Leiche von Jean-Marie Hauss. An diesem Abend starb er, aber Valerie lebte weiter.«

44. Kapitel

Zufrieden mit sich und der Welt, tief in einen faszinierenden Tagtraum eingefangen, bog Friedrich um die Ecke des Gasthofes. Mut Ludwig hatte er einen wunderschönen Tag verbracht. Und nur das zählte. Mörder hin oder her. Sie bekamen diesen Fuchs ohnehin nicht. Er hinterließ nirgendwo auch nur die geringste Spur. Von den Spinnereien von Frankenbergs abgesehen.
Schnaufend ließ sich Halbach auf die Bank fallen. »Beauchamps«, brüllte er, »ein Bier!« »Zack, zack«, äffte ihn der Wirt nach. Murrend schwankte er müde in die Gaststätte.
Friedrich kniff die Augen zusammen und sah in die Sonne. Sie hatte ihren Zenit überschritten und warf schon wieder längere Schatten. Als Beauchamps das Glas vor ihn knallte, zuckte er zusammen. »Prost«. Halbach sah sich um. Einige Männer saßen an den Tischen und tranken. Mitten in der Gruppe saßen Bonnet und Lafleur. Martin Bonnet gestikulierte wie wild und erklärte, als sei er der Polizeipräsident selbst.
Lafleur schien gelangweilt und fixierte betroffen das Glas. Hilfesuchend sah er sich um und entdeckte Halbach. In seinen Augen huschte ein Anflug von Erleichterung vorbei und er winkte dem Kommissar zu. Friedrich verdrehte die Augen. Was wollte diese französische Pflaume jetzt von ihm. Bisher war sein Tag ein guter Tag. Aber nun?

»Guten Tag Herr Kommissar«, begrüßte er ihn überfreundlich lächelnd, »Sie wissen sicherlich, wo ich Fräulein Helene finden kann?« Halbach schüttelte den Kopf. »Es tut mir leid. Keine Ahnung, wo sie sich herumtreibt.« »Ich mache mir langsam Sorgen. Als sie das Gasthaus verließ, sprach ich noch mit ihr. Und nun kann ich sie seit Stunden nicht finden.« »Sind sie jetzt ihr Kindermädchen? Vielleicht ist sie spazieren gegangen. Keine Ahnung. Und wenn ich ehrlich bin, es ist mir auch vollkommen gleich.«
Philippe zog die Augenbrauen hoch: »Sie mögen sie nicht so richtig?« »Pffff«, blies Halbach durch die Lippen, »Nicht mögen? Ist das wichtig. Ich bin hierher gekommen, um den Mörder dingfest zu machen. Und nicht um mich mit Helene von Frankenberg anzufreunden. Aber sie haben recht. Ich mag sie nicht. Sie bläst sich auf, wie ein Gockel. Wenn man das bei einer Frau überhaupt sagen kann.« Er nahm einen Schluck von seinem Bier und knallte den Krug auf den Tisch: »Und außerdem macht sie andauernd Sachen, die ich ihr verboten habe. Die hat keinen Respekt vor den Menschen.«
»Entschuldigen sie«, unterbrach sie eine Stimme. Wie zwei Zwillinge, die durch eine unsichtbare Schnur miteinander verbunden waren, drehten sich Halbach und Lafleur um. »Verzeihen sie, dass ich sie in ihrer Unterhaltung störe. Ich hatte nicht die Absicht, ihr Gespräch zu belauschen.« Pfarrer Müller setzte sich neben Philippe auf die Bank,

»Wenn sie Fräulein von Frankenberg suchen, kann ich vielleicht helfen.«
Genervt sah ihn Friedrich an. Er wollte doch nur ein Bier trinken und an Amadu denken. Und nun? Jetzt saß er hier zwischen diesen plappernden Kreaturen. Warum verstanden die beiden nicht, dass es ihm gleich war, wo sich Helene herumdrückte. Vielleicht war sie wieder bei Treitz. Das konnte er hier vor Philippe nicht sagen, aber sollten sie doch nach ihr suchen. Dann kehrte hier endlich wieder Ruhe ein.
»Sie war heute Mittag bei mir an der Kirche. Ich hatte ein kurzes Gespräch mit Fräulein von Frankenberg.« »Und sie wissen, wo sie jetzt ist?« In Halbachs Stimme schwang die Abneigung gegen die geistliche Riege mit.
»Ich glaube schon«, bestätigte Müller. »Fräulein von Frankenberg kam mit einem Dolch zu mir. Genauer, ich traf sie zufällig und sie fragte mich nach einem Rat.« Friedrich sah ihn fragend an: »Mit einem Dolch?« »Ja«, nickte der Pfarrer, »Sie hatte ihn von Paul Bennacker, diesem Rotzlümmel. Er hat den alten Militärdolch wahrscheinlich irgendwo geklaut. Diesem Bankert traue ich das schon zu.« »Ein Militärmesser? Wo um Himmels Willen hat der Junge das her?«
»Das weiß ich leider auch nicht. Ich habe die letzten Worte der Unterhaltung zwischen Paul und Fräulein von Frankenberg mitbekommen. Wenn ich ihn richtig verstanden habe, fand er ihn bei der toten

Polin. Es handelt sich jedoch nur um eine Mutmaßung. Ich habe mir die Waffe genauer angesehen. Aber sie hatte nichts Besonderes zu bieten. Lediglich eine kleine, alte Gravur am Knauf. Ich konnte die beiden Buchstaben, darum handelte es sich nämlich, als »E.W.« entziffern. Fräulein von Frankenberg fragte mich noch, ob ich jemanden mit diesen Initialen kenne. Zuerst musste ich verneinen, aber schließlich fiel mir ein, dass vor langer Zeit ein Mann namens Etienne Werlé hier lebte. Er war der Vater von Maurice Werle.«
Halbach erstarrte. »Um welche Art Waffe handelte es sich?« »Einen klassischen, französischen Dolch aus dem Deutsch-Französischen Krieg. Etwa ellenlang und in ziemlich schlechtem Zustand.« »Und sie haben ihr gesagt, dass er vermutlich Werles Vater gehörte?« Pfarrer Müller nickt und drehte seine Augen devot zum Himmel.
»Kommen sie mit, Lafleur«, rief er Philippe zu und lief, ohne Pfarrer Müller weiter zu beachten, zum Ausgang. Ob Lafleur noch etwas vorhatte, interessierte Halbach in diesem Moment nicht. So schnell er konnte, rannte er in Richtung der Kirche. Nicht weit davon lag Werles Haus. Halbach schwitzte. Sein Hemd klebte auf seiner Haut. »Lafleur«, brüllte er, »Frankenberg ist bestimmt zu Werles Haus gegangen. Ich brauche jetzt ihre Hilfe.« Wenn sich seine böse Vorahnung bestätigte, war es, egal ob er alleine war oder ob Lafleurs hinter ihm herstolperte.

Mit fliegendem Atem bremste Halbach vor Werles Haus. Am Himmel waren erste Wolken aufgezogen und kündigten ein Gewitter an. Wie eine dunkle Vorahnung lag der Schatten einer schwarzen Gewitterwolke über dem Haus und tauchte es in ein düsteres Licht. Zwei pechschwarze, glänzende Krähen saßen auf den First und beäugten mit verwunderten Blicken, den rundlichen Mann, der aufgeregt über die staubigen Straßen rannte. Dicht hinter ihm hetzte Philippe her.
»Was ist mit Helene?«, stotterte Philippe. Er stützte sich mit seinen Händen auf den Oberschenkeln ab. »Warum rennen sie denn so?« Er wischte sich den Schweiß mit dem Hemdsärmel aus dem Gesicht. »Bei dieser Hitze habe ich überhaupt keine Kondition.« Halbach sah ihn an und grinste: »Bei dieser Hitze? Denken sie mal an ihren Versuch, in Bellaires Fenster einzusteigen.«
Lafleur hob die Augenbrauen: »Was hat denn das mit Kondition zu tun? Wann steigen sie schon mal in ein Fenster ein?« Friedrich lachte laut auf: »Wenn ihr Franzosen alle so seid, ist es kein Wunder, warum ihr den Krieg verloren habt.« Er drehte sich um und ging zur Terrasse. »Was ist überhaupt los?«, rief ihm Philippe nach.
»Ich brauche Ihre Hilfe. Ich denke, dass sich ihre Liebste wieder einmal in den Vordergrund schieben muss. Also kommen sie einfach mit. Wenn sie hier ist, kann es sein, dass sie in Gefahr ist.« »In Gefahr? Wieso sollte sie in Gefahr sein? Und

außerdem ist sie nicht meine Liebste.« Friedrich sah ihn an. »Grund eins: Hier läuft ein geisteskranker Mörder frei herum. Und es kommt noch schlimmer. Er ist vermutlich hinter Helene her.«

Philippe verlor beinahe einen Schuh, als er zur Tür rannte. »Ist sie da drin?«, rief er Halbach zu. »Was weiß ich den? Kann sein, kann nicht sein. Deshalb schauen wir ja nach.« Er rüttelte an der Tür. Sie war verschlossen.

Halbach sah ihn erstaunt an: »Ich bin sicher, dass wir beim letzten Mal offenließen.« Mit einer hektischen Bewegung trat er mit seinem Absatz gegen die Tür. Krachend zersplitterten die, ohnehin angerissenen Bretter. Noch während die Holzsplitter durch die Luft wirbelten, drängte sich Philippe an Halbach vorbei in den Flur. Im nächsten Moment verschwand er in der Tür zur Küche.

»Hier ist sie nicht. So ein verdammter Mist. Was hat das Schwein mit ihr gemacht?« »Beruhigen Sie sich. Wir wissen ja nicht einmal sicher, ob sie bei ihm ist.« Philippe schüttelte den Kopf: »Ich spüre das da etwas nicht stimmt. Sie ist doch sonst so zuverlässig. Nein, ich sage ihnen, das ist etwas Schreckliches passiert.«

45. Kapitel

Helene zuckte zusammen, als das klopfende Geräusch die Stille zerschnitt. Da war es wieder. Dieses Klopfen. Hatte Philippe sie gefunden? Kopfschüttelnd fragte sie sich, warum ausgerechnet er sie finden sollte. Suchte er überhaupt nach ihr? Und warum? Er war doch mit seinem Wagen beschäftigt. Oder mit was auch immer. Aber heute war sie für ihn abgeschrieben. Vielleicht war es auch gut so. Hauss hätte ihn bestimmt getötet, wenn er sie beide in Werles Wohnung überraschte. Andererseits hätte sie nie von der grünen Brühe probiert, wenn er dabei gewesen wäre.
Allenfalls suchte Halbach nach ihr. Zumindest erwartete sie das von ihm. Wenn er überhaupt schon von seinem privaten Vergnügen zurück war. Ob er dann nach ihr suchte, war höchstwahrscheinlich von der Uhrzeit abhängig.
Helene kratzte sich nachdenklich am Kopf. Möglicherweise musste sie hier noch eine ganze Weile aushalten. Das würde schwer werden. Sie spürte bereits die Müdigkeit. Tock, Tock, Tock, Tock. Erneut hörte sie das hölzerne Klopfen. Jeder Ton drang ihr durch den Körper wie ein Nagel ins Holz. Mit jedem Schlag schlug ihr Herz schneller.
»Das wird wohl meine Rettung sein«, murmelte sie in die Richtung, in der sie ihn vermutete: »Dann wird es jetzt aber eng für sie.« »Unsinn. Nichts wird eng für mich. Du freust dich zu früh«, lachte

er, »Anne sag mal was.« Helene erstarrte. Anne? War Anne Pfaff ebenfalls hier?

»Hallo«, sagte eine Frauenstimme. Helenes Mund fühlte sich plötzlich staubtrocken an. »Na, Fräulein Neunmalklug. Das dachtest du jetzt nicht?«, rief Hauss, »Sie lebt noch. Ich habe ihr nichts getan. Und weißt du warum? Weil ich ein Mensch bin. Ich bin nicht so schlecht, wie du von mir denkst.«

»Anne Pfaff?«, rief Helene in die Richtung, wo noch eben die Frauenstimme zu hören war, »Sind sie es wirklich? Geht es ihnen gut? Was hat dieser Mistkerl mit ihnen gemacht?« Niemand antwortete. Keinen Ton hörte sie. Auch das Klopfen war verschwunden.

»Na, Täubchen, du darfst dem Fräulein Wichtig von der Polizei ruhig antworten. Für diesen historischen Augenblick hebe ich dein Sprechverbot auf.« Wieder lachte er auf. Er schien sich sicher zu sein, dass er die Lage vollkommen im Griff hatte. Und in diesem Punkt musste Helene ihm zustimmen. Momentan war er die bestimmende Person.

»Es geht mir gut. Er behandelt mich immer ordentlich.« »Bleiben sie ganz ruhig, wir holen sie hier raus.« Sie konnte ihre Worte selbst nicht glauben. Ihre Hoffnungen zerplatzten mit jeder Sekunde mehr. Was sollte sie diesem Mädchen anderes sagen?

»Was hat er mit ihnen gemacht?« »Nichts. Es ist alles in Ordnung. Er war immer gut zu mir.« »Sie können es mir ruhig sagen. Er kann ihnen nichts mehr tun.« »Ich weiß überhaupt nicht«, brüllte Anne los, »was sie von mir wollen. Er hat mich immer gut behandelt. Außerdem füttert er mich immer pünktlich.«
Sie begann zu wimmern. »Was haben sie mit dieser Frau gemacht?«, fauchte Helene in Hauss Richtung, »Sie, sie …« Sie prügelte mit ihrem Holz gegen die Wand. »Hauss, sie sind ein Schwein.« Er lachte laut: »Es ist mir gleich, was sie von mir denken.« »Nein«, schrie Anne hysterisch, »sagen sie das nicht über ihn.« »Anne. Ich bin gekommen, um ihnen zu helfen. Sie können ruhig bleiben. Gleich kommt Verstärkung.« »Sie verstehen mich nicht«, weinte sie, »ich bin gerne hier. Er war doch immer gut zu mir.« Helene schwieg. Sie verstand die Welt nicht mehr. Statt sich zu freuen, dass sie endlich jemand gefunden hatte, weinte sie. »Und wenn jetzt jemand kommt, tun sie ihm etwas. Was mache ich dann? Wir bekommen doch …« »Anne«, brüllte Jean-Marie, »halt dein Maul. Du gibst jetzt Ruhe. Diese Kuh braucht nicht mehr zu wissen.« »Nennen sie mich nicht Kuh«, schrie Helene ihn an, »wenn ich mit Anne reden will, dann mache ich das. Sie sind der Letzte, der mich davon abhalten kann.«
»Mein Gott. Bist du empfindlich. Versprich Anne nicht so einen Mist. Kannst du mir erklären, warum ausgerechnet heute jemand dieses Versteck finden

sollte? Bisher fand es noch niemand. Das wird sich nicht ändern.«
»Sie sind ein Zyniker«, warf Helene ihre Worte wie Dreckklumpen nach ihm, »Dinge ändern sich. Und ich habe sie ja auch gefunden.« Prustend lachte er los: »Du hast überhaupt nichts gefunden. Ich brachte dich hierher und hier töte ich dich. So einfach wird es laufen. Dafür lasse ich Anne leben. Aber zurück zu meiner Geschichte. Oder willst du sie nicht zu Ende hören?«
»Ihre Geschichte ist mir egal. Und sie sind mir ebenfalls egal. Sie beweihräuchern sich hier als seien sie stolz darauf, dass sie diese Verbrechen unentdeckt verüben konnten. Und ob sie weitererzählen oder nicht, interessiert mich nicht.« »Stimmt. Ich bin schon ein wenig stolz auf meine Leistung. Deshalb erzähle ich weiter. Wenn sie mir nicht zuhören wollen, gehen sie doch raus.« Bellend lachte er. Helene hielt sich die Ohren zu. Der Kerl war doch wahnsinnig.
»Noch eine kleine Information, damit sie mir besser folgen können. Etienne Werlé und mein Vater waren einmal die besten Freunde. Das ist ein wichtiger Punkt, den sie sich gut merken müssen. Beide waren zusammen im Krieg und ihre Freundschaft hielt bis zu ihrem Tod.
Aber weiter im Text. Valerie war tot und ich in ihre Rolle geschlüpft. Von nun an hatte ich bei der Alten nichts mehr zu lachen. Wir haben nie darüber gesprochen, aber ich glaube, die wusste,

dass ich meinen Vater umgebracht habe. Es dauerte nicht lange, da hatte ich die Rolle meiner Schwester fest im Griff. Niemand kam auf den Gedanken, dass ich es war, mit dem sie redeten. Bis zu einem Tag, an dem sich alles änderte.«

Helene konnte hören, wie er mit Genuss die kühle, abgestandene Luft durch die Nase einsog. »Man sagt immer, die Zeit arbeitet für uns. Gegen mich schien sie sich verschworen zu haben. Ich kam langsam in das Alter, in dem man schon mal an die Weiber dachte. Dann kam der Tag, als ich mit Maurice Werle den ersten Kontakt hatte. Ich kannte ihn zwar schon länger, aber irgendwann stand er plötzlich hinter mir in der Scheune. Ich sehe ihn noch vor mir. Er wollte einen Kuss von Valerie. Diese Pflaume.

Ich sagte natürlich nein, aber er drängte mich immer weiter und wurde immer zudringlicher. Er stieß mich ins Heu und streifte meinen Rock hoch. Nur einen Augenblick später spürte ich seinen harten Schwanz an meinem Bein. Letzten Endes blieb mir nichts übrig, als ihn niederzuschlagen. Aber damit gab ich mich zu erkennen.

Als er erkannte, wer ich wirklich war, schrie er wie besessen los. Er würde es jedem erzählen. Ich verpasste ihm dann eine ordentliche Tracht Prügel. Und ich machte ihm klar, dass er mit weitaus Schlimmerem rechnen musste, falls er mich verrät. Ein Wink des Schicksals war es, als nur wenige Tage später der alte Werlé starb.«

»Sagen sie jetzt nicht, dass sie den alten Werle auch auf dem Gewissen haben«, unterbrach Helene die Geschichte. »Ach Quatsch«, fauchte er wütend, »Für welche Art Mensch hältst du mich eigentlich? Der Idiot soff sich wahrscheinlich tot. Außerdem, wenn du meine Geschichte bis zum Ende hörst, wirst du dieses Schwein nicht weiter bedauern.
Auf alle Fälle dachte auch Maurice, ich hätte seinen Alten um die Ecke gebracht. Von da an war er wie ein Hündchen für mich. Ich sagte »spring« und schon hüpfte er. Das war anfangs wirklich nett, wurde aber schnell langweilig. Aber ich hatte den Vorteil, dass ich ab diesem Zeitpunkt in Werles Haus ein- und ausgehen konnte, wie ich wollte. So hatte ich wenigstens vor meiner Alten Ruhe.«
Eine eigenartige, gespenstige Stille lag plötzlich auf den Raum. Lediglich die Atemgeräusche von ihnen beiden waren zu hören. Gelegentlich mischte sich das hektische Atmen von Anne darunter. »Eines Tages«, Helene erschrak, als seine Worte wie mächtige Wellen aus der Dunkelheit zu ihr schwappten, »drang ein entsetzlicher Gestank durch Werles Haus. Zuerst beachteten wir ihn nicht weiter. Wir wussten damals noch nicht, was wir noch finden würden. Der Geruch wurde jeden Tag stärker und so brachen wir die Tür zum Keller auf. Auf der Treppe war eine weitere Mauer eingezogen worden. Ein winziges Fenster bildete die einzige Verbindung zum unteren Stockwerk. Daraus drang der

Mief nach oben. Nun waren wir neugierig und brachen die hintere, im Freien gelegene Tür auf. Von einer auf die andere Sekunde wurde uns bewusst, dass unsere beiden Väter noch weitaus schlimmer waren, als wir bisher dachten. In einem abgetrennten Raum fanden wir die Leiche einer Frau. Sie war bis auf die Knochen abgemagert.«
Helene hörte ihn schlucken. Ging es ihm wirklich nahe? Sie konnte es fast nicht glauben. »Die Schweine hatten diese Frau hier eingesperrt und sie dann verhungern lassen. Du kannst mir alles vorwerfen, aber um meine Tierchen kümmere ich mich. Stimmt das, Anne?« »Ja, ich hatte immer Essen«, drang die Stimme aus der Wand. »Da hörst du es. Nund standen wir da und fragten uns, was wir mit der Toten tun sollten? Wir verfütterten die Frau schließlich an Werles Schweine. Bis dahin dachte ich nicht, dass die so was fressen. Als sie dann weg war, konnten wir den Raum genauer betrachten. Wir fanden auch die Aufzeichnungen der beiden. Stell dir vor, sie hatten alles dokumentiert. Jede Frau, jede Gemeinheit, die sie sich ausgedacht hatten, ja selbst jede Vergewaltigung schrieben sie mit Datum auf. Dreiundzwanzig Weiber in zwanzig Jahren. Wenn sie die Frauen satt hatten, erdrosselte sie Etienne. Dann verfütterten sie die Leichen an Werles Schweine.« Er lachte auf: »Diese Schweine verkauften sie dann auf dem Markt. Jetzt stell dir

mal vor, wie viele Leute von den Toten gefressen haben.
Ich habe das Tagebuch hunderte Male gelesen. Und beschloss schließlich, in ihre Fußstapfen zu treten. Nun rate, wo du gerade bist? Genau. Du bist in meinem Reich.« »Unter Werles Haus? Das ist doch nicht möglich. Der Eingang war doch zu.« »Wenn du mir zuhören würdest«, fauchte er, »wäre dir diese blöde Frage nicht rausgerutscht. Der Eingang ist hinter dem Haus. Und noch etwas solltest du jetzt endlich erkennen. Ich bin nicht schuld an meinen Veranlagungen. Die habe ich von meinem Alten geerbt.« »Das ist ja wohl keine Entschuldigung. Nur weil ihr Vater genau so ein Schwein war wie sie. Schämen sie sich denn überhaupt nicht?«
»Pah, warum sollte ich mich schämen? Ich tue das, was jeder gerne mal täte. Quälen und Gewalt. Das liegt doch in der menschlichen Natur. Ohne diese beiden Dinge geht es nicht. Sie würden immer noch auf einem Baum sitzen und Fliegen fressen, wenn nicht irgendwer auf die Idee gekommen wäre, einem Tier Gewalt an zutun.« »Sie sind ein Idiot, Hauss. Zum Ersten sind Fliegen auch Tiere und wir könnten auch gut ohne die toten Tiere leben. Gott hat uns schließlich zu dem ...« »Ach? Ich scheiße auf deinen Gott. Nichts tut er für die Menschen. Der ist nur ein Hirngespinst irgendwelcher Pfaffen. Sonst nichts. Sie sehen es doch daran, dass er angeblich still auf seiner Wolke sitzt und mich

machen lässt, was ich will. Warum tritt er mich nicht ins Kreuz und sagt: Hauss, hör auf mit dem Mist? Ich werde es ihnen sagen. Weil es ihn nicht gibt. Oder er lässt mich machen, weil er es gut findet, dass ich diesen Weiberabschaum endlich einmal dezimiere.«
Er schwieg. Helene blieben die Worte weg. Warum hasste dieser Kerl die Frauen so sehr? Nur wegen seiner Schwester? »Erzähl mir nicht, dass du als Mädchen nicht Fliegen gefangen und ihnen die Flügel ausgerissen hast«, begann er nach einer Pause. »Erinnere dich einmal an die Freude, als das arme Ding, fast verrückt vor Schmerzen, herumgetaumelt ist? Glaub mir, wir beide sind nicht so verschieden. Der einzige Unterschied zwischen uns ist die Tatsache, dass ich mir eingestehe, dass ich so veranlagt bin und es auslebe.« »Unsinn. Wir sind uns nicht ähnlich. Und wenn ich das mit den Fliegen vielleicht gemacht habe, ist das was anderes. Ich war ein Kind. Sie sind erwachsen. Und sie sind krank. Sie brauchen Hilfe. Das wissen sie. Aber, dass sie ihre Neigungen erkannt haben, ist der erste Schritt. Wenn ich hier raus bin, werde ich ...« »Nichts wirst du. Und meine Neigungen erkannt? Wie sich das anhört. Als würde ich etwas Böses tun. Stell dir vor, du stehst vor einem Apfelbaum. Er hängt voll mit den reifsten Früchten. Ist es dann ein Verbrechen, wenn du dir einzigen wegnimmst?« »Das ist doch etwas ganz anderes. Der eine Apfel

schadet dem Bauern nicht.« »Siehst du. So denke ich über die Frauen. Es gibt so viele Frauen auf der Welt. Wenn ich mir dann ab und zu eine wegnehme, schadet das niemandem.
Aber jetzt weiter in der Geschichte. Was glaubst du, wie lange es dauerte, bis Maurice zu seiner Neigung stand? Aber danach war er schlimmer, als ich es je sein könnte. Ich behandle die Frauen immer gut. Er kam auf die Idee, sie mit Kälberkropf zu lähmen. So waren Sie gefügiger.«
Helenes Brustkorb schnürte sich zusammen, als sie an ihre Lähmungen dachte. Lediglich wenige Tropfen dieses grünen Tees genügten, um sie auszuschalten.
»In dieser Richtung war er wirklich erfinderisch«, fuhr er fort. »Von ihm stammte auch die Idee, die Frauen, wenn sie uns nicht mehr reizten, mit einem Sud aus Hundspetersilie zu vergiften.« Er lachte leise: »Tja, da war er ein richtiger Fuchs. Mit Pflanzen kannte er sich wirklich aus.« »Sie reden Unsinn. Hundspetersilie ist nicht giftig genug, um einen Menschen zu töten. Ich habe mit Josef Treitz darüber gesprochen. Und der sagt ...« »Ach. Das Fräulein Neunmalklug weiß wieder alles besser. Du musst nicht die Pflanze auskochen, sondern die getrocknete Wurzel. Und dass es funktioniert, hast du gesehen.« »Mit was haben sie Werle vergiftet?« »Ich habe ihn mit Kälberkropf gelähmt und ...«
In diesem Moment zerriss ein ohrenbetäubendes Krachen die Stille. Unweigerlich erinnerte es Helene an die Explosion einer Bombe. Genau so

musste es klingen, wenn ein Sprengkörper in der Nähe detonierte. Sie erschrak, als es schlagartig hell wurde. Helene kniff die Augen zusammen.
Hauss fluchte. Noch lauter schrie Anne Pfaff. Helenes Geist schien aus ihrem Körper geflohen zu sein. Von der Ferne sah sie sich in einer Säule aus Licht sitzen und schreien. Ihr Mund war ebenfalls weit geöffnet.

46. Kapitel

Obwohl die zersprungene Tür am anderen Ende des Raumes lag, spürte Helene die Splitter des Holzes in ihrem Gesicht. Es dauerte einige Sekunden, bis sie im grellen Licht wieder die Umrisse der Einrichtung erkennen konnte. Die Helligkeit ließ kleine, grelle Blitze vor ihren Augen erscheinen. Krampfhaft versuchte sie, den Grund der plötzlichen Lichtüberflutung zu finden.
Mit zusammengekniffenen Augen sah sie sich um. Jean-Marie saß auf der anderen Seite der Liege mit dem Rücken an die Wand gelehnt und starrte ebenso entgeistert in Richtung der Lichtquelle. Die Bretter, aus denen die Tür noch vor wenigen Augenblicken bestand, hingen nun verloren in den Scharnieren. Schwarze Gestalten aus einer anderen Welt füllten im nächsten Moment die helle Fläche fast vollkommen aus. Unwillkürlich musste Helene an die Reiter der Apokalypse denken. Kamen sie jetzt um sie und die anderen zu holen?

Für einen Augenblick dachte sie, sie hätte die Silhouette von Philippe erkannt. Aber sie wusste, dass die Möglichkeit eher gering war. Auch wenn sie inständig hoffte, Halbach und Lafleur fänden sie und befreiten sie aus dieser Lage. Ihre Ohren klingelten.
Jean-Marie sprang auf und starrte den Schatten an, der nun aus dem Licht ins Dunkel des Raumes trat.
»Helene, sind sie hier?«, hörte sie Halbachs Stimme. Eine Welle der Erleichterung lief ihr über den Körper. »Ja, ich bin hier! Ich bin ja so froh, dass sie kommen! Ist Philippe auch bei ihnen?« Ihre Frage beantwortete sich einen Augenblick später von selbst, denn Lafleur kam hinter Halbach in den Raum gestürmt.
Aus der hinteren Ecke schrie sich Anne Pfaff schier die Seele aus dem Leib. Hinter der hölzernen Tür konnte sie die Geräusche sicher nicht einordnen. Auch Jean-Marie schrie. Seine Schreie klangen jedoch wütend.
Nur mühsam gelang es ihr, die Augen von den eindringenden Schatten zu wenden. Aus den Augenwinkeln sah sie Hauss, der verzweifelt nach einem Ausweg suchte. Helene schrie auf, als er plötzlich den Dolch, den sie doch in ihren Rocksaum vermutete, in seiner Hand hielt. Hatte er ihr das Messer abgenommen, als sie benommen auf der Pritsche lag?
Mit einem lauten Schrei stürzte er auf den Ausgang zu. »Halt«, brüllte Halbach, »bleiben sie stehen.

Sie haben keine Chance.« Hauss schien die Worte nicht zu hören. Unbeirrt stürmte er vorwärts. Schon im gleichen Moment hetzte Halbach hinter ihm her. Er kam jedoch nicht weit. Innerhalb kürzester Zeit war Lafleur an ihm vorbeigestürmt und griff nach Jean-Maries Schulter. Mit einem beherzten Ruck riss er ihn nach hinten.

Einen Augenblick später zerbrach Helenes Welt ein für alle Mal in Scherben. Sie hatte das Gefühl, als zöge ihr jemand bei lebendigem Leib die Haut ab. Das Geräusch, das der Dolch von sich gab, als er in Philippes Fleisch drang, zerschnitt die Geräusche. Entsetzt sah sie, dass Hauss immer wieder zustach. Lafleurs versuchte röchelnd, seine Lungen mit Luft zu füllen.

Helene wurde schwarz vor Augen. Es war weder das Blut, das Philippes Hemd rot färbte, noch sein verzweifelter Kampf gegen den schier übermächtigen Gegner. Es war die Ohnmacht, nichts tun zu können. Sie versuchte, sich an der Wand entlang nach oben zu schieben. Von der langen Sitzerei waren ihre Beine eingeschlafen. Keuchend stützte sie sich auf ihre Keule auf.

Eine Sekunde später erstarrte sie. Noch immer hielt sie das Holz in ihrer Hand. Ihre Waffe. Mit einer ausholenden Bewegung schleuderte sie ihre Hand in die Richtung von Hauss. Wie in einem Traum spürte sie, als sich ihre Finger lösten und der Knüppel auf ihn zusauste.

Mit einem Krachen traf der Knüppel sein Ziel. Ob Absicht oder Zufall, es war ihr egal. Jean-Marie quittierte den Treffer mit einem quiekenden Aufschrei. Für einen Moment ließ er von seinem Opfer ab. Mühsam richtete er sich auf. Genau auf diese winzige Chance schien Halbach gewartet zu haben. Fast zeitgleich zerriss ein Schuss aus seiner Dienstwaffe den Lärm. Für einige Sekunden verschwand jeder weltliche Lärm aus dem Raum. Vollkommener konnte Stille nicht sein, dachte Helene.

Der Mündungsblitz der Waffe nahm ihr kurze Zeit die Sicht. Sie kniff ihre Augen zusammen und versuchte Hauss zu erkennen. Er starrte sie erschrocken an. Seine Lippen verzogen sich zu einem verkrampften Lächeln. Helene sah den glänzenden Speichelfaden, der aus seinem Mundwinkel tropfte. Dann fiel er nach vorne um.

Wie in Trance taumelte sie vorwärts. Nein, das durfte nicht wahr sein. Das alles war schlimmer als ein böser Traum. So viele böse Zufälle an einem Tag. Nein, und nochmals nein! Dieser Tag versuchte, ihr alles zu nehmen. Zuerst ihr Leben, dann ihre Zuversicht, den Glauben an die Menschheit und letztendlich auch noch Philippe.

Sie sprang über die Pritsche. Für einen Moment brachte sie ihr Rock, der an der Ecke der Liege hängenblieb, ins Straucheln. Mit Geschick versuchte sie, den Sturz zu verhindern. Sie taumelte vorwärts, immer weiter auf Lafleur zu.

Erst jetzt sah sie Morlat, der sich zu Philippe hinunter gebeugt hatte und versuchte, den Blutfluss zu stillen. Entsetzt stürzte sie auf den Arzt zu und schob ihn unsanft zur Seite. »Wir müssen seine Blutung stoppen«, rief sie. »Was glauben sie, was ich gerade versuche?«, antwortete er barsch und beugte sich erneut zu Lafleur hinab.

Helene sah sich hilflos im Raum um. Halbach lehnte mit aufgerissenen Augen an der Wand. Er sah mitgenommen aus. Sein Gesicht war leichenblass und sein kraftloser Körper zuckte unter Krämpfen der Übelkeit. Er sah aus, als müsse er sich jeden Moment übergeben. Seine Hand, in der er immer noch die schwarzglänzende Waffe hielt, zitterte. Unablässig stammelte er unverständliche Worte.
Ihr Blick traf Philippe, der zuckend am Boden lag. Seine halb geöffneten Augen glänzten matt. Die Farbe war aus seinem Gesicht verschwunden. Er wirkte weiß wie Kreide. Auf der Stirn standen Schweißtropfen, die seine Haare an der Haut festklebten. Mit den Lippen formte er tonlose Worte. Aber Helene verstand ihn auch so. Tränen liefen ihr über die Wangen.
Einen Augenblick später stürzte der Rest ihrer Welt endgültig in sich zusammen. Nur einen Wimpernschlag lang verdunkelte sich die Eingangstür hinter ihnen. Alles geschah so schnell, dass Helene die Person, die hereingestürmt kam, nicht erkennen konnte. Noch

ehe der Schreck sich in ihrem Körper ausbreiten konnte, hörte sie das Zerreißen von Stoff, das Stöhnen eines Menschen.
Erstaunt sah sie Doktor Morlat ins Gesicht. Ein feines Rinnsal Blut lief aus seinem Mund. Ein Ton, der an das Röcheln eines waidwunden Tiers erinnerte, drang aus seiner Kehle. Ihre Blicke trafen sich für einen Moment und sie erschrak. Der Glanz war aus den Augen des Arztes gewichen. Wie in Zeitlupe sackte er zusammen und fiel auf Lafleur.
Ein Schauer jagte über Helenes Rücken, als sie die Heugabel in Morlats Nacken stecken sah. Ihre Augen trafen die der wie wahnsinnig lachenden Person. Sie kannte dieses hämische Grinsen. Mit einem schmatzenden Geräusch glitten die Zinken aus Morlats Fleisch. In diesem Moment wusste sie, dass sie das sie das nächste Ziel der Mordwaffe war. Bilder zogen vor ihrem Geist vorbei. Sie sah ihre Mutter, die sie so vermisste. Ihre Brüder, die ihr das Leben nicht gerade leicht gemacht hatten. Sollte das jetzt alles enden?
Flink wie ein Wiesel sprang sie auf ihre Füße. Ohne Kampf warf sie ihr Leben nicht weg. Schon im Moment des Gedankens sausten die Zinken der Gabel auf sie zu. Helene versuchte auszuweichen, aber eine der metallenen Spitzen fand schon ihr Ziel. Sie durchbohrte ihren Unterarm. Alles geschah so schnell und Helene war überrascht, dass sie keinerlei Schmerzen spürte. Lediglich die Wärme

des Blutstroms, der sich wie ein rotes Armkettchen um ihre Hand wand, vermittelte ihr ein wärmendes, heimeliges Gefühl. Sie sah den fallenden Blutperlen nach. Sie sah, wie sie auf den Boden aufprallten und in tausende winziger Fragmente auseinander platzten.

Helene fragte sich plötzlich, wie es sich wohl anfühlte, tot zu sein. Schlimmer als das Leben konnte der Tod nicht sein. Wie den auch? Sie hatte viele tote Menschen gesehen und allen lag dieses entspannte Lächeln auf ihren Lippen.

Ein weiterer Knall zerriss Stille und Zeit. Sie hob den Blick vom Boden und sah Halbach, der die Waffe gehoben hatte und einen weiteren Schuss abfeuerte. Der Rückschlag breitete sich wie eine Stoßwelle durch Halbachs Arm weiter durch seinen Körper aus.

Deutlich sah sie das Zucken das durch den Körper ihres Angreifers, als die Kugel traf. Ein Aufschrei, der eher an das Jaulen eines Hundes, als an den Schrei eines Menschen erinnerte, drang aus der Kehle des Getroffenen. Für einen Moment rutschte die Kapuze des Umhangs nach hinten. Sie erschrak, als sie das schmerzverzerrte Gesicht sah.

»Frau Hauss?«, Helenes Lippen formten die Worte, aber kein Laut kam aus ihr heraus. Der Anblick von Jean-Maries Mutter ließ sie erstarren. Hauss schwankte plötzlich wie ein gefällter Baum. Ihre Blicke trafen sich noch ein letztes Mal und dann fiel die Alte. Sie versuchte sich noch auf ihre Gabel aufzustützen, aber ohne Erfolg. Sie taumelte nach vorne und stürzte dann. Mit einem Klatschen prallte ihr Gesicht auf den Steinboden. Noch einmal atmete sie tief aus. Dann starb sie.

47. Kapitel

Helene schob sich den Mantelkragen höher. Sie fröstelte. Leise zählte sie mit. Ein Schritt, zwei Schritte, drei Schritte, Qietsch, Schritt, Schritt, Schritt, Quietsch. Es war wie immer. Wie alles in ihrem Leben. Alles plätscherte gleichförmig vor sich hin.
Sie legte Philippe, der vor ihr im Rollstuhl saß. »Frierst du?« Sie sah ihn an. Er reagierte nicht. Weder ein Zucken mit den Augenlidern noch sonst irgendwelche Lebenszeichen. Er starrte nur auf den kalten Morgennebel, der wie von Zauberhand über der Saar schwebte. Helene lächelte und schob den Rollstuhl weiter.
Was erwartete sie auch anderes? Selbst die Ärzte wussten nicht, wann er wieder antworten konnte. Es konnte in kurzer Zeit passieren oder vielleicht erst in Monaten. Dabei besuchten sie die renommiertesten Mediziner, die es im Deutschen Reich gab. Selbst bis nach Wien fuhren sie, um Rat einzuholen. Aber alles war umsonst. Dass es irgendwann so weit war, stand für alle Fachleute fest.

Aber es war ohnehin gleich. Sie ließ sich auf die Bank, die dich am Weg stand, fallen und betrachtete die Stadt. Sie liebte den Sonnenaufgang, der jetzt im Herbst zwar erst spät passierte, aber wenigsten wiederholte er sich noch. Nach dem Finale in Rossbrücken glaubte sie lange nicht mehr daran. Daran, dass alles wieder gut werden konnte.

Philippe überlebte den Messerangriff gerade noch so. Morlat hatte nicht so viel Glück. Er starb noch im Keller. Mit ihr hatte Gott mehr Einsicht. Sie war ja auch nur wenig verletzt. Im Vergleich mit den anderen im Keller kam sie glimpflich davon. Die Zinke der Heugabel drang ihr nur durch das Fleisch im Arm. Nachdem sie die Blutung stillen konnten, konnten sie sich im Anschluss um Lafleur und vor allem um Halbach kümmern. Er hatte die beiden Hauss´erschossen und darunter litt er sehr.

Helene hob einen Kieselstein hoch und wog ihn in der Hand. Mit einer ausholenden Handbewegung warf sie ihn in den ruhig dahinfließenden Fluss. Platschend bildeten sich Kreise auf der Wasserfläche. Sie lächelte. Alles wie im Leben. Kurze Zeit nach einem Ereignis schlug alles um sie herum hohe Wellen. Nur wenige Tage später war wieder alles still.

Auf dem schmalen Weg, der früher als Treidelpfad genutzt wurde, erschien im Nebel eine runde Kugel, die auf dünnen Beinchen herangewackelt kam. »Schau

Philippe. Friedrich kommt.« Sie strich ihm über die Schulter.

»Morgen, von Frankenberg«, grüßte Halbach, als er vor ihr stand. Er beugte sich zu Philippe hinab: »Na Lafleur? Immer noch nicht wieder da?« Er drehte sich zu Helene um: »Was Neues?« Sie schüttelte den Kopf. »Nein. Wie immer. Manchmal glaube ich, dass er nie wieder zurückkommt.« »Dann wird es wohl nichts mit euerer Hochzeit.«

Helene sah ihn erstaunt an: »Wirklich lustig. Natürlich werden wir heiraten. Der Termin steht auch schon fest. Ich habe euch eine Einladung geschickt.« Halbach zuckte mit den Schultern und ließ seinen Blick über die Saar streifen. »Ich weiß nicht, ob wir kommen werden. Es ist momentan etwas schwierig mit Ludwig und mir. Er findet sich nur schwer damit ab, dass er immer als mein Diener auftreten muss. Aber was soll ich machen?«

»Vielleicht hilft dir bei deiner Entscheidung, dass wir nicht hier, sondern in Paris feiern werden. Da sehen die Menschen euere Beziehung nicht so, wie hier. Dort wird sich niemand an euch stören.« Halbach sah zu Boden und kratzte mit seiner Schuhspitze Kreise in den Sand.

»Es ist ja nicht nur deshalb. Was glaubst du, was dein Vater sagen wird? Er ist Deutscher und die denken alle so.« Helene lachte laut auf: »Das hört sich aber ganz anders an als vor drei Monaten. Damals schimpftest du noch über die Franzosen. So ändern sich die Zeiten. Aber sei beruhigt. Meine

Eltern wissen von euch.« Sie legte ihm die Hand auf die Schulter und drückte kurz zu: »Mein Vater ist nicht so, wie du ihn einschätzt. Er ist ein Kunstschaffender. Und immer aufgeschlossen für neue, kreativere Wege. Mit seiner liberalen Einstellung hat er es auch nicht leicht. Das kannst du glauben.« »Er kommt aber nicht ins Gefängnis wegen seiner ‚Kreativität'. Ludwig und ich stehen aber immer mit einem Bein im Zuchthaus. Du ahnst nicht, wie mich das zermürbt.«
»Dann komm einfach zu meiner Hochzeit. Vielleicht kannst du dort mit ihm eine neue Heimat finden. Du hast doch nur noch wenige Monate bis zu deiner Pensionierung.« »Schon. Aber nach Frankreich. Ich weiß nicht.«
Er zog seine Taschenuhr heraus und ließ den Deckel aufspringen. »Ich habe mit Gansert gesprochen.« »Aha. Und was bedeutet das?« »Ich habe ihn gefragt, ob du weiter bei uns arbeiten kannst.« Helene zog die Augenbrauen hoch: »Jesus Christus. Du, der größte Frauenhasser unter Gottes heller Sonne, fragst den Amtsrat, ob ich bleiben kann?« Sie legte ihren Handrücken gegen seine Stirn: »Geht es dir nicht gut?« Er winkte mit einer Handbewegung ab: »Lass den alten Mist doch mal ruhen. Ich habe meine Meinung geändert und damit ist alles erklärt. Du hast mir bewiesen, dass du es kannst. Basta! Und Gansert bietet dir eine Stelle als Beraterin der Polizei Saarbrücken an. Er wollte dich ganz normal weiterbeschäftigen,

aber ich erklärte ihm, dass du Zeit für den Franzosen da brauchst.«
»Danke. Das ist lieb von dir. Ich glaube aber kaum, dass ich dazu noch kommen werde. Wenn wir verheiratet sind, werde ich Philippes Weinhandlung übernehmen und hier in Saarbrücken ein Geschäft betreiben.« »Weinhandel? Wie kommt er den auf den Gedanken?« »Keine Ahnung. Ich konnte nicht mehr mit ihm darüber sprechen. Aber im Keller der Brauereibaustelle hat er die edelsten Weine gesammelt. Ich vermute, er wollte sich so von seinen Eltern abnabeln und etwas Eigenes aufbauen. Und solange er noch krank ist, werde ich es für ihn weiterführen.«
Halbach schüttelte verständnislos den Kopf: »Du hast doch keine Ahnung von Wein. Wie willst du das machen?« »Ich weiß es noch nicht. Aber ich kann es lernen. Einen Geschäftsraum habe ich schon gemietet. Und es kann ja nichts passieren. Mein Vater unterstützt uns und von den Lafleurs bekommen wir eine ordentliche Apanage. Wenn ich Anlaufschwierigkeiten haben sollte, bringt uns dieses Geld durch diese Zeit.«
Sie stand auf und schob den Rollstuhl auf den Weg zurück. Schweigend ging Friedrich neben ihr her. »Konntet ihr was für Anne Pfaff tun? Wie geht es ihr?«, begann sie wieder. »Ach, die Pfaff. Ein Drama ohne Ende.« Er zog seinen Hut aus und kratzte sich am Kopf. »Die hat es schlimm erwischt. Sie behauptet allen Ernstes, dass sie

Hauss geliebt hat. Sie war so glücklich mit ihm und außerdem war sie freiwillig dort. Sie hat dort gewohnt und er war immer nett zu ihr. Außerdem bekommt sie ein Kind von ihm.«
»Ein Kind von dieser Bestie?« »Ja. Sie will auch nichts erzählen, von dem, was er mit ihr gemacht hat. Sie hat alles freiwillig getan. Er war der liebste und netteste Mann auf dieser Welt. Wir haben sie zum Arzt gebracht. Und dann wurde sie zu den Nonnen nach Wallerfangen gebracht. Dort wird sie zwar nicht bleiben können, aber vorläufig ist sie dort gut unter. Die verstehen was von den Gestörten und können das Kind auf die Welt bringen. Dann werden wir weitersehen.«